伞外天涯

郑理 著

作家出版社
全国百佳出版社

图书在版编目（CIP）数据

伞外天涯 / 郑理著 . -- 北京：作家出版社，2025.
6. -- ISBN 978-7-5212-3443-5

Ⅰ. I247.5

中国国家版本馆 CIP 数据核字第 202572Z1D1 号

伞外天涯

作　　者：郑　理
责任编辑：丁文梅　朱莲莲
封面设计：李　超
出版发行：作家出版社有限公司
社　　址：北京农展馆南里 10 号　　**邮　　编：**100125
电话传真：86-10-65067186（发行中心）
86-10-65004079（总编室）
E-mail:zuojia @ zuojia.net.cn
http://www.zuojiachubanshe.com
印　　刷：河北星强印刷有限公司
成品尺寸：155 × 220
字　　数：369 千
印　　张：22
版　　次：2025 年 6 月第 1 版
印　　次：2025 年 6 月第 1 次印刷
ISBN 978-7-5212-3443-5
定　　价：79.80 元

目　录

楔　子

雪域江宁藩的都城落照今夜大雨滂沱，雨柱争先恐后地砸向地面，汇集成一条条水流，顺着街边的沟渠流淌。

没有一点灯光的黑暗角落，一个女人静静地躺在地上一动不动，只有长长的发丝随着水流在地面摆动。雨水浸湿了她的衣裙，勾勒出姣好的身形。她胸口不断涌出的鲜血混在雨水里漫了一地，汇聚在被阴影笼罩着的墙角，浓得如同一摊化不开的墨。转角处有打更人路过，他手中灯笼朦胧温暖的光迅速掠过女人的脸庞：美目中的星光逐渐暗淡，她最终闭上了眼睛。嘴角牵起的弧度勾勒出一个心满意足的笑容，这个笑足以为冰冷的尸体镀上一层暖意。

此时，落照城另一处的宅院中，美艳的妇人似是在焦急地等待着谁。她在房中来回踱步，直到听见院里响起脚步声才猛地抬起头，一双星眸望向漆黑的雨夜。

一群人来到屋内，带入的雨水打湿了地面。不等众人站定，美妇便慌忙开口问道："如何？"

一名身形瘦削、斗笠遮住面容的男子平静地答道："死了。"

"真死了？"美妇追问。

另一个男子点点头，开口道："千真万确。"

美妇长长地舒了一口气，仿佛卸下了一身重担。她回到桌边坐下，突然又想到什么，再次开口问道："孩子呢？"

无人应答。

见刚刚两个男子不接话，女子将目光移到众人中年纪最长的老者身上，像是急切地寻求答案。老者缓缓开口，声音沙哑地道："孩子，丢了。"

美妇听闻，大吃一惊，道：“丢了？怎么会丢了？！”

一旁身形瘦削的男子接话道：“我们找到她的时候，她身边就没有那个孩子。”

“怎么会这样？”美妇皱眉不安道，“难不成她知道我们的计划，先一步把孩子藏起来了？”

“要我说，不如防患于未然。”另一男子声音冰冷道，“城中所有周岁以下的女婴，干脆全部杀光。”

“胡闹！”老者提高嗓门喝道，“孩子要是没藏在落照城中呢？你要杀光整个雪域的女婴不成？”男子被训斥得有些不甘，不满地说：“那你说怎么办？孩子丢了，信物也没找到，这事跟没办成有什么两样？！”

“这信物到底是什么？”美妇问。

男子没好气道：“你问我，我问谁去？”

老者叹了口气，摆摆手示意到此为止，接着道：“没找到便是没找到，命数天定，那孩子便是今夜命不该绝。”

“可是……”美妇不甘地出言，却还是被老者打断：“不要‘可是’了，今日没找到，大家便回去各自留意，直到将人找到为止。”老者起身，言尽于此。

他们散去之时，雨依旧在下。武功高超的众人身形一晃便消失在暗夜里。只有一直目送他们的那一双美目星眸，在黑暗中熠熠闪动，悄然地，落下一滴泪。

第一章　春日在天涯

多年后。

清山派坐落于江宁版图的西南角，相较于都城落照的寒暑无常，这里山清水秀，鸟语花香。传闻，早年间，一位道长看上了这片沃土，便留下来创立了清山派。按照上古封神的说法：世界分为仙界和人界，本土教始祖鸿钧老祖共有三名徒弟——元始天尊、通天教主和太上老君。元始天尊创立的阐教弟子多是仙人和凡人；而通天教主创立截教收的弟子多是些动植物精怪，从而不被阐教视为正统。正所谓："一道传三友，二教阐截分。"两教从那时起便结下仇怨。然而后世只把这当个传说来笑谈。阐、截确实不和，双方斗了成百上千年，矛盾重重，利益纠葛早不是一个传说能讲明白的了。

清山派创始人师从昆仑玉清境的玉清元始天尊，道号青云，创立清山派意在传承阐教百年教义。只有极少数人见过青云本人。

如今的清山掌门姓段，名戎，字未语，出身名门，年纪轻轻便独掌一派大任，据说是那位神龙见首不见尾的道长最得意的徒孙。

今日的清山，与往常一样朝气蓬勃。唐知心自醒来后做了些惯例之事，便离开了知心堂。她往前走了一路，都没遇到自己要找的人。路上来来往往的人都冲她打着招呼，唐知心瞅见一个眼熟的小胖墩，一把抓住他。

"师……师……师叔早……"小胖墩是个结巴，磕磕巴巴冲唐知心问早。

唐知心皱着眉道："早什么早，这都快晌午了。你师父呢？"

小胖墩一摊手，无奈道："掌门……门……去……去后山……山……休息……息了。”

“啊？又上树了？”唐知心怒问道。

小胖墩估计知道自己回答得慢，便真诚地望着唐知心点了点头。突然又想到了什么，他努力开口道：“您不是……是……今……今日……要同掌门下……下山……山吗？”

“那我也得先找到他才能出发啊！”唐知心生气地说，抬腿便往院外走。小胖墩生怕唐知心找错方向，嘟起嘴在她身后的方向努了努，结结巴巴地道：“后……后山……”

清山后山种着大片的桃树，正是桃花盛开时节，满眼的粉色望不到尽头。唐知心顺着小路往前走着，两侧的桃树看起来都差不多，但她从小在这片林子里野大，自然能分辨出来它们的不同，也自然知道那人藏在哪棵树上。

唐知心飞快地来到一株桃树下，抬起头向上张望。树叶缝隙中洒下的金色阳光刺得她睁不开眼睛，她只能抬起一只手遮在额头上，大声喊道：“段未语！都什么时辰了你还在睡！”

树上毫无动静，唐知心仿佛在对着空气说话。

唐知心再次问道：“你下不下来？”

依旧没有动静。

唐知心忍无可忍，威胁道：“你再不下来，我捡石头了！”

话音刚落，树上传来一阵窸窸窣窣的响动，一个男子的声音响亮地传来：“别别别，我这就下来了！”

话音未落，只见金冠束发、紫衣道袍、眉目俊朗的段掌门已翩翩轻落在唐知心面前。他笑嘻嘻地看着唐知心，开口道：“每次都砸那么准，你也不怕我破相了！”

唐知心撇撇嘴，道：“我叫你，你装听不见，非要挨砸了才肯下来。”

“瞧你没大没小的样子，我都不想搭理你了。”段未语笑着道。

唐知心翻了个白眼，道：“不搭理我算了，那我自己去天茗。你留在这儿继续睡吧。”唐知心说完转身就走，段未语连忙追上来，一脸笑意跟在她身后，说道：“你看你又生气了，怎么越大脾气越坏？总生气容易变丑，当心以后嫁不出去。”

“我没生气。”

“没生气？那叫声‘师兄’听听？”

“不叫。”

段未语两步行至师妹身侧，步伐看上去跟他的言语一样漫不经心。二人肩并肩走出桃林。他装模作样地一声长叹，又斜眼悄悄看唐知心，感叹道：“我师妹小的时候多可爱，成天跟在我屁股后面‘师兄师兄’唤个不停，现在好了，翅膀硬了。早知道你会变得这么不孝顺，当初就不该捡你回来，唉！”

“孝顺你？”唐知心脸黑。

段未语打趣道：“当然了，我带你回的清山，这叫再造之恩，如同再生父母……”

“段未语！”

“叫‘师兄’。”

“信不信我揍你？！”唐知心威胁道。

段未语耸耸肩，笑道：“你又打不过我。”

唐知心吃瘪，便懒得再和这人斗嘴。二人收拾了行装便踏上下山的路，一人一骑，不多时便来到了山下的清山城中。城中不便骑马，二人将马匹牵在身后，在拥挤的人流中缓慢前行。

清山城以前并不叫清山，有个很清雅的名字叫“灵景”。但是清山派的名气实在太大，世人便直接把山脚下的灵景城叫成清山城。灵景城门楼上的“灵景”两个大字被“清山”取代，却似与前朝西方教和本土教之争有关，世人都知道西方教修禅，本土教修道，这“灵景”和“清山”中似乎各自隐喻着禅机与道意。唐知心与段未语一前一后进入城中，很快，二人走到一处宅院门前。这宅院光从外面就能看出大户风范：白玉为阶，楠木为梁，门口一对石狮威风凛凛，高悬的巨匾上有四个鎏金大字“玉清侯府”。清山段氏乃本土教中阐教大家，老侯爷曾入过皇宫给天子讲经，从那时便传下了爵位。如今的侯爷叫段长林，膝下有一子一女，一子正是清山掌门段未语。

唐知心抬眼瞅了瞅段未语，见他依旧一脸笑眯眯的表情，便忍不住开口道：“要出远门，路过家门你不进去打声招呼？”

段未语满不在乎地哼了一声，答道：“不去不去，老头子最近一见我就催我成亲。我躲他都来不及，还上赶着给自己找不痛快吗？”

唐知心倒是不以为然，牵着马儿瞧着脚下的路，道：“怎么？你不愿成亲？你爹给你找的啥样的姑娘？还能配不上你这个二世祖？”段未语也不恼，依旧笑眯眯地道：“你个小丫头，懂什么？”

二人有一句没一句地聊着，远远离开了段府的宅院。一路前行，眼见快要出城，段未语突然开口，认真地说：“师妹，我饿了，我想吃烧鸡。”

唐知心哭笑不得，道：“一下山就要吃烧鸡，你能不能有点出息？”

“我为了躲老头子，已经很久没下过山了！”段未语委屈道。

唐知心差点气笑了，一时语滞，不防已被段未语拖进了路边酒楼。中午刚吃过，她此时根本不饿。她跟着小二来到一张空桌前坐下，本想随便点些吃食，哪想到段未语开口便点了一桌子的菜，有他爱吃的也有自己爱吃的。

等饭时，唐知心有些心不在焉，段未语瞧着师妹的样子，用筷子敲了敲她发间缀着的琉璃铃铛。丁零零一阵脆响，唐知心回过神：“怎么？”

“想啥呢？”段未语问。

唐知心犹豫片刻，左思右想还是说出了心里话：“你说，皇上叫咱们入宫能有什么事？”

“皇上可不是让我们入宫，是让你入宫。”段未语摆摆手笑道，“师兄这是专门陪你去的，有没有很感动？”

“感动，特别感动，行了吧。”唐知心嘴角抽搐，附和道，“那皇上让我入宫干吗？”

“我猜是卜卦。”段未语道。

唐知心闻言一愣，皱了皱眉。

段未语见她一脸不情愿，开口打趣道：“你不是常说自己卦卜天下吗？唐半仙，怎么这会儿打退堂鼓了？”唐知心泄气道：“天子要算的那肯定都是国事，万一算错了……”

“师父的演算之法全传给了你一个人，你要是不行，这雪域就没有人行了。”段未语安慰道。

唐知心依旧愁眉不展，道：“那我要是算错了，皇上不会砍我脑袋吧？”

“你不会出错的。”段未语笃定。

就在二人谈话之际，菜已陆续上齐。段未语收了话题，夹起一只烧鸡腿，准备递到师妹碗里。肥嫩的鸡腿上满是油脂，晶莹剔透得让他手中的筷子颤颤巍巍。就在鸡腿快要触到唐知心碗沿的时候，远处突然传来一声巨响。段掌门吓了一跳，手一抖，鸡腿啪叽一声掉在了地上。

“谁？！”段未语心疼地看着地上的鸡腿，气得拍案而起，怒道，“哪个猴崽子吓唬我？”

段未语四下张望，唐知心顺着刚才声响的方向看去，只见一位年轻的姑娘站在一张破桌子旁边，她容貌俏丽，柳眉倒竖，杏目圆睁，脸气得通红。而此时整个大堂里只有段未语和她站着，两人显得鹤立鸡群。经过刚才一闹，周围鸦雀无声。

段未语也没想到他骂的是位姑娘，站在那儿一时有些尴尬。唐知心扯扯他的衣角，他才回过神，咳嗽一声，话锋一转打了个圆场，问道：“怎么回事？”

店里小二刚欲解释，那姑娘愣愣地看了看段未语，下一刻突然号啕大哭起来。段未语浑身一颤，不好的预感浮上心头。

“都说了我不是故意不付钱！钱袋就是在你们店里被偷的！”那姑娘满脸通红地道。

小二焦头烂额，无奈地摊手道：“姑娘，就算你不是故意的，不付账我们也不可能就这么让你走了啊！”

“我是玉清侯府的贵客！侯府未来的世子妃！”那姑娘气道，“段侯爷请我入府，不信你跟我一起去侯府走一趟，自然会有人把钱给你！”

一声脆响，又有东西掉在地上。这回段未语吓掉的不是鸡腿，是他手里的筷子。

“那我就派个人跟你去侯府。”小二想了想，道，“不过说好了，砸坏的桌椅也得赔！”

“等等！”段未语一个箭步冲上前，挡在了姑娘与小二之间，飞快制止道，“我替她付，桌椅我替她赔！”那姑娘还在抽泣，口中倔强道：“我不要你帮忙，让开！”

小二见有人愿意直接付钱，高兴得眼睛一亮，开口打圆场道：“姑娘，这位公子穿着清山派的衣服呢！你不是要做清山的掌门夫人吗，让他给你付，我看成！”那姑娘重新打量了一眼面前的段未语，半信半疑地问道：“你真是清山派的？”

“对对对！”段未语拼命点头。

“你见过段未语？”

“没有没有，掌门哪是一般人说见就能见的！”段未语拼命摆手。

“那你先帮我付了，等我见到你们掌门让他还给你。”

段未语毫不迟疑地赶紧从怀里掏了银子递给小二，小二高高兴兴地接了钱点头哈腰地走了。那姑娘也不道谢，转身拿了自己的包袱也准备离去，段未语一个箭步上前，挡在了她面前，口中道："姑娘留步。"

"干吗？不是说了到时候还你钱吗？"姑娘不悦道。

"不是钱的事。"段未语笑眯眯地说，眼底闪过一抹精光，"你也看出来我是个道士，不瞒你说，打眼一看我就知道，姑娘你最近有祸！"

"胡说八道！"姑娘鄙夷道，"清山都是像你这样的神棍？"

"怎么是胡说呢？"段未语笑道，"在这清山脚下，谁人不知清山演算之法乃本土教之首。"

段未语一边说一边装模作样地拿眼神打量着面前人，神秘兮兮开口道："姑娘姓袁，对不对？"

姑娘一愣，道："你怎么知道的？"

"自然是算的。我还知道姑娘年方二八，从北方远道而来，出身不俗，与玉清侯府门当户对。独自闯荡江湖，武功也是一等一的！"

姑娘被夸得高兴，追问道："还有呢？"

段未语的嘴角微微抽搐了一下，神情自若地道："在下学艺不精，但是我师妹可是专门吃这碗饭的。我带姑娘去见见，如何？"袁姑娘默不作声。看出她在犹豫，段未语诱惑道："袁姑娘，你不想知道未来夫君是什么样的人？不想知道你俩般不般配、成亲后和不和睦？"

这二人的谈话，唐知心一个字也没听见。以她对段未语的了解，她大概能猜出他想要干什么，刚想着要不要过去看看却突然愣在原地。

唐知心觉得大堂中有人在盯着自己。

她心中警铃大作，猛地回头发现了一双眼睛！顿时，她感觉进入了一个万籁俱寂的境地，那双眼睛在被发现后并没有避开。

"知心？"

段未语熟悉的声音将唐知心唤回了神，那双眼睛也瞬间消失。周围恢复嘈杂，唐知心四下环顾，仿佛刚刚那一瞬只是错觉。而她眼前，段未语已带着袁姑娘落座。唐知心心中再次警铃大作，这个段未语肯定又是想了什么鬼主意要坑人了！果然，段未语偷偷朝她使了个眼色，无声地对她说："交给你了！"

"干吗？"唐知心一脸茫然。

"算命！"段未语嬉皮笑脸，一把将人推到唐知心面前，自己坐到她身边，捏了捏她的拳头，似是催促她赶快开始。唐知心深吸一口气，真的很想揍他。

然而她还是忍住怒火，从怀里摸出几枚铜板，口中问道："卜什么？"

"姻缘。"段未语抢答。

唐知心狐疑地望向段未语，手中的铜板刚刚准备往桌上丢，对面的姑娘突然开口道："你先说，我姓什么？"

"姓什么？"唐知心莫名其妙，"我怎么知道你姓什么？"

袁姑娘指了指段未语，道："他刚才一下就算出我姓什么，还有年龄、家世。他说你更厉害，那你说说我姓什么。"

要说演算预言，唐知心确实是个行家，要不也不会连当今圣上都召她入宫解惑。但是千百年来世人对这门手艺存在误解。卜卦其实就是利用现有事物的排列规则来推演时间空间和各种事物之间的关系，说白了就是祖师爷留下来的一门手艺。本土教教义博大精深，时空关系不过是其中小小的一项内容。而猜名字看年龄这种根本就是江湖骗子的行骗之术。

段未语知道人家姓什么，多半是他老爹告诉他了。她哪能猜得出来？！唐知心面上波澜不惊，脚下狠狠踩了段未语一脚。他吃痛，俊脸微微扭曲，随即飞快在唐知心手心画下一个符号。

"这是啥？"唐知心心中纠结地辨认，圈？蛋？哦……圆？"哦哦哦……姑娘姓袁？"

袁姑娘半信半疑，问道："还有呢？"

段未语继续飞快地在师妹手心写字……

"六？十六……"唐知心醒悟，"哦，姑娘年方二八，从北方而来。"

"你俩真不愧是一个师父教的，连说的话都一模一样。"袁姑娘撇撇嘴道。

唐知心偷偷翻了个白眼，深吸一口气，问道："姑娘想算什么？"

"不是说了算姻缘？"袁姑娘想了想，补充道，"我想问问，我未来夫君是个什么样的人，日后成亲会不会夫妻和睦。"

"这还用得着算？"唐知心认真地说道，"当然不会了！"

"为什么？！"

段未语突然又有一种不祥的预感爬上心头。

"清山掌门段未语，样貌粗鄙，不学无术，游手好闲，吃喝嫖赌，还调戏良家妇女。"唐知心掰着指头数着，瞄了一旁的段未语，笑盈盈地继续道，"还需退步早抽身啊，姑娘。"

袁姑娘眨眨眼，问道："怎么跟我爹说的不一样呢？"

"你爹又不在清山，他怎么知道？"唐知心指了指自己的道袍继续道，"我在清山，我自然知道。"

"可是我这一路听来，打听到的风声也不是这样的……"袁姑娘狐疑道。

唐知心道："侯府世子，敢说他坏话的人可能也不多。"

"那你不也是清山的？你怎么敢说自己掌门坏话？"袁姑娘又问。

"这……"唐知心又瞄了一眼段未语，正色道，"我这叫大义灭亲，姑娘，也就是你，别人我也懒得说实话。"

"那我该怎么办？"

"当然是跑咯！"段未语在一旁终于找到插话机会，也终于说出了忽悠人家半天的目的，"哪来的回哪去！姑娘保住性命……不是，保住姻缘要紧！"

"可……可我钱袋丢了。"袁姑娘被段未语唬得不知所措。

"我有！"段未语殷勤地接着说，"门口还有匹白马，在下送给姑娘保命！"

两人一唱一和，袁姑娘被吓到了，脑子也不灵活了，完全没有刚开始的机灵样了。她话都没多说一句，收了钱，牵了马，就出了城门，绝尘而去。

段未语长长地舒了口气，转身望向唐知心，口中念叨："师妹啊……嗯？你怎么了？"

唐知心皱着眉道："你有没有觉得有什么东西在盯着我们？"

"有吗？"段未语四下张望，却什么也没发现。

饭后出城，段未语绕道买了匹新马，而后一路都在喋喋不休，似乎对师妹刚才给的评价十分不满。

唐知心想着刚才那一双眼睛，浑身不自在，对于入朝面圣又倍感压力，根本没有好心情。她看了段未语一眼："师兄，你见过皇上很多次了吧？"

"那是自然。"段未语骑着高头大马，语调轻快。

"你说你这么不正经，皇上怎么没砍了你呢？"唐知心疑惑道。

段未语收了笑容，认真道："知心，不可随意揣测圣意。你此番入宫，不论皇上问你什么，你都务必谨言慎行。"

唐知心有点讪讪地问道："有这么严重吗？"

"师妹你猜，当今的皇后是什么人？"

唐知心摇了摇头。

段未语道："她姓韩。"

"哪个韩？"唐知心一惊。

"天茗还有几个韩氏？"段未语冷笑道，"自然是韩景榕的韩。"

"哦，截教的人啊。"唐知心嘀咕道，心中愈发忐忑。同属本土教，阐教截教相争已久，韩氏应当同清山势同水火才对，怎么……"等等，皇后出身截教，那皇上为什么还要请咱们进宫卜卦？"

段未语皱眉道："我说过了，皇上是让你进宫卜卦，不是我们。不过你说得对，阐教与截教相争了数百年，如今愈演愈烈，韩家身在天茗，又是灵族人，近水楼台，确实没道理把这种差事让给我们。"

"会不会是请君入瓮？"唐知心琢磨，"又或者是皇上更愿意相信咱们？毕竟清山是先帝钦点的正统，你又是未来的玉清侯。"

"我说过了，圣意不是你我可以揣测的。咱们能做的，就是小心行事。本来是想入宫前再提醒你的……哎，不过知心你也不用想太多，陛下尊道，不会为难你的。"段未语说着，见唐知心越听面色越凝重，便又嬉皮笑脸地换了话题。

离开清山的三天后，二人到达了雪域的都城天茗。虽说名叫雪域，但这里实则四季如春，温暖宜人。都城天茗种满了洁白的梨花，风过之处，梨花飘落如同漫天雪舞。"雪域"一名由此而来。

正值暖阳高照之时，城中热热闹闹。师兄妹二人住进了驿馆，等待次日进宫面圣。段未语见师妹一路心情不佳，主动提出出门逛逛。二人来到大门口，只见刚才人来人往的大街如今已是挤得水泄不通。道路中央有衙役开道，道路两边人声鼎沸。远远看见一男子骑着马缓缓而来，来人气宇轩昂，眉梢眼角有止不住的春风得意。

唐知心从人缝中探头一瞥，好奇道："这人是谁啊？这么威风！"

"状元郎！"身边一个看客接话道，"姑娘外地来的吧？这是今年金榜题名的状元郎！姓赵，叫赵寺淮。"

唐知心再次放眼瞧去，新晋状元郎春风得意，神采奕奕，坐在马上不时地朝着两侧行人招手。但不知怎的，她总觉得看着这个人感觉不太对，又说不出哪里不对，之前被盯住的感觉再次涌上心头。唐知心后背发凉，不禁皱起眉头。察觉到异样，段未语侧了侧身，问道："怎么了？"

"我总觉得这位状元郎面相不善。"唐知心小声嘀咕道。

段未语笑道：“你什么时候还学会看相了？”

“师父都说了，相卜不分家。”唐知心被质疑后不高兴地撇撇嘴，“我卜了这么多卦，还能差这一眼？”段未语笑着，他伸出手点了点她耳边坠着的铃铛，别有意味地开口道：“那你不如替师兄看看，看看你未来师嫂长得好不好看。”

“你不知道规矩？不卜亲近之人。”唐知心白了他一眼，认真地说道，“命数天定，本就是窥天之事，又怎能带有私人情感？要不然我给自己看看啥时候能发财多好。牵扯到卜卦者本人，不是不给你算，是算不出来。”段未语见师妹一脸认真，只得赔笑道：“行行行，你在行的事，师兄不跟你争。热闹看够就早些回吧，别耽误了明日的正事。”

说好的出门散心计划在他们只见到个状元郎后就草草结束，段未语总觉得师妹心神不宁，干脆就将人拉回了客房，接近傍晚时分，二人用了些晚膳便各自回去休息。

第二日要面圣的唐知心辗转反侧，眼睁睁看着窗外从天黑转向天明，竟是一夜未眠。下床洗漱，来到大堂，发现有人比她还早。段未语依旧道袍裹身，长发束得一丝不苟，正坐在大堂里慢悠悠地喝着一杯茶。能让他这般上心，起得如此早，估计也就只有送自己面圣这样的事了，唐知心腹诽，心事重重地坐到他对面。段未语刚想出口安慰，宫里来接应的人便到了。

来人是个武将，未带兵器，一身劲装武袍，脚步稳健有力，身后跟着几个侍卫。段未语放下茶杯，看清来人后有些意外，不禁微微皱起了眉头。

“孟将军。”段未语缓缓起身，口吻凝重。唐知心不认识这个人，但观段未语的反应，似乎来者不善。

“孟樊。”来人向唐知心简洁地介绍了自己，随即抱拳转向段未语，道，“世子有礼。”

段未语轻咳一声，脸上瞬间恢复笑意，道：“段某此行并非入宫朝见，孟大人不必唤我世子。”孟樊微微一愣，改口笑道：“段掌门。”

段未语手一伸，介绍道：“这是我师妹，这次赶来天茗，段某是陪衬，她才是主角。”

“唐道长，久仰。”孟樊抱拳欠了欠身。

唐知心点头笑了笑，抬头望了望屋外天光。孟樊会意道：“下官奉旨护送唐道长入宫，段掌门可要同行？”

“这是自然。”段未语对师妹笑道，“能陪你到哪儿，师兄总要陪你走到哪儿。”

三人出了驿馆，大清早，街上本就没几个人，又有官兵开道，没一会儿他们便来到皇宫门外。

孟樊开口道：“皇城重地，非召不得入内，我与段掌门在此等候唐道长。进了宫门自会有人接应。”孟樊似乎还有什么事情，唐知心想着，感觉这人是在催自己赶紧进去。她紧张不安地望向段未语。

“去吧，记住师兄跟你说的话。”段未语笑道，“师兄在这儿等你回来。”

段未语这个人看上去不着调，其实还挺靠谱的。唐知心转过身，一边往皇宫内院走去一边想着，要不然当初她也不会被段未语捡回清山了。师父总说他有大道之心，是掌门的不二人选。但在唐知心心里，他能否成就大道、身份是高是低都没什么关系。师兄一个笑就足以让人定下心来，他既然说没事，那应该就不会有事了。想到这，她定下心神，朝着远远等候着的一排宫人走去。

段未语立在师妹身后，目光远远追随，直到宫门闭合，他才收回了目光。

而孟樊，却在宫门关闭之前便挥退了周围随从。宫门闭合的刹那，他双膝一屈，跪在了段未语面前。

“求段掌门相助！”孟樊年过不惑，此时跪在年纪轻轻的段未语面前倍感凄凉。段未语并没有要搀扶他起身的意思。他修道多年，外表的玩世不恭掩盖了他内心冷淡的本质。官场沉浮他看得太多了，这一次他也没有要插手的想法。只见他神色冷峻，双手背后，清晨的微风吹拂衣袍翩翩，衬得他愈发清冷。

“这事我帮不了你。”段未语淡淡道。

孟樊像是料到段未语会回绝，继续道：“求段掌门念在孟氏与清山几代人的情分上，这一次无论如何救小儿一命！”

“救？如何救？”段未语皱起眉道，“韩景榕都救不了你，我又有什么办法？要你死的是陛下！救你，就是忤逆圣意！”

“我孟樊一世恪尽职守，忠君忠国。”孟樊说到这，竟是哽咽起来，“谁料想到头来却因为神鸟血脉被圣上猜忌。若这真是我孟家躲不过的一劫，只恳求段掌门可以出手相救，保我小儿枝途一命。为我火凤一族，留最后一丝血脉。”

“神鸟传说不要再提了。”段未语警惕地望向四周，问道，“他们已经动手了？”

“皇上已经下旨，将小女孟枝遥许配给太子殿下，吉日已定，不日便要成亲了。”孟樊继续道，“段掌门，我知你的难处。段掌门身负清山大任，又是侯府世子，若为我犯上，恐连累众人。可枝途还是个孩子，孟某只有这么一个儿子，稚子无辜，求段掌门一定救救他！”

段未语没有出声，眉头紧皱，似在权衡。孟樊没有放弃，继续道：“何况孟家早年便和青云道长有约，若有资质卓越的后人，便送入清山修行。如今孟氏虽要落难，但誓言还在。求段掌门，收枝途为徒！”

段未语听到两族誓约时，面容有些松动。约定确有其事，只因对方落难便背信弃义，此等小人之举他做不出来。过了很久，他才缓缓开口：“我答应你。”

孟樊大喜过望便要磕头，段未语连忙制止，继续道：“我只救孟枝途一人。他从此刻开始便是我清山的人，我答应你，就算皇上执意赶尽杀绝，我也保你儿子安然无恙。其余的，皆与我无关。”

成功托孤，孟樊长长地舒了一口气，却又因前途未卜，心中痛苦。他对着段未语深深作了个揖，泣不成声地说道：“孟某不论生死，常念段掌门大恩。”

又一阵风过，段未语眯了眯眼睛，长长的睫毛轻轻颤抖。他再次望向师妹消失的那扇门，目光忽明忽暗，不知在想些什么。

另一边，唐知心跟着一群宫人往前走去，领头的公公看上去品级不低年龄却不大，人也挺和善。唐知心与他走在众人前列，他看出唐知心的不安，便主动与她攀谈道：“唐道长这是第一次入宫吧？”唐知心点点头，道：“是。公公贵姓？”

“奴才姓曹。”曹公公笑道，“唐道长不必紧张，陛下与本土教有缘，对清山更是有感情，不会为难您的。”唐知心胡乱点点头，试探着问道：“公公可知，陛下此次要问何道？我也好有个准备。”

“听说唐道长有窥天之术，陛下近日有一烦忧之事想请您看一看。”曹公公笑道。

“什么事？”唐知心眨眨眼问道。

“皇后娘娘即将临盆，可近日胎象不稳，连宫内医术最好的韩大人都束手无策。于是便想找唐道长解惑，是否是天降异兆。”曹公公答道。

“韩景榕？”唐知心脱口而出。

曹公公一愣，笑道：“怎么？唐道长认识韩大人？”

“没见过。”唐知心连忙摆手，心中却腹诽着老对手。没见过归没见过，但阐、截的恩怨早从传说封神那会儿就开始了，没见过也不妨碍看对方不顺眼嘛！唐知心撇撇嘴，忍不住揶揄一句道：“国舅爷嘛，谁不认识。”

曹公公笑而不语，唐知心却突然反应过来，遂又问道：“既然如此，咱们直接去找皇后娘娘不就好了？”

“或许陛下还有别的事吧。”曹公公笑道。

没过一会儿，庄严肃穆的皇宫大殿便出现在面前，金灿灿的屋顶在艳阳下晃得唐知心有些眼晕。曹公公示意她在门口稍等，他先进殿禀报。唐知心独自一人站在空旷的殿前空地，等了半晌。忽地耳朵一动，她听到有脚步声由远及近。以为是曹公公回来了，唐知心赶紧抬头望向声音的方向。谁知，落入眼帘的却是另一个身影。

状元郎依旧穿着昨天的裘服，英俊风流，比昨日远远望去时眉目间添了几分俊朗。赵寺淮远远就看见唐知心，微微一笑，开口道：“唐道长，久仰。”

想到昨天自己才在背后说过人家坏话，唐知心此刻有点做贼心虚。但人家都主动打了招呼，她只得顺势问道：“状元郎知道我是谁？”

“唐道长不是也知道我是谁吗？”赵寺淮乐道，“这天茗城拢共就这么大，有什么风吹草动想必都传得飞快。”唐知心没有接话，而赵寺淮自顾自继续道，“但赵某确实没想到，唐道长居然是位年轻姑娘。年纪轻轻便有卦卜天下的本领，赵某佩服。”

“不敢，都是坊间传闻、同行谬赞罢了。”唐知心讪讪赔笑。

赵寺淮点头道：“若将来有机会，赵某也希望能向道长讨教一二。”

这是一句客气话，唐知心正在犹豫该答应还是拒绝，身后突然传来了曹公公的声音：“唐道长，陛下请您进去。”唐知心如逢大赦，匆匆同赵寺淮告了个别，便跟着曹公公进了大殿。

进了殿内，唐知心才意识到这里是皇上的书房。偷偷往上座瞄了一眼，只见天子正襟危坐于书案之后，桌前摆满了文书卷轴，隐隐有一股茶香从案上飘来。她不敢多看，赶紧低下头，给天子行礼道：“贫道唐知心，见过陛下。”

灵帝面容浸在窗格洒下的阳光碎片中，模模糊糊瞧不真切，只有声音清晰地传来:“唐道长不必行此大礼，自古清山一脉相承本土教国学大统，见天子也可不拜。”

“陛下仁德。”唐知心默默起身。

灵帝没有接话，唐知心也没有抬头，仅凭直觉便知晓他在拿眼神扫视。她一动不敢动，周遭回荡着自己的呼吸声。过了好一会儿，天子才开口轻笑道:“没想到唐道长竟然如此年轻。”

“贫道年幼入师，也有十几年的时间了。”唐知心认真地说道。

“苦行大道，本领通天，有人修行一辈子也修不出成果。唐道长不必谦虚了，你师兄玉清侯世子，朕见过多次，也是个年轻有为的人，清山如今真可谓人才济济。”灵帝笑道。唐知心拱手:“是。师兄托我转告陛下，祝陛下洪福齐天。”

“洪福齐天？国泰民安便是朕的洪福。”客套话说完了，天子终于开始进入正题。灵帝清了清嗓子，问道:“敢问唐道长，除了天眼之术，可有他学？”

“清山派源于阐教祖师元始天尊，传承几门绝学，掌门继承了奇门遁甲之术，而我只会卜卦。”唐知心答道。

“听说阐教还有一门至上武学无人可及？”灵帝又问。唐知心想了想，答道:“阐教确实尚武，但这一脉并没有传入清山。阐教还有一个旁支，绵安江氏武学造诣登峰造极。”

“哦？那玄典和医术呢？”灵帝意味深长地说道。唐知心心里咯噔一声，当即明白皇帝在问什么，于是诚实答道:“玄典和医术都是截教所长。落照林氏善典籍修心，而医术，想必陛下也知道，乃天茗韩氏绝学。”

“朕知道。朕的身边医术最高明的便是韩家人，也是朕的小舅子。”灵帝笑道。唐知心点头附和:“清山段氏，落照林氏，天茗韩氏和绵安江氏，并称当今五术之首。清山掌门出身段氏，世人也就将清山派归为段氏了。”

“如此复杂，朕都要听糊涂了。”灵帝笑笑，话锋一转接着道，“要朕说，天下本土教本就是一家。”唐知心再次一惊，已料到皇帝想要说什么。果然只听灵帝继续道:“朕听说，本土教之中如今教派复杂，争斗不断。身为国教大统，如此四分五裂实为不妥。朕今日唤你来，有两件事……”

唐知心大气也不敢出，等着皇帝继续开口。当天子再次开口时，语气威严不容置疑:“第一，皇后即将临盆，龙胎不论男女都将决定我雪域日后国运。此时胎象有异，还请唐道长为了龙脉开一次天眼，看看凶吉。”

“是，贫道定将竭尽全力。”

“第二，如今西羌和北狄在关外蠢蠢欲动，边境不稳，朝堂内也是暗潮滚滚。国教也算是国本之一，朕不希望此时你们阐、截两教为了个人小利闹出什么岔子，影响大局。唐道长名声在外，又是清山的掌门师叔，也算是有分量之人。回去告诉段未语，都收敛些，退让几步。韩家已经示好，这次请唐道长进宫为皇后与皇儿卜卦，都是皇后和韩大人的意思。”

示好？不太可能吧？唐知心心中暗自盘算着，阐、截两教争斗了数百年，要能和好早和好了，还会等到现在？皇上不愿江湖恩怨影响国运，这会不会是韩家顺水推舟之计？还没想明白，就听灵帝接着说道：“朕听皇后说，阐、截相争，有一命定之人可以化解？”

唐知心一愣，随后犹豫着开口道：“是有这么个说法，不过……”

“不过什么？”灵帝追问。

“不过这只是个传说。”唐知心吞了吞口水，她不相信天子会轻信这种流言，硬着头皮道，“相传会有一灵子落入人间，化解本土教百年纷争。没说是谁，没说如何化解，只说此人是截教救星，愿为大任，牺牲自己。”

“听上去……确实像传说。”灵帝琢磨道。

唐知心吃不准皇帝的意思，不敢开口。一阵沉默后，灵帝摆摆手对唐知心道：“唐道长去瞧瞧皇后吧，曹公公在门口等你。记住朕告诫你的话，一切以大局为重。”

老远把她从清山唤来天茗只为一顿敲打，唐知心多少有点愤愤不平。皇上对玉清侯府有所忌惮，不愿直接找段未语，索性找上了自己。这都是什么倒霉事！唐知心越想越气，把账都算在了段未语身上。大老远出趟门还得给他背锅，掌门的银子又不分自己一半！再一想到段未语平日里嬉皮笑脸的模样，唐知心不禁愤恨得牙痒痒！自己肯定是上辈子欠了他的。

曹公公站在殿外等着，依旧眉眼含笑，不多言不多语。大殿中阴沉严肃，天子的威压气势逼人，来到殿外的阳光下，唐知心已是出了一身薄汗。曹公公带着她转了个弯，来到一处宫殿，只见满院别离草开得花团锦簇，高低错落。顺着回廊来到正门外，唐知心隐约听见里面有说话的声音。曹公公还没来得及通报提醒，就听屋内一个女子怒吼道：“韩景榕！你眼里到底还有没有我这个姐姐！”

屋里传来一个男子的回答，不用说，肯定就是韩景榕了，只听那声音冷冰冰道：“要微臣说，娘娘你这个胎象，就是因为操心太多。当了皇后就好好享福，不该管的事少管。”

唐知心先是一愣，继而，心中好奇心冉冉升起，仿佛撞破了截教的秘密，恨不得竖起耳朵多听几句。只可惜曹公公见状赶紧大声通报道：“娘娘，奴才带唐道长来看望您了。”

屋里顿时安静，片刻后，女子从容出声道：“让她进来吧。”

唐知心走进屋内，甜甜的熏香味迎面扑来，室内幽暗，窗户让竹帘遮得严严实实，几盏烛火忽明忽暗地照耀着榻上斜倚着的女子。

真美！唐知心忍不住感叹。这可能是她有生以来见过最美的女子，远黛生烟，眉眼如画，墨发三千，肤若凝脂。韩皇后半靠在睡榻上，神色懒散倦怠，完全不似刚才在屋内咄咄逼人的声音的主人。周围没有东西打落，也没有韩景榕的踪影。送人进屋后，曹公公转身离开，此时屋里就剩下了二人。韩皇后打量着面前人，晾了她好一会儿才问道：“唐知心？”

“是。”唐知心点点头，行了个礼，道，“见过娘娘。”

“没想到你这么年轻。”韩皇后轻叹一声，意味深长地道了一句，“阐教后生可畏啊！”

她话没说几句却一股子阴阳怪气，让人很不舒服。唐知心低着头，干脆不接她的话。韩皇后继续道：“既然来了，你也该知道是来做什么的。你开始吧，也顺便让本宫开开眼，这天下第一卦是怎么卜出来的。”

唐知心往前走了几步，来到她身前的桌案边，当着她的面从怀中摸出三枚铜板，抛向空中。三枚铜钱在二人的目光下，叮咚落回桌面，打着转儿，慢慢停下。

三合局？唐知心呼吸一滞。韩皇后见状也没有催促，她深吸一口气，静静等待着对方开口。唐知心盯着这个六爻卦看了许久，确定不会出错后，才开口道：“娘娘放心，孩子没事。”

韩皇后挑起秀眉问道：“哦？还有呢？”

唐知心想了想，道：“寅午戌合火局；巳酉丑合金局；申子辰合水局。子孙爻和局，阴盛阳弱。娘娘肚子里的，应该是位公主。”韩皇后轻轻一笑，追问道：“那唐道长可知，会是位什么样的公主？”

“这就是此卦非比寻常之处……”唐知心认真解释道，“三合局带伏吟，主大事江山沉浮。公主此生将会决定雪域命途。”韩皇后听了这话也不意外，依旧平静如初，淡淡问道：“一个孩子，如何决定雪域江山命途？”

唐知心又看了看桌面上的铜钱，认真地说道：“公主命中有一劫，度过去，国家大事兴。度不过去，江山社稷亡。”

“笑话，雪域国运千百年绵延，如今却拴在了一个未出生的孩子身上。唐道长，还当谨言慎行。”皇后一声冷笑。唐知心却直言道：“我只说自己看到的，皇上既然让我为娘娘和公主卜卦，那贫道便全力以赴。天眼之术的真假虚实，本就是看世人相信几分。”

“若一切安好，本宫为何倍感不适？”韩皇后轻声问道。

“这贫道就不知道了。卦眼，只能看到未来之事，由因看果。娘娘若想由果找因，只能去问问御医了。”唐知心诚恳答道。听到“御医”二字，韩皇后眼里露出一丝怀疑，问道：“你刚才在门口，是不是听见了什么？”

“贫道什么都没有听见。”唐知心飞快否认。

“没听见最好。”韩皇后也不知信没信。她冲唐知心挥挥手，打发道：“你去吧，找曹公公领些赏钱。”

唐知心见韩皇后不想多言，道了谢后便站起身，转身离去之时有一丝犹豫。三合局双升一降，必有血光之灾。到底该不该出言提醒她呢？眼见快要离开宫门，她还是选择停下脚步，没有回身，只是说道：“娘娘……”

“还有事？”韩皇后的声音从身后传来。

“是，还有一事。”

“你说。”

唐知心深吸一口气，认真地说道：“娘娘既然出身本土教氏族，自该明白万物有灵，交错罔替的道理。三合局有杀生反噬之象。还请娘娘为了自己的身体，善待众生。”

身后久久没有传出声音，唐知心便自觉退出了大殿。出了门自言自语道：“我是不是说错话了？”

“道长说了什么？”曹公公笑着问道。

唐知心望向身后宫殿，后怕地说：“娘娘不会生气了让皇上砍了我吧？”

“娘娘要砍道长，您现在就不会还站在这儿同奴才说话了。”

出了皇后的居所，曹公公领着唐知心往宫外走去。经过一处花园水榭，他示意她在此等候，自己去取皇上给她的赏赐。唐知心只得点点头，倚着墙站在原地等他回来。

好巧不巧，刚刚站定，她就听到墙外传来刚才皇后宫中那个男子的声音。

是韩景榕？唐知心一惊。他似是在与人交谈，而另一个声音的主人也十分耳熟，正是刚刚与自己在御书房前寒暄的赵寺淮。一时间，唐知心立在那儿有些尴尬，不知道该不该听，也不知该走该留。想了半天，索性咳嗽一声，示意这里有人。

果然，墙外二人立刻安静下来。赵寺淮凭一声咳嗽便听出了唐知心的声音，他也轻轻一声咳嗽，笑道："是唐道长吗？"

唐知心本是想出声提醒，哪想到被人认出，弄巧成拙后，她愁眉苦脸，还在犹豫回不回话之时，只见救星远远地一路小跑而来。曹公公气喘吁吁地道："奴才耽搁，唐道长久等了。"

曹公公笑眯眯地上前继续领路，来到宫门口时将手中盖着锦缎的托盘送到唐知心手里，说是皇上皇后给的赏赐。既然是赏赐，那就不必推托了，唐知心接过托盘同曹公公告别。几个守卫合力打开了前方金灿灿的皇宫大门，伴随着高墙外的一阵风吹过，那身紫色的衣袍再次出现在视野里，仿佛从来没有离开，甚至连脚步都不曾挪动。风吹起段未语的衣角与发丝，他头顶的金冠在阳光下反射出耀眼的光辉，却还是抵不过那双"千斛明珠觉未多"的流波。

段未语见师妹自门后出现，微笑着伸出一只手。阳光打在他身后，似是为他镀上一层光辉，如绚丽璀璨的虚幻一般，只为一人构筑。

多年之后，师兄一剑落在自己颈间，而唐知心每每自梦中惊醒，脑海中挥之不去的，却是今日景象。

御花园的角落，赵寺淮依旧在与韩景榕交谈。韩景榕身量高挑清瘦，站在墙壁与树荫双重阴影的交汇处，看不清面容。他身后的腰带间别了一根玉笛，鲜红的穗子挂在枝丫上像一朵盛开的花。韩景榕有些嫌弃地侧了侧身子，不愿面对当头的烈日。他手中折扇的敲击声节奏急促，似乎同样不愿面对挡住他去路的赵寺淮。赵寺淮却不在意，笑着说道："刚才墙外那位，就是陛下从清山请来的阐教道长。"

韩景榕淡淡扫了一眼唐知心离去的方向，不耐烦道："这跟我有什么关系？"

"这是韩大人的主意吧？"赵寺淮笑道，"怎么？争了这么久，终于要和好了？"

"这跟你有什么关系？"韩景榕越发不耐烦。赵寺淮英俊的面容有一瞬间僵硬，恢复过后，依旧面带微笑，道："韩大人说话还真是直白。"

韩景榕挑起眉峰，道："赵大人可以直接说'刻薄'，我觉得更准确。"

赵寺淮一愣，尴尬笑道：“韩大人说笑了，赵某怎么会如此想？”韩景榕不耐烦地回道：“我不关心你怎么想。赵大人，陛下在等我。”

“陛下先召见了清山掌门师叔，随后就传韩大人去。大人还说此事不是你的主意？”赵寺淮嘲讽。韩景榕反问：“我什么时候说不是了？我只是懒得搭理你。”

饶是赵寺淮心性再好，此刻也是忍不住了。他嘴角牵起的弧度化成一抹冷笑，道：“皇上与唐道长相谈甚欢，韩大人小心搬起石头砸了自己的脚。”

韩景榕不以为然：“赵大人知道能者多劳的下一句是什么吗？人傻话多。”

“能得韩大人如此评价，想来两教和好一时半会儿却是无望了。”赵寺淮假装遗憾地说道。韩景榕再次挑了挑眉，手中折扇哗的一声展开，只见扇面上赫然而书诗仙名句：我本楚狂人，凤歌笑孔丘。边角处不羁的笔锋落下款名“韩亦景榕”四个字。怎么看都和他本人一样桀骜。韩景榕轻轻摇扇，口中道：“赵大人误会了，这四个字——说的是你。”

宫门外，唐知心与段未语慢悠悠地往驿馆走去。唐知心将手中沉甸甸的赏赐塞到段未语怀中，问道：“咱们什么时候回清山？”

“你怎么才出门就想着回家？”段未语看也没看赏赐的东西，把锦缎打了个结，甩到肩上背着。

“我这不是担心嘛。”唐知心撇嘴道，“咱俩都走了，清山谁管事？”

段未语佯装认同：“也是，你说得有道理。那就让那帮小兔崽子自生自灭吧。”

“就知道你没良心！”唐知心嘟囔着。

“我怎么没有良心了？我站在宫门外等了你一个早上了，师妹啊！头都要给风吹掉了。”段未语极度委屈。唐知心挥舞拳头威胁道：“你当初怎么跟师父保证的？生是清山的人，死是清山的鬼。现在说出这种话，回去我就和师父告状去！”

段未语满不在乎地笑道：“师父早就抛弃咱们俩了，自从我当了掌门，他回来过几次？知心，你用心体会一下，以后的路只有咱们兄妹俩相依为命了。”

唐知心挑起眉，道：“谁要跟你相依为命？我不嫁人了吗？真想把我在清山上耽误成个师太吗？”

“不会。你嫁不出去，师兄娶你。咱俩可以凑合过。”段未语哈哈大笑，随后还不忘补充一句，“就咱俩这交情，师妹你放心，师兄不会嫌弃你的。”

“段未语！你信不信我揍你！”唐知心嗔怒道。

见唐知心真生气了，比了比拳头就要动手，段未语赶紧抓住她的手，嬉皮笑脸地开口道：“别生气了，师妹，你看师父来信了！”

“师父来信了？太阳打西边出来了？他说什么了？”唐知心眨眨眼，果然将怒火抛到了脑后，注意力全被段未语手中的信吸引。

“没什么大事。让咱们去趟落照。”段未语道。

“去落照？现在啊？去干吗？”唐知心难以置信。

“蹭饭。”段未语简洁地答道，“落照林氏的老当家这个月十五过六十大寿，咱们得去祝贺一下，表表心意。”

“又是截教的人？！都不对付这么长时间了，干吗还要去？”唐知心相当不满。段未语摊手道：“人家都下了请帖了。再说皇上不也跟你说要教派和睦？截教主动示好，咱们更是不得不去了。”

“人家请的是师父他老人家吧？他自己不乐意去就推给咱俩。一群人互相看不顺眼，还要假惺惺虚伪客套，想想我就头皮发麻。”唐知心依旧不情不愿，嘴里不停地抱怨。段未语拍着胸脯保证道：“这不是还有我吗？你就只管吃，反正不能便宜了他们。”

唐知心想了想，怀疑道：“我怎么觉得事情没这么简单？他们是不是还有别的什么事？”

“是有别的事，不过咱们去了再说吧。”段未语道，“到时见机行事。”

唐知心再次生气道：“我就说，你肯定有重要的事瞒着我！”

“不不不，这事一点儿都不重要。咱们眼下还有更重要的事要解决呢！”段未语一脸真诚。

“什么事？”唐知心问。

“我饿了。”

“段未语！”唐知心暴怒。

段未语委屈道：“你刚收了这么多赏赐，不该请客吗？”

“闭嘴！”唐知心凶狠道。

“真是薄情寡义。”段未语可怜巴巴地抱怨着。

雪域四藩，江宁、河内、湖州和海镜。其中以江宁最为富饶，都城落照四季分明，落照距离清山不过也就半天的路程。段未语和唐知心一路从天茗赶到落照，在寿宴前一日入了城。按照段未语的计划，在此停留几日，便可直接从落照打道回府。

对于落照林氏，唐知心了解得并不是很多。虽同属截教，但林氏的名气的确比身为皇亲国戚的韩家人低了不少。林老先生叫什么她都不太清楚，只听说他为人争强好胜，极爱攀权附贵，膝下有两个儿子，外界传闻，父子关系不太好。但俗话说，瘦死的骆驼比马大，林家比韩段两家再不如，好歹也是名门世族。二人来到林府门口，大门庄严肃穆，门内雕梁画栋。段未语递了拜帖，便跟着小厮进了内院。

此时林府里已是宾客满堂，走两步就遇见个熟人。林老爷子站在屋中，虽一头白发，但双目炯炯有神，身材挺拔。右手边立了个管家，左手边站着一位年轻男子，看样子二十岁上下，一眼望去便让人难以忘怀。年轻男子抢先一步冲着段未语抱了抱拳，道："段兄。"

段未语上前行礼，几句客套话后，将唐知心推到前面，道："这是我师妹，唐知心。师父归隐多年，派我师兄妹二人代他前来祝寿。"

林老爷子打量着唐知心，摸了摸胡子，笑道："早闻唐姑娘一身绝技，没想到竟然如此年轻。"

这已经是最近几日唐知心第三次听到这话了，她嘴角抽搐了一下还是赔笑道："林先生过誉了。"

段未语又向师妹介绍了刚才那位年轻男子。这人是林家老爷子的长子，名启，字寄云。林寄云在人群中很打眼，像他这种世家子弟，唐知心见得多了，每年想挤进清山拜师的就成百上千。可林寄云确实品貌非凡，身上散发出世家子弟少有的放荡不羁，然而说话却温文尔雅。林寄云笑着与唐知心打招呼："唤我寄云便可。"

"林兄。"唐知心笑道。

屋外又进来一群客人，乱哄哄地打着招呼。来人大多是冲着清山掌门的，几乎没唐知心什么事。唐知心瞥了一眼段未语，悄悄地溜出了屋子。脱离尴尬的氛围，她长舒一口气。门外依旧是人山人海，唐知心四下张望，瞅准一个没人的花园猫了进去。

林府的花园不是很大，但满园的春景却关也关不住。红杏开在枝头，花瓣似雨飘落，在满目的阳光中飞舞。唐知心深吸一口气，闻到了落红入泥的味道，以及——一阵清甜的酒香。

哪来的酒香？唐知心环顾四周，突然发现背后花园角落的廊下倚靠着一个男子。他一条腿屈起，另一条腿晃晃悠悠挂在廊外，脚边是几个空了的酒坛。他上半身靠在廊柱上，右手随意地环在胸前，左手还提溜着半壶酒。他似乎喝了不少，但看不出醉意，一双眼眸深若寒潭，带着冷漠的目光，正盯着唐知心这个不速之客。

他就这么看着她，完全没有要开口的意思。唐知心正在斟酌要不要上前打个招呼，他却转过头，不再看她。他举起酒壶送到嘴边，喉结滚动，仿佛她不存在一般。

唐知心尴尬地立在原地，琢磨着准备离开。此时花廊下传来一声呼唤，脚步声由远及近，来人是林寄云。林寄云缓缓走来，熟稔地拍了拍那男子的肩膀，笑道："阿沉，你让我好找。"

被唤作阿沉的男子，抬起了头，望向身后的林寄云，淡淡道："前院太吵。"

"知道你不喜欢人多，我才找到这里来。你别喝醉了。"

"不会。"

林寄云转过身，才发现站在花下的唐知心，微微一愣后，笑着招呼道："唐姑娘，你怎么在这儿？"

"前院人太多了。"唐知心尴尬地笑笑。林寄云点头会意，笑着招手道："唐姑娘，过来坐。"

唐知心想林寄云这个人，让人感觉很舒服。他没有什么世家子弟的架子，或许也是看出了自己和那名男子之间的尴尬气氛才开口试图缓和。唐知心走过去，在他们二人之间坐下。屁股还没挨到石凳，就感觉到那名男子身上传来阵阵的寒意，唐知心下意识地缩了缩脖子。此举惹得林寄云哈哈大笑道："这是我的义弟，姓沈名沉，我叫他阿沉。早年间江湖相识，我救过他一命。他性子天生冷淡，但没有恶意，唐姑娘别介意。"

介意？自己敢吗？这人内力如此深厚，又冷若冰霜，说介意会不会被打死？唐知心心里想着，表面却很虚伪地客气道："不会不会，沈公子有礼了。"

那男子转过头，认真地打量唐知心片刻，缓缓开口："岁寒，沈岁寒。"

唐知心微微一愣，也自我介绍道："我叫唐知心，'未语知心'的'知心'。"

"嗯。"沈岁寒点点头。

这人真怪，唐知心腹诽，气氛再次陷入尴尬。林寄云也不知说点什么好，只得提出要带二人去城里转转。他有个弟弟在落照城的巡检司当差，可以顺便见上一见。唐知心还没来得及答话，就听到不远处段未语唤她：“知心！”

唐知心转过头，瞧见段未语站在花园入口。他面色不好看，连平日里的笑容也消失了。见状，她只得老实应了一声：“师兄。”段未语径直上前两步，也没有与林沈二人打招呼，拉起师妹就走，口中道：“就知道瞎跑。走了，跟师兄吃饭去。”

段未语出了花园后自始至终板着个脸，唐知心以为他是生气自己乱跑，刚想解释两句，段未语开口道：“你知道那两人是谁吗，你就跟人家有说有笑？回头让人给卖了，我可不去赎你。”

“林寄云刚刚不是在厅堂里见过？”唐知心眨眨眼，道，“不是你朋友吗？”

“谁说我跟他是朋友了？”段未语挑眉。

“你们不是称兄道弟来着？”唐知心问。

“称兄道弟就是朋友？你到底是不是我亲师妹？那是应酬，你看不出来？我要是上来就称呼他‘邪教教主’，林老头还不直接把我俩赶出去啊！”段未语捶胸顿足道。

“邪教教主？”唐知心蒙了。

段未语皱眉解释道：“林寄云看上去是个翩翩君子，但内里是个什么样的人连我也弄不清楚。他和他父亲的关系相当不好，不过这是人家的家事，你我不必多议。但是这个林寄云离家之后去了海镜，创了一个旁门左道的门派叫屠佛殿，武功路数不正，邪门歪道不绝。还有……”段未语眯了眯眼睛，继续道，“与他一起的那个人，听说是林寄云拜了把子的兄弟。”

唐知心点点头，道：“嗯，叫沈岁寒。”

“他是屠佛殿的护法，你瞧他压抑的气息就知道他武功深不可测，远在林寄云之上。”段未语神秘兮兮地说，“这么厉害的人物，以前名不见经传，如今入了邪教……敬而远之吧，知心。”

回去的路上，段未语心情有所好转。他一直都不是个好脾气的人，他说得有理，她也不在意他的脾气，二人从来不怄气。唐知心瞅着段未语，这才想起来问道：“刚刚林老爷子跟你说什么了？”

“攀亲。”段未语眨了眨眼，神秘兮兮地道。唐知心顺势打趣：“怎么？

他也有女儿要嫁给你啊？”段未语听了这话，伸出手指就在唐知心脑门上狠狠一弹。唐知心躲避不及，疼得龇牙咧嘴。段未语气笑了，道：“你就这么盼着我成亲？别说林老头没闺女，就算有，人家也看不上段家。”

“连你都看不上，难不成要攀皇亲国戚？”唐知心捂着脑门问道。

段未语心情转好，笑眯眯地牵着师妹穿过回廊，口中道：“你还别说，真是皇亲国戚。海镜藩王室一对双生的郡主到了待嫁之龄，我听说上个月才领了封号。一个叫时贞，一个叫时阳。林老头也不知做了什么，竟然给自己儿子争来一个郡马之位。他可算是如愿以偿了。”

“这么说，林寄云要做海镜郡马爷了？”唐知心揣摩道，“你不是说他们父子关系不好？他能听他爹的？”

段未语摆摆手，随意说道：“这怎么能一样，他要娶的可是郡主。定都定下了，不想娶也得娶。只不过……”

“你能不能说话别总卖关子，烦不烦人？”唐知心不耐烦道。

“不过林老头有俩儿子，谁娶郡主还没决定呢！”段未语道。唐知心恍悟：“对哦，刚刚林寄云还在说，他有个幼弟在巡检司当差。”

“他还真是什么都跟你说。”段未语酸溜溜地道，“他这位幼弟，在巡检司当捕快。”

“捕快？这兄弟俩有毛病是不是？当公子哥不舒服吗？”唐知心诧异。

段未语哈哈大笑：“你师兄我也是公子哥，你看我舒服吗？”

唐知心打量着段未语，认真地说道：“我瞧你挺舒服的。”

“我倒是挺理解这兄弟俩的。我不乐意回家的时候，还能在清山上躲着。林家兄弟俩没地方躲，可不就跑得远远的了。”

“那林老爷子想让哪个儿子娶郡主？”唐知心追问。

“谁知道呢。听说林小公子还未及弱冠呢，未曾谋面。刚有人说他今晚会回林府。好像是叫……”段未语苦思冥想，摆明了是有人告诉了他，他觉得不重要，转脸就给忘了，“好像是叫林放？”

天茗的皇宫大殿中，灵帝威严地立于正中，看着殿下之人缓缓走进。只见来人一袭黄衣锦袍，腰带间嵌着碧玉，腰封下别着一支玉笛，笛头处挂着的穗子随着脚步轻轻摇曳。长长的衣襟一丝不苟，领口处绣着花纹，衬着衣衫下高挑瘦削的身形。他自殿外走进，停在了距离帝王一丈开外的地方，微微垂下眼眸，轻轻俯了俯身子，平静地说：“臣天机阁阁主韩景榕，见过陛下。”

“起来吧。朕今日找你来，你应该知道所为何事。”

“是，臣知道。”

“既然知道，韩大人以为如何？”

韩景榕抬起头，眼神利如刀锋：“臣不同意。”

“不同意？”灵帝皱眉。

“是，臣不同意灭门孟氏。”韩景榕道，“孟樊有功勋在身，陛下一意孤行，恐伤了老臣们的心。”

“这可是皇后的主意，朕以为你们姐弟会一条心，助朕除去后患。”灵帝挑眉不满。韩景榕看了灵帝一眼，淡淡道：“臣是臣，皇后是皇后，除了都姓韩，没有其他共同之处。”

“韩大人！”灵帝不悦地警告道。韩景榕却自顾自继续道：“陛下既然已经打算让太子迎娶孟枝遥，又何必赶尽杀绝呢？陛下心意已决，又何必再问臣的想法呢？”

灵帝大怒：“韩亦，朕看你的胆子是越来越大了！天机阁作为皇室秘密暗阁，本该替朕分忧。你是真以为朕不敢杀你？”

韩景榕道：“陛下，自古文人有规劝帝王之责。祖训有言：一不斩本土教人，二不杀士大夫。臣两样都占了，陛下不能杀我。当然了，无论如何，天机阁依旧是陛下的天机阁，天下依旧是陛下的天下，陛下想杀多少人自然就可以杀多少人。但既然陛下问了，臣只多劝一句，‘汤帝咨嗟惩六事，汉庭灾异劾三公……东海得无冤死妇，南阳疑有卧云龙’。风落岭路途遥远，黄沙漫漫，望陛下三思。”

回到房间后，唐知心稍作休整。知道外间饭厅人多嘈杂，段未语便差人送了吃食到她房间。送饭的小丫头很懂规矩，放下食盒就走了，临出门还不忘嘱咐道：“段掌门说了，主人晚间有事相商，他会来接姑娘同去。”

有事？能有什么事？唐知心心中盘算着。她对这个道貌岸然的林家老头没什么好感，也许是因为他虚伪，也许是因为他势利，也许只是出于本能。总之，他说有事，唐知心几乎可以断定不是什么好事。菜是好菜，酒是好酒，但有心事吃什么也都是索然无味。

院外依旧有鼎沸的人声传来，唐知心推开屋后窗户，阳光倾泻进来，似乎她的心情也好了一些。窗外开着成团成簇的绣球花，娇艳欲滴的甚是好看。她忍不住将手伸出窗外，准备折一朵下来放在床头。唐知心刚抬起手，只见一个白影唰的一下从枝头掠过，在她手臂上留下一道血痕，疼得她龇牙咧嘴。

“哎哟！”唐知心一声哀号。树影晃动之后，她定睛一瞧，居然是一只白色的猫。

猫咪通体雪白，皮毛油亮，一看就不是流浪的野猫。它一双眼睛似琉璃般剔透，背后拖着一条又长又蓬松的白色尾巴，随意地甩来甩去。猫咪抬眼看看唐知心，舔了舔爪子，对刚才给她造成的伤害全然没有愧疚之感。

不愧疚就不愧疚吧，谁让人家长得好看呢。唐知心从桌上的剩菜中夹起半条鱼递到窗外，冲猫咪招招手，道：“来，过来吃鱼。”

白猫鼻子动了动，看着唐知心手里的鱼肉犹豫了一下，最终还是一步一步小心翼翼地靠近。唐知心伸出手想摸它的脑袋，口中不住夸道：“真乖……”话还没说完，白猫突然加快速度，嗖的一下冲到她面前，叼起鱼肉转身就跑，风驰电掣一般没了影子。唐知心连根猫毛都没摸到，一时间，被嫌弃的挫败感油然而生。

直到夜幕降临后，段未语敲响房门，二人一路朝林老爷子的书房走去，唐知心还在抱怨。她卷起袖管递到段未语面前，委屈道：“你瞧，可疼了！”

段未语瞥了一眼她高高举起的手臂，感叹道：“知心啊，我总觉得带你出远门是一件挺危险的事。”

“你是不是想说我活该？”唐知心挥舞着受伤的手怒道，“你敢说一句试试！”

“哦，那我就没话说了。”段未语诚恳道。

不一会儿，二人来到林老爷子的书房门口，管家开门请他们进去，随后转身离开带上了房门。唐知心很诧异，本来以为会有很多人，哪承想，屋里只有林老爷子一个人在等着。看见二人进门，他热情地上前迎接。又是一阵寒暄，好一会儿，他才说到正题上：“今日请段掌门与唐道长前来是有一事相求……”

段未语不接话，抿了一口手中的茶，道：“这茶味道不错，知心你尝尝。”

林老爷子继续说道：“老朽知道，阐、截二教相争百年，清山素来视我林家为眼中钉。但是，时局在变，就算是昔日对手，如今重归于好、同仇敌忾也不是不可能的嘛。”

“同仇？我们有共同的敌人吗？”段未语挑眉。

林老爷子眼神炙热地道："其实十九年前，清山与林家也合作过一次，当时与老朽同行的还是段掌门的师父。不知道贤侄知不知道这件事？"

段未语皱起眉说："你是说围捕那个孩子？"

"那时候是个孩子，如今若是活着，也该有唐姑娘这般大了。"林老爷子笑道。段未语似乎很不喜欢他这个比喻。他将茶杯放回桌上，掸了掸袖口，挑眉道："所以？"

"段掌门也应该知道，这个孩子出生之前的种种异象传说。听闻这个孩子可以帮助截教战胜阐教，是一名救星。"林老爷子说得绘声绘色。段未语没有出声，相当于默认。

"为了表示友好，老朽愿意再次与清山合作，找到此人，除之以绝后患。"林老爷子拍着胸脯道。

段未语一声冷笑："表示友好？林世伯怕是有别的想法吧。当年之事，绵安江家也参与其中，世伯为何不去寻他们合作？"

"江家？江家要出事了。"林老爷子想想又补充道，"陛下看上了他们的那把剑。"

"如此便找上了我们？"段未语挖苦道，"世伯与其说是为了两家友好，不如说是为了林家的利益吧。截教如今势力不如从前，你又被韩家一个初出茅庐的晚辈踩在脚底下。你的寿宴，韩景榕脸都没露，就打发了个下人替他前来。你是担心万一这个传说中的救星降世，帮的不是你，而是韩景榕，林家便更没有立足之地吧？"

林老爷子见一己私欲被人戳穿倒也挺坦然，他摸了摸下巴上的胡须，道："贤侄这么说也没错。韩景榕这个人确实是让人厌恶，怎奈他有皇帝撑腰，老朽拿他也是无可奈何。"

段未语打趣道："世伯不也要与皇亲国戚联姻了，不用担心。"

"藩邦的郡主而已，韩景榕的姐姐可是当朝的皇后娘娘。"林老爷子摆了摆手。

段未语笑而不语，林老爷子继续道："其实，与其说怕这个孩子帮韩家不帮我，倒不如说老朽更担心现在的局势被打破。"

段未语抿了口茶，笑道："我懂，有我们清山牵制韩家，世伯的日子也更好过一些。"

"不错。这个孩子带来的不确定性太多，必须杀之以绝后患。"林老爷子眯起眼睛，继续分析道，"再说了，杀了此人，对你们来说不也是好事？

没有所谓的截教救星，阐教日后更不用担心预言成真了。”段未语不说话。林老爷子只好继续道：“话说到底，这教派与教派之间哪里会因为个名字就永远站在一边？不过都是利益罢了，你我都不待见韩景榕，他便是咱们共同的敌人。你看看江家，不也是你们阐教那头的，段掌门不也没打算救他们？听说这次，你们清山的那位老祖要亲自出马？就为一把剑……”

段未语听了这话，神色一凛，骤然站起，警告道：“林家主，谨言慎行。”

“那段掌门这是答应了？”林老爷子笑道。

“我考虑考虑，三日后给你答复。”段未语皱眉回答。老爷子喜出望外道：“好，贤侄愿意考虑这件事，证明是有头脑之人！再看看我那两个不成器的儿子，若是能有段掌门半分，老朽就心满意足了。”

“没有别的事，我们就先回去了。”段未语打断道，“知心，走了。”

“等一下，还有一事。”林老爷子急忙道，“素闻唐姑娘铁口神算，不如帮咱们算算，十九年前的那个孩子，如今是死是活，身在何处？”

突然被点名，唐知心一脸蒙。段未语倒是果断得很，一把将她扯到身后隔开对面人的目光，不悦道：“林家主，我师妹这双天眼不是谁说开就给谁开的。你我交易也好杀人也罢，莫要将她牵扯进来。否则休怪段某不客气！”

“知心，咱们走了！”段未语说完不等老头子反应，扯着师妹就出了房门。

唐知心一路都能感到段未语的熊熊怒火。他很少发这么大脾气，唐知心犹豫要不要开口问刚才的事，毕竟她坐在那听得云里雾里。什么孩子？什么福星？她满脑袋的问题，却不知从何问起，倒是段未语先开了口：“知心，今天晚上的事以后再跟你解释。切记不可告诉别人。”

唐知心点点头，道：“好。”

“你先回房吧，我要立刻给师父写信，就不送你回去了。”待师妹转身离去，他的声音从身后传来，“胳膊上的伤，要记得上药。”

夜间的林府，终于恢复了安静。虽然正厅中依旧灯火通明，但相较白天还是安静了不少。折腾一天，唐知心确实有些累了，她拖着沉重的脚步往自己的房间走去。还没走出多远，一个白影又嗖的一下从脚下穿过，停在回廊边的矮凳上。

“你这只猫！”唐知心大喝一声，顿时来了精神。

白猫喵呜一声，竟是一脸不屑。

“不给摸就把鱼还给我！”唐知心恶狠狠地威胁。又是一声猫叫，白猫抬起爪子便窜入了回廊尽头的一扇门内。

如此嚣张！欺人太甚！唐知心追着白猫跑到一间房门口，房门没有关，屋内昏暗。唐知心犹豫再三，着实还是觉得报仇比较重要，抬腿便进到了屋内。进了房间，她四下搜索白猫的身影，这猫似乎也没打算躲着，就趴在厅内的桌子上悠然地舔着爪。唐知心看着气就不打一处来，愤恨质问道：“挠了我就算了，吃了我的鱼就跑，还有没有道德了？”

说完这话，她走上前，这才猛然发现桌子后面居然坐着一个人！

男子一身劲装，长发高高束起，看着年纪不大却是一脸冷峻，一副少年老成的模样。一对飞眉入鬓，一双凤眼在灯火照耀下波光粼粼。飞起的眼角下，似是有一颗水珠在跳跃，仔细一看，原来是一颗泪痣。

见唐知心闯进门，男子有些不高兴。唐知心刚准备道歉，他却先开了口。他的声音与年龄相符，略带稚嫩的音调像泉水叮咚，即便是生气也没什么威力：“原来是你喂雪球吃的鱼！”

被唤作雪球的白猫前一瞬还趾高气扬，听见男子唤它的名字，立刻换上一副可怜巴巴的表情。它用头蹭了蹭男子的手，百转千回地发出一声猫叫：“喵呜……”唐知心不高兴道：“我是打算喂它来着，还没来得及喂就被它抢走了！”

“喵呜……喵呜……喵呜……”雪球委委屈屈地叫着。

这猫是在告状？！唐知心看傻了眼，明明是它挠了她，它有什么好委屈的？

“你这猫成精了吧？还会演戏！”唐知心震惊道。

“你胡说什么？”男子皱眉不悦道。

“你的猫先挠了我，又抢了我的鱼。这会儿还恶猫先告状！有主子撑腰了是吗？”唐知心气道。雪球在一旁大眼忽闪：“喵呜……”

唐知心提高了声音，雪球就叫得更大声。男子挠了挠它的脑袋开口道：“这不可能，雪球患有肌肤失养之症，吃鱼会长疹子，它根本吃不了鱼。”

“它是只猫！猫吃不了鱼？！”唐知心嘴角抽搐道，“你怎么不说它还怕耗子呢？！”

“你管它怕不怕耗子呢？多管闲事！”

“你骂我？”唐知心撸起袖子道，“你再说一遍，谁是狗？谁多管闲事？！”

“喵呜……”

“总之，雪球不会无缘无故攻击你，一定是你做了什么惹得它不高兴了。”男子冷声说道。唐知心难以置信：“所以是我错了？那我给你的猫道歉怎么样？”

男子很认真地想了想，答道：“可以。”

雪球在一旁点点头：“喵呜……”

唐知心被气笑了：“这位壮士，我看你也是个会武功的。这样，聊是没法聊了，咱们打一架，你先出招吧！想我唐知心纵横江湖，虽然本事不大，但士可杀不可辱。何况我现在是真的挺想揍你的。”

“动手可以，你先道歉。”

“你说啥？！”

“喵呜！”

简直欺人太甚！唐知心怒火中烧，这世上居然有比段未语还不讲理的人！唐知心撸袖子就要上去揍得这臭小子满地找牙，忽听得身后有人唤她：“唐姑娘，一天能碰上两回，咱们还真是有缘分。”

唐知心回头看了看唤她的林寄云，怒道：“林公子，咱们一会儿再讨论缘分的问题，我先跟这臭小子把账算了！”

“我说了，动手可以，但你必须先给雪球道歉。”男子依旧坚持。

“小放！你怎么和客人说话的？”林寄云呵斥道，“唐姑娘是清山派的掌门师叔，是父亲请来的贵客！”

“哟，又是个道士啊。”男子鄙夷道。林寄云转头对唐知心道：“他便是我白天跟唐姑娘提起的幼弟，单名一个‘放’字。如今在巡检司当差。他年纪小，脾气差，唐姑娘别跟他一般见识。”

唐知心再次看向面前男子。还别说，这个名叫林放的少年和林寄云长得确实有几分相似。俊朗的眉峰，含情的双目，但二人的气质却是天差地别。林放除了略显稚嫩之外，也没有林寄云那份温润，举手投足之间有一股刚毅浩然之气。

正所谓“强龙不压地头蛇”，唐知心也不好在别人的地盘撒野。收拾这臭小子，以后再说吧。她不甘心地撇撇嘴：“行吧，既然林兄求情……”

唐知心话没说完，另一位林公子却不乐意了，林放不依不饶道：“今日就算了，再有下回，不光是我，雪球也会记住你的！”

“够了。”林寄云责备道，“收拾一下，换身衣服。父亲让我们去书房一趟。唐姑娘你早点回去休息吧，我们兄弟二人就不打扰了。今晚的事，我替幼弟向你道歉了。”温和的林寄云似乎难得有这么严厉的语气，林放还想说些什么也只得憋了回去。

告别了兄弟二人，唐知心独自回到客房。刚刚差点没被林家那位小公子气得背过气去，这一夜哪还能睡得着，她在床上辗转反侧到后半夜，天快亮时才迷迷蒙蒙睡着。

第二天一大早，昨天的小丫鬟准时敲响了房门，送了盆热水，还有些早膳。气得没睡好，早上又起这么早，唐知心只觉得头疼欲裂。收拾完毕，推门而出，门外又是一片嘈杂。好不容易找到了林府管家，才得知段未语今早已经出门了，给她留了一张字条。字条上洋洋洒洒写了四个大字：晚归，勿念。一看就是段掌门的亲笔。

唐知心气愤地将字条揉成一团，愤然自语：“好你个段未语，居然不告而别！”这时身后突然传来一个男人的声音：“这位就是唐知心唐道长吧？久仰久仰！”

唐知心吓一跳，回头看到一个陌生男子。男子一身异域打扮，短短的头发与众人格格不入。而站在他身边的，正是昨晚要同自己打一架的林放。

啧，冤家路窄。

见唐知心虎视眈眈地盯着自己与林放，陌生男子显然有些不自在。他摸了摸鼻子开口道：“在下苏尽欢，天茗韩氏的门客。此次替我家韩先生前来赴宴，听闻唐道长也在，专程前来拜会。有些唐突，唐道长见谅。”

苏尽欢？唐知心打量着，他看上去十分年轻，就连站在未及弱冠的林放身边也看不出谁大谁小。韩景榕会有这样的门客？唐知心看着苏尽欢稚嫩的脸庞上带有几分与年龄不符的阴郁气质。相较之下，站在一旁的林放立刻显得——呆头呆脑！

嗯，唐知心对自己想到的这个形容词十分满意。

苏尽欢见唐知心一直不说话，还恶狠狠地看着自己身边的林放，他有些犹豫，两边来回看看，道：“你们认识？”

“不认识！”二人异口同声。

“不认识都这么有默契？”苏尽欢蒙了。

“谁跟他有默契！”二人异口同声地嫌弃。

苏尽欢尴尬无语。唐知心假咳一声，主动道：“你们认识？”

“我与林小公子早年间一处学武，我算他半个师叔。后来我去了天茗，就再也没见过了。”苏尽欢如逢大赦，赶紧解释道，“今日好不容易再相聚，早知道他认识唐道长，就让他帮我引荐了。”

林放双手抱胸，冷冷哼了一声。

哼什么哼?！你牙疼吗?！唐知心腹诽，有旁人在又不好发作，她在心里将《道德经》念个来回，强压怒火开口与苏尽欢寒暄道：“苏先生自己来的？韩先生没一同前来？”

“唐道长不必唤我先生，我不过韩府一介门客。”苏尽欢笑了笑，继续说道，“皇后娘娘即将临盆，如此紧要关头，我家先生肯定要守在皇后娘娘身边。”

唐知心点头道：“早闻韩先生杏林妙手，有时间我与师兄定当登门拜访。”

“随时恭候。”苏尽欢道。

林放冷笑道：“哼，虚伪。”

“我看你是不挨揍浑身难受是吧？”唐知心彻底奓毛。

林放又是一声冷笑：“粗鲁。”

唐知心撸起袖子，道：“让你见识一下什么是真的粗鲁！”

“唐道长，别激动！”苏尽欢急忙上前阻拦，口中劝道，“林放，你少说两句！”

“假惺惺还不让人说了？”林放翻了个白眼。唐知心挥舞着拳头大声道：“臭小子！今天不是你死就是我亡！”

于是乎，林府花园内一出三人闹剧上演。苏尽欢焦头烂额，连拉带扯挡在唐知心与林放之间。而他心中早已将那个不干人事的韩景榕骂了个狗血淋头。

林放心情不好，但不是因为唐知心。

昨夜唐知心走后，林家二位公子一前一后来到老爷子的书房，一路上，二人谁也没有说话。盛春夜晚，开门来迎二人的小丫鬟都能感觉到两位少爷身上散发出的寒气。不过这样的事她也见怪不怪了，两位少爷常年不在家，一回来，哪次不是吵得鸡飞狗跳。小丫鬟赶紧将二人让进屋内，飞快带上房门，一溜烟逃离了现场。

林寄云与林放站在厅堂正中，林老爷子刚刚洗漱完，随意穿了件武袍，他打量着两个儿子，片刻后，他看向林放，低声道：“你还知道回来？”

林放道：“给父亲祝寿，祝您寿比南山。”

“寿比南山？”林老爷子瞪眼道，“就照你们俩这么气我，我还能寿比南山？”

林放不语，林老爷子继续道：“你在巡检司的差事干得如何？”

“挺好。”

“好个屁！”林老爷子怒道，“老子辛辛苦苦经营家业，你跑去巡检司当捕快，是不是想气死我？你看看人家段未语，堂堂清山掌门，独当一面。你就不能学学人家，给你老子长点脸？学谁不好，非要学你不成器的哥哥！”

“我哥怎么了？我觉得挺好！”林放不服气。

林寄云在一旁呵斥：“小放，你少说两句。”

林老爷子怒道：“林家截教正统，你哥跑去搞什么邪门歪道，不务正业！”

林放冷笑道：“屠佛殿是不务正业，当捕快也是不务正业，一心一意得道成仙就不算不务正业了是吧？你那么清高，看不上巡检司的差事，不也总巴望着朝廷待见？！口口声声国教正统，你们内部争斗，滥杀的无辜少了？清山来的那两个人，明明是阐教的，嘴上不说，心里想着什么，大家心知肚明！表面一套背后一套，你们这些修仙的比旁人又高尚在哪里？！还好意思说大哥。他没偷没抢没杀人，怎么就邪门歪道了？！”

“林放，别说了！”林寄云厉声呵斥。

林老爷子拍案而起：“放肆！反了你了！你是不是以为你爹我能让你当捕快是拿你没办法了？我告诉你，只要我一句话，你明天就别想再进巡检司的大门！”

“那我就走！雪域这么大，我就不信你能只手遮天！”林放不服气道。

“你敢！”

“你看我敢不敢！”

“行了林放，你把嘴闭上！”林寄云两步上前，挡在了林老爷子与林放之间。林老爷子气得不轻，按着胸口坐回椅子上。林寄云开口试图缓解气氛：“爹，消消气。林放还小……”

“小？”林老爷子瞪眼道，“清山掌门多大？不就比他年长个三四岁。”

林放生气道：“你别拿我跟他比！我这辈子也不会跟你们掺和做什么道士！”

“你要当捕快我也由着你了。海镜郡主，你非娶不可！”

“不娶！”林放毫不退让。

“这事由不得你！”

“那你杀了我吧。”

“你个孽障！”林老爷子抬手就要打。林寄云赶忙拦在前面，飞快道：“我娶！爹，别动怒！”林老爷子听了这话，果然停下了手，挑眉道：“你？你愿意？”

林寄云沉默了半晌，开口道：“是，我娶。父亲在乎林府名誉，哪有兄长没娶亲，幼弟先娶的道理。再说我本就在海镜安家，郡主不用远嫁，想必会更高兴。”林老爷子见事情有转机，心情也好了一些。他想了想，道：“你能娶郡主，也是最好不过……”

“但是孩儿有个条件。”林寄云打断道，“郡主嫁过来，必须与我住在屠佛殿。我不会回落照的。”

“大哥！你别胡说，你要是娶了郡主，薇姐怎么办？”林放着急。林老爷子冷哼一声，道：“什么薇姐？她那样的人……”

林寄云赶紧打断道：“父亲这是答应了？”

“行，就这么办吧。”林老爷子妥协道，“你爹也不是蛮不讲理的人，你既然愿意，我也可以让一步。寿宴结束你便回海镜，去王府见见海镜王。”

从林老爷子屋内出来，林放跟在林寄云身后一言不发。林寄云回头看了他一眼：“行了，都解决了，你还有什么好生气的。你就这么不愿意娶亲？也是，谁家姑娘嫁给你，也是倒了霉。”

“大哥！”林放委屈，话到嘴边又不知如何开口。

林寄云淡然道：“别自责了，大哥自愿的，不关你的事。”

“可是薇姐……”

“说了不关你的事。”林寄云打断道，“小放你记住，在大哥心里，什么女人都不及你我兄弟。”

送完幼弟后，林寄云一个人沿着回廊往前走着，一阵微风拂过面庞，他微微眯了眯眼，脚下一个转弯，又来到白天那个小院子里。那人果然还坐在原处，只是脚边的酒坛好像换了一批。

“阿沉。”林寄云强笑着招呼道。

沈岁寒轻轻一瞥，面无表情，道：“笑不出来就别笑了，难看。”

沈岁寒顺手扔出一个酒坛，对林寄云道：“喝吧，一醉方休。”

“好，一醉方休。”

段未语一整天也没回来，客人依旧来来往往，清山掌门不在，应酬自然就落到了唐知心的头上。她翘首以盼地等着段未语回来拯救她于水火。

一整天下来，唐知心只觉得自己过往的人生中从未如此想念过自己的师兄，她宛若一个殷殷期盼丈夫早日归来的小媳妇儿，泪眼婆娑地倚栏苦等。不过伤心是不可能伤心的，心情嘛，自然是焦急中夹杂着怒火。

“不是说好让我来只负责吃嘛！自己跑得连个人影都没有了！”唐知心愤愤不平地道，“还有没有点信誉了！”

直到日薄西山，段未语依旧未归。晚上的宴席肯定是逃不掉了，唐知心唉声叹气地跟着管家来到宴会厅，眼疾手快地抢了一个角落的位置坐下。

周围坐的都是不认识的人，唐知心打定主意吃饱喝足便悄悄溜走。她心里盘算时，林家老爷子带着林寄云和林放来到席间，众人纷纷起立问安。林老爷子道谢后开口宣布了林寄云与海镜郡主的婚事。唐知心想着昨天段未语说的话，一时间居然有点同情林寄云。

“你知道吗，听说这位林大公子外面有个相好的。”苏尽欢不知什么时候出现在她身后。唐知心又被他吓了一跳。

“唐道长是不是有什么心悸之症，怎么如此容易受惊？”苏尽欢无辜道。

“你能不能别总在人背后出声，我后脑勺又没长眼睛。”唐知心瞪了他一眼，“叫我知心吧，或者小唐也可以。”

“小唐姑娘。”苏尽欢笑道。

“你刚才说什么？什么相好的？”唐知心回过神来问。苏尽欢抽出一张椅子在唐知心身边坐下。“我说……要娶海镜郡主的这位林大公子，早有一位日夜相伴的美人了。听说是他青梅竹马的师妹。”

“你怎么知道的？”唐知心眨眨眼。

“我有专门打探江湖情报的朋友。”苏尽欢端起了桌上的酒盏，递到嘴边一饮而尽。他咂咂嘴神秘兮兮地继续道：“我听说，时贞郡主也有一位青梅竹马的知己。”

唐知心放下筷子，一脸真诚地说：“韩景榕的门客，都像你这样爱传播小道消息吗？”

“你知道昆仑雪莲吗？”苏尽欢突然答非所问道。

唐知心一愣，疑惑道：“什么昆仑雪莲？不知道。”

“哦，不知道就算了。”苏尽欢笑道。

“这个什么雪莲与海镜郡主有关系？”唐知心一头雾水。

“没关系。”苏尽欢摆手道。

唐知心不高兴道：“没关系你问什么问。”

“我就是突然想起来随口一问。”苏尽欢笑眯眯地说道，“你怎么闲聊脑子还这么清楚，一定是酒喝得不够多，来，小唐姑娘，我敬你一杯！”

“我酒量不好，在外不怎么喝酒。”唐知心诚恳地说道。

听了这话苏尽欢立刻替她满上了酒盅，豪迈道：“都是江湖儿女！来，我先干为敬！”

喝酒误事这个道理段未语天天挂在嘴边，两杯黄汤下肚后，唐知心晕晕乎乎的时候才想起师兄平日的话。不过今天也没什么事要办，酒过三巡，她已经醉得不省人事。

“小唐姑娘……你到底知不知道雪莲在哪儿？”苏尽欢在一旁循循善诱。唐知心轻哼了一声，摆摆手含糊道：“不……不知道。”

不远处，主桌上的林放一直有意无意地盯着唐知心。

宴会散席，苏尽欢看了看周围的人，犹豫片刻还是伸手将唐知心拉起，搀扶着她往门口走去。走到门口，苏尽欢一把抓住正在送客的林放，脸上堆满了谄媚的笑容。

“干吗？”林放问。

苏尽欢很干脆地说：“喏，把她送回去。”

“为什么要我送？谁灌醉的谁送！”林放不满道。

“这是你家，你是主人。”苏尽欢理直气壮地说道，“再说了，你刚才不也看得挺高兴的。”

“高兴？你哪只眼睛看见我高兴了？”林放挑眉。苏尽欢撇嘴道：“你怎么跟小师叔说话的，不高兴你看那么长时间。”

“吓，我是看你这么长时间没见依旧宝刀未老，油嘴滑舌骗姑娘的本事一点也没退化。”林放冷笑道，“不过你俩一个愿打一个愿挨，你把人灌醉的，自然是你送回去。”

“我不知道她住哪儿。”苏尽欢耍无赖道。

“我也不知道。”林放道。

苏尽欢也不啰唆了，索性将唐知心一把推向林放，林放下意识地赶紧扶住踉跄欲倒的唐知心。

“这是你家，你得照顾好客人。”苏尽欢边说边脚底抹油，一溜烟不见了踪影。

林放扶着步履虚飘的唐知心，无奈地拦住了一个小丫鬟，问道：“清山来的两位道长，安排住在何处？”

“男的住在东苑西厢，女的住在西苑东厢。”小丫鬟伶俐地答道。

林放指了指唐知心，道：“你把她送回西苑东厢。”

小丫鬟为难地说：“少爷，她醉成这样，奴婢扶不住啊！”

林放不耐烦地道：“算了，那你在前面带路吧。”

少爷这是多久没回来了，连去客房都还要人带路。小丫鬟心中嘀咕着，带着林放来到西苑的东厢房。她看着少爷把喝得烂醉的姑娘扔在了床上，转身离开了，赶紧上前轻轻关上房门。

林放送完唐知心回房洗去一身酒气，刚刚换好衣服，就听到了西苑起火的消息。林放愣住了，西苑，她不就住在那儿吗？

要不要去看看？林放纠结着，算了，能救她的人多了去了，不差他一个。雪球不知从哪里跳上桌，喵呜了一声。

“干吗？她自己会武功，非要我救？”

“喵呜……”雪球蹭着他的腿打转。

“林府这么多人，会有别人救她。”

“喵呜。”雪球歪着脑袋眨了眨眼睛。

“好好好，我去行了吧！”林放起身妥协道。

“喵呜。”

林放顺着刚才的路折返回唐知心住的院落，刚跨进院子已见火光冲天。几个小厮正慌忙泼水灭火，火势却不见小，屋顶冒出滚滚浓烟。林放心里有些慌，拉住身边一个小厮问道：“屋里的人呢？”

“没见屋里有人出来。”小厮手里提着水慌张作答。

听了这话，林放不再多想，抢过小厮手中水桶，抬手将整桶水从头淋到脚，不顾众人阻拦，一脚踹开了房门。屋里浓烟滚滚，根本睁不开眼，林放捂住口鼻，摸索着搜寻到床边，床上却是空无一人。

半个时辰前。

唐知心缓缓自床上醒转，只觉得头晕目眩。记忆断片在与苏尽欢推杯换盏的时候。口渴难耐，她从床上坐起，脑袋还晕乎着，鼻子似乎闻到一股烧焦的味道。她用手指揉着太阳穴，慢慢察觉到自己屁股下面的床榻越来越烫，这才迟钝地发现事态不对。火舌瞬间已卷上了窗台，刺鼻的浓烟霎时间弥漫了整间屋子。

唐知心的酒瞬间清醒。

唐知心看看窗外，透过浓烟看见院外有隐约的人影。现在火势刚起，逃还能有一线生机。好端端的，为什么起火呢？忽地，屋内一根房梁烧塌，带着一声巨响砸在了她的脚边，火势越来越大了。

"天杀的段未语，这时候还不回来！"唐知心咒骂。话音未落，突然屋顶上传来轰隆一声响动，砖瓦从房顶上掉落，砸在屋内一把太师椅上，白梨木的椅子顿时被砸得粉碎。唐知心抬头望向屋顶上的大窟窿，浓烟背后隐约可见一片漆黑的夜空，还有——一个人影。

唐知心以为来人是段未语，不禁感叹元始天尊果然保佑徒子徒孙，往后回去要多给他老人家烧香念经，定睛细看才发现来的人并不是段未语。

沈岁寒冲着她伸出一只手。

火光中一切都不太真实，那只手，像浩瀚汪洋中的一叶扁舟，又好似摸不着的海市蜃楼。唐知心扑腾了几下，才将将抓住他的手腕。

"抓紧，我带你上去。"沈岁寒周身真气回荡，像一股无形的风，席卷二人周身，激起空气中细小的沙尘。

好霸道的内力！唐知心还没来得及感叹，耳边已是风声响起，他已带着她站在了屋顶上。沈岁寒并没有在屋顶上多作停留，唐知心脚底一空，像鸡仔一样被他拎回了地面。她咳嗽两声，呼出胸口污浊，随后抱拳道："沈大侠，多谢救命！"

沈岁寒一言不发，扔出块手帕砸在唐知心脸上。

唐知心尴尬地擦了把脸，深吸一口气把刚才没说完的话补上道："沈大侠，这次多亏你救我，救命之恩日后定当加倍奉还。"

沈岁寒面无表情地哼了一声。

"手帕我洗干净以后还给你。"

"嗯。"

唐知心尴尬，面对救命恩人，她努力寻找话题道："你怎么知道我屋子着火了？"

"正好路过。"

"你知道我在里面？"

"猜的。"

人是个好人，唐知心在心中诚恳评价着，就是不大会聊天。她正在盘算怎么能跟救命恩人多聊两句，远远又见回廊那头林寄云神情严肃地走来。他停在二人面前，担忧道："听他们说阿沉救了唐姑娘，我就猜到你们会在这里。唐姑娘你没事吧？”

“我没事。多亏沈大侠相救！”唐知心摆手道。

“那就同我去趟前厅吧……”林寄云欲言又止，“段掌门回来了。”

“他还知道回来？”唐知心不高兴地嘟囔。林寄云看了一眼身后的沈岁寒问道：“阿沉，你一起去吗？”

“不去。”话音未落，沈岁寒身形一晃就没了踪影。

林寄云带着唐知心穿过花园小路，一边走一边聊，语气十分谨慎：“唐姑娘，真的对不起！起火的事我一定会严查！这次害你受惊是我们林家的过失，寄云向你赔礼道歉，请你见谅。”

这话唐知心才不会信，火是谁放的还不一定呢。嘴上说查，肯定就是不了了之。不过她本来也没打算追究，反正人也没事。唐知心摆摆手，安慰林寄云道：“就算沈大侠没去相救，我也会想办法逃出来的。不是什么大事，林兄不必介怀。”

唐知心嘴上说得相当轻松，要是被他们截教的知道她差点死在林府的厢房，唐道长的面子还要不要了？可林寄云的重点仿佛不在这里，他皱着眉不安道：“还好，唐姑娘没事，不然林家真是无法跟清山交代了。”

“都说了没事，林公子大喜之日，不用为我发愁。”唐知心安慰着，突然想到了什么，再看看林寄云的表情，问道，“是不是我师兄生气了？”

“唐姑娘去前厅看看就知道了。”林寄云不置可否，苦笑道，“看在阿沉救了你一命的分上，寄云想请唐姑娘帮个忙。”

“帮你们劝劝我师兄？”唐知心猜测。林寄云苦笑点头道：“玉清侯世子要是闹起来，林家也是吃不消。”

唐知心跟着林寄云来到前厅房门外，门外众人交头接耳。看见她入院，纷纷闭上了嘴。唐知心随意打量了一番，没看到段未语，没看到林家老头，没看到林放，也没看到苏尽欢。她回头用眼神询问林寄云，他冲房间里做了个“请”的姿势。

唐知心点点头，刚准备抬手推门，段未语暴怒的声音就从屋内传来：“笑话！我管你们是不是不小心，我好端端的师妹留在你府上，人差点没了！林天穹，知心今日就算少了一根头发，我都要你好看！”

唐知心站在门外缩缩脖子，问道：“师兄他知道我没事吗？”

“知道，刚才派人提前来通传了。”林寄云点点头。唐知心吞吞口水，开口道：“好吧。林兄，我师兄这人的脾气并不像看上去那么随和。都是世家公子，你应该懂。他不常发脾气，反正……我尽力劝一劝吧。”

“好。”林寄云点头，勉强笑了一下。他可能是觉得面子上过不去，清退了院中众人，随后推开了房门。房间内的一束光亮从门缝中袭来，照得段未语头顶的金冠熠熠生辉。

他站在屋中客座旁，看见唐知心跟在林寄云身后，紧蹙的眉头锁得更深了。他冲师妹招招手，说道：“知心，到师兄这来。”

唐知心挪到他身边，段未语左右检查只发现了一些擦伤，他冷哼一声。唐知心抬眼看了看屋内，才发现除了林老爷子和林寄云，林放也在。偌大的屋内站着五个人，形势自然而然地划分为主客，划分为阐教与截教。

唐知心想了想，还是决定劝两句。她还没来得及说话，林天穹就抢先道：“老朽一定抓到苏尽欢，给唐姑娘讨回公道！”

“苏尽欢？”唐知心狐疑道。

“不错！肯定是他纵火！”林天穹笃定。

唐知心问道：“为什么？”

“苏尽欢是韩景榕的人，肯定不愿意看到林氏和清山联手。若唐姑娘在林府出了事，段掌门怪罪，而后反目，得益最大的便是他了！”林天穹认真分析。

这话说得好像挺有道理的，但唐知心却总觉得哪里怪怪的。她望向林放与林寄云，怀疑道：“真的是这样？”

林放没说话，林寄云也没有。

“自然是千真万确的事！老朽不会在段掌门面前胡说！”林天穹强调。

“你有证据？”段未语并不吃他这一套，冷笑一声问道，“韩景榕的人你能抓得来？”

林天穹用手指比出一个数字，保证道：“三天！三天之内，我一定找出苏尽欢纵火的证据。替唐道长讨回公道！”

段未语却冷声道：“不必了。我们今晚就走。”

林天穹一愣：“为何如此仓促？段掌门是信不过老朽？”

段未语没有接话，他一双眼眸凌厉地盯着林天穹，仿佛要看穿他的心思。而林天穹也不闪不躲，一副行得端做得正的模样。

屋里一时间鸦雀无声。倒是一直没出声的林放，站在一旁盯着唐知心，突然开口道：“你跑哪儿去了？”

“我逃了啊！”唐知心一脸莫名其妙地答道，“着火了我不逃？难道等你救我啊？”

林放无言以对。唐知心打量着林放，突然发现他脏兮兮的，衣袍上脸上沾满了黑色的灰渍。

“你怎么脏成这个样子？你屋也着火了啊？”唐知心问。

林放嘴角抽搐不语。段未语冷笑道：“知心，你以为林家对待小少爷会像对待你那样不小心？”

听到段未语阴阳怪气的话，林放的脾气也上来了，他皱着眉道：“你这话什么意思？歉也道过了，人现在也没事，你还想怎么样？好歹一个堂堂掌门，怎么如此锱铢必较？”

“喂，你说谁是锱铢？！”唐知心不满。

段未语冷笑道：“我什么意思，林小公子不如问问你爹？知心的事是你们不小心，那江家呢？江家上下一百多口人居然一个活口不留。之前你们是怎么保证的？只取剑不杀人，如今这么做和畜生有什么区别？”

江家出事了。难怪段未语今日如此反常，她人也没事，按理说他不该这么咄咄逼人的。唐知心震惊道：“林天穹，你当初可不是这么说的，清山与你合作取剑，一来是听命于圣上旨意，二来是你保证不伤人性命。你如今背信弃义，置我们清山派于何地？”

“这事，我是问过青云道长的。”林天穹争辩道。

“人是你一个人杀的，你少拿我师祖做挡箭牌！今日之事若是日后有报应，林天穹，你记得一力承当！”段未语怒道，“知心，咱们走了！”

段未语头也不回地离开了林府。唐知心急忙跟在他身后，警惕地环顾四周，追问道：“江家真出事了？！”

“嗯，跟你卜出的一样。”段未语皱着眉道。

“那个孩子呢？江离呢？”唐知心追问。

“师父带走了。”段未语道，“他现在叫江知白。”

“那就好。”唐知心松了一口气。

段未语在护城河边找了家客栈，名唤“楼外楼”。二人肩并肩，向河边走去。唐知心心有余悸地开口道：“师父与师祖真的参与了这件事？”段未语摇摇头：“我不知道。就算有，皇命难违，也不奇怪。”

“可是皇上只说想要流云剑，没说要置人于死地。”唐知心有些难过。段未语安慰道：“既然你早早都预见了，也该放宽了心。”

“卜卦一事，能看见的只有结果。但是如此惨烈的过程是真实发生的，百条人命说没就没了。天象是无情，可这人间……”

“人间就有情？”段未语笑了笑打断道，“别想这些有的没的，没看见就当作没发生过吧。有师兄在，你不用想太多。”段未语停下脚步看向师妹，换了个话题问道：“到底有没有受伤？”

“真的没有。”唐知心摇头。

“吓到了？”段未语又问。

“没有。”

“阐教……现在还要靠林家牵制韩景榕。”段未语笑道，“日后师兄替你出气。”

“我知道。这事你做不了主。”唐知心确实无所谓。

段未语点点头：“师父和师祖也有他们的打算。”

“你确定是林天穹放的火？”唐知心问。

“是林天穹还是苏尽欢都不重要，你没事最重要。”

落照的护城河连接着钱塘江，江水涨潮时，连带着河水也变得更湍急。河岸边有一户小小的两进院子，屋内透出的灯火闪烁着幽幽的光。韩景榕坐在烛灯前，慢慢地端起一碗汤药，仰首一饮而尽。空气中散发出药渣苦涩的味道，他微微蹙了蹙眉。

门外传来脚步声，韩景榕将药碗放回桌上，看向门口。只听嗒嗒两声，门外人轻轻弹了弹门框，便推门而入。进门的是一位美人，妩媚动人，顾盼生姿。她笑意盈盈地走向韩景榕，说道：“就知道你不会这么早休息。”韩景榕收回目光，面无表情，道：“是我在朝中待的时间太久了吗？竟然不知天机阁现在可以如此没规矩。”

女子的身形一瞬间僵硬，讪讪地收起笑容不情不愿地俯身作了作揖，开口道：“属下司战堂堂主陆念妗，见过阁主。”

“有事？”韩景榕问。

“离开天茗怕你不适应，来关心一下你的病情。”陆念妗答。

“怎么？盼着我死？”韩景榕挑眉道。

陆念妗翻了个白眼，道：“我巴不得你长命百岁。”

“活多久都不关你的事。”韩景榕皱着眉道，“你很闲？没正事就出去。”

“谁说我很闲？我忙着给你找救命药呢！”陆念妗争辩道。

韩景榕面无表情，道：“不需要。”

"玲珑蒲？昆仑雪莲？"陆念妗试探地问。

"不需要。"

陆念妗嗔怪道："不管你需不需要，反正我一定要替你解毒。"韩景榕干脆假装没听见。"你可以出去了。"陆念妗终于绷不住脸上的笑容，容颜由喜转怒，道："我看你中毒的不是心，是脑子吧？！怎么现在脾气越来越坏？自己疼就看谁都不顺眼？"

"这屋里就你我二人，不顺眼也是看你不顺眼。"韩景榕淡淡道。

"你……"

此时门外突然传来一阵脚步声。一个小弟子前来禀报："苏堂主回来了。"

"让他进来吧。"韩景榕话音刚落，苏尽欢就晃晃悠悠地从门外走来，一进门先行礼道："属下司巧堂堂主苏尽欢，见过阁主。"韩景榕皱着眉打量着苏尽欢，挑刺道："你什么时候才能把你这身不伦不类的衣服换了？看得我头疼。"

"怎么了这是？又找不痛快？"苏尽欢蒙了，"打你第一次见我，就是这一身。"

"我没发你工钱？买不起新衣裳？"韩景榕挑眉问道。

苏尽欢哑口无言。

"你不是司巧堂堂主吗？买不起不会自己做？"韩景榕又道，"还有你这个头发。"

"我头发又怎么了？"

"总之，你不把头发蓄起来出门就别说是我的人。"韩景榕冷冷道。苏尽欢翻了个白眼："那你别使唤我给你办事，你以为我愿意给你扮家奴？"

韩景榕抬起头看向苏尽欢，眼神不见喜怒。一阵沉默后，他开口道："让你出门办事，你给我招一身脏水回来。要你有什么用？毒死算了。"

"你说放火的事啊。"苏尽欢赔笑，"那我不是赶着回来复命嘛。谁知道林家那老头会用如此老套的手法嫁祸。不过要我说，别说清山掌门不会信，就林老头自己那两个儿子都不会信。太拙劣，不值一提，不值一提嘛！"

"拙劣你还被他嫁祸，你不是更拙劣。"韩景榕冷笑。

"林天穹这个吃里爬外的东西，早就知道他跟截教不是一条心。干脆杀了他得了，省得天天惹是生非。"陆念妗杀气腾腾。苏尽欢笑道："你以为人家不知道你想杀他？不然林家着急忙慌地娶郡主做什么。"

"一个藩邦郡主而已。"陆念妗满不在乎地说。

“你怎么还在这儿？”韩景榕挑眉。

“好好好，我走。伺候不了你这位佛爷。”陆念妗生气地站起身，头也不回地消失在门外。随着木门重重一声关上，屋里陷入了安静。苏尽欢想了半天，才开口打破沉默问道：“怎么寻了这么个屋子？安不安全？”

“不满意你来选。”韩景榕面无表情，道，“去吧，我在这儿等你。”

苏尽欢彻底奓毛，怒道：“你到底会不会好好说话了？！”看见苏尽欢发飙，韩景榕微微一笑，道：“屋子是张堂主选的，想来无碍。”

苏尽欢看着韩景榕脸上的笑容，气得直咬后槽牙：“我算是看明白了，气到我你就痛快了。”

“没错。”韩景榕诚恳地点了点头。

苏尽欢突然想起一事，问道：“皇后娘娘如何了？”

“孩子出生也就是这一两天的事情了。”韩景榕答道。

“那你还这个时候跑出来？”苏尽欢道，“万一娘娘……”

韩景榕打断他：“她根本不想让我守着，再说，清山的唐道长不是都铁口直断说了母子平安？我还有什么好担心的。”韩景榕用指尖轻轻滑过手中玉笛，意味不明地接着说道，“何况，这位唐道长的事可不是小事。皇上都能亲自见她，把我外甥女的命运托于她手，还不值得我亲自跑一趟？”

苏尽欢听着韩景榕不阴不阳的口气，一时间也拿不准他什么意思。他待在韩景榕身边时间最长，知己谈不上，朋友勉强可以算。韩景榕身中剧毒后苦不堪言无药可解，只能靠自己配药压制，长此以往，他的性格愈发古怪。深知他脾气的苏尽欢索性闭口不接话，等着他继续开口。果然，韩景榕接着问道：“让你去接触唐知心，有什么收获？”

“小唐啊，人还是不错的，长得漂亮，人也可爱。”苏尽欢欢快地答道。

韩景榕挑眉：“小唐？”

苏尽欢咳嗽一声，正色道：“唐道长，嗯。我问过了，她应该不知道昆仑雪莲的事。”

“真的？”

“真的，不像是说谎。”苏尽欢看到韩景榕皱眉沉默，他心下有些不忍，想了想又改口安慰道，“她不知道不代表昆仑雪莲就不在清山，咱们继续找，总能治好你的毒。”韩景榕刚想接话，门外小弟子再报：“阁主，张堂主来了。”

话音未落，又一名女子急速走进屋内，口中道：“属下司慎堂堂主张璃，见过阁主。”

“什么事？”韩景榕问。

张璃深吸一口气，道：“江家灭了。”

韩景榕一愣，抬头道：“有无幸存？”

“暂时不知。”张璃摇头。

“朝廷派谁去的？”韩景榕又问。

“赵寺淮。”张璃答。

“流云剑呢？”韩景榕再问。

“被赵寺淮带回去了。”张璃简洁地答道。韩景榕一声冷笑，道：“真是不给人留活路呢！”

“你是说赵寺淮还是林家？”苏尽欢在一旁插话。

“有什么区别吗？”韩景榕摸了摸手中的玉笛，挑眉道，“段未语呢？”

“去晚了。”张璃道，“他从林府出发时就晚了，如果他在也不至于死那么多人。”

韩景榕指尖敲了敲桌板，冷笑道：“林家指望用流云剑向圣上献宝，不会让清山得了去的。段小侯爷看上去再威风凛凛那不也是圣上给的。叫板，他不敢。更何况，他这个清山掌门当得可不容易，抛头露面好事坏事都是他做。可是呢，背后一个师父一个师祖都不是什么善茬。”

“吓，咱们这一行，哪个不是人前光鲜亮丽，人后处处受制。感慨他还不如感慨一下自己。”苏尽欢咂咂嘴不满道。

张璃在一旁笑盈盈地打趣道：“说得就好像你做过掌门似的。”

苏尽欢瞪眼：“事情禀告完，你可以走了。”

“谁说我禀告完了？我还有别的事呢！”张璃嗔道。

“咋？你又把暗堂里哪个倒霉鬼折磨死了？”苏尽欢嫌弃。

张璃十七八岁的模样，大大的眼睛圆圆的脸，云鬓花颜金步摇，给苏尽欢戗得噘起了嘴，道：“我在你们心里就这么残忍吗？”

“你不残忍？扒皮抽筋的事我看了就想吐，你干得少了?!”苏尽欢嘴角抽搐。张璃一双柳眉微蹙，可怜巴巴地道：“那我不也是听差办事，阁主你看看他，天天说我坏话，您也不管管！”

“你到底还有什么事？”韩景榕不耐烦地问道。

“嘿嘿，那啥……”张璃立刻换上一副谄媚的嘴脸赔笑道，“我前两天看阁里新来个小娃娃，长得虎头虎脑的，特别有眼缘就给抱回来了，准备收他做徒弟。想请阁主赐个名字。”

苏尽欢挑眉：“你收徒弟？扒皮抽筋的手艺值得传承吗？”

“就许你收徒弟不许我收啊?！站着说话不腰疼！”张璃送给苏尽欢一个白眼。苏尽欢不服气：“你当我愿意收啊！要不是阁主顾着裴家人的面子把人硬塞给我，我才懒得收徒弟。”

“那我不管，我就要收！”

“你收呗，日后师徒比一比谁的手更黑。”苏尽欢摊手道，“捡来的孩子姓啥？”

“我徒弟当然跟我姓了！你管得真宽！”张璃怒道。

“你们慢慢吵。”韩景榕站起身将玉笛别在腰间，准备出门。

“你去哪儿？”苏尽欢忙问。

“出去转转。”韩景榕答道。

“等一下，阁主，名字你还没取呢！”

“在桌上。”韩景榕头也不回，消失在夜色之中。

韩景榕离开房间，徒留两人和一屋子药香。张璃拾起桌上纸张，韩景榕的字迹依旧飞扬挺拔。只见上书：兖州牧，曹孟德也。豫州牧，刘玄德也。枭雄始牧。张牧之。

落照城的另一端，等唐知心与段未语在楼外楼的客房中安顿好，长夜已过去大半。

唐知心推开客房的窗，暖风阵阵，潺潺水声混在潮湿的空气中扑面而来，恍惚间，她仿佛可以看到钱塘江水在暗夜里波澜壮阔如万马奔腾的景象。

“若是有机会，一定要再去观摩一次钱塘江潮。”唐知心不禁感慨道。完全没有睡意的她，鬼使神差地打算出去走走。

落照的夜，美得不太真实。

唐知心走出楼外楼的大门，河边的风刹那迎面扑来。前方建筑角楼上挂着的灯笼错落有致，发出幽幽的光芒。她脑海中突然浮现出一句诗：“南朝四百八十寺，多少楼台烟雨中。”听说中原人移居雪域之前，西方教曾一度盛行，最繁荣时期，寺刹遍布大街小巷。然而王朝兴衰，辉煌不再，历史如眼前河水般翻涌向前，哪会为观景之人停留分毫？如今本土教内斗，分崩离析也就近在眼前，最近总有风声传闻说西方教试图趁此机会东山再起。前车之鉴近在眼前，会不会……

唐知心叹了一口气，不再多想，朝河边走去。今夜月明星稀，想来是个良夜。河边垂柳成排，倒影成簇，黑夜中失了本来的颜色。

唐知心看了看四周，没瞧见一个人影，于是偷偷脱了鞋袜，掀起裙角，坐在了岸边矮堤上。轻轻探出一只脚，清凉的河水滑过脚背，带着夏夜难得的凉爽浸透全身，她舒服得舍不得抽身，干脆把两只脚都伸入水中，悠然地划起了圈。

一阵微风拂过，带起杨花翩翩。一片柳叶刚好飞到她面前。唐知心忍不住抬手一抓，翻掌一看，是一片缺了一角的嫩叶。

忽地，她听到一丝声音。

唐知心警觉地想要抽回双脚，却又动作一滞。那声音似是从河对岸飘来的，混杂在风声中，悠悠扬扬。

是笛子的声音。

“真好听！”唐知心一边感叹一边疑惑，“深更半夜的，谁在对岸吹笛？”

她仔细听着旋律，试图分辨出是哪首曲子。

“《鹧鸪飞》？听着不像……《破阵曲》？嗯……也不像。”唐知心自言自语。

随着吹笛之人渐入佳境，笛声越发抑扬顿挫，从远处飘来竟然依旧清脆入耳，可见吹笛之人内力深厚。音区弱拍深沉绵长，强拍高亢有力，犹如惊涛拍岸，恰似酒醉佯狂。

唐知心聆听入神，连轻拈在手里的柳叶何时被风儿带走都没注意。直到一曲毕，她才缓过神来，有些意犹未尽。

“原来是《酒狂》。”一曲终了，唐知心评价道，“好好的古曲吹成这样，肯定是个狂妄的人。”

韩景榕出了宅院，一路往河边走去。他鲜少离开天茗，一是因为天机阁事务繁忙，二则是他的身体吃不消长途跋涉。落照城他也是第一次来。都说落照有“四藩第一城”的称号，江宁富饶繁华，都城风景如画，他一直想来看看。正好这次有机会，韩景榕不过是给自己找了个忙里偷闲的借口。

他来到河边的一座廊坊下，满眼柳树摇曳，河对岸的灯火映红了长夜。灯火倒映在河水里，又反射在他微微苍白的脸上，似乎让一贯冰冷的面容都柔和了起来。韩景榕摸了摸手中玉笛，今宵美景，长夜漫漫，吹首什么好呢？

我见青山多妩媚，料青山见我应如是。白发空垂三千丈，一笑人间万事。

“只可惜这一曲，没个听众。”他一声轻叹，将玉笛送至唇边。

这一曲，似白玉楼高，广寒宫阙，暮云如幛褰开。又似银河一派，流出碧天来。纵是坐看人间如掌，山河影倒入琼杯。归来晚，笛声吹彻，九万里尘埃。

待到一曲结束，韩景榕心满意足。有花有景有笛音，人生何求？独独……缺个知音。不过罢了，天涯芳草易寻，人间知音难觅。这种事可遇不可求。

又是一阵风过，河对岸的柳树传来此起彼伏的沙沙声。被卷起的几片柳叶，星星点点落在河面上。只有那么一片在风中始终飘忽不定，渐渐地竟来到了韩景榕面前，最终落在了他胸前散落的发丝上。

他轻拈柳叶，摊在手心一瞧，是一片缺了一角的嫩叶。

是错觉吗？为何掌心中有温度传来？

第二章　晚来天欲雪

这一趟旅程历尽坎坷，好在有惊无险。唐知心与段未语二人一早收拾行装从落照出发，还没到晌午就回到了清山脚下，一路上还算顺利。上山时，段未语嘴里还叼着路边买来的半块油糕。两人一前一后，一边闲聊一边往山上走去。段未语嘴里塞得鼓鼓囊囊还不忘拉着唐知心感慨："师妹啊！这次出远门一趟，回来有什么感想？"唐知心翻了个白眼："深刻认识到段掌门的不靠谱。"

"我怎么不靠谱了？"段未语不服气。唐知心火冒三丈，道："我都差点被烧死了，你跑哪儿去了？""那个……"段未语摸摸鼻子，道，"油糕味道不错，师妹要不要尝尝？"

"你都啃掉一半了！"唐知心愤愤地说道，"我懒得理你！"二人一路斗嘴回到了清山派，还没跨进大门，就有一个胖乎乎的小子从远处跑来。段未语那个胖墩墩的结巴徒弟急匆匆跑来，口中直喘道："师……师父……您回来……来……了啊！"

段未语摸了把小徒弟的脑袋，笑嘻嘻地问道："我不在这些日子，家里如何？"小胖墩想了想，答道："都……都……都挺……挺好的……"段未语听了很开心，随口承诺下回带徒弟去吃烧鸡。但小胖墩大喘了一口气，明显是有话没说完。只听他急道："就……就是……是……"

"就是什么？"段未语眨眨眼。小胖墩努力解释道："就是……段……段大……大小姐……来……来了啊！"

段未语大惊失色："知心，师兄下山躲躲。她要是问起来，你就说我没回来。你救师兄这一回，改日师兄以身相许都行。这位姑奶奶，想想我头皮都发麻，不行，我先走了……”

段未语话未说完就听见背后一个女声响起：“段掌门，你准备去哪儿啊？”

段掌门其人任谁说都是一条好汉，天不怕，地也不怕，这辈子唯独栽在了女人身上。如果说师妹是他的软肋，那这位段大小姐——他的亲妹妹便是他的克星了。不远处，只见段闻秋一身湖绿的罗裙，眼含秋波，恰似碧水望秋，人如其名。不过，性子就不是那么温柔了。段未语见逃是逃不掉了，急忙改口道：“去哪儿？没打算去哪儿。你什么时候来的？”

段闻秋皮笑肉不笑的表情，别说段未语看了想跑，唐知心看着心里都有些发毛。段闻秋冷笑道：“我早就来了，在山上住了好几天了。”

“你不在家陪娘，跑到这来干什么？”段未语咳嗽一声，正经道。

段闻秋怒道：“你还有脸问？听说你把袁家的小姐气走了？”

“哪个袁家小姐？”段未语一脸无辜。

段闻秋吼道：“你再装！人家都说了在城里碰上个疯疯癫癫、满嘴胡扯，非要给她算命的道士！”

段未语被戳穿，吃了瘪索性不说话了。段闻秋却没打算放过他，不依不饶地追问道：“人家姑娘怎么你了？捉弄她做什么？”

段未语狡辩道：“天地良心！你问知心，我哪有捉弄她？根本没有气走这回事！”

“真的？”段闻秋望向唐知心。

唐知心吞了吞口水，诚实道：“确实不是气走的，是吓走的。”

“段未语！”段闻秋暴怒。段未语见事情包不住了，索性破罐子破摔，一脸都是你能拿我如何的表情，气得妹妹直跳脚。段闻秋气急败坏，继续道：“我问你，你送袁姑娘那匹马，是不是前年生辰我送你的那匹？！”段未语嬉皮笑脸地答道：“是啊，怎么了？”

“你拿我送你的东西拿出去送人，还问怎么了？！”段闻秋气道。

段未语一摊手：“我把人吓走，你们不乐意，我送人家东西，你们还不乐意，怎么这么难伺候？”

“知心姐，你瞧瞧他！他故意气我！”段闻秋吵不过开始找外援。唐知心可不上当，一心准备溜之大吉。这兄妹俩一见面就如同斗鸡，吵到晚上都有可能。

“我瞎了。不关我的事，我啥也看不见。你们慢慢聊，我先走了。没事打一架，有事也别来找我。”唐知心逃得飞快，即便这样还是能听到二人的声音从身后传来。

“我不管，你去把人接回来！”段闻秋咬牙切齿。

段未语也不甘示弱地怒道：“接回来？我脑子进水了吗？不接！”

“你就这么不喜欢袁小姐？”

“你就这么希望你哥成亲？”

“你不成亲，我怎么嫁人？”

“你有喜欢的人吗，你就想嫁人？”

“你有喜欢的人吗，天天躲着娶亲？”

“我有！”

“是谁？”

段未语差点脱口而出，但马上意识到自己差点上当。

“是谁啊，哥哥？”段闻秋忽闪着大眼揶揄道，“你不说我也知道是谁！”

远处的争吵声还在继续，唐知心只对最后那一句上了心。师兄有喜欢的人了？是谁？怎么段闻秋这小妮子都知道，她居然不知道呢？

不出所料，听送饭的小徒弟说，这兄妹俩果然一直吵到了晚上。晚饭过后，唐知心还是决定出门看看。她一路闲庭信步，还没走到知心堂门口，抬头一看，忽然间天降异象：红霞铺满了天际，冉冉的红日光辉即将落幕，一束金光从彩云的缝隙中照射出来，瞬间洒满整片大地。

祥云瑞彩，红日冉冉，这是天大的祥瑞之景。她从没见过如此吉祥的天象，不用说，一定是那件事！

金光普照的盛景一直持续到日暮时分，段家兄妹也被这景象吸引过来。三人站在知心堂门外，望着红霞在西方慢慢散开，最终被月色取代，唐知心才缓缓开口道：“宫里的孩子出生了。”

段未语点点头，他知道得比唐知心还早。早在他和段闻秋斗嘴的时候就有人从天茗赶来报信了，很多人盼着这个孩子出世，早早守在那里。

“起名了吗？”唐知心问道。

段未语惊讶于师妹竟会关心这种事，转头道：“听说先起了个乳名叫韵儿。”

“公主与道法有缘，我想收她做个徒弟。”唐知心道。

段未语一愣，把公主带到清山来不是什么好主意，更何况她还有个姓韩的舅舅。段未语觉得师妹应该能想到这些，轻声道：“估计很难。”

唐知心叹道：“我知道，我就想想。”

“知心姐，你真的啥都能算出来啊？”段闻秋来山上这几天没少听说唐知心的传说，今日眼见奇观，一双亮眼滴溜溜直转。唐知心哈哈大笑道：“你试试不就知道了？”

“真的？”段闻秋开心道，“那你帮我算算呗！”唐知心除了师祖、皇帝找上门，一般不愿意帮别人卜卦。但这次她却破例点了点头。她和段闻秋从小就认识，但段母对女儿管教很严，不怎么让段闻秋上山撒野。唐知心很疼这个妹妹，基本对她有求必应。倒是段未语不乐意了，站在一旁嘟囔：“你知心姐今天刚回来，你别缠着人家。”

“你就偏心吧，没人搭理你！”段闻秋冲哥哥做了个鬼脸，拉着唐知心道，“咱们去你屋里。”二人越走越远，留下段未语一个人骂骂咧咧。

来到房间内，段闻秋环顾四周，屋内和上次来的时候没什么区别，她笑着说道：“知心姐，你这屋平时都是自己收拾？”

“那当然，我又不是侯府千金，自然要自己打扫。”唐知心从柜子里摸出一个蒲团扔给段闻秋，段闻秋脱了鞋盘腿在唐知心对面坐下。“我哥也没带家仆上山，我才不信段大掌门能自己干活。”

“他有好几个小徒弟，轮流替他收拾屋子，洗洗衣裳。”唐知心边说边为段闻秋斟茶，碧绿的茶水落入杯中，蒸汽升腾，衬得段闻秋一双美目如盈盈水中月，可爱极了。段闻秋笑眯眯地说：“知心姐姐，你怎么不收徒弟？”

“我又不是你哥，有掌门位要往下传。没遇到合眼缘的就不想收了呗。”

“那你真的想收公主啊？我听我爹说，公主关系到雪域江山，必须为阐教所用。”

“公主又不是个物件，可以随他们摆弄。”唐知心低下头，手里攥着茶盅深吸一口气，继续说道，“我知道我这人没多大本事，也没多少争强好胜的心思，也许是不配给公主当师父的。但是她命中带劫，又因我那一卦要遭人利用，这孩子与我有缘，我虽不能教她通天的本领，但至少能帮她度过劫难，一生安稳。”

茶盅里的茶叶打着转沉入杯底，随着唐知心说话的气息变化，杯子里的茶水翻着碧绿色的涟漪。段闻秋摇摇脑袋似懂非懂，苦恼道：“我听不太明白，也就只有你跟我说这么多。我爹和我哥，什么都不告诉我。”

“都一样。”唐知心笑道，“你哥也什么都不告诉我。”

段闻秋扑哧一笑，打趣道：“那怎么能一样？！我哥他对你……”她话说了一半，唐知心突然把手中茶盅一放，一拍脑门问道：“闲聊半天我都忘了，你想算点什么？”

“姻缘。”段闻秋趾高气扬地答道。

唐知心哈哈大笑，揶揄道：“段大小姐想嫁人了？相中了哪家的公子？我去跟你哥说，让他给你提亲去。”

段闻秋听了这话，脸上泛出红晕，但她还是坚持反驳道：“就是没有喜欢的人才来找你算的嘛。你看我哥这样，也不知道什么时候能成亲，什么时候能轮到我。我就是好奇夫婿会是个什么样的人。”

唐知心暗笑段闻秋可爱，拍拍胸脯，认真地说道：“这好办，我来给你瞧瞧。”她从怀中摸出三枚铜钱，朝空中一抛，等着它们落到桌上。

段闻秋好奇地打量着她的一举一动，问道：“知心姐，你这么厉害，为啥不给自己算算姻缘？”

“术士不自算，医者不自医。一行有一行的规矩。”话音刚落，叮当几声，铜钱落到桌面上。唐知心低头查看，一边瞧一边说：“天乾为干，四煞补坤。你看前面这两个铜板的位置，是好征兆。证明你未来的意中人品貌端正，家境优渥，与你也是心意相通，实乃良配。”

“还有呢？还有呢？”段闻秋兴奋催促道。

“还有，再看看这第三枚铜板……”唐知心说着去打量最后一枚铜板，一眼扫过，她猛然一震，一时慌乱道，“怎么会这样？！”

“怎么了？是不是卦象不好？”段闻秋吓了一跳，急忙问道。

唐知心沉默了好一会儿。矮桌上的茶盅依旧徐徐冒着热气，衬得段闻秋担忧的眼神中似有盈盈波光。唐知心想了想，还是决定不告诉她实话，挤出一个笑容，道：“没什么，不至于不好，但姻缘之路也不是一帆风顺。虽然情投意合，但还是要经过一番挫折的。”

“那……能不能终成眷属？”段闻秋紧张道。

唐知心微微犹豫，还是点了点头。她没有撒谎，这卦象显示的结局，也算是终成眷属吧。段闻秋还是有些担心，唐知心胡乱安慰了她几句，小妮子也就换上了笑颜。夜色已深，段闻秋起身告辞。

段闻秋走后，唐知心稍事收拾便倒在床上，起先心里还在担心段闻秋的姻缘，但一路舟车劳顿，睡意袭来，她渐渐睡着。这一觉，她睡得很好，只是天刚蒙蒙亮，便被远处的钟声吵醒。

清山的后山有一座塔楼名唤承乾楼，楼里有一口巨钟，传闻与太上老君炼药的丹炉是同一块灵石打造，平日里有人精心看护，只有遇到要事，需要全山上下集结才会响起。唐知心听到这钟声，一骨碌从床上坐起，随意洗了把脸，就有弟子前来传掌门的话，让她速去正门。唐知心一边快步出门一边关心地问道："出什么事了？"

"天茗一骑千里，天子手书谕旨昨夜出发，今早传到清山。"弟子道，"传旨的使臣已经到山脚下了。"

这么快！唐知心震惊。弟子道："掌门也吓了一跳，还请师叔快些。"二人来到山门前，只见段未语站在正门前的宽阔空地上，身后跟着几百弟子。他神情严肃，双眉微蹙，金冠在朝阳下熠熠生辉。唐知心几步走到他身后，他回过头，却伸出一只手将她带到身边。

四周鸦雀无声，落针可闻。

又过了一会儿，山下石阶传来阵阵脚步声。远方人群逐渐出现，除了开道的两名护卫，走在队伍正前方的人是赵寺淮。

赵寺淮与唐知心上回在宫中见到时没有什么区别，挂着惯有的笑意，却笑不达眼底。他手里托着一卷明晃晃的卷轴，上有龙腾压纹，下有碧玉璎珞。很明显，他就是前来传旨之人。赵寺淮缓步来到山门前，抬眼看看，目光掠过段未语，定在了唐知心的身上。他微笑道："唐道长，咱们又见面了。"

不等唐知心回答，段未语不动声色地往前挪了半步，挡住赵寺淮的目光，眼神锋利如刀，开口道："赵大人，久仰。"

赵寺淮一愣，随即笑道："世子有礼。"

"仙门中无凡尘人，赵大人注意言行。"段未语淡淡回道。

不知为何，唐知心总觉得段未语不是很喜欢赵寺淮。他这句"注意言行"，唐知心总觉得别有所指。赵寺淮却是假装没听懂："段掌门，今日圣上谕旨亲临清山，天降恩典，还请段掌门移步槛外，跪接圣旨。"

"清山自开山至今，接过六道圣旨，十六道御赐。"段未语冷声道，"从没有槛外跪接的先例。就连圣祖皇帝御驾亲临，我师祖青云道人也只是以道法相迎。入了我山门，就没有皇帝与庶民，只有槛外人与槛内人之分。"赵寺淮微微一笑，道："今日的清山可不能与圣祖时期同日而语。不过，罢了，段掌门仙风道骨，守得一方道法也是应该的。既然这样，段掌门接旨吧。"

“赵大人请。”

赵寺淮举起手中黄色卷轴，轻轻拉开，唱念道：“清山袅袅，山门重重。道法无边，人才济济。瑞彩五光乃神牛踏云之景，天降甘霖乃麒麟送子之兆。灵子诞生乃普天同庆之福。特此封赏：清山掌门段戎为肃净道人。清山弟子唐知心为青灵道人。望传承阐教千年道法，存我雪域根基绵绵。钦此。”

赵寺淮明显无内力傍身，声音在空中盘旋一刻，就消失得无影无踪。一时间，广场上又恢复寂静。见段未语不接话，他提醒道：“段掌门，谢恩吧。”

段未语这才微微躬了躬身，答道：“贫道谢过君恩，愿天尊赐福。”

赵寺淮笑着将谕旨送到段未语手上，又转而看向段未语身后的唐知心，道：“雪域游氏乃青鸾灵鸟之后，圣上赐‘青灵’二字予唐道长，实是给予厚望。唐道长保得公主平安，可见陛下是记在心里的。”

“君恩浩荡，贫道愧不敢当。”唐知心谦虚。段未语却毫不客气地赶客道：“快到晨习的时间了，赵大人自便。”

段未语语气不善，赵寺淮却也不气恼。他转身冲唐知心拱了拱手，道：“赵某先行告辞，唐道长来日再见。”赵寺淮说完便转身下山。其实段未语说的不假，清山每日晨间确实有晨课，掌门不在时大弟子领课，现在段未语回来了，自然是由他领课。广场上的几百人一时哄然散去。

唐知心趁乱追下山，赵寺淮还没走远，她赶紧开口叫住了他：“赵大人，留步。”

赵寺淮听见她的声音，脚下一顿，随即回过头来，笑道：“唐道长，有事？”

唐知心犹豫片刻道：“我想向赵大人打听一下公主的事。”

“公主一切安好，唐道长放心。”

“不是这件事……”唐知心一时不知道该如何开口。赵寺淮见状也不催促，静静等她开口。

“我既与公主有缘，又知晓她此生不会顺遂，心里很不安。”唐知心深吸一口气，继续道，“若是能有机会常伴公主身边，日后……”

“唐道长想收公主做徒弟？”赵寺淮一语道破。

唐知心一愣，老实地点点头，道：“对。”

“这也是情理之中的事，唐道长与我说话不必如此谨慎。”赵寺淮笑道，

“若是早一天，赵某还能替唐道长在圣上面前说上几句。只是如今……”

“如今怎样？”

赵寺淮皱眉道：“昨日我从天茗出发之前，青云道长亲自入了宫，说要收长公主为徒。青云道长乃阐教祖师，座下除了你师父，没收过别的徒弟。如此难得的机会……”

“陛下答应了？”唐知心追问。

赵寺淮点点头，答道：“公主五岁后，入灵山拜师。”

回去的途中，唐知心心里愁云密布。师祖让她占卜江家命数，独对江离一子尤为看重；答应皇上让她入宫，卜公主命途，如今又亲自收长公主为徒……这一切总让人觉得不是巧合。公主入了阐教是好事，但命运会不会被人一手操控？想到这，唐知心不免觉得自己无能，又有种莫名被人利用的气恼。

回到山上，唐知心闷闷不乐了好几天，连段闻秋那小妮子都不怎么搭理。没想到，接下来发生的事更是让她愁上加愁！

原来，听闻清山有一算卦高人，铁口神算，连当今圣上都赞不绝口，甚至亲自嘉奖，大批百姓聚集清山脚下，有的甚至堵上了山门，就想求见青灵道长一面。

“知心姐，你真的不出去见见啊？”段闻秋坐在唐知心屋里嗑着瓜子问。

唐知心怒道：“见什么见！那么多人，我算到哪辈子去啊！”

段闻秋一副看热闹的样子：“我那天听几个弟子聊天，有的人要算的事情真的挺要紧的。”

“比如？”唐知心挑起眉。

“比如家里的小娃久病不愈，比如五十多岁还考不上进士，还有家里水牛丢了……”段闻秋一只手捧着瓜子皮，用另一只手认真数着。

唐知心惊恐道：“不行不行，我得下山躲躲去。”

对于师妹要下山的事，段未语居然出奇地没有反对，当晚，他将唐知心约到了月盈崖边。二人寻了树下一片草地坐下，他依旧眉眼带笑。但唐知心总觉得他笑容背后藏着些别的情绪。段未语眉目间似有一丝阴霾，可能连他自己也未曾发觉。不过似乎也说得通，做掌门的哪能没一两件烦心事。唐知心看着他长腿屈起靠在树干上，双手垫在脑后，一副懒散的样子，她有些不安地开口道：“你真同意让我一个下山啊？”

“我不同意你就不去了？”段未语笑道，“我知道你很在意自己的身世，既然这是你的心愿，师兄自然不会拦你。只不过我不能陪你……”

唐知心撇撇嘴，不高兴地打断道：“你有正经事要忙，我又不是三岁小孩。”

“我捡你回来的时候，你就是三岁小孩。”段未语笑道。回忆起当年，那时他也不过六七岁的样子，跟师父去落照办事，在护城河边发现蹲在河堤旁脏兮兮的唐知心。那时她还不叫唐知心，只知道自己姓唐，无父无母无名。她手里攥着一方手帕和一个玉佩，说这两样信物可以带她找到爹娘。其余的，一问三不知。要不是看那块玉佩价值不菲，段未语都要以为她是个叫花子了。也不知道为何，小小的段未语鬼使神差地就把她领回来了。一晃十几年过去，找父母也成了唐知心的心结。而此时的她却很不高兴，噘起嘴嗔道：“你怎么老提从前！”

“为什么不能提从前？你从前多温柔。”段未语打趣道，“我那时见你第一眼就决定带你回来了。”

唐知心眨眨眼信以为真，问道：“为什么？”

段未语哈哈大笑，道：“因为你师兄能掐会算啊，看一眼就知道你是我失散多年的师妹啊！”

唐知心已经习惯了他说话不着调，反正这么多年她是看明白了，她越生气他越来劲。唐知心恶狠狠地瞪了段未语一眼，从怀中摸出了当年那两样信物。这么多年，她都不知道端详过多少回了。唐知心不禁感慨，一双眼眸在月光下闪着微光，喃喃道：“当年的事如同印在我脑子里了一样。”

“知心啊，若是找到了你爹娘……”段未语语带试探，而唐知心却有些泄气，道：“就两样信物，我翻来覆去看了这么多遍也没什么线索，要怎么找？”

段未语接过唐知心手中的手帕，仔细打量，手帕色泽光亮，压角的绣纹精致，云锦织物价值不菲。会不会是藩王贡品呢？既然人是在落照捡的……段未语琢磨着道：“要不，你去落照藩王王府看看？”

“落照王府？”唐知心听了段未语的猜测后嗔道，“你怎么不早点告诉我？”

“你又没问过！”段未语无辜道，“再说，我这不也是猜的嘛！”

二人吵吵闹闹间，夜已悄然深沉。

唐知心有些困了，耳边瀑布水声轰隆，月光照得人有些迷蒙。她学着段未语的样子，也将头靠在树上，越发昏昏欲睡。树干坚硬粗糙，怎么靠也不舒服。她挪了挪身子，头便朝着一边滑落。半梦半醒间，唐知心仿佛听到段未语在跟自己说话。

“知心啊，你喜不喜欢月盈崖？”

“喜欢。”唐知心迷迷糊糊答道。

“那你喜不喜欢清山？”

“喜欢。”唐知心的声音含糊不清。

“你觉得师兄好不好？”

“挺……好的。”

“你喜不喜欢师兄？”

“喜……”

“等你找到了你爹娘，师兄就去向他们提亲，如何？”这是段未语头一次觉得不好意思，声音呢喃。久久得不到回复，他低头看去，靠在肩头的唐知心呼吸平稳，已入梦乡。

年少青涩的表白，这一夜的风儿听到过，鸟儿听到过，奔腾向前的瀑布听到过……如同白驹过隙之中墨笔的一抹朱红，划过岁月长河，永远定格在这一夜的月盈崖边。

第二天唐知心猛地睁开眼，发现自己躺在卧房的床上。她坐起身揉揉眼睛，迷迷糊糊地下床洗漱，嘴里还不住嘟囔：“他昨晚说啥来着？什么喜不喜欢……喜不喜欢什么？”她仔细想着，却怎么也想不起来，倒是想起来了另一件事。

“对了！落照王府！”

想起要出门的事，唐知心匆匆收拾了行装。准备妥当后却被告知段未语今日有重要的晨课，若是等他下课再走，怕到了落照城门都要关上了。她只得和段闻秋道了个别，背上行囊跨上马，匆匆忙忙地下了山。

唐知心一路驰骋，途经清山城，终于赶在城门关闭前抵达了落照。才来过落照不久，她熟门熟路。进了城将马牵在身后，想着段未语上回带她住的客栈挺不错，她抬脚便往楼外楼走。

要说这落照，真不愧为四藩第一城。太阳都快下山了，街上依旧人山人海。好久没有独自远行了，唐知心心里还是有些没底。又不知道此行能不能顺利寻到自己的身世，一时间，一边走一边有些失神。

忽然，哗啦一声，天降甘霖，正正好好洒在唐知心头顶。她从头到脚给淋得透湿。唐知心反应慢半拍地嘟囔道：“嗯？下雨了？”她看了看周围，下雨怎么就她一个人湿了呢？唐知心后知后觉地抬起头，只见路边房屋的二楼伸出了一个盆还没来得及收回去。不用想也知道是一盆水正好泼在了脑门上！唐知心怒气冲冲地向上望，碰巧罪魁祸首也从窗户里探了个脑袋出来。唐知心定睛一瞧，是个小姑娘。

小姑娘脸圆圆的，眼睛也圆圆的，看着最多五六岁的样子，长得甚是可爱。本来唐知心还准备发火，一瞧是个孩子，还是个如此好看的孩子，便不想计较了。哪知楼上的小姑娘看着唐知心皱了皱眉头，呵斥道："泼着水呢，你偏从檐外走？真是缺心眼！"

她这一声高亢的怒吼，惹得周围人投来了好奇的目光。唐知心站在大街上，从头到脚湿漉漉，发丝还往下滴着水珠，衣服上沾着几片菜叶……

唐知心气得七窍生烟，虽然很不想承认自己会和一个孩子过不去，但是内心中真实的声音在咆哮着。不得不说，这个小屁孩后来居上，在她心中讨厌鬼的名单上已与林放成了并列第一。她一边想着，一边冲进了面前的房子。还没进内堂，就被一个女人挡在了门口。

女人一身华服半解，云鬓微松，雪白的玉臂撑在门框上，挡住了唐知心的去路，口中笑道："姑娘，我们这儿不接待女客。"

"我找你们二楼那个小姑娘。"唐知心退出两步往楼上的牌匾望去，只见明晃晃地写着"飘香楼"三个大字。女子一只胳膊绕在胸前，另一只玉手绞弄着自己胸前一缕碎发。她扑哧一笑，对唐知心说道："来这儿谁不是找姑娘的？倒是姑娘你……"女子抬起眼眸上下打量着唐知心，啧啧两声道："怎么湿成这个样子？"

唐知心刚下去的火又冒了上来，气冲冲道："你还有脸问？二楼那个小姑娘泼了我一身水还骂人，我还没让你们赔我衣裳呢！"女子一听要赔钱，眼睛滴溜溜转了一圈，马上道："呦！原来是不小心得罪了姑娘啊！回头我定好好罚她！"

"不用，我不进去，你去把人叫出来。就那个穿着粉色衣服、眼睛大大的姑娘。"

听了唐知心的描述，女子一拍巴掌道："你说小柳啊！这死丫头天天给我惹是生非，姑娘你消消气，我这就让她下来给你赔礼道歉！"

女子谄媚的笑脸让唐知心看得起了一身鸡皮疙瘩，又想到刚才那个小姑娘日后会变得跟她一样，唐知心顿时觉得自己为了件衣裳有点小题大做了，于心不忍又有点后悔。但她还没来得及往下想，就见女子匆匆回来，身旁跟着个粉色的小人影。孩子一只耳朵被女子揪着，踮脚走得吃力，东倒西歪。“算了算了！”唐知心赶忙道，“你先把手放开！”

女子顺着手上的劲，扯着耳朵就把人甩在了唐知心面前。女子松了手，那小姑娘一边揉着耳朵，一边带着怒意瞪着她。唐知心看着小姑娘，不由得一愣。这小姑娘眉眼之间带着一丝凉意，说白了就是薄命。她有种不好的直觉，如果不干预，这小姑娘可能活不过桃李年华。此时女子对着小姑娘连打带骂，口中吆喝着要把人卖了赔唐知心衣裳。

唐知心见状立刻道：“既然你要卖了她赔我衣裳，那这样吧，钱不用你赔了，你把她交给我。”

女子惊讶地瞪大眼睛，一时没有反应过来。唐知心问女子道：“你叫什么？”

“王桂花。”

“王姑娘，我瞧这丫头有眼缘，想带回去做徒弟。”唐知心看着王桂花的表情，补充道，“要多少银子？你开个价。”听到有人要替自己赎身，小姑娘抬起头不解地看着唐知心，小小的脸上还印着个巴掌印。唐知心怜惜地看看她，指了指自己湿漉漉的脑袋，对她笑道：“拜你所赐。”小姑娘毫无愧色，继续盯着唐知心看。

“你叫什么名字？”唐知心问。

小姑娘犹豫片刻，开口道：“柳如丝。”

“你就是柳如丝？”门外突然有一个男人的声音响起，唐知心和王桂花同时吓了一跳。回头一瞧，只见一个高挑消瘦、碧簪束发的男子靠在飘香楼门柱上，看穿着打扮像个大夫。男子双手抱胸，手里一根玉笛在指尖打着转。很明显，他在这看戏许久了。他轻轻瞥了唐知心一眼，对着跪在地上的柳如丝缓缓开口：“省了我费劲找你，跟我走吧。”

这是唐知心第一次见到韩景榕。当然，现在的她还不知道他就是韩景榕。

韩景榕冲着跪在地上的孩子微微抬了抬手，示意她站起来。柳如丝试探地看了看唐知心，又看了看站在一旁的王桂花，见没人阻止，便慢慢地站起了身。韩景榕伸手指了指自己身边，命令道：“过来。”

“你是谁？”柳如丝小心地问。

“我是你父亲的朋友。”

“可是我爹死了。”

“我知道，所以我才来接你。”

“你是我爹的朋友？我以前怎么没见过你？”

“问题太多。”韩景榕不耐烦了，“过来，别让我说第三遍。”

柳如丝脸上的巴掌印子还没消下去，对面前陌生的男子又好奇又害怕。她一时愣在原处不敢挪步，韩景榕瞥了她一眼，挑眉问道：“我吓到你了？”

柳如丝诚实地点点头：“有点。”

“没事，以后多吓一吓就习惯了。”韩景榕冷笑道，“怎么？你不想走？”

柳如丝看了看唐知心，答道：“可是这个姐姐刚才也说要带我走。”

韩景榕毫不在意地说：“她不重要。”

“你说什么？”唐知心怒问韩景榕。

韩景榕权当没听见，对着柳如丝继续道：“你父亲悬壶济世一生，未能让你们姐弟继承衣钵。”说到这，韩景榕叹了口气，“我收你为徒，教你行医，如何？”

柳如丝猛然抬头，眼里透出一丝明亮：“你是大夫？”

“我刚才说话你没听见？”韩景榕挑眉。

柳如丝追问道：“你知道我弟弟在哪儿？！”

“不知道。”

“那你能找到我，是不是也能找到他？”

“不知道。”韩景榕停顿片刻，又道，“但我可以试试，如何？”

“真的？”柳如丝眼睛一亮。

“啧，我现在有些后悔了。”韩景榕深吸一口气，满脸不耐烦，道，“姓苏的说得不错，果然敲晕了带走更方便。”

“你要是带我去找弟弟，我就跟你走。”柳如丝坚定地说。

“等等！”唐知心和王桂花同时叫道。王桂花堆笑道：“这位公子，这孩子可是我的人，哪能你说带走就带走了？”唐知心不悦道：“这位公子，孩子是我先看上的，缘分一场，我是真心喜欢她。俗话说‘君子不夺人所好’，收徒弟也要讲先来后到，你说是不是？”

韩景榕这时才转过身来打量唐知心。他眼神毫不避讳地上下扫视，唐知心被他盯得浑身不舒服，迎上他的目光瞪了回去。而他却像没看见她的怒火，过了好久，才开口道：“刚才下雨了吗？我怎么不知道？”

唐知心怔住。

“湿成这样还不忘吵架，可见肝火郁结。”韩景榕补充道，“长此以往小心死得早。”

“你说啥？”唐知心暴怒。

“啧啧啧，耳朵还不好使。”韩景榕遗憾地摇了摇头，“算了，没治了。”

“你……”唐知心正欲发作，王桂花在一旁谄媚道：“二位客官……”

“谁是你客官？！”唐知心与韩景榕异口同声道。

王桂花赔笑道：“二位善人，这孩子是我真金白银买回来的！”

“你开个价！”唐知心与韩景榕再次异口同声道。

韩景榕反应快，飞快地从怀里摸出一张银票，塞进王桂花手里。随后拉起柳如丝，头也不回地离去。王桂花看着手里的银票，惊叹道：“五……五百两！公子，您有空常来啊！”

唐知心阻拦不及，看着小小的身影跟在男子身后就要消失在人群里，脑海中突然浮现初见孩子那一幕，她眉眼间的那股寒气如今直接萦绕在唐知心的心间。唐知心想了想，还是追了上去，口中大喊：“等等！”她挡在男子身前，拦住了他的去路，认真说道：“你不能带她走！”

韩景榕深吸一口气，不耐烦地道：“姑娘，我奉劝你一句，先治好耳朵比较重要。”

“你不明白。这孩子不能跟你走！”唐知心强调，韩景榕挑眉问：“为何？”

“我替她看过，这孩子印堂发白，命途多舛，早早便显露魂断之相。若是放任不管，必定早亡。公子若是不想看她早死，就将人交给我吧！”唐知心情急之下说出了实话，眼看对面男人的脸色瞬息万变，她就知道他不会相信。果然，只听韩景榕冷笑道：“跟了我会死，若是跟了你就不会死？”

“我会替她想办法化解。”唐知心认真地说道。

“化解？既然命数天定，你又要如何化解？”韩景榕冷冷道。唐知心刚欲反驳就被韩景榕打断，他继续道：“学了点三脚猫的功夫，就可以妄断他人生死？”韩景榕一双眼睛盯着唐知心，眼底泛起冰冷，缓缓道，“段未语平日里就是这么教导你们的？”

唐知心一惊。他认识段未语？

“瞧你这身衣裳，清山的，我没猜错吧？你们清山出了个唐知心，专门给人算命。最近被封了青灵道人，看来清山真是个专产神棍的地方呢！”韩景榕顿了顿，口气冰冷地继续道，“姑娘，我再奉劝你一句。拦别人的路之前，最好先看清自己几斤几两。整个清山除了两位祖师，只有段未语配与我说话。若是想要人，回去告诉你们掌门，让他亲自来找我。”

说完，韩景榕广袖一挥，带着柳如丝绕过唐知心消失在了茫茫人海之中。

韩景榕是一日之前到达落照的。

他这次来落照总共有三件事。第一，派苏尽欢去林府看看阐教到底在搞什么鬼，顺便打探一下清山那朵昆仑雪莲的下落。不过光为了这个，他确实没必要亲自跑一趟。他来，主要还是因为后面两件事。第二件事，就是寻找故人之子，如今已经找到。只剩最后一件事：赴约。

韩景榕到目前为止收过两个徒弟，都是故人之子。换句话说，都是仇人的孩子。苏尽欢不止一次说过：“俗话说，‘我不杀伯仁，伯仁却因我而死’。虽说不是你的意思，但这两个孩子都是因为你家破人亡。放在身边，你也不知道养不养得熟。万一养虎为患，你小心师门遭殃！”

韩景榕当然不会听，他倒不是觉得自己一定是对的，只不过当下找不出更好的办法。又或许是想弥补些什么。

韩景榕在柳如丝之前收的徒弟名唤阿祥，也不过五六岁的模样。今日韩景榕带着阿祥出门，顺便买了些药材。二人来到楼外楼门口时，韩景榕嘱咐徒弟：“你在这儿等着。”阿祥点头应了声“好”，韩景榕只身进入了酒楼。

韩景榕来到二楼约好的房间坐下。他来早了，对方还没到。从二楼的窗户望下去，阿祥站在路边一动不动。韩景榕端起面前茶盏，递到鼻下闻了闻，随即皱眉，又将杯子放了回去。

一个熟悉的身影出现在人群中，与阿祥擦肩而过，进入了楼外楼。不一会儿，门外便传来了脚步声。此人也不敲门，推门而入，来到了韩景榕面前。

韩景榕抬眼看向来人，这么多年了，他还是一点都没变。来人炯目熠熠，飞眉入鬓，穿着华贵，虽是赶路而来，脚下却没有半分虚浮，可见武功之高深。韩景榕依旧一脸漠然，淡淡道：“燕世子，你迟到了。”

男子不以为意，哈哈一笑，坐在了韩景榕对面，笑道：“韩兄不用那么客气，跟从前一样叫我一迟就好了。”

“从前？从前你也不是世子。”

燕一迟摆了摆手：“徒有个名号而已，比不得韩兄栋梁之材。”

“你向来自由散漫，不爱这些虚名。我还以为世子的名号传不到你头上呢。”韩景榕嘲笑。燕一迟也不恼，咧咧嘴道：“本来嘛……我也不想接这个名号。不过想到……”

“想到不做世子就娶不到你那位心上人？”韩景榕抢白。

燕一迟自嘲一笑：“韩兄果然还是了解我的。”

“想多了，我不过随便猜猜。”韩景榕随意道。燕一迟苦笑：“那猜得也没有错。本以为做了世子就可以娶时贞，哪知还是差了一步。”

“命数天定。”韩景榕强调。燕一迟摆摆手，同样语气坚定：“我不信你们本土教那一套，我相信事在人为。”韩景榕不以为然，冷笑道：“你为出的结果呢？”

燕一迟坦然一笑，道：“至少我试了。时贞就算不嫁我也无妨，她嫁给林寄云，只要日后过得好，我无所谓。”

“嗬，你还真是豁达。”韩景榕嘲讽。

燕一迟和韩景榕从小相识，听出他话中讥讽之意却也不生气，倒是接下来他自己要说的，有些为难：“韩兄，有件事我想与你说。”

韩景榕平静地看着他，示意他说下去。

“是昆仑雪莲。”燕一迟面带难色，道，“你也知道，燕家有一朵雪莲也不是什么秘密。我才听说你一直在找，虽不知为何，但想来多半是要救人性命。我本来是打算赠你，但听说时贞出嫁，我便给了她保个平安。她一个女子，嫁给个素未谋面的人，万一日后有什么事……我还是不放心。”

“你约我来就是为了说这个？”韩景榕面无表情地问。他确实在找雪莲解毒，但也不是非要燕一迟那一朵。传闻昆仑雪莲在世间仅有三朵，除了燕一迟那一朵，另外两朵分别在清山掌门手里和传说中的昆仑瑶池中。韩景榕本意是想把清山的那一朵寻来，再不济就涉险去一趟昆仑。燕一迟一早就打算把自家的雪莲送给心爱之人，韩景榕当然不会强人所难。见燕一迟还在内疚地絮叨，韩景榕索性岔开了话题问道：“你找到那个孩子了？”

燕一迟见韩景榕不想继续雪莲的话题，只得顺着他道：“夜心，把孩子抱进来吧。”门再次被推开，一个丫鬟模样的姑娘走进来，怀里抱着一个婴孩。

“就是他？”韩景榕怀疑道，“你确定他就是柳如卿？”

燕一迟肯定道：“刚刚出生不满七日的孩子，又是灵族从天茗而来，城中也找不出第二个。肯定是他没错。”

“孩子母亲呢？”韩景榕问。“不知道。应该是死了。”燕一迟无奈道。韩景榕听了，面上也没什么表情，就是久久没有出声。过了好一会儿，他才开口道：“那你日后有什么打算？”

“我这次回海镜，将世子头衔交给家里幼弟，便打算去西域，离开这个伤心地。”燕一迟叹了口气，道，“柳大夫是我的救命恩人，他的遗孤我必须好好照料。我准备收如卿为徒，带他一起去西域。倒是你，为何对柳大夫一家如此上心？”

“算是欠了他人情吧。”韩景榕含糊道。

“你还有欠人情的时候？”燕一迟难以置信地瞪大眼睛问道，“不过话说回来，你找到柳如丝了吗？”

“没有。”韩景榕撒了谎，他不想解释太多，他想把柳如丝留在自己身边。

燕一迟却没有怀疑，叹了口气，遗憾地说道：“如此只能拜托韩兄继续寻找了，我答应了父亲，即刻便要启程回海镜。”

“我还有件事要问你。”燕一迟起身要走，韩景榕拦住他道，“有个叫沈沉的人，你知道吧？”

“你说岁寒啊！我当然知道，他曾经是我师弟。”

“曾经？”

“是的，我很早就离开师门了。岁寒这个人，武学天赋极高，入门不过几年，武功便比我们这些师兄弟高了许多。不过他性子有些古怪，不是特别好相处。我也是回了海镜才知道，他好像在师门出了些事，而后就离开了，听说他现在去了屠佛殿。话说回来，时贞也嫁去了屠佛殿。”

“我知道了。”韩景榕沉思道。

燕一迟笑道：“怎么？你对他有兴趣？不是我说，他这人的脾气，是不会为朝廷效力的。”

韩景榕面无表情地答道：“听人提起过，随便问问而已。”

燕一迟因为要赶路就起身先走了。韩景榕独自坐了片刻，眼神晦暗不明。

韩景榕是半个月前决定这趟落照之行的，至于起因还要从天茗说起。

天机阁中，苏尽欢一早睡醒就发觉眼皮直跳，总感觉会有不好的事情发生。天机阁上上下下最近挺忙，皇后即将临盆，阁主韩景榕更是忙得看不到影子。知道韩景榕有疾在身的人并不多，一来是他身兼要职，被人抓住把柄总不是好事；二来韩景榕是个孤傲的人，他自己也不愿提起。苏尽欢是无意中撞见过一次韩景榕毒发时的情景，那景象，他这一辈子都不会忘记。

今天碰巧韩景榕人在阁中没有出去，好几日没见到他了，苏尽欢叹了口气，准备去给阁主请个早安。只是还没跨出大门，就被一个匆匆赶来的弟子拦住，弟子急道："苏堂主，不好了，出事了！"

"是宫里来人了？"苏尽欢猜测。

弟子却摇头焦急道："不是，是陆堂主回来了，正在阁主那挨训呢！"

"陆堂主不是下山给阁主买药去了吗？"

"可不就是弄那些药弄出了岔子。听说好像是陆堂主杀了人，阁主暴跳如雷，张堂主说她快拦不住了，让您赶紧去，晚了，阁主也要杀人了！"

苏尽欢听了个大概就赶紧往韩景榕的房间奔去，一边跑一边揉着自己狂跳的眼皮，都不知道是该感叹自己直觉过人，还是该感叹自己倒霉过人。

刚跨进阁主居所的正门苏尽欢就愣住了。他认识韩景榕近十年的时间，虽然他平时嘴上不饶人，但基本都是冷冷淡淡的，像现在这么生气，苏尽欢还是第一次见到。

韩景榕立于房间正中，平日里略显苍白的脸颊上因愤怒染上一丝绯红，他紧紧攥着手中的玉笛，怒视着陆念妗。而陆念妗此时竟然毫不示弱，两人剑拔弩张。

一旁的张璃看见苏尽欢，如同见到了救星，一把将人拉到屋内，开口道："快快快，快劝劝阁主！"

苏尽欢茫然道："你先告诉我出了什么事，不然我咋劝？"

韩景榕在一旁冷哼一声接话道："出什么事了？你问问她做了什么好事。"

"你用不着这么冷嘲热讽，本来就是好事！"陆念妗理直气壮道，"能救你就是好事！我还不是为了你？！"

韩景榕怒斥道："为了我？我让你去杀人的？"

"我又没想杀他。"陆念妗强辩，"我只是去取玲珑蒲，谁让柳千水那厮死也不肯交出来，我不过成全了他。"

"我让你去买药，什么时候说过要你取玲珑蒲了？"

"燕家有昆仑雪莲你不去要，柳家有玲珑蒲你也不要，你想死？！"

听到这，苏尽欢才大概明白，柳千水和韩景榕同门学医，是韩景榕的师兄。给韩景榕下毒的是他，为韩景榕医毒的也是他。听上去很奇怪，其中缘由无人知晓，韩景榕从没有提过。柳千水说玲珑蒲可以压制毒性，却又不肯拿出来。韩景榕每隔一段时间都会买了药送去让他配，拿回来服下扛上十天半月。柳千水还说想要解毒，只能靠昆仑雪莲。

陆念妗不明白，苏尽欢也不明白，为什么给人下毒还帮人医毒，为什么有玲珑蒲却不愿意拿出来。苏尽欢听说陆念妗把玲珑蒲抢了来还挺高兴，随后就听到韩景榕的怒吼："我的事什么时候轮到你来插手！"

"陆堂主你少说两句，你看你把阁主气的。"眼见二人马上就要动手，苏尽欢赶紧劝着，"你把玲珑蒲带回来了，那柳千水人呢？"

陆念妗冷哼一声，道："杀了。"

苏尽欢震惊道："你杀了他，谁替阁主配药？"

"有了玲珑蒲，还需要他配药？谁都知道玲珑蒲可以压制百毒，虽得不到根治，但至少毒发时可以好过许多。阁主自己开个方子，不就完事了。"陆念妗连后续都想好了。

韩景榕冷哼一声，脸色铁青。

苏尽欢瞧了瞧韩景榕，小心地说："其实得了玲珑蒲，也不算件坏事……"

"那杀了柳家上下几口人算不算坏事？天机阁什么时候养出你们这帮草菅人命的玩意的！"

"阁主阁主，别激动。陆堂主也是好心嘛。"苏尽欢话说一半突然反应过来，道，"啊？你把人家直接灭门了？"

陆念妗怒道："没有，事发时，柳千水的一双儿女不在家。"

"怎么？你连孩子也不肯放过？"韩景榕怒火滔天，"滚去司慎堂领罚！若是让我发现你们假公济私手下留情，就统统给我滚出天机阁！"

见事情有了转机，张璃立刻眼睛一亮，赶紧接话："领罚领罚！绝不手软！陆堂主这就跟我走吧！"

陆念妗眉头都没皱一下，冷哼一声，头也不回地出了房间。张璃追在她身后一路小跑。一时间，屋内只剩苏尽欢与韩景榕两人，韩景榕怒气未消，眼里却满是疲惫。他回到桌边坐下，沉默许久后缓缓开口道："尽欢，我想把柳如丝接到身边来。"

苏尽欢震惊道："不是吧！你又来？你已经收了一个阿祥，再来一个，你真不怕养虎为患啊？"

韩景榕一脸倦容，摆手示意苏尽欢不必再劝：“我已经决定了。”

苏尽欢皱眉道：“你见过那孩子？”

“没有。”韩景榕摇头道，“只是听千水提起过，小小年纪已经开始学习药理，是棵好苗子。”

“你知道他们逃去哪里了？”

“我只是猜测，千水曾经提过他在落照的一些见闻，想来在那边有朋友。”

苏尽欢沉默了，他想了想，道：“罢了，柳如丝收了就收了吧。她不会武功，没什么危害。毕竟养在身边，日日看着也安全些。”

韩景榕当晚给身在落照的旧友燕一迟去了一封信，二人相约见面，这才有了半月之后和唐知心那场不怎么愉快的邂逅。

收徒未果的唐之心气冲冲地来到了楼外楼，要了一间房后，小二带着她上了二楼，推开一间房门，将唐知心让了进去。唐知心瞧了一眼，虽与上回段未语带她住的房间有些不同，但大致差不离，于是点点头冲着小二说：“就这间吧。去帮我弄些吃的，再送桶洗澡水。”

小二应了一声关门退去，没一会儿就送来了吃食。唐知心飞快地解决掉面前的阳春面，肚子填饱后，心情也跟着好了些。

夜幕降临，唐知心泡在舒适的浴桶里如获新生。温暖的水洗去疲惫和烦恼，热气从头顶冒出，蒸得她双颊绯红。一个人待着的时候，思绪最容易飘忽，唐知心一时想到今日那个叫柳如丝的孩子，担忧她日后命运；一时又想到此行的目的，十几年过去了，要找到亲人谈何容易……想着想着，刚平复的心情又变得沉重起来。

突然，唐知心听到窗外大街上传来一阵骚动声，她赶紧起身跨出浴桶，穿好衣服来到窗前。她将窗户轻轻推开一点，顺着缝隙往外望去。

这一看，唐知心吃了一惊：“怎么是他？”

街边一群人手持火把簇拥在楼外楼附近的街道上，他们穿着统一，队列整齐。站在两队人最前面的正是林放。他一身官服，腰间别着令牌，手持火把。火光映在他脸上，照亮了他棱角分明的面庞。只见他浓眉紧皱，表情认真且严肃，火把的光辉映在他眼底，令他的双目更显炯炯有神，泪痣在跳跃的火光中像一瓣碾碎的落红。

林放并没有发现唐知心，他环顾四周后，将目光锁定在了楼外楼的大门上。只见他一脚踢开客栈大门，一声令下，一群人蜂拥而入。只听他的声音从楼下传来："巡检司办案，无关人等让开！"

唐知心屏息凝神，认真听着楼下动静，不禁嘟囔起来："深更半夜的办什么案？抓贼？"

只听楼下小二诚惶诚恐地开口问道："官爷，这大半夜的，客人们都睡了。您有什么事要不明天再来？"果然，只听林放开口道："抓贼还等明天？今晚要是因为你让贼人跑了，我明天便来抓你！"

"好端端的，客栈里怎么会有贼呢？我一直在这儿守着，入夜后都没人进来过！"小二一个劲儿地解释赔笑，林放却冷笑道："你见过哪个贼走门的？此人武功高强，我等追了一路，眼见他消失在你们客栈门口。我现在不仅怀疑这个贼进了你们客栈，我还怀疑店里有他的同伙，给我搜！"

只听得脚步声四散，一楼接连传来嘈杂之声。有官兵的怒斥，有客人的尖叫，有翻箱倒柜的撞击声……大约半炷香的时间过去，唐知心又听到一个洪亮的声音："回林捕头，客房什么都没有。"

"后院也看了，没有可疑的人。"

一阵沉默之后，只听林放开口道："二楼呢？"

"官爷，楼上只住了一位姑娘！"小二忙说，"其他房间都是空的呀！"

唐知心一直趴在门后偷听，顿时紧张起来。

林放并不理睬小二，大步上楼。唐知心听见脚步声越来越近了。隔壁房间被一个一个踢开，一阵折腾后，他终于来到了唐知心的门前。

唐知心犹豫了一下，唰地拉开房门。

四目相对，鸦雀无声。此时唐知心从林放的脸上读出了好几种情绪，有惊讶、有怀疑，仿佛还有些尴尬。她饶有兴趣地抱胸看着他，过了好半天，林放才憋出一句话："你怎么在这儿？"

"我为什么不能在这儿？"唐知心挑眉道。

"你不是跟你师兄回清山了吗？"

"我喜欢落照，多玩几天不行吗？"

"你撒谎，你明明回清山接了圣旨。"林放的消息倒是挺灵通，唐知心却不以为意地道："回去了就不能再来了吗？怎么，落照城是你家的啊？不欢迎我啊？"

林放一愣，反应过来后才道："我不是这个意思。"

"行了，林捕头。你不是要抓贼吗？赶快搜吧，搜完我要睡了。"唐知心侧身让林放进屋。

林放进了屋，唐知心瞧他脸上一副公事公办的表情，甚至还有些要大义灭亲的凛然，不禁有些好笑，一不小心就笑出了声。

林放此时正在四处翻看，听见笑声后，他转头皱眉问："你笑什么？"

"我没笑，你听错了。"唐知心收起笑容望向窗外。

见她不愿与自己多说，林放有些讪讪的。他瞪了唐知心一眼，也没多说什么。他随即又看了看床后隔间，继而绕到屏风后面，屏风后是浴桶，里面的水尚有些余温。林放顿时颇为窘迫。

唐知心此刻只想早早歇息，叹口气道："你查完了吗？我可以睡了吗？"

"查……查完了。"林放尴尬道，"我走了。"

唐知心目送林放离开，林放走到门口却突然停住脚步，转过身来，道："你……"

"怎么？还有事？"唐知心问。

林放犹豫道："你要不要换地方住？"

"为啥？"唐知心疑惑。

"这里不太安全。"林放纠结道。唐知心以为自己听错了，他这是在关心自己？她刚想开口，林放似乎也意识到什么，赶紧改口道："你想住就住吧。要是遇到什么事……不是，要是看到可疑的人，记得到巡检司找我。"

说完，林放头也不回地走了。

唐知心一边嘟囔一边走上前关好房门，确定房门从里面闩好后转过身，猛然看见窗沿上坐了一个人，吓得她差点魂飞魄散。

沈岁寒还是面无表情，和第一次见面时一模一样。

他什么时候来的？他这副样子显然不是刚巧路过，自己与林放的武功都不低，居然完全没有发现这里还有第三个人，可见沈岁寒的武功是多么深不可测。

他会不会就是林放在缉拿的贼人？唐知心不敢确定。但毕竟他是自己的救命恩人，唐知心也不觉得害怕。

沈岁寒一只脚搭在窗沿上，半个身子露在窗外，漆黑的长发在月光中随风飘荡。他面无表情地盯着唐知心，突然开口道："有酒吗？"

几个时辰前。

沈岁寒一早便从桃花谷来到了落照城。黄昏时分，他坐在楼外楼二楼靠窗的雅间之中，望着窗外川流不息的人群，依旧面无表情。沈岁寒这人天生性子冷淡，对事对人对物都没有什么特殊的偏好与厌恶。不过，除了他从小居住的桃花谷，落照应该算他喜欢的地方了。原因很简单，落照有楼外楼，楼外楼有独家酿制的最好的竹叶青。

不多时，沈岁寒已喝空了面前的一整壶竹叶青。浓郁的酒液滚入喉咙，入口回甘，真真是人间佳酿。沈岁寒拾起桌上一个酒杯捏在指尖把玩。难得有自己喜欢的东西，他心里想着。沈岁寒又皱了皱眉头，因为马上要见的人，是他难得讨厌的。

沈岁寒讨厌的这个人，叫曲临书，是他的师弟。至于曲临书什么时候成为自己师弟的，沈岁寒都记不大清楚了。他早些年拜了一位世外高人为师，学成之后发生了些事就离开了，至于什么师兄弟间的情谊，他根本不会放在心上。因此，他被扣上欺师灭祖的罪名，差点丧命，幸好林寄云出手相救，两人才一起去了海镜。

曲临书来的时候，沈岁寒刚好喝完第二壶酒。这正是他平日里喝到最清醒的量。曲临书身穿黑色劲装，如鹰般的双眼犀利有神。他紧紧盯着沈岁寒，眼神中有怒火也有忌惮。曲临书走到桌边坐下，嘴角挂起一抹冷笑："好久不见啊，师兄。"

沈岁寒这才放下手中酒杯，抬眼看向对方，面无表情地道："伤好了？"曲临书冷笑道："你那一掌，差点要了我的命。当年不顾及同门之情，现在又何必假惺惺？"

"不是差点，是我留你一命。"沈岁寒淡淡道。曲临书冷哼一声："那我还该感谢你了？"

"嗯。"沈岁寒认真地点点头，"伤好了就该老实待着。"

曲临书冷笑道："沈岁寒，我知道你讨厌我，就跟我讨厌你一样。我平日里最烦的就是你这种故作清高之人。然而再讨厌你，我还是忍了，叫你一声'师兄'也算客气，我到底是哪里得罪了你？"

沈岁寒打断道："你话太多，吵。"

沈岁寒其实说的都是真心话，他不擅长拐弯抹角说话，更不屑于与曲临书拐弯抹角说话。但是这话落在曲临书耳朵里，便成了实打实的讥讽。他的脸色瞬间阴冷，差点要直接动手。只是他想到此行的目的，只能硬生生地憋下了这口气。

曲临书顿了顿，缓和了一下心态，尽量平静道："不过万事万物倒确实玄妙，有句话怎么说来着？山不转水转。谁能想到当年你我水火不容，如今却能隔着张桌子聊这么长时间。"

沈岁寒不耐烦，微微皱了皱眉，道:“你有话直说吧。”说完这话，沈岁寒将头转向了窗外，不再看曲临书。

曲临书对着他的侧脸道:“当年你杀了师父离开师门后，师兄弟们死的死，逃的逃，我算是运气好的，遇上贵人替我医伤，还兼了份差事。”

沈岁寒依旧不说话，他的眼神似乎固定在了窗外一景，浑身上下唯一在动弹的地方，便是微颤的睫毛。

“如今你武艺比当年更加精进，我家主子也有所耳闻。如果你愿意与我一起效力，咱们之前的仇怨就一笔勾销。何况……我说，你有没有听啊？”曲临书提高了声音。

沈岁寒望向窗外，淡淡道:“你等等。”

曲临书不禁顺着沈岁寒的目光向窗外望去。只见沈岁寒盯着的是飘香楼门前一个身穿紫衣的女子。女子眉目秀丽，浑身湿透，柳眉倒竖据理力争的模样显得十分滑稽。

“怎么？你认识她？”曲临书问。沈岁寒还是不语。“她是不是遇到麻烦了？你要不方便出面，要不我替你去帮个忙？”

“不关你的事。”沈岁寒终于说话了。直到唐知心的身影消失在街头，沈岁寒才把目光移回来。他目光灼灼，盯着曲临书道:“你在替谁办事？”

曲临书笑了笑:“这个现在可不能告诉你。”

“如此，恕难从命。”沈岁寒干了桌上的竹叶青。

后来之事，可想而知。依照沈岁寒的脾气，他不想做的事，无论什么情况他都不会做。曲临书到最后也动了怒，然而还是没办法，只得作罢，讪讪地离开了楼外楼。

曲临书离开后，沈岁寒皱了皱眉。他有种直觉，曲临书不会善罢甘休。而他背后的主人很有可能只是先行试探。沈岁寒不是一个爱管闲事的人，但事关自己日后的清净问题，他犹豫了片刻，还是悄悄跟上了离去的曲临书。

沈岁寒武功之高，如今的雪域可谓是无人可及，若不想被人发现，根本不可能有人会发觉。他一路隐藏行踪，悄悄尾随着曲临书。夜幕降临时，他站在高高的屋顶，眼见着曲临书施展轻功翻进了落照王府的院墙之内。

沈岁寒站在月色里，再一次皱起了眉头。跟朝廷扯上关系，横竖都不会是简单的事。他想了想，并没有跟进王府。曲临书若是正经入府觐见，大可不必大半夜翻墙进去。如此行径，说明他做的只可能是见不得光的事，这种事，他可不想掺和。

知道了曲临书背后之人与朝廷有牵扯，沈岁寒心里也算是有了数。他转身想走之时，正好发现曲临书再一次翻墙出来，手里还多了个包袱。若不是偷，那便是偷着传递的物件了。沈岁寒心里正想着，突然曲临书背后传来一声怒喝。来人手举火把，一身巡检司官服，正是夜间巡逻的林放，林放一声大喝：“站住！前面什么人？”

曲临书眼见行踪被人发现，立刻施展轻功往前飞奔。林放怒道：“王府里的东西都敢偷，好大的胆子！给我追！”一群手持火把的官差蜂拥而至。他们紧追在曲临书身后，朝护城河的方向奔去。沈岁寒依旧站在黑暗中一动不动，只有几束月光轻轻投在他白色的衣袍上，像开出了点点月白梨花。他想了想，还是决定跟去看看。沈岁寒顺着屋顶，追向了曲临书逃走的方向。

这一追，就一路追到了楼外楼的屋顶。

月光衬托下，沈岁寒冰冷的容颜似乎也柔和起来。不得不承认，他是好看的。他的好看不像段未语那般张扬，也不似林放那般秀气，更没有林寄云那般温润。撇去性格不说，他面容干净得如同一张白纸，加上不怎么露出表情，总让唐知心感觉他比其他人更像隐世修仙的道人。

“有酒吗？”沈岁寒重复道。

唐知心被他盯得后脊发凉，他大晚上的不请自来，就算没有恶意也不算礼数周全，何况她正困着。唐知心深吸一口气对着曾经的救命恩人道：“没有，要酒，你去楼下找小二吧。”

“小二睡了。”沈岁寒道。

“我也想睡了。”唐知心噘嘴道。

沈岁寒依旧面无表情，她的赶客之意也不知道他是真没听懂还是装作没听懂。或许该说得更直白些？唐知心正想着。沈岁寒开了口：“你白天淋水了？”

唐知心一愣，警惕道：“你跟踪我？”

“刚巧路过。”沈岁寒言简意赅。

“那你怎么会知道我住哪里？”

“刚巧路过。”

“那你白天怎么不跟我打招呼？”唐知心又问。“有事。”沈岁寒面无表情地道。

“现在现身，是事情忙完了？”

“嗯。”

话题又一次被沈岁寒聊没了，突然，有个疑问在唐知心脑袋里冒出：“刚才他们在抓的人，是不是你？”

“不是。”见唐知心一脸怀疑，沈岁寒又道，“你不信？”

唐知心摆摆手，道：“也不是不信，就是巡检司刚走你就出现了，有点太巧了。”

“我刚巧路过……”沈岁寒顿了顿，似乎意识到这句话他刚刚说过了，于是他补充道，“在屋顶听见你的声音，便下来了。”

“你大半夜在屋顶做什么？”

“赏月。”

又是一阵沉默，唐知心没有邀请他进屋，沈岁寒依旧坐在窗沿上，除了晚风带起的衣袍与发丝，他安静得像一尊塑像。突然，他似乎感觉到了些什么，四下张望片刻，双手一撑跃下窗户，消失在夜色之中。

唐知心彻底蒙了，这是什么意思？来无影去无踪？他还回不回来了？

她几步来到窗前，将头探出窗外。黑夜里并没有他那身白色衣袍的残影。唐知心一边犹豫要不要等等他，一边忍不住再次感叹。眼见他消失，才反应过来他的轻功快到连影子都没让她瞧见。

唐知心打算关窗睡觉，嘴里嘟囔着：“想来就来想走就走。连个招呼都不打的吗？”

“我没走。”沈岁寒的声音从屋顶传来，“你上来吗？”

唐知心抬头向上望去，只见沈岁寒坐在屋顶的梁脊上，脚边多了一个酒坛。唐知心从窗户跃上屋顶，在他身侧找了处干净地方坐下，问道：“哪来的酒？”

“刚才闻到了酒香，顺着找到了酒窖。”沈岁寒答道。

唐知心挑眉道：“你这是偷！”

“我留了银子。”沈岁寒面无表情地反驳。

唐知心却撇撇嘴：“你这么喜欢喝酒？这酒有什么好喝的？”

沈岁寒不语，他举起酒坛递到她面前，她冲他摆了摆手，他便独自喝了起来。几口下肚，他依旧没什么反应，连脸都不红一下。他望了一眼手中酒坛，轻轻说道：“乌家若下蚁还浮，白玉尊前倒即休。”

“不是春来偏爱酒，应须得酒遣春愁。”唐知心一愣，问道，“怎么？你有烦心事？”

“说给你听的。”沈岁寒再次将酒坛递至嘴边，喉头滚动，似有一滴晶莹酒液顺着他的嘴角滑下，落到下颌棱角处，停留了一会儿，轻轻滴在了他胸前的锦袍上。他用衣袖擦去嘴边酒迹，开口道：“今日那孩子的事，你无须在意。”

唐知心没想到他会说起这个，一时无话。只听他继续补充道：“莫要强求。”

四个字，开导了难过了一天的唐知心。不得不承认，他这人心思细腻，眼瞅着她情绪不高，便猜到了是因为什么事。唐知心想道谢，而他却话锋一转换了个话题：“你喜欢落照？”

面前的护城河水潺潺地流淌着，远处乌篷船上的灯火照在水面上，波光粼粼。身侧有酒香传来。唐知心有些恍惚。沈岁寒明显是在屋顶听到了她和林放的对话才有此一问，见唐知心没有回答，他继续道：“几日后，河上要放河灯了。”

“落照的河灯夜不是在冬天吗？”

“一年两次。”沈岁寒道，“想看吗？”

“无所谓。”唐知心耸耸肩答道。

“我想看。”沈岁寒面无表情，道，“你陪我。一个人看灯，有些无聊。”

“凭什么你无聊我就得陪你？”唐知心抗议道。

“我救过你的命。”沈岁寒平静地说。

第二天一早，昨晚陪沈岁寒喝酒喝到半夜的唐知心一脸没精打采。他好像不会喝醉似的，直到一坛竹叶青见了底，他甚至还有点意犹未尽。唐知心坐在床沿上，揉了揉突突直跳的太阳穴，不禁嘟囔道：“怎么一个两个都这么不讲理，这是约我去看灯还是威胁我去看灯！”

然而不管约也好威胁也罢，她还是答应了，谁让他是救命恩人呢，唐知心给自己找着心理平衡。再说落照的河灯自己确实没看过，说不定会很有趣？两个人总比一个人强，何况沈岁寒人还不错。

唐知心匆匆在楼外楼的大堂吃了早饭，便朝落照王府走去。落照的藩王府如同城中城，虽不如天茗皇城威严壮观，却也是气派得很。长长的红色外墙一眼望不到尽头，墙内伸出枝杈的大树枝繁叶茂。她深吸一口气，如果这里真的可以找到自己的身世，那也算是了却了一桩心事。

唐知心向守门侍卫递出一张名帖，说道：“劳烦帮我通传一声，清山弟子唐知心，前来拜见江宁王。”

阐教如今是雪域国教，其中以清山为首。道士地位本就很高，那侍卫见她一身清山道袍，更是不敢怠慢，请唐知心在此等候，转身向王府内院奔去。禀报过程烦琐，唐知心耐下性子慢慢等着。眼见太阳渐渐升至头顶，快到晌午时分，去传话的侍卫才回来。在他身后还跟着一位公公。

太监行色匆匆地来到唐知心面前，诚惶诚恐地施礼道：“青灵道人远道而来，让您在太阳下站了这么久，都是奴才的罪过。”

“公公客气，是我冒昧了，有劳公公了。”唐知心客套着。

唐知心跟在太监身后，入了江宁王府。她一路上四处望了望，倒是有些讶异。这王府不似外面看上去那么气派，倒是移步换景，各处景致布置得典雅秀丽，看得出江宁王的品味与一般藩王并不相同。

领路的公公将她带到一座大殿门口，示意她进去。唐知心缓缓走进大殿，只见江宁王坐在正殿主座上，她走上前去，微微拱手道：“清山唐知心，见过江宁王。”

这个江宁王，看上去年纪比灵帝还要大上许多，约莫六十多岁，两鬓斑白。他笑着开口道：“青灵道长不必多礼。你是陛下亲自封赏的国教高人，能入我江宁王府，本王也能沾沾你的仙气啊！”

“江宁王言重了，我等凡人修仙，哪有这么容易。”

江宁王摆摆手，笑道：“那可不一定，清山仙气缭绕，历代帝王都要亲临。听说清山祖师青云道长云游四海，早已得道成仙。唐道长作为青云道长亲传的徒孙，习成正果指日可待啊！”

唐知心心下有些异样，不禁皱起了眉头。一般位高权重者见了她多半会问一些国运仕途的问题。或者像灵帝那样，看看皇室血脉，再不济也会问问来年是否风调雨顺。这江宁王怎么回事？不问国事，满脑子想着神仙。她心下盘算着应该如何回答，只听江宁王继续说道：“清山也在江宁，怎么说也是江宁的疆土。你们掌门段未语，虽说是陛下封的侯府世子，但说到底，也是咱们中原人嘛。听说这次他被封为肃净道人，这下清山可是真成了仙家聚集之地了！”

唐知心赔笑道：“江宁王若是想去，清山众人自当随时恭候。”

“去不了啦，本王年纪大了，半截身子入了黄土的人，出个府都费劲，哪还上得了山。”江宁王叹了一口气，道。唐知心越听越不明白，只得尴尬地笑了笑。江宁王明显话里有话。她正在疑惑，江宁王开口道：“唐道长，你说人死了以后会去哪里？是不是真的会投胎转世？”

原来他是想问这个。唐知心简直哭笑不得，答道：“不会。因果轮回是西方教的说法，所谓投胎转世，不过是安慰此生不幸的人，给他们一点希望罢了。”

“那依本土教之说，人死后会去哪里？”江宁王问。

“尘归尘，土归土。”唐知心解释道，“世间万物死了之后都会归于天地，落花碾尘，落叶入泥。”

“那人究竟有没有长生不老之法？”江宁王追问。他终于说到正题，唐知心心中冷笑，这可真是“可怜夜半虚前席，不问苍生问鬼神”。

“有，修仙。”

“没有其他方法？”

“没有。”唐知心飞快地答道，“庄子不是说过，‘是其始死也，我独何能无概’！就算是修仙也只是延长寿命，宇宙都有终结之时，人也是生灵，自然也不例外。”

江宁王想了想，继续问：“听说西方教在几百年前，中原人来到雪域之前曾一度盛行过，为何现在销声匿迹了？”

“这就是西方教与本土教最大的区别了。”唐知心笑道，“西方教盛世出山，乱世归隐。本土教乱世出山，盛世归隐。历代王朝，西方教和本土教相争都在繁华盛世。西方教次次盛世传教，说是普度众生，不过就是坐享其成而已。您看一下历代王朝，太平盛世的国教都是西方教。而有战乱祸端时，入世的国师基本都是道人。”

江宁王敏锐地问：“唐道长的意思是……如今的雪域乃是乱世？”

“物极必反，盛极必衰。繁华背后总有祸端。”唐知心解释，这是道法的基本原理。

江宁王惊讶道：“唐道长有天眼之术，说的自然是真的，到底是何等祸端？”

“既然是天机，自然不能说。”唐知心道，“不过日后若是战乱爆发，贫道猜测，江宁必会首当其冲。”

都说天下之事合久必分分久必合，自然规律罢了，唐知心也不算信口开河。她替天子卜过卦，剩下这些藩邦自然一荣俱荣一损俱损。何况江宁连着边塞，出关没多远就是狄人地盘。虽说这位江宁王如今无心朝政，但他毕竟做了藩王这么多年，但凡王侯，没有几个不敏感的。江宁王警觉地眯起眼:“唐道长是在提醒本王吗?如今国泰民安,如果非要说周围隐患,难道是湖州?”

唐知心不说话。她也没想到说着说着江宁王开始乱猜,只听他皱着眉又问:“若真是湖州,可有化解之法?”不等唐知心回答,江宁王喃喃自语道:“如此说来,湖州曾派使者前来联姻,本王还没有答应。若是真能结下姻亲,是不是能避免战乱?世子嘛,不太合适,总不能让湖州的女人做王后。但是老九,还太小……唐道长你说呢?”

他突然提问,唐知心一脸蒙,道:“什么?”

江宁王笑道:“唐道长有所不知啊,湖州前几日来过使臣,说要将他们一位郡主嫁到江宁来,结两藩之好。只是本王如今膝下只得两位王子,世子嘛,年龄合适,身份却不大合适。另一个,年纪有些小,但本王还是比较属意于让他联姻,敢问唐道长意下如何?”

“年龄小?多大了?”唐知心问。

“本王的小儿子,排行老九。如今刚满六岁。”

“六岁!”唐知心惊讶,“六岁怎么成亲?”

“不打紧。如今先定下,等他成年后再挑一个适龄的湖州郡主成婚就行了。”江宁王说着说着眼睛一亮,问道,“唐道长要不要先见见这个孩子,看看若他娶了湖州郡主,能不能化解两藩危机?”

唐知心忍不住嘴角抽搐,赶忙道:“不是,我这次入王府其实是有一件……”

“李公公,去把小九叫来!”没等唐知心说完,江宁王已经下了命令。

唐知心此刻焦头烂额。本来她的打算是,卖江宁王一个好,便可趁机邀功打探自己那块手帕的来历。谁知道这位江宁王完全不按章法出牌,一会儿联姻,一会儿又要给他儿子看相。她突然有些后悔自己的决定,早知道不说这么多了。

就在她懊恼之时,刚才离去的李公公已经回来了。唐知心一瞧,他身边并没有九王子,只带回来个小丫鬟。两人一起进入殿中,扑通跪在了地上。小丫鬟畏畏缩缩,说九王子昨天上树掏鸟窝,不留神摔下来把腿摔断了,现在在床上躺着呢!

江宁王顿时火冒三丈,质问道:“好端端的,怎么又闯祸了?几天前才罚过他,又不长记性。他不长记性,你们做下人的也不长吗?这么多人,连个孩子也看不住。”

小丫鬟低着头一声不吭，一旁跪着的李公公开口道：“那日御花园当值的守卫已经受了罚，以后保证不会再犯了！”

“什么时候摔的？”江宁王又问。

“就昨日上午，散了学之后。”小丫鬟提心吊胆地说道，“王妃，王妃她不让说……”

“出了事还想瞒着本王？去把她给我叫来！”李公公只得连连应下，临走还不忘偷偷瞪了一眼那小丫鬟。

此时唐知心站在殿中更加尴尬了，谁知道听了家宅秘闻以后会不会被穿小鞋。但若是就此告辞，那这一趟岂不是白来了。她正在纠结，却只瞧李公公这一会儿的工夫便回来了，身后跟着一个华服女子。女人身后还跟着好几个丫鬟。

唐知心想：这便是大名鼎鼎的傅王妃吧。倒也不是唐知心爱听小道消息，只是这位傅王妃太过出名，整个江宁，坊间对她的议论从未停息。这位傅王妃出生在江宁岳城的傅家，傅家富甲一方，在江宁也算是首屈一指的大户。然而商人毕竟是商人，没什么地位。傅家老太爷想尽办法把女儿送入王府，也就只得了个不起眼的位分。然而接下来，传闻就有些神乎了，江宁王妻妾众多，却偏偏只有两个儿子，而这两个男孩皆为傅氏所生。多年后，长子被立为世子，傅氏自然凭着儿子一步登天。有人说，傅王妃国色天香，但心肠歹毒，但凡有其他男孩出生都被她毒死了。也有人说，傅王妃修了西方妖术，用妖法将其他嫔妃肚子里的孩子都换成了女孩。

唐知心不以为然，毒死子嗣这事儿，多半都是民间百姓对宫墙内的扭曲揣测，真要生一个毒一个，王妃娘娘平日也干不了别的事了。妖术的传闻就更无稽了，在清山上待了这么多年，唐知心连一只妖都没见过。当然，理论上来说是有妖的，只是妖都是生灵幻化的，皆对天道有感。如今世道不太平，但凡有些灵力的生物自然都躲得远远的。

思绪飘得有些远，唐知心回过神来的时候，傅王妃已站在了她的面前。唐知心悄悄打量着她，这位传说中的奇女子，看上去倒是也没什么特别。确实是个美人，但若是与韩皇后相比，还是有些差距的。她看上去四十多岁，保养得不错，不过脸上还是能看出些许岁月痕迹。

傅王妃冲着江宁王行了礼，又转身向唐知心轻轻俯身。她知道自己是谁，唐知心想，这个女人在江宁王府中也算是消息灵通，唐知心灵机一动：不如向她打听？唐知心随即低头回礼，突然，一阵微风袭过，傅氏身上飘来一阵香气。这香气怎么有点熟悉？唐知心又一时想不起来在哪里闻到过。

“叫你来，是有事问你。”江宁王道，“小九的伤，你准备瞒我到什么时候？”

傅王妃笑道：“我当出了什么事呢！怎么能叫瞒着您？孩子嘛，跌跌碰碰常有的事。天天来禀报，耽误了正事该当如何？”也不知是不是错觉，提到“正事”两个字时，她的眼睛有意无意地向唐知心瞄了一眼，接着道，“这位便是青灵道长？没想到是位这么年轻的姑娘，真是百闻不如一见。”

“道长远道而来，与本王切磋道法。本来想让老九来见见高人，看看未来之事。怎知道好好的却摔断了腿！”江宁王不悦道。唐知心却在心里翻白眼。天子都不敢说与自己切磋道法，这江宁王还真会往自己脸上贴金。

傅王妃接话道：“这有什么关系，那就留道长在府里多住几日。等孩子腿好了，再让他来拜见道长。”

唐知心客套着：“不用这么麻烦，腿断了，躺着看也行，找个人带我去便是了。”

“那怎么行？您是陛下钦封的青灵道长。替皇后娘娘与长公主祈福的道长。自然该让老九来拜见您。”傅王妃道。江宁王似乎也觉得这主意不错。他开口道：“唐道长若是不嫌弃，就在府里小住几日。等老九腿好了，便让他去见你。府中也正好沾一沾道长的仙气。”

“唐道长不如就去我那里住下吧，我让下人把西殿收拾出来，有什么需要的，直接找我也方便些。”这个傅氏，也真是厉害，几句话就把事情说得没了转圜余地。突然被留在王府中，唐知心有种上了贼船的感觉，心里不太高兴。不过仔细想想，虽说强买强卖，但也不算没有好处，多留些时日多见些人，打探出自己手帕来历的可能性就多一些。既然不好拒绝，她索性就应了下来。

出了正殿，唐知心与傅王妃并排前行，傅王妃身上的香气再次若隐若现地传来，唐知心思绪飘忽。“唐道长，注意脚下。”傅王妃笑着提醒道。

唐知心回过神来，坦诚道：“王妃一见面便想邀我同住，是不是有话要对我说？”

傅王妃脸上笑容一僵，但立刻恢复自然，道：“唐道长真是快人快语，既然这样，我也就不兜圈子了。”傅王妃一边将唐知心让过台阶，一边假装漫不经心地问：“唐道长为何而来啊？”

唐知心实话实说：“我有一样东西，听说是落照王府流出去的，想打探一下来历。”

“哦？敢问道长，是什么东西？”

“一个小物件罢了，等办完了江宁王交代的事。贫道还要请王妃帮我呢。”

“小物件嘛，问我就问对了。这落照王府，我不知道的事，那也就没人知道了。就算你去问了江宁王，说不定他最后还是要来问我呢！”

“那就有劳王妃了。”

“道长先别急着谢我，我帮了道长一个忙，道长是不是也该帮我一个忙？”

唐知心就知道会有这一出，有来有往，人之常情。“我能帮王妃什么忙？”

“刚才在殿里，江宁王突然想起来要见小九，我就猜啊，是不是和湖州前几日派人来联姻的事有关？”

“江宁王确实说让我帮孩子看看合不合适。不过他还小，变数还很大。”

“合不合适，都是道长说了算。”傅王妃笑道，“小九他虽然年幼，但心智却比别的孩子成熟不少。他与我侄女傅勾月也算是青梅竹马，不是我向着自己娘家的孩子，娶个知根知底的表妹，总比与湖州联姻好。唐道长您说，是不是这个道理？”

唐知心心下了然。

磻溪在江宁藩是一个很不起眼的地方，不产粮草，人烟稀少，有的是大片的丘陵山川。姜吕尚拜青云老道为师，加入清山派之前一直就住在这里。他将掌门之位传给段未语后又回到了这片山林之中。

磻溪的巍巍山涧之中，迷阵重重。段未语每次来到姜吕尚所住的显山林，都要折腾好几个时辰才进得去。每次抱怨，师父都说他学艺不精。今日的段未语困在山下迷阵中的时间比往日更久。姜吕尚也不气恼，只是开口说道：“教了你的便是你的。说穿了不过也就是五行八卦那点东西，排不出来，要怪就怪自己没学好。”

此时的段未语正老老实实坐在一旁陪姜吕尚下棋。小侯爷穿金戴银，衣着繁复，坐在一只简陋的竹凳上。凳子是姜吕尚自己制成的，又矮又小，有一条腿还短了一截。段未语坐在这凳子上，屈起的长腿都快碰到了下巴，他一动，凳子就发出吱嘎的声响，吵得他根本没办法专心下棋。

段未语撇嘴道：“师父你是不是故意捉弄我？怕我赢了你就直说，怎么想出这么个损招！”

“一身的焦躁之气，还想着赢？”姜吕尚教训道。

“不想赢，下棋做什么？”段未语反驳。

“练你的心性。”姜吕尚道。段未语的棋艺都是从姜吕尚那里学来的，自小不知被师父蹂躏了多少局，如今就算慢慢成长起来，也不是师父的对手。都说棋观人心，段未语下棋的路数跟他的为人没什么两样，一招一式锋芒毕露霸气凛然。姜吕尚嘴上虽不说，但每一次徒弟来，都要灭一灭他的威风。这次自然也不例外。

对面的凳子又发出刺耳的吱嘎声，段未语终于忍不住气恼，干脆盘起腿，一屁股坐在了地上，道：“不下了，反正下不过你。师父你叫我来不是有正事吗？”

姜吕尚见小徒弟无心下棋，也不多说什么。他大手一挥，一个小童便匆匆赶来收了棋盘和茶几。这时段未语才发现，姜吕尚坐着和他一样的竹凳，师父坐得笔直端正，更没发出半点声响，刚刚他竟是没注意到。姜吕尚察觉到徒弟的神情，慢慢开口道：“当了肃净道长，感觉如何？”

“师父你又打趣我。谁不知道皇上给这个名头是为了制衡韩景榕。”段未语道。姜吕尚却面无表情地道：“我是问你感觉如何，并没有问你如何得来的名头。”

“感觉？没什么感觉，与从前一样呗。”段未语一副玩世不恭的表情。姜吕尚瞪了他一眼，道：“‘肃净’二字是师祖专门进宫为你请来的道号，你好好体会其中的含义吧。”

“我倒是觉得，‘肃净’二字有些沉重，徒儿担不起这个名号。”段未语道。

姜吕尚点点头：“你确实担不起这个名号，当了掌门依旧我行我素，感情用事，哪里配得上‘肃穆净心’四个字。师祖不过是提醒你日后需稳重行事，顾全大局。”

段未语皱眉道：“师父是在说上回江家灭门之事？如果我早些赶到，定会劝阻师祖杀人！徒儿依旧不觉得自己错了。”

“错与对并不重要，就算是错了，有些事你也必须要做。大道面前，你——不过天地间一只蝼蚁。做不做清山掌门由不得你，做了之后的言行依旧由不得你。戎儿，不要怪师父、师祖苛责。若是做人如此容易，谁还会想着修行做神仙呢？”姜吕尚的这些大道理，段未语也不是第一次听了，他不高兴道："师父你还说我，你不就是因为厌倦阐、截争斗才归隐于此的吗？"

姜吕尚默了默，并没有回答徒弟的问题。他转而问道："知心呢？"

问题换得突然，段未语一愣，答道："知心寻她爹娘去了。"

"何时回来？"姜吕尚又问。

"不知。这种事怎么说也得几个月。她的卜卦之术都是师父你教的，你要是愿意替她看上一眼，她就不用这么费劲了。"段未语抱怨。姜吕尚打断他道："我刚刚说过你感情用事，你就当作耳旁风。我看你心里，除了你师妹，你是什么都顾不上了。"

段未语却道："都是你嫡传的徒弟，我和知心不相亲相爱，难不成自相残杀，你们看着就高兴了？"这不过是随口一句玩笑话，段未语做梦也没想到会一语成谶。这不仅是他的谶言也是姜吕尚的谶言。多年后，当他再看到师妹，看到她站在韩景榕身边轻声低语，当初那一剑仿佛捅进了自己的胸膛。

姜吕尚道："过些日子去把她找回来，宫里有事发生。"

"你都算出来宫里有事要发生了，还要知心干吗？她好不容易有空去寻自己的身世……"段未语护短。

姜吕尚却打断了他，说道："当今圣上时日无多了，新帝继位后朝中动荡，你放心留她一个人在外？"

段未语在山中一直待到傍晚时分才离开。暖暖夕阳下，姜吕尚目送着徒弟下山离开，策马而去，心里不免一阵叹息。他总觉得徒弟像极了当年的自己，又怕他太像自己，最终抱憾终身。

姜吕尚飘忽的思绪被山下树林里传来的骚动声打断。"这么晚了，何人前来闯阵？"姜吕尚困惑。一旁小童答道："要不要我去看看？"

林子里，迷雾渐退，露出一个身形。姜吕尚瞧着来人一袭黄衫，玉簪玉带，手中一支玉笛点阵。韩景榕立在那里一动不动，似在思索，认真地算着阵眼。

姜吕尚抬抬手，吩咐小童道："去，替我迎一迎蘧然道长。"

韩景榕在山下困了很长时间。他虽身为截教之首，但对于八卦布阵接触甚少。阐、截两教自对立以来，两派掌握的本领也渐渐分家。韩景榕翻检着自己的记忆，试图找出面前卦阵的阵眼。怎料还是跌入了迷阵幻象。

幻境里，韩景榕身处大雾之中，周围白茫茫一片什么也看不见。忽地，远处飞来一只紫色带白色花纹的蝴蝶，蝴蝶翩翩而来，在白茫茫的背景中，划出一条紫色的痕迹。韩景榕号蘧然道人，这“蘧然”二字便取自庄周梦蝶的典故。韩景榕虽跌入幻境，但意志异于常人的他依旧保持清醒。他虽不知蝴蝶为何出现，但似乎这蝴蝶便是自己。

蝴蝶来到面前，他抬起一只手，就在指尖碰到蝴蝶翅膀的瞬间，振翅的蝴蝶摇身一变，变成一对小巧精致的琉璃铃铛，铃铛上端挂着紫色的丝带。韩景榕有些恍惚，总觉得这铃铛似乎在哪里见过。

丁零丁零，一声声脆响在迷雾中蔓延开来。韩景榕平日里最烦这些扰人思绪的声音，可今天听着这声响却觉得异常平静。清脆的铃声节奏清晰，节拍像打在了自己心跳的节奏上，与心跳融为一体。

之后的幻境便更加离奇了，韩景榕眼见着一对铃铛又变成了一方白色的手帕，手帕普通至极，除了压角处绣着几朵梅花便没有任何辨识度。他更加困惑了，伸手试图去抓，悬在空中的手帕似有生命力一般躲开，停在了更远处的雾气里。

在迷雾里待的时间越长，意识越难保持清醒，韩景榕自己很清楚这一点。但他似乎没有抽身的打算，眼前飘在空中的白色手帕像一只手，似乎要牵引他去某个地方。韩景榕皱皱眉，走向前方。果然，他往前走，手帕就往前飘，一直飘到迷雾深处。韩景榕也就跟到了迷雾深处。

眼前迷雾渐渐散去，前方有一束光。韩景榕有些不适应，本能地用手遮住光源，奈何光源越来越大。眼前出现了一大片池塘。韩景榕使劲眨了眨眼，克服强光的刺激向前望去。只见空旷的池塘结着冰，池塘的正中间，一株莲花在冰封的池水中含苞待放。

莲花?！韩景榕心下一惊。他的第一反应便是取走这株莲花。他弯下腰，打算试试结冰的水面能不能支撑自己走到池中。

就在他手指触到水面的瞬间，天地旋转，眼前景象突然扭曲，再一次化成烟雾。与此同时，韩景榕身后响起了一个稚嫩的声音：“蘧然道长，梦该醒了。”

韩景榕猛然回头，浓雾刹那散去，周围景象回到了刚刚的树林。回到现实后，韩景榕深深喘了几口气，脉搏有紊乱的迹象，他差点迷了心智，走火入魔。小童歪头看了看他，继续说道：“请道长随我上山吧。”

有人带路后，韩景榕上山的速度快了许多。一炷香的工夫，他已经坐在了姜吕尚的院中，下着一盘残局。只是这竹凳着实太过简陋，坐着很不舒服。韩景榕素日严以律己，坐卧有相，如今就算屈起的膝盖快要戳到了自己的下巴，他也尽力保持正襟危坐。无奈他一动，凳子便发出吱嘎的响声，吵得他根本无心应付面前的棋局。韩景榕脸上露出了不耐的表情，两条冷峻的眉毛紧紧皱在了一起。姜吕尚见后笑道："蘧然道长，该你了。"

"飞熊道长叫我景榕便好，您是前辈。"韩景榕谦逊地说。姜吕尚点点头，笑道："景榕你可知，你所持的白子在你之前是谁与我对弈的？"

韩景榕看了看面前棋局，其实不难猜。姜吕尚既然问了他，那必然是他认识的人。能随意出入飞熊道人的显山林，棋路还如此嚣张跋扈，除了那个平日宿敌，还能有谁？

"段掌门走了？"韩景榕问。

姜吕尚哈哈大笑："景榕聪明，小徒儿没下完这盘棋就走了。你觉得你能赢我否？"

韩景榕再次低头看了看面前棋局，摇了摇头，将手中白子扔回棋盒。所谓垂死挣扎，大势已去。他知道自己不是姜吕尚的对手，继续纠缠下去也没意义，索性抱拳道："景榕甘拜下风。"话音刚落，竹凳随着韩景榕的动作又发出吱嘎声，韩景榕终于忍受不住，嗖地站起身来，理了理衣袖，狠狠地瞪了一眼地上的凳子，随即垂手立在了姜吕尚身边。姜吕尚挥挥手让小童撤了棋局，笑道："你和小徒儿的棋路差得还是挺多的，让你续他的棋，确实难为你了。"

韩景榕别有意味地道："段掌门学识渊博，韩某自然比不了。"

"那你呢？"姜吕尚问。

韩景榕一愣："我？"

"景榕下棋谨慎至极，一步三曲。与小徒儿相差甚远。"

"前辈已经说了第二次了。"韩景榕皱眉。而姜吕尚却笑道："一个是截教掌教，一个是清山掌门。一个是当朝国舅，一个是侯府世子。都是青年才俊，年纪相仿，被人拿来比较也是正常的。我以为景榕你已经习以为常了。"

"有机会，当与段掌门当面切磋棋艺。"韩景榕淡淡道。姜吕尚忍俊不禁，再怎么不同，面前韩景榕和徒儿段未语却是一样心高气傲，年轻气盛。说到年轻，不过还是受的磨难太少罢了。姜吕尚轻轻摇了摇头，换了个话题，开口问道："景榕今日为何而来？"

"昆仑雪莲。"韩景榕诚实回答。

姜吕尚也不意外，但却还是问道：“雪莲？你怎么知道我有雪莲？”

“阐教创教于昆仑，昆仑山又是元始天尊的道场。阐教自然知道雪莲的下落。昆仑雪莲不在清山，青云道长我又寻不到，只能来飞熊道长这里碰碰运气了。”

“你又怎么知道昆仑雪莲不在清山？”

“我派人试探过青灵道长，她看上去不像说谎。”韩景榕平静地说道。姜吕尚听了这话非但不气恼，反而哈哈大笑，道：“知心这个丫头，都给她师兄惯坏了，一点心眼也没有。”

“没有心眼，也不一定是坏事。”韩景榕道。

“对你来说，自然不是坏事。”姜吕尚反驳，“你利用我的小徒弟，还上山来找我要雪莲，为什么会觉得我会给你？说到底，你是截教的人。”

“我听说前辈不理阐、截纷争很长时间了。更何况这是救人性命的事。”韩景榕来之前对姜吕尚做了充分的了解。

姜吕尚却话锋一转，问道：“刚才在山下，景榕在幻象里看见了什么？”

韩景榕听了这话猛然一惊，脸上镇定的神情有一瞬没绷住。他没有回答姜吕尚的问题，沉默不语。姜吕尚继续说道：“不想说便不说吧，不过这场梦终究还需你自己解。”

“前辈是想告诉我，雪莲的下落与这场幻象有关？”

“从小我便教给两个徒儿一首打油诗：‘灵山叠，高山显。望山见高，翻看低丘点点。’”姜吕尚笑道，“是你看山高，还是山看你矮？这意思啊，和庄周梦蝶是一个道理。是蝴蝶变成了你，还是你变成了蝴蝶呢？谜底就在谜面上。显山林的迷障迷的不仅是心智，还有你的未来。至于如何拨开迷雾，靠你不行，靠我不行，只能靠时间。”

“我不明白前辈的意思。”韩景榕认真想了想后答道。

“身似庄周，梦中蝴蝶，花底人世间。景榕啊，要我说，你这个道号起得不好。你知道算卦和行医的相同之处吗？诊出来的病，要看你怎么配药。算出来的卦，要看你怎么解析。迷雾里的景象，是你的病，时间是你的药。你回去吧，昆仑雪莲在哪儿我也不知道。我所知道的，都已经告诉你了。”

韩景榕阴沉着脸，他还在思索姜吕尚所言是真是假。主人下了逐客令，他一个晚辈也不能赖着不走。正当他鞠躬准备告辞时，姜吕尚淡淡说了一句：“赶紧回趟天茗，皇后娘娘时日无多了。”

这几日，唐知心一直住在落照王府中。傅王妃待她很不错，衣食住行一应周全，只是几日下来，她依旧没见着传说中的九王子。其实她对这个孩子很是同情，小小年纪便被亲生父母摆布，从他们的言语间也听不出丝毫对他的关爱。同时唐知心对他又有一丝好奇，这到底是个什么样的孩子？

这一日，傅王妃又去了世子那里。她明显对这个儿子更加上心，临出门，准备了大大小小十几箱东西准备送过去。一时间，所有仆人全跟着抬箱子去了，整个院中就剩了唐知心一个人，她决定出去逛逛。

出了傅王妃所住的院子，她顺着围墙往前走去，一路上的景致都精巧细致。其实通过这几日观察傅王妃的生活日常唐知心也发现了，王府里的水榭布置都跟她的喜好相似。可想而知她在这落照王府权势有多大。走着走着，墙角处突然出现一个人影，急匆匆的，手里还捧着一个汤碗。咦？这不是上回殿上见到的小丫鬟吗？唐知心看着她穿过长长的走廊，消失在前方一扇角门内，于是偷偷跟上了她。

来到院内，唐知心屏息跃上一棵大树，决定先观察片刻。她深知自己是个没有孩子缘的人，打算先悄悄看个究竟，再斟酌一番怎么去跟江宁王和傅王妃复命。毕竟上一回自己一卦，便决定了长公主一生的命运。唐知心暗暗告诉自己，此次一定得谨慎。

望向这偌大的院子，里面竟然一个大人也没有。这时只听院中花廊下一个稚嫩的声音响起："蒹葭，去把本王子的笔墨取来。"

唐知心索性坐在枝头透过树叶循声望去，这一看却是直接呆住了。这应该是她有生以来见过最好看的孩子了。这孩子小小年纪便生得一双桃花眼，粉雕玉琢的面颊上还挂着婴儿肥，然而神色却像极了大人，一对俊眉似蹙非蹙，说话时更是一板一眼。虽说人的气运单凭一眼肯定瞧不出来，但这孩子面容开阔，天庭饱满，印堂间隐约可见紫气盘旋，搞不好日后的江宁王可能就是他。

"是个有福气的孩子啊。"唐知心嘀咕，心里平稳了些。有福气的孩子，总归会有好姻缘。至于是表妹还是郡主，不如问问他自己的主意。这时只听那个被唤作蒹葭的丫鬟答道："主子，好不容易能下床了，晒晒太阳。好好的怎么又想着功课？"

"你懂什么，让你去你就去。养腿一个月，禁闭一个月，罚抄一个月。养腿的时间也不能出门，不是和禁闭一样？要是再把被罚的课文抄完，本王子下个月是不是就能出去玩了？”

毕竟是个孩子，唐知心不禁笑出了声。小王子立刻警觉抬头：“谁？谁在树上？”

见自己被发现，唐知心也不好继续躲藏，索性双手一撑跳下树枝，轻轻一跃落在了两个孩子面前。唐知心笑着打招呼：“小王子好啊！”

蒹葭吃了一惊：“你会飞？！”

“那个是轻功。”小王子翻了个白眼。

“谁说是轻功，我就是会飞！”唐知心笑眯眯道。

“那你是神仙？！”蒹葭追问。这两个孩子太有趣了，唐知心眼珠骨碌一转，点点头，道：“没错！我就是神仙！”

“你说神仙就是神仙？糊弄小孩子呢？”小王子不上当。而唐知心得意道：“你不是小孩子吗？”

“大胆！你敢笑话本王子！”小王子生气道。唐知心哈哈大笑：“都说我是神仙了，笑话你个小屁孩怎么了？”孩子满脸怒容，腮帮气得鼓鼓的，两条眉毛紧紧地拧在了一起。他半天才憋出一句：“你！你……我要去告诉父王！”唐知心冲他摆摆手，笑嘻嘻地坐在了他对面的石头栏杆上，说道：“就是你父王找我来的，不然谁稀罕来看你。神仙很忙的！”

一听到“父王”两个字，小王子眼里忽闪出一丝期待，追问道：“父王让你来做什么？”

唐知心冲着旁边叫蒹葭的小丫头抬了抬手，让她给自己沏了杯茶。吹散了杯中的茶叶浮末，喝了两口，她才抬起头慢悠悠地说道：“都说了我是神仙，你父王让我来帮你看看未来媳妇儿。”

小王子不高兴地纠正道：“你有没有常识？那是本王子未来的王妃！”唐知心扑哧笑道：“哟，小小年纪还懂得挺多！你看起来倒不是很抗拒嘛。”

孩子眼神变化，突然闪现的成熟让唐知心有一瞬错愕。只听他开口道：“父王常说，要我替他分忧。”

“分忧？这么说你知道你父王想让你娶湖州郡主联姻？”唐知心微微吃惊。而小王子耸耸肩，道：“府里人都在传，他们以为我不知道，其实我早就知道了。”

“那你自己是怎么想的？”唐知心问。孩子摇摇头，说：“我也不知道。学堂里师父说过，‘身无彩凤双飞翼，心有灵犀一点通’。但父王却常说，娶谁都一样，关键要有用处。本王子也不知道他们谁说得对。但父王只有我和兄长两个儿子，除了我，也没人能替他分忧了。”

小王子说完这话，眼睛里有些落寞的神情。唐知心不由错愕，心中泛起心疼。一个不过六岁的孩子，是否有些过分成熟懂事了？唐知心眨眨眼，问道：“可你母妃说，你和你的表妹是青梅竹马。”

“我没见过什么表妹。母妃这么说，不过是想让傅家多一个王妃而已。”小王子认真道。唐知心震惊：“这你都知道？！”

孩子嘟嘟嘴，道：“我都说了，我什么都知道。大人们以为我不知道而已。”

唐知心不知该如何接话，本想着变着花样套孩子几句话，没想到他心里什么都清楚。刚刚还在想办法出去玩的男孩，如今谈到自己的未来却冷静得让人刮目相看。此刻，她心中泛起一股酸楚，只想帮帮这个孩子。可是傅王妃那边又不好交代，怎么办呢？唐知心索性心里一横，道：“算了，来都来了。帮人帮到底吧！我帮你看看未来王妃什么样。如何？”

“你真的能看啊？”小王子表示怀疑。

“当然了！都说了你父王找我来的，你信不过我，还信不过他吗？”唐知心拍了拍胸脯，道，“对了，你叫什么名字？”

“顾骁。”小王子答，“可是……”唐知心打断他道：“这样，顾骁，我帮你算一卦，先看看结果。你父王母妃那边，我去帮你说，怎么样？”

“萍水相逢，你为何要帮本王子？你有什么企图？”顾骁警惕道。唐知心哈哈大笑：“你个小娃娃，怎么这么多心？这样，不白帮你，你也帮我一个忙，如何？”

顾骁认真想了想，点点头，道：“好吧，听上去挺公平的。”

唐知心在顾骁殷切的目光下，从怀中掏出了那三枚铜钱。还是一样的动作，她把铜钱抛向空中，只听叮叮叮三声，铜钱落在面前石桌上。唐知心低头一瞧，却皱起了眉头。顾骁见状后警觉道：“怎么了？该不会湖州郡主是个丑八怪吧？”

“什么丑八怪，美着呢！天下第一美！”唐知心说着，表情却有些凝重。顾骁不太相信，眨眨眼，问道：“真的？”

自然是真的。无论从排位还是方向，尾卦都是大大的吉兆：九王妃身份显赫，绝世容貌，与夫君更是琴瑟和鸣，看来联姻可能是个好的选择。只是，这前卦却有错位之兆，两枚铜钱重合了半边，一正一反。这并不符合常理。而此间中途坎坷，看似很难坚持，一不小心，希望就都会变成泡影。

唐知心不知道该如何向顾骁解释这一卦象，事实上她自己也不是很明白。思前想后许久，才给了他一句忠告。

这一年这一日，落照无风无云。谁也没想到，一句忠告就这么在顾骁心中深深扎下了根。直到他长大成人，直到他迎娶新妇，直到他浴血沙场，直到他痛失所爱，直到他失而复得。他甚至不记得这一日对话的其他内容，也不记得这个自称神仙的女人的容貌。只记得那是个温柔的声音，真挚地、坚定地与他说道："情爱来时，再难你也要坚持下去，你要相信守得云开才能见月明。"

此时顾骁似懂非懂，但还是点了点头。他接着问道："不是说有事要我帮忙？说吧，我能帮你什么？"唐知心瞧他认真的劲儿不禁有些好笑，一边伸手入怀摸出那块手帕一边开口笑道："我这次入王府是有一件事，还没来得及跟你父王母妃说，不如小王子先帮帮我？"

"行，你问。本王子知无不言。"顾骁认真道。

"这块手帕很可能是我父母留给我的东西，听说是王府之物。你帮我看看，能不能看出什么线索？"顾骁接过手帕，翻来覆去看了好久，他眼睛瞟到手帕下方一角，那里整齐地绣着"山灵雾涧"四个字，唐知心与段未语研究过很多次，都不明白这四个字的意思。小王子看着这四个字，却皱起了眉头。

"怎么？你还真认识这手帕不成？"唐知心诧异，见顾骁皱眉不语，唐知心惊讶道，"不会吧，我小时候还没你呢，你怎么会认识二十年前的东西？"

"你这块我是没见过的……"顾骁将手中手帕翻来覆去看了一遍，仔细确定后开口说道，"这手帕我母妃好像也有一块，和你这个好像是一对。"

"你说什么？！"唐知心震惊。顾骁道："我觉得看着像一对的，她那块跟你这个做工一样，材料看起来也差不多，右下角也有四个字。如果我没记错，绣的应当是'天涯咫尺'四个字。"

"你确定？"唐知心瞪大了眼，问道，"你说的那块手帕如今还在你母妃那里？"顾骁将手帕塞回到她手中，轻轻摇了摇头："那块手帕母妃似乎很重视，装在一个盒子里束之高阁。我也是有一次打翻了书架，无意间看到它掉出来的。我记得母妃那时很生气，也没说为什么生气。"

唐知心皱眉不语，顾骁继续道："我觉得就算你去问她，她也不会告诉你的。”

“为什么？”唐知心问。

“不知道，直觉。”顾骁答。

唐知心与顾骁道别后便回到了傅王妃的院落。想到他刚刚说的话，唐知心便在自己有限的活动范围内随意看了看。自己被傅王妃奉为座上宾，在院落中可随意出入。此时傅王妃还没从东殿回来，除了王妃和下人们的房间不方便入内，其余目所能及之处，并没有可疑之物。

唐知心心中迷惑，但心中迷雾又似被逐渐拨开。至少到目前为止，调查方向是没错的。但是这傅王妃并不好对付，如果她不愿说出手帕的来历，恐怕很难从她身上得到什么消息。

正想着，就听前院一阵嘈杂之声，傅王妃回来了。她回到院中让各路人忙前忙后了许久。吃过午饭后，她派了身边一个姑姑到这边厢房。

“王妃让我来问问唐道长，午饭可还合胃口？”唐知心笑着敷衍几句，那姑姑又道，“王妃还说，唐道长有什么需要尽管提出来便是，不需要客气。”

唐知心见机道：“说到这，我还真有件事要麻烦王妃。劳烦姑姑替我通传一声。”

“不知唐道长有什么事？若是奴婢力所能及，无须王妃出马。”这位姑姑谨慎地回答，唐知心想了想，道：“是这样，我有一方丝帕，对我十分重要，听说是王府之物，便想问问王妃知不知道出处。”

“丝帕？”姑姑一愣。她看起来和傅王妃年龄相仿，应该是身边的老人了。她脸上的神情有一丝不对劲，但很快用一个生硬的笑容遮盖住，笑着问：“什么样的丝帕？唐道长不如先给我看看。”

“还是见了王妃一起看吧。”听出唐知心话中警觉，姑姑也不再试探。她只得点点头，走在前方带路，将人领到傅王妃的寝殿门口。

在王府住了这几日，唐知心还是第一次来到这间寝殿。姑姑开门将她让了进去，随后自己也跟了进来，带上了房门。

房间布置得精细考究，殿中的暖香炉冒着缠绕如丝的几缕青烟。香气钻入鼻底，正是唐知心先前在傅王妃身上闻到过的味道。傅王妃正坐在这团烟雾背后的靠榻上，手里拿着本书，一手支着头，也不知是睡着了还是醒着。

姑姑绕过暖炉，去到靠榻旁边。唐知心能感受到她故意放沉了脚步，似是在提醒榻上之人有外人来访。果然，傅王妃身形一动，手中书啪的一声掉在了地上。姑姑在她耳边轻轻耳语几句，她才注意到站在不远处的唐知心。她笑着理了理云鬓，问道："唐道长怎么来了？有事？"

唐知心看了一眼姑姑，刚准备开口，话头却被她抢去："唐道长说她有一块手帕，看着像咱们府中流出去的物件，想让王妃帮忙看看知不知道出处。"

唐知心站在烟雾之后，此刻看不清主仆二人脸上的表情。只听得傅王妃声音警觉，问道："手帕？什么样的手帕？"

"丝帕。"姑姑答。

气氛奇怪，主仆俩似乎对"丝帕"二字都很敏感。这下唐知心更加相信顾骁的话了，她偷偷打量四周，房间内的书架上不见任何盒子。此时傅王妃的话音响起，声音已恢复平静："唐道长此次前来就是为了寻找这块丝帕的来历？"

唐知心点点头，道："是。"

"专门为了它跑一趟，想来这方丝帕应该对唐道长很重要。"傅王妃笑道。唐知心再次点头道："是。这块丝帕我从小带在身上，是仅有的能找回我身世的物品。"

烟雾背后一阵沉默，好一会儿，傅王妃才开口道："既然这样，你将手帕拿给我看看吧。"

唐知心将手帕从怀中摸出，绕过香炉来到傅王妃榻前。她心中疑窦丛生，从这对主仆异样的反应来看，唐知心认定她们应当知道手帕的来历。然而傅王妃单手接过手帕，轻飘飘地前后打量了一番后，又将手帕递回到唐知心手中，平静地说道："我从没见过这块手帕，连相似的都未曾见过。"

她抬眼瞧了瞧唐知心的神情，补充道："我会帮唐道长留意着，若是见到相似的便会立刻通知唐道长。"

唐知心一愣，反问道："为何王妃会觉得有相似的手帕？"

傅王妃同样一愣，轻轻一咳，道："不，我没说一定会有相似的。我只是觉得同样的布匹、同样的丝线很可能还会做些别的东西……也不一定是手帕，我日后会替唐道长在别的地方留意有没有类似的。没能帮上忙，唐道长莫要介意才是。"

唐知心脑海中突然回响起顾骁的话："她不会告诉你的。"

唐知心追问道："别的地方？王妃看一眼就这么确定自己府中没有相似的布匹？"

“这是自然。我自己府里的东西我自是再清楚不过了。”听到这里，唐知心低头想了想，不禁觉得有些好笑，遂问道：“王妃就一点都不怀疑我的话吗？”

傅王妃一愣，唐知心继续道：“一个外人说王府一块手帕可以找寻自己的身世，这种事谁在乍听之下都会思索一下。王妃却一口答应帮忙，就好像知道我说的都是真的一样。”

“唐道长乃半仙之人，怎么会说谎呢？你说的话，我自然都是相信的。”

唐知心点点头，道：“既然这样，贫道也相信王妃。”话说到这个份上，人家明摆着不想说真话，再纠缠也没有意义。唐知心刚想着要不换个方法向江宁王打听，就听傅王妃开口道：“唐道长看过落照的河灯吗？”

唐知心一愣，答：“没有。”

“一年两次的河灯夜是整个落照最重要的节日之一，王府内放灯的日子会比城中早上三天。眼见日子就快要到了，我打理诸多杂事可能会很忙，没有时间继续照顾唐道长了。”赶客？唐知心猜测。果然，傅王妃接着又问：“唐道长出来这么长时间，清山那边没有关系吗？”

“我本来也没打算在府中长住，倒是王妃您……”唐知心说着却被傅王妃打断：“是我的错，忘记了放河灯的事，硬留了唐道长住下，如今又照顾不周。”

对方说得如此明显，自己也不能硬赖着不走了。唐知心只得点点头，道：“无妨，我走就是了。只是上回说九王子的姻缘之事……”

傅王妃再次打断道：“不用麻烦了。唐道长有这份心我就很感激了，不用为了这个孩子耽误了你赶路的日程。”

“那我至少要跟江宁王说一声。”

“江宁王病了，这几日风寒反反复复的。”傅王妃似乎一刻都不想让唐知心多留，继续道，“连我都不怎么见得着，唐道长就不用白跑一趟了。”

唐知心无言，第二日便收拾行装离开了江宁王府。

站在王府外，唐知心回首眼见两扇大门缓缓合上，最后咚的一声将她拒之门外。她心中沉重，原因不言而喻。但她又想，总归这一趟不算白来。

王府内，傅王妃的寝殿中依旧烟雾缭绕，但榻上美人早没了之前的从容不迫。傅王妃抓住一旁姑姑的手，两双手紧紧握在一起，也不知是谁的手在颤抖。傅王妃满脸惊恐，美目中隐隐有泪光闪烁。不一会儿，流下一滴泪珠。泪珠刚巧滴在面前的书上，晕开一摊墨迹。这是本前朝诗集残本，翻开的那页上是晏几道的名句："十里楼台倚翠微。百花深处杜鹃啼……天涯岂是无归意，争奈归期未可期。"那滴眼泪落在第二个"归"字一撇末尾，"归期"二字霎时晕得模糊不清，难以辨认。傅王妃用颤抖的声音呢喃着："是她，她回来了……"

江宁磻溪，青云老道坐在徒弟姜吕尚屋中，神情严肃，而姜吕尚则垂手站在一边。只听青云老道训斥道："你既然不愿干涉此事，那就让你徒儿去做，清山总得有人出面。告诉戎儿，没多少时间了。若不想预言成真，便速速找到她。"

姜吕尚皱了皱眉，却也没反驳什么，只是低沉着声音问道："找到之后呢？"

"这话你问过很多遍了，再怎么问答案也不会变的，她必须死。当年若不是你走漏风声，此事也不至于拖到现在悬而未决。"青云老道严厉地说道，"这次你不许再插手，听到没有？"姜吕尚如鲠在喉，没有出声。青云老道看着他的样子，叹了口气道："飞熊啊，十九年前我就告诉过你，大局为重。"

姜吕尚眼神闪烁，低声轻语道："她……毕竟是酒知的孩子。"

"那又如何？已经让她多活了十九年，你也不想阐教百年流传毁于一旦。她必须死。"青云老道瞪眼，对徒弟越失望，他就寄托越多希望在徒孙段未语身上。他思索片刻，补充道："我相信戎儿，他比你懂道理，比你会做掌门。此事交给他，我也放心些。"

天茗天机阁内，韩景榕这几日几乎没怎么合过眼。帝后双双抱病，太子监国，公主年幼，嗷嗷待哺。他一个人照顾两人的病情，还有天机阁事务缠身，简直焦头烂额。

这一日他回到自己房中的时候已过子夜时分，还没坐定就有弟子来报："启禀阁主，探子回来了。"

"让他进来吧。"韩景榕挥挥手，道。

不一会儿，门外传来脚步声，韩景榕抬起头，推门而入的正是曲临书。曲临书冲着韩景榕屈膝抱拳，随后将一个布包递到了韩景榕面前。韩景榕轻轻瞥了一眼布包，开口道："事办得如何？"

"沈岁寒性子执拗，说什么都不肯答应。"曲临书语气愤恨。韩景榕倒是没计较，口中道：“江湖人有江湖人的秉性，他不答应便算了。”曲临书点头称是，韩景榕看向面前布包，问：“这是傅氏亲手交给你的？”曲临书点头，韩景榕又问：“有无旁人知晓？”

“绝对没有。”曲临书答。

韩景榕看了他一眼，淡淡道：“那你呢？”

曲临书后背一凉，赶紧道：“属下什么都不知道。”

韩景榕盯着曲临书，后者浑身不自在，又不敢多言。好半会儿，他才听得韩景榕道：“你下去吧。”

曲临书走后，韩景榕打量着桌上的布包。他似乎有些犹豫，但想了想，还是拾起了它，轻轻解开了包裹。

随着外面裹着的布被揭开，里面露出一个四四方方的木盒。盒子上嵌着贝壳装饰，搭环锁扣镶着金边，一看就是价值不菲之物。韩景榕没有被盒子的外观吸引，他修长指尖钩住拉环，打开盒子。韩景榕盯着盒中之物，有些惊讶。

“丝帕？”韩景榕皱眉，他将丝帕拿在手中反复观看。这方手帕虽做工精致，但也不是什么罕见之物，唯一独特的地方，是丝帕上绣着“天涯咫尺”四个字。他一阵思索后，再次望向盒中。这次，他发现盒底压着一张字条。韩景榕两指展开字条，只见上书一行字：有着另一块手帕的人，便是你要找之人。

韩景榕的眉头皱得更深了，这几年在阐教压迫下，截教已是强弩之末，若不是还有他和皇家的靠山，可能早就大势已去。必须要找到这个人，将她放在身边。想到这，韩景榕攥紧了手中字条，仿佛攥着截教的未来。

第三章　红笺为无色

寝殿内，傅王妃缓缓开口：“不能把她的身份说出去。此事你知我知，明白吗？”

身边的姑姑却担忧道：“可您才将线索给了韩大人，奴婢以为……”

“你以为什么？”傅王妃瞪眼打断道，“你以为韩景榕会真心帮咱们？他不过和林家那些人一样，想着自己的好处罢了。知道她身世的人只有咱们，说出去就等于暴露了自己！”

韩景榕有些心烦意乱，他总觉得傅氏给的信息模棱两可，让他猜不出结果。而对于自己无法掌控的事情，他总是表现得有些不耐。这一晚他躺下时已过了三更天，辗转反侧后，他做了一个奇怪的梦。

梦中的景象和上次在姜吕尚布下的迷阵中看到的幻象一模一样。身处梦境中的韩景榕似乎有意识，知道这是梦境的同时又无计可施。还是那只紫色的蝴蝶，还是那对琉璃铃铛，还是那块白色的手帕……直到此时，梦境中的韩景榕才觉得这块手帕有些眼熟。手帕依旧飘浮在他面前，带着他走向林子深处的莲花池。韩景榕和上次一样，下意识地伸手一抓，这一次居然将手帕紧紧握在了手中！他翻掌一看，手帕的右下角绣着四个字——“天涯咫尺”。

韩景榕从床上惊醒，发现天已大亮。他额头挂着汗珠，猛地掀开薄被，随意披上一件外衣，推门而出。

此时苏尽欢还在梦乡之中，突然听得房门一声巨响，他吓得从床上弹起。韩景榕几乎是一脚踹开了苏尽欢的房门，苏尽欢还没从惊吓中回过神来，就看到立在他床边的韩景榕。

“起来。”韩景榕面无表情地命令道。

苏尽欢一边穿衣一边紧张地问：“出什么事了？”

“我问你，我上次让你去查飞熊道人山下的迷阵，你查到结果了吗？”

苏尽欢满脸震惊，道：“你就是为了这个大清早踹我房门？”

“不行？”韩景榕挑眉道，“你赶快给我下床！”

一盏茶的工夫后，苏尽欢收拾好坐在了韩景榕对面。苏尽欢心里满是狐疑。韩景榕平日里仪表堂堂，相识这么长时间，自己从没见过他衣冠不整的样子。今天这么唐突，难道是出了什么大事？他刚开口道：“你……”

韩景榕飞快打断：“别废话，到底查到了什么？”

“这事你本该去让张堂主办，她比我在行。我就查出了个大概。”苏尽欢挠了挠头，道，“听说飞熊道人是阐教首屈一指的半仙……”

“这我知道。”韩景榕不耐烦道。苏尽欢被打断也不恼怒，继续说道：“飞熊道人毕生有两样绝学，凌云剑法和天眼算卦。前一样传给了大徒弟段未语，后一样传给了小徒弟唐知心，也就是陛下新封的青灵道人。虽说小唐姑娘在卜卦之事上天赋异禀，但我猜测，还是她师出不凡的缘故。”

“这跟我让你打听的事有什么关系？”韩景榕皱眉。苏尽欢一拍巴掌，引导着：“你想啊，卜卦之事看的是什么？”

“不外乎就是未来之事或者已发生而大家却又不知之事。”韩景榕的说法得到了苏尽欢的肯定：“没错！飞熊道人精通此术，用在自己的迷障排布中就十分正常了。我听坊间传闻，飞熊道长的迷阵会让人看见欲望。我倒不这么认为，从阁主你上回的描述，再加上飞熊道长本身擅长八卦占卜这两方面来看，我猜你在迷阵中看到的应该是未来。”

“未来？”韩景榕眯起眼睛思考。苏尽欢继续道：“或者就像你刚才说的，正在发生自己却又不知的事情。”

韩景榕在脑海中回忆着那日飞熊的话，喃喃道：“我的确记得飞熊道人跟我提到过时间……”

苏尽欢一愣，疑惑道：“你不是说飞熊道人没告诉你昆仑雪莲的下落，怎么？迷阵里的幻象有信息？”

韩景榕眉头紧锁，幻象里的信息他自己也没搞明白，只能实话实说道：“是，也不是。感觉这个幻象跟雪莲有关，但似乎还预示着别的什么。”

“会是未来吗？”苏尽欢思索道，“这样想想也不奇怪，未来本就层层交织，与你相关的，想来也不止一件事。”韩景榕皱眉不语，苏尽欢见此题无解索性换了个话题问道：“你怎么突然想起问这个了？还大清早风风火火的。我以为帝后的病情就够你忙的了……”

“我昨夜做了一个梦。”韩景榕打断道。

梦？一个梦能让素来冷静的人如此心烦意乱？苏尽欢心中诧异，而韩景榕补充道：“是跟上次在迷阵里看到的场景一样的梦。”

“迷阵里究竟有什么？”苏尽欢还是忍不住问出了口，“能如此影响你心智的东西，我至今还没见过。”

韩景榕此时也回过了神，反应过来自己一反常态后不禁有些吃惊。他摇摇头，道：“没什么特别的东西，只不过梦中虚无缥缈，抓不紧握不着的感觉我很不喜欢。”

这一夜，唐知心也做了一个梦。

她梦见自己从高处坠落，身子像一片树叶一样在空中飘荡。她感到自己在流血，然而并不觉得疼，只觉得身子轻飘飘的，在快要接触到地面的时候，却被一阵清风带起。不远处有一棵榕树，树枝上不知为何挂着一支玉笛，笛子上还停着一只蝴蝶。她想伸手去抓，却眼见笛子摇身一变成了一方丝帕，手帕右下角绣着四个字——“天涯咫尺”。

唐知心从梦中惊醒，直直坐起。睡觉前，她忘了关上窗户，如今天已大亮，微风吹进楼外楼的客房。她突然想起今日是与沈岁寒约好看灯的日子。

至于那块丝帕……她努力摇摇头，试图把不好的预感驱赶出脑海。她到窗边向窗外望去，今日风和日丽，想来是个看灯的好日子。街上行人熙熙攘攘，却看不见沈岁寒的影子。

“他是不是忘了？”唐知心嘀咕，忘了就忘了吧，一个人看灯也挺好。王府奇遇、诡异梦境以及柳如丝的事，这次独自出门经历的种种使唐知心精神紧绷，是时候放松休息一下了。

这一天，唐知心在落照街头随意逛了逛，吃了点特产，又到戏园子里去听了两场戏，出来时已是日暮时分。她决定回楼外楼等沈岁寒，就算他不来，楼顶也是个看灯的好地方。

回去途中，宽阔的河岸边已经挤满了人。大人孩子们手里都拿着各种各样的河灯，路边的商贩叫卖着，摊位前挂着红红绿绿的灯笼和一些小玩意。眼见前方的路堵得水泄不通，唐知心想了想，朝着一个小贩的摊位走去。

小贩面前不大的桌子上，摆满了胭脂水粉，还有些女儿家用的小玩意，看着都不值什么钱，不过胜在有巧思。与段未语出门时，通常他都不让她看这些，清山不缺钱，段小侯爷更不缺钱，他总说要买些好的，不过唐知心不大喜欢这些，就作罢了。

瞧，他在的时候总是嫌他烦人，他不在的时候又总是想起他……唐知心撇撇嘴，嘟囔道："真是个讨厌鬼。"

摊主很热情地招呼道："姑娘，放灯吗？"唐知心看着他身后挂着的五彩斑斓的宫灯，摇了摇头。

许愿，她是不信的。且不说这河里供的是不是真的神仙，就算是，要满足这么多人的愿望，还一年满足两次，神仙得忙到哪辈子去！小贩又摸起桌上一个福袋，递到唐知心面前道："那姑娘祈个福？"

唐知心失笑，他这个福袋，还不如段未语平时揣在兜里招摇撞骗糊弄人的那个呢。她笑着摆摆手道："不用，我再看看。"

小贩讪讪地缩回了手，唐知心继续翻看着桌上的小物。桌角处摆放着几条线缠的手链，上面拴着烧瓷的小花，花儿看着跟真的似的，娇艳欲滴，五颜六色。她轻轻拈起两串，摊在掌心犹豫不决。此时背后突然传过来一句："粉的那个配你。"

唐知心回头，只见沈岁寒靠在一旁的梁柱边，目光炯炯，手里还拎着壶酒。他也不知在这儿站了多久了，摊位后方的灯笼散发出柔柔的光，打在他冰冷的面容上。

"你什么时候来的？"唐知心笑问。

"刚到。"沈岁寒简短回复，转而又朝小贩的摊前仰了仰下巴，问道，"不买？"

"不买了，本来也就随便看看。"唐知心随意道，她怕沈岁寒要抢着付钱，转移话题道，"不是要看灯吗，走吧，一会儿连屋顶都满了。"

二人肩并肩地挤在人群中往楼外楼的方向走去。气氛有些微妙，沈岁寒不说话的时候，周围空气都似凝结了，当然他说起话来也没有好到哪里去。唐知心尴尬，脑子里翻来覆去思索着可以聊的话题，犹豫着开口道："岁寒，你……"

"叫我阿沉。"沈岁寒打断道。

“怎么又换一个称呼？”唐知心挠挠头，“好吧，阿沉就阿沉吧。我是想说，你看着挺忙，其实也不用专门跑一趟陪我看灯……”

“是你陪我看灯。”沈岁寒再次打断。唐知心一愣，心想你还知道呢，嘴里嘀咕道：“还不是你救过我的命。一个人情……”

“欠着。”哪知道沈岁寒听力极佳，唐知心的自言自语都给他听了去。唐知心无言以对。

一阵尴尬的沉默后，这次是沈岁寒率先开口：“你刚才在说谁？”

“我说谁了？”唐知心疑惑反问。

“讨厌鬼。”沈岁寒提醒。唐知心反应过来，扑哧一笑，道：“说我师兄，你见过的。你连这句都听见了，还说自己刚来。”

“他欺负你？”沈岁寒还是面无表情。唐知心笑道：“那倒没有，他对我挺好的，就是有时候爱捉弄人。”

“你喜欢他？”沈岁寒突然问。唐知心一愣，反问：“啊？为什么这么问？”

“一提到他，你就笑。”沈岁寒一针见血。唐知心却不以为然，嫣然道：“别胡说八道，笑是因为高兴，提到你，我也会笑的。”

沈岁寒摇摇头，不置可否。说着话，二人来到楼外楼的门口。客栈门里门外挤满了人，有赶着放灯的路人，也有凑热闹的看客。沈岁寒指了指房顶。唐知心会意，点了点头。

拐角处，沈岁寒飞身上房，望了一眼自己手中的酒坛，确定一滴没洒之后，他坐在了房脊上，随即示意唐知心上去。唐知心催起轻功跃上房顶，坐到他身边，生怕不小心踢到他的宝贝酒坛，她把双腿缩回身边，双手环住，头便正好架在了膝盖上。沈岁寒看了她一眼，开口道：“没想到，轻功不错。”

唐知心笑：“也就轻功不错，方便逃命。”

听了这话，沈岁寒冰封的面颊上现出了一丝暖意，竟是笑了。唐知心错愕。沈岁寒提起一旁的酒坛，灌了两口后，话锋一转道：“你有心事？”

没头没尾一句，唐知心被问得愣住，半晌后才答道：“没有啊，我看着像有心事？”沈岁寒没理会她的否认，自顾自地说道：“每次见你，你好像都心事重重。”

头顶月色姣好，面前河水潺潺，二人坐在与上次相同的屋顶上，同样的夜景，同样的人，同样的酒香浅浅入鼻。想到沈岁寒上次便是坐在这里与自己说过“莫要强求”四个字，如今……唐知心叹了一口气，道：“我从小没有父母，是师兄把我从面前这条河的河边捡回去的。后来入了清山，学习道法，师父和师兄待我很好，周围的同门也相亲相爱如同一家人。但像一家人并不是一家人，我总是想知道自己是从哪里来的。这么说，你可能不明白……”

唐知心再次叹了口气，不知道该如何表达。沈岁寒又喝了口酒，开口道：“我懂，你继续。”唐知心挠挠头，继续道：“这些事我也不敢和师兄说……”

“你说段未语？”沈岁寒问。唐知心点点头，答道：“我怕他多想。他这个人，心思可比看上去细腻多了。我觉得我说多了，他会更担心。你瞧，他是侯府世子，就算没有清山，玉清侯府也是他的家。他知道自己从哪里来，有多少兄弟姐妹……我是真的很羡慕，很想知道自己在这世上还有没有亲人。你知道吗？连我的名字都是师父起的，清山的掌门居所叫知心堂，他便给我起名叫‘知心’。后来师兄弱冠，非缠着师父赠他一个成对的字，师父才给他起了‘未语’两个字，‘未语知心’，师父提过这名字有别的用意，但又不说是什么。我总觉得师兄是看出我一个人孤孤单单，想法子安慰我才想出这么个主意，更让我觉得愧疚，是他好心收留了我。哎呀，说着说着又说回来了，我也不知道自己在说什么，真丢脸……”

沈岁寒听完唐知心的话，幽幽开口道：“我醉了，明天什么都不会记得。”

沈岁寒这个人，安慰人的方法都和他本人一样平淡如水。不过唐知心却很受用，平淡有平淡的好处，像清清一汪泉水，流进心里。他说不会记得，便是会帮自己保守秘密。唐知心忍不住侧头望向沈岁寒，月光下，他的目光晦涩难辨，不知在想些什么。她很诚恳地说道：“阿沉，你人真好。”

沈岁寒一愣，沉默良久后开口道：“我可不是什么好人。”

气氛又开始尴尬，好在放河灯的时间快到了，河边的人群中爆发出倒数的声音。从十开始，每少一个数字，人群的声音都更加激动一分，惹得唐知心也有些兴奋地道：“快要开始了！”

沈岁寒依旧面无表情，轻轻地嗯了一声。唐知心有些纳闷，要来看灯的是他，现在看着漠不关心的也是他。真是个奇奇怪怪的……好人。

“五！”

平静的河水皎皎，满船星梦照耀着落照这座城的黑夜。

“四！”

河灯与星星交相辉应，抱着琴的歌姬从乌篷中探出头和手，将一池心愿搅成了旖旎的梦。

“三！”

河边情侣依偎，手中河灯映红年少面容。少年把情话写在纸上，塞入灯托中，只待放飞，飞云过尽，鸿雁无信，何处寄书得。

“二！”

女孩笑着，想看看信纸上写了什么，却被躲开。可说是“渐写到别来，此情深处，红笺为无色”。

“抬头，要开始了。”沈岁寒道。

“一！”

唐知心抬起头，人群中爆发出一阵阵喝彩之声。成千上万的河灯即将脱离人们手中，带着心愿飘上天空。浩瀚苍天，宇宙星辰，“天地一逆旅，同悲万古尘”。

而与此同时，人群中突然出现一声大吼：“不许放！”

众人皆惊，循声望去，来的是一众官差，站在最前方的，不是林放又是谁。林放大喝着：“谁也不许放！天子驾崩，国丧期间，所有庆典一律取消，违令者斩！”

“什么?!”唐知心吃惊地一跃而起，夜晚屋顶瓦片本就湿滑，她脚下一虚，差点摔下去。沈岁寒眼疾手快，一把拽住她，二人堪堪站稳。

沈岁寒提醒一声“小心”，唐知心努力冷静下来。灵帝驾崩了?!她上次进宫面圣，圣上封她为青灵道人的日子，恍惚间近在眼前。

早知会如此，却没想到这一天来得这么快。灵帝驾崩，那皇后……也是大限将至。唐知心的确早早算出了长公主会成为遗孤，却没想到会在她这么小时。这孩子实在是太可怜了。

令她担忧的事远不止这些，新帝继位，对于阐、截两教的纷争，他会如何处置？对于这位太子，唐知心仅有的认知都是从段未语那零星听来的。太子名叫游沐年，如今不过是名十五六岁的少年。他的亲舅舅韩景榕一定会伴其左右。新帝会为此而更偏向截教吗？然而师祖青云已经表明要在长公主五岁时收她入门。舅舅是截教掌教，亲妹妹入了阐教。这位少年帝王会如何抉择？

师祖该不会是早料到了这种局面，才收公主为徒的吧？唐知心不寒而栗。能掐会算又如何？论心智，她不曾从师祖那儿学到半点皮毛。沈岁寒见她面色不佳，开口问道："没事吧？"

唐知心摇摇头，担心的话没有说出口，只是道："我没事，河灯看不成了，接下来怎么办？"沈岁寒想了想，答道："我要回趟屠佛殿，寄云是海镜郡马，出了这么大的事，他肯定要入宫的。教里不可无人。"他说完看向唐知心道："你呢？"

"我可能也得回清山了。"唐知心皱眉，话音刚落就听见老远一个声音扯着嗓子大喊："师叔！小师叔！小唐师叔！！！"

唐知心放眼朝声音传来的方向瞧去，果然见几个穿着清山道服的弟子挤在人群中，向她招手。如今河岸两边已乱成一团。唐知心也朝他们挥了挥手，示意他们过来。只是他们挤在四散奔走的人群中一时半会儿脱不了身。唐知心会意，准备跳下房檐跟他们会合，又想到沈岁寒，一回头，发现他不知什么时候已经没了踪影。

那几名清山弟子好不容易挤到楼外楼门口，唐知心与他们会合。小弟子口中气喘吁吁，一个劲抱怨道："小师叔啊，我们可算是找到你了！"

"找我？谁让你们来的？"不好的预感涌上唐知心心头。

小弟子一摊手，道："除了掌门还能有谁？"

"怎么？清山出事了？"唐知心担忧道。弟子连忙摆手："没有没有，掌门说您一个人在外面太久了，早该回家啦。这才让我们几个来找您。掌门还说，找不到您，连我们都不许回去啦！"

唐知心撇嘴："说得好像多担心我似的，他怎么不自己来？"

"掌门前几日才从磻溪回来，连夜赶路染了风寒，这几日连床都下不来，就吩咐我们来了。"

"啊！病了？那还愣在这儿干吗？走走走，赶紧回去！"唐知心一边在人群中奋力挤着，一边问道，"请大夫了没有？"

"我说小师叔，掌门您还不清楚，您什么时候见他喝过药？坚决不让请大夫，怕苦。"

唐知心生气道："平时说自己壮得像头牛，结果还不是病了。怕苦，哼，捏鼻子灌下去就不苦了！等我回去……哎哟！"她光顾着抱怨，和迎面来的一个男子结结实实撞了个满怀。她赶紧道："不好意思啊，人太多了。"那男人也不说话，转身就走了。

"小师叔，你没事吧？"小弟子问，这时唐知心才突然反应过来："糟了，我的荷包！”她转身便要去追，口中大喊：“小偷！别跑！”

“算了，小师叔，我们身上有钱。赶紧回清山吧。”小弟子劝道。

唐知心却很坚决：“不行！荷包里有很重要的东西！我去追他，天亮时分，咱们在城门口会合！”说罢，她便朝着刚才那男子消失的方向追去。银子不算什么，但她视若珍宝的那块丝帕装在荷包里。

唐知心逆着人群奋力向前冲去，随着时间流逝，岸边的人群也渐渐散去，她追到大路的尽头，空旷的岸边只剩下她一个人。唐知心焦急地四下张望，口中喃喃道：“跑哪儿去了？”

突然，唐知心听到响动，转身看到昏暗的巷子中闪过一个人影，她赶紧追进巷子。昏暗的巷中只有几个破旧的灯笼发出幽幽的光亮。她仔细查看，发现这是条死胡同，一道院墙连着隔壁另一道院墙。看起来，刚才那贼应该是翻墙头逃跑了。唐知心不死心，准备翻过院墙继续往前追。这时突然有人说了一句：“别追啦，早跑啦。这会儿踩着风火轮也追不上啦！”

“谁？！”唐知心吓了一跳。

循声望去，只见角落中蹲着一个乞丐。唐知心不禁皱眉，明明记得刚才那里并没有人，这乞丐凭空冒出来的不成？她狐疑道：“你看到他了？为什么不拦住他？”

乞丐道：“姑娘，瞧你说的。你们一个追一个赶，我怎么知道谁是贼？是他偷了你的荷包，还是你要抢他的荷包？”

“荷包？你怎么知道是荷包？”唐知心更吃惊了。

乞丐摊开左手，脏兮兮的掌中赫然正是她的荷包。“姑娘是不是在找这个？”

唐知心急忙拿回自己的荷包。荷包掂上去很轻，里面的银子肯定是没有了。但她关心的不是银钱，赶紧拉开荷包锁绳，发现丝帕还在荷包内。拿出来检查一番，手帕有被翻动的痕迹，但完好无损，她这才放下心来。“我的荷包怎么会在你那儿？”

“刚才那人逃跑时扔下的，拿了钱，要荷包也没什么用了吧。”

“那你为什么会这么好心地还给我？”

“姑娘，你这荷包里的东西对我无用，不如还给你做个人情。更何况，我也没说我就这么白还给你了。”

“那你想要什么好处？我现在身无分文。”

乞丐笑了笑，伸出一根手指，在她面前晃了晃。“一文钱，姑娘的荷包里还剩一文钱。”

唐知心一惊，赶紧低头查看，荷包底部果然还躺着一枚铜板。她也不犹豫，将铜板取出递给乞丐。乞丐笑着接过铜板，道：“姑娘，不是你认为重要的东西，别人都会觉得重要。就好比你苦苦找寻的真相，也许在别人眼里微不足道。而别人认为重要的东西，你也不一定觉得重要。就好比这前路，不好走，记得要回头。苦海无涯，回头是岸哪！”

直觉果然没错，这乞丐不对劲，唐知心赶紧上前准备抓住他握着铜板的那只手，结果却抓了个空。乞丐的身躯居然在她面前慢慢变得模糊透明。

“幻术！”唐知心瞳孔骤缩，“你是西方教的人？”

乞丐伸出食指贴在嘴唇上比画道：“嘘……有人来了。唐姑娘，哦不，青灵道长，一切有为法，如梦幻泡影，如露亦如电，应作如是观。日后再来落照城，记得来寻老衲。”

眼见人就要消失，唐知心焦急地大喊道：“你等等……”

话还没说完，眼前乞丐模糊的身影就已消失，黑暗中只留下一双眼睛，唐知心觉得这双眼睛有点眼熟。她还来不及细想，眼睛已化作两个光点，闪烁几下也没了踪影。

“西方教幻术？那本尊应该也不远。”唐知心心中盘算，“西方教出山了？不行，我得找到这秃驴问个清楚！”她想着，脚下刚准备催起轻功，只听巷口有人大喊着：“站住！”

这声音……唐知心简直欲哭无泪，怎么又是他？

林放又一声怒喝：“里面的人出来！”

唐知心不禁揉了揉太阳穴，这段日子怎么到哪儿都能碰到这位小少爷？她无奈道：“怎么又是你？”林放听见唐知心的声音，身形明显一顿，说道：“是你！”

唐知心走到林放面前。林放道：“刚刚灯会上有个贼，偷了好几个钱袋。我一路追到这儿，你怎么也在这儿？”

“我的荷包丢了，我也在追贼啊。”唐知心道。

“你也被偷了？”林放半信半疑。

“不行啊？”唐知心生气了。林放追问：“你追回来了没有？”

“荷包追回来了，钱没了。”

“荷包里还有别的东西吗？”

“一方锦帕。”

“什么样的锦帕？”

“不关你的事。”

“你追回来几个荷包？”

唐知心简直莫名其妙：“当然就我的这一个了。”

只听林放冷哼一声道：“那么多人丢了钱袋，怎么就你一个追回来了？为什么贼人没拿你的锦帕？我看你可疑得很。”

“你是不是出门没带脑子？我堂堂青灵道长，我偷钱袋？”唐知心气笑了。

林放沉默了片刻，开口道：“你跟我回巡检司一趟，天亮再说。”

“凭什么？我还有事呢，没空去巡检司！”

“没空也得去。就算你没偷东西，你手里的荷包也是物证，必须交到公堂之上！”林放义正词严，一脸公事公办的样子。

唐知心瞪眼怒道：“我疯了吗？好不容易追回来的荷包再交给你？想都别想！”

“你到底去不去？”

“不去！不去！说不去就不去！你有本事抓到我再说。”

林放这人，唐知心忍不住怀疑他脑袋里只有一根筋。世上怎么会有如此死脑筋的人？他与他世故圆滑的哥哥真的是一个妈生的吗？如今她懒得与他多费口舌，看他这架势，肯定自己说什么也不管用，还是先跑吧。段未语还病着，她与同门约好了明早城门见，说什么也不能跟林放去巡检司。趁着夜黑风高，把他甩掉就好了。出了落照城，回了清山，林放就算有三头六臂也不好使了。

想到这，唐知心催起轻功，头也不回地翻过身后院墙，飞奔而去。只听林放的声音从她身后传来：“别跑！”随着林放追逐唐知心的身影消失在巷中，原本三面是墙的巷子深处缓缓地出现了一座庙宇。

寺内，老和尚笑眯眯地站在院中。一个小沙弥推门来到院内，开口道：“师父，您回来啦？”

“嗯。东西都收拾好了？”

小和尚点点头，道：“师父，以后咱们就住在这儿了？”

“不错。”老和尚点点头。而小和尚挠了挠光秃秃的脑袋，又问：“师父不是说咱们如今不可随意露面，为何刚才要帮那位女施主夺回荷包？”

“你还记得老神棍的徒弟，那个小神棍吗？”

小和尚眼睛一亮，问："师父您说的是飞熊道长？"

"不错，刚才那丫头便是飞熊的小徒弟。"

小和尚恍然大悟道："哦，看着不怎么聪明啊。师父，本土教是不是真的快完了？"

"完了？不不不，还早着呢！"老和尚哈哈大笑，"咱们先看戏，西方教和本土教相争百年，他们哪有那么容易完了。"

"为什么是落照？"小和尚又问。

"因为落照有河灯。"见小和尚不明白，老和尚又补充道，"有灯就有戏看。谁知道下次放灯，明年放灯，十年后放灯，二十年后放灯……又有谁会找上门来呢？"

另一边，这应该是唐知心有生之年过得最累的一个夜晚，穿街走巷，跃树跳梁，从来没跑过这么多路。而后面那个人，就如同狗皮膏药一般黏在身后。

话说这个林放轻功真的不错，之前倒是自己小瞧了他。唐知心之前跟沈岁寒说的都是真的，逃跑的本领她是真的学得不错的。清山剑法也算是名扬天下，不过她那点功夫，也就顶多不砸招牌。论打架，唐知心肯定不是段未语的对手，但是论轻功，她一定是清山第一。也不是说全为了逃跑保命，女子本身就轻巧灵活，再加上有些天赋，至今除了沈岁寒，她还没见过比自己轻功好的。这个林放在她身后跟了快一个晚上了，虽说没追上，但却怎么甩也甩不掉，和她保持着二三丈的距离，就这么死死跟在她身后。

又飞跑了半个时辰后，唐知心停在一棵树杈上喘息。她扶着树干，上气不接下气地冲着林放喊道："为了块手帕，你都追了我一夜了。我说弟弟，你累不累啊？"

林放此时刚好追到树下，他也是满头大汗，脚下不复刚开始的稳健，开口说话时气息明显不稳："谁是你弟弟！少来这套，你这个偷东西的贼！"

"谁偷东西？你放着真贼不抓，在这儿追我一宿，你是不是有病啊？"

林放冷哼一声，道："哼！没偷东西你跑什么？"

事情不知怎么就变成这样，林放本也没觉得唐知心是贼，就想着带她回趟巡检司，留个人证，签个字画个押就送她回客栈，顺便为上次搜查客栈的事给她道个歉。谁知唐知心二话不说撒腿就跑。她越跑，林放就越要追。

眼见林放就要上树，唐知心连喘气都顾不上了，赶紧跑路要紧，下树前还不忘冲他做了个鬼脸："甩不掉也要气死你！"

月光缱绻，树影婆娑。漫漫长夜，落照城的街巷中时不时蹿出两个黑影，一前一后，此起彼伏。眼见时间飞逝，远处天边泛起鱼肚白色，唐知心心中不禁焦急起来。这样不行，天就要亮了，得想个办法。一走神，唐知心脚下踩空，从墙头摔下。林放从后面追了上来，道："看你还往哪儿跑！"

唐知心坐在地上，冲林放翻了个白眼。林放冷笑道："走吧，跟我回巡检司吧。"

"走不了！"唐知心怒道。

"你又要什么花样？"

"我脚扭了，疼着呢！"唐知心吼道。

林放愣了一下，表情忽有几分自责，却依然嘴硬道："让你跑，活该。扭了哪只脚？我看看。"

"看什么看？猫哭耗子。"

"哼，我看你是不是装的。"

"都肿成这样了，你装一个我瞧瞧！"

林放凑近两步，蹲下身低头看了看唐知心的脚踝。果然，隔着鞋袜都能看见一块高高肿起，随即他伸出两指在她脚踝上捏了捏。

唐知心惨叫连连："疼疼疼！"

"现在号得这么惨，刚才不还得意得很？"

"你还有脸说风凉话？不是你追我，我能扭了脚？"

"谁让你一见我就跑。"

"谁让你一见我就要抓人。"

"行行行，我说不过你。你这伤没伤到骨头，涂点药，过几天就好了。"林放说着从怀中摸出一个药瓶。他拔开瓶塞，清凉的味道扑鼻而来。林放将药瓶递给唐知心，嘴里道："喏，你自己涂点药。"

唐知心不情不愿地接过药瓶，满脑子盘算的还是怎么逃跑。她褪下半边袜子，把药倒在手上，覆在了肿起的脚踝处，一阵清凉，疼痛果然有所缓解。

林放在她褪下袜子的时候就背过了身去，他听她没了动静，飞快地转过身瞄了一眼，又把头扭了回去，口中道："你这样不行。"

"怎么不行？"

"你得用力揉，不然没用。"

“废话，用力疼啊！”

“那你就好不了了。”

“要不你来吧，我下不去手。”

“我？！”林放一惊。

唐知心理直气壮地说：“你把我弄伤的，负责把我治好，天经地义。”

林放犹豫，唐知心把药瓶一扔，口中道：“那咱们就在这儿耗着吧。”

此时背对着唐知心的林放，耳朵根是通红的。他心里一番挣扎，嘴里叨叨了几句“非礼勿视”，最终还是转过身来，颇有几分视死如归的气势，口中道：“行吧，你别乱动！我给你揉！”

“疼疼疼！你轻点！”唐知心惨叫连连。

“我还没用力呢。”林放皱眉，他此时的窘迫前所未有，“你，你忍一忍，现在不治好，以后容易反复。”

唐知心侧身瞧着林放，他一只手垂在膝上，另一只手替自己揉着脚踝，手掌温度适宜。他的头埋在自己的胸前，耳后脖颈暴露在她的视线里，唐知心轻轻开口问道：“林放？”

“嗯？”

“你真要带我回巡检司？”

“嗯。”

“那就只能对不起了。”话音未落，唐知心不等林放反应，眼疾手快地点了他的睡穴。

没有丝毫防范的林放咚的一声倒在地上。

唐知心叹了口气，心中涌起愧疚。算了，以后有机会再道歉吧。她四下看了看，心想虽说赶时间但也不能直接把人扔在大街上。她正犹豫着，突然看见不远处的墙根下停着一辆马车，车外的灯笼上写着大大的“林”字。

林家的马车？唐知心欣喜，见车外没有马夫，仔细确认车内没有人后，她跳着一只脚，拖着林放往马车的方向挪去，一边拖嘴里还不忘抱怨：“看着挺瘦的啊，怎么这么沉！”

唐知心费了老大劲才把林放拖上了车。她把他扶到车内的软榻上，又往他脑袋后面塞了个枕头，帮他摆了个舒服的姿势后，唐知心长舒了一口气。

此时阳光透过车窗洒进车内，天已经亮了。窗户镂空的花纹投影在林放脸上，他安安静静地睡着，长长的睫毛下，眼角的痣像是要落未落的泪珠。

唐知心拉下了车帘，钻出马车，一瘸一拐地朝着城门走去。

天茗皇宫中，韩景榕这一个月来几乎没怎么合眼。他几乎是强撑着精神守在自己姐姐寝殿外，他知道自己已无力回天，此刻能做的只是用药吊着姐姐的一口气，目的无他，只不过想为新帝继位多争取点平稳过渡的时间。先帝刚走，外甥刚刚登上皇位，皇后娘家孟氏早就是先帝的眼中钉，现在更是不得不防。新帝年少气盛又生性多疑，即便身为亲舅舅，但毕竟君臣有别。韩景榕目前不打算做什么，太后的病能拖一天是一天，朝中的变故能晚一天是一天。

韩景榕守在殿外，长长地叹了口气。别人看他冷静得无情，其实他不是不难过。但韩景榕明白，自己既是亲人，也是人臣，关系到庙堂之事，自己连悲伤都应该适可而止。

宫墙远处走来了一群人，一个娉婷身影在宫女的簇拥下缓缓靠近。

韩景榕眯了眯眼，长期没有得到休息的双目此时视线模糊。待人走近一瞧，原来是新皇后，曾经的太子妃孟枝遥。孟枝遥不过十五六岁，天真与美好尽写在脸上，完全不知道等待她的腥风血雨，这让他不禁想到了当年一入宫就当上了皇后的姐姐。韩景榕突然心口一阵绞痛。怎么会？有了玲珑蒲后自己已经很久没有毒发过了！

孟枝遥看着韩景榕眉头紧蹙，有些担心地问道："韩大人不舒服吗？"

韩景榕摆了摆手，淡淡道："下官无碍，有劳皇后娘娘关怀。"

孟枝遥关切地问："母后她……如何了？"

"太后娘娘不太好。"韩景榕皱眉，心口越来越痛。

孟枝遥轻叹一声。

"陛下让娘娘来的？"韩景榕试探道。

孟枝遥苦笑道："不是，陛下每日忙得不可开交，我也帮不上什么忙，也只有母后这边我能尽一尽孝心了。"

"下官……"韩景榕话未说完，心口又是一阵剧烈疼痛，比刚才更甚，疼得他微微弯下了腰。孟枝遥看在眼里，赶忙伸手去扶，却被韩景榕轻轻避开。她尴尬又担心地收回双手，说道："听说韩大人在母后这里守了好多天了，如今我也没有别的事，大人将药方交给我，我在这儿看着，大人回去休息一下吧。”

韩景榕本想拒绝，但胸口如万蚁噬心。他斟酌片刻，还是点了点头，道：“也好，那便有劳娘娘了。我将药童留下，有任何事需要下官，他知道去哪里寻我。”

“好。有我在，韩大人放心。”孟枝遥点头。

又是一阵绞痛，韩景榕临走时忍痛提点道：“听说孟将军领兵归朝了？”

孟枝遥笑了：“是的，父亲要给先帝守灵。”

这孩子没听出来自己的意思。韩景榕摇了摇头，心下不忍，还是想帮一帮眼前的女孩，不仅仅是因为她像极了当年的姐姐，也是因为自己佩服孟樊的为人。哪怕能为孟家留下一条血脉也好。韩景榕委婉道：“下官听说，娘娘有个弟弟，过几年就到了习武的年纪？”

孟枝遥被问得莫名其妙，迟疑着答道：“是，我幼弟枝途这几日还住在宫里呢。他长得很快，的确过几年就可以习武了。不过父亲似乎没有亲自教他的打算，听说是要把他送去清山。”

“清山？”韩景榕一愣。

“没错，清山。怎么了？”

“没什么。”韩景榕冷笑，“清山挺好。”

离开了皇宫，韩景榕甚至撑不到回天机阁，他命令车夫将他载回韩府。当苏尽欢带着柳如丝赶到韩府见到韩景榕的时候，两人大惊失色。韩景榕蜷缩在床榻上，眉头紧皱，满头是汗，面色惨白。柳如丝冲上前惊呼：“师父，你怎么样？”

韩景榕颤抖着举起一只手，指了指桌上的一张纸，艰难地说：“按方子，熬药。”

柳如丝乖巧地应了一声，拿起桌上的方子飞快离去。她前脚刚走，苏尽欢立刻将屋门落锁，接着几步来到床前，焦急地问道：“你这是怎么了？又毒发了？”

韩景榕哼哼两声，没好气地答道：“知道……你还问。”

苏尽欢急得团团转，一迭声地追问：“你不是很久没发作了吗？你不是服用了玲珑蒲吗？玲珑蒲不是可以压制百毒吗？”

“玲珑蒲能压制百毒不假，能压到什么程度就没人知道了……我这几日……大意了……”韩景榕断断续续说了几句，后面也没了力气，索性闭目养神。

苏尽欢焦急地道："昆仑雪莲的事不能再拖了，必须赶紧找到！"

这时，门外传来脚步声，苏尽欢以为是柳如丝回来了，急忙开门。门外站着的却是个下人。苏尽欢没好气问道："什么事？"

"赵寺淮大人在门外求见。"

"赵寺淮？他来干什么？"苏尽欢疑惑，"多半没安什么好心。你去回了他，说你家主子现在没空。"

"早回过了，他不肯走。说是今日非等到我家大人出去见他不可。"下人苦着个脸。

苏尽欢一怔："这不像赵寺淮平日为人啊，是不是出什么事了？"

"赵大人的夫人临盆难产，说是城中所有大夫产婆皆束手无策，这才上门来求咱们大人救命。"

苏尽欢听了这话，眉头紧锁，赵寺淮与韩景榕的关系谈不上多好，但也算不得多坏。赵寺淮今日是为救妻儿命而来，不救，没良心，医者大忌。救，韩景榕自己连床都下不来，要如何去救？苏尽欢往屋内榻上瞟了一眼，正踌躇着，柳如丝端着药碗回来了。

柳如丝坐在一边搀扶着韩景榕艰难地将药吞了下去。韩景榕明显听到了刚才下人的话，看着苏尽欢投来询问的目光，他皱着眉，接过柳如丝手中药碗，一口闷下，开口道："不去。"

"好，我亲自去回了他。"苏尽欢转身带上了房门。他走后，屋里就剩下了师徒二人。柳如丝一双水汪汪的明眸上下打量着师父，韩景榕吃了药似乎好些了，躺在床上闭目养神，面色依旧苍白，眉头也不曾舒展。柳如丝头一回见师父这样，心底有说不出的滋味。闭着眼的韩景榕突然开口，吓了她一跳。

"想说什么？"韩景榕问。

"师父，你中的是什么毒啊？"

"你解不了的毒。"

柳如丝撇撇嘴："师父又瞧不起人，您不教，我当然不会。"

"不教你，是因为没有学的必要。我中的这毒，天下间便不会再有了。"韩景榕平静道。

"您是怎么中毒的？"

"不关你的事。"

柳如丝早就习惯了师父的言行，也不气恼，做了个鬼脸转而问道："那您刚才为何不救那人的妻儿？师父抱恙在身，可以让我去啊。难产又不是什么疑难杂症。”

“既然你问了，为师今日便再教你一样。你听好了，不是所有的病都是看医术的，有时候经验比医术更重要。孕妇生产这种事，你我师徒二人加起来都不一定有那经验丰富的产婆顶用，他们都束手无策，我去，结果也不会改变。”

“可师父您是神医啊，万一您去了结果会不一样呢？”柳如丝不死心道。

“神医又不是神仙。”

“所以师父您的意思是，不是不去救，而是根本没有救了？”

韩景榕轻轻应了一声：“嗯。”

“那您也不跟门外的大人解释解释，不怕他记恨您？”

“解释？为什么要费力和他解释？他明白与否是他自己的事，与我何干？”韩景榕冷哼一声，继续道，“怕？你跟了我这么久，见我怕过谁？”

柳如丝轻轻哦了一声，虽然还有疑惑，但她不打算接着问了。师父还病着，该好好休息。而韩景榕比刚才看起来好了不少，一夜过去大半，毒发的症状也在慢慢减轻。他开口问道：“外面什么声音？”

“雷声吧。刚刚我去熬药的时候，眼见快要下雨了。”柳如丝回答。

“你回去吧，和阿祥把院里晒的草药收回屋里。”韩景榕说着，柳如丝应了一声起身。韩景榕想了想，道：“去把苏堂主叫来。”

苏尽欢进门时，身上带着水汽。屋外一片漆黑，只听见雨点噼里啪啦落下的声音。

“人走了？”韩景榕问。

“没呢。在正门口跪着呢。”苏尽欢答。

“跪？”韩景榕挑眉，“没想到赵寺淮还挺痴情。”

“是啊，也是个可怜人。”苏尽欢感慨。

韩景榕叹了口气道：“跪若是有用，我便去为太后娘娘跪上三年五载又有何妨？有这时间还不如回家守着。”

苏尽欢翻了个白眼咂了咂嘴，道：“你有空想着他，还不如多抽时间想想自己。你这病要是露了馅，那麻烦就大了。能不能想个法子，赶紧找到昆仑雪莲？”

“我有什么法子，该想的早想过了。”韩景榕无奈道。

苏尽欢分析道：“你说昆仑雪莲既然叫昆仑雪莲，跟昆仑会不会有什么关系？”

“我只听说阐教始祖玉清元始天尊的道场在昆仑，至于和雪莲有没有关系，从来没听说过。”

“有没有关系，找时间去一趟就知道了。”苏尽欢道。

唐知心和几个师侄已在清山城的客栈休息了好几日了。她瘸了一只脚，骑不得马，走不了路，一路上坐着马车颠簸着好不容易回了清山，却发现山也爬不了。她心里记挂着段未语的病，脚刚能落地就嚷嚷着要回去。

“小师叔，要不咱再多休息几天吧。”一个弟子建议着。另一个也附和道：“就是就是，都等了这么多天了，也不在乎多休息几日。”

唐知心责怪道：“你们几个没良心的，掌门是不是你们亲师父？一点都不知道着急。”

两个弟子交换了个眼神，迟疑着说：“那个，其实师父他病得也不是很重。”

“不是说躺在床上下不来了吗？”唐知心疑惑。

小弟子赶紧补充道：“是是是，是下不来床的。但我感觉师叔你的脚更严重些。”

“师兄的病到底是严重还是不严重？”

“严重。”“不严重。”两人两个答案。一时间，房内寂静。

唐知心瞧着二人神情古怪，心里直打鼓，该不会段未语出什么事了吧？唐知心放心不下，更加坚定地要早些上山。

山路崎岖，道阻且长。唐知心终于爬到了山顶，眼见山门就在面前，脚踝处传来隐隐疼痛。迈步向前，却只见空荡荡的山门前有两个人影，时不时传来中气十足的怒吼声。稍近些，她看清女子是段闻秋，而与她争执那人——这下唐知心终于明白了为什么两个徒弟两个答案。

“你师父不是病得下不了床了吗？”唐知心阴森森地问，“怎么现在站在这儿吵架这么勇猛呢？”

“这……这……这可能是，是病好了。”一个弟子结巴道。另一个赶紧附和：“对对对！好了！一定是知道小师叔你要回来了，师父一高兴，病就好了！”

唐知心冷笑，她用手示意小弟子噤声，悄然靠近正在争吵的二人。

段闻秋吼着：“你去不去？”

“不去。”段未语很干脆。

“又不是让你娶媳妇儿，看别人娶媳妇，你干吗不去？”段闻秋质问。

“对啊，又不是我娶媳妇，我干吗要去？”段未语反问。

“爹说了，傅家是江宁首富。傅家老头的长女在落照做了王妃。论权论势都是咱们江宁数一数二的门户。”段闻秋解释，唐知心在一旁听出了点眉目。傅家有人要成亲了？还没容她多想，就见段未语挑眉问道：“所以？”

“所以不管是作为侯府世子还是作为清山掌门，你都必须得去！”段闻秋理直气壮。

“哦。不去。”段未语耍赖。

“让你干啥你都不干，段未语，你成心的吧？”段闻秋奓毛。

“我看起来很闲吗？跑那么远去喝喜酒？”段未语不屑道。

“你看起来有病！”段闻秋气得直跳脚。

“反了你了！”段未语怒道，“谁说我有病？”

“你自己说的。”唐知心在他身后阴森森地开了口。

“胡说！我什么时候说……哎哟，知心，你什么时候回来的？”段未语看到是唐知心后，满脸笑容。

唐知心阴沉沉地说：“就你说‘又不是我娶媳妇，我干吗要去’那句的时候。”

“你都站那么久了，怎么不出声啊？”段未语干笑着。

唐知心也堆起假笑：“我怕吓着你，段掌门不是病了吗？”

段未语赔笑道：“师妹，别生气嘛。你都下山这么长时间了，师兄不是怕你不愿意回来才出此下策嘛。外面这么乱，万一……对了，我嘱咐他们一定等你脚好了再上山，你怎么现在就跑回来了？”

“哟嗬，段掌门还挺关心我？”唐知心双手抱胸，嘲讽道。

段未语赶忙道：“废话，你脚怎么样了？给师兄看看。”

“一边去，别跟我说话，别让我看见你。”唐知心生气道，一瘸一拐地往自己房间走去，将他们兄妹二人抛在原地。

片刻后，段闻秋开口道：“老兄，咱们商量个事呗。”

“你闭嘴，少在那儿幸灾乐祸。”段未语气哼哼地说。

段闻秋笑眯眯地说：“这样，我帮你把知心姐哄好，你答应去参加傅家婚宴，如何？”

“你？”段未语表示怀疑。段闻秋笑道：“当然了。要不这样，我帮你哄她，你带她一起去婚宴。怎么样？稳赚不赔！”

“行！”段未语和她飞快成交。

唐知心径直离开山前武场却没有回到自己房间，心里憋屈着想散散心。不知怎的，脚下却比脑袋跑得快，不一会儿便来到月盈崖边。

奔腾的瀑布带起的雾气层层激荡，恍若千军万马带着滚滚烟尘投入望不见边际的万丈星河。眼前景象虽是十年如一日，但每次看到的时候她还是会觉得豁然开朗。唐知心还在出神，只听背后传来脚步声，一回头，便见段闻秋笑盈盈地走来。“可让我好找。”

“你哥让你来的？”唐知心撇嘴。段闻秋哈哈大笑：“你生着他的气不是？还提他做什么？我自己来的。”

唐知心顺势坐在一棵树下。段闻秋几步靠近，倚靠在对面的一块石头上。

“没他指点，你可不会这么快找到这儿。”唐知心气鼓鼓地道。段闻秋笑眯眯地说：“我说不提他，你偏偏自己张嘴不离。这是给自己添堵呢，还是说不想我来想他来？那我去把他换过来。”

“算了吧，见了他就想发火。”唐知心皱眉道。

“大家不都喜欢朝亲近的人发脾气吗？人之常情。”

唐知心哼了一声不说话，段闻秋问道：“怎么？有什么烦心事？这趟下山不顺利？”

“何止不顺利，简直倒霉透了。”唐知心把一路发生的事和段闻秋说了一遍。直到说到在落照城中撞到西方教，段闻秋一惊问道：“西方教？来的是哪位佛？”

唐知心摆摆手，道：“不知道。”

“你说西方教这时候出山会不会别有用意？”段闻秋问，唐知心抬眼看了看她。这小妮子有时看上去傻傻的，有时却又怪机灵的。唐知心听着她的话，心下不住揣摩，“你是不是听说了什么？”

段闻秋摊手道：“家里的事都不让我知道，我只是从我爹和哥哥谈话中的只言片语猜出来的，如今听说你见了真身，联想一下，说不定是真的。新帝继位，国运不稳，朝堂宗教盘根错节，牵一发而动全身。新帝年轻气盛，似乎是想迎西方教入主中原，平衡阐、截势力。”

“什么？”唐知心大惊，声音震飞了树上几只鸟儿。

乍一听有些不可思议，可唐知心马上就发现其中端倪。从先帝娶韩氏入主后宫，韩景榕成了国舅，到清山成为国教，段家平步青云……利用教派之争除掉了江家，这一切都是先帝的安排，让截教掌教韩景榕陪在太子身边，又将公主送入阐教门下，种种目的其实就是在让阐、截二教互相牵制，鹬蚌相争，朝廷渔翁得利。如今新帝继位，再引入新教，更是一波打压，而后三教三足鼎立，便没有哪一派可以一家独大。

连段闻秋都知道，段未语不可能不知道。那韩景榕呢？身在政治旋涡的中心，他应该早有所察觉吧？

“我不是很懂。”段闻秋不解地问，“知心姐，你说皇帝为什么忌惮咱们？咱们手上又没有兵，又不会造反。也没什么撒豆成兵，点石为金的通天本领。为什么……”

“人心。”唐知心打断道，“谁掌握了人心谁就会更有话语权。”

“如此一来，雪域神州的话语权将会交给谁？本土教还是西方教？阐还是截？元始天尊还是通天教主？”段闻秋问。唐知心摇摇头，道：“我不知道，我觉得关键还是要看师兄和截教那位。不知道他们怎么想的。”

“我哥到现在都没见过韩景榕。”段闻秋摊手。而唐知心却皱眉道：“我有种预感，他们很快就要见面了。”

“那为什么找上你呢？”段闻秋想了想，又问。

“你说谁？”唐知心问。

“西方教。”

“我也不知道，或许是巧合吧。”

这一夜，唐知心没有睡好，睁眼时天刚蒙蒙亮。她揉了揉额角，起身把药瓶里最后一点跌打药涂在脚踝上，推门出去。

清晨的清山雾蒙蒙的，呼吸间似有水珠在心肺间流淌穿梭。她的心情顿时好了不少，怪不得山间隐士多得道成仙，这或许就是仙气吧。来到殿前武场，刚提起剑，身后就有动静。来人正是段闻秋，她依旧笑意盈盈，和昨日里并没有什么两样。看着唐知心练剑，段闻秋笑着说：“你说我要是现在拜入清山门下，还能不能得道成仙？”

“我看你可以当个掌门亲传的入室弟子，到时候掌门成了仙，让他带着你一起飞。”唐知心打趣。段闻秋翻白眼道：“我做人的时候处处受他恶气，成了仙还摆脱不了他。知心姐你莫要咒我。”

唐知心哈哈大笑。“不跟他，那你跟我也行啊。先叫声‘师父’来听听。”

“你就别想着占我便宜了。”段闻秋撇嘴道，“知心姐，我跟你说个正事。”

“以我对你们兄妹的了解，正事肯定不会是好事。”唐知心警惕道。

段闻秋义正词严地说：“别把我和我哥混为一谈，我可是你这头的。”

“哦？那你说来听听。”

“我和我哥昨天的对话你都听到了，对吧？”

“你是说傅家婚宴？”

“对。我爹想让我们兄妹俩一起去，我们一个代表清山一个代表侯府也不会失了礼数。可是我哥他不愿意去。”

“他不去，关我什么事？”

“这也是清山的事！清山的事关不关你的事？傅家富可敌国，在岳城一带无人不晓。家里出了王妃，王妃的儿子能做江宁王，就连将来这江宁王的王妃也要姓傅。且不说如今截教和阐教不对付，你昨天自己不也说了，西方教出山？不管哪一头，要是打起来，哪里不是真金白银的消耗？修仙归修仙，世俗门派的事也不能不管，对吧？我听说飞熊道长都会亲自前去，这可是拉拢他们的大好机会！”段闻秋分析得头头是道。

“师父也去？那让他代表清山不就好了。”唐知心脱口而出，想想又觉得不对，师父早就不过问红尘事了，能代表清山的好像只有段未语，随即，她问道，“你哥他为什么不愿意去？”

“我也说不好。我哥他最近总是怪怪的，好像总在闹别扭，师父师公说什么、我爹说什么他都不乐意听。就算听了，也是不情不愿的。总之，莫名其妙的。”段闻秋说着唉声叹气地用眼瞟着唐知心，试探道，“知心姐，你要是愿意去，我哥肯定也愿意去。”

唐知心一惊，连连摆手道：“不去不去，我最怕这种场合了。躲都来不及，你另请高明吧！”

“知心姐，你就当为了清山的将来着想，为了阐教能屹立不倒做一点牺牲。”段闻秋狡黠地说道，“再说，上回林家老头的寿宴你不都去了吗？”

“我那时被逼无奈，没有选择。”

“这次你也没有选择。”段闻秋坏笑道，“别想了，知心姐，横竖你都不会丢下清山不管的，不是吗？从你最开始犹豫我就看出来了。”

“……我还在生气呢！”唐知心撇嘴，坚定立场。

“正好！我帮你约了我哥，见面让他好好给你赔礼道歉！”见唐知心松口，段闻秋眉开眼笑。

“我见他还要约时间？”唐知心挑眉道，“你现在把他叫来，现在道歉！”

“今晚，山下市集！”段闻秋强调。

“山下？为什么要到山下去？我昨天才好不容易爬上来！再说，国丧期间，不是不让集会吗？”

“没有吹拉弹唱，就卖点好玩的好吃的，老百姓总不能生意都不做了。”段闻秋嬉皮笑脸地道，“段未语说了，未时在山门前等你。你别忘了啊！”

唐知心这才恍然大悟道：“你这死丫头！说了半天是给你哥当和事佬来的啊！”

段闻秋听了这话，一溜烟跑没了影子，声音却从远处传来：“知心姐别忘了，我可是你这头的！”

天气渐渐转凉，清山的傍晚带着些凛冽的风。都说高处不胜寒，仙人们似乎是想用高处的寒意抵挡花花世界的烟火。然而效果总是不尽如人意，心中杂念未了，走到哪里都是万丈红尘，不是吗？这也就是几百年来再也无人得道的原因吧。唐知心想着，慢悠悠地来到山前，悄悄探头朝山门口望去，竟是空无一人。

不是说好山门口见？唐知心四下看看，嘀咕了一句。

相识多时，总有些默契在，她心里总归有些感应，段未语一般不会不守信用，估计是先下山去了。唐知心沿着山门入口往山下走去，希望能在天黑之前走完山路。

时间卡得刚刚好，天边最后一点光亮消失时，她来到了山脚下。华灯初上，市集各个摊点前点起了灯，使得悄悄爬上天空的月亮都暗淡了许多。段未语果然站在那里，暖洋洋的灯火照在他白皙的颈间，像一层红晕。他眼神如炬，带着武人独有的刚毅气息，唯有望向师妹时，眼中有柔软流过。看见唐知心来，段未语几步跑到她面前，挥了挥刚买好的糖葫芦，炫耀道：“看我买到了什么。”

“都多大了，还买这种小孩子的玩意。”唐知心撇嘴。段未语厚着脸皮道：“别管多大，管用就行。七老八十的师妹也是师妹嘛。”

“别说得像我总发脾气似的，怎么，不是你先惹的我吗？”唐知心愤恨。

“那你吃不吃？”段未语使出撒手锏。

“吃！买给我的，我干吗不吃。”一阵打闹，唐知心的怒气早就烟消云散了。脾气来得快去得也快，她与段未语肩并肩地走在闹市中，时不时地四下摸摸看看，有一句没一句地聊着。

“脚还疼吗？”段未语问。

唐知心嘴里嚼着块山楂，口齿不清地答道：“早不疼了。”

“怎么扭的？”段未语又问。唐知心把这次出行发生的事原原本本地说了一遍，段未语在一旁听着。听到沈岁寒约她看灯，他撇嘴生气。听到林放把人当成贼硬生生追一宿后被放倒，他哈哈大笑。

“你说，我会不会闯祸了？”唐知心担忧地问。

段未语笑着道：“不会不会，师兄很欣慰，知心干得漂亮！”

唐知心若有所思地又咬下一颗山楂，段未语咳嗽一声，忍住笑问道：“这么说，你的那块手帕还有另一块？是一对？”

唐知心点了点头，段未语道：“小孩子的话不能尽信。”

“有线索总比没有强，傅王妃既然刻意隐瞒，就不会轻易让我发现蛛丝马迹。”唐知心分析道。

段未语皱眉道：“她为什么要隐瞒呢？”

“不知道，我也想不明白。”唐知心摇头。段未语后面还有半句话没有问出口：难不成师妹的身世有什么问题？段未语想了想，理不清线索，于是他转而又问了西方教出山的问题：“你当真看到了幻术？”

唐知心点点头，皱眉道：“他自己都承认了是西方教的人，要不是林放纠缠不休，我说不定能直接摸到他的老巢。”

“他们要是有老巢，身在落照的林家怎么会一点消息都没得到？大批西方教的人进城，总不能人人都用障眼法。林家还有林放在巡检司当差，真有这样的事，他们肯定会知道的。在一致对外的事情上，林家人知道了，自然也不会瞒着我们。新帝继位不久，西方教就有所行动，这难道是巧合？”段未语分析着。

“前朝西方教败给本土教后自愿退出雪域中原。他们还妄想说服新帝立西方教为国教？”唐知心哼了一声，又道，“别说咱们不肯，韩景榕第一个就不会答应，他可是皇帝的亲舅舅。”

“正因为是亲舅舅，又是亲戚又是长辈，皇帝讨厌他外戚弄权指手画脚不是很正常？”段未语笑道。

唐知心却道：“传闻里，韩景榕可不像这样的人。”

“他是不是干涉朝政一点都不重要，重要的是皇帝觉得他有便有。”段未语冷笑，“光是他手下统领的截教势力就够皇帝头疼好一阵子了。”

唐知心一愣，惊道：“咱们的实力也不比截教弱，那皇上……”唐知心话说一半，见段未语笑而不语，她恍悟道：“你早就知道了是吗？”

段未语笑道：“新帝继位至今都没有来过清山，这证明什么？证明他根本没把先帝立下的国教放在眼里。韩景榕原本近水楼台，但陛下也没立截教。现在又来个西方教。国教立谁悬而未决，三家肯定都想争一争，皇帝乐得隔山观虎斗。”

“陛下为什么要这么做？”唐知心不解。段未语耸耸肩，道：“不为什么，新帝继位总是根基不稳的。排除异己声东击西，不都是些惯用手段吗？咱们这位少帝啊，可不是一般人。我估计，更骇人的很快就要来了。”

二人边走边聊之际，天空中传来一阵鸟鸣声。顷刻，一只大鸟竟落到了段未语肩膀上。唐知心惊讶地瞪大了眼睛，这只鸟儿通体雪白，只有羽毛末处泛着些灰色的斑点，似鹰又比鹰小了些许。段未语很自然地道：“这是只白隼，叫擒风。”

“你什么时候养的，我怎么不知道？”

“你不在的时候，我去了趟磻溪，师父送的。”

“师父为什么送你不送我？就知道他偏心！”唐知心酸溜溜地说道。

段未语笑嘻嘻地从擒风腿上解下一个细长的竹筒，取出竹筒中的纸条，唐知心轻轻一瞥，果然是师父的字迹。段未语看着纸条，脸色突然变得极其难看。唐知心见状问道：“怎么了？师父说什么了？”

段未语匆匆合上纸条，在擒风爪子上点了点。白隼通人性般地一声长鸣，飞走了。段未语面色凝重地对唐知心说：“出事了，咱们得现在出发。”

“去哪儿？”唐知心一头雾水。

“凤落岭。”段未语飞快地说道，“来不及了，路上再解释。”

“好歹先回去牵两匹马，总不能走着去！”唐知心叫着。段未语脚下不停，说道：“没时间了，去驿站买两匹！快走！”

二人快马加鞭，出了清山过落照，穿过海镜江宁交界，几乎跑遍了大半个雪域。唐知心实在受不住，抓住段未语质问道：“到底怎么回事？跑了三天了，再这样下去，人不死马也要死了！”

“咱们去救人，到晚了可真就要死人了！”段未语正色道。

“救人？救谁？”

“孟家的小公子，孟枝途。皇上已经出手了，我答应过孟樊要救他独子。”

唐知心愣住，自己怎么从没听说过这回事？她质疑道：“这怎么可能？孟将军是忠臣，还是皇上的岳父。”

段未语看了她一眼，挥动马鞭，胯下马儿跑得更快了。唐知心只得控马跟上，听得段未语道：“我之前怎么跟你说的？亲家又如何，韩景榕还是皇上的亲舅舅呢，还不是处处受制？孟樊手里还有兵，陛下断不会留他。”

“等等……皇上要杀的人，咱们去救？段未语你不想活了？”唐知心惊叫道，“陛下本就对本土教不满，如此更不会放过我们，放过清山。”

段未语沉默片刻，语气肃穆地说：“知心，上次去天茗，我送你入宫后，孟樊找过我，他求我救他幼子一命。孟樊是替雪域抵抗外敌的英雄，他既是英雄也是慈父，知心，从忠从义，我都无法拒绝。”

“师公和你爹知道这事吗？”唐知心问。

“不知道。”

“我猜也不知道。”唐知心撇嘴道，“他俩向来利益为重，知道了便肯定不会同意你的做法。”

“你呢？”段未语问，“你支持我吗？”

“我听你的。”唐知心笑着耸了耸肩。

段未语心里一暖，微笑着说：“孩子救下了送给你怎么样？你不是一直想要个徒弟？”

唐知心想了想，道：“见都没见过，不好决定，万一是个傻子呢？”

“虎父无犬子。孟将军的儿子怎么可能傻？”段未语哈哈大笑道，“我听说那孩子不过七八岁便可作对成诗，是天茗城中出了名的神童。”

“神童又如何，能救下来再说吧。”唐知心叹了口气，道，“我还是有些担心。万一皇上追究怎么办？”

段未语单手拉住缰绳，马儿听话地放慢了脚步，换成轻快的小跑。唐知心跟在他身后，耳畔铃铛叮当脆响。段未语笑道：“不用担心，天塌下来有我呢！”

此时的凤落岭寒风萧瑟，陆念妗率领天机阁司战堂众人埋伏在沙丘之后。她动了动耳朵，敏锐地眯起了眼睛。果然，远处车轮滚动声渐渐靠近，孟家众人的车队缓缓出现在眼前。陆念妗从袖中取出一只白鸽，白鸽展翅，飞向了凤落岭外最近的村庄。

村庄内的一户院落中，苏尽欢举着陆念妗的信叫道："阁主，陆堂主的飞鸽传书都到了，你快点拿个主意啊！"

韩景榕取过桌上热茶，抿了一口便皱起了眉头，将茶杯放回原处，嘴里嫌弃道："这是茶？刷锅水都没这么难喝。"

"你喝过刷锅水？"苏尽欢翻白眼。

韩景榕不接茬，问道："信上说了什么？"

"孟家上下几百口人，已经到达凤落岭了。阁主，什么时候动手？"

韩景榕低着头，依旧看着桌上的茶碗。穷乡僻壤，勉强找出来的杯子都是缺了口的。韩景榕盯着那个缺口，凤眼微微眯起，问道："尽欢，你入天机阁多久了？"

苏尽欢一愣，答道："十多年了。"

"这么多年了，你觉得天机阁是为谁办事？"韩景榕又问。苏尽欢想也不想，道："天机阁为陛下暗阁，自然听皇上的。"

"不错。"韩景榕点点头，"但我不仅是天机阁阁主也是截教掌教，信的是天道，试问天道与皇权孰轻孰重？"

"韩景榕，你该不会是想抗旨吧？"苏尽欢惊呼道。

韩景榕平静地说道："我们不能杀孟樊。"

苏尽欢惊疑交加："你若不想杀孟樊，当初就别答应陛下接下这差事。如今箭在弦上了，抗旨之罪要如何承担？"

"皇上有意为难我，自然接不接都是错。"韩景榕淡淡道，"以我对我那小外甥的了解，他不可能只有一手准备。"

"皇上还派了别人来刺杀孟樊？"苏尽欢惊问。

韩景榕冷笑道："陛下向来多疑，他对我没有十足的把握。他要孟樊死在凤落岭，就一定还有别人会动手。可惜孟樊的命，我是救不了了。"

片刻后，在凤落岭的陆念妗接到韩景榕回信"按兵不动"。陆念妗茫然之际，远处孟樊的车队突然乱作一团。陆念妗远远望去，只见一群黑衣蒙面刺客冲入了孟樊的车队。

日夜兼程的唐知心与段未语赶到凤落岭时，眼前已是喊杀声一片，成片的尸体倒在血泊中。刺客杀红了眼，见二人佩剑便群起而攻之。唐知心抬手挡住一剑，冲段未语大喊："分头行动吧！"段未语喝道："我去找孟樊，你找孩子！一炷香后，找没找到都得走！"

唐知心一边御敌一边四下寻找，且战且退来到一座亭子下方，亭子匾额上书“凤落亭”三个大字。她果断跃上亭子顶端，翻身踹落一个尾随的刺客。果然站得高看得更清楚，她眯着眼仔细寻找，看见亭子背面叠起的尸身后藏着一个小小人影。

是不是他？唐知心眼睛一亮。她环顾四周，见没人注意，赶紧来到孩子身边，紧张地问：“孟枝途？是不是你？”

“你是谁？”那孩子不哭不闹，警惕地打量着唐知心。见她与杀人的刺客穿着不同，他小心回道：“我是孟枝途，你是谁？”

“你师父！”唐知心掷地有声，说完扛起孟枝途就跑！远处一声大喝，段未语一剑将敌人穿心，见唐知心奔来忙问道：“找到了吗？”

“找到了，孟樊呢？”唐知心问。

“死了！快走！”段未语答。

远处杀手增援赶到，再不跑就跑不掉了，段未语从师妹手中接过孟枝途，揪着他的衣领催起轻功，唐知心跟在身后，三人消失在漫天黄沙之中。

很快，韩景榕收到了陆念妗的消息：孟樊全族已被诛杀，出手的刺客招式眼熟得很，陆念妗猜是裴将军的人，也是孟樊的老对手了。皇帝果然还安排了别人，韩景榕摇头苦笑，也不知是庆幸自己猜中了，还是悲哀自己猜中了。分神中，他只听苏尽欢又道：“陆堂主说，亲眼见到一个孩子被人救走了。”

“谁？”韩景榕一惊。

“一个七八岁的孩子，孟家年龄符合的只有孟樊的幼子孟枝途。”

“我是问谁救的人。”

“哦，陆堂主信上说是一男一女两人，穿着清山道袍，啧，他胆子这般大，都不换套衣服？”苏尽欢感叹道。

韩景榕冷笑道：“你以为不穿清山的衣服皇上就查不出来是他？倒不如大大方方还显得光明磊落。这个段未语……”韩景榕欲要感叹，苏尽欢却打断道：“那同行女子应该就是小唐姑娘了吧。”

“倒是挺叫人佩服。”韩景榕笑笑，道，“告诉陆堂主，咱们回去吧。”

西北一座山涧中，云雾袅袅。不知名的峰，不知名的殿中，两个着装怪异的道士挤在一起交头接耳，似乎在等什么人。其中一个问：“娘娘怎么还不回来？”

“还没到时辰，再等等。”另一个答。

不一会儿，只见一只白猫跨入殿门，直接蹿到大殿正中的软榻上。这白猫正是林放的“雪球”。

俩道士赶紧作揖：“红鸾娘娘，您可算回来了！”

只见雪球晃晃脑袋，摇身一变，一个面容娇丽的姑娘出现在二人面前，姑娘身着似火红衣，衬得她肌肤雪白，顾盼生姿。只见她秀眉倒竖，双手叉腰，张口怒骂道：“是谁？！你们谁出的馊主意让姑奶奶变猫的？给我滚出来！”

俩道士面面相觑，无人敢应声。

“哼！等会儿再跟你们算账！”红鸾娘娘说完这话，气冲冲地转身进了后殿。殿中空旷阴暗，殿中有一石台，台子上托着一个五彩琉璃的水镜，琉璃遇水散发出阵阵光芒，在幽暗的大殿中光彩夺目。红鸾迈上台阶，来到水镜前，她双手轻轻拂过水镜上缘，一抹水花散开，镜中出现一个女人的倒影。

水镜中的女人似梦似幻，挂着盈盈笑意。她很美，却美得不太真实。红鸾看着镜中景象，脸上神情不明，她缓缓开口道：“酒知，我找到她了。”

三天后的清山，唐知心在山头一声怒吼：“段未语！”

此时的段未语正在房内指挥几个小徒弟打点行李准备出发去岳城参加傅府婚宴，听见师妹的声音，笑着回头问道：“怎么了？”

“给我把那捡回来的小孩还回去！”唐知心气呼呼地说。

段未语眨眨眼，莫名道：“还回去？全家就剩他一个了，还哪儿去？”

“我不管。退不回去就扔了吧，气死我了！”

段未语赔笑道：“怎么了？一个孩子能把你气成这样？”

退回半个时辰前。孟枝途在房中正襟危坐。他小小的年纪却一副大人模样，家中的悲惨变故仿佛全被他藏进了心底。从来到清山他就一直表现得很平静，不哭不闹。他平静地问唐知心：“你要做我师父？”

“没错，你今日便拜我为师。”唐知心笑眯眯地说，“入我门下师父给你起了新名字，叫子笺如何？‘问子一室间，宁有千里廓。’‘金笺洒飞白，瑞雾萦长虹。’怎么样？好不好听？”

“不好听。”孟枝途面无表情。唐知心一愣，撇嘴问道：“哪里不好听？”

“不喜欢苏轼，不改。”孟枝途严词拒绝。

“你想活命就不能用以前的名字了。”唐知心循循善诱道，“我与掌门好不容易将你救出来，若是让外人知道你留在清山，大家都要倒霉。再说了，入师门换个名字也没什么，象征挥别过去。以后你也不能姓孟了，随我姓唐或者随掌门姓段都可以，你自己选。”

“不要。”孟枝途如同没听见唐知心的长篇大论，一点面子也不给。

唐知心见状挑起眉，道：“不改不行。”

“我不要你做我师父。”孟枝途面无表情地道，“你能教我什么？”

“五行八卦，周易命理，奇门遁甲……”唐知心掰着手指头数。孟枝途却突然问道：“算命能报仇？”

“谁说要教你报仇了？再敢提这两个字，信不信师父揍你？”唐知心瞪眼，孟枝途白了她一眼，道：“你又不是我师父，凭什么揍我？”

“你是我救回来的，自然可以揍你。”唐知心义正词严，“清山清修之地，不可有杀戮之思。如若道根不净，你就不要留在山上了。”

孟枝途抬起头，眼睛忽闪着，似在思考。这孩子自从跟了他们就没怎么说过话，至亲之人死在面前，他也没有大哭大闹。唐知心一度以为他很乖很好说话，眼下看来，并不是如此。只听孟枝途道：“我爹让你救我的，对不对？”

“是啊。”唐知心点头。

“既然是受人之托，那救我就不是你的本意。承诺了不得不做罢了，何故非要我感恩戴德，拜你为师？”

唐知心哑口无言。

“你们若是不救我回来，我就不用独活于世间。既要我活着承受灭门之痛，又不许我有报仇之心，是什么道理？”

“你……”唐知心噎住。

“你们也没问我想死想活就强行将我带到这个陌生的地方。现在一言不合就威胁要揍我，你们是土匪吗？”

唐知心气恼地和段未语描述着刚才的情形，末了还不忘愤怒地抱怨一句：“这个小白眼狼！”

“师妹啊，我看你就是没有孩子缘，以后也别想着收徒弟了！”段未语听完由衷地说。

“你再说一遍！”唐知心暴怒。

段未语赶忙赔笑道：“不不不，我开玩笑的。师兄这就去找那小子，让他给师妹磕头奉茶，拜你为师。”

“不要，他不愿意，我还不愿意呢！没缘分，不要！他就交给你吧，反正你都那么多徒弟了，多一个也没关系。”唐知心眉毛一挑瞄向段未语，道，“怎么？不乐意啊？！”

“乐意！归我就归我！”段未语满口答应，随即拉住一个正在收拾行囊的小弟子，对他说道：“你去告诉新来的那个孩子，以后他就是你师弟了，我段戎就是他师父。他答应也得答应，不答应也得答应。他若实在不想改姓，为师也不逼他，但名字必须改！从今往后，他的名字就叫孟子笺！说错一次就打他一顿，打到他记住为止！”掌门发话，小弟子领了命就赶紧往外跑，段未语叫住他又道：“告诉孟子笺，他刚来清山不懂规矩，这次就算了。日后再敢对师叔不敬，为师打断他的腿。”传话的小徒弟一溜烟跑走。

小徒弟一走，段未语笑嘻嘻地道：“师妹你看哈，对付这种熊孩子呢就不能太讲道理。你看我小时候，师父师公什么时候跟我讲过道理？不听，揍一顿就完事儿了，多简单。”

“也是，你最有经验。”唐知心白了他一眼。

“行了，师妹，别气了。行李收拾好了没有？闻秋那小丫头都在山下等咱们了，你准备好了，咱们就出发去岳城。”

“跟着你们兄妹俩，我就没好好休息过，刚回来又要出远门！”唐知心仰天长啸。段未语一把搂过师妹的肩膀，笑眯眯道：“去参加婚宴，高兴点嘛！师兄做主，到了傅家，让他们给师妹做烧鸡！”

段闻秋在山下备好了马车，等到二人后便一起出发去了岳城。他们坐着段侯府的马车，入城出城皆是畅通无阻，没一天时间便到了岳城傅府门前。

傅家果然是财力雄厚，他们还没下车就能从窗中看到傅家富丽堂皇的外墙以及来往不绝的仆役。家主有宴，门口马车排起了长队。几名傅家小厮将三人请下了车，唐知心这才看到，门口已经是水泄不通。三人下车后，立刻有丫鬟前来撑起了阳伞。段未语独自一人前去递帖，唐知心和段闻秋站在路边等待。唐知心惊诧不已，道：“这么多人！”

“傅家财大气粗，恨不得把半个雪域的人物都请来。”段闻秋打趣道。唐知心四下瞧了瞧，口中问：“都有谁啊？”

段闻秋也伸长脖子看了看周围，扳起手指头与唐知心数道：“除了咱们，江湖上有各个门派的掌门，听说韩景榕来不了但还是送了礼。朝廷之中有天茗的少卿赵寺淮，湖州的王爷与王妃，海镜的郡主和郡马……”

“林寄云？”唐知心打断道。

“你认识？”段闻秋问。

“不熟。”唐知心道，“你看那边，和你哥说话的那个人是谁？”

段闻秋顺着唐知心的目光瞧去，只见段未语站在傅宅正门前与一个白衣男子寒暄。那人衣着华贵，美目俊朗，远远望去风度翩翩。

段闻秋看到那名男子，脸上浮出一抹嫌弃，道：“他呀，傅家主的小儿子，傅王妃最小的弟弟，字永书，单名一个‘昌’字。”

“傅永书？要成亲的是他？”唐知心好奇。段闻秋鄙夷道：“还轮不到他呢！成亲的是他二哥，估计在里院陪客呢。”

“你好像很不喜欢他。”唐知心打量着段闻秋的神情。提到这，段闻秋的话匣子便打开了，滔滔不绝道：“我跟你说，知心姐，这人可烦了。长得人模狗样，实际就是个不学无术的主儿。他二哥身体不太好，家里就剩他一个男丁，管账不学，经商不通，成天想着要修道成仙，看见我哥就要拜师。不是说修仙不好，问题是又不是人人都能成仙，你说对不？倒不是我看不起经商家的，那时候啊，他……”

段闻秋一说起这人来就喋喋不休，唐知心听了个大概明白了缘由，她听着听着便开始走神，远处，段未语依旧在和傅永书客套个没完，唐知心能看出段未语想逃却找不到时机的神色。道路一旁的小厮又开始清道，她循声一看，又来了一辆马车。

马车上挂着“林”字灯笼。唐知心本以为是林寄云来了，想上前打个招呼，但转念一想，林寄云如今是郡马，又是屠佛殿教主，应该不会坐林家的马车前来。想到这，她突然后背一凉，见马车停下，唐知心扭头就躲在了段闻秋身后。

只见马车中的一个小厮掀开门帘，林放从容地下了车。

“你怎么了，知心姐？见鬼了？”段闻秋莫名其妙。唐知心死命躲在她身后绝望道：“嘘！别出声！让我躲躲！”

天茗皇宫中，韩景榕站在大殿之上。回来复命的他瞧了一眼殿上的天子，微微作揖道：“臣韩亦，见过陛下。陛下叫臣来是有事吩咐？”

“吩咐？朕只怕早已遣不动舅舅办事了。”少帝气宇轩昂，一身玄衣，立于高处。他长得酷似母亲，和舅舅更是有一模一样的眉眼。而此时他看舅舅却是怎么看怎么不顺眼。“韩阁主，天机阁于凤落岭一事，可算抗旨？”

“陛下，恕臣直言。陛下若是不相信臣，一开始便不该将此事交到臣的手上。陛下又派别人办同一件差事，半路杀出个程咬金，臣只得随机应变了。”韩景榕一脸坦然，“裴将军动作太快了，天机阁是陛下暗阁，不方便暴露在他面前。”

“但这事韩大人与裴将军皆没有办好。韩大人可知为何？”

“孟枝途被人救走，未死。”韩景榕平静地说道。

少帝笑道：“舅舅是聪明人，可知是谁所为？”

“清山，段戎。”韩景榕面无表情。

少帝看看他，冷笑道：“既然前次韩大人出手慢了，那朕给你个补偿的机会，去把孟枝途找出来，就地诛杀。”

韩景榕闻言深吸一口气，道：“陛下，阐教乃国之重教，孟枝途已入清山，出了凡尘，为围剿一孩童而入圣灵之所，实属不妥。若让后人知道，有辱陛下清誉。”

“若是好办也不用麻烦舅舅了。”少帝得逞般地一笑，道，“都是本土教中人，你说话，段戎也许会听。”

韩景榕眉头紧皱，少帝精明，这是欲用孟枝途加深阐教截教矛盾。“段未语这个人……”

“怎么，韩大人是办不了，”少帝打断道，“还是又不想办？”

“臣遵旨。”韩景榕面无表情地道。

江宁岳城。

唐知心从段闻秋身后看去，心里暗自为傅永书捏了一把汗。段未语此时耐心到达极限脸色不善，仿佛傅永书再多说一句他就要出手打人了。好在后面客人络绎不绝，段未语终于从傅永书处脱身，目光越过人群寻找段闻秋与唐知心的身影。

段未语几步来到二人面前，一脸狐疑地道：“你躲在那儿做什么？”

“嘘！我看到林放来了！你帮我看看他走了没有。”唐知心一脸警惕。段未语不明就里，问道：“你躲他干什么？”

“你忘了？”唐知心瞪眼道，“上回才跟你说的，我把人敲晕了……”

“啥？敲晕了？”段闻秋怪叫。段未语却不悦道：“敲晕了就敲晕了，多大点事儿。师兄替你担着，要打架，让他来找我，再敲晕他一次。”

段闻秋一听急眼了，在一旁插话：“段未语，我警告你，这次出来你少惹事！你俩从凤落岭救人回来的事，爹已经知道了，他气得差点没把屋顶掀了！捅了这么大娄子，爹还没来得及找你麻烦，你再把林家小公子揍了，爹估计会拧断你的脖子挂出去卖了。”

“一码归一码，上回你知心姐在他们林府上差点被火烧死，我还没找他们算账呢。反正老头要拧我脖子，先揍了再说。”段未语毫不在意地说。

“他是捕头，你这是殴打朝廷命官！”段闻秋恐吓。

“这么严重？”唐知心信以为真。段未语哈哈大笑道：“知心你别听她胡说八道，他一个落照的捕头到岳城要什么官威。师兄替你讨场子。”

“你这是护短！”段闻秋怒道。段未语无所谓：“我就护短怎么了？”

“那你倒是护一护我呀，惹了事，你往山上一躲，我回家怎么办？”段闻秋奓毛。

“几位聊什么呢？”三人还在吵着，忽听身后有人打招呼。三人齐齐转身，发现身后站着的是傅永书。段未语好不容易才甩掉他，顿时不乐意了，嫌弃道：“怎么又是你？”

“你来干吗？！”段闻秋更加直接，凶巴巴问道。傅永书却对她的嫌弃置若罔闻，很高兴地打招呼道：“闻秋妹妹好啊，好久不见。”

段闻秋嘴角抽搐。傅永书又冲唐知心道：“这位就是青灵道长了吧，久仰久仰。”

“叫我小唐就好了。”唐知心回礼。傅永书这才表明来意，今日宾客众多，段未语要去见客脱不开身，他来送女眷去休息。唐知心一想到可以赶紧躲开林放避免一场大战，简直如遇大赦，飞快地应道：“好好好，我们先走了。晚点见了，师兄。”

二人跟着傅永书穿过前院来到西苑，这里又隔出大大小小的小院，都有独立的出入口，互不打扰。二人独享一间小院，环境甚是清静。傅永书将人送到院门口后道：“小唐姑娘可还满意？”

“满意满意。”唐知心点头如捣蒜。段闻秋不耐烦道：“行了，你快走吧。”

傅永书站在原地，完全没有要离去的意思。他脸上的笑容让唐知心看得背后发凉，她有一种不祥的预感。

只听傅永书犹豫道：“那个……小唐姑娘，请问你今年贵庚啊？”

“啊？”唐知心莫名其妙。

“我知道的，你们修仙之人都可容颜永驻，看不出年纪。不知道小唐姑娘在清山修行的是什么法术？”

唐知心嘴角抽搐：“法术？！”

“小唐姑娘如今还收徒弟吗？若是收徒弟，你看看我怎么样？”傅永书笑眯眯地问道。

“我说傅昌，你这人怎么回事。成天想着拜师求仙，你爹知道不？打死你不？”段闻秋听不下去了。唐知心疑惑道：“你为啥非要修仙？”

“我年幼时曾做过一个梦，梦中登入幻虚之境，似有神明指点，飘飘欲仙，那种感觉像真的一样。小唐姑娘，都说佛度有缘人，我觉得我就是那个有缘人。”

唐知心顿时觉得这人不太聪明，她抿了抿嘴，道：“那你应该去做和尚。”

“不不不，只是个比喻。我很肯定那位神仙是位道长！我这个人，一心向往本土教，这是投错胎投在了这商贾之家……”

“来，我教你一个法子。”唐知心笑着打断他道，“今日你们府上的宾客里有个落照林府的小少爷叫林放，你认得吧？”

“认得，如何？”傅永书点头。

“他天天在家闹，就是不愿修道，他爹偏要他修。你看你正好反过来。你去找他商量商量，看他愿不愿意跟你换个爹。”唐知心一本正经地说。

段闻秋哈哈大笑，傅永书却认真思考着：“这说不定也是个办法。”

唐知心这下可以确定这人确实不聪明。傅永书思索片刻后，开始了筹谋：“直接换肯定不行，要不想办法让林家主收我做个义子？听说青云道长今日要来，他老人家德高望重，说不定可以帮我撮合撮合……”

唐知心闻言一惊，道：“你说谁要来？”

“青云道长啊，怎么？你不知道？”傅永书疑惑，唐知心顿时慌了：“师公要来？完啦！肯定是因为孟氏的事来兴师问罪了，这可怎么办啊？”

段未语目送二人离开后，转身回到前厅，远远看见熟人正准备问候，有人在背后唤他：“段掌门。”段未语回头，看到的是一脸不苟言笑的林放，段未语打趣道：“哟，林公子出来赴宴还带只猫？”

“喵！”雪球龇着一口森森白牙。

“还挺凶？都说宠物似主……”段未语调侃道。

“喵喵喵！！！”雪球疯狂挥爪。林放眼疾手快，一把拎住雪球的后颈，将它藏到身后，面无表情地道："段掌门见笑了。"

"林小公子找我有事？"段未语只当林放是来找碴的，双手抱胸准备接招。林放却依旧面无表情地道："我找小唐姑娘，林某刚刚看见她与段掌门在一处。不知现在去了哪里？"见段未语面色不善，他又补充了一句，"我找青灵道长有些事。"

"有什么事跟我说一样。"段未语挑眉。林放不满道："段掌门如此霸道武断……也是，当日在林府一见，我便已经看出来了。"

"所以？"段未语满脸不在乎，眉毛一扬，挑衅道。

"所以去风落岭救人也是你的主意吧？"林放道，"段掌门，风落岭之事，林某敬重你是一条好汉，今日也不是来与你生事的。既然青灵道长不在，我晚些再去寻她。告辞。"

唐知心与段闻秋好不容易送走了傅永书，赶紧关上院门怕他再回来。往屋里走时，唐知心心里七上八下，语气中满是忐忑："完了完了，师公来了，大家都死定了！段未语呢？他怎么事先不打听清楚！"

段闻秋迈入房门，一脸无奈地问："不是吧，知心姐姐，你俩劫囚的时候怎么没想到呢？再说了，你们连皇帝都不怕，还怕师公？"

"你不懂，老头子平时看起来嬉皮笑脸的，实际上……"唐知心做出一副讳莫如深的表情。

"实际上如何啊？"她身后一个苍老的声音问道。

"妈耶，鬼啊！"唐知心吓得花容失色，转过头来挤出个难看的笑容，道，"嘿嘿嘿，师公，您怎么来了？"

"嘿嘿嘿，小丫头，你不是知道我来干吗？"青云老道学着唐知心的口气阴阳怪气地道。

为老不尊，偷听人说话，唐知心腹诽。段闻秋也被从天而降的老头子吓了一大跳，结巴道："那个，那个，师公，这是女眷的住所，您怎么进来的？"

"自然是翻墙进来的，老头儿活了这么大岁数，有几个姑娘房间是我进不来的？告诉你们，贫道年轻的时候，那也是风流倜傥……"不正经的老头开始掰着指头细数自己的风流往事。

唐知心嘴角抽搐。段闻秋赶紧岔开话题："师公，这两个孩子是谁啊？"

唐知心顺着段闻秋手指的方向看去，站在青云老道旁边的还有一男一女两个孩子。女孩看上去年纪小些，约莫四五岁的样子，长得玲珑剔透，甚是可爱。光看着她这张脸唐知心便能猜到这女孩是谁了，除了眼睛，她与她的母亲韩皇后简直是一个模子倒出来的。站在她旁边的男孩估计有八九岁了，腰间配了短剑，眼眸如炬，俨然一副大人的模样。

“这是明昭长公主。”青云老道介绍着，唐知心心中有说不出的感觉。小公主游沐风眨眨眼，问道：“你是谁？为何管我师父叫师公？师父您还收过别的徒弟？”

“没有没有，她乱说的。”青云老道赶紧打断道，“知白啊，你带你师妹出去玩会儿吧。别跑远了。”

被唤作“知白”的男孩应了一声也不多问，牵起师妹的手，二人飞快地离开了房间。

“差点被你掀了老底啦！”人刚走青云就跳脚道，“我好不容易才新收到两个徒弟，要是让他们看到同门师侄像你这么蠢，不愿意跟我了怎么办？！”

段闻秋嘴角抽搐。青云老道用余光瞥她一眼，道：“段家小丫头别愣在那儿了，快去把你哥哥找来，老头子有话问他。还有，告诉他别想着溜，他要是溜了，我就扒了他师妹的皮。”

“你说我蠢就算了，好好的动什么手啊！”唐知心跳脚。

“因为我为老不尊啊。”青云阴险一笑，记仇道，“你们救了皇帝要杀的人难道不蠢？公然抗旨还不该打？”

“拿我做人质要挟掌门，亏你想得出来！”唐知心不甘心，想逃又逃不掉。

青云老道笑道：“反正要挟的也是自己徒孙，一家人有什么关系。”

唐知心绞尽脑汁还准备再狡辩几句，此时段闻秋带着段未语匆匆赶到。段未语支走了段闻秋，随即扑通一声跪在地上，对着青云老道说：“一切都是徒孙自作主张，与知心无关。”

“真是飞熊教出来的好徒弟啊。”青云老道意味深长地来了一句，随即便赶唐知心出门，“既然掌门替你求情，小丫头你也出去吧。老头子有话和段掌门聊聊。”

“人是我们一起劫的。”唐知心担心段未语，分辩道。跪在地上的段未语呵斥道：“知心，你出去！”

唐知心不情不愿地出了房间，房门旋即被紧紧关上。唐知心无奈地走出西苑院落，没走几步，背后有人叫她，她回头一看是林寄云，他看起来比早前在林府时瘦了些，但依旧清新俊朗。他脸上笑容和煦，在几步外停下冲她行了个礼。每次唐知心见到林寄云都会有一种舒适的感觉，他总是能让人感觉如沐春风。林寄云打量着唐知心的表情笑道：“小唐姑娘每次见到我似乎都有心事。”

“哪里的话，不过赶路有些累了。”唐知心赶紧摆手打招呼道，“寄云可好？你现在是郡马了，哪有向我行礼的道理。”

“小唐姑娘上回在林府受了委屈还能不计前嫌，寄云感激不尽。”林寄云说着又要鞠躬，唐知心赶紧虚扶一把，道：“多久的事了，不用放在心上。倒是你怎么一个人？时贞郡主呢？”

“内人有了身孕，不方便长途跋涉。”林寄云嘴角是藏不住的笑意。唐知心也替他高兴：“恭喜恭喜，也不知会是小郡主还是小郡王。”

“我倒是想要个儿子，让他好好学武，日后将屠佛殿发扬光大。”林寄云认真地说道。

唐知心笑道：“那你可要好好教他，可别心软。”

“我武功几斤几两自己心里还能没数？”林寄云自嘲道，“我与阿沉说好了，日后若我有儿子，便拜他为师。”

“阿沉？他教孩子会把人吓哭吧！”唐知心咂咂嘴评论道。

林寄云哈哈大笑：“阿沉还与我说，上次看河灯他走得匆忙，这次他来不了，若我遇见小唐姑娘一定替他问好。”

“你就瞎说吧，他嘴里要是能说出这话，我把河灯吃下去。”唐知心撇嘴，戳穿林寄云的客套话。林寄云笑出了声：“海镜太远了，日后我若回落照，便请小唐来家里喝酒。江湖中人，不拘你我。”

唐知心闻言，翻了个大白眼，道：“你是不拘你我，你那位兄弟肯定恨不得宰了我呢。还去落照去你家，怎么？你家做饺子缺肉馅啊？”

“没看出来小唐你这么幽默呢！”林寄云笑弯了腰，“小放是有些冲动，但心眼不坏。你看你上回不也把他敲晕了吗？就当扯平了。下次见面，我让他给你赔礼道歉。”

“不敢不敢，我再也不想和他打交道了。咦，你怎么知道我把他敲晕了？”唐知心疑惑。

林寄云解释道：“他那日睡在马车里，车夫没发现就直接把车赶回林家马棚里了。你是没看见他醒过来以后从马棚里爬出来的样子，哈哈哈哈，我还从没看过林放出这么大洋相……”他说得绘声绘色，笑得扶住了树。

“弟弟出洋相，你这么开心？你这是什么哥哥？”唐知心嘴角抽搐。

林寄云笑道：“自然是如假包换的亲哥哥。这小子也不知像谁，天天板着个脸，笑话他那是开导他。对了，他上个月刚过了二十岁生辰，家里给他取了个字叫‘雁楼’。”

“你们还真是亲兄弟。‘云中谁寄锦书来，雁字回时，月满西楼。’寄云和雁楼还挺好听的。”唐知心点评道。

林寄云打趣道：“你下回见到他，唤他一声‘雁楼’，看看他做何反应。”

“我觉得我还是不要遇到他比较好。”唐知心认真地说道。

林寄云还想说几句，却瞥见段闻秋快步赶来，远远朝段闻秋行了个礼，段闻秋瞧见，也飞快回了个礼。段闻秋来到二人面前，拉着唐知心便要走。唐知心见她面色不好，也不敢耽搁，和林寄云匆匆道别，便跟着段闻秋往一处院子走去。路上，段闻秋告诉她，段未语受伤了。

唐知心一想便知，这一定是青云的惩罚。她担心地问：“伤得严重吗？”

段闻秋摇摇头，道：“师公下手有度，就是心脉震伤了，疼得厉害，几天下不了床，有的罪受了。”话没说完，二人已到了段未语房门前。这屋子偏僻安静，估计也不会有什么人来。唐知心推开房门，段未语皱着眉头躺在床上，瞧见她来便侧了侧身子示意唐知心过去。她挪到床边坐下，叹了口气，心中五味杂陈。

“师公打的？”唐知心问，段未语好像有些不好意思，鼻子里哼哼几声，就算是应了。唐知心简直哭笑不得，“都这样了还死要面子。你看看你，图个什么？”

“图一声‘英雄好汉’呗，做世人想做而不敢做的事，舍我其谁？”段未语嬉皮笑脸地道，“这一掌算个教训，师公已经下手很轻了。”

“你救人时那么果断，我以为你已经想好后招了。”唐知心撇嘴。

“天地良心，我收到消息时，你也在旁边，我能有什么打算？”段未语轻描淡写地补充道，“不教训我，皇帝那儿，师公也不好交代，你说是不是？”

“你是不是早就知道师公要找你麻烦？”唐知心却很生气，“救人一起救，挨打就你一个挨，你看不起我？”

“我哪敢看不起师妹啊。我残了，你还能伺候我，俩人都残了怎么办？你信我，闻秋那小丫头才不会管我们呢！”段未语又开始调侃。唐知心看他那样气就不打一处来：“你闭嘴吧！谁要伺候你！”

二人吵闹间，唐知心又想到跟在青云身边的两个孩子，女孩是明昭长公主，那个叫知白的男孩是谁？知其白守其黑，为天下式……

“江家遗孤，江离。”段未语淡淡道，“知白守黑，和光同尘。看来师公对他寄予厚望。”

是段未语从林府寿宴消失去救下的那个男孩！唐知心想了想，随即道：“师公似乎不想让这两个孩子知道还有别的同门。”

“这是自然。师公当初没将人送到清山，直接带在身边教养肯定有特别的用意。要我猜，可能跟公主的命运有关。”段未语看了看唐知心，后者会意道：“你说我算的那卦？”

“也不一定。”段未语耸耸肩，“老狐狸狡猾得很，我也猜不出来。”

“比你还狡猾？”唐知心挑眉。

“我受伤了，师妹，你还说我狡猾？哎哟哎哟，我胸口疼……”

“又来了！”唐知心无奈。

但段未语着实伤得很重，聊了几句后，胸口起伏便快了起来。段闻秋十分机灵，怕段未语受伤的事被外人知晓，就差人去府外郎中那里买了药熬好送来。唐知心嘴上说着不管，还是将药吹凉一勺一勺喂给段未语喝下。收拾停当，天也黑了，她嘱咐段未语好好休息便带上房门离去。毕竟是在别人府上，她不便守夜，仔细吩咐了门口伺候的小厮后才出了院子。

傅家财大气粗，院内亭台楼阁一应俱全，唐知心慢下脚步，随意走到一处空旷的天井之中，正巧有一片月光轻柔洒入。她心道这地方不错，刚准备坐下清思片刻，前方有一人缓缓走近，正是林放。

唐知心苦笑，看来今夜不宜闲逛，她脚底抹油正准备开溜，林放叫住了她：“唐姑娘，留步！”

唐姑娘？这人吃错药了？唐知心心惊肉跳，他怎么突然这么客气？她顿时背后发凉。思索间，林放已来到面前。他板着一张脸，表情却有些不自然。看他的神情，倒不像是来找麻烦的。林放摸了摸鼻子，问道：“那个……这么晚了，你怎么还在外面？”

“怎么？这也归你管？林捕头，这可是在别人家呢。”唐知心警惕道。

“我就关心，不是，我就随便问问。你不想答，不答便是了。”林放不自然地说。

唐知心更狐疑了。她仔细打量着林放的神情：“说得好像我做贼心虚一样。我师兄住在前面那院，我刚才找他有些事，出来就遇上你了。”

“段掌门怎么住在这么偏僻的地方？”

“哦，他病了。要将养几天，不能受打扰。”唐知心搪塞道。

林放一脸疑惑：“病了？我白天见他不还好好的吗？”

“许是……许是赶路时受了风寒，病来如山倒嘛！呵呵……”唐知心心虚，赶紧岔开话题，“你大晚上来这儿干吗？”

林放四下看看，道：“猫丢了，我找了一晚上了。你瞧见了吗？”

“你那只凶巴巴的猫？没瞧见。”唐知心记仇。林放也想起上次雪球对唐知心的不友好，他小心翼翼地看了看唐知心，气氛一时有些尴尬。林放犹豫了片刻，道：“这次婚宴，本来我是不想来的，后来听说你会来……”

“就知道你不会饶了我。”唐知心嘀咕着。

林放嗫嚅道：“其实，其实我是来道歉的！”

“道歉？”唐知心往后退了一步，更加警惕。

“嗯，上回是我误会你了。第二天回巡检司，他们告诉我，贼抓住了……”林放纠结地挠头道，“那贼自己也交代了，偷了钱将钱袋扔了。”

见唐知心不说话，林放有些着急了，他只当她不肯原谅自己：“那个我、我不是故意要抓你的。你看，你话也没说清楚，见了我就跑，我就以为……”

唐知心抱着胸看他紧张的样子，突然觉得好笑，起了逗他的心思。唐知心挑眉道：“所以说，还是我的错咯？”

“我不是这个意思。”林放赶紧解释，“是我不好，不该追那么紧，害你受伤。你的脚怎么样了？我带了家传的跌打药，很管用的。”

“贼抓到了？”唐知心问。

林放松了口气，点头道：“嗯，抓住了。”

唐知心摊开一只手掌递到他面前，道：“那，拿来吧。”

“拿什么？”

“钱啊。不是说抓到贼了吗？把我丢的银子还我。”

“哦，人不是我审的，不知道他偷了你多少。没事，我赔给你！”说完，林放摸了摸腰间，发现并没有带钱袋出门，顿时更尴尬了，“出来找猫没带钱袋，我这就回去取，你在这儿等我！”他转身就要走，唐知心一把将他拽回来，哈哈大笑道：“行了，我逗你呢。拿什么钱，我自己都不记得丢了多少。”

“那你不生气了？”林放有些惊喜地说。

唐知心笑眯眯地道："把东西给我，咱们扯平，我就不生气了。"

"什、什么东西？"

"你刚说的跌打药啊！"

林放赶紧从怀中摸出一小瓶药，递到唐知心手中。唐知心看了看，将药瓶揣入怀中，对林放笑道："若真的好用，我以后去你那儿蹭药。"

"你们修道这么危险的吗？跌打药我们做捕快的都不见得经常用。"林放皱眉。

唐知心调侃道："怎么？你舍不得给？"

"要多少给多少。"林放痛快地说。

唐知心一脸促狭地笑，林放这才反应过来她又在逗他，随即撇嘴道："我哥说得没错，姑娘家的脾气来得快去得也快。"

"你早听他的不就好了。"唐知心得意道。

林放嘟囔着："他不常和我聊私事，这次是我主动问他的。"

"你跟你哥不是很亲密吗？我还以为你们会无话不谈呢。"唐知心好奇道。

林放反问道："你跟你师兄关系不也很好？他会什么都和你说吗？"

唐知心想了想，说："那倒是，他经常有事瞒着我，也不算瞒着吧，大概就是什么事都自己承担，不好的东西不会让我知道。"

"我哥也是这样。"林放点头。

唐知心耸耸肩，道："不用担心他，你哥现在很好啊，马上要做爹了，你也要做长辈了。不像我，我连自己爹娘是谁、有没有兄弟姐妹都不知道。"

林放侧过身瞧着她，沉默了一会儿，说道："你师兄不是你亲人吗？我以为你们早定亲了。"

"人家是侯府的嫡子，哪能随随便便定亲的，我一个孤儿。"唐知心打量林放，又忍不住揶揄道，"何况弟弟，情爱这种事，关键是两情相悦。"

"你不要叫我弟弟！"林放突然生气道。

"对对，你都弱冠了。"唐知心笑道，"雁楼？"

这一声"雁楼"叫得林放耳根唰地红了。

"林雁楼！"唐知心锲而不舍。

"这是家里人叫的……我……我还没习惯呢！"林放一脸窘迫，唐知心越发开心。

此时，天井的另一边，一扇房门被轻轻推开，一个小小的黑影无声无息地蹿入房内，确认四下无人，黑影才露出了真面目。借着月光，白猫雪球摇身一变，一个俏丽的红衣女子立于房中。现出真身的红鸾娘娘一记响指，屋内灯蜡齐齐燃起。

红鸾娘娘左看右看，最后选定贵妃榻坐下。屁股还没坐稳，就听见屋顶上传来一阵骚动。两个衣着怪异的道士挤在屋顶，一个说：“是不是这里啊？我怎么觉得不像呢？”

“罗盘显示娘娘就在这儿，不信你自己看！”另一个说。

“你那个破罗盘，上古传下来都多少年了？测个茅房位置都测不准，还用这破玩意，当心娘娘把你变回耗子！”

“哎哎哎，你别挤对我！”耗子精道，“我说黄鼠狼，你是不是还在为了上次那只烤鸡生气才总挤对我？都跟你说了，总吃荤的不成，欲念太重，你怎么修仙？”

红鸾娘娘在屋中听得上火，怒吼一声：“都给我滚下来！”

屋顶上立刻没了声音，两道金光穿过屋顶，原本在屋顶的两人出现在了屋内。耗子精一副谄媚的嘴脸，道：“哎哟，娘娘，我就说您在这儿吧，这黄鼠狼还不信我。我这罗盘可是上古神器！”

“什么上古神器，还不是你打洞的时候挖出来的。”

“统统给老娘闭嘴！”红鸾呵斥道。二人立刻噤声，四只眼滴溜溜直转，盯着榻上的红鸾。“叫你们来是听你们吵架的吗？”

“是是是，娘娘下凡寻人报恩着实辛苦，小的们自当倾力协助娘娘。”黄鼠狼精道。耗子精也赶紧附和道：“对对对，如今娘娘已经找到人了，再还了上一代的恩情，就可以安心回家修炼了。”

“这还用得着你说？我是问你这恩要怎么报呢？”红鸾翻了个白眼，“酒知托我找的人，我已经找到了，人家如今活得好好的，我也不便插手。”

“林家那个小公子……”黄鼠狼精试探道。

红鸾道：“林家先祖百年前救过我性命，我如今下凡寻人，顺便还他家后人一个人情。说到这，我又来气了，我让你们从林家选一个人，你们就给我选这么个傻小子出来？”

耗子精赔笑道：“娘娘，这林放是他们林家命格最稳的一个了，您看看剩下的几个，他爹林天穹最多就五年阳寿了，他哥更惨，命中带煞有父子相残的迹象。只有这个林放……”

“算了算了，林放就林放吧。你们还别说，他跟他家先祖还有那么几分相似。”红鸾突然变脸道，“变猫是你们谁出的馊主意？说！”

耗子精吓得一个激灵：“娘娘，您别激动啊，猫多威武，就是小一号的猛虎啊！”黄鼠狼精却道：“那是因为你是耗子，看什么猫不威武？娘娘，就是他！就是他出的主意！”

“主意是我出的，但是娘娘您想想，小一号的猛虎……”

“那我直接变猛虎不就好了？干吗还要小一号？”

“那个，娘娘，凡人不在家里养老虎的。”耗子精解释着。

红鸾抄起一个烛台朝他砸去，气愤道：“你还有理了？你不知道老娘原身是什么吗？”

“娘娘是红鸾，是仙鸟，是和火凤青鸾并肩的大妖啊！”

“老娘是仙鸟，吃的是昆仑山顶的紫粟，喝的是天池里的圣水。你知道凡人的鱼有多难吃吗？最重要的，我是不是告诉过你们要红色的！红色的！你们不知道换颜色要耗费很多灵力吗？搞得老娘现在手无缚鸡之力，天天被人捏后颈皮，老娘尊严何在！我现在就拍死你们！”

“娘娘，别动手别动手！”耗子精扑通一声跪在地上，求饶道，“不是我们不想，问题是凡间的猫没有红色的。”

“猫什么猫！还敢提猫！”

“狗也没红色的，凡人饲养的动物就没有红色的，除了鸟禽要被关在笼子里，剩下的就是马了，问题是马得住在马棚里，那个味儿啊！就是小的也不太受得了。”黄鼠狼精补充道。

“对对对，受不了受不了！”耗子精附和。

红鸾娘娘一声冷笑，挑眉道：“这么说，我还该感谢你们俩了？”

“不敢，小的不敢。”黄鼠狼精赶紧赔笑，“不过娘娘，事已至此，再换个别的动物接近林放说不定会露了馅。倒不如赶紧报恩，结束了，您也不必再当猫了。”

红鸾捋了捋衣袖坐回榻上，口中道：“找你们来就是为了这件事，你们在人间活得久，你们说凡人喜欢些什么？我瞧着林放也不喜欢功名利禄，钱财什么的也不太放在心上。”

“这么说来，确实不太好办……”黄鼠狼精思索着。耗子精眼睛一转有了个主意：“娘娘不如再做一回老本行。”

黄鼠狼精恍然大悟，一拍巴掌，道：“对啊！娘娘最擅长的事啊，给林放牵条红线，拴个好姻缘，让他日后多子多孙，娘娘这恩报得就太妙了！”

红鸾闻言思索道：“林放的姻缘命格我还没看过呢，金盆洗手这么多年，连姻缘簿我都交给月老了。”

“娘娘仙力无边，还要姻缘簿做什么？牵上谁便是谁。”耗子精拼命奉承。

红鸾娘娘鄙夷道：“你说得轻巧，我上哪儿给他随随便便牵一桩姻缘？”

“嘿嘿嘿，娘娘你瞧外面，这不是现成的吗？”耗子精抬手一指，红鸾娘娘望向屋外天井，只见月光下唐知心与林放四下寻找着什么。

唐知心问：“你确定你家猫半夜会跑到这里来？”

“我觉得就在这附近，你看，这是它掉的毛。”

“黑灯瞎火的，你怎么知道是猫毛？说不定是黄鼠狼。”

“黄鼠狼怎么会有白色的毛？”

“那，大白耗子？我听说耗子屁股会掉毛。”

“也有可能。再找找吧，实在找不到，我一会儿送你回屋。”

此时屋内三妖鸦雀无声。耗子精不动声色地摸了摸自己的屁股。过了好一会儿，门外脚步声渐远。耗子精谄媚道：“娘娘，您看这桩姻缘如何？”

“她？她不行，她可是酒知的女儿。”想了想，红鸾又道，“不过，若是把她托付给林放照顾，说不定也是个办法。”

“是啊，娘娘，两全其美，何乐不为呢？”耗子精和黄鼠狼精齐齐道。

“知心姐，知心姐，快醒醒！”段闻秋在唐知心床边叫道。

唐知心一下子被吓醒了：“怎么了？你哥出事了？”

“差不多吧，他说他要吃烧鸡。”段闻秋点点头。唐知心躺回床上欲哭无泪，道：“大清早吃什么烤鸡，你让人去府外买一只给他不就得了。”

“他说要你送，否则伤好不了了。”段闻秋摊手道。

唐知心翻身坐起，仰天长啸道：“你说我上辈子到底欠他什么了？！”

唐知心是第一次来岳城，出了傅宅连大路朝哪开都不知道，幸好有段闻秋跟着。街边的餐馆挨个问过去，大部分都说这个时间要烤鸡都得等，最快的也要等半个时辰。二人挑了个馆子，点了壶茶坐在大堂等烤鸡。

闲聊间，唐知心从段闻秋处听得不少家长里短，比如傅家小女傅勾月不过三四岁，就和小王子表哥定了亲。海镜两个孪生郡主一个嫁给了林寄云如今在家待产，另一个嫁给湖州王爷生下一女名唤李梦眉，然而这两姐妹的政治婚姻似乎都不如外界看来那么和睦。唐知心倒是觉得林寄云提及时贞郡主时言语温柔，对未出生的孩子也是十分期待，夫妻二人应当琴瑟和鸣。她抿了口茶，打趣道："你那些小道消息肯定是假的。"

"她们随便说说，我随便听听。不过啊，林寄云成婚前有相好的可是千真万确的，江湖中见过的人不少。听说后来收了偏房……"

唐知心漫不经心地听着，突然，她愣了一下，打断段闻秋道："你看那边坐着的人是不是赵寺淮？"

段闻秋顺着她的目光望去，仔细辨认了一下，点头确认。

不怪唐知心疑惑，眼前的赵寺淮瘦了许多，憔悴落寞，与从前判若两人。唐知心惊讶道："他怎么变成这副模样了？"

"赵大人的夫人去年难产没救回来，一尸两命。"段闻秋压低声音道，"听说赵寺淮与夫人伉俪情深，想是打击不小吧。"

"我去瞧瞧他，你在这儿等我一会儿。"唐知心不忍心。段闻秋眼疾手快拉住她："别去，千万别去。你瞧他对面坐的什么人！"

唐知心细一打量，顿时一惊。赵寺淮对面坐着个身披斗篷，后背有些佝偻的老者，帽兜遮住脸庞，斗篷下却露出来一角袈裟。

段闻秋不知从哪儿听到的消息，悄声道："圣上自从登基后便对国教之事暧昧不清，西方教看准时机想东山再起，从朝廷官员渗入不是最好的选择吗？赵寺淮眼下炙手可热，是皇上最倚重的人，西方教看上他也在情理之中。"

"你说会不会是皇上的意思？故意放纵西方教，制约咱们？"唐知心警惕道。

"也有可能，互相拉拢，互相利用。"段闻秋模仿着段未语平时说话的口气，煞有介事地道。

"这么大的事，你哥怎么一点反应也没有？"

"他你还不了解？在他心里，大道正义、百姓苍生是己任，往后才是家国门派这种世俗纷争。他才救了孟家小公子，等于给了皇上一个大耳刮子，哪还能说得上话？清山哪还能说得上话？师公没要他的命，都是手下留情了。"

"咱们管不了，截教也不管？韩景榕还在朝里做官呢。"唐知心想不明白。

"快别提韩景榕了，要不是他，赵寺淮也不至于被策反得那么容易。"段闻秋喝了口茶继续道，"赵夫人快不行的时候，全城大夫无计可施，赵寺淮知道韩景榕医术高超，求他救人，在韩景榕府门外跪了一晚求他救人，韩景榕连面都没露。第二天一早赵夫人就去了。知心姐，你说这个韩景榕是不是很过分？”

唐知心道：“韩景榕不肯救人也许有其他原因，我们又不了解内情。”

二人正聊着，赵寺淮已起身准备离开。临走，他朝对面的人双手合十，微微一拜。赵寺淮离去后，那和尚却没有动，不知怎的，唐知心总觉得这和尚在盯着自己，这种感觉十分熟悉，那双眼睛，在清山的酒楼中，在天茗的大街上，在暗夜的小巷中……唐知心按捺不住，打算上前质问，刚好此时小二将包好的烧鸡送到，唐知心付了钱，再一回头，和尚已无踪迹。

回傅府的路上，唐知心一直在犹豫要不要将看到西方教和尚的事告诉段未语，想到段未语还在养伤，决定暂时先不说了。唐知心和段闻秋来到段未语院外，只见傅永书和林放正站在门口。

“小唐姑娘，你回来得正好！”傅永书欢欢喜喜地朝唐知心打招呼。唐知心客气道：“你们怎么在这儿？”她望向林放，林放正一脸不耐烦，勉强冲她挤出一丝微笑。唐知心看到林放脚边跟着的白猫诧异道：“咦？猫找到了啊！”

“喵喵喵……”雪球像是在回答。

此时屋顶上方的耗子精兴奋道：“快快快，娘娘发暗号了！”

“说好的暗号是喵三声，刚才就喵了两声！”黄鼠狼精纠正。

“明明是三声！”

“两声！”

“三声！”

两只妖怪在屋顶争执，下面几人毫无察觉。

傅永书插话道：“小唐姑娘，上次你提的意见在下回去仔细想了想，觉得可行。这不，听了你的，来找林公子商量。”

“什么意见？商量什么？”林放望向唐知心。

“我？我说什么了？”唐知心完全蒙了。

“换爹。”段闻秋认真地提醒着。

“是这样……”傅永书清了清嗓子，道，“在下还是觉得，该找青云道长说合。本想找段掌门帮忙引荐一下，没想到刚拉着林公子来到这里，就听说段掌门病了，这可如何是好。”

“说合什么？引荐什么？”林放一脸蒙。

“换爹。”段闻秋强调道。

“不不不，没什么没什么！那个……那个……你这猫还跟从前一样可爱啊！”唐知心试图转换话题，蒙混过关。她走近两步伸手准备去摸雪球，雪球敏捷地跳上林放肩膀，冲着她直嚷嚷：“喵喵喵！”

耗子精一听就着急了：“听见没？三声，你快点！”

“听见了听见了，你别催我！下面有两对男女呢，你让我先看准了。”黄鼠狼精探头观察，一旁的耗子精喋喋不休道：“我说黄鼠狼，娘娘连夜找月老就讨来这么一根红绳专门给林放拴姻缘用的，你可千万看准了再扔，办砸了你就等着娘娘用你的皮做围脖吧！”

“知道了，我这不正看着呢嘛。紫衣服的姑娘是唐知心，娘娘屁股下面坐的是林放。”

“对对对！”耗子精附和。

“那我准备扔了啊！”黄鼠狼精突然道，“等等，我闻到了一股味道……”

屋檐下，段闻秋双手抱胸打量着傅永书道：“傅永书，你是真没感觉出来现在说这话不是时候吗？我哥病了，以后再说吧。”

“这不是小唐姑娘出的主意吗？”傅永书认真地说。

林放看着唐知心脸上尴尬的表情，不解地问：“你到底出什么主意了？”

“那个……没什么，回头再跟你说。”唐知心打算走为上计，她冲林放笑道，“我急着给我师兄送饭呢，你先回去，我晚点去找你解释。”她伸手去推林放催促他快走。雪球着急地叫着：“喵喵喵！喵喵喵！”

“是烧鸡的味道！”屋顶上的黄鼠狼精不受控制地呻吟道。耗子精扭过脸惊讶道：“我说黄鼠狼，你眼睛怎么绿了？”

“是烧鸡，是烧鸡！”黄鼠狼精如同中邪一般。耗子精暗叫糟糕，赶紧扯住他的衣服，道：“你控制一下自己，咱们办正事呢！”

黄鼠狼精两眼放光，口水直流，口中含糊道：“这是天生的，控制不了，等我吃了那只鸡……”

“不行，你赶紧给我回来，把红绳给我！”

说时迟那时快，黄鼠狼精化了原形就要扑向唐知心手中的烧鸡。耗子精一把抓住黄鼠狼精的尾巴，却没料到黄鼠狼精化了形后衣服没了，装在袖口的红绳暴露在风中。耗子精惊慌失措，赶紧伸出另一只手去够，但还是晚了一步。只见红绳飘飘荡荡，在四人头顶缓缓落下，绳子的两端正好冲着一男一女。

“闻秋妹妹，你对我是不是有什么意见？永书自问没得罪过你，为何说话如此咄咄逼人，你要是再这样……”傅永书只觉头顶一阵粉色烟雨飘过，突然改口道，“不如我们去赏花如何？”

“谁要和你……赏花吗？好啊！”段闻秋也突然转变了态度。

二人携手而去，留下唐知心和林放目瞪口呆。“他俩怎么了？”唐知心问。林放耸耸肩：“不知道，奇奇怪怪的。你快去送饭吧，忙完我们再见。”

唐知心拎着烧鸡进了房间，段未语躺在床上阴阳怪气地问：“谁要来找你啊，师妹？”

“你不都听见了，还问什么问？”唐知心翻了个白眼。

“师妹啊，我昨天其实就想说，这个林放……”

唐知心打断道：“不是好人，对吧？”

“还真不是。你有没有觉得，林放身上带着股妖气？”

唐知心一愣：“妖气？我怎么没感觉出来？”

段未语分析道：“我总感觉林放身上有种奇怪的气息，他本人双目清明，印堂间阳气游走，确实不像是妖，但我就是隐隐觉得不对劲。刚才你们在门外时，有一股强烈妖气转瞬即逝。如果我没猜错，那应当是妖怪化形灵力最强时的一瞬间外泄。由此可以推断，林放身边有妖。”

“人间久不现妖，你又没见过妖，怎知什么样的气息是妖气？”

“做道士的，这点直觉总是要有的。”

“那我怎么没感觉到？”

“依我看可能有两个原因：第一，你前两次单独见林放时，那妖都不在；第二，那妖灵力强大，能掩盖周遭妖气，今日可能是一时出错不小心被我发现。”段未语安慰道。

岳城一处野观中，雪球再次摇身一变显出人身。红鸾娘娘一身红衣如耀眼晚霞，在她对面站着的正是青云老道。

“娘娘，好久不见。”青云笑着打招呼。

红鸾白了他一眼并不说话，心里暗骂了一句“道貌岸然的老神棍”。

青云依旧笑道：“凡间久不现妖，我以为娘娘再也不会回来了。”

红鸾闻言冷笑道：“人间这份光景，有什么可留恋的。仙和佛都管不了，我一个妖有什么可管的。”

“那娘娘此次到底为何下凡？可是为唐酒知的遗孤？”

红鸾冷笑不语。

青云老道叹口气，道：“唐酒知与妖为伍死不足惜，她的孩子是人是妖都不确定，娘娘可要三思啊！”

红鸾闻言暴怒：“你放屁，酒知的死，到底是因为与妖有来往还是因为你们本土教演算的未来，你自己心里清楚！她的孩子会改变阐教截教纷争，所以你们才要赶尽杀绝！我既然答应了酒知，就不会让你们得逞。”

“这么说来，娘娘已经找到她了？”青云狡猾地试探。

“你套我的话？做梦吧！”红鸾一声怒斥，化作一道金光消失了，留下一堆骂人的话余音绕梁。

青云老道对骂声完全不当回事，自顾自地召来一个小道，吩咐道：“去查红鸾跟在什么人身边，最近接触过哪些人，特别是二十岁左右的女子，一个都不能放过。查到赶紧来报，此事不要惊动了掌门。”

唐知心从段未语屋中出来时又近掌灯时分。师兄的话让她颇不放心林放，便信步走到林放的院前，恰巧林放正在院中石台前闲坐，看上去他像是刚沐浴完，穿了件素色武袍，清清淡淡，如同雨后梧桐般朝气蓬勃，眉眼间有浩然正气流转，眼角一颗泪痣又将凛冽正气变得带有几分婉转。唐知心看着他喃喃道：“不应该啊，这种气场，身边怎么会有妖呢？”

“你一个人在那儿嘀嘀咕咕什么呢？茶都要凉了。”林放招呼道。

唐知心笑道：“你知道我要来？”

林放笑而不答。唐知心走到石桌旁，坐到林放对面。此时雪球从院外叼着一只体形瘦小的黄鼠狼跑了进来。看到林放，雪球将黄鼠狼抛下，纵身跳到林放的大腿上，舒适地卧下。

“这么厉害的猫，你哪里寻来的？”唐知心好奇。

林放抬手摸了摸雪球的头，道：“应该说，是它寻到了我。几年前的清明，我随父兄去落照郊外祭祖，回去路上就我一个人迷了路。说来也奇怪，那条路我从小到大不知走过多少回，那一次却怎么也走不出去，到处都是一模一样的树。还好雪球出现了，我跟着它走出了林子。后来它就一直跟着我。”

“突然迷路？”唐知心十分怀疑地打量着雪球。

林放点点头：“没错。我爹说是鬼打墙，因为我那时年纪小很容易撞邪。”

“你爹好歹也是阐教一支的家主，怎么……”唐知心嘴角抽搐。

林放接话道：“怎么跟街边的神棍一样，对吗？”

唐知心不好意思说出口的话被林放一语道破，她顿时大窘。林放却不在意地道：“你不用顾忌，其实一直以来我也这么想。我爹虽说修道，但做出来的事与世俗人没什么区别，万事私利为上。你们清山的道和林家的道同宗同源，也不知是不是一样的？”

“当然不一样！”唐知心否认。

“哦？那你说说，我为什么会突然迷路？”

唐知心想了想，分析道：“倘若真的是外力所为，那有两种可能。道法里有奇门遁甲之术，用五行八卦排列来改变山川地貌的走向。不过这个方法非常受限，卦象繁多，要因地制宜随时变通，需要很深的道行。在卦象交替的时候还容易产生破绽，所以大部分奇门遁甲都会配合一些致幻手段。比如我师父飞熊道人，他就在自己修行的山下布了奇门遁甲，主要是怕人打扰。以树木石块为卦，林中种满风铃草，风铃草本身就会让人意识迟缓，再加上我师父半仙的修为，能让人入梦，甚者能看到未来。”

“我当时很清醒，肯定不符合这种情况。第二种呢？”林放问。

唐知心迟疑道：“第二种，是妖法。”

“妖？”林放吃惊。雪球趴在林放怀中，耳朵动了动。

“或者说灵力。生灵修炼成妖，多多少少都会有些灵力。凡间其他的生灵都没有思想，不像人可以通过顿悟成仙。它们吸收山川大地的灵气修炼，自然有改变山川树林样貌的能力。”

林放不敢相信：“这世上真的有妖？”

“当然。虽然我没有亲眼见过，但人间有妖的记载早就有了。这世上有人就有神，有佛就有魔，有道就有妖。灵族不是自称火凤青鸾之后吗？红鸾、火凤与青鸾三只灵鸟就是开天辟地后的三只大妖。盘古开天地，一气化三清。这三清便是太上老君、通天教主与元始天尊。”

“这三个人是谁？”

“老君就是炼丹那个，跟元始天尊关系不错。元始天尊就是咱们阐教的祖师爷，通天教主则创立了截教。这三位本土教天尊分别给三只大妖封正，此后又有火凤、青鸾点化凡人，受灵鸟点化的人族就自称灵族。”

“封正是什么？”

“通俗点说，封正就是有修为的人给妖取名，也不能说取名吧，就好像老人家说如果你在山里看见一条盘着的巨蟒，一定不能喊‘蛇’，要指着它喊‘龙’，这样它才能飞天成龙，这就是封正。三清虽然是仙，但化身成人，人是万物之灵，人间主宰，所以只有人拥有给万物取名的权利，你说它是蛇它就是蛇，你说它是龙它才是龙。”唐知心道。

林放又问：“那你是不是也能封正？哪天若是雪球也能修炼成……成猛虎，不如你来替它封正。”雪球在林放怀里动了动，发出一声不屑的叫声。

唐知心笑道：“你倒是一点也不害怕啊！”

林放耸肩道：“这有什么好怕的，既然妖都是生灵变化而来，那也不见得都是坏的吧？就像雪球若是成了妖，肯定不会加害我的。”雪球翻了个身，舔了舔爪子，转头又在林放怀里睡下了。

“你这猫这么凶悍，我可不敢给它封正。我这种水平，要是黄鼠狼成精，我倒可以试试。”唐知心四下看看，疑惑道，“哎？刚才那只黄鼠狼呢？”

“早跑了。”林放答。

远处草丛中窸窸窣窣，黄鼠狼精听了唐知心的话，顿时眼睛一亮！

林放听故事听得正入迷，不禁问道：“既然妖曾经在人间活跃，那为何现在又消失不见了呢？”

唐知心反问道：“你知道纯阳子吗？”

“是不是那个叫吕洞宾的人？”

“对，吕洞宾就是悟道悟出魂和魄的区别，从而魂魄分离得道成仙的第一个。可以说是他找到了凡人成仙的方法。”

“这和妖有什么关系？”林放疑惑。

唐知心挠挠头，道：“说跑题了。吕洞宾之所以叫纯阳子，是因为他有把剑叫纯阳剑。相传吕洞宾与火凤斗法三天三夜，最终用纯阳剑斩杀火凤，凤落之处便是如今的凤落岭。凤凰陨落本可浴火重生，但最终妖不及道，凤落岭烧得寸草不生，火凤也没能重生。而后，青鸾被逼回了灵山，永世不得踏入人间。”

“怪不得……”林放聪明，一听就联想到了朝局，“怪不得皇上要在凤落岭斩杀孟氏全族，相传孟家就是火凤的后人。”

“我猜也是这样。”唐知心附议。林放又道：“可你还是没说，为什么吕洞宾要杀火凤。凡人不是受神鸟点化吗？这样岂不是忘恩负义。”

雪球伸了个懒腰，再次舔了舔爪子。

“这个……我也不知道。毕竟是千百年前的事了，书上没写，我自然也不清楚。”唐知心摊手。

林放冷笑：“要我看，书都是凡人写的。不想让人知道的，就故意不写了。”

“雁楼，你很犀利嘛。”唐知心笑道。

“耳濡目染而已，你要是有我爹这样的爹，你也犀利。”

唐知心劝慰道：“你爹想来也有苦衷，悟道也不能当饭吃，家大业大总与世俗分不开，总要想办法保住祖上基业。”

“你真的能算出未来？”林放突然转移话题，想了想，又问，“未来是固定的吗？”

“未来当然不是固定的，就像我现在给你算一卦，让你明天不要出门，那明天本来要出门的你就不会出门了，这就是改变后的未来。”唐知心答。

林放皱眉道：“所以你演算的，只是当下此时此刻推断出的未来，其实也就是被你干涉之前的未来。未来的改变牵一发而动全身，又会发展出许多不同。也就是说，未来会有很多种，而你只能演算出其中一种。”

唐知心点点头：“没错。所以即便是演算出未来，我们也不会鼓励世人去改变它，顺应天道嘛，除非有时救人性命迫不得已。雁楼你真是一点就透，没辜负林家血脉，听说你们林家是北宋高道林灵素的后人，据说你家先祖林灵素得道不久曾在灵山脚下救过一只神鸟。”

“神鸟？”林放一愣，“你不是说有三只神鸟？他救了哪一只？”

“红鸾，传说中天地间最漂亮的鸟。红鸾曾掌管人间姻缘，化作人身也是世间最美的女子。她与林灵素互生情愫……”

雪球抬起头警觉地睁开双眼。

“他们在一起了？”林放问。

“怎么可能，他们真在一起，你不就成半妖了？”唐知心笑道。

“为什么？”

“因为人妖殊途。”

雪球绿色的瞳孔中露出森森寒意，四周草木生灵顿时静默无声，飞虫落地、蛙蝉无声，黄鼠狼吓得浑身打战。

“怎么回事？”唐知心一愣。林放也同时察觉：“怎么突然这么安静？”

太安静了，唐知心感受到这安静之下有一股强大的力量在涌动。这力量像高人的内力，但全然没有内力的阳刚之气，反而阴冷刺骨，连血液也要被其凝固。

“妖气。”唐知心猛然惊醒，脱口而出，她突然明白段未语口中所说的直觉。她赶忙四下寻找，只是那感觉转瞬即逝，再也寻不见踪迹。也就是这么一瞬间，雪球恢复了原样，它抖了抖尾巴，从林放身上跃下，慢悠悠地离开了。

第二天上午，雪球蹲在傅府东厢花园中的石墙上。这花园偏僻得很，今天又是婚宴的日子，眼下四下无人，园里的一处地窖散发出淡淡的酒香。雪球在墙头蹲了一个早上，不耐烦得直甩尾巴。此时墙边飞快地跑来一只白色的大耗子，耗子精气喘吁吁地道：“小的来迟了，娘娘饶命！”

“小点声！你怕别人听不见吗？！”雪球呵斥。白耗子乌黑的小眼睛滴溜溜地向上望着雪球的下巴，讨好道：“小的昨夜感受到娘娘散发出的强大灵力，不知何人惹得娘娘如此生气？”

雪球舔舔爪子，道：“一时没忍住，顺便吓吓他们。反正姓唐的那小丫头也猜得八九不离十了。”

耗子精瞪大眼道：“暴露了？不会吧？娘娘您装猫装得多像啊，舔爪子的动作惟妙惟肖。”

雪球一声冷笑：“吃了你，老娘就更像了。”

“有话好说，娘娘啊……”耗子精哆嗦道。雪球突然警觉：“嘘，闭嘴！有人来了。”

院墙外头探进一个小脑袋，是青云老道新收的那个小徒弟江知白。只见他四下看看，口中喊道：“韵儿你在吗？”见院中无人，他便快步走到酒窖外朝里喊道：“韵儿你在不在里面？师父要回来啦！”

这时一个五六岁的小姑娘跑进院子，跟在江知白身后，道：“你跑那么快做什么？等等我不行吗？”

“你到底是谁？干吗跟着我？”江知白回过身问道。

小姑娘自报家门道：“我叫李梦眉，我爹是湖州王爷，我娘是海镜郡主。我可是湖州与海镜两藩的郡主，郡主叫你呢，你跑什么？你是哪家的少爷？姓什么叫什么？”小郡主话又多又密，江知白一心找师妹，随口答道：“不是哪家的少爷，我跟师父来的。”

“哦，小厮啊。你会武功？这是在做什么？”小郡主好奇。

江知白不耐烦地道：“我在找我师妹。我要用轻功上房顶了，你最好躲开点儿，免得误伤你。”说完，江知白催起轻功，脚尖轻轻点地便腾空而起。

雪球眼睛一亮："哟嗬，阐教的功夫。"

耗子精抓住时机奉承："娘娘厉害啊，这都能看出来！"

雪球舔舔爪子，道："以前酒知就会这招，偷桃的时候，我经常看她用。"

耗子精无语。

李梦眉见江知白要走，趁着他腾空之际一把抓住了他的脚踝。江知白悬在半空，本来用内力一震就可轻松脱身，但又怕伤到李梦眉，更不敢拖着她上房，只得朝墙上借力一蹬，落回了地面。即便这样，李梦眉还是被弹了出去，摔坐在地上。江知白上前拉她起身，李梦眉作势撇嘴要哭，但看到江知白伸过来的手时，好奇道："咦？你手上有伤？怎么弄的？这么长一条疤，疼不疼？还有，你在找谁？"

江知白深吸一口气："你……真的好吵。"

"你知不知道我……"李梦眉说到半截突然瞪大眼睛叫道，"鬼，有鬼啊！"

江知白顺着李梦眉的视线望去，只见酒窖的窗边果真站着个一动不动的人，那人闭着眼睛，脸色惨白，嘴角还挂着猩红的血迹。江知白一本正经地说道："这个不叫鬼，死后能僵硬直立的叫魃，俗称僵尸。"

"救命啊！"李梦眉撒腿就跑。

眼见李梦眉跑远，江知白道："好了，韵儿，人都给你吓跑了，快出来吧，脸上面粉擦一擦，还有嘴角的朱砂，当心别抹到嘴里啦，有毒！"

站在酒窖里一动不动的"魃"睁开了眼睛，四下瞧瞧，只瞧见窗外自己的师兄，游沐风用袖子胡乱擦了把脸，笑嘻嘻地走到江知白跟前。江知白从袖子里掏出一块手帕帮师妹擦脸，一边擦一边闻了闻，道："你喝酒了？"

"嘿嘿，我就偷喝了一点点。"游沐风和李梦眉差不多大，继承了母亲的容貌，和少帝也有七八分像。喝过酒，她笑得憨憨的。

"我到处找你，你居然躲到这里喝酒。师父马上就要回来了。"江知白边说边努力擦着师妹的脸，怎么也擦不干净，只好道，"走吧，师兄带你去洗把脸，别被师父发现了。"

雪球冷笑道："你瞧，这么小的人儿，就如此狡诈。"

耗子精不理解，问道："那娘娘您为何还要……"

“师兄师兄，这只猫在和耗子说话！”游沐风惊呼。

“猫怎么会说话？韵儿你喝醉啦。”

“真的真的！你看……”

此时雪球马上咬住耗子精的脖颈将它叼在嘴里，耗子精配合地发出几声凄厉的惨叫，浑身抽搐。江知白道：“这不就是猫抓耗子吗？你听这耗子叫得多惨，要会说话早该喊‘救命’了。走吧，师兄去给你找碗醒酒汤。”

“我真的听见它们在说话啦。”游沐风争辩道。

江知白拖住师妹往外走：“行行行，它们真能说话，快走吧……”

师兄妹二人走远后，雪球将耗子精吐出，一脸嫌弃。耗子精巴结道：“娘娘，被发现了，要不要……”说着抬起一只前爪在脖子上比画着，做了个灭口的动作。雪球不屑道：“那小丫头是青鸾的嫡系后人，你去灭一个我瞧瞧。”

耗子精吓一跳，赶紧道：“那小的可不敢。”

“没胆就别那么多废话。叫你来是告诉你，林放今晚就要回落照了，我会同他一起回去，姻缘的事回头再说，你们俩随时待命。对了，黄鼠狼呢？”

“那个……黄鼠狼说他有点私事要办。”耗子精支吾着。

“私事？他能有什么私事？”

“他昨晚说有位善人愿意帮他封正，他要去寻人！”

傅家的婚宴甚是隆重，但此时的唐知心却十分气愤，大堂中人声鼎沸，她却一个认识的也没有，本来她是最不情愿来的那个，现在婚宴上的清山来人却只剩她一个。自从前几日段闻秋跟着傅永书去赏花后，这丫头就有点不大对劲，整天见不到人影。今天她和傅永书居然都没来参加婚宴，段末语受伤躺在床上不肯来，青云老道不知去向，就连林寄云也不见了。此时，林放远远地向她招手，唐知心仿佛看见了亲人。

“怎么就你一个人，你大哥呢？”

“大嫂临盆在即，我哥连夜赶回去了。”林放说道。

唐知心惊喜道：“恭喜呀！你就要做小叔了，开心不？”

“又不是第一次了。”林放淡淡道。唐知心先是一愣，突然想起之前段闻秋与她说过的闲话。林放看了她一眼，“也不是什么秘密，我哥已经有一个孩子了，是个女孩。如今也该四五岁了，不过我没见过，我爹不喜欢她，我娘也不认她，我连她叫什么名字都不知道。”

唐知心本不愿在背后议论旁人家事，更何况林寄云还是自己的朋友。可是林放坦坦荡荡，自己若是躲躲闪闪倒显得心里有鬼。唐知心想了想，道：“那郡主？”

“郡主嫁过来的时候，薇姐已经有孕在身。我哥说想收薇姐做个侧室，郡主倒没说什么，但我爹不答应，薇姐自己也不答应。”林放道。唐知心突然想到以前在林府时苏尽欢也说过，林寄云有一位青梅竹马的师妹，郡主嫁人前同样心有所属。想来林放口中的薇姐，就是苏尽欢与段闻秋所说的那个女人。

“在世人眼里，寄云薄情寡义为了做郡马抛弃旧爱的名头肯定是坐实了。”唐知心听后感慨。林放点点头，道：“是啊。不过他不娶郡主，我就得娶。我哥他爱情不要，名声不要，都是为了我。”

唐知心不语，林放露出一抹苦笑，自嘲般地继续道：“我爹能允许我们兄弟二人不入本土教已经是最大的让步了，若是婚姻大事再不服从安排，可能连眼下这点儿自由都没了。我爹本意是希望我娶海镜郡主，毕竟我年纪小人又在他身边，好拿捏。可我不愿意，再吵下去，只能父子反目。”

“所以寄云就替你应了这桩婚事。”唐知心恍然大悟，随后又问，“可你为什么不愿意娶海镜郡主？你总得成亲。做郡马不好吗？”

“婚姻大事，我想娶一个自己喜欢的女子。”林放这次倒是没脸红，他眼睛亮亮地坚定说道。

“那你得珍惜这个机会，你哥为你争取来的机会。”唐知心笑道。

此时厅堂中央一对新人正在拜天地，欢呼声阵阵。林放在嘈杂声中向唐知心道：“我今晚就要回去了。”

“我们明天一早走。”唐知心道。

“有一件事我觉得应该提醒你一下。”林放犹豫了一下，说。

“什么？”唐知心问。

“韩景榕到落照了，不出三日便会到达清山。我听说他这次奉皇命前来要人，你们小心。”

第二日。

“你别吃了！怎么办啊？”唐知心怒吼，段未语躺在马车里跷着二郎腿，手里拿着烧鸡腿，一副舒适惬意的模样。二人今日返程回清山，昨日听林放说韩景榕要来，唐知心顿时警惕，而段未语却根本没当回事。段未语随手把啃完的鸡骨头扔出车窗外，轻描淡写道："来就来呗。小爷我还怕了他不成？"

"你说得轻巧，他来要人，你打算怎么办？"唐知心翻白眼。

段未语边擦嘴边道："不给，小爷抢都抢了，还怕他来要？他能拿我怎么样？有本事请旨让皇帝宰了我！"

"行了，都被打成这样了，你能不能正经点。人是咱俩一起救的，要不我去跟他谈谈？"唐知心道。

"师妹啊，你根本没看清这当中的玄机。皇上为啥让韩景榕来要人？他为什么不自己来？或者直接派兵上山把人抢走？他是皇帝，就算杀了咱们又如何？没来只能说明皇上碍于天下舆论，不能拿咱们怎么样。"

"那皇上还让韩景榕来干吗？"唐知心疑惑。

段未语冷笑道："要不怎么说咱们这位少帝精明呢。韩景榕是本土教中人，派他来要人就成了教派中的事了。若韩景榕动手抢人，那便是阐、截两教在清山起了教务纷争，跟皇上没有关系。如果韩景榕要不到人，那他就麻烦了，皇上多少有些猜疑他，这下更有机会给他小鞋穿了。"

"那韩景榕岂不是骑虎难下了？"

"所以啊，该急的是他，不是咱们。韩景榕上清山，咱们奉陪就是了。"

唐知心不放心地说道："咱们要不要提醒一下韩景榕？毕竟现在西方教出山，咱们是不是该团结一致？"

"现在谈团结言之尚早。"段未语道，"韩景榕何许人？他精得跟狐狸似的，还用得着咱们提醒？且看他如何收场吧。对了，闻秋那丫头呢？"

唐知心哭笑不得："我们都出城一个多时辰了你才想起你妹妹啊！她说她要留在岳城多玩几天，让咱们不要管她。"

"哦。"段未语大手一挥，道，"既然如此，吩咐车夫跑快点，咱们回去恭迎蘧然道长上山！"

马车飞快前行，带起路上黄土飞扬。漫天尘土散去后，小路上出现个身影，化作人形的黄鼠狼精气喘吁吁道："怎么跑这么快啊，追都追不上，累死我了。"

不久后，唐知心他们的马车已经到了清山脚下。

"你能不能走快点？"唐知心催促道，"韩景榕都到驿站了，随时要上山了。"

"急什么？你师兄还伤着呢。"

“都让你坐轿上山了，非要逞能。”

“我好歹也是掌门，出趟远门被人抬着回来，小爷我这张老脸还要不要了？自家人倒也算了，若是被驿站那位知道，说不定平添麻烦。”

唐知心明白了段未语的意思，韩景榕要是知道段未语坐轿上山，八成会猜到他受伤了。段未语不想让韩景榕知道太多，毕竟也关系着门派尊严。她放慢脚步，陪着段未语走在山路上。二人有一搭没一搭地聊着，唐知心问：“韩景榕若不动武，如何能抢到人？”

“韩景榕应该明白当下阐、截两派不应当再起正面冲突，否则就中了皇上的离间计。既然不能明抢，我猜他会想办法说服我放人。最适宜的方法就是论道。”

“论道啊！那你赢定了，天下诡辩你认第二，那没人敢认第一。”唐知心笑道。

“韩景榕可不简单，他出师那年在九华道场可谓一战成名。截教的前辈们都不乐意一个十六岁的少年郎当掌教，觉得他不过是仗着是皇上的小舅子才得到机会，一群老头憋到他出师之时给他出了个‘庄周梦蝶’的老论题。”

“然后呢？”唐知心嘴角抽搐。

段未语哈哈大笑：“然后？然后他就一战成名了。比如蝴蝶到底是不是我？具体情况有机会再和你细说，总之那一战很精彩。韩景榕因蝴蝶成名，才得了蘧然道人的名号。”

“我还以为你挺讨厌他，怎么还听出几分仰慕呢？”唐知心调侃。段未语坦言道：“仰慕谈不上，有才华的人惺惺相惜罢了，若不是立场对立，我倒是挺想交他这个朋友。不过可惜，这辈子估计是没机会了。”

清山脚下，苏尽欢望着连绵的山路边走边心生怨念。自己明明肩不能扛手不能提，本该待在家里琢磨些奇技淫巧，为什么非要答应陪韩景榕上山呢？自己又不是本土教中人。

“因为你是我的家仆。”韩景榕轻扫苏尽欢一眼，仿佛看穿了他的心事。天机阁不为外人所知，在外苏尽欢都称自己是韩家家仆。“再用这种眼神看我，下个月月银就别想领了。”

苏尽欢立刻换上笑脸：“韩掌教，听闻本土教圣地南有清山北有九华，不知九华可有如此美景？当年你在九华年少成名，如今回想有没有些感慨？”

“你知道我当年立于台上在想什么吗？”韩景榕问。

“想什么？”苏尽欢真有些好奇。

“想骂娘。”韩景榕认真地说。

苏尽欢一脸惊讶。

“一群老不死的，故意为难我。”韩景榕眼里冒着记仇的光，继续道，“说到感慨，我还是有几分后悔的，当初还是年少无知，就该把他们通通气死以绝后患。”

苏尽欢哭笑不得：“你要是有把人活活说死的本事，咱们这次肯定能全胜而归。”

“你想得倒挺美，段未语那厮可比老头子们难对付多了。段未语接任清山掌门之时，青云老头子给他出了道老掉牙的论题，你猜是什么？”

“该不会也是‘庄周梦蝶’吧。”

“当然不是。”韩景榕顿了顿道，“是‘小大之辩’。”

“哦？同样起源于庄子，但庄子在《逍遥游》里明确表达学鸠不如鲲鹏，可见他自己都认为‘小不如大’，这还有什么好辩的？他怎么说的？”

“他说他不同意前人的观点，具体的，说了你也不明白。没有小又怎会有大？总之这道题本身就毫无意义。”

“段未语胆子挺大啊！”

韩景榕淡然道：“段未语这个人颇有骨气，倒令人有几分敬佩。他若不是清山掌门，我倒是愿意与他对饮几杯。不过可惜，此生无望。”

此时苏尽欢远远望见山门前站着个人，自语道：“这人有点眼熟啊？哟，是小唐姑娘！”

唐知心与段未语刚刚上山便听说韩景榕一行人正在登山，听说来人里有苏尽欢，她便主动留下迎客，毕竟有认识的人多少能缓解些紧张气氛。远远地看见苏尽欢，见他还主动朝自己打招呼，唐知心心中紧绷的弦稍稍松弛一些。苏尽欢身后跟着一个男子，黄衣翩翩，身形高挑，料想应该是韩景榕。待他们渐渐走近，她才看清他的面容，剑眉鹰目，肌肤如玉，与已故韩皇后有七八分相像。不过气质倒是截然不同，韩景榕看起来冷冷清清却又锋芒毕露。唐知心心念一动：这人怎么看着有些眼熟？

“小唐姑娘，别来无恙。”苏尽欢笑着打招呼。唐知心回礼道：“别来无恙。林府一别，故人可好？”

苏尽欢哈哈大笑：“到了自己家，小唐连说话的口气都不一样了，端起架子来有模有样的。”

“来者是客嘛，我总得尽地主之谊。何况你们是来兴师问罪的，我更不敢怠慢啦！”唐知心道。

“这是我家先生。姓韩名亦，道号蘧然。”苏尽欢介绍道。

四目相对，鸦雀无声。片刻后，唐知心与韩景榕同时开口：“怎么是你？！”

“怎么？你们认识啊？”苏尽欢一脸茫然。

韩景榕脸上的惊讶转瞬即逝，客气道：“青灵道长，有礼了。”

唐知心只得干笑回礼，她明白眼下可不是翻落照旧账的时机。

韩景榕继续客套道：“去年韩某在磻溪曾有缘一见飞熊道长，不知前辈可好？”

“家师一切皆安，有劳挂心。”唐知心挤出一个笑容。

“肃净道长呢？”

“师兄很好，正在大殿恭候，诸位随我来吧。”

第一次上山便由掌门师叔亲自迎接带路，不得不说，韩景榕心中还是很承这份情的。虽说暗潮涌动，但明面上好看也是好看。韩景榕跟在唐知心身后，心里有自己的盘算。突然，几声清脆的铃响将他的思绪拉回。这声音听着熟悉，仿佛在梦境中听到过，韩景榕顿时警觉，循声望去，只见前头带路的唐知心青丝如瀑，耳后凝脂若隐若现，发髻上垂下两只银丝绕着的琉璃铃铛，随着走路步伐有节奏地叮当作响。韩景榕盯着她头上铃铛，瞳孔骤缩，瞠目结舌。

清山的掌门居所名叫知心堂，门前便是大殿，清山大殿东临月盈崖，西接后山百亩桃林，正所谓有山有水，有木有灵，实乃风水宝地。殿中供奉着玉清元始天尊的巨型法像，法像前有一铜鼎，相传正是夏禹所铸代表九州的九鼎之一。

清山掌门段未语站在大殿中，脚踩汉白玉所铺的上经下经六十四卦图像，头顶上方是珊瑚宝石所嵌二十八星宿环绕的北斗七星君。他身着清山道袍，金冠束发，长身而立，腰间挂着昔日重阳子的佩剑七星拱月，手持折扇乃太宗太史李淳风遗物，扇面上书周易六十四卦中大过卦原文：君子以独立不惧，遁世无闷。

唐知心将韩景榕让至大殿正中，带着苏尽欢让到一边，其余弟子皆立于门外。

看到韩景榕，段未语轻摇手中折扇，从容道："蘧然道长，好久不见了。"

韩景榕跨步入门，先朝元始天尊法像拜了三拜，随即朗声道："肃净道长，别来无恙。"

唐知心暗暗观察着韩景榕。韩氏一族素来好容颜，只是这韩景榕似乎有病缠身，身形消瘦，肤色如雪。韩景榕一身医者打扮，鹅黄纱袍以金线绣着百合花图案，领口处绣有茯苓，袖口内里暗绣当归，都是凝神祛邪的药材。韩景榕腰带中别着一支玉笛，玉笛尾部以篆书刻着"越人"二字，想来应该是名医扁鹊之物。他手里同样有把折扇，扇面上写着孙思邈的名句：大医精诚，上医医国。

殿中的韩景榕与段未语，一截一阐，一医一道，一清冷一隆重，却同是本土教的中流砥柱。今日清山论道，大有巅峰对决的意味。段未语率先开口道："蘧然道长上一次造访清山已是多年前的事了，此次可觉得有什么变化？"

"正所谓应物变化，水在流，云在涌，风云变化，见清山已不是昨日的清山。"韩景榕从容应对。

"正是。既然昨日之日不可留，蘧然道长何故上山来呢？"

"万物应变而生，不进则静。不上山又如何得道呢？"

"君子几，不如舍，往吝。"

苏尽欢戳戳唐知心的肩膀，道："他俩这就开始了？连寒暄都没有。"

唐知心道："速战速决，一别两宽。"

苏尽欢暗暗点头。

段韩二人你一言我一语，从天人感应辩到周易八卦，从老子到庄子，从鲲鹏到燕雀，从仁义到苍生……辩得天昏地暗，苏尽欢听得一头雾水。唐知心心下疑惑，不明白韩景榕为何要在这些问题上浪费这么长时间，隐约觉得韩景榕在拖延时间，可是他又在等什么呢？

此时，一个截教小道士快步走到苏尽欢身边，禀报道："山下弟子来报，赵寺淮赵大人来了。"唐知心站在苏尽欢身旁听见了他的话，惊讶道："他怎么又来了？难不成又来传旨啊？"

小道士震惊道："青灵道长果然能掐会算，他就是来传旨的。"

唐知心一愣，难不成韩景榕是在等圣旨？唐知心这次确是猜错了，韩景榕并不知道会有圣旨传来，他拖延时间是想晚上留宿山上，找机会见到孟枝途，实在不行就将孩子直接带走，由苏尽欢送去西域，再寻一具年龄相仿的孩童尸身毁去容貌向皇上交差。虽说皇帝肯定不会信，但没证据，他一时也不能如何。

唐知心和苏尽欢对视一眼，默契地分头走到段未语和韩景榕身边，低声通报着消息。殿上二人听完，脸色微沉。

“肃净道长先去接旨吧？”韩景榕率先开口。段未语只哼了一声，便离开大殿。韩景榕倒也不介意，冷笑一声紧随其后。唐知心与苏尽欢赶紧跟上，后面又跟着两教弟子乌泱泱一群人。来到山门时，赵寺淮已经站在了门口。

时隔几日再次见到赵寺淮，唐知心觉得他的精神看起来好了些。赵寺淮双手托着圣旨，手腕上挂着一串檀木禅珠，腰间是一块蜜蜡坠子，刻的是大日如来真身。他站在山门外看见众人前来，歉然道：“听闻山中阐、截论道，赵某打扰了。”

段未语淡然一笑，韩景榕置若罔闻。赵寺淮对二人的态度不以为意，微笑着对唐知心道：“青灵道长，别来无恙。”

段未语也看见了赵寺淮手上的禅珠与腰间的蜜蜡，想着既是西方教的人，也不必太客气，打断道：“赵大人宣旨吧，眼看天就要黑了，一会儿下山的路更不好走。”

段未语的话，赶客意思明显，赵寺淮却并不在乎，依旧面带微笑：“圣旨是传给韩大人的。”他转向韩景榕道：“陛下口谕，宣韩大人尽快回宫。太子抱恙，需要韩大人诊治。”宣完口谕，赵寺淮又将圣旨交给韩景榕。韩景榕看完，面无表情地道：“臣韩亦，接旨。”

段未语道：“天色已晚，蘧然道长若不嫌弃可在山上萤火苑留宿。”说完带着唐知心离去。唐知心一头雾水，小声问他：“怎么回事？陛下召韩景榕回朝，这意思是陛下开恩了，留孟枝途一条命？”

“不知道。”段未语皱眉，“但不管怎么说，人能保住了。看韩景榕的样子，估计也没想到皇上会改主意。找人监视赵寺淮，要看着他离开清山，进过哪些庙见过哪些佛，都得查清楚。”

韩景榕目送赵寺淮下山。他手里拿着圣旨也蒙了，小声向苏尽欢询问道：“怎么回事？”苏尽欢道：“司慎堂张堂主派人来报，孟皇后自尽了。皇后留了一封信，求皇上放过孟枝途，想必皇上是答应了。”

韩景榕一愣，面上闪过一丝不忍，随即冷声道："找人盯着赵寺淮，他见过哪些西方教的人、说了什么做了什么统统来报。"苏尽欢应了一声，韩景榕又道："段掌门既然留宿，咱们就明天一早再下山。我还有些事要问一问青灵道长。"铃铛的事一直压在韩景榕心上。

苏尽欢迟疑道："段未语不一定会让小唐见你。"

韩景榕冷笑道："众目睽睽下，他不答应也得答应！"

苏尽欢一脸莫名，话还没问出口，就听韩景榕对着离去没多远的背影大声道："青灵道长！"听见呼喊，唐知心与段未语同时转过身。韩景榕继续道："韩某有几句话想与青灵道长单独说一说，不知青灵道长意下如何？"

段未语听到这话脸色顿时一沉，他转向唐知心低声道："知心，你没告诉过我你认识他。"唐知心赶紧解释。段未语听完眉头紧皱，"那他找你干吗？"唐知心也纳闷："我不知道，可能想解释上次的误会？"

段未语面色阴晴不定，一时间找不出冠冕堂皇的理由拒绝。他只得征询师妹的意见。"去吧，听听他想说什么。在自己的地盘还能怕他不成。"唐知心说道。段未语只得点头："也好，你自己小心别被他套话。"

韩景榕在不远处静静地看着唐知心，仿佛料定了她一定会答应。四目相对，唐知心道："蘧然道长，这边请。"

清山月盈崖瀑布飞流直下，雾气缭绕。唐知心带着韩景榕走过吊桥，韩景榕感叹道："想不到清山还有如此景色优美的地方。"二人来到崖边树林。既然有话要单独与自己说，这里环境清幽，可让韩景榕安心。韩景榕看上去明白了唐知心的用心，很承情，唐知心也突然觉得他好像没上次见面那么刻薄了。唐知心开口问道："蘧然道长找我有事？"

"落照初见，是韩某失礼了。如今向青灵道长道歉。"

唐知心一愣，眉毛挑得老高："道歉？为抢走柳如丝？"

"她是故人之女，就算跟着你上了清山，我也会将她带回去。"

"跟着你，她活不过二十岁。"

"青灵道长如此笃定？"

"是。"

"你就没有看走眼的时候？"

"没有。"

"那青灵道长不妨为我卜一卦，如何？"

"你找我不是为道歉，就是为了卜卦吧？"

“是为道歉，也为卜卦。”

“你想算什么？”

“未来。”

“未来太大。”

“小有小的卜法，大有大的卜法。”韩景榕明白算卦确有大小之分，姻缘、财运、仕途甚至国运都是小卦。但像未来这种宽泛虚幻的卦象则需要用大卦来卜，因为涉及太广。一个人的未来包括小卦但不限于小卦，甚至牵涉到很多人的未来。

卜大卦的方法，唐知心也不是没试过，既然对方开口了，唐知心就深吸一口气，道：“你想试那就卜一卦吧。”

韩景榕微微一笑，伸出左手。唐知心伸出右手握住他的左手。他五指冰凉，内力顺着冰冷的指尖汇集到她的掌心。她同样催动内力顺着他释放的内力试探地摸索他周身经脉，口中同时道：“万物生于混沌而归于混沌。人有三魂六魄，魄就是肉身，死后埋入尘土滋养万物，魂则回归天际。所以魂是连接人与宇宙洪荒的桥梁，人的未来也藏在三魂之中。”

“而三魂则藏在八脉之中。”韩景榕道。

唐知心点点头：“不错。不过你倒是大方得很，只有两面之缘的人，你居然敢把自己的命门交给对方。”

“怎么？你会害我？”韩景榕挑眉。

“这是你该担心的问题。我的内力已经过了指督脉，你现在后悔也晚了……”唐知心调侃着，猛然一惊，“为什么我找不到你的三魂？为什么我什么都看不到？这不可能！”情况陡然转变，唐知心死死扣住韩景榕的手。自己放入他体内的内力居然混着他的真气与他的脉络融为一体。通常观察一个人的三魂，不仅能看到他的未来，还能看到他的过去，只因三魂贯穿人与天地，不受时空制约。就算有时未来不准确，忽明忽暗，但过去是已经发生的事，不可能像现在这样一片空白。

唐知心震惊之余赶忙收回了手，而韩景榕自始至终都很镇定。他平静地说道：“青灵道长不必如此惊慌，看不见的未来只有一种可能，不是吗？”

唐知心彻底蒙了，看不见未来只有一种可能，这也是她一直坚持不给自己或段未语卜卦的原因。

“因为我的未来与你有关。”韩景榕对自己两次梦境中的景象又多了几分确定。

“这不可能！”唐知心惊呼。

“这有什么不可能。阐、截两教纷争已久，你与我有所交集也在所难免。”

唐知心震惊的是光是有交集不可能什么都看不见，除非是彼此的影响足以撼动未来。只听韩景榕又问：“你知道昆仑雪莲吗？”

“为什么你们都问这个？我不知道。”唐知心还没从震惊中回过神。韩景榕继续道：“因为我病了，只有昆仑雪莲能让我活下去。昆仑雪莲在世间一共有三朵。海镜时贞郡主那里有一朵，江宁清山有一朵，还有一朵只在传说中提及。”

“清山有一朵？我从未听说过。”唐知心坦言。

韩景榕笑道：“为了清山这一朵，我专门去磻溪去问过飞熊道长。他知道，但没有告诉我。想必段未语也知道，不过没有告诉你。”

唐知心皱眉不悦道：“你不要挑拨离间。”

“青灵道长，我觉得你可能还不太明白你我未来息息相关意味着什么。接下来我说的话，我可以担保句句属实。”韩景榕深吸一口气，“我曾在梦中见过你。”

唐知心嘴角抽搐，表情复杂。

韩景榕一时也觉得以这话开场有些荒唐，补充道：“我在你师父飞熊道长的奇门遁甲术的幻境中迷失后，你师父告诉我，我的未来与这个梦有关。而我那次闯阵，正是为了寻找昆仑雪莲的下落。我不知飞熊道长所指的未来是昆仑雪莲还是其他，但我想确定这些是不是和你有关。”

唐知心听得云里雾里，关于雪莲关于师父，韩景榕不可能撒谎，这个一问便知。唐知心迟疑道：“所以刚才算卦未来什么的根本就是你在试探我，你想让我找到雪莲救你？”

“我不是这意思，景榕并非那么怕死。”

“那你什么意思？”

“本来一个梦而已，我也没多当真，只是今日上山没想到竟然见到梦中人本尊，一时间有点感慨。你若是不信，就当什么都没听到。你若是信，不妨将我的话当成一个忠告。”

“什么忠告？”

“阐、截两教势同水火，如果有一天阐教容不下你，段未语容不下你，青灵道长不如来找我。”韩景榕狡黠道。

唐知心顿时火冒三丈：“你还说不是挑拨离间？今日你来清山是客，你寻药救命，我不与你计较。你再说，我现在就请你下山！”

韩景榕冷笑道：“你就这么信任段未语？从他拉着你一起去救孟枝途就可以看出来了，他把大道苍生看得比自己的命还重要，也比你的命重要。青灵道长，你怎么知道有一天他不会为了心中正道抛弃你呢？”

韩景榕从腰间取出玉笛把玩在手中，看着唐知心露出讥讽笑容。

唐知心怒火中烧，她比韩景榕更了解段未语，更明白正道在段未语心中的分量。唐知心不会去做这种比较，但韩景榕的话她居然无法反驳。一张脸憋得通红，半天她才憋出一句：“我懒得理你！”唐知心气得顾不上礼节，将韩景榕一个人留在月盈崖自己扭头离去。她心里堵着邪火，她知道段未语以天下苍生为己任的性格，然而，自己懂和被别人点破的感受是不一样的，要说不介意根本不可能。这个韩景榕真是打蛇打七寸，他今天的话肯定不能告诉段未语，师兄妹二人的心底事被第三人挑明，隔阂一旦产生，二人便再也回不到过去了。若是段未语问起，她不答，他更要怀疑。韩景榕这是逼着唐知心必须和段未语说谎。她一边走一边气急败坏地自言自语：“这人到底想干吗？”

就在此时，月盈崖畔传来悠扬笛声，混杂着瀑布奔腾之声徐徐飘来。笛声狂傲不羁，如惊涛拍岸，如酒醉佯狂。如落照河岸月明星稀的良夜，如河水流过脚背的清凉，如随风乱舞的柳叶落入掌心……唐知心驻足静听，这笛声，似曾相识。

韩景榕在月盈崖畔的一曲笛声吹的依旧是《酒狂》，笛音随着瀑布的水花拍击着崖山岩石，荡起回声，响彻清山的夜幕之中。段未语与苏尽欢也听到了这笛声。

苏尽欢听着熟悉的笛曲，起身出门去迎。站在门口没多久，就见韩景榕在一个清山小道士引领下进了院内。进屋后，苏尽欢不高兴地说：“你身体刚好一些，不该耗费内力吹笛。还没找到雪莲，你拿什么保命？”

“无妨。总该震慑一下段未语，别以为我是个病秧子，活不了多久。”韩景榕摆摆手，道。

苏尽欢诧异道：“他怎么会知道你病了？看出来的？”

韩景榕轻轻一笑：“我告诉青灵道长了，你猜她会不会告诉段未语？”

苏尽欢翻了个白眼：“你这不是废话吗？”

韩景榕却道：“告诉段未语我病了，就得告诉他我在找昆仑雪莲。那段未语就知道昆仑雪莲的秘密穿帮了，好师兄的形象岂不是毁了？”

"那可不一定，人家二人若是情比金坚呢？根本不吃你这套呢？"

"那便是我挑拨离间呗，在他们心里，我不就是这种人？我又没什么损失，不吃亏。"

"你还真卑鄙。"苏尽欢嘴角抽搐地评价道。

韩景榕耸耸肩："这是卑鄙的坦诚。你以为阐教是什么好东西？青云老道亲自去了岳城，肯定是为了预言中那个女子，看他那个架势是要置人于死地。不过我倒是挺好奇的，若是预言中的人真的是青灵道长，段未语该怎么办。"

苏尽欢突然醒悟道："对啊，我以为你去找小唐是打探预言和梦境的事呢，怎么成昆仑雪莲了？"

韩景榕冷笑："去和她说她是预言中的人，阐教要杀她，我能救她。你觉得她会信？我今天不过微微试探一下，她都一副气急败坏的模样。而且我还不能确认是不是她，我还需要重要的证据——那方手帕。"

"我真不希望是她，好端端一个漂亮姑娘，搅进你们这潭浑水里，不死也得褪层皮。"苏尽欢叹道。

韩景榕挑眉问："你还挺喜欢她？"

"小唐人不错，机灵通透又没什么坏心眼。"苏尽欢坦言，"你接触一下就知道了。"

"我刚刚才接触过。"

"那你感觉如何？"

韩景榕想了想，道："单纯，但不一定是好事。至少在段未语身边，肯定不是好事。我甚至怀疑段未语是故意将她养成这种性格的，方便他操纵。"

"你这想法太阴暗了吧？"

"你仔细想想，段未语前脚带着她去宫中为尚未出世的公主卜卦，青云老道后脚就收了公主为徒。这事十有八九是青云老道和段未语商量好的，就瞒着她一个。还有，江家灭门当晚，段未语孤身一人劫出江家幼子，却将师妹一个留在林家参加寿宴，明显是有事瞒着她。"

"也许是带着她危险。"

"带着她劫孟枝途就不危险了？"

苏尽欢被噎住。

韩景榕冷笑："她能掐会算，怎会不知道江家会有灭门之灾？但未来会有很多种，再能掐会算也不会看清全貌。我猜段未语瞒着她的，应该是杀害江家人他们清山也有份的事。要是让她知道她的师门利用她的天眼干恶事，恐怕她不会再配合，所以干脆不告诉她。”

“段未语号称正人君子……”苏尽欢大为震惊。

韩景榕打断道：“段未语自称天道，却不知心怀大我必定要舍弃小我。在正义面前可以舍弃对皇帝的忠诚，在阐教内斗的时候可以舍弃江家人的性命。那你猜，在阐、截纷争面前，他会不会舍弃自己的师妹？不排除他隐瞒真相是想保护师妹，只是他对她肯定不是全心全意的。他的心可是有一大半都分给了天道苍生呢。”韩景榕顿了顿，感慨地一笑道，“其实要我说，天道一点儿都不重要。道在一颗心，守天下这么难，守心可容易多了。”

苏尽欢苦笑道：“听你这么一说，我更不想这人是小唐了，啥都不知道挺好的。如果小唐没有另一块手帕，那就不是她吧？不对啊，小唐既然能掐会算，让她算一卦那人是谁不就好了。按照你说的，算不出自己的未来，那就是小唐，算出是别人正好就去找了啊！”

“你的小唐姑娘，能算出来的是卦，能看见的是未来。但她看不见预言。”

“有什么区别？”苏尽欢茫然地问。

“区别在于未来会变，而预言不会，两者从本质上就大为不同。算卦是通过眼下推导未来，因为眼下事物在变，所以未来会有很多种，但真正发生的只有一种，这就是可能性最大的那一种。青灵道长具备的素质就是看到可能性最大的那一个未来。而预言是准确的，通过结果倒推回来。因为已知她是阐、截的关键，所以我们眼下要救她而阐教要解决她。也就是说，一个预言的出现，可以指导人们如何改变未来。”

“所以说算卦是从前往后推算未来，预言是从后往前改变未来？这，这不可能啊！怎么会有人可以先准确知道未发生的事？”苏尽欢糊涂了。

韩景榕叹道：“谁告诉你是人了？能预言的……只有妖。”

第四章　西风繁花主

段未语在屋内听见韩景榕的笛声时双眉紧蹙，此时紧闭的窗栏轻响，他拉开窗户一看，擒风正用喙轻啄窗沿，段未语伸手取下擒风腿上的纸条，展开，师父熟悉的字迹跃入眼帘。寥寥几字，却让他眉头更加紧锁起来。

唐知心离开月盈崖后，一路盘算着要不要去找段未语。她左思右想说服自己还是去吧，不去更显得自己心里有鬼。可去了说什么呢？段未语肯定要问她和韩景榕说了什么，要不要提昆仑雪莲的事呢？犹豫不决间，她已经来到段未语住的知心堂门外，却瞧见几个弟子正在忙碌着准备行囊。她快步上前问道："这是在做什么？"

"收拾行李，掌门马上就要出门。"一个弟子答道。

唐知心一愣："去哪儿？"

"昆仑。"段未语从里屋走出来答道。

"昆仑？去昆仑做什么？"

"师父让去的，他已经从磻溪出发了，加上师祖，我们三人在昆仑会合。"

"今夜就走？怎么这么匆忙？"

"是啊！"段未语点点头，"师公似乎找到那个女人了。"

唐知心大吃一惊："找到了？是谁？在哪儿？"

"还不知道，信里没说，要去了才知道。"段未语将师父的字条递给唐知心，她接过字条一看，果然师父只写了几个字：人已寻得，速往昆仑。急。

唐知心看完将字条递回段未语手中，段未语苦笑道："本来以为这次回来可以好好陪陪你，结果又要走了。这次去岳城想着带你出去逛逛，却没想是我拖了后腿。"段未语很少这么说话，收起了一贯油嘴滑舌的模样，唐知心一时竟然不知道该说什么。

段未语也不知自己是怎么了，尤其是今日他看见韩景榕和师妹离去的背影时，有一瞬间，他觉得仿佛自己的师妹不再是自己的了，突然不安起来，他想更用力地抓住她，想多陪伴她，想帮她找到亲生父母然后立刻提亲……然而，他总是有更多的迫不得已的事情要做，比如现在，他又得走了。段未语强笑道："等这次从昆仑回来，师兄陪你去落照找你爹娘如何？"

唐知心点头道："好。你这是怎么啦？又不是再也见不到了。你该不会是舍不得我吧？"

段未语认真地说道："是，师兄舍不得你。"

即便是再迟钝，唐知心也从他这话里听出了别样意味。唐知心惊愕的目光对上了他那璀璨的眼眸。知心堂中万籁俱寂，繁花点点，她很想问他是从什么时候开始的，但话到嘴边又咽了回去。段未语看着唐知心的表情，如同每次戏弄她得逞后一样开心，飞快地跑开，跑到门口又回过头向她招手道："等我回来。"

小时候，段未语每次捉弄唐知心得逞后都是拔腿就跑，惹得她在后面穷追猛打，一路打打闹闹。只是这次唐知心知道他是认真的，未语知心。段未语回身招手那一瞬像极了小时候的他，世人眼中的清山掌门高高在上，世故霸道，在这表象的背后，他还只是个少年，是个情窦初开坦白心意后会害羞的少年。

唐知心呆呆地立在原处思绪万千，段未语跑开后时不时回过头向她招手，如此往复几次。唐知心看着他招手的样子不断缩小，直至消失不见。

段未语离去后，第二天一早韩景榕也下了山。一场浩浩荡荡的论辩后，清山又回归了平静。教内平日里也没什么大事，唐知心闲暇时看着弟子练武读书，偶尔下山转转，倒也清闲得很。如此悠闲地过了几个月，这天弟子送来一封信，是林寄云写来的。唐知心展开信一看，原来是林寄云与郡主喜得麟儿，邀请她去屠佛殿给孩子过百日宴，而发信的时日已是两个月前。唐知心默算了一下时间，自语道："百日宴是赶不上了，现在出发，过周还是能赶上的。"反正段未语不在，待在山上也无聊，不如趁机出去走一趟。说走就走，唐知心很快收拾好行装出发下山，一路上，心情甚是不错。

来到山下时已是晌午，清山城中车水马龙。唐知心盘算着给孩子置办点见面礼，边走边逛，一家名为"奇货可居"的店铺引起了她的兴趣。唐知心走进店铺，原来这家店卖珍玩孤品，摆放着一些贵重的古董瓷器，也有女孩子家喜欢的金银吊坠。

唐知心随意拿起一块和田玉牌，心里想着买东西也得讲缘分，尤其是古董这种东西，喜欢的人，花千金万两买都值得，不喜欢的人，白送都嫌旧。就好比手上这玉牌，玉是好玉，一翻手只见背面刻了“伞外天涯”四个字，不明所以，让人没了把玩的兴致。

此时内堂一阵响动，掌柜的听见有客人赶紧出来相迎。掌柜的冲唐知心笑着说：“姑娘眼光真好，这块玉是今天才到的，刚好和我从前收藏的一块玉是一对，我拿给你看看！”

“不用不用，我就随便看看，也不是十分合心意。”唐知心摆手，抬眼打量掌柜的，有种说不出的奇怪，这人穿得道不道儒不儒的，开着古董店却穿着粗布麻衣，人还长得獐头鼠目，特别是冲自己一笑时，样子就像某种动物。像什么呢？一时又说不清楚。

“姑娘，话不能这么说呢，我这玉牌在这儿摆了这么长时间，你是第一个拿起来的人，这就是缘分！”

唐知心嘴角抽搐：“你刚才说这玉牌今天才到的。”

掌柜的眼珠子滴溜溜一转，望向唐知心腰间，转移话题道：“咦？姑娘也有块玉，有道是‘君子无故，玉不离身’，姑娘家戴玉牌的倒是少见，不如舍我瞧瞧？”

唐知心将这枚玉佩和手帕视若珍宝，怎么可能随便交给他人。她越瞧眼前这人越觉得不对劲，心道还是赶紧走吧，便不再接话转身要走。掌柜的赶紧出声阻止道：“哎哎哎，姑娘，不看就不看嘛，你别走哇！你今天想买点什么？我给你介绍介绍。”

唐知心犹豫了一下，转身问道：“你这儿有没有送小孩子的东西？保平安的那种。”

“刚出生的？”

“对。”

“男孩还是女孩？”

“男孩。”

“长命锁怎么样？”

“拿出来我先瞧瞧。”

掌柜的一路小跑返回内堂去取，只听里间一阵丁零咣啷翻箱倒柜的声音此起彼伏，一会儿，掌柜的捧着个小盒子跑了回来，打开盒子，里面是一个小童巴掌大的金灿灿的长命锁。唐知心将长命锁从盒子中拿出，锁下挂着的三个小铃铛立刻发出清脆响声，甚是可爱。唐知心不觉心生喜欢，拿在手里把玩，长命锁正面刻着“长命百岁”四个字，背面刻着一幅……唐知心皱眉仔细辨认着，疑惑地问掌柜的：“这刻的是什么？”

锁背面的图案是一只四只脚的不知道什么动物，背上坐着两个……人？应该是人吧。掌柜的一拍巴掌，大声道：“麒麟送子啊！姑娘你不知道啊？麒麟，麒麟你总该知道吧？”掌柜的一边说一边把双手放在耳边比了个爪子的手势，张大嘴，张牙舞爪地继续说道：“瑞兽！神兽！麒麟祥瑞。”

唐知心瞠目结舌：“你这是麒麟？这麒麟怎么长得跟黄鼠狼似的。”

清山城外，黄鼠狼精打了个喷嚏，心想一定是耗子精在说自己坏话。

奇货可居店中，一听唐知心这话，不知为何，掌柜的露出一副心虚的模样，问道：“你见过麒麟？”

“那倒没有。”唐知心摇头。

掌柜的顿时放松，理直气壮道：“那你怎么知道不长这样？我跟你说，这就是麒麟，千真万确！麒麟久不现世，这锁可是前朝孤品，肯定是以前人见过刻的。现在的人都没见过，怎么能说不是呢？”

唐知心被说得哑口无言，好像有哪里不对，又说不上哪里不对。左思右想半天她才憋出两个字：“真的？”

“当然是真的了。要不怎么说是缘分呢！姑娘，你看我这个锁今天刚到的……”掌柜的说着。唐知心打断道：“你明明刚才从里面翻出来的，拿出来时，盒子上还有灰呢。”

掌柜的一挥手，不在乎地说：“盒子是旧的，东西是新的。不管怎么说，看了摸了就是有缘。买下来送人不吃亏不上当。你看这麒麟惟妙惟肖，一看就和孩子匹配得很，小公子将来一定仪表堂堂！”

唐知心点头道：“行吧，多少银子？”

“十两？”掌柜的试探着问。

怎么还问起自己来了？实在是太古怪了，唐知心心里想着。掌柜的见她不说话，赶忙道：“那五两？二两？你看着给吧，反正买个缘分，不吃亏不上当！”

唐知心此时只想赶紧离开，反正金子是真的锁是真的，买了赶紧走吧。实在不行，路上碰到合适的再买一个好了。她赶紧从兜里摸出十两银子给掌柜的，拿了装着长命锁的盒子就想走，掌柜的一把拉住她，道：“姑娘，等等啊！”

“还有什么事？”

“这块玉牌送给你了！”掌柜的将刻着“伞外天涯”的那枚玉牌塞进唐知心的手里。生怕被拒绝，他嘴里还念叨着：“买一送一！买一送一！”

唐知心一脸迷茫：“为啥不送别的？”

“缘分！缘分！再会！再会！慢走！慢走！”掌柜的连推带搡地把唐知心轰出了店。唐知心看看手里的长命锁，又看看另一只手里的玉牌还没明白发生了什么，就听背后嘭的一声，奇货可居店的店门就关上了，门上还挂了个歇业的木牌。

半个时辰后，黄鼠狼精气喘吁吁地出现在奇货可居店里，有气无力地对着掌柜的问道：“耗子精，我善人呢？”

“走了啊。”耗子精耸耸肩。

“啊？去哪儿了？”

“不知道，你去问娘娘吧。你怎么到现在才来？人都走了半个时辰了！”耗子精问。

黄鼠狼精后怕地道：“我在城门口撞到一只鹅，可吓死我了！”

“瞧你那点儿出息，一只鹅而已！”耗子精鄙夷。黄鼠狼精怒道：“我呸，我怕鹅就像你怕猫，这是天敌！我还没问你呢，我明明比你更早从岳城出发，你怎么先到了？”

“哦，我搭顺路车来的。路上正巧碰到送官粮的车，我就钻进米袋里了。官车嘛，自然跑得快。”耗子精轻松道。

黄鼠狼精一脸委屈地问：“娘娘跟你怎么说的？”

“娘娘看了她的信，知道她要下山，给了我法宝隐去妖气，让我无论如何要把玉牌交给她，哪知她不喜欢玉牌，我就变了个麒麟送子的长命锁卖给她，顺便把玉牌一起塞过去了。”

“你还见过麒麟？”

耗子精翻了个白眼：“我倒是想呢！我就随便变了个你捏上去了，还好她没发现。不过，你说这个青灵道长是不是有点缺心眼啊？”

“不许你这么说我的善人！”黄鼠狼精愤怒地说完转身就走。耗子精从后面喊住他，问道：“你去哪儿？”

“我去偷信！”黄鼠狼精大声道，“知道善人去哪里，我接着找她给我封正！”

唐知心骑马不紧不慢地走在官道上，日暮之前就到了落照城门口。她凭着记忆再次来到上次入住的酒楼，“楼外楼”三个大字依旧在门头上金闪闪地发着光。也不是说这里有多好，只不过她在落照只住过这一家客栈。小二还是上次的小二，入住的房间还是跟上回差不多，从窗户可以看见护城河沿岸。临近黄昏，夕阳西下中的落照闪着别样的光辉。唐知心倚着窗栏向外望去，下意识地抬头看向屋顶。

落照这座古老的城池好似蕴藏着魔力，在这座城中，唐知心第一次遇见了段末语，他将她带回清山。在这座城里，她与林放相识，与沈岁寒相遇，与韩景榕争执。一切似在冥冥之中自有天意。这座城仿佛是她记忆的起点，再往前追根溯源，还有多少人？还有多少事呢？唐知心胡乱思索着，飘忽的目光落到河对岸一个人的身上，她望着他，他瞧着她。四目相对，唐知心认出了那双眼睛。乞丐指了指身后小巷，转身进了巷子。

会不会有危险？西方教的人按说应该不会做害人的事，但他找我要做什么呢？要不去巡检司找林放一起去？几个闪念过去，唐知心决定跟过去。片刻后，她已走进小巷，小巷尽头有一间小小的庙宇，一个老和尚笑眯眯地冲她道：“青灵道长，咱们又见面了。”

唐知心打量这个老和尚，瘦瘦高高，身形佝偻，袈裟在夕阳余晖下庄严肃穆。“是你？你是上次在岳城和赵寺淮见面的人。”

“青灵道长好眼力。”老和尚笑道。

唐知心警惕道：“你和赵寺淮什么关系？你和他说了什么？西方教自愿退出雪域，不得入世传教，你忘了？”

“赵施主饱受丧妻丧子之痛，皈依我佛不过寻求慰藉，老衲排他人之苦也不过是一片慈悲之心，算不得传教，唐施主大可不必如此介怀。”

老和尚将唐知心引进寺庙，顿时连对唐知心的称呼也换了。唐知心冷笑道：“你对他慈悲，说得就像蘧然道长害了他似的。”

“老衲还以为唐施主与韩施主并不要好。”

“的确，阐、截两教关系并不好。不过对于你来说，我们可是一家人。”

“唐施主不必急着分你我。面对赵施主这种情况，能看得开的是少数，这天下众生始终需要人度。”

“哦？用你的慈悲度？”唐知心嘲道。

老和尚正在说话，只听一声鸟鸣，一只大鸟从空中划过，落在老和尚肩头。这鸟灰扑扑的，尾巴上的翎羽拖得老长，头顶几根绒毛立起，警惕地打量着唐知心。

“这是孔雀明王。”看着唐知心好奇的表情，老和尚主动介绍道。

“一口吞了佛祖那个？”唐知心明显不信。

“正是。”

“得了吧，我还是红鸾娘娘呢。”唐知心翻了个白眼。

见她不信，老和尚也不反驳，笑眯眯地继续道：“出家人不打诳语。”

“行了行了，你到底找我干吗？”唐知心不耐烦道。

“唐施主灾祸临头不自知，老衲不免得提点一二。你也许不会理解，这也是西方教和本土教的区别。唐施主无须与我争辩谁好谁坏，这个世上，老百姓磕头烧香是为了可以成仙？是为了领悟大道？不，他们要的不过是如愿顺遂，在人力无法解决的时候有超脱凡俗的力量可以帮助他们，即便帮不了，也可以成为他们心中的慰藉。面对你们的冷眼旁观，我佛慈悲啊。”

“你到底想说什么？”唐知心皱眉。

老和尚叹了口气，道：“该说的老衲都说完了。最后一句，唐施主走投无路时可以来寻我。”

怎么回事？唐知心脑海里立刻回想起韩景榕说过类似的话。她追问道：“你们是不是知道了什么？！”

“只能说到这里，再多说便是泄露天机，唐施主请回吧。”老和尚话音刚落，唐知心周身白雾四起，浓厚的烟雾挡住了视线。等到白雾散去，老和尚、大鸟、庙宇统统不见了。唐知心敏锐察觉出异样，和上次的幻术不一样，这次有丝诡异的气息袭来，是妖法。

此时老和尚已出现在城外另一座庙宇中，他肩头的大鸟飞上树梢，老和尚看着鸟儿轻轻道：“她就是红鸾费尽心思在找的人。”

灰扑扑的大鸟一抖身上的羽毛，翎羽间突现琉璃光芒，抖擞数下后，光芒落下，大鸟化身为孔雀，蓝绿色的羽毛色泽艳丽。孔雀开口道：“红鸾不喜欢凡人。”

老和尚轻笑道：“严格来说，她算不得凡人。”

“她身上有妖气。”孔雀明王道，“红鸾到底在打什么主意，是时候去问问了。”

几个月后，唐知心一路走走逛逛终于到达了海镜。进了海镜的都城丰都，唐知心在车中摸出长命锁把玩着，一路上翻看多次，可能看习惯了，倒不觉得麒麟那么丑了，反而有些憨憨的。又顺手摸出玉牌，自言自语："伞外天涯，什么意思呢？"她这一路上时不时琢磨一下，却一直想不出这四个字有什么出处。

此时，车夫的声音传来："姑娘，咱们到丰都驿站啦。下车吧！"

丰都之于海镜相当于落照之于江宁，繁华富庶自不必多言。但丰都又不像落照那般多水，有湖有河，到处都是水榭廊桥、乌篷绿柳。这里群山环绕，巍峨壮美，连山脚下的城都散发着挺拔傲然之气。听说出了眼前的群岭就能到关外漠北的长河落日之地了。

唐知心在城中随意地转了一圈，来到屠佛殿附近山下找了个茶摊歇脚，向茶摊老板打听去屠佛殿的路。茶摊老板很热情地指了路，搭讪道："你到屠佛殿找谁啊？"

"找林启，林寄云，林教主。"唐知心一次用了三个称呼。

"在我们海镜这儿啊，没人管林寄云叫林教主的。他娶了咱们海镜的郡主，大家都管他叫郡马爷。"茶摊老板口气中略带嘲讽，补充道，"姑娘要是找郡马，他也许就在山下，喏，就前面右拐左手边那处宅子，里面住着他养在外面的相好……"

唐知心有些难堪，她视林寄云为朋友，朋友的家宅秘事却成了街头巷尾的谈资。她站起身付了茶钱向山上走去。

此时，化作人形的黄鼠狼精站在人来人往的丰都城，满心愤懑，耗子精你又坑我，这么多人怎么找啊。此前耗子精告诉他，唐知心带走的那个长命锁是耗子毛变的，让黄鼠狼精追着气息寻找。如今这里人山人海，哪里寻得到气息。黄鼠狼精无助地站在人群中东张西望，不知如何是好。半晌后，他抱着死马当活马医的心态拉住一个路过的女子问道："麻烦问一下，你有没有见过一个穿着紫色衣服，圆脸大眼睛，很漂亮的姑娘？"

女子不高兴地说道："没有没有，把你的脏爪子拿开，别碰我！"说完，甩开黄鼠狼精的手扬长而去。

爪子？黄鼠狼精心道不妙，她识破我的真身了？他缩着脑袋低着头慌乱地想，低头时突然看见地上有个钱袋，弯腰拾起。是刚才那个姑娘的？不对不对，她能识破自己的真身，没准是个道士，还是赶紧溜吧。

"刚才抓我那人呢？小偷，把钱袋还给我！"听见呼喊声，黄鼠狼精更是一溜烟跑个没影了。

喊声惊动了茶摊附近的唐知心，循声望去，脱口惊道：“袁姑娘？”

袁姑娘听到叫声看过来，二人四目相对。她一愣，随即大叫道：“是你！清山的神棍！”冤家路窄，唐知心心虚，生怕她发现自己和段未语合伙骗她的事。袁姑娘报怨道：“我怎么每次遇见你都丢了钱袋。”

唐知心也是哭笑不得，道：“我怎么每次见到你，你都在丢钱袋。”

“对了，你不是能掐会算吗？你帮我算算，偷我钱袋那人往哪儿跑了。”袁姑娘叉着腰道，还是那么跋扈无礼。

唐知心不悦道：“有那个工夫你不如赶紧报官吧。”说完不再与她纠缠，转身往屠佛殿上山的路走去。林间花木扶疏，鸟儿轻语，这条路和清山的挺像，唐知心思忖着。她暗笑自己对于清山过于眷恋，所以才会到哪儿都要和清山比较。儿时的记忆浮现在脑海中，她小时候，师父姜吕尚经常背着她上山，路上给她讲故事，从宇宙洪荒浩瀚星辰开始，讲盘古开天，讲鸿钧辟道，讲封神之战……她再大一点他就带她学习道法武功，后来段未语做了掌门，师父就去磻溪归隐避世了。思绪飘忽间，屠佛殿的山门已出现在眼前，唐知心不明白如此清幽之处，为什么用“屠佛”命名，着实不搭。此时，山门里走出一群人来，打头的正是林寄云，他身后紧跟着一个女子。这女子云鬟高髻，衣裙翩然，沉鱼落雁的容貌像一朵将开未开的牡丹，想必她就是时贞郡主季犹清了。唐知心不禁看呆了，只一眼望去，她便很喜欢这位郡主。

时贞郡主身后跟着沈岁寒，沈岁寒手里抱着个小不点，应该是阿冲。林寄云在信上说，他给儿子起名林若冲，取自老子言“大盈若冲”，乳名唤作阿冲。沈岁寒依旧面无表情，衣服前襟被阿冲的口水弄湿了一大片，一缕头发被阿冲扯住，头不禁偏了偏。那样子，唐知心简直不忍直视。沈岁寒好不容易将头发从阿冲手中扯出，一脸平静地向唐知心道：“别来无恙。”

林寄云笑着说：“我就猜到是你！”

“你怎么知道是我？”唐知心问。

季犹清微笑着接话道：“听说有人上山，我们就知道是青灵道长了，请柬发出去这么久没来的就剩你了！”

唐知心笑道：“郡主叫我小唐就好，这是送给阿冲的小玩意，不成敬意。”唐知心说着将长命锁递给季犹清，季犹清很高兴地接过来，当场就挂在了阿冲的脖子上，随后，几人一起进入山门。

唐知心跟着三人前行，屠佛殿的景色尽收眼底。论风水和天地灵气，这里自然不能和百年清山相比，楼阁也不及清山那般雄伟，但胜在别具巧思。大家来到正厅又是一番寒暄，午饭为唐知心接风洗尘，各人都是喝了些酒。饭后，林寄云要外出，将唐知心交给季犹清照顾。出门前，林寄云对季犹清道："晚膳我不回来用了，你照顾好小唐。"

季犹清点点头应了一声，复又问道："你去哪儿？"

"别苑。"林寄云轻声道。

季犹清没再说话，目送林寄云离开后对唐知心笑道："小唐去我屋里坐坐？"

季犹清的住所外有条细细的人工开凿的水渠，渠上架着个观赏的水车，水车吱呀吱呀地转着，三两只绿鸭在水中扑腾。二人在屋内临水的窗前坐下，看着檐外风景，随意聊着。季犹清的房间里有一股淡淡的草药清香，屋内有一面墙摆放着瓶瓶罐罐，里边全是药材。两人一见如故，唐知心不禁内心感叹，季犹清与自己年纪差不多，自己若不是闯荡江湖，兴许也该像她一样为妻为母了。

季犹清笑道："邀你在这儿赏景着实班门弄斧了，全海镜内也挑不出一处景致能和清山相比。"

"郡主去过清山？"

"没有，我听我父亲说起过。他年轻时去过一次清山，自此心驰神往。后来还给我和妹妹寻来一位道长当师父学了些堪舆之术。"

唐知心很高兴，"原来郡主是同道中人，我也会一些堪舆术，有时间，咱们可以切磋切磋。"

季犹清连忙摆手道："我这点雕虫小技，不足挂齿。唉，当年我要是也好好学习道法，说不定现在也能像你一样自由自在闯荡江湖，观庙堂风云，执剑惩恶……"话未说完，季犹清一阵轻咳。

"郡主病了？"唐知心关心地问。

"娘胎里带出来的毛病。"她随手指了指那一整面墙的药材，笑道，"闲下来就自己给自己治病。"

"郡主懂岐黄之术？"

"久病成医嘛。"

说话间，阿冲午睡闹觉，丫鬟将孩子抱来，季犹清哄了好一阵才将哇哇乱哭的孩子哄睡着。季犹清冲唐知心苦笑道："这孩子太难带了。"

唐知心打趣道："我看阿冲在他师父面前倒是挺乖巧的。"

"阿沉啊，不怕他的人应当很少吧！"季犹清笑道，"对了，你要不要去看看他？"

"他还在山上？"

"应该在的，后山有专门给他准备的屋子，每次上山来，他都会住上几天再走，照顾他的花花草草什么的。"

"他还料理花花草草？"唐知心想着沈岁寒的冰封容颜，很难和花花草草联系到一起。

季犹清扑哧一乐，道："你去看看吧，自己问他。我让灵药带你过去，晚上吃饭时叫你。"季犹清说完让身边的小丫鬟带唐知心去后山。

沈岁寒的小院整洁清静，院中有一棵参天的桃树，桃花怒放，一树粉红。树根处倒放着几个酒坛，院中酒香浓郁，连虫鸟都被熏得不见踪迹。院子里静悄悄的，伴着午后晃人眼的日光，似乎连天地都在躲懒，时间更替都缓慢了下来。

院内无人，唐知心踢了踢地上的酒坛朝树上道："沈大侠，睡午觉呢？"

沈岁寒翻身从高处的树枝上跳了下来，衣衫带起花瓣漫天飞舞，他平静地说道："来了。"

"这么大一株桃树，你很喜欢桃花？"唐知心道。

"一般，你呢？"沈岁寒问。

唐知心嘴角抽搐，和沈岁寒聊天确实困难。她挠挠头，答道："我也还好。那你为什么种桃树，该不会是喜欢吃桃吧？"

"桃木辟邪。"

"辟邪？你撞见过邪祟之事吗？"

沈岁寒皱了皱眉，似是犹豫，默了良久才开口道："你相信世上有妖吗？"

"你见过妖？"唐知心诧异。

沈岁寒点点头，唐知心想继续追问，但看沈岁寒的表情明显不想再谈这个话题，唐知心不愿强人所难。沈岁寒主动道："你难得来，说些高兴的吧。"

"有什么高兴的事，说来听听。"唐知心笑。

沈岁寒想了想，道："去山下听戏如何？"

"哪一出？"唐知心好奇。

"杂剧，你没瞧过的。去不去？"

"没见过的当然要去！"

沈岁寒领着唐知心来到山下一家生意兴隆的茶楼，老板看到沈岁寒时一脸敬畏，很快在二楼雅座安排好位置。沈岁寒依然面无表情，道："你坐里面吧，看得清楚些。"唐知心坐下后发现果然视野极好，台上演的是一出《赵氏孤儿》，正演到韩厥在城门外放走程婴，而后挥刀自刎。看到这，唐知心颇有些感慨。

沈岁寒似是看破她心思一般轻轻道："你就是程婴。"

"我可没个儿子让他们摔去。"唐知心摆摆手打趣道。

沈岁寒强调道："程婴是英雄。"

唐知心叹道："程婴是大夫，普通人罢了。人在危机当下只能出于本能做事，成不成英雄都是后人说了算的。"

沈岁寒却道："你救了孟氏孤儿，也是英雄。"

"你救过我的命，你也是英雄。"唐知心笑着捧起茶杯和沈岁寒碰了碰杯。

沈岁寒轻声道："赵武走上了复仇之路。你觉得孟氏的遗孤会不会去报仇？"

唐知心一怔："这……应该不会吧。"

一只灰扑扑的鸟儿绕着茶楼屋檐飞了一圈，又在屋檐飞角上跳来跳去，片刻后飞回茶楼外角落处老和尚的肩头。老和尚问道："怎么样啊明王，唱的哪一出？"

"这丫头像个缺心眼。还说别人像赵氏孤儿，要我说最像的就是她自己了吧，当年为了救她也没少死人。"

老和尚道："一晃都二十年了啊，眼下也没办法了，清山掌门已经到了昆仑，段未语知道了真相，他们早晚都会动手。"

"红鸾不会不管的。"

"明王不管？你若是不管为何要专程见她，为何又跟到这儿来？"

孔雀明王翻了个白眼，道："我是西方教的妖，阐、截纷争的事我不管。但我始终尊重她的父亲，不可能见死不救。可是妖终归是妖，不该插手太多人间事。关键还是要靠她自己。"

"可看她的样子，还没开窍呢！"老和尚笑眯眯地说道。

孔雀明王冷哼一声："所以我说，她真的没一点像她的父亲。倒是和唐酒知一样没心没肺的。"

茶楼内，沈岁寒眉头猛地一蹙，突然起身对唐知心道："我们走吧。"

"怎么啦？"唐知心惊讶。

“刚刚有一阵妖气。”

“你能感受到妖气？！”唐知心震惊。

沈岁寒皱眉道：“也不是次次都准，总之我很不喜欢这种感觉。”

沈岁寒领着唐知心走到街上，沈岁寒警惕地望向周围。不远处有人大声叫道：“姓沈的，你还真不好找。”沈岁寒循声看见曲临书正在向他快步走来，面无表情地理也不理。

此时，下山寻找他们的小丫鬟灵药也看到了他们，赶到唐知心身边气喘吁吁地道：“小唐姑娘，可算找到你们了。”

沈岁寒终于开口了，皱着眉问：“你来干吗？”

曲临书道：“我家先生有事托付，想请你帮忙寻人。”

沈岁寒斥道：“没跟你说话。”曲临书被噎住，面色青一阵白一阵，极其难看。

灵药一个激灵赶紧答话道：“郡主听说沈护法带小唐姑娘在山下听戏就在乾寿楼摆了宴，请二位去用晚膳呢。”

“你们去吧，我不去了。”沈岁寒眯起眼威胁般地盯着曲临书。

唐知心尴尬地咳嗽一声，道：“那我们先走了。”

“去吧，晚上我在树下等你。”沈岁寒道。

乾寿楼的包厢内摆着一张圆桌，桌上摆放的菜估计够吃流水席了。席间却只有唐知心和季犹清两人，唐知心默默看向她，季犹清有些不好意思地开口道：“一不小心就点多了。这也不能全怪我，我也不知道阿沉不来。”

唐知心叹道：“他就算来了，也吃不下这些吧。”

“点都点了，阿沉喜欢的桂花蜜藕记得给他带回去。”季犹清摊手。

唐知心讨好道：“不愧是郡主，财大气粗。”

季犹清哈哈大笑：“你有个侯府世子的师兄，还能没见过一桌菜？”

唐知心颇为认真地道：“我跟你说，我这个师兄，要不是有事找你帮忙，你休想从他那儿拿走一个鸡腿！”

季犹清乐道：“能如此打趣的都是关系好的，真让人羡慕，我跟我妹妹都没这么融洽。”

“听说郡主和时阳郡主是双生儿？”唐知心挑了块蜜汁藕放到嘴里，香甜满口。季犹清给她递了杯茶，笑道：“是，长得一模一样，性格却差得挺远。其实不光是我们，寄云全心爱护的那个弟弟，也是越大越不亲他。更别提阿沉那个师弟了，见面如仇人。”

“师弟？”唐知心想到刚才茶楼门口碰到的男子。

“他没告诉你啊？”季犹清意识到自己多嘴了，笑道，“下回你自己问他吧。”季犹清自己吃得不多，倒是一个劲给唐知心夹菜，“你们修仙之人是不是要定期辟谷？是不是很难熬？”

唐知心夹起一只油虾一边剥壳一边道：“按道理来说是要的。我小时候，师父看着我们每月辟谷，我师兄，就那位段世子，为了不挨饿，从山下买了几只烧鸡埋在河边的泥窖里，我俩偷吃倒是没被抓到，只不过，大半夜招来一群狼，围着河边嗷嗷叫。”

季犹清哈哈大笑，接着，好奇地问道：“那世上真的有鬼吗？你抓过鬼吗？”

唐知心擦擦手，笑道：“人有魂魄，死了之后，三魂归位肉身安葬，七魄散入浩瀚宇宙。所谓的鬼就是没散尽的魄，而人的意识就藏在七魄之中。他们有可能红尘事未了而不愿意归去，我们道士也有一些法术可以延缓七魄散去，但只能拖延，七魄终究还是会灰飞烟灭。这是天地间的法则，不可违抗。鬼说白了也就是一团随时要散去的虚弱意识，根本对人做不了什么，这就是人鬼殊途的道理。那些所谓撞鬼的人，大多都是心里有鬼。”

季犹清突然想起什么，问道：“阿冲那个长命锁背后画的是个什么东西？我看像只狗，又有点像黄鼠狼。”

唐知心吃得差不多了，放下筷子道：“麒麟送子啊！前朝的麒麟都画成那样。”

“麒麟？前朝的？和我们的麒麟差别挺大的！还是小唐见多识广，连带着我也开眼了。”季犹清叹道。

唐知心不好意思地说道：“其实我也是听卖货那人说的。听说是孤品，就剩这一个了。正好配阿冲，配一个‘举世无双’！”

季犹清举杯笑道：“那就借小唐吉言了！”

饭后，季犹清惦念孩子，先回去了，唐知心在市集上又逛了逛，才施施然上山。她拎着吃食来到沈岁寒的小院，沈岁寒等在树下席地而坐，脚边一个酒坛。除了有风拂过时发丝飘动，他安静得像一尊雕像。唐知心走上前去在他身边坐下，还没开口，只听他道：“藕？”

“嚯，你是狗鼻子吗？”唐知心打趣，顺手将食盒递给他。沈岁寒接过食盒，突然道：“下午那人是我师弟。”

唐知心一愣，很快明白了他是想解释下午为何匆匆离去。“师弟？你们看起来关系不太好啊。"

"师门凋零，就剩我和他了，确实没什么情谊了。"沈岁寒坦言，"你猜他在替谁办事？"

"猜不出。谁？"

"韩景榕。"

"韩景榕？"唐知心惊讶，想到曲临书下午说想让沈岁寒帮忙找人的事，她不禁问道，"韩景榕在找人？找什么人？"

"我不知道，只说是一个女子。"

"你答应了？"

"没有。跟朝廷的人有牵扯的事，我不掺和。你们两教相争，他会对你不利吗？"

"那倒不会。他的对手是我师兄又不是我。"

沈岁寒哦了一声，似乎是放心了。沉默片刻后，他道："请你听故事，怎么样？"

"什么故事？"

"妖的故事。"沈岁寒停顿片刻后，道，"我能感受到妖，是因为我体内有妖气。"

唐知心震惊地看着他。

"你想问我身上为什么会有妖气？"沈岁寒似看透她的想法，继续道，"这是很久以前的事了。"接着，沈岁寒开始讲起他儿时发生的事情：他小时候跟着父母在塞外游牧，突然从某一天开始，羊群马群开始受到不明怪兽的攻击，数量骤减，接着，周围开始有牧人被袭击，死状惨烈。惊慌失措的父母收拾行装准备搬离之际，那怪兽冲进他的家，吃掉了他的爹娘，直立站在他面前口出人言。

"它说了什么？"唐知心紧张地问。

"它说孩子纯净，吃了更易于修炼。"

"那后来呢？是什么样的妖？"

"不知道是什么妖，有几分像是黄鼠狼。我被它伤得很重，昏迷间仿佛听到一声鸾鸣，醒来后，伤全好了，妖也不见了，但从那以后，我的身体里多了一股妖气。"

"你身上有妖气，睡在桃树下不会不舒服吗？"唐知心问。

"不会，桃木可以镇住体内妖气，使我安宁片刻。其实我很讨厌这种感觉，妖杀死了我家人把我变成现在这样。我与妖本是血海深仇，但有妖接近时，我会不受控制地产生同类相亲的感觉。你还记得我们在林府初见，我救你的那个晚上吗？”

唐知心点点头，道：“记得，你说你刚巧路过。”

“我的确是刚巧路过，当时我在追一只白猫，那猫身上有和我同宗同源的妖气，我追了它一路，它始终离我不远不近，直到在你的住处附近消失。”

白猫？唐知心想到了雪球。

沈岁寒喃喃道：“你说会是巧合吗？”

“什么巧合？”

“救过我的妖，指引我去救你。”

屠佛殿的夜月明星稀，山上的花与树都很安静，连叶片的窸窣声都不曾听到。蝉虫哑然，似是都在倾听沈岁寒那个关于妖的故事。

高悬的明月投下一片缱绻的光，一只巨鸟在午夜之际掠过长空，翎羽展开流光溢彩，在夜空中拖出一道长长的光河。在丰都城上空飞翔一圈后，孔雀明王收了翅膀，停在一座破庙的屋檐上，淡淡道：“我佛慈悲，许万丈红尘一夜良梦。”

老和尚站在破庙正中，脚边一个瘦小身影瑟瑟发抖。老和尚笑了笑，开口道：“明王这是做什么？”

孔雀明王拍拍翅膀，轻盈地落到地面，优雅地踱步来到蜷缩在老和尚脚边的毛茸茸的不住发抖的身影面前。孔雀碧绿油亮的尾巴拖在地上，不住有溢彩流光从雀尾滴落，刺得人睁不开眼。就在此时，孔雀摇身一变，化成一年轻女子。雀翎变成腰带，绸缎似的羽毛变成一袭碧绿长裙，滴落的光芒凝结成琉璃宝石镶嵌在女子发髻与腰间。化作人形的孔雀明王盈盈一笑，盯着地上的身影道：“施了一个安魂助眠的幻术而已。今夜要杀生，被人撞见可就不妙了。”

地上毛茸茸的身影吓得浑身一抖，发出吱吱两声，四脚一蹬好似被活活吓死了一样。孔雀明王阴森道：“装死是没有用的。想活命，赶紧化成人形！”

地上的身影听了这话立刻又活了，摇身一变成了人形。黄鼠狼精跪在地上放声哀号道：“大王饶命！大王饶命！”

孔雀明王不耐烦道：“谁是你大王？再乱喊吃了你！”

黄鼠狼精不知所措，悄悄抬起头，眼里满是困惑和惊恐。老和尚在一旁介绍道："这位是孔雀明王。"

"明……明王？"黄鼠狼精哆嗦道。

孔雀明王冷笑道："我问你，红鸾现在在哪儿？"

黄鼠狼精的乌黑眼睛滴溜溜一转，道："小的不知道啊！"

"你不知道？若没有大妖指使，你到灵力贫瘠的丰都来做什么？"

"大王……不是，明王。小的不敢欺骗您，可是这事吧，我们娘娘不让说，说了，小的这条命就保不住了啊！"

"不说我现在就吃了你！"

老和尚在一旁煽风点火道："明王可是连佛祖都吞过的。"

孔雀明王下巴骄傲地一仰。

黄鼠狼精确实不想出卖主子，只不过他实在不想被吃了，纠结半天道："这事说来话长了。"

"那就挑重点说。"孔雀明王不耐烦地说道。

黄鼠狼精深吸一口气，道："两百年前，小的本是塞外自由自在的一只狼，不是，黄鼠狼……"

"你要从两百年前开始讲？谁有工夫听你讲两百年的故事？！"孔雀明王打断道。

黄鼠狼精委屈道："您让我挑重点说的，小的的身世很重要的！"

孔雀明王怒道："你快点说，再啰唆，现在就吃了你！"

"小的当年刚刚开智，一心急于修炼又不得其法。听说吃凡人可以提升功力，两百年间，小的在塞外吃过不少凡人。就在二十多年前，我正要吃一个孩童时，红鸾娘娘从天而降制止了我，随后点化小的，教了我不用吃人便可修炼的方法，于是小的从此以后就跟在娘娘身边做事。"

"你终于说到重点了，她让你做什么事？"孔雀明王翻了个白眼。

黄鼠狼精道："约莫是二十多年前，娘娘结识了一个凡人女子，叫唐酒知，她是清山掌门姜吕尚的师妹，听说二人还有过婚约，他们郎才女貌，堪称一段佳话。可唐酒知似乎对妖很感兴趣，听说娘娘住在灵山便千里迢迢跑来寻人……不是，寻妖。最开始呢，娘娘不愿意搭理她，随意将她困在山中，一困就是十几天。其实大家都知道，娘娘不喜欢凡人……"

"红鸾为何不喜欢凡人？难道还是因为百年前那个姓林的道士？"孔雀明王插话道。

黄鼠狼精一拍巴掌道："我听耗子精说过，就是那个道士，林灵素！当年他与娘娘两情相悦，最后不告而别。这几百年间，娘娘远离凡人，直到这个唐酒知出现。娘娘将唐酒知在灵山中困了十几日后见她还不肯放弃，也不知是心软了还是好奇，就把唐酒知放上山了。她怎么说也是阐教的门生，娘娘受元始天尊点化从来不会为难阐教后人。于是乎两人就见面了，后来也不知为何，娘娘竟然和唐酒知交上了朋友，关系越来越亲密，有时还会一起出游。再后来，唐酒知三不五时就会来找娘娘，持续了好一段时间。直到有一天，唐酒知突然消失了，再回来时已有六个月的身孕，她声泪俱下，求娘娘救她。至于娘娘做了什么就没人知道了。反正那孩子不是姜吕尚的，亲爹是谁，娘娘也不说。唐酒知东躲西藏，最终还是死在师门手中，而那个孩子不知去向，娘娘也是最近才找到她。"

"二十年间不知去向？我看就是红鸾把人弄到清山去的吧？最危险的地方最安全。"孔雀明王玩味道。

"娘娘的心思，小的从来猜不透。不过前两天娘娘让耗子精在清山城送了块玉牌给唐知心。"

孔雀明王一愣："玉牌？什么玉牌？"

"小的也没见过，只听说上面写着'伞外天涯'四个字。"

"伞外天涯？"孔雀明王重复了一遍，突然眼睛一亮，笑道，"山灵雾涧，伞外天涯。天涯咫尺，系舟无归。原来是这样，红鸾想指引她去找她父亲。"

"父亲？是谁啊？！"黄鼠狼精好奇道。

孔雀明王斥道："关你什么事。接着交代，你来丰都干什么？"

"其实……是小的自己追来丰都的。娘娘并不知情。"黄鼠狼精支吾道，"就是……就是唐知心，青灵道长答应会给我封正，我来丰都寻她。"

孔雀明王震惊得张大嘴，道："她给你封正？你可知她是谁？！"

"小的知道善人如今陷入阐、截混战自身难保，但她说过……"

"不仅如此，她是天道不容的人。"孔雀明王打断道，"她的出生本身就违背了天地法则，天道会想方设法除掉她。如今我与红鸾做的事如同干预天道，红鸾会预言，想必她也是知道了后果才会出此下策。"

黄鼠狼精挠头道："天道不容？这种人我倒是听说过，只不过……"

"只不过千百年来没人敢越界罢了，林灵素想必也是因为这个原因离开红鸾的。唐酒知还真是个奇人。"孔雀明王感叹道。

黄鼠狼精一愣，惊道："这么说来，她父亲是……"

“不错。唐知心的父亲是妖。”孔雀明王似笑非笑地盯着黄鼠狼精继续道，“你看，红鸾认识她母亲，我认识她父亲。我们的目的其实是一样的，带我去找红鸾，我与她好好谈谈。”

“娘娘……娘娘一直都在灵山，明王可以自己去找。”黄鼠狼精畏惧道。

孔雀明王冷哼一声：“你少骗我，我才从灵山过来，她根本就不在那儿。”

谎言被戳穿，装死又不能，无奈之下，黄鼠狼精只得答应带孔雀明王去找红鸾。

孔雀明王对着老和尚嘱咐两句后，化身为鸟叼起黄鼠狼精展翅飞向夜空。

落照林府中，雪球趴在回廊的栏杆下翻着肚皮打盹。远处天空中泛起若隐若现的青光，雪球懒洋洋地抬头，往天边望了一眼，随即不耐烦地嘟囔一声：“啧，芦花鸡。”

唐知心在屠佛殿中一住就是一月有余，平日里和沈岁寒看戏吃茶，和林寄云切磋武艺，和季犹清一起研究星象图谱、钻研堪舆之术。这期间，她给远在昆仑的段未语去过两封信，皆没有回应。余下的，除了阿冲某些时候闹腾得厉害，山上的时光大部分和清山上一样悠然且漫长。

这一日用过午饭后，唐知心在季犹清房中，二人有一搭没一搭地闲聊着。季犹清刚将阿冲哄睡着，和煦的日光将她侧卧的身影裹上光芒。季犹清轻叹道：“寄云两天没回来了。”

这一个多月间，唐知心和季犹清的友情日益深厚，林寄云在山下有外室的事尽人皆知，季犹清便也不在唐知心面前遮掩，少不得也会说说自己的委屈。唐知心也有点替她心酸，勉强安慰道：“寄云也是放心不下山下的孩子。”

季犹清苦笑道：“寄云对我和阿冲很好，他真心待我好，我也不想他夹在中间两边为难。我早就跟寄云提过让她搬上山来住，好歹和孩子有个名分。可她不答应。”

“为什么？”

“说她自己不愿做妾，不想让女儿受委屈。”

日子没过就说受委屈，这话显然是说给夹在中间的林寄云听的。许是跟季犹清亲近的缘故，唐知心心中默默地给那位搬弄是非的“薇姐”记了一笔黑账。“少思虑，你的病说不定能好得快些。”唐知心劝慰道。

天气渐渐转凉，季犹清的病也加剧了，人也越发没精神。季犹清正要答话，一阵剧烈的咳嗽阻住了她。咳嗽声惊扰了睡梦中的阿冲，阿冲不耐烦地挥了挥浑圆的胖手。唐知心赶紧递过汤药，照顾季犹清服下。季犹清服完药，叹了口气，道："跟我这种一潭死水般的人一起生活应该很无趣吧。"

唐知心看她的样子十分心疼，劝道："要不你和寄云好好聊聊？"

"何必呢……平添嫌隙。我和他夫妻间也不是什么话都可以说的。如果没有当初的联姻，寄云跟她在一起也许更快乐。你说，他会不会意难平呢？而我如果当时勇敢一点，就可以跟那个人在一起，也不知他现在过得怎么样了。"说到"那个人"的时候，季犹清的脸上露出温柔的笑，"他知道我身体不好，临走时把药给了我，说希望未来还能相见。"

唐知心不解道："药？"

"对，他的传家宝。"此时的季犹清眼里闪着光彩。

"一味药能做传家宝？"说完，唐知心猛然一个激灵，韩景榕与她说过昆仑雪莲在世间只有三朵，其中海镜时贞郡主有一朵。"雪莲？！"唐知心脱口而出。

"对啊。连你都知道？"

"我听说过。韩景榕一直在找雪莲。"

"韩景榕啊，我以前听燕世子提起过，他们关系不错。"

看唐知心一脸迷茫，季犹清笑着解释道："燕世子就是燕一迟，他是胡人，小时候被送到海镜王府当质子，与我们姐妹一起长大。他就是我说的'那个人'。"

"那燕世子是怎么认识韩景榕的呢？"唐知心问。

"燕世子喜欢骑马射猎，有一次骑马摔伤，认识了一位姓柳的大夫，我这点医术皮毛就是跟柳大夫学的。燕世子来做质子时，他父亲担心他的安全，将家传解百毒治百病的雪莲交给他保命用。和柳大夫熟识后，燕世子就想让柳大夫帮忙把雪莲炼成丹药。柳大夫忙了几个月，最后一味药怎么也配不出，后来柳大夫写信请来了他的师弟，他师弟就是韩景榕，当时都叫他韩亦，燕世子就是这么认识韩景榕的，两人投缘，一见如故。"季犹清回忆着。

"后来呢？"

"后来？后来药炼成了，韩景榕就走了。"季犹清道。

唐知心难以置信地说："韩景榕跟我说，他的病只有昆仑雪莲能治。你那颗用昆仑雪莲制成的丹药是他配的，他又和燕世子关系交好，居然没有将雪莲占为己有？！”

“我们当时并不知道他的病需要雪莲来医，他从没提过。”顿了顿，季犹清感慨道，“难怪燕世子常说韩景榕是位君子，想是他知道雪莲对燕世子的重要性，不欲让他为难。如今要是我的那颗药还在，给他救命也不是不行的。”

“你的那颗药不在了？丢了？”唐知心震惊地问。

季犹清脸上的表情突然不自然起来，支吾道：“也不是，你别多问了，说多了，寄云该难过了，就当丢了吧。”

唐知心满脸狐疑，正犹豫该不该追问时，阿冲醒了，季犹清抱起阿冲轻哄着。此时林寄云回来了，手里拎着东西，站在门口笑呵呵地问：“聊什么呢？”

季犹清朝唐知心使了个眼色，二人心照不宣。

“没说什么。”唐知心转而问道，“我让你帮我问的事你打听了吗？”

林寄云道：“问了。人家说昆仑山太高太冷了，一般的信鸽根本飞不上去，你师兄可能都没收到你的信。”

唐知心嘟囔道：“那他怎么也不主动给我写呢。”

“你别担心了。你再写一封，回头我让家里的迅鹰替你送信去。”林寄云道。

季犹清看着林寄云放在桌上大包小包的东西，问道：“你买了什么东西，这么多？”

“买了点你喜欢吃的糕点，还有些药材、胭脂水粉什么的。你看看喜不喜欢。”林寄云道。季犹清去桌边查看，将阿冲交到唐知心手上。夫妻二人笑语温柔，唐知心看得肉麻，索性抱着阿冲往沈岁寒的院子去了。

沈大侠的院子里依旧酒香四溢，树上的桃花已谢了大半，落下的花瓣铺满了院子。沈岁寒这次不在树下，唐知心朝屋内探进脑袋，发现他正在桌边擦拭佩剑。她将阿冲放到地上让他自己玩耍，冲沈岁寒嘿嘿一笑，问道：“沈大侠，忙着呢？”

沈岁寒面色平静，他老早就听到了脚步声。这么多天来，他早就默许了唐知心平日“不请自来”。他手上动作不停，只是抬起头问道：“无聊了？去听戏？”

“罢了，没兴致。”唐知心摆手。沈岁寒放下手中佩剑，问道：“怎么？”

“没什么。就是……有个事想问问你。”唐知心皱眉。

“你问。”沈岁寒倒是爽快。

唐知心小心地问道：“我想问问你，郡主的昆仑雪莲制成的药是不是被寄云养在山下的那个女人拿走了？我知道这事我不该多问的，可是郡主身体不好，没准指着那颗药救命呢。她说到这件事吞吞吐吐的，一会儿说送人了，一会儿说丢了，一会儿说寄云伤心了，我就猜是不是她拿走了。”

“是她，不过是偷走的。趁着我们都不在，偷偷拿走的。”沈岁寒面无表情。

唐知心一听登时怒道：“她偷别人救命的药做什么？感情的事一码归一码，害人性命未免有些狠毒。”

“我听说她的女儿生下来就先天不足，如今汤药不断。”沈岁寒淡淡道。

唐知心噎住，半天才道：“那也不该偷东西。寄云怎么也不管？”

沈岁寒看看她道：“寄云的性子，你觉得他管得了？”

唐知心无言以对。沈岁寒一针见血，林寄云要是能管好，如今就不会夹在两人中间左右为难了。

沈岁寒继续道：“你猜郡主为什么不愿意跟你说实情？”

唐知心义愤填膺道：“我猜郡主是怕我知道后替她出头，找寄云和那个女人麻烦，会影响大家的感情。”

“的确，郡主纯良。”沈岁寒认真地说道。

唐知心问他：“你怎么看呢？”

“寄云是我朋友，我与他性命相交，如果他有危险，我会义无反顾。但他的家事，他怎么处理，我无权干涉。”

此时院中传来一声哭号，唐知心惊道：“糟了，光顾聊天，把阿冲忘了。”

二人赶忙冲到院中，刚才阿冲趁着他们聊天的时候一步三晃地走到院中玩耍，此时正坐在桃树下号啕大哭。唐知心快步跑到阿冲身边，仔细查看孩子有没有受伤。看到阿冲没事，唐知心疑惑道：“好好的怎么哭了？”

阿冲伸出一只小胖手使劲指了指自己胸前，道：“没了……”

“没了？什么没了？”唐知心茫然。

沈岁寒明白了，道：“你送他的长命锁。”

唐知心恍然，果然，一直挂在阿冲脖子上的“麒麟送子”长命锁不见了。她低头左看右看，四处寻找。“刚才抱他来的时候还在呢，怎么会没了呢？”唐知心手里抱着阿冲，满院子寻找长命锁。突然看见阿冲头顶有一撮白色的毛，唐知心顺手取下，狐疑道："这是什么？"

沈岁寒扫了一眼，道："好像是耗子毛。"

"你院子里还有耗子？"唐知心一脸嫌弃。

二人把沈岁寒的院子翻了个遍，还是没找到长命锁。阿冲趴在唐知心肩头号啕大哭。其实原因很简单：阿冲的长命锁是耗子精用屁股上的毛变的，桃木辟邪，所以阿冲往桃树下一坐长命锁就变回原形了。不过，这些他们怎么可能知道。找了一会儿，沈岁寒放弃了，给了阿冲一个剑穗玩暂时抑制住了他的悲伤。沈岁寒对还在寻找的唐知心道："算了，那么丑的麒麟，丢了就丢了。"

唐知心觉得受到了侮辱，理不直气也壮地争辩道："那是前朝孤品，孤品！你懂不懂？"

过了立秋，落照就进入了雨季。

中秋将至，大大小小的雨就没有断过，有水才能开源，有水才能聚气，有水才能滋养万物，有水才能万物化灵，这也是为什么江宁的落照与清山被人们称为修行的风水宝地。不过今天，大家讨论的却是另一件事。头一晚很多人都瞧见电闪雷鸣的雨夜之中，一只孔雀似的巨鸟穿过黑压压的乌云，轻盈地躲避恍若能劈山断石的闪电，它时不时发出鸟鸣，似凤鸾鸣叫。巨鸟身泛青光，照亮天际，身后拖着五彩银河，画出鸟儿飞行的轨迹。巨鸟用青光冲散乌云，让即将圆满的月亮缓缓现形。巨鸟一声高亢吟唱，扎入月光之中，自此再也寻不见踪迹。

"明王你别号了，你再号，我要掉下去了！"风雨飘摇中，黄鼠狼精死死抓住孔雀明王的翎羽卑微地恳求。他怕高，这一路一直提心吊胆，好不容易眼看到了落照城，哪知道偏不巧遇上电闪雷鸣。

"反正就要到了，你也没用了。掉下去，你也算死得其所。"孔雀明王道。

黄鼠狼精纠正："明王，'死得其所'这个成语不是这么用的。"

"你给我闭上嘴！"孔雀明王还想再斥，这时天空另一头一束耀眼红光如同冉冉旭日，突然出现，像野火点燃了所有云彩。孔雀明王刚刚穿过月亮，周身裹着白纱般的月光，被炙热的红光一灼，月光瞬间消散。孔雀明王身上披的正是月光菩萨的法宝"月净袈裟"。月净袈裟法力消散，孔雀明王再次祭起法宝，柔光再起。只见对面红光同时瞬间爆发，如熊熊火海再次浇灭了明王身上那一层世上至柔之光。

“我就知道是你。”孔雀明王怒道。对面那一团火光慢慢由天际向内收拢，渐渐聚形。光影中传出一个女子清亮且不屑的声音：“以为去西方佛祖那里修行个几百年就可以回来为所欲为了？你也不看看自己有没有那个能耐！”

孔雀明王一声冷哼，道：“红鸾娘娘，好久不见了。”

“见不着挺好的，芦花鸡。”

“红鸾，我有话和你说。”

红鸾轻蔑道：“你想说什么？你们输了，西方教自愿退出雪域中原。如今你以为带着几件法宝就可以耀武扬威了？要不是看着青鸾旧日的情面，我早将你劈成烤鸭了！”

“我佛慈悲，自愿退出雪域中原是为了避免再起杀戮。如今你们本土教之中两派不合，争名夺利，隔壁新起的拜火教对雪域虎视眈眈。本土教现在日子怕是不好过了。”孔雀明王冷笑道。

“看着雪域新帝继位，对各个教派暧昧不清，西方教是想卷土重来吧？”

“本土教虽然目前仍是雪域的中流砥柱，但内忧外患之际，红鸾娘娘会不会做些什么保住本土教地位呢？让我猜猜，娘娘选了唐知心？”

“她是逆天而生的人，若能为本土教振兴而亡也算是死得其所。”

“你看，‘死得其所’应该这么用！”孔雀明王翎羽一抖，黄鼠狼精啪叽一声落在了远处的屋顶上。

“娘娘答应过唐酒知，会好好照顾她的女儿。”

“我是答应过。但我也告诉过她，不能保证她女儿能活到寿终正寝。”

“所以你出面干预了天道？唐知心的出生是天道中的意外，抓住这次意外加以利用，便可以以唐知心为饵，更改整个本土教的命运。”

“这怎么能算利用？她是唐酒知生的，她的命运自然和阐教息息相关。”

“哦？息息相关的难道不是她父亲？”

“父亲？他不过是给了灵息和内丹，按凡人的伦理，他根本算不上父亲，顶多可以算作缔造者。”

“可按照妖的说法，给了灵息和内丹，他就是唐知心的父亲。娘娘到现在还不肯坦白自己的谋划？阐、截相争的关键系于一人，那人是唐知心。这个预言是假的吧？这只是你谋划中的一环吧？”

“你是不是傻？谋划解释给你听还能叫谋划吗？你到底想问什么？”

“唐知心到底什么时候度劫？我不想她死。”

“为什么？”

“故人之子。她继承的内丹意义大于用处。”

“你可想好了，她活了，本土教就要活了。”

“花无百日红，本土教活了又能如何？我佛慈悲，但也不畏惧对手。”

“这话说得倒有意思。”红鸾和缓了语气道，“下来坐吧，我跟你聊聊唐知心的事。”

孔雀明王落在府中屋顶，一抖浑身羽毛，华光闪烁，再次施展出致梦幻术。红鸾早已化作人形，不屑地道：“这府里的人都走光了，留下几个看宅子的小厮早不知跑到哪里去躲懒了。白费你那一身灵力。”

孔雀明王化成人形从高处跃下落入院中，皱眉问道：“这是栀子？熏得我头疼。”

红鸾冷笑道：“这栀子花得我日夜照料，化灵是早晚的事，你这么说它不怕它来日报复你？”

孔雀冷哼一声：“小小花妖。”她走到红鸾对面坐下，问道：“林家人都去哪儿了？”

“昆仑。”

“昆仑？难不成有大事要发生？”

“算是吧。”

“你安排的？”

“算是吧。”

“和唐知心有关？”

“算是吧。”

孔雀怒道：“你能不能好好说话？什么都是‘算是吧’，唐知心人还在丰都呢，跟昆仑有什么关系？”

“她会死在昆仑，这就是关系。”红鸾淡然道。

“什么时候？”孔雀追问。

“你想如何救她？”红鸾答非所问。

“我带她回西方，佛祖会有办法对抗天道。”

“你还是省省力气吧，天道是宇宙运行的法则，即便是佛祖也不能违抗。唐知心继承了她父亲的预言能力，倘若她能早些悟出我的用意，也就不用我如此费力折腾了。”

“她那点儿预言能力，不及她父亲分毫。”孔雀一脸不屑，继续道，“如此为她着想，娘娘，可见你对唐知心的情感很深啊！”

红鸾娘娘耸耸肩，道：“虽说我救她另有目的，但好歹也找了她二十年了，这很正常。”

孔雀看出了她的口是心非，戳穿道：“为了她更改天道，娘娘用心良苦。”

“我再说一次，天道不能更改，只能干预。‘夫风生于地，起于青蘋之末。’我所做的不过是让她在这二十年间多认识了些人，多做了些事，希望这些青蘋之末能帮她躲过一劫。不过最终还是要看她的造化。”

孔雀明王听到这里已是明白，红鸾二十年间布下的局马上就要收尾了。成或不成，她也不能确定，但如果她花了二十年心思布的局都功亏一篑，自己怕是也无计可施。孔雀明王决定留下，看看唐知心在昆仑究竟会发生什么。她看着眼前的红鸾，仿佛嗅出了一些别样感情。孔雀明王不禁莞尔道：“娘娘哪里是讨厌凡人，娘娘是慈悲啊！”

是啊，若不是有慈悲之心，红鸾作为开天辟地的神鸟早就可以羽化登仙了，何苦留在凡尘之地费神费力。她哪里是讨厌凡人，是爱之深恨之切吧。

“慈悲？没有。闲来无事罢了。”红鸾淡淡否认。

孔雀笑道：“闲来无事替姓林的后人守着空宅？”红鸾不作声。孔雀接着道，“几百年了，林灵素就算转世投胎也该生生死死好几回了。娘娘何苦来的呢？听黄鼠狼说娘娘选中了林家的小公子林放，守在他身边，可是因为林放最像林灵素？”

红鸾轻笑一声，道：“不，林家几代中最像灵素的是林放的哥哥，林寄云。林寄云不仅长得像灵素，性格也像，音容笑貌、举止谈吐，甚至优柔多情都与他一模一样。有时候我看着林寄云就好像看到他还活着。孔雀你说，为什么所有妖都要修炼成人形呢？都说人是万物之灵，但他们到底灵在哪儿了呢？他们弱不禁风，又没有法力，为何能主宰神州千秋万代？”

孔雀想了想，道：“因为凡人有智慧。”

“不，因为凡人有感情。”红鸾道，“不是所有生物都想拥有智慧，但哪怕一朵还没修炼成形的栀子花都会想拥有感情。凡人的感情不仅仅是会哭会笑那么简单，他们用纲常维系社会，而纲常就是感情。伉俪之情、舐犊之情、反哺之情、君臣之情、故土之情……他们用感情建立起一个世界，这个世界甚至凌驾在本能天性之上。因为爱一个人，多少魂魄在凡间苦苦挣扎不愿离去？因为爱一片土地，多少血肉之躯挡在了金戈铁马之前？凡人固然做错过很多事，但这份感情这份爱谁又会不向往呢？凡人感情之复杂，超乎你我之想象。林灵素说他爱我，他说过与我在灵山的日子是他一生心之所向。可他还是娶了别的女人，建立了家业，放弃了成仙。最初，我觉得他在撒谎，在妖的世界里，两情相悦后搭个窝建个巢哺育幼崽转眼一千年就过去了。他说人不可能像鸟兽一样活着，他有和我一起战胜天道的勇气，但他还有别的同样重要的事要做……奇怪的是，他死时，我并没有很难过，反而在认识唐酒知后，我突然萌生了试图理解他的心思。几百年后，我来到他的故居，站在他站过的回廊，听着他听过的雨声，看着他的子孙，想着他可能有过的念头。二十年了，我好像理解了他，但又抓不住头绪。”红鸾停顿了片刻，道，“今日话多了，自从酒知死后，我好久没和人聊过天了。”

孔雀明王点点头，坦诚道：“说不定你只是年纪大了，开始啰唆了。”

红鸾听了这话难得没有生气，竟然咯咯乐了。有风吹过，栀子花飘出阵阵香气，红鸾望向花儿，栀子花如同有回应般，微微害羞地垂下了头。红鸾别有意味地说道：“有死才有生。你瞧，花神退位了，花儿却要开了。”

孔雀明王顺着红鸾的眼光看过去，好奇道：“你偏爱这株花，是别有用意吧？”

红鸾轻笑道：“许是我的一点私心吧，谁让他最像他呢。”

天茗的天机阁中，韩景榕和柳如丝正坐在书阁中读书，两个人各自读得津津有味。此时苏尽欢快步来到书阁门口，略带兴奋地说道：“阁主，最后一朵雪莲，有下落了。”

“在哪儿？”

“昆仑。”

韩景榕不禁蹙眉犹豫道：“昆仑太远了，一去一回要浪费不少时间。毕竟现在人还没找到。”

“你先保住你的命，再慢慢找人也不迟。还有一件事，段未语被师门软禁了，就在昆仑。林家的人也在赶去昆仑的路上。”

韩景榕一愣：“软禁？我只想到段未语这个掌门做得艰难，但没想到他们师徒矛盾如此深。此事你是怎么知晓的？”

苏尽欢笑道：“阁内弟子去昆仑找雪莲的时候打探到的，不过不知道具体原因是什么。”

韩景榕挑眉问道："这件事你怎么看？"

苏尽欢分析道："段未语是先帝册封的肃净道长，是段王府的世子，是清山派乃至阐教的脸面，基于这些，他不可能被废。他被软禁应该是内部意见不合，段未语忤逆师门的意愿。"

"段未语忤逆师门的可能性不大，青云老道让他去杀江家全家，他都没有手下留情。"

"所以只有可能是这一次触及了他最珍视的东西。假设唐知心就是可以帮助截教战胜阐教的那个人，这一切是不是都说得通了？青云老道向来为了利益不择手段，倘若他发现阐教灾星是门下弟子唐知心，定会让段掌门大义灭亲。但是个人都能看出来，段未语对唐知心有情，让他去杀自己师妹，他肯定不会答应。青云没有别的办法，为了说服段未语只有将他软禁在昆仑，避免打草惊蛇。若是让我们知道了，想办法先救了唐知心，他们就功亏一篑了。"

"听上去很合理。"韩景榕思索道，"但你的假设并没有证据。"

"你自己说过，在飞熊道人的迷障里……"

韩景榕打断道："一个梦而已，不能算作证据。"

"不管算不算，先把人找来肯定不是坏事！"

"你觉得唐知心会相信我们？别说你说的这些都是推测，就算是事实，以她的脾气，她一时半会儿也不会相信。"

苏尽欢泄气道："那你说怎么办？"

韩景榕想了想，道："通知其他两位堂主，三日后启程去昆仑，先找昆仑雪莲，其他的见机行事。"

当众人纷纷前往昆仑之际，毫不知情的唐知心依旧待在丰都屠佛殿过着悠闲的日子。这一日，她和沈岁寒下山为季犹清买药，回来后看见山门外拴着一匹马，唐知心喃喃道："这匹马看着有点眼熟。"

进了山门刚巧碰上小丫鬟灵药，唐知心好奇地问道是不是有客来了。灵药笑眯眯地说道："都护府的袁家小姐来了，找郡主说说话。"

唐知心嘴角抽搐："都护府的袁姑娘？该不会是之前和段未语定亲的袁姑娘吧？"

"就是她，不过后来婚事没成。唐道长认识她？"灵药问道。

呵呵，何止认识，唐知心嘴里却道："不认识，不认识。你家郡主与她熟识？”

“是的，袁姑娘与郡主交好，今日是找郡主帮她瞧病的。”

唐知心一阵心虚，旁边的沈岁寒看了她一眼，问：“你怕她？”唐知心还未来得及答话，就听背后有人道：“原来你就是唐知心啊！”

唐知心艰难回头，一脸尴尬。袁姑娘看着她继续道：“我刚听郡主说呢，屠佛殿来了一位清山的青灵道长，原来就是你啊！”

“呵呵，是我。”唐知心赔笑。

“既然你是青灵道长，那上次跟你一起忽悠我的那个男的就是段未语了吧？！”

唐知心疯狂点头：“对对对！冤有头债有主，你去找他吧，我就是个听差跑腿的。”

袁姑娘翻了个白眼，道：“谁稀罕去找他，你告诉段未语，他不愿意娶，姑奶奶我还不乐意嫁给他呢！”袁姑娘没打算在郡主的地盘找唐知心麻烦，何况旁边还有个沈岁寒，一脸杀气。她说完这句，晾下一脸尴尬的唐知心就走了。走出一段路后，她回头大声道：“山门外那匹白马是段未语送我的，你替我还给他，姑奶奶不稀罕他的东西！”

当唐知心惊魂初定地来到季犹清房中时，已经知晓情况的季犹清歉意地说：“我不知道你和袁姑娘有过节，闲聊时谈到了你在山上。”

唐知心赶忙摆手：“没事没事，清山之事确是我们做得不对，以后找机会向她道歉。对了，听灵药说，她来找你看病？”

“哦……也不是什么大病。”季犹清神色不自然起来。

唐知心随口问道：“看病不找大夫找你？”

“我们关系好。”季犹清不自然地说。

季犹清又不是大夫，大老远跑到山上来看病？两人关系好，这段时间怎么也不见她来呢？唐知心一脸狐疑。季犹清见她不信，只能搪塞道：“女儿家的病嘛，外边大夫不方便瞧也是有的。”

唐知心一愣，随即一个念头浮上心头，她该不会是有身孕了吧？季犹清见唐知心的表情，知道她聪慧得猜到了真相。季犹清也不多说，只是露出一个苦笑，用手比在唇前做了个噤声的手势，叹了口气道：“只不过是世间又一个可怜人罢了。”

果然，没过几天灵药就从山下带来消息：都护府的袁大小姐和一个书生私奔了。

秋分过后便是寒露，此时季犹清一病不起。唐知心一直没有收到段未语的回信，心中隐隐不安，想回清山看看，但季犹清的身体一日不如一日，唐知心放心不下。林寄云脸上的愁容越来越浓，大夫请了一批又一批，每日汤药不断，季犹清的病却毫无起色。这一日，当地一位号称神医的大夫为季犹清诊完脉后，叹道：“怕是熬不过这个冬天。”

沈岁寒皱眉问道：“怎么办？”

唐知心焦躁不安地说：“怎么办？还能怎么办，寄云去山下找陆采薇把雪莲制成的药要回来救命。”

“这……只怕有些困难。”林寄云一脸无奈。

唐知心努力控制着火气：“困难？人命关天，争风吃醋的事能不能先放一放？”

林寄云看着唐知心，深吸一口气，道：“不是你想的那样，薇薇有自己的苦衷。”

唐知心不想听他说这些没用的，打断道：“偷就是偷，寄云，有些话本不是我一个外人该说的，但阿冲还这么小，我实在不忍心他同我一样没有母亲。郡主可是你明媒正娶的妻子，你女儿的命是命，妻子的命就不是命了？若是郡主真的这样走了，你就不怕阿冲长大了恨你？”

林寄云一脸难堪。沈岁寒不忍好友为难，道：“还有别的办法。去找韩景榕来医治。”

林寄云为难道：“林家与截教不睦……”

“我去。”沈岁寒打断道。

“你不愿为朝廷做事，你去，他说不定会以此事要挟你替他办事，这不行。”林寄云迟疑道。

唐知心怒道：“这也不行那也不行，那我给韩景榕写信行了吧？他之前跟我说过有事可以找他，希望他能说话算话。”

唐知心提笔给韩景榕写信，半天不知该如何开口，最后她决定不说自己只提及郡主与燕世子的故人之情，望他能援手来救人一命。写好的信由林寄云用最快的迅鹰送往天茗。然而此时韩景榕已离开天茗前往昆仑。

韩景榕一袭狐裘大氅立在昆仑雪山脚下，凛冽的寒风摧枯拉朽般地咆吼着，衣领处柔软的狐尾毛密集地拍打在他脸上，他的脸色似乎比从前更加苍白。苏尽欢同样裹着大氅，远远矗立看着韩景榕的孤傲挺拔的背影。

苏尽欢缩了缩脖子，顶着风雪来到韩景榕身边扯着嗓子喊道："当地人说这个天气根本上不了山，过几日风雪停了才能上山。"

风声似孤魂哀号，举头，乌云蔽日。韩景榕有种预感，有事要发生了，他问道："昆仑雪莲在何处？"

"西面瑶池。"苏尽欢抬手一指。韩景榕又问："段未语呢？被囚禁在哪里？"苏尽欢再次抬手，指向昆仑山的最高峰，答道："女神峰，昆仑之巅。"

韩景榕仰起头，除却黑压压的乌云，什么也看不见。

昆仑之巅的女神峰一派祥和景象。高耸山峰破开山腰处的乌云一路延伸到天际，越到高处，灵力越充沛，层峦叠嶂间竟然是郁郁葱葱，鸟语花香。此时，段未语望着窗外，眼神中却满是绝望。青云问道："你考虑得如何了？"

段未语没有说话，依旧注视着窗外。窗外枝头停着一对颜色漂亮的鸟儿，相互依偎嬉戏。

"饭也不吃，真不打算活了？"青云有一丝心软，再看段未语的倔强模样，又气道，"瞧你那点儿出息，心心念念的就只有那点儿女情长？你也配当清山掌门？"

段未语还是没反应，只盯着窗外那对鸟儿看。

青云顿了顿，叹道："我知道，要你去杀自己的师妹是很难做到的事，是你不愿去做的事。但生而为人，肩负使命，不能只想着自己愿不愿意，我当初就告诉过你，戎儿啊，你不是你，你是整个清山、整个阐教，是本土教在雪域中原立足之根本。你师妹这件事，根本不是巧合，在我看来，她就是你命里该有的天劫。杀了她，跨过这道坎，你才能得道！"

树上的鸟儿还在叽叽喳喳，段未语终于开口了："为何非要是她？"他的声线嘶哑，仿佛很久没有说过话了。

"因为预言中的人是她，红鸾娘娘下凡接触的人只有她。你以为我愿意这么逼你？你以为我愿意这个人是唐知心？你以为我愿意这人出在自己门派里？你只当自己没的选择，你以为我和你师父有的选择？！"青云的怒吼声惊飞了窗外的鸟儿。

段未语收回目光，眼神空洞地望向青云老道，又问道："为何非要是我？"

"因为你发过誓会将阐教的未来扛在己肩，你说过会与你的信仰同荣同辱，还因为你是清山掌门，只有你杀了她才叫大义灭亲！她一定得死，与其让她像她娘一样受辱死在别人手里，戎儿，不如你送她一程。"

小时候，唐知心听师父说过一个传说，过了寒露众花皆谢，那便是花神退位的征兆，这时要摆起酒席，饯别花神。花神会隐居到昆仑瑶池边，等来年春天再回来复位。那些饯别过花神的地方，会在开春之际率先看到雪域神州的第一朵花王牡丹绽放。唐知心这几天总是反反复复做着和花王有关的梦，梦醒后更是不安，总觉得花神退位有不好的预兆。

季犹清越病越重，前些天她每日还能有几个时辰的清醒时间，唐知心探望她时努力逗她开心，只想着能让她撑到韩景榕赶来。谁知昨夜一场骤雨后，季犹清发起了高烧，陷入了昏睡中。林寄云、唐知心和沈岁寒三人守在季犹清卧房外，心情沉重。此时，小丫鬟灵药送来从天茗传来的回信，信是韩景榕的徒弟阿祥写的，他说韩景榕去了昆仑山，唐知心寄去的信件他会等韩景榕回来转交。唐知心看完信后崩溃道："寄云，我不管你用什么方法，去把雪莲制成的药拿回来。"

林寄云面露苦楚，一言不发，湿润的目光却又像有千言万语。看他这般怯懦，唐知心怒斥道："你是疯了吗？这屋里躺着的只剩一口气的人是你的发妻，是你儿子的亲娘。为了那个女人，你不救她？！"

"知心你别这样，薇薇她……"林寄云哽咽着说。

唐知心打断道："你别跟我提什么薇薇，我不认识什么薇薇。林寄云，要不是人命关天，你养外室我不会多说一句，但现在郡主命在旦夕，你想宠妾灭妻得先过得了我这一关。"

"你冷静一点，让寄云自己选择。"沈岁寒劝唐知心。

"他能做出选择还至于有现在的状况吗？他不去，我去！"唐知心怒火中烧，开门就朝山门冲去。林寄云急忙一把拉住她，说道："我去，我这就去。你去陪着郡主吧，她要是醒了，让她等着我回来。"

唐知心实在不能理解林寄云，要说他不爱妻子，可这段日子他们夫妻恩爱，她是看在眼里的，那感情肯定不是假的。那他对陆采薇又是什么心态？为什么妻子命悬一线，他还想着别的女人的感受？

"他根本不知道自己爱谁。"沈岁寒平静地说道，"说不定郡主不在了，他就知道了。人都会爱永远失去的那一个。"

唐知心凄然无语，沈岁寒看了她一眼，道："我们打个赌。"

"什么？"

"我赌寄云这次依旧空手而归。"

一阵秋风扫过，卷起地上的落叶遗花，风雨声凄凉入骨。

天光放亮，林寄云果然如沈岁寒所料空手而归。此时，季犹清醒了。灵药从内室出来时，正好看到唐知心正在低声怒斥憔悴颓废的林寄云，灵药微微一愣，禀报道："郡马，郡主醒了。"

"我这就去。"林寄云急忙道。

灵药为难道："不……那个，郡主要见青灵道长。"

唐知心赶紧走进内室。季犹清斜倚在榻上，散乱的云鬓在脑后松松绾成一个发髻，她面色苍白但依然很美。唐知心看到她，再也忍不住悲伤，泪珠不停掉落。瞧见她哭，季犹清却笑了。她拍了拍床榻，示意唐知心在她身边坐下，轻笑道："哭什么，我要解脱了，你该为我高兴才是。"听到这话，唐知心更是泣不成声，季犹清道："来世不想做人啦，太辛苦了。都说'人非草木孰能无情'，我觉得做个花花草草也挺好的……好啦，别哭了，陪我说说话。对了，阿冲呢？"

唐知心强忍泪水，哽咽道："这里乱哄哄的，我让人带他下山玩了。"

"你做得对，不该让他瞧见这些。我拜托你们将来好好教他，别让他像他爹一样。"

唐知心没有问她口中的"你们"是谁，强忍悲伤道："谁生的谁自己教导，孩子有爹有娘有师父，怎么要我教他。"

季犹清温柔地看了看她："刚才外面什么动静？你和寄云吵架了？"

唐知心不语。季犹清叹了一口气，道："我做了个好长好长的梦，梦里有个声音在叫我，似乎在唤我离去。知心，不要再为了我费心费力了。这场孽缘的症结并不是谁偷了谁的药，谁又偷了谁的心。只要我死了，大家就都能解脱。知心，其实我很为自己高兴，我终于可以为自己做一次选择了。我唯一放心不下的就是阿冲。"季犹清拉起唐知心的手，继续道："我也没什么朋友，只有你肯真心待我，既然咱们有缘，你就替我多看护阿冲一些，日后他大了，你得替他寻一个好姻缘。"

"你要不要看看阿冲？我叫人去把他带来。"唐知心不忍听下去，想换个话题让季犹清振作一些。

季犹清轻轻摇了摇头，道："不必了，我不想掉眼泪。"

"那寄云呢？"

"不必了，我不想有牵挂。"

屋内很安静，唐知心坐在季犹清身边，听她断断续续念叨着下辈子，念叨着海镜王府，念叨着放心不下一院的花草，念叨着那个人……唐知心内心无比难受，无能为力地看着好友如同一根残烛燃尽自己最后的生命光辉，直至熄灭。寒露来时，一场大雨，花神退位了。

三天后，季犹清下葬，林寄云将她葬在了屠佛殿的后山，从那里可以望到海镜王府的方向。从季犹清靠在唐知心肩头离去的那一刻起，唐知心就没有和林寄云再说过一句话。葬礼结束当天，唐知心就骑着袁姑娘留下的白马离开了屠佛殿，离开了丰都城。

林府后花园内，红鸾看起来心情不错，她脚步轻快地走在前面，后面跟着的耗子精挑着个扁担，哼哧哼哧地挪着步子，仿佛随时要累断气。孔雀明王在院中打坐，忽然，她嗅了两下，皱起眉道："挑着什么东西，怎么如此臭？"

红鸾笑眯眯地说道："粪。花香你不喜欢，粪臭你也不喜欢，芦花鸡你事真多。"

住在林府这些日子，孔雀明王已经摸清了红鸾"心情坏时嘴毒，心情好时嘴更毒"的秉性。她听得讥讽权当没听见，问道："你让他挑粪做什么？"

"养花。"红鸾坐到了孔雀明王身边的石凳上，指挥耗子精道："你看着点倒，对对对，对着根部浇，手稳一点儿。弄折了花把你做成肥料！"

如此吵闹，孔雀明王今日的打坐计划可谓彻底泡汤了。她索性放下盘起的双腿，拿起桌上的茶抿了一口，好奇地说道："你天天折腾这栀子花有用吗？今年花神都退位了，何况草木无心，本就不如鸟兽化形容易。你这样护着它，真的能让它脱胎？"

红鸾反驳道："谁告诉你草木无心不容易化形的？草木至少是有生命的，连物件沾了人气都能化形，更何况栀子花。"

孔雀明王不以为然地说："物件化形，我连见都没见过。"

红鸾嘲笑道："孤陋寡闻。当年商纣王在女娲宫题诗亵渎女娲娘娘，娘娘便用招妖幡招来三只大妖祸乱殷商。你可知是哪三只妖？"

一旁的耗子精献媚抢答道："这个我知道，是千年狐狸精、玉石琵琶精和九头烧鸡精！"

"什么烧鸡精，天天跟黄鼠狼厮混在一起，就知道烧鸡。是九头雉鸡精，你个蠢货！"红鸾斥道。

耗子精赶紧讨好道："雉鸡雉鸡，娘娘说雉鸡就是雉鸡。雉鸡不是物件，玉石琵琶精才是重点。"

"不错，这个玉石琵琶不就是个物件？成精下凡成了纣王身边的玉贵人。"红鸾对孔雀明王一挑眉毛，孔雀明王却翻了个白眼，道："传说罢了，就算是真的也只是个例。"

"不对不对，不是个例，小的就听说过物件成精的事。前朝的时候，小的住的那个村子就有个铁锤成了精。那铁锤不知怎的被放在一户读书人的书房里，时间久了沾了人气便化形成人啦，听说后来他精通文墨，还考上了秀才呢！"耗子精道。

"呵呵，那这位前朝的铁锤秀才想必头很大吧？"孔雀明王明显不相信，嘲讽道。哪知耗子精一拍巴掌，认真道："何止啊，脸还特别黑。"

"我怎么没听说过这事？"红鸾问。耗子精谄媚道："娘娘您忘了啊？就是小的之前跟您说的二傻子村的郑员外家里那个成了精的铁锤妖……"

孔雀明王打断道："二傻子村还能出秀才？我怎么不信呢？"

红鸾翻了个白眼，道："你爱信不信，反正我信。既然这么厉害，这栀子花妖日后就叫铁锤吧！一听就是个智慧的名字。"

孔雀明王嘴角抽搐。

耗子精拼命鼓掌："智慧智慧！娘娘起的必须智慧！"

栀子花在红鸾以自身灵力精心照料之下似乎真的有了灵性，三妖离去后一阵秋风吹过，栀子花随风轻摆，洁白的花瓣如美人面，缓缓幻化出一个虚影，红鸾的私心这才显现出来。是啊，谁让他最像他呢？

栀子花妖化形，面容与季犹清一模一样。

唐知心骑着白马离开屠佛殿打算回清山，一场旅途，来时满心欢喜，归去时心灰意冷。唐知心身心俱疲，一路走走停停，几天下来也没出丰都多远。这一日傍晚，唐知心路过一座小城投宿休息，万万没想到却撞见了熟人。

唐知心瞧见林放时，他正在跟客栈店小二比画着什么，她在一旁瞧了他半天他都没有发现她。唐知心打量林放，一段日子不见，他好像又长高了些。林放面带焦虑，似乎在为什么事烦忧。唐知心悄悄绕到他身后，猛地拍了一下他的肩膀，道："林雁楼！这么巧啊！"

林放一惊，猛地回头看见是唐知心之后，表情更是变幻不定，有惊有喜，有恼怒有担忧。唐知心看得一头雾水，这人怎么每次见到自己都这么古怪？唐知心举起一只手在林放面前晃了晃。林放终于带着怒气开口道："巧什么巧？！我大老远专门来找你的。"

唐知心听了他的简要复述，才知道他一路从落照出发去清山找自己，又从清山找到了丰都。难怪唐知心路过落照去巡检司找他时他不在，原来是正好错过了。他乡遇故知，唐知心很高兴，开玩笑道："你离家这么久，你爹该气炸了吧？"

"他们都去昆仑了，顾不上我。"

"你找我做什么？"唐知心这才想起来问。

林放警惕地朝四周张望，确认没有异样后，扯住唐知心一只手腕紧张地说道："走，去屋里说。"林放将唐知心拉到客栈楼上，将她让进屋，仔细查看楼道内没人后小心地掩起房门。唐知心看着他神神秘秘的样子，心中狐疑。林放关好房门后转身看着她道："我来找你，是来带你逃命的。现在不管是清山弟子还是林家的人都在找你，你师兄他要杀你。"

唐知心愣了片刻，难以置信地说："你在胡说什么？"

林放着急地说："我没胡说，你师公青云老道不知怎的确定你就是他们要找的那个预言中的人。清山已经发出了掌门令，到处都在抓你。大家都说清山掌门这次要大义灭亲。你也知道，林家和清山是一脉的，清山和落照回不去了。我本来想着，既然你来了丰都，不如咱们就一起躲到屠佛殿去，但一想我哥那人他也不一定护得了你……"

"那倒是真的，他连妻儿都护不了。"唐知心苦涩地插话道，见林放一脸迷茫，她解释道，"你嫂嫂死了，就几天前的事。"

林放神色凝重，一时沉默。唐知心苦笑道："照你说的，我现在是清山不能回，落照不能去，丰都不能待，那你打算带我去哪儿？"

"去雀岭。雀岭在湖州与江宁二藩交界，本就鲜少有人去。再加上二藩不睦已久，就算是大门派派人去也会小心行事避免麻烦。藏到那里应当可以安全一阵。"他看了看唐知心，补充道，"你若是有别的意见，我也可以听你的。"

唐知心平静地说道："我去昆仑。我去找我师兄。"

林放剑眉一拧，脸上露出一副"我就知道"的怒容，道："我说那么多，你一句也没听进去！你去昆仑干吗？嫌自己命长？！"

"我去找段未语，他这么长时间杳无音讯，连封信都不给我回，我还没找他麻烦呢。”

“回信?！你疯了？他要杀你！”

“他不可能杀我！”

林放从怀中摸出一张缉拿令拍在桌上，怒道：“你自己看，这是不是清山掌门的玉印？白纸黑字，我骗你干吗?！”

“我不信，天王老子的玉印我也不信，段未语不可能伤害我！”

林放瞪着她，深吸一口气：“那我呢？我千里迢迢赶来找你，难不成是来害你的？你信他，那你信不信我？”唐知心一时语滞，顿了顿，道：“我自然信你，但这事不一样的。你想想，若是我告诉你，你哥哥要杀你必须带你逃跑，你能答应？”

“这不一样，我哥那是亲人！”林放怒道。

“段未语也是我的亲人！”唐知心大声道，“唯一的亲人！”

林放愣住，一肚子的话一时不知从何说起。片刻后，林放叹了口气，温言道：“你还没吃东西吧？我去看看厨房还有些什么。”

见他服软，唐知心又有些不忍心，也缓和了语气道：“那你呢？”

“我跟你说过的，我们捕快晚上当值，晚膳吃得早。”林放说完推开房门离去。约莫一炷香的时间他便回来了，进屋时，手里端了一碗面，冲唐知心道：“我就只找到一点儿面条，刚煮好，你凑合吃吧。”

唐知心心事重重，挤出一个笑容道：“林少爷还会做饭呀？”

“就那样，反正吃不死你。”事实证明，林放这话没有谦虚，一碗面清汤寡水，的确不太好吃。但唐知心还是很给面子，连汤都一口没剩。林放能有如此赴汤蹈火的情谊，就是一碗清水唐知心也甘之如饴。吃完面擦擦嘴，她朝林放开口道歉：“刚才是我冲动了，你别放在心上。你能大老远赶来帮我，我很感激……”

林放哼了一声。

唐知心继续道：“我也不是不相信你说的，只不过或许还有你不知道的事，或许中间有误会，或许我师兄还有别的打算。总之，他不可能杀我。”

林放又哼了一声。

“我就算躲也不可能躲一辈子吧？总是要去找他问个明白。”唐知心诚恳道。

“我看你是想死个明白吧。”林放气哼哼，想了想，道，“我陪你去昆仑。”

“啊！”唐知心一脸难以置信的表情。林放气呼呼地说：“我说我陪你去，行了吧？！就凭你一个人，说不定还没到沧州就被抓了！”

“那林家怎么办？你爹……”

林放打断道：“你别问了，吃完就上床躺会儿。明天还得赶路呢。”唐知心回头看了一眼房内仅有的一张床铺，问道：“那你呢？”

“我守夜。”林放在桌边擦拭佩刀，眉头紧锁。唐知心和衣躺在床上，却怎么也睡不着。她小声道：“雁楼？”

“你怎么还不睡？”林放还在生气。

唐知心情绪低落地道：“你说你哥到底爱着谁？”这么多天终于有一个人可以倾诉心事，几日来的苦闷问出了口，她百感交集。

“你还有闲工夫操心他？”

“我都说了我师兄不会杀我，有什么好担心的。对了，你的猫呢？”

林放不耐烦道：“当然在家了。我还带只猫走南闯北吗？”

唐知心扑哧一笑：“还走南闯北呢！弟弟，看来你是真长大了。”

“谁是你弟弟！”林放不乐意地回了句。

“我瞧你和你哥哥一点也不像，阿冲的坏脾气倒和你一模一样。”唐知心调侃着。

林放冷哼一声：“少乱说，阿冲那是跟他师父学来的坏脾气。别说话了，你赶紧睡吧。”

唐知心喃喃道：“你别说，一提睡觉我居然有点头晕。不过这感觉怪怪的……”说话间，林放已起身来到床边，情绪复杂地看着她。唐知心感觉不对，心中一惊，“你……你给我下药了？”

“段未语不会放过你的，我不能看你去送死。”

“你这手段太卑鄙了！”唐知心晕晕乎乎，眼皮沉重。只听林放在一旁道：“你弄晕我一次，我弄晕你一次，大家扯平。”

“没人能伤害你。”这是唐知心失去意识之前听到的最后一句话。

昆仑女神峰。

山雨欲来。段未语久未踏出房门，如今再一次感受到自由，脑海中却只有这四个字飘过。他缓缓来到崖边，姜吕尚立在树下，明显是在等他。

“师父。”段未语轻声道。

姜吕尚看徒弟一脸憔悴，叹道：“吃了不少苦吧？”

“不及心中苦。”段未语道。

姜吕尚轻声道："错在有心。能放你出来，想必你是答应了。天地正道的大道理我就不与你多说了。为师有时候想想过去，天地昭昭似是总有度不过的劫难。那年你捡了她回来，说她姓唐，为师本以为是个巧合，是段缘分。谁知道，却是逃不掉的孽缘。唐酒知死在了我的剑下。如今……戎儿啊，记住，错不在你，错在有心。"

落照林府。

秋高气爽，耗子精在花园的青石板上晒着太阳，舒服得都现出了原形，满地打滚。孔雀明王从一旁经过，看着他咂嘴道："好久没开荤了。"

耗子精吓得一个激灵，赶紧变成人形，愤然道："我就知道！黄鼠狼是不是你吃掉的？"

孔雀明王翻白眼道："我好歹也是菩萨座前的神鸟，你们娘娘吃圣米喝圣水，我吃黄鼠狼？我看起来有这么口重？"

"那黄鼠狼去哪儿了？"耗子精忍不住为好友担忧。孔雀明王再次送了他一个白眼，道："我怎么会知道。"

一个声音飘过："肯定是被她吃了。"

孔雀明王吓了一跳，怒斥道："你要吓死我啊，出来也不先吭一声。"

栀子花妖刚刚化形还变不出实体，如今只有个虚影飘浮在空中。寻常妖怪修炼几百年都不一定能成人形，可见红鸾在这花妖身上倾注了不少心血。孔雀明王打量着花妖那半透明的身体，嫌弃道："啧，跟个鬼一样。"

"我本来就是鬼。"花妖道。

"胡说！"耗子精双手叉腰义正词严地呵斥道，"铁锤，你有点出息！你是娘娘亲自培养出的栀子花妖，天地间多少妖求都求不来的福气，怎么能跟那些没有灵气的孤魂野鬼相提并论。"

栀子花妖挠挠头，恍然大悟道："哦，原来我是妖。"

"得，'铁锤'这个智慧的名字白起了，看来是个傻子。"孔雀明王嘲笑着，"话说耗子精，你看这傻子长得像谁？"

"像谁？"耗子精好奇。

孔雀明王神秘道："跟屠佛殿刚死了的郡主长得一模一样。"

"你怎么知道的？"耗子精问。

"别问，问就是神通。"孔雀明王答。

"一样就一样呗。娘娘觉得林寄云最像林灵素，就帮他把过世的妻子还魂归来。以娘娘的本事，也没什么稀奇的。”

“魂？你看她那傻样哪有时贞郡主半分芳魂？红鸾不过就是弄了个障眼法，借了郡主的皮相安在这花妖身上，一副躯壳罢了。凡人那句话怎么说来着？羊什么狗什么的？”

“挂羊头卖狗肉。”耗子精提醒。

“对对对，就是这句。”孔雀明王一拍巴掌。花妖再次飘过，道：“你才是狗肉。”

耗子精维护栀子妖道：“那是因为铁锤还没开智。能这么快化形，肯定很快就能开智的。等我们娘娘回来……”

孔雀明王打断他：“等你们娘娘回来，这林府就要变成盘丝洞、妖精窝了。”

“说得好像你不是个妖一样。”花妖又一次飘过。耗子精点着头赞同：“对！说得就像你不是个妖一样。”孔雀明王伸了个懒腰，懒得再与两个小妖斗嘴，她抬头看了看天，问道：“你家娘娘去哪儿了？”

“落照王府。”

“她去王府做什么？”

耗子精一副幸灾乐祸的表情，嘿嘿笑了两声，道：“去讨债。有人可要倒霉喽！”

落照王府内，傅王妃住的大殿内铺满了红光，但从屋外却瞧不出分毫。这是红鸾的法宝赤霞七曜，身处曜辉之中的人如同进入宇宙缝隙，与外界隔绝。

殿内，赤霞七曜从红鸾身上源源不断地流淌升腾，布满整个房间。傅王妃跪在地上抽泣道：“娘娘，我真的没有背叛您，我一切都是按您说的做的。”

“按我说的？我让你出卖唐酒知的？”

傅王妃听到“唐酒知”三个字哆嗦起来，勉强道：“是，当年是我的主意。酒知来投奔我，求我收留她们母女，是我把她们交了出去。可我也是没有办法，阐教的人杀进落照城，林家和傅家交好，我……”

红鸾冷声打断：“是傅家需要阐教支持，你才能在王府耀武扬威吧？”

傅王妃咬了咬嘴唇，道：“没错，当年是我利欲熏心出卖好友。但后来娘娘您找到我，让我抚养那个孩子，替她保管好玉佩和手帕，告诉她她姓唐，然后在指定的日子把她丢在落照河边，我都一一照做了啊！二十年来，不多问不打听都是娘娘的吩咐。直到最近有一位青灵道长来王府找手帕，我才知道是那孩子回来了。”

“她找到你，你为什么不告诉她实话？”

“这……”

“怕她知道你是她杀母仇人，直接把你砍了？”

“杀她母亲的人是飞熊道长姜吕尚，我……我顶多算无心之失。娘娘您看，当年您把孩子养在赤霞七曜封住的房子内，只有我能进出抚养她，这件事，这么多年我都守口如瓶。”

“怎么？你在威胁我？”

“没有没有，我怎么敢威胁娘娘呢。当年的事，我发誓绝不透露半个字，可娘娘您也保证过的，您保证许我傅家荣华富贵，我儿能做江宁王。娘娘您是神仙，说话要算话的啊！”

“说了你儿能做江宁王，他就一定能做。我能预言，告诉你的都是我看到的。天机我能泄露，但并不是你一个凡人可以听的，你的命数不长了。当年我让你等时机到了便将另一方手帕交给韩景榕，把你知道的真相完整告诉他，你做了吗？！”

“我……我把手帕给他了。”

红鸾怒道：“我让你说的话呢？为什么不说？为何不告诉韩景榕，唐知心就是截教苦心寻找需要拯救的人？”

傅王妃战战兢兢道：“我……我说了，我转告了韩景榕，这手帕是一对，有另一方手帕的人，就是他要找的人。”

听她诡辩，红鸾娘娘火冒三丈，赤霞七曜登时迸发出炙热温度，傅王妃又惊又惧，汗如雨下，哀求道：“娘娘，我错了，我真的知道错了，您别杀我！”

“你不告诉韩景榕，是怕日后阐教知道是你暗地里帮了韩景榕，得罪阐教。我让你做的事，你只做一半，想在我这儿蒙混过关，两边不得罪，是不是？你知道我当初为什么选上你？我看到你心中有愧，我给你一个将功补过的机会，难不成你当初掉的眼泪都是装的？！”

红鸾的话，让傅王妃想到了从前。

雪域江宁藩的都城落照今夜大雨滂沱，雨柱争先恐后地砸向地面，汇集成一条条水流，顺着街边的沟渠流淌。

没有一点灯光的黑暗角落，一个女人静静地躺在地上一动不动，只有长长的发丝随着水流在地面摆动。雨水浸湿了她的衣裙，勾勒出姣好的身形。她胸口不断涌出的鲜血混在雨水里漫了一地，汇聚在被阴影笼罩着的墙角，浓得如同一摊化不开的墨。转角处有打更人路过，他手中灯笼朦胧温暖的光迅速掠过女人的脸庞：美目中的星光逐渐暗淡，她最终闭上了眼睛。嘴角牵起的弧度勾勒出一个心满意足的笑容，这个笑足以为冰冷的尸体镀上一层暖意。

此时，落照城另一处的宅院中，傅絮儿似是在焦急等待着谁，她那时刚入王府不久，连江宁王的面都未曾见过。她在房中来回踱步，直到听见院里响起脚步声才猛地抬起头，一双星眸望向漆黑的雨夜。

一群人来到屋内，带入的雨水打湿了地面。不等众人站定，傅絮儿便慌忙开口问道："如何？"

"死了。"姜吕尚答。

"真死了？"傅絮儿追问。

"千真万确。"林天穹答。

傅絮儿长长地舒了一口气，仿佛卸下了一身重担。她回到桌边坐下，突然又想到什么，再次开口问道："孩子呢？"

无人应答。

傅絮儿将目光移到众人中年纪最长的老者身上，像是急切地寻求答案。青云老道缓缓开口："孩子，丢了。"

傅絮儿一惊："丢了？怎么会丢了？！"

林天穹接话："我们找到她的时候，她身边就没有那个孩子。"

"怎么会这样？难不成她知道我们的计划，先一步把孩子藏起来了？"傅絮儿顿时紧张了起来。

林天穹冷酷地说："要我说，不如防患于未然。城中所有周岁以下的女婴，干脆全部杀光。"

"胡闹！孩子要是没藏在落照城中呢？你要杀光整个雪域的女婴不成？"青云老道怒斥。林天穹不满地说："那你说怎么办？孩子丢了，信物也没找到，这事跟没办成有什么两样？！"

“这信物到底是什么？”傅絮儿问。

林天穹没好气道：“你问我，我问谁去？”

青云老道叹了口气，摆摆手示意到此为止。“没找到便是没找到，命数天定，那孩子便是今夜命不该绝。”

傅絮儿不甘地道：“可是……”

青云老道打断她：“不要‘可是’了，今日没找到，大家便回去各自留意，直到将人找到为止。”

他们散去之时，雨依旧在下。武功高超的众人身形一晃便消失在暗夜里。只有一直目送他们的那一双美目星眸，在黑暗中熠熠闪动，悄然地，落下一滴泪。

“我是真的难过！”傅王妃哭泣道，“我对不起酒知，也对不起那个孩子。可我没有办法，我当年那么年轻，我自身难保。我身后还有一整个家族利益，他们费尽心思把我送进王府，我怎么能为了一个童年玩伴放弃前程？后来娘娘让我抚养那孩子，我都是真心实意地在做。如今我有了自己的儿子，我得为他考虑，如果我帮了韩景榕，青云老道不可能放过我。娘娘您救救我，我真的不想死。”

“要你死的是天道。”

“可是……可是大家都说唐知心是预言中的人！”傅王妃怒吼道，“既然大家都知道这预言，就表明大家都知道了天机，为什么偏偏只有我该死？”

“哦，因为有关唐知心的预言——是我编的。”红鸾淡淡道，“但你儿子是真的能做江宁王，你该死得瞑目了。”说完这句，红鸾消失于赤霞七曜的光芒中。

孔雀明王在林府后花园悠哉喝着茶，看到红鸾回来，她笑着问：“我感受到了赤霞七曜的气息，谁惹得你发这么大脾气？”红鸾阴沉着脸不说话，孔雀明王看了看她的表情，道：“该不会你的计划出问题了吧？”红鸾依然不说话，孔雀明王便知自己猜对了。“那怎么办？我还是去找唐知心把她带走吧。”

红鸾道：“我计划了二十年，还是出了纰漏。你这么简单粗暴的行动，只会适得其反。”接着，红鸾对孔雀明王叙述了整件事的始末，孔雀明王听完后，为难地道：“那怎么办？去找韩景榕？”

红鸾摆摆手，道：“错过了告诉他的最佳时机，现在只能看唐知心自己的造化了。”

韩景榕一行人来的时机不巧，通往瑶池的路风雪漫天，冰冻三重。他们在昆仑山下等了近半个月还是不见风雪变小，只能决定冒风雪上山。

寒风如刀，好似要斩毁一切，通往瑶池的路上连棵枯木都瞧不见。柳如丝跟在师父身后，脚下一滑，摔了一跤。风实在太大，她的脸埋在雪里连爬都爬不起来。韩景榕转身弯腰将柳如丝拎起，将她塞入自己的大氅之下。韩景榕再次起身时，一股凉风灌入鼻腔，顺着咽喉滑入心肺。他感觉自己胸腔猛然一阵抽痛，暖意顺着心口逆流至喉头，猛咳了两声，一口鲜血从嘴里喷出，斑斑点点地落在雪中，立刻冻成血色寒冰。一旁的柳如丝吓得大叫:“糟了，师父毒发了！”

“叫你别上山，你非要来！”苏尽欢顶着风雪来到韩景榕身侧扶起他，“小柳，扶你师父原路下山，我与其他两位堂主继续找雪莲。”

韩景榕蹙眉，胸口剧烈起伏，道:“不必，我们抓紧赶路。”

“怎么？你信不过我们？说了能给你找回来就一定能给你找回来！”苏尽欢生气，韩景榕摇头，甩开苏尽欢搀扶的手踉跄前行，嘴边血迹已冻成冰碴也不去管，只是道:“心诚则灵。”

“得了吧你，都什么时候了，你这副样子，除了我们谁能看见你的诚心？”苏尽欢继续顶风上前，搀住韩景榕的右手却再次被他甩开。韩景榕再次开口，语气中似有怒意，“苍天在上，天看得见！”

苏尽欢很不理解韩景榕这个时候发倔脾气。“我韩亦向天地求取天地之物，不该怀有敬畏之心？”韩景榕注视着前方白茫茫的一片，“我本天地一尘埃。世上需要雪莲救命的人何其多，雪莲却只有三朵，凭什么是我能得到？韩亦何德何能，全凭一颗丹心鉴日月。”

夜幕将至，苏尽欢在风雪之中发现了一个山洞。洞口很小，钻进去一看，里面竟是豁然开朗，一行人钻入山洞歇脚。天机阁的弟子用马皮堵住洞口，挡住风雪。张璃笑眯眯地取出火折点燃篝火，道:“阁主，带小柳往暖和的地方坐吧。”

柳如丝从韩景榕的大氅之下露出两只眼睛。这几日，大家行程进度很慢，一方面是担心韩景榕的身体，另一方面就是她拖了后腿。她身高尚矮，行走时，积雪经常没过了她的腰，让她寸步难行。韩景榕又不愿假手他人，最终柳如丝就挂在师父怀中一路来到这里。说实在的，她心里有点内疚，也有点害怕，害怕其他人会嫌弃自己。她来天机阁有些日子了，却依旧觉得寄人篱下。可能是没了亲人的孩子都比较敏感，柳如丝总是隐约觉得司战堂的陆堂主对自己很不友善。韩景榕四下打量山洞，点点头，道："上天待我不薄。"

苏尽欢白了他一眼："上天真待你好，干脆别让你中毒不是更省事。"

大伙围着篝火吃干粮，柳如丝嚼着面饼，忍不住问道："师父，你到底是怎么中毒的？"此言一出，山洞中一下子安静下来。片刻后，陆念妗冷哼一声："你还有脸问……"韩景榕马上看向她，陆念妗把没说完的话咽了下去。"去守夜，后半夜我换你。"韩景榕吩咐。陆念妗起身移步至洞口的位置坐下，韩景榕将大氅脱下扔在柳如丝头顶，道："吃饱了就睡觉。"

柳如丝以为自己说错话了，轻轻哦了一声。通常来说，师父不想回答的问题都会装作没听到。于是她假装什么都没发生，却没想自己裹着大氅躺下后，韩景榕的声音在耳边传来："为师的毒，是一位师兄给我下的。他……跟你父亲一样，医术很好，我很敬重他。"

"既是同门师兄弟，为何要下毒？"柳如丝不明白。韩景榕同样也不明白，摇摇头，道："不知。"

柳如丝追问："那然后呢？"

"然后？他被逐出师门了，云游四海后在天茗定居了。他离开师门时，带走了先师遗物玲珑蒲。玲珑蒲可以压制百毒，虽不治根本，但在找到雪莲之前，那是救我性命的最重要东西。"

"玲珑蒲？好像在哪里听过……"柳如丝想了想，道，"那他下毒，又带走玲珑蒲，不就是想要您的命吗？"

柳如丝的话让韩景榕陷入回忆中，当年得知自己被师兄下毒后，他震惊万分，他问柳千水："师兄，你是想要我死？"而柳千水却回答说："不，阿亦。是命运需要你过得痛苦。"

柳如丝见韩景榕沉默不语，小心地问："那您恨他吗？"

"不。"韩景榕摇摇头，"我依旧很敬重他。"

"为什么？"

韩景榕答非所问道："你相信这世上有妖吗？"

"师父相信我就相信！"

韩景榕笑了："我不仅相信，我还亲眼见过。"

柳如丝惊讶道："师父见过妖？什么样的妖？"

“他的原形是我见过最美丽的鸟儿。他的人形是我一生中见过的最完美、最像神仙的人，我找不出词句形容他的样貌。他说，妖会预言，是他告诉我，未来光明。”

韩景榕再次陷入了回忆。

刚中毒时，剧毒让他痛不欲生，甚至想一死了之。怨恨在心底萌发时，他眼前出现了一个人影，身后伴着柔雾般的青光。说来也怪，对突然出现在屋中的人，韩景榕竟然没有一丝恐慌，反而觉得平静。那柔雾像缠绵的温泉，让韩景榕的痛苦也消除了不少。

“你是谁？”韩景榕问。

“我是妖。”一个声音从那团青光中传来，声音如同泉水潺潺。

“为何找我？”

“我来告诉你，未来光明，不要失去希望。”

“我受剧毒折磨，早就没了希望。”

“痛苦不过一瞬，未来即是永恒。不要太在意现在，现在的你我不过都是未来的你眼中的过去人。你的未来可期，不要失去希望。”

“你如何知道我的未来？”

“因为妖会预言。换言之，我可以看到未来。”

“你看见了我的未来？一切都会好起来？”

“未来已经定好，命运需要你此刻承受痛苦。”那声音语气平和，让人生出安全感。

韩景榕喃喃道：“给我下毒的师兄说过同样的话。”

“他帮了我大忙。但他知晓天机会遭到天谴。韩亦，你应当敬重他，是他向我举荐了你。日后请你善待他的家人。”

“是你让他给我下毒的，对吗？你想让我痛苦地活下去，是有事情要我做？”太可笑了，自己怎么会相信这些？韩景榕不想相信，可这个人的声音似有魔力，其间透露出不可置疑的威严，像东皇钟声，像浩然正气，让人不得不相信。这是韩景榕第一次明白，在天地万灵中，人类是如此渺小。

青色柔光中的人仿佛看穿了韩景榕的所思所想，他轻笑道：“柳千水没有说错，你是很聪明的凡人。凡人好自大，他们造堤修渠，开垦荒地，自以为征服了自然，殊不知，这只是天地馈赠。你要记住，敬畏天地总是没错的。”

“你到底是什么妖？”

“时间太久了，我已经不记得我是什么了。我见过盘古开天，我见过封神大战，我见过巨人枯骨化荒山，我见过神女碧血染河川。非要说的话，我和你一样，不过天地中一粒尘埃。”话音未落，光影渐渐模糊。转瞬间，青蓝色的烟雾聚拢，幻化成羽翼，羽翼泛着龙鳞似的光芒。韩景榕知他要离去，忙问道：“你说的未来是什么时候？”

“等到合适的时机，一切都会水到渠成的。”那声音似从天际传来。

“我想现在也许就是合适的时候了。”韩景榕对着柳如丝轻声道。

唐知心迷迷糊糊醒来，只觉得脑袋似有千斤重，花了好长时间才想起之前发生的事。她一边揉着太阳穴，一边下意识地打量四周。这里好像是间牢房，却又不太像牢房，床上的铺盖都是上好的材质，破旧的桌子配了崭新的椅子，被铁条封死的窗户下摆放着小巧的梳妆台。她想了想，大声喊道：“林放！你给我出来！”

房外传来脚步声，一个衙役模样的男人站在木栅门外，客气地说：“唐姑娘，你醒了啊。饿不饿，要不要吃点东西？”

“吃什么吃。林放呢？叫他过来！”

“林捕头有事先回落照了，他吩咐小的们好好照顾你。唐姑娘放心，林捕头和我们家大人是生死之交，我们一定尽地主之谊。”

“在牢里尽地主之谊？开什么玩笑！快放我出去！”

“唐姑娘别为难我们，林捕头吩咐了，你只要不出大牢，想干吗就干吗。唐姑娘想不想吃烧鸡？小的去给你买。”衙役的话音刚落，梳妆台的抽屉里就发出了轻微的声响，“对了，林捕头让我们转告你，现在外面太乱，唐姑娘待在这里最安全，等风头一过，他回来亲自护送你去雀岭。”

林放软禁了自己，唐知心难以置信。见唐知心不说话，衙役讨好道：“唐姑娘先休息会儿，我这就去给你买烧鸡。”说完，衙役一溜小跑地离开了。梳妆台的抽屉又是一响，这怪声惹得唐知心烦躁不安，她走到梳妆台前，猛然拉开抽屉，一团毛茸茸的动物，正瞪着一双乌溜溜的大眼睛紧紧盯着她。唐知心自语道：“这是黄鼠狼？”

黄鼠狼精眼睛一亮，开口道：“善人，真没想到你还记得我。”说完冲着唐知心龇牙一乐。唐知心愣了片刻，脑内一片空白，随即两眼一黑晕了过去。倒下去前，她对自己说，不可能不可能，一定是蒙汗药药劲没过。

等唐知心再次醒来的时候，铁窗外的月亮已高高挂起。后脑一阵刺痛，伸手一摸竟然鼓起一个大包。她揉着脑袋回忆之前发生的事，此时就听见桌子边传来咀嚼声。她赶紧循声望去，却见一个陌生男人正坐在桌边啃鸡腿。唐知心吓得一个激灵，赶紧检查周身，自觉没什么异常后再次警惕地打量桌边的男子。这人的打扮很奇怪，半儒半道，一身衣着破破烂烂，腰间却别着块上好的玉玦。双手捧着一只烧鸡，脸埋在鸡肉里啃得津津有味，那吃相简直惨不忍睹。

唐知心小心翼翼地问："喂，你是谁啊？"

"善人，你醒了啊！"黄鼠狼精擦了擦嘴，答道。唐知心紧皱眉头，怎么都想不起来自己认识这人。她困惑地问："我们之前见过？"

"当然见过，刚刚我不还打招呼了吗？"

"刚刚？"唐知心开始回忆，"我醒了以后就见过一个衙役，和一只……"一种不好的预感浮上了心头。"会说话的黄鼠狼？"唐知心试探着问。

黄鼠狼精高兴地说："就是我啊，善人。"

黄鼠狼精见唐知心面色惊疑不定，放下了手中的烧鸡，油手随意在裤腿上蹭了蹭，站起来向她靠近，一边走还一边比画着，极力证明着自己的身份："我啊，我就是黄鼠狼啊！"黄鼠狼精说着噗的一声变成原形，眨着乌溜溜的大眼冲唐知心道："善人你看我！"接着又噗的一声变回了人形。

唐知心目瞪口呆，她刚准备大喊"有妖怪"，突然想起自己是个道士。不不不，绝不能这么丢人，不能给清山丢脸，要镇定！对，自己一定得降伏这个妖怪。唐知心想起自己佩剑上的清山符文有镇邪驱魔的作用，赶紧向腰间摸去。这一摸，欲哭无泪，佩剑早就被林放收走了。

"林捕头啊，你赶紧回来啊！"唐知心仰天长啸。

"善人，你找林家小公子啊？他上落照去了，没个把月肯定回不来。"

"你认得林放？"唐知心好奇又警惕。

"那何止是认得，我和他渊源太深了。"

唐知心忐忑道："他掏你窝了？抢你崽了？还是打猎伤到你了？你听我说，林放人不坏，他肯定不是故意伤害你的。我替他向你道歉，你放过我们。冤冤相报何时了呢，你说是不是？"

黄鼠狼精这才恍然大悟："善人你怕我？你不是道士吗，怎么还怕妖啊？"

"我……我师父没教过我怎么降妖啊！"唐知心心虚道，"你别吃我，虽然我不会降妖，但我师兄肯定会。你逞一时口腹之欲吃了我，来日我师兄肯定扒了你的皮做围脖！”

“那个善人，我怎么会吃你，何况我刚吃了烧鸡。”

唐知心崩溃道：“那你找我干吗呀？！”

“封正啊！”黄鼠狼精拔高声音道，“你不是答应要给我封正的吗？”

“我什么时候说过了？”

“就上回在岳城，傅府大婚，你找小林放聊天。你们聊到神鸟封正的事，善人你说你可以给我封正的。”

唐知心使劲回忆，好不容易才有了一段模模糊糊的记忆。“那只装死的黄鼠狼是你啊？”

黄鼠狼精一拍巴掌，惊喜道：“你想起来啦？我还以为你头摔坏了呢。善人你可不知道，我找你找得有多辛苦，千难万险终于等到这一刻了，我再也不想叫黄鼠狼了，世上那么多黄鼠狼，我可不想永远那么普通，以后我也是堂堂正正封正的妖了！你一定要给我起一个响亮的名字！”

“大黄？”唐知心想着刚才看到的他那一身黄毛脱口而出。

黄鼠狼精一脸不乐意。

“那个，你真的是妖？”唐知心还是不相信。

黄鼠狼精无奈道：“真的，你不都看到了嘛。”

“你来找我帮忙？不是来吃我？”唐知心还是有点不放心。

黄鼠狼精叹了口气，道：“善人，怎么连你也这样？妖就不能是好妖吗？就不能跟凡人结个善缘吗？为啥都觉得我们要害人？我还以为你跟普通凡人不一样呢。”

接受现实后，唐知心的理智渐渐回来了。黄鼠狼说得有道理，他真的要害人刚才早就下手了。但就算他说的是真的，大家也不过一面之缘，为何他会如此执着找到自己来封正呢？无数个疑惑涌上心头，她追问道：“我为什么不一样？你以为的根据是什么？是不是调查过我？你认识林放，你还调查过我身边的人？你为什么身上没有妖气？你有妖法？为什么以前从不现身？现在外面谣传我师兄要杀我，是不是也是你捣的鬼？”

一连串的问题，让黄鼠狼精脑子明显跟不上了，胡乱道：“不不不，不是我！我从来没有参与过阐、截之争，是娘娘……”

“娘娘？是谁？她做了什么？你还知道多少我不知道的事？”唐知心步步紧逼。

黄鼠狼精很纠结："善人，不是我想瞒着你，但娘娘说过相关的事绝不能告诉你。否则，否则我就死定了！但你要相信，我们绝不会害你的。红鸾娘娘一直在想办法，虽然我也不知道有什么办法，但娘娘神通广大……"

"神通广大？她也是妖？"唐知心问。

黄鼠狼精哭笑不得，道："什么叫她也是，善人你也……算了，我不能说。沈岁寒是凡人，体内却有娘娘注入的妖力，他偏偏与你亲近，你没想过为什么吗？"

"难道我体内也有妖气？我怎么不知道？"

见她还没开窍，黄鼠狼精叹气摇头道："我不能说。我只能说外面有人追杀你的事是真的，但不是我干的，我也没这么大能耐。等你什么时候见到娘娘，再去问她吧。"

"我什么时候能见到她？"

"我不知道。我太渺小了，所以才想要善人帮我封正。你看你帮了我，以后我变得厉害肯定也会帮你的，妖一定会报恩的，不然会遭天谴的。"

"你能帮我？"

"以后的话……"

唐知心突然眼睛一亮："这样吧，大黄，我们谈谈条件如何？"

"我不要叫大黄！"黄鼠狼精惊恐否决。

唐知心狡黠道："你看啊，我呢，对妖不了解，跟你也算第一次正式见面，对你说的那位娘娘更是没什么兴趣。只要你们不害我，妖不妖的对我来说不重要。我呢，只想找我师兄，解开其中的误会。只要清山平安，我师兄平安，我也平安，你们爱干吗干吗。你不是不喜欢'大黄'这个名字吗，只要你用妖法把我弄出去，我就再给你重新封正，怎么样？"

黄鼠狼精犹豫道："善人，我觉得你还是留在这里吧，安全。"

唐知心瞪了黄鼠狼精一眼，威胁道："大黄，我觉得这个名字挺好的，就用它封正。"

黄鼠狼精赶紧解释："善人，外面真的到处都在抓你，清山掌门确实要杀你。小林放这主意我看挺好的，要不你就……"

"我师兄不会杀我的。"唐知心打断道，"我从小跟师兄一起长大，没人比我更了解他，不管你们怎么说，我只信他。"

黄鼠狼精听得满眼的困惑，凡人果然不可理喻，到底是什么让她如此笃定？也许就是娘娘说的情感吧，黄鼠狼精莫名地有些羡慕。

黄鼠狼精咬咬牙道：“好吧，我帮你。你说，要怎么做？”

“咱们现在在哪儿？”

“永州，离丰都不太远。”

“那你是怎么进来的？”

“我到处找你，本来跟着你到了丰都，结果被一只孔雀叼走了。再回来的时候路过永州，正好看到林放在街上买女孩子的生活物件，我猜他是买给你的，就躲在梳妆台的抽屉里跟来了。”

“这样啊。那你身上为什么没有妖气？我一直都没发现你。”

黄鼠狼精指了指自己腰间挂着的玉玦道：“看到了吗？这是个法宝，娘娘给的，可以隐藏妖气。我和耗子精一人一个。大妖可以随意隐藏妖气，不过这个得修炼很久，所以我就用这个法宝。”

唐知心点点头，又问：“我刚才晕倒的时候，那个衙役是不是来过？”

“来过，他过来给你送烧鸡，看到你躺在地上，以为你蒙汗药没醒，把你扶回床上才走的。”

“那你有没有看到他身上挂着的钥匙？”

“看到了，怎么了？”黄鼠狼精一愣，“你不会是要我去偷吧？”

唐知心笑眯眯地点点头。黄鼠狼精只得变成原形，刚吃完的烧鸡还没消化，圆滚滚的肚皮差点被牢房铁栅栏卡住。他钻出牢房冲唐知心挤了挤眼睛，飞快消失在阴暗的走廊中。不到半炷香的时间，黄鼠狼精就叼着一串钥匙回来了。唐知心小心翼翼地接过钥匙，尽量避免发出声音，黄鼠狼精变回人形，在一旁开口道：“没事，牢头不在。”

听了这话，唐知心放心大胆多了，用钥匙打开门锁，唐知心推开牢门就往外走，却被黄鼠狼精一把拉住。“哎哎哎，你就这么出去啊？”

“怎么？你不说外面没人吗？”

“我说牢头不在，但前面还有别的犯人呢，你这么溜达出去，别人能看不见？那边有个后门，从后门走吧。”黄鼠狼精带唐知心来到后门处，果然没人发现。只是后门依旧上了锁。唐知心掂了掂那锁，问：“这锁的钥匙你偷了吗？”

“不是一串都给你了吗？我看起来这么蠢，偷钥匙只偷一把？”黄鼠狼精不满地说。唐知心一边开锁一边打量身边的黄鼠狼精。“没看出来你还挺聪明的。”

黄鼠狼精骄傲地挺了挺胸。

吱呀一声，后门被推开，唐知心终于重见天日了。出来时已是黄昏，她决定在城门落锁前赶紧出城。一人一妖从后门绕到马厩，段未语那匹白马果然被林放带回来了。唐知心悄悄牵出马，让黄鼠狼精变回原形藏在她袖内，策马扬鞭直奔昆仑山而去。

连着几日，路途上一切顺利，林放选的地方的确偏远，一路上冷冷清清。没人的时候，唐知心会把黄鼠狼精放出来透透气，他便趴在她的肩膀上唉声叹气："善人，你啥时候给我封正啊？"

"等我见到我师兄！"唐知心笑眯眯地说道。

"为啥啊？你路上反正也没其他事，赶紧帮我想想呗！"黄鼠狼精愁眉苦脸。

"我突然觉得你很有用处，不能随随便便放走了你！"

黄鼠狼精吃惊地瞪大了乌溜溜的圆眼睛。

唐知心嘿嘿一笑："你就当帮我个忙吧，万一我还没见到我师兄就在路上遇上了林家的人，打不过他们怎么办？你也不想给你封正的道士没两天就横尸荒野了，对不对？多没面子。以后你还怎么面对同道中妖呢？"

黄鼠狼精很认真地想了想，道："你说得有道理。"

就这样又过了几日，唐知心和黄鼠狼精来到了瓜洲渡口。

进入江宁境内，安稳的日子就结束了。城门外贴着画着唐知心画像的江湖缉拿令，虽不及官府的权威，但以清山的地位也足够引起重视了。唐知心不是没想到会有这种光景，她心里很清楚，不是清山不可能杀自己，是段未语不可能杀自己。换言之，她很清楚自己师父师公的为人，他们为了清山什么都做得出来。但师兄和他们不一样，师兄一定有别的计划，这世上没有师兄解不开的困局，自己一定要见到他。

唐知心心事重重，黄鼠狼精倒是很自在，他趴在唐知心肩头东张西望，小声道："善人，你看这城里到处都贴着你的画像，善人你还别说，画得还真像。"

唐知心心里五味杂陈。小时候，她问师父师门到底是什么，师父答，师门意味着光荣，意味着不论你走到哪里，英雄好汉会扫榻相迎，意味着就算你穷困潦倒在街边卖艺，街坊邻里都会让你有一口饭吃。如今自己一夜之间成了师门败类，荣光不再。唐知心低声斥道："你别啰嗦了，小心让人发现了！"

唐知心遮着脸，打算绕城离去，行至城门处却被一众江湖人拦住。她瞟了一眼拦她的人，为首那人腰间挂着林家的腰牌。

“喂，前面那个骑白马遮着脸的，你过来！”

黄鼠狼精已钻入唐知心怀中，紧张道：“怎么办？”

“还能怎么办？跑！”唐知心扬鞭打马冲了过去。一群人马上从身后追了过来，两只袖箭嗖嗖飞过，擦着唐知心的发髻钉在了路边树干上，瞬间又有几枚袖箭射来，唐知心左挡右避，速度慢了下来，身后众人紧紧逼近。

唐知心心中焦虑，平地上根本甩不掉后面的人，眼见前方不远处有一破旧小镇，唐知心打算借着破旧错落的地形甩掉他们，于是纵马冲入小镇。让她没想到的是，对方似乎对这一带并不陌生，到处围堵她，她只能像无头苍蝇一般在小巷中乱转。眼看包围圈越来越小，黄鼠狼精焦急地催促道：“怎么办怎么办？”

“怕死你就先走，我跟他们拼了。”唐知心怒道。

突然，一个年轻女子的声音从墙后传来：“走右边，骑马越过矮墙。”

这声音在哪儿听过？唐知心只犹豫一下，便直接照办，策马越过右边矮墙。矮墙后，一个衣衫褴褛的人轻声道：“你把马藏到谷堆后面，跟我走。”唐知心照做，跟在女子身后穿行在迷宫般的小巷破屋中。她跟着女子进了一间屋，女子回身关门时，唐知心才认出了她是谁。“袁姑娘？”

真不怪唐知心没认出她，此时的袁姑娘与上次见面时差别太大了。她比之前瘦了许多，双颊凹陷，一身宽大的粗布麻衣遮不住高高隆起的肚腹。唐知心太震惊了，半天才憋出一句：“你怎么认出我的？”

“我认出了这匹马，这马跟过我一些时日。你放心吧，我在这藏了很久了，没人能找到这里来。”

“谢谢你救我。”唐知心不知道该说什么。

袁姑娘倒是坦诚：“看在郡主的面子上罢了，你也算是个故人。对了，郡主如何了？还有这段时间看到不少你的缉拿令，清山为什么要抓你？”

唐知心一时不知该如何回答，屋内一片安静，忽地一阵咳嗽声传来，唐知心才发现，屋内破床上还躺着个人。袁姑娘急忙上前给那人拍背，向唐知心轻声道：“这是我夫君，姓萧。萧郎，这是我一位故人。”躺在床上的男人病得不轻，他艰难地从床上坐起，捋了捋残破的衣襟，向唐知心点头问好。唐知心隐约记得季犹清提过他是个读书人，便拱手回礼道：“萧先生，打扰了。”

男子摆摆手示意她随便坐。看他面色苍白，呼吸微弱，唐知心忍不住问:“没找个大夫看看吗？”

“怎么没看？私奔时带出来的银子全花在看病上了，大夫说是肺病，治不好。”袁姑娘语气从容，她轻轻拍抚丈夫的后背，眼里含情脉脉，淡淡道，“你不用可怜我，我觉得我过得挺好的。即便我现在穷困潦倒，但我和萧郎真心相爱。”

唐知心想了想，道:“我没有可怜你，你选了忠于自己的感情。你刚才问我郡主怎么样，我怕你动胎气，但想想还是觉得不该瞒着你。郡主走了，走得很安详。”

袁姑娘知道郡主的身体一直不好，但听到这句话，还是一时垂泪不语。屋内安静下来，外面的人群吵嚷声也渐渐消失。黄鼠狼精在屋外围墙上观察，确认安全后在门外吱地叫一声。唐知心收到暗号，轻轻抚了抚袁姑娘的肩，柔声道:“我要走了，多谢你的救命之恩。第一次见面时多有失礼，还请你原谅。世事无常，再见面也不知是什么时候了。”唐知心解下腰间钱袋，留下一些路上必需的盘缠，将剩下的银两递给了袁姑娘。“你拿着钱，救人要紧。你每次见到我都丢了钱袋，这个就当我帮你找回来的吧。那匹马和你有缘，也留给你吧。”

袁姑娘没有拒绝，嘴角浮起一抹苦涩的笑。唐知心说完不忍心多留，推门便离去了。黄鼠狼精见她出来，又蹿上她的肩头，道:“善人，你非要去找段未语，我觉得你在赌气。大家都说段未语要杀你，你偏不信。别人越说，你越不信，越要找到段未语，证明大家都是错的。”唐知心被这话戳中内心，一时竟无言以对。

出了小镇，她再也不敢在人前露面，躲在城外树林中，让黄鼠狼精化成人形去城中买马。没多久，她看着黄鼠狼精牵回匹骨瘦如柴的老黄马。唐知心嘴角抽搐着问:“你……你活了这么多年，连马都不会挑？”

“我怎么不会挑？这马自己跟我说它见多识广。”黄鼠狼精反驳道，“善人，不是我说，这你就少见多怪了。这匹马有灵性啊，修炼成妖指日可待，我们都可以用灵力交流了。”

唐知心的嘴角依旧在抽搐:“那你知不知道，买马最重要的一点是什么？”

“什么？”

“跑得快。我路上又不缺人聊天，有你一个已经够吵了，要匹会说话的马干什么？！”唐知心咆哮完，一旁的老马不甘示弱地冲着她打了个响鼻，随即一声长鸣。黄鼠狼精翻译道:“它说你有眼不识泰山，想当年它是它们村跑得最快的崽。”

唐知心气到发蒙。

黄鼠狼精安慰道:“别这样嘛，善人，我和它很投缘的。何况它在驿站待了很久了，再没有人买，说不定就要被宰了。现在能自己修炼成这样的生灵已经不多，你就当救它一命，日后它会报答你的。”

哼，这黄鼠狼果然狡猾得很，唐知心恨恨地想着，这才相处没几天，他就把她嘴硬心软的特点摸得一清二楚。果然是妖，善察人心。唐知心确实不忍心将马送回去等死。黄鼠狼精看唐知心的表情就知道她已经接受这匹老马了，讨好道:“善人，我挑它自然不是只看它可怜，它在驿站待了这么长时间，来来往往的人那么多，总会听到些消息的。”

唐知心忙问:“它听到了什么？”

“它说林家的人从南边来，都集中在城镇和官道。它在驿站听到过他们议论，如今不太平，好多山路都被山匪占了，他们不敢去那儿。咱们顺着山路走，肯定就能躲开追杀。”黄鼠狼精一拍巴掌，感慨着，“你看，这时候老马不就派上用场了吗，它说它年轻时走南闯北，可以带我们绕过官道和山匪，保证安安全全地把咱们送上昆仑山！”

唐知心将信将疑:“真的？”

老马又打了个响鼻。

“它又说什么了？”唐知心问。

“老骥伏枥，志在千里。”黄鼠狼精翻译。

“还挺有学问呢。那行吧，既然它这么有信心，就让它领路试试吧。”唐知心翻身上马，黄鼠狼精牵着缰绳，一人一妖一马踏上旅途。走了一会儿，唐知心才想起来问:“它叫什么？你问问，它有没有名字？”

“问过了，它说它叫大黄。”

唐知心低头看了看胯下的老马，有点诧异它比看起来精壮许多。不过它真的挺老的，脖颈的鬃毛都有几缕泛起了白色。既然能遇上也是缘分，她抬手摸了摸它耳后软毛，开口道:“你也是有灵性的生灵，既然遇上，我就给你重新起个名字吧。从今往后你就叫‘的卢’怎么样？听过一句诗没有，‘马作的卢飞快，弓如霹雳弦惊’。的卢救主，背着刘备檀溪一跃，转危为安。我希望你也能帮我转危为安，一起平安到昆仑见到我师兄。”

老马打了一声响鼻算是回应，它果然有灵性，有了新名字后，脚步都轻快了许多。一旁的黄鼠狼精看上去十分沮丧："善人，为啥它刚来就有名字了？说好的给我封正呢？"

唐知心讪笑道："的卢是三国名驹，随便一想就想到了。历史上有没有出名的黄鼠狼？你能想到吗？"

黄鼠狼精认真思考后道："好像还真没有，但没关系，跟了善人你，我可以成为第一个名垂青史的黄鼠狼。"黄鼠狼精边说边从怀中掏出一个纸包塞到唐知心手中，笑着道："善人，这个送给你！"

唐知心打开一瞧，里面是一方蚕丝制的面纱，她将面纱戴上后只余双眼露在外面。面纱轻薄如蝉翼，戴在脸上清凉如泉水拂面，虽薄但遮挡效果却很好。唐知心惊讶道："这面纱看上去很贵，你哪来的银子买的？"

"出来时，娘娘给了我几颗珍珠，后来我才知道凡人买东西不用珍珠都用银子。没办法，我就用幻化之术把珍珠变成银子去买东西。这是我身上最后一颗珍珠了。"

"你会幻化之术？"唐知心惊奇道，"障眼法？"

黄鼠狼精点点头，道："对啊，很初级的妖法，是个妖都会。妖法强的维持时间久，妖法弱的反之。怎么了？"

"那能不能把人变没？就是让别人看不见我？"

"能啊，以我的法力可以维持一炷香时间吧，不过人不能太胖啊，太消耗。"

唐知心气愤道："你怎么不早说？能躲一炷香时间，咱们也不至于给追得满大街跑啊！"

"善人你也没问我啊。"黄鼠狼精一脸委屈。

唐知心一脸崩溃："那我问你，你还有别的本领吗？"

黄鼠狼精想了想，答道："暂时没了，我想到了再告诉你。"

往后一连几天，的卢印证了自己的话。它果然很厉害，年轻时走遍大江南北，它从路边草丛或者地上的马蹄印就可以判断前方有没有埋伏或危险。加上黄鼠狼精的障眼法关键时刻可以保命，他们几次都化险为夷。当然，一路上的艰难困苦自不必说，月余后，唐知心终于来到昆仑山脚下。

刚踏入昆仑境地，唐知心便开始警觉。周围景象太过诡异，虽然她没有来过昆仑，但世人皆知昆仑苦寒，而自他们踏足以来，不仅感觉不到寒冷，连落入掌心的雪花也没有冰冷的触感。无风无声，安静得诡异。走着走着，前方出现一个亭子，一束光照耀在亭前空地上，一个人站在光里。

的卢抬起前蹄一阵嘶鸣，黄鼠狼精一脸震惊，赶紧翻译道："是幻术，我们踏入了别人布置的幻术。"

幻术？那只能是西方教幻术。

唐知心上一次见到西方教幻术还是在落照的那个夜晚，那老和尚冒充的乞丐。会是他吗？不等她多想，前方那束光缓缓放大，逐渐变得金光灿灿，天地间梵音响彻，她终于看清了那个人，不是那老和尚，居然是赵寺淮。

赵寺淮向前迎了几步，笑道："青灵道长，好久不见。"

"赵大人，你怎么在这里？"

黄鼠狼精担心唐知心，几步上前问道："你是谁啊？"赵寺淮手中的蜜蜡手串突然迸发一阵强光，黄鼠狼精立刻被打回原形弹出去老远。赵寺淮皱眉道："没想到青灵道长身边居然会跟着妖，我佛面前岂由得小妖放肆。青灵道长，我有几句话想与你单独谈谈。"

唐知心不高兴地说："上来就动手打我朋友，你佛的慈悲呢？"

赵寺淮轻笑："我佛慈悲，自在心中。青灵道长不需要有如此敌意，寺淮此次奉命在此等候多时，就是想与你谈谈。"

"奉命？奉谁的命？"

"家师，法号淳鉴。"

"找我有什么事？"

"迎你，同时也送你。"

"有话请直说。"

"青灵道长，你可知眼前的这座叫作什么？"唐知心顺着赵寺淮手指的方向看去，一脸疑惑道："你是说亭子？"赵寺淮点点头："没错。道长可知亭子为何唤作'亭'？旧时官道十里一长亭，五里一短亭，给人歇脚所用。'亭'作'停'，寺淮停下相迎，提醒道长是时候停一停了。"

"赵大人，朝廷里是没有大事要忙了吗？你一个朝中大员这么清闲？大老远专门跑到这里来劝我？我们阐教的事怎么也轮不到你来提点。"

"道长误会了。我不是来劝阻你去找段未语的，我指的'停一停'是指本土教该停一停了。"

唐知心不禁一声长叹："赵大人，我知道西方教上次落败后被迫迁出雪域一直很不服气。但你是朝廷中人，应当比我更清楚皇帝的想法。如今新帝年幼，别出心裁也是有可能的，更何况赵大人有的是机会吹耳边风，陛下听你的自然就会重新礼佛。你找我没什么用，你也知道，我现在是师门孽障，自身难保。”

赵寺淮微笑道：“不，青灵道长是西方教与本土教博弈的重中之重。”

“你这话什么意思？”

“青灵道长内心光明，你是特别的人，比韩景榕或段未语更重要。我现在这么说，你可能不明白，不过来日方长。青灵道长聪慧，阐教截教内耗至今，为了利益自相残杀甚至要你性命。这真的是你眼中的正道？你能走到这里，可能很多人不解，但寺淮能懂且由衷敬佩。寺淮奉师父之命来迎你，请你停一停，本土教这条路走不通了啊！”

唐知心苦笑道：“赵大人，你知道吗，世上最难的事之一，就是用自己相信的事去说服别人相信。你在最痛苦的时候被淳鉴拯救，我呢，在最痛苦的时候被段未语拯救，用谁的经历说服谁好像都不管用。我没你想象的神通广大，这段时间，我寝食难安，面对师门亲人，我不过就是普通女子。有一夜睡不着，我给自己测了一卦，虽说术士不自算，但我实在太害怕了。你猜怎么着，是地火明夷卦——凤凰垂翼，晦而转明。”

“地火明夷？”赵寺淮微微吃惊，“象曰：恩人无义反为怨。凡事无功枉受劳。这是异卦，你更不该一条路走到黑。”

唐知心笑了笑：“没想到赵大人对卦象还有了解。不错，是异卦，但是有希望的异卦。何况自己算自己也不一定准，我只当是上天给的指引。所谓地火明夷，意思就是光明藏在黑暗中。太阳没入地中，光明受损，前途不明，环境困难。唯有坚持，明辨是非，灿烂终将到来。”

赵寺淮笑了，他知道自己没能说动她，但还是笑了。赵寺淮拱手道：“青灵道长，今日辩法，寺淮拜服。如果还有机会……”

唐知心赶忙摆手：“没机会没机会。麻烦你们赶紧忘了我！”

赵寺淮苦笑：“既然如此，寺淮只得相送了。盘山小径险峻，青灵道长保重，段未语在女神峰，寺淮祝你好运。”

赵寺淮说完离去，幻术消失。昆仑山此时才真实展现在眼前，唐知心还没回过神来，就听不远处黄鼠狼精撕心裂肺地哀号：“怎么那么大风啊，善人救命啊，我要给吹跑啦！”

瑶池一侧的韩景榕突然抬头问：“你们有没有听到什么声音？”苏尽欢听了片刻，答道：“没有，你是不是被困出幻觉了？”此时的韩景榕一行已经在瑶池边的迷雾中走了好几个时辰了，他们迷路了。

丁零零一阵轻响从上空飘来，若有似无。韩景榕猛地抬头，再次问道：

“你们听见了吗？”众人随着韩景榕的目光抬头，除了漫天飞雪，什么也没有。苏尽欢不禁紧张起来，问道：“你到底听见什么了？”

又是一阵丁零零轻响，声音似在向前移动……韩景榕简直要疯了，怎么回事？这声音跟在清山时唐知心头上戴的铃铛发出的声音一模一样，难道她也来了？梦中场景重现了？迷茫中，他咬咬牙决定跟着声音的方向走。

梦中场景真的重现了。韩景榕跟着铃铛声前行，穿过大片雪地，迷雾散去，昆仑瑶池仙境出现在眼前。瑶池冒出袅袅白烟，池中央，他心心念念的昆仑雪莲正在绽放。韩景榕还没从震惊中回过神，苏尽欢已经惊呼起来：“并蒂莲！”

韩景榕已回过神来：“感念上天，馈赠于我。我去取，你们在岸边等我。”说完便缓步走入池中，池水温热，堪堪没过他的腰线。走近雪莲，他仔细观瞧，两朵雪莲同出一枝，一朵稍大一些，纯净洁白，另一朵略小，呈淡粉色。

又是一阵铃铛声传来，韩景榕此时无暇他顾，他全神贯注，小心翼翼，两指间微微注入内力，轻轻一夹，两朵雪莲从根茎处断裂，被他稳稳托在手中。韩景榕回到岸边将雪莲交给弟子收好，一行人打道回府。回程时很顺利地就走出了迷雾，刚出迷雾就听到山上传来嘈杂的呼叫声，这次可不只韩景榕听到了，随行众人也都听见了。

“怎么回事？”韩景榕问。

守在迷雾外的弟子道：“回禀阁主，山顶女神峰上阐教正在围捕青灵道长。”

“唐知心？”韩景榕吃惊道。

弟子点头道：“是的，探子报说她是从后山上来的。”

她这是来找死，韩景榕满心不解，全天下都知道清山在抓她，她居然自己送上门来了。难道刚才的铃铛声真的是她？苏尽欢听说唐知心来了也很惊讶，再看韩景榕复杂的表情，试探道：“咱们要不要去看看？”

韩景榕想了想，道：“不能去，说到底，这是他们阐教内部的事。清山追杀她就是因为青云老道觉得她是预言中的人，咱们一去像是和她一伙的，她连辩解的机会都没有了。何况，现在这种敏感时期不适合与阐教再起纷争。”

“如果小唐真的是预言中的人，那她就是可以帮助你的人。青云老头都要赶尽杀绝了，你居然还不闻不问。为啥青云相信，你不信？”苏尽欢又着急又不解。

韩景榕解释道："我不知道青云是否掌握了别的证据，不过以我对他的了解，他是宁可错杀也不漏杀的人。我只相信证据。"

几个时辰之前，唐知心路过瑶池，微风吹过她头上的铃铛发出丁零零的脆响。她将的卢拴在附近，带着黄鼠狼精一起来到了女神峰。山顶繁花似锦，宛若人间仙境。不仅仅是唐知心，就连活了几百年的黄鼠狼精都惊叹不已："真不愧是本土教风水宝地啊！"

"嘘，满山都是道士，你不想死就别再说人话了！"唐知心小声道，她躲在岩石后左右观察，瞧见不远处有一片桃林，不知为何，她觉得段未语就在那里。她悄声向桃林走去，一边走着一边想，这片桃林与清山的看起来很像。清山数十载光阴转瞬即逝，月盈崖边的瀑布包裹着柔软的儿时回忆轰鸣而去。记忆中路的尽头，段未语总在那里。他有时在树上打盹躲懒，有时站在树下朝她挥手……渐渐地渐渐地，挥着手的身影慢慢变高，长成了一个英俊少年，少年眼中有璀璨的光，每当自己奔向他，他都会同时向她奔来。唐知心不由得跑向林中，段未语果然在那里，但他没有如同记忆中那般向她招手，他背对着唐知心，面向万丈深渊。他的清山道袍迎风飞舞，头顶金冠熠熠生辉，仿佛下一刻腰间宝剑出鞘，便可斩尽万千邪祟，还天地以光明。

唐知心小声唤他："师兄。"

段未语猛然回头，唐知心愣住了，他仿佛变了一个人。段未语瘦了很多，脸色憔悴，眼中璀璨不再，他转过身看向她，眼里满是惊愕，甚至有一丝惶恐。

"知心！你怎么到这儿来的？！"

唐知心奔向他，这一次段未语却向后退了一步。她愣在原地，不知所措。

"知心，你为什么要来？"

看到段未语的反应，唐知心的心顿时如同沉入海底。无数的话堵在喉咙里说不出来，半晌，她才语调晦涩地说："你走了那么久都没给我来过信，我很担心。听说你在这里，我就来了。"

"知心，你不该来这里。"

"师兄，你该不会真的要杀我吧？"唐知心问。

听到这一声"师兄"，段未语眼中泛起泪光，唐知心很少喊他"师兄"，只有在受了委屈找他撑腰或向他撒娇时才这样叫他。如今是谁让她受了委屈？又有谁能替她撑腰？段未语下意识地上前几步迎向唐知心，唐知心却向后退了两步。戒心已起，鸿沟难越。这一刻，缠绵的爱再也说不出口，缱绻的旧时光如水中月镜中花，二人之间再回不到从前。

“他当然要杀你。”青云的声音传来。两人说话间，青云老道、林天穹已带着清山弟子悄然将唐知心和段未语围在崖边。

“师公。”唐知心张嘴唤道。

“你唤我一声‘师公’，你便是我的徒孙。孩子，的确是委屈了你，可天道昭昭，总要有人委身黑暗。”

“可为什么是我？”唐知心难以置信。

“因为红鸾找过你，预言中的人就是你。”

“什么红鸾？我根本就没见过什么红鸾。”

“这些都不重要了。丫头，阐教会感念你做的一切，你权当是做点牺牲吧，让戎儿送你一程，走也走得体面。”

“这不公平！”唐知心转头望向段未语，向他投去求助的目光，“这不公平，师兄！我甚至不是自愿的，如何能算牺牲？是为正道还是为私利你应当比我更清楚，师兄，你真的要杀我吗？”

段未语沉默不语。唐知心哽咽道：“我千里迢迢来找你，段戎，你说话！为什么？到底是为什么？！”

此时，林天穹走上前来，道：“段掌门，动手吧。拖了这么多时日，该结束了。”

“为了苍生。”段未语边说边抽出长剑，寒光映在唐知心身上，她甚至可以感到自己的血液变得冰凉，“我不知道他们，也不关心他们。我只知道，我，段戎，是为了苍生。”他步步逼近，唐知心下意识地后退，直到退到悬崖边无路可退。

“知心，命运待我不公，但命运也待我不薄。我段戎韶华年岁有你伴过，行山川蜀道，入四海人家，此生无憾矣。师妹，既然你身为清山人，自当考虑天下苍生。你看看这些弟子，他们是你的师弟师妹，是你的徒子徒孙，他们也是苍生。若阐、截之战再起，他们都将难以幸免。西方教虎视眈眈，等的便是阐、截自相残杀，朝中情况更是错综复杂。战事若起，百姓何辜？天下苍生何辜？我没有办法，师兄没有办法啊，知心！”两行清泪从段未语眼角滑落，他抬起颤抖的手，将剑从左手换到了右手。

唐知心看着他，心口隐隐作痛，既心疼自己又心疼他。她苦涩道："你忘了黄帝女魃的故事了吗？苍生才最无情，苍生才最善忘啊，师兄！"

"苍生善忘，可师兄记得你！"段未语颤抖道，"我永远记得你！"他抬起右手，将剑指向唐知心的咽喉。"看着我，知心！别往下看，也别害怕，师兄永远都在你身边。你飞扬地去吧……人生不过短短几十载，要做的事也不过那么多，你且等等，师兄随后便至。"

这一刻，唐知心眼中光华尽失，昆仑山上的人间仙境消失殆尽，有的只是寒风刺骨和雪花漫天。唐知心死死盯住段未语的眼睛，他猛地一剑狠狠向她刺来，剑锋擦过她的脖颈，带出一片血花，唐知心本能地朝后一躲，跌入万丈悬崖。

从高空坠落时，唐知心眼前一片白茫茫。黄鼠狼精从她袖口钻出，惨叫道："救命啊……"

行走在昆仑山半山腰的韩景榕侧耳倾听，问道："又是什么声音？！"

这次苏尽欢也听到了动静，道："我好像听到枯枝折断的声音。"

韩景榕还在为铃铛声纠结，不欲多事，带领众人继续前行。走了不到半个时辰，路过枯木林一带，树上突然有东西掉下，啪叽一声正好掉在韩景榕头上。韩景榕吓了一跳，一把扯下头上的东西，惊怒道："什么东西？！"

众人凑近围观，安静半晌，还是苏尽欢先开了口："这……这是黄鼠狼皮的围脖？"

"树上掉围脖？"柳如丝奇道，众人好奇地抬头向上瞧。这一看，众人顿时骚动起来，树杈上还挂着一个人。

苏尽欢一惊："小唐姑娘？哟，还真的是小唐姑娘！你们还愣着干吗，还不快把人弄下来。"苏尽欢指挥几名天机阁弟子上树救人。

"该不会是死了吧？"苏尽欢担忧地说。

韩景榕抬头看了看，皱眉道："没死，这么冷的天要是死了早冻成冰坨了。"

"咱们现在怎么办？小唐姑娘估计是从山崖上掉下来的。"

"找人把她送还给段未语。"

"那你不是送她去死！"苏尽欢瞪眼，对韩景榕的决定很不满意。

韩景榕不耐烦道："那就留她在这儿，找人看着直到她醒过来，反正不能带她走。她是阐教要杀的人，我们带上她不是自找麻烦？"

"留她在这儿对她来说还不是死路一条？她可是你要找的人！"苏尽欢

生气道。

韩景榕更加不耐烦地说:“你还要我说多少遍，这事不能确定。”

“我不管，她就是！”

“我说了没有证据……”

几名弟子此时正扯开缠绕在唐知心身上的枝条，伴随着韩景榕的“证据”二字，一方白色的锦帕从唐知心袖口掉落，不偏不倚正好飘落到韩景榕面前，他伸手一把抓住，手帕一角绣着“山灵雾涧”。

女神峰上，段未语依旧站在崖边。他一动不动，没有表情，神色冰冷，手中长剑剑锋处的血迹已经干涸，变成暗红的颜色。山顶众人早已散去，段未语再次向山崖下方眺望，除了白茫茫的云层，他什么也瞧不见。他再次轻嗅，还是闻到了空气中淡淡的血腥气味。最终，他将剑换回左手，收回了剑鞘。就在此时，一个弟子前来禀告:“掌门，大家已经去山下找过了，没有找到小师叔的尸体。”

段未语轻轻一声叹息，问道:“行踪呢？”

“山下雪大，看不出踪迹。”弟子回答。

“你是故意放她离去的吧？”躲在暗处的青云老道缓缓现身。

段未语一动未动:“师公可有证据？”

“我现在就可以废了你。”

“还请师公顾忌清山名望，徒儿如今是为了阐教大义灭亲之人。”

“你敢威胁我？”

“师公答应过，此事结束便再也不过问清山事务，阐教日后何去何从我说了算。此话……”他一顿，猛然转过身望向青云老道，眼中跳动着凌厉的光，“还作数吗？”

青云老道一愣，片刻后感慨道:“戎儿啊，就冲这份心性，你比你师父有魄力。师公答应你的事绝不食言。可有一样，林家不会放过她。还有，日后她若是投奔了韩景榕，希望你记住自己说过的‘守护苍生’的话。段戎，记住先帝赐你的‘肃净’二字，肃穆庄重，净尘净世。师公祝你肃清万里，总齐八荒。”青云说完，转身离去。

段未语沉默地站在崖边，直到青云的背影彻底消失，他才猛然松了口气。

第五章　但去莫复问

“飞扬地去吧！”

“知心，你飞扬地去吧……去吧……”

唐知心猛然惊醒坐起，刚坐起，撕心裂肺的疼痛就让她又龇牙咧嘴地躺了回去，“嘶……好疼！”旁边有女子轻笑着说：“肋骨摔断了三根，不疼才怪呢。右腿也断啦，你别乱动，阁主说要是错位了，以后会变瘸子的！”

唐知心脑袋昏沉沉的，她望向声音的来源，是个陌生的女子，趴在她身边笑眯眯地说：“小唐姑娘你醒了啊。”由于距离太近，唐知心的双眼无法在她脸上聚焦，迷茫道：“你……你是谁？”

“我是张璃。”女子伸出一根手指轻轻戳了戳唐知心的脸颊，随即猝不及防地在她耳边大叫：“苏堂主，苏堂主你快来啊！小唐姑娘醒啦。”唐知心被她吓得差点再次晕过去，耳边嗡嗡作响。唐知心不怎么运转的脑袋还在缓慢思索“苏堂主”是谁时，苏尽欢已掀开门帘，来到榻边。

“怎么是你？”唐知心惊讶道。

“这可说来话长了，小唐姑娘。”苏尽欢笑着说。张璃插话道：“我去叫阁主。”

张璃打帘跳下车唐知心才反应过来自己在马车上。苏尽欢打量着她，笑道：“你还真是命大。”

唐知心略带警惕地盯着苏尽欢，他毕竟是韩景榕的人。等等，韩景榕的人，这该不会是韩景榕的马车吧？该不会是韩景榕救了自己吧？！唐知心的脑子开始运转了，弄不清状况前，她决定谨慎开口。

苏尽欢从袖口取出一条白色的手帕在唐知心面前晃了晃，问道："这条手帕是不是你的？"

唐知心下意识地伸手去抢，急道："这是我爹娘留给我的信物，你赶紧还给我！"

苏尽欢轻轻躲开："小唐姑娘，你再仔细瞧瞧，这到底是不是你的手帕？"

唐知心听出他话里有话，狐疑地望向他手中的手帕。这确实是自己的手帕啊，花色、纹理、边角针线的走向，直到看到手帕一角绣着"天涯咫尺"。

这不是她的手帕！

山灵雾涧，天涯咫尺。

唐知心瞪大眼睛，不可思议地看着眼前的手帕。这是她一直苦苦寻找的另一方手帕，为什么会在苏尽欢手里？苏尽欢从唐知心震惊的表情里猜出了答案，他笑道："当真是天涯咫尺。小唐姑娘，果然是你。"

"什么果然是我？你为什么会有我要找的手帕？！"唐知心惊疑交加。

苏尽欢笑道："不急，我可以慢慢解释。不过……"

"不过在此之前，青灵道长不如解释一下为何身边带着一只妖？"苏尽欢的话被韩景榕打断，此时韩景榕已掀开帘子进了马车，手中拎着病恹恹的黄鼠狼。黄鼠狼无力地垂着眼睛，前爪上缠着绷带，尾巴也断了，绑着根树枝固定。韩景榕一脸嫌弃地捏着黄鼠狼，黄鼠狼闻到了唐知心的气味后开始疯狂挣扎，嘴里发出吱吱的叫声。奈何后颈皮捏在韩景榕手里，无论它怎么挣扎都是徒劳，韩景榕眼里的嫌弃更甚。唐知心怒道："你放开它！"

韩景榕手一松，黄鼠狼啪叽一声掉到车上，随即连滚带爬地钻入唐知心怀中。韩景榕冷笑道："收留你一个就已经够麻烦了，还要收留一只妖。啧，青灵道长与妖为伍，也难怪师门容不下你。你最好能保证你的小妖不会伤人，不然我就取了它的内丹入药。"

韩景榕说话句句带刺，明显就是故意戳人的痛处。听到"内丹入药"，黄鼠狼精在唐知心怀中打了个哆嗦，唐知心气愤道："你嫌弃我的妖，我跟你说它不伤人你就信了？再说，谁需要你收留了？你到下一个驿站把我放下便是了，等我伤好了，自然会报答你的救命之恩。"

"你这伤没有个一年半载也好不了。等你报恩，我还不如等黄鼠狼成仙呢。”

“你！你……”唐知心被韩景榕噎得话都说不出。苏尽欢打圆场赔笑道：“小唐你别理他，他说话就是这个样子，和他计较，你就输啦！”

“苏堂主诋毁上司，下个月例银扣光。她不愿意留就在下个驿站把人放下。”韩景榕说完，头也不回地下了马车，留下躺在榻上气急败坏的唐知心和一脸无所谓的苏尽欢。苏尽欢冲着韩景榕离去的背影做了个鬼脸，安慰唐知心道：“他这人就是嘴毒，习惯就好啦。”

“我听得见。”韩景榕的声音从车外传来。

苏尽欢大声道：“那你就走远一点！”

唐知心冷哼一声。苏尽欢笑道：“看在他尽心尽力医治你的分上，你别和他计较了。”

唐知心一愣，有些难以置信地问：“他医的我？”

“可不嘛，你伤得那么重，除了他谁能起死回生？没有他亲自医治熬药，你早就见阎王去了。”

唐知心依旧气呼呼地说：“我看他才没那么好心。救我还不知有什么目的呢！”

苏尽欢哈哈大笑：“小唐不要把人想得那么坏嘛，虽然他确实不是啥好人。”

“你再说一遍！”韩景榕的声音再次从车外传来。

苏尽欢大声道：“你怎么还没走！”

这次确定韩景榕走远后，苏尽欢继续道：“虽然他说话恶毒，但救人都会尽心尽力的。你说他救你有目的，他还救了你的妖呢，你总不能说他救只黄鼠狼还有目的。”

“黄鼠狼也是他医的？”唐知心不敢相信。

苏尽欢认真道：“你真该好好谢谢他，他有洁癖，还对毛茸茸的东西过敏，为救你的黄鼠狼，他打了好几天的喷嚏。”说到这儿，苏尽欢顺势与唐知心说了他们是怎么在山脚下捡到她把她救回来的。韩景榕专门给她雇了马车，拖慢了行程。如今她昏睡了五天，大家也才刚刚离开昆仑边境。

唐知心心中涌起感激之情，但一想到刚才韩景榕那个样子，就嘟囔着：“可他说话也太难听了。”

苏尽欢道：“他就那臭脾气，嘴硬心软。”

“你还没告诉我手帕的事呢！”唐知心现下最关心的就是这事。

苏尽欢看着她，诚恳地说：“小唐，我问你，如果说我们希望你留下，你愿意吗？”

唐知心疑惑：“为什么？与那对手帕有关吗？”

“如果是我们想你留下帮忙呢？”

“你们救了我的命，有什么需要我留下帮忙的，我自然是万死不辞。”唐知心认真地说道。

苏尽欢一拍巴掌，笑着说：“那我们可就说好了。手帕的事我也就知道个大概，具体的，你得去问韩景榕。”

苏尽欢走后，唐知心心绪纷乱：韩景榕要自己留下帮忙多半是因为那个预言，可问题是，她到现在也想不明白自己到底怎么就成了预言中的那个人了呢？要是自己真有这么大本事，能帮韩景榕的截教战胜阐教，还至于像如今这样狼狈吗？还有，这些又和爹娘留给自己的信物有什么关系呢？

傍晚时分，一行人在驿站歇脚。晚饭后，韩景榕来了。他面无表情地替唐知心号脉，好像之前的龃龉没发生过一样。他号完脉，又检查完唐知心脖颈处的伤口，才开口道：“听说你决定留下了。”

唐知心点点头：“今早是我失言了，你救了我的性命，我应当谢谢你。如果有什么我能做的……”

“青灵道长，我的确需要你帮助，但我不会乘人之危。既然决定救你，就会竭尽全力将你治好，这是医者之责。我不会以此要挟你留下，你也不用觉得欠我什么。”

唐知心踌躇片刻，开口道：“我愿意留下。即便你不需要报答，但救命恩人需要帮忙，我义不容辞。不过，我有我的原则。虽然师门抛弃了我，但欺师灭祖的、有违道义的事我不会做。其实，我也不知道我有什么能帮到你的，事到如今我还是觉得你们找错人了，我……”

“我很确定，要找的人是你。”韩景榕打断道。

“为什么？”

“因为那对锦帕。”接着，韩景榕向唐知心讲述了他那方锦帕的来历以及在梦中得到的提示。

唐知心十分不解：“傅王妃？她为何会帮你？”

韩景榕耸耸肩，道：“从我师父那辈开始我们就与傅家有来往了。许是傅家在阐教不受重视，想两边讨好。几年前，她将这方锦帕给了我，告诉我有另一方锦帕的人便是解开阐、截死局的人，让我想办法找到。”

“我见过傅王妃，也问过她关于手帕的事，她什么都没告诉我。还有，她明明知道另一块手帕在我这里，为什么不直接告诉你？”

韩景榕蹙眉道：“她可能在隐瞒什么。”

“手帕只是我找到爹娘的线索，我一直认为我不是你要找的人。手帕的事，蹊跷的地方有很多。”

“那清山和段未语又是如何确定的？没有证据，他为什么要杀你？”

唐知心苦笑道：“我也不知道，你们都信心十足，我却什么也不知道。师公当时说证据就是红鸾下凡来找过我，可我根本就没见过什么红鸾。”说到此处，唐知心心头猛然一跳，红鸾这个名字，黄鼠狼精提起过。她赶紧掏出呼呼大睡的黄鼠狼，试图将他唤醒问个明白。

韩景榕瞥了一眼，道：“没用的，他在疗伤休养，你这会儿叫不醒他。”

唐知心懊恼道：“我第一次见到他的时候，他提到过红鸾，我竟完全没在意。”

韩景榕疑惑道：“红鸾是妖？”

“以上古传说推断，如果是神鸟红鸾，应该就是妖吧。”

韩景榕一愣：“那你还有没有见过别的妖？”

“哦……还有一匹会背诗的斑秃老马，不过说话需要翻译。”

“飞禽呢？”韩景榕略带紧张地追问，“你有没有见过一只青色的鸟妖，会说话，很漂亮，羽毛闪耀着金光？”

“没……没有，咋了？”韩景榕的表情让唐知心有点紧张，说话都不利落了。

韩景榕眼神中似有一丝失望闪过，摆摆手，道：“没什么，以后再说吧。”

房间里一时陷入沉默，唐知心觉得有些尴尬，找话题问道：“对了，苏尽欢说你们是去昆仑找雪莲的，找到了吗？”

“找到了。”

“那太好了，你的病终于能治好了。”唐知心由衷地替他高兴。韩景榕感受到了她的真挚，神色有些暖意，开口道：“既然你决定留下，就先把身子养好，不要拖累大家。”

“好。那你能不能先把手帕还给我？”

“我把我的这块给你。”韩景榕把那方绣着“天涯咫尺”的手帕递给唐知心，“既然要合作，交换信物就当作是给对方的承诺。你放心，只要有我在，就没人动得了你，你早点休息吧。”韩景榕说完起身离去。唐知心躺在床上有些愣神。他说最后那句话的神情，让她想到了段未语，一时心中五味杂陈。

“善人你真的要留下来啊？”黄鼠狼精突然说话了。

唐知心吓了一跳，怒道：“你想吓死我啊，你什么时候醒的？”

“我刚才就醒了，我害怕那个姓韩的，装睡呢。不是我说，善人，这个姓韩的除了凶了点，看起来比你师兄靠谱多了。”黄鼠狼精的原形贼眉鼠眼，说起话来，样子太奇怪了。

听到黄鼠狼精说师兄，唐知心不悦：“闭嘴吧你，别瞎说。我问你，红鸾到底是谁？”

“时机到了，你自然会见到她，现在不能说。”黄鼠狼精难得地有原则。

唐知心看他也是一身伤，不忍逼问，叹口气，问道：“你没事吧？为什么你现在身上的妖气会泄露出来？红鸾给你的法宝呢？”

黄鼠狼精一听唐知心问这个，顿时激动起来：“我大部分的妖力都被赵寺淮的蜜蜡手串困住了，仅剩的那一点都用来救你啦，不是我说你，善人，你突然掉下山崖，我一点准备都没有。我们如今这样都要怪那个赵寺淮，要不是他，凭我的法力，我们不至于受这么重的伤。他那个手串也真是厉害，娘娘给的法宝都失效了。”

唐知心关切地问：“那你还能变成人形吗？”

“不能，除非毁了赵寺淮的蜜蜡手串，把我的妖力夺回来。”说到这，黄鼠狼精满脸沮丧。

“也就是说，你跟我上山找师兄的时候法宝就已经失效了，可我怎么没注意到你的妖气？”

“你那时除了你师兄能注意到谁啊！”

唐知心念头飞转：“这么说，段未语肯定感觉到了你的妖气……”

黄鼠狼精打断道：“我说，善人，都这个时候了你怎么还想着他感没感到我的妖气？”

唐知心没搭理黄鼠狼精，喃喃自语道：“师兄感受到妖气，他会不会以为我身边的妖是红鸾呢？他许是觉得红鸾能救我……”

黄鼠狼精翻了个白眼：“我看你是脑袋摔糊涂了，你看看你脖子上的疤。”

唐知心抬手摸了摸自己脖颈处的伤疤，触手一片冰凉，是韩景榕涂的药膏。“我师兄是左撇子，小时候练剑，他只有想让我赢的时候才会用右手。他用右手持剑指向我的时候，我有种直觉，他不想让我死，还有那句‘飞扬地去吧’就是暗示。”

黄鼠狼精又翻了个白眼，不再搭理唐知心，蜷起身子睡去。

月夜静悄悄，唐知心望着窗外的月亮，感觉恍若隔世。物是人非，唐知心没死，可段未语的师妹死了。月夜静悄悄，仔细听，是谁在说谎？是谁在言不由衷？

唐知心跟着韩景榕一行人赶路，不知不觉，时间过去半月多。唐知心的伤在韩景榕的医治下日渐好转，如今已经可以下地活动，拄着拐甚至还可以走上一截。这一段时间，唐知心多少摸清了韩景榕的脾气，虽说古怪但按图索骥还是能发现缘由的。

自从唐知心不再需要躺着后，马车中的床榻便更换成两张软椅，于是韩景榕便坐了进来。这无可厚非，毕竟是人家花钱雇的马车，何况韩景榕的毒还没解，状态也不佳。二人坐在车内，多数时间都是大眼瞪小眼，胡乱扯扯诗词歌赋什么的。苏尽欢经常也会挤进来蹭车，三个人在车厢内，地方是更狭小了，但气氛没那么尴尬，韩景榕的话也较往常多了些。

这天，韩景榕瞟了一眼窗外，问道：“你是不是跟我说过，你有一匹会背诗的斑秃马妖？”

“是啊。”唐知心点点头。

“是不是骨瘦嶙峋，面如菜色的？”

“你怎么知道的？”

“它跟了我们一路了，你的黄鼠狼没发现？”

“黄鼠狼大部分时间都在睡觉，醒了也只知道吃。你别看的卢瘦，其实它……”

“的卢？你起的？”韩景榕打断道。唐知心点了点头。

“的卢妨主你没听说过？你怎么不叫它‘爪黄飞电’呢？”韩景榕嘲笑道。

唐知心和苏尽欢对视了一眼，二人同时露出包容又和善的笑容。唐知心已经不是半个月前的唐知心了，她在心中感叹，谁再为韩景榕一句话跳脚谁就是个傻子。她附和道：“是是是，叫‘照夜玉狮子’也不错。”

“它会背什么诗？”韩景榕接着问。

“那可太多了，什么‘乘骐骥以驰骋兮，来吾道夫先路’，什么‘春风得意马蹄疾，一日看尽长安花’，什么‘夜阑卧听风吹雨，铁马冰河入梦来’……”唐知心絮叨着。韩景榕一边听一边啧啧两声，嘲讽道：“真厉害，它要是去考科举，状元哪还能轮得到赵寺淮呢？”

唐知心觑了他一眼：“你对赵大人有意见？我瞧着他人还不错。”

“你？你瞧段未语人也不错，如今还不是坐在我面前了。”韩景榕冷笑。

大意了！唐知心心中嘀咕，又和苏尽欢交换了一个眼神。果然，韩景榕的嘲讽无处不在，无孔不入。苏尽欢打圆场开口道：“小唐对朝政知之甚少，不了解他也是正常的。赵寺淮这个人吧，总之一言难尽。”

唐知心点点头，道：“我的确不是很了解他。之前他在昆仑山下有意拉拢我入西方教。”

韩景榕神色一凛，问道：“他与你说了什么？”

“也没什么特别的，就是些‘我佛慈悲’之类的车轱辘话。哦，对了，他说他师父是淳鉴。”

苏尽欢插话道：“小唐，你可要离赵寺淮远一点。西方教如今真的很不像话，在雪域和本土教争，在西域那边又和拜火教纠缠不清。”

“拜火教？你怎么知道的？”唐知心好奇地问道。

“我就是拜火教的门徒。”

唐知心有些蒙了，为何截教掌教韩景榕身边会跟着一个拜火教的下属。苏尽欢看着她的表情笑了：“这说来就话长了，哪个教派都有内部纷争，你可以理解为我被赶出来后，被阁主收留了，以后有机会慢慢与你解释。”

此时，马车外传来张璃的声音：“阁主，小唐姑娘，苏堂主，我找了家饭馆，吃过午饭再出发吧！”

这是唐知心这段日子以来第一次下车同大伙一起在外面吃饭，进了饭馆，几位堂主坐在一张桌前，韩景榕一个人坐在另一张桌边，他主动招呼道：“青灵，你过来坐。”反正隔壁桌也坐不下了，唐知心想着，让韩景榕一个人吃饭也不太好，于是一瘸一拐地来到他身边的位置坐下。

小二见众人落座，招呼道：“几位客官先喝茶，上好的太平猴魁。想吃点什么？”

“你这儿有什么？”韩景榕问。

小二很骄傲地说：“应有尽有啊，客官。天上飞的、水里游的，都有。”

“是吗？清蒸钱塘江入冬前的鲫鱼剔骨剥皮去尾，百天以内的牛犊舌尖肉二两切片配百合红烧，莫干山的野菌花菇煲鸡汤，鸡要走地的母鸡，腹内不能有卵，去头去爪，油撇干净。要是让我看到一滴油，饭钱减半。”韩景榕道。

小二目瞪口呆。

唐知心看向隔壁桌，一桌人向她投来同情的目光。

“那个，客官您点的这些，我们都没有……”小二尴尬赔笑。

韩景榕挑眉道：“没有？那青江菜有吗？”

“有有有，这个有！”

“青江菜洗干净用鸡汤焯熟，还是不许见油。再来一盘凉拌豆腐，豆腐要嫩，芝麻油换胡麻油，少放蒜多放葱。还有你这茶不是猴坑的猴魁，没有好茶就换两杯水来，碗筷重新烫一遍，冒着烟再端上来。”韩景榕慢条斯理地说着。

唐知心马上明白了为啥大家都挤在另外一张桌了，谁愿意陪这位爷吃豆腐青菜啊！苏尽欢再次向她投来同情的目光。韩景榕看了她一眼，好心道：“你身上有伤，不宜荤腥。”

唐知心只能频频点头称是，继而转移话题道：“我这样堂而皇之露面会不会不太好？毕竟阐教还要追杀我，我怕给你添麻烦。”

韩景榕毫不在意地说：“我会怕麻烦？怕麻烦就不会收留你了。放心吧，青灵，只要你在我身边，就算段未语现在带着天兵天将杀到门外，都得老老实实等着你我吃完这顿饭。”韩景榕的话让唐知心一时语滞。

“这个给你。”韩景榕从袖子里摸出一块拇指盖大小的玉片递到唐知心面前。唐知心接过来问道：“这是什么？”

“司南佩。有辟邪之效。”韩景榕平静地说。

“这么小的司南佩我头一回见。”唐知心惊奇道。

“家族传下来的，相传是水镜先生赠予我家先祖的。”

唐知心一愣，赶紧推托：“这么珍贵，我怎么好收。”

“你收好它。”韩景榕语气坚决，不容分说。唐知心犹豫了一下，小心地将司南佩收好。韩景榕扫了一眼隔壁桌大快朵颐的几人，收回视线看向唐知心道：“他们若是欺负你，你可以来与我说。他们若是吩咐你做事，你可以拒绝。回到天机阁，你若是在阁中住得不顺遂，我可以给你安排别的住处。青灵，你记好，你不是天机阁的人，你是我韩亦的人。”

唐知心听完先是一愣，转瞬便明白了韩景榕话中的含义，他不愿她掺和进天机阁的是非中。韩景榕是天机阁阁主这件事，唐知心是被他救下后才知道的，但天机阁的大名她却早有耳闻。天机阁在江湖中亦正亦邪，十分神秘。此前她万万想不到，本土教截教的掌教韩景榕居然是天机阁的主人。是了，唐知心是本土教的人，她即便帮截教帮韩景榕，也是教内纷争。这段时间相处下来，大家说话也不太避讳她，天机阁到底替谁做事，唐知心心里已有答案。韩景榕今日将私人物品相赠，明确自己的身份归属，无非是担心自己被卷入朝堂旋涡，尽力将她与天机阁分割开来。明白这番用意后，唐知心心头一暖，连桌上的豆腐白菜吃起来都更加美味。

一顿饭在和谐的氛围中吃完，唐知心十分满意韩景榕的表现。事实证明，她还是天真了，吃完饭，韩景榕慢悠悠地道："找个成衣铺，把你这身清山的衣裳换了，我看着碍眼。"果然，他的毒舌又忍不住了。

韩景榕安排柳如丝带人去药铺补充药材，自己带着唐知心朝街边一家成衣铺走去。唐知心拄着拐杖一步三晃地跟在他身后，韩景榕丝毫没有要伸手扶的意思，只是走两步便停下来等一等她。

二人刚跨进店门，店里浓烈的脂粉香气就让韩景榕深深地皱起了眉。他毫不掩饰自己的厌恶神色，抬起右手用食指指节轻轻抵住了鼻尖。老板娘一脸尴尬地上前招呼道："两位需要些什么？"

"那个……我需要一身新衣。"唐知心道。老板娘上下打量她，打趣道："姑娘，你是去山里打熊了吗？"

韩景榕在旁冷冷地道："打熊能断腿？她是被熊打了。"

你才是熊！唐知心在心中嘀咕，告诫自己不要与他计较。老板娘笑眯眯地继续问道："姑娘喜欢什么样式的衣裳？姑娘看起来是个习武之人，修身的武袍怎么样？裁缝刚做好的云锦红袍，绣的是踏雪寻梅，好意境。"

"她喜欢素的。"韩景榕插话道。

唐知心实在忍不住，嘟囔道："是你喜欢素的。"

老板娘干笑道："公子净会说笑，哪有姑娘喜欢素色的，又不是守寡。"

"我穿素色，我也守寡？"韩景榕一身黄白医袍，衣带飘飘，素得不能再素。老板娘嘴角抽搐："公子你看你，你又不是姑娘。"

"但是我付钱。"韩景榕理直气壮地说。

老板娘马上改口道："得嘞，青葱色的云锦武袍长裙配蜀绣美人如兰，鹅黄色的宋锦配苏绣人淡如菊，藕粉色蜀锦配湘绣海棠望春，墨青色壮锦配粤绣苍松劲柏，都是素得不能再素了，公子您挑，随便挑。"

"我挑？又不是我穿，谁穿谁挑。"韩景榕倚着门框站在一旁，仿佛刚才的主意都不是他出的。

老板娘不知所措地向唐知心投来求助的目光。

唐知心本打算随便挑一件就行，但看韩景榕这架势，明显是要挑一件他满意的，哦不，是要她挑一件他满意的。已经摸清他脾气套路的唐知心深吸一口气，试探道："藕粉色我看着还行，海棠望春的寓意也不错，你觉得呢？"

"艳俗。"韩景榕冷冷道。

"那青葱色的呢？云锦如今很难找。"

"丑。"

"鹅黄的？跟你身上这件颜色差不多。"

"我是个大夫，你也是？"

"那就只剩墨青色的了。"

"你打算去挖窑？"

唐知心忍无可忍："那你说怎么……"话说一半她停住了，她发现韩景榕的眼睛时不时地瞟向房间一角处挂着的一件白衣。他就这么漫不经心地瞟着，似乎在等着唐知心发现他的心思。要面子要成这样，唐知心简直哭笑不得。她马上伸手一指，对老板娘说，"就那件白色的好了！"

"姑娘好眼力啊，白色的蜀锦一年也就出那么几匹，都供给宫里了。这一件也是要送给宫里的……"

韩景榕打断道："价钱加倍。你去试，不合身，让他们现在就改。"

老板娘看出韩景榕不是一般人，赔着笑不敢再拦，唐知心拿着衣服进了里间，换好衣服，唐知心对韩景榕的眼光刮目相看。洁白的纱裙在光线下折射出淡紫色的光芒，里衣柔如花瓣，外套薄如蝉翼，腰封处绣着并蒂莲，像一对展翅欲飞的蝴蝶。她换好衣服出来后，赞叹道："我觉得不错，你觉得呢？"

"一般。"韩景榕道，可脸上的表情分明很满意。

全天下的磐石加起来可能都没有你的嘴硬，唐知心腹诽。

韩景榕掏出一锭银子放在柜台上，抬步离开了店铺，唐知心拄着拐蹒跚地跟在后面。二人回到集合地，苏尽欢惊讶道："小唐这一身真好看！"

"呵呵。哪里哪里，是你们阁主眼光好。"

苏尽欢继续感叹道："莲开并蒂，好寓意啊！要不是为了雪莲，阁主也不会捡了小唐你回来。得了并蒂莲又得了你……"

"也不知是福是祸。"韩景榕抢白。

车队继续前行，临近天黑的时候已抵达江宁边境。正要出城门时，车队前方隐约传来争执声，苏尽欢下车去查看。不一会儿，他回来禀报道：“林天穹带着一帮人要查车，应该是在找小唐姑娘。”

唐知心顿时紧张起来，倒不是害怕林天穹，她是害怕给韩景榕招惹不必要的麻烦。她看看众人，试探道：“要不，我先躲一躲？”

“我的话你都忘了？你好好待着，凭他也想拦我？！告诉陆堂主，谁敢放肆就卸谁的腿。”韩景榕不屑道。

“蘧然道长，老朽有一事相商。”林天穹扯着嗓子在车外喊。苏尽欢从车中出来，笑道：“我家先生身子不爽快，有什么话，你和我说。”

“苏先生？蘧然道长病了？”林天穹问。

苏尽欢收了笑，冷然道：“拿来推托你的话，真听不明白还是装听不明白？林天穹，上回在你府上就与你说过了，我家先生心静，不喜欢与你们这些人来往。大晚上堵着路做什么？刀剑无眼的，都散了吧。”

“哼，我看你们是做贼心虚了吧。不让查车，十有八九是藏了我们要找的人。”林天穹怒道。

“我家先生进皇城可以不落轿，见陛下可以不去剑。你去天茗打听打听，敢拦他的车，你也是世间少有的人。你还想搜车？江宁知州是你吗？搜查的文书呢？我家先生奉旨赶着回朝呢，耽误了正事，你担待得起？”

“你少拿皇上压我。这是在江宁，阐教的地盘，截教掌教的车自然嫌疑最大。今日不让查，你们就别想走！”

“你再说一遍，谁的地盘？”韩景榕慢悠悠地打帘出来，站在车上俯视着林天穹。

林天穹冷笑道：“蘧然道长，你终于肯出来了。”

“蘧然是你叫的？”韩景榕轻蔑道，“叫韩大人。”

林天穹一时被噎住，顿了顿，道：“唐知心到底在不在你车上？”

“不在。”

“那为何不让老夫搜车？”

“因为你丑。”

韩景榕说出这四个字之后，车外顿时鸦雀无声，空气中弥漫的尴尬气息，唐知心即使坐在车里都感觉得一清二楚。

林天穹老脸涨得通红。

韩景榕清了清嗓子：“姓林的，你刚才说江宁是你的地盘？这种大逆不道的话你也说得出口？我参你一本，段世子也救不了你。去把知州叫来，问问他江宁是谁的地盘。”

双方僵持中，得到消息的江宁知州已急匆匆赶来。看到韩景榕，他堆起满脸笑容：“韩大人，您看您来了怎么也不通知我一声。”

韩景榕冷淡地问：“你姓什么？”

“下官姓傅。”

“傅知州，我现在要出城，你看怎么办？”

傅知州继续赔笑道：“下官恭送韩大人。”

马车擦着林天穹的肩膀离开，唐知心在车里长舒了一口气。韩景榕坐回车里，一脸鄙夷地道：“段未语从哪儿找来这么个废物。”

苏尽欢道：“你都说是废物了，交给我和陆堂主解决不就好了，何必亲自出面。”

“这个林天穹，我看他印堂发黑，怕是活不久了。”韩景榕刻薄道。

苏尽欢突然想起什么，问唐知心道：“林家小公子是不是跟你关系不错？我们离开的时候，他在昆仑山下嚷着要救你。”

唐知心大吃一惊：“你是说林放？！”

苏尽欢点点头：“是啊，听说后来被他爹打得半条命都没了。”

愧疚、担心的感觉让唐知心一时竟说不出话。

一行人离开了江宁，几日后便来到了钱塘江，傍晚在江边客栈住下。这几日，唐知心一直惴惴不安，担心着林放。她在房中翻来覆去睡不着，戳了戳一旁蜷成一团的黄鼠狼精，道：“有事问你，醒醒。”

黄鼠狼精的外伤早已恢复得七七八八了，为了养好内伤，天天如同冬眠般地睡。“别睡了，醒醒。”唐知心叫了五六声，黄鼠狼精一动不动。

“咦？有烧鸡啊。”

“哪儿呢？烧鸡在哪儿呢？！”黄鼠狼精一跃而起，鼻子使劲嗅了嗅，马上就意识到上了唐知心的当，颓然道：“不要这样打扰我休息嘛，善人，我现在需要恢复。”

“你说林放会不会有事啊？”唐知心担心地问。

“他是娘娘选中要守护的林家后人，不会有事的。”

“我还是不放心哪，你身体什么时候能恢复？我现在不能露面，你替我去瞧瞧林放，怎么样？”

“我？我受伤了呀，我现在连人形都化不出，你还不如让的卢去。”

唐知心眼睛一亮："好主意啊！可的卢不会说话。"

黄鼠狼精翻了个白眼，道："不是我说，善人，它幸好不会说话，要不然小林放剩下的半条命说不定就给吓没了。"黄鼠狼精说完打着哈欠又睡觉去了。

唐知心觉得他的办法可行，赶紧起身给林放写了封信，为安全起见，她没有落款，也没有告诉他自己打算去哪儿，只是告诉他自己现在很安全，请他不要担心。唐知心拿着信来到客栈外的马厩找到的卢，将信塞进一个竹筒中，挂在的卢脖颈的缰绳处。拴好之后，她摸着的卢的脖子，轻声说道："你路上小心，见到人多就躲起来，不要被人抓了去。我也不知道林放现在在哪儿，左不过是在家或者在巡检司，你路上朝其他妖怪打听打听。找到他后，把信交给他，他若是有回信，你就带回来给我，千万别让他知道你是妖，他会吓坏的。这里离落照不远，你早去早回，我在天茗等你。"

的卢接到任务似乎非常高兴。它急切地想证明自己宝刀未老，唐知心话刚说完它就一声嘶鸣撒蹄而去，很快就消失在夜色之中。的卢走后，唐知心的心里空落落的。她担心林放，担心自己的未来，甚至有些担心段未语。

钱塘江的江水依旧奔腾着，轰鸣着。唐知心心事重重，拖着伤腿慢慢地走到江边，面对着江水发呆。背后传来一声轻咳，唐知心赶紧回头，韩景榕正站在不远处望着她。

唐知心惊讶道："你怎么来了？"

"你的黄鼠狼跑来告诉我，你一个人在江边伤春悲秋，捶胸顿足，我就过来看看你会不会跳江。"

唐知心笑道："我可没想寻死。你是担心我吧？"

"哼，你可别自作多情。"

行吧，你就嘴硬吧。唐知心暗自嘀咕，但心里还是对他特意出来找自己这件事涌起感激。她想了想，与他解释道："我和我师兄多年前曾经路过这里，那时正值钱塘怒潮，气势磅礴，与如今场景有几分相似。"

韩景榕轻叹一声："你恨段未语吗？"

唐知心沉默不语。

"你不该恨他，他毕竟最后还是放了你一马。"

唐知心一惊："你怎么知道他放了我一马？"

"他若真想杀你，不会只在你颈上留下那样的伤口。还有，林天穹都能找上门来，他还能不知道你的行踪？段未语一直没出现，不过是想放你离开。”

唐知心笑了：“你这么替他说话，不怕我腿一好就跑回去找他吗？”

韩景榕耸耸肩：“腿长在你身上，你想走，随时可以走。我不会替你做决定，青灵，你是自由的。可你不会有更好的去处，时间长了你就知道了，在我身边会比在段未语身边更好。”韩景榕非常自然地说出如此大言不惭的话，唐知心顿时哑口无言。

和他说了会儿话，唐知心的心情好了很多，沉默了一会儿，她轻声说：“谢谢你。”

韩景榕似乎有点不自在，转移话题道：“你上次是不是把清山的旧衣服偷偷带回来了？”

唐知心默默点了点头，怕韩景榕多心，解释道：“我很喜欢你给我买的这身衣服，我只是有点舍不得……舍不得清山……想留下衣裳做个念想。”

“你可以光明正大地留下你的念想，不必藏着掖着。”韩景榕大方道。

“我担心你会不高兴。”唐知心小声嘀咕。

“你不必太在意我的好恶。即便我不喜欢，也不会强求你。”

胡说八道，你才没那么大方！唐知心腹诽。

“但我不喜欢，会讥讽你。”韩景榕补充着，“回去吧。手给我，夜黑，路不好走，我扶你。”唐知心将手放入韩景榕伸过来的掌心中，那手很凉，唐知心顿时心生愧疚，他的毒没解，身体欠佳，却陪她在江边吹了这么长时间的冷风。以他死要面子的个性，自己若开口关心他，他肯定又要嘴硬。唐知心想了想，道：“韩大人……”

“叫景榕吧。”韩景榕打断道。

唐知心愣了愣，改口道：“景榕，黄鼠狼到底跟你说什么了？”

“不是告诉你了，说你在江边伤春悲秋……”

唐知心坏笑着打断他道：“骗人，黄鼠狼哪会说那么多成语？何况我出来时他都睡着了。你是不是听到我跟的卢说话了？”

“没有。”韩景榕矢口否认。

“那你有没有偷看我的信？”

“什么叫偷看，我得确认你的安全……”意识到露馅了，韩景榕赌气地不说话了。

滔滔江水奔流向前，送走旧人旧事，迎来新的故事。人只要活着就有希望，等到明年的今日，又会是谁与她在钱塘观潮呢？离开钱塘江一路往南，又过了近一个月的时间，一行人终于回到了天机阁。韩景榕将自己院中一处两进的厢房安排给唐知心住宿，隔壁住的就是柳如丝。唐知心来到屋中瞧了瞧，见一应俱全，十分满意。

天机阁很美，比清山还要美，“风景如画”这种词已不足以形容它的美。韩景榕屋前种着一片梨树，清风拂过，雪白的花瓣漫天飞舞。

唐知心将随身物品放在自己房中，又给黄鼠狼精找了个舒适的窝，收拾停当便出门去找韩景榕。来到院中，柳如丝正和阿祥在玩陀螺，阿祥看到她笑着道：“我知道你，数月前，你给我师父写过信，我替他回的信。你还记得吗？”

唐知心愣了一下，苦涩地笑了笑说记得。等她见到韩景榕时，韩景榕关切地问道：“郡主怎么样了？”显然，他已经读过了信。

“死了。”这么久了，说出这两个字，唐知心的声音依然有些哽咽。韩景榕看着她，轻声道：“你是死过一次的人，有些事应该看得更开些。”

唐知心抽了抽鼻子，忍着泪道：“数月前我们还坐在一处赏月，有花有酒，阿冲哭哭笑笑的。如今才过去多久，她不是她，我也不是我了，就像一场梦一样，柳下月如花下月，今年人忆去年人。”

“黄粱梦一场，青灵道长，眼看你就要悟道了。”韩景榕话里有几分揶揄，但听得出来，他在试图安慰她。

唐知心擦了擦眼角，勉强笑了一下。韩景榕看了她一眼，假装不在意地问：“郡主有雪莲制成的药，为何人还是没了？是药方出了问题？”

唐知心听出了他的不安，郡主的雪莲药方最后一味药是他配的，他是担心因为自己的医术让人丢了性命。唐知心并不拆穿他，认真答道：“不，不是药方的问题，是药丢了。”

韩景榕似松了口气，走到书案前，展开信纸对唐知心道：“我给燕世子去一封信，郡主是他一生挚爱，人不在了，总该知会他一声。”

见韩景榕要写信，唐知心识趣地离开了。院子里，柳如丝和阿祥为了抢陀螺起了争执，她看着他们，仿佛看到了小时候的段未语与自己，一时间，鼻子又是一酸。唐知心赶紧摇摇头，似要将悲伤的思绪甩出脑袋。

回了天机阁后的韩景榕非常忙碌，唐知心很少能见到他，就是偶尔见到，韩景榕也只是叮嘱她好好养伤。为打发无聊的日子，唐知心时常教两个孩子读书识字，也向他们学习医药病理。这一天，唐知心正在帮柳如丝晾晒她刚采回来的当归，没干多久，柳如丝就嫌弃道：“你别动啦，不需要你帮忙，笨手笨脚的。”

唐知心笑笑，停了手也没多计较。柳如丝还是如初见时那样，给她一种命途多舛的感觉，唐知心看到她总是心生怜悯，平时对她颇多关心包容。

韩景榕不知何时出现在院中，他皱眉怒斥道：“你怎么跟长辈说话的？！东西放下，一边面壁去。”

“那个，小事情……”唐知心替柳如丝开脱。

“我管徒弟，你别掺和。”

唐知心讪讪地闭上了嘴，心里想着自己果然不招小孩子喜欢。这时，黄鼠狼精从院外溜了回来，身后还跟着一个动物。这黄鼠狼精自来了天机阁后可谓如鱼得水，天机阁山灵水秀，飞禽走兽自然也是少不了，黄鼠狼精天天在后山晃悠，结识了一群真正的狐朋狗友。

黄鼠狼精溜达进院时，韩景榕的眉头就已经深深地皱起。唐知心赶紧先斥道：“你带回来个什么东西？”

黄鼠狼精洋洋得意地说：“嘿嘿嘿，善人你猜？”

“是只狈。”韩景榕语气阴森。

黄鼠狼精完全没听出危险，眉飞色舞地说：“没错，善人你看，我们是天生一对。你们凡人有个成语怎么说来着……”

“狼狈为奸。”韩景榕更加阴森地说。

唐知心见事情不妙，赶紧对黄鼠狼精说：“我跟你说过很多次了，你是只黄鼠狼，不是狼。成语说的和你不是一个物种，你还不马上进屋去。”

黄鼠狼精不甘心地说：“可我有一颗想要做狼的心。”

唐知心拼命使眼色，黄鼠狼精好像明白过来了，带着狈飞快地蹿进了屋。

韩景榕脸色阴沉，忍了半天，狠狠地瞪了唐知心一眼，警告道：“管好你的黄鼠狼，别把我这儿弄成妖怪洞。你跟我去书房，我有话对你说。”说完转身就走，唐知心自知理亏，小心翼翼地跟在他身后。

进了书房，韩景榕并不说话，从怀中掏出个红色喜帖扔到唐知心面前，唐知心疑惑着打开，瞬间惊呼道：“段闻秋和傅永书的喜帖，他们两个怎么会在一起？！”

“我怎么会知道？”韩景榕反问着。

唐知心看看手中喜帖：“下个月廿二，你去吗？”

“这种应酬场合，我从不参加，我不觉得段傅两家联姻值得我去。”

看着唐知心若有所思的神情，韩景榕喝了口茶，问道：“怎么？你想去？”

唐知心摇摇头，道：“只是感觉太突然了。闻秋在我心里还像个小孩子一样，没想到，她都要成亲了。我们从小就相识，如今她成亲，我这个做姐姐的都不能送她出嫁，甚至没资格喝她一杯喜酒。”

韩景榕放下茶碗，道：“你想想有没有想要送去的贺礼，可以以我的名义帮你带过去。”

唐知心确实有，她刚要说话就听哗啦一声，房门被人猛地拉开，苏尽欢风风火火地冲进屋内，对着韩景榕劈头就问：“是真的吗？陛下真这么说了？！”

韩景榕微微皱眉，站起身来说道：“你不要如此心急，我回来就是要与你说这件事的。”

“还有没有转圜的余地？”苏尽欢追问道。

“这里不是说话的地方。尽欢，你跟我出来。”韩景榕说完起身便走，苏尽欢紧紧跟在他身后。韩景榕走到门口，停住脚步回头道：“青灵，等我回来晚上有事找你。”

傍晚时分，韩景榕如约而至。这段时间，唐知心的腿好了不少，已经用不着拐杖了，只不过还不能跑，也不能用轻功。下山的路不好走，韩景榕没有扶她，只是揣着手慢悠悠地跟在她身后。

他没说要带她去哪儿，唐知心也没问。等下了马车，唐知心抬头一看，赫然发现面前的宅院大门匾额写着“韩府”两个字。她有些吃惊地道：“你还有外宅？”

韩景榕眉峰一挑，说道：“怎么？我好歹辅佐两代君王，是先帝的托孤大臣，官拜中书令，拿着笏板吃着皇粮，还不兴我有个宅子？”

就不该多嘴这么一问，唐知心在心中默默嘀咕。就在唐知心思考要说些什么找补一下的时候，韩景榕接着道：“进去吧，尽欢在等着呢。”

韩景榕将唐知心引进正厅，半夜三更，他府上黑灯瞎火的，只有一间房亮着灯。韩景榕解释道：“我不常回来，家里也没什么人，这里很安全。”

二人进屋时，苏尽欢已经等候在屋中，他看起来不似之前那般焦急，但依旧愁容满面。三人坐下后，韩景榕首先开口道：“青灵，你还记得之前尽欢说过的西方教在西域和拜火教纠缠不清的事吗？”

“记得。”

“赵寺淮最近在撺掇皇上对西域动武。”苏尽欢急道。

唐知心一愣：“什么时候的事？”

“我是今天才知道的，不过想来赵寺淮应该策划很久了。”韩景榕道。

唐知心思考片刻，道：“赵寺淮让皇上向西域开战，是不是就等于让皇上撑腰，替西方教向拜火教开战？”

“是的，青灵你应当知晓其中利害。新帝不比先皇，他不喜本土教，只因顾忌我、顾忌先帝、顾忌清山和段家的威望才一直不敢废本土教改西方教为国教。但他的内心早就向着西方教了。”韩景榕道。

唐知心点点头，道：“我懂。有你、段未语，还有先帝余威震慑着朝堂，不改变现状，皇上无法真正掌权。”

韩景榕道：“你很聪明，的确是这样。我没有问过段未语，不过我觉得他的想法十有八九应该是和我一样的。不是我们不愿交出权力还给皇上……”

唐知心接道：“是，一旦交出去，他可能会把我们都清除掉。”

韩景榕点点头，道：“对。赵寺淮正是看穿了皇上的心思，借机向狄人开战。若是西方教赢了，铲除了拜火教，有皇上撑腰，西方教踏入雪域如履平地。若是拜火教赢了，西方教还可来雪域讨一片生存之地，皇上也可名正言顺地留下他们。无论胜败，我们都是最大的输家。”

听到这里，唐知心看了一眼苏尽欢，轻声道：“尽欢是拜火教门徒，若是开战，赵寺淮一定会为此向你发难。你们打算怎么办？”

苏尽欢道：“没想好，这不是找你商量来了嘛。”

唐知心看着苏尽欢问道：“拜火教实力如何？能打赢吗？”

“难。朝廷不插手还好，若是跟雪域的兵作战，实力过于悬殊。”苏尽欢苦笑。

韩景榕道：“青灵，离西域最近的雪域疆土是江宁，一旦开战，最先受到冲击的会是清山。你不愿看到这种情景，我也不愿意。阐、截内耗了这么长时间，是时候停一停了。”

“你想跟段未语合作？”唐知心问。

“不是我想，是没有办法。敌人要打到家门口了，不一致对外，难不成等着他们将阐、截逐个击破？无论阐教和截教哪个先灭亡，剩下的那个都是唇亡齿寒。阐、截相争百年，但说到底还是一脉相承。事到如今，没有别的路可走了，阐、截必须和解！”韩景榕坦言。

唐知心低头沉思，韩景榕说得对，事到如今只有阐、截和解这一条路。

苏尽欢看着韩景榕，关切地问："皇上现在到底是什么意思？答没答应赵寺淮？"

"我怎么会知道？皇上告诉谁也不可能告诉我。"韩景榕想了想，又道，"既然皇上不想让我插手，就不会在朝堂上提起此事。我打算盯着赵寺淮，他什么时候进宫面圣，我就偷偷跟进去。"

苏尽欢震惊地说："你是想去皇宫偷听？你疯啦？私闯皇宫是要诛九族的！"

"皇族也是我的九族。"韩景榕平静地说。

"你在朝中多年，这点情报都收不来？实在不行，你还有天机阁，何必亲自去？"唐知心不解。

韩景榕道："用皇上的人打探皇上的消息，亏你想得出来。"

"可你自己不也是皇上的人？"唐知心反问。

"韩亦是，蘧然不是。"韩景榕道。

苏尽欢解释道："小唐，在天机阁，韩景榕是阁主，我是司巧堂堂主，我们都是替皇上办事的人。今晚在这里的三人，我曾是拜火教的分舵舵主，你曾是阐教的掌门师叔，景榕是现任截教掌教……"

韩景榕打断道："我们用私人身份坐在我的私宅里，这里就没有国事，只有教派事务。如果我用官职便利来对付皇上，就有违君臣之道。既然是私人身份，抱着私心，那就不能动用朝中势力。"

"可是去皇宫偷听，太冒险了。就没有别的办法了吗？"唐知心迟疑道。

"陛下如今处处提防我，除了偷听，我想不到还有其他法子能知道他的想法。"韩景榕道。

苏尽欢道："你不能去冒险，要去也是我去。"

"你是拜火教的人，万一被抓，断无生机。我怎么说也是皇上的舅舅，再说，皇宫你能有我熟悉？"

唐知心想了想，对韩景榕道："我跟你一起去。"

"你？你一个瘸子，去干吗？"韩景榕笑了。

唐知心瞪了他一眼，道："首先，我的腿快好了，其次，我接近赵寺淮还有一个目的，我打算找机会毁了他手上的法宝，把黄鼠狼精的妖法找回来。最后，也是最重要的，我不放心你一个人去，跟着你，我会比较安心。"

苏尽欢频频点头，道：“我觉得小唐这个主意不错，多一个人多一份力，我也去，我在宫门外给你们望风。就这么决定了。”

两人一唱一和，韩景榕一时竟无话可说。

一连好几天，赵寺淮那边都没什么动静。这天，韩景榕通知唐知心当晚行动。夜晚的皇城幽静肃穆，暗夜中，韩景榕轻车熟路地将唐知心带到宫墙外的隐蔽角门外，苏尽欢果然等在那里，他肩上竟然还坐着黄鼠狼精。

“你怎么把他带来了？”唐知心惊讶地问苏尽欢。黄鼠狼精抢着回答道：“对付赵寺淮，我必须出一份力啊！”

“你又没有妖法，能出什么力啊？”

“我鼻子灵啊，一闻就知道周围有没有危险，我可以帮忙放哨啊。”

此时苏尽欢已经用工具打开了角门的锁，韩景榕和唐知心悄然溜进了皇宫。来的路上，韩景榕向唐知心交代过进宫以后注意隐藏气息不要出声，交流消息用唇语或在对方手心写字。唐知心牢牢记住他说的话，知道自己是来帮忙的，可不能变成累赘。

凭着韩景榕对皇宫环境的熟悉以及对御林军巡逻时间的准确把控，二人一路有惊无险。在一处大殿后，韩景榕先是贴着窗户听了一阵，随后探出食指将窗户纸戳出一个小洞。他示意唐知心从小洞往里看，唐知心看到殿里站着两个人，一个是赵寺淮，另一个穿黄袍的定然就是少帝了。此时，正听到赵寺淮说道：“陛下，西域兵力孱弱，西方教又愿意出一份力，此刻正是发兵的好时机啊！”

“朕何尝不知，可师出无名，几位辅宰不答应。”

“陛下担心的是韩亦吧？微臣是替您担忧，先皇重视本土教，重视礼法，这是好事。但朝中朝政一半由修仙的道士把控，皇权何在？”

“他毕竟是朕的亲舅舅。”少帝叹了口气，道，“过几日宣裴将军来见朕，出兵西域是大事，还是要从长计议。”

听到这句，唐知心回头看向韩景榕，他皱着眉，脸色发白，唐知心伸出一只手轻按他的肩膀以示安慰。此时一只野猫从屋檐上跃下，唐知心吓了一跳，下意识地一躲，不小心撞到了窗棂，虽然声音不大，但在寂静的夜里还是惊动了屋内的人，赵寺淮警觉道：“什么人？”

少帝喝道：“来人，速去查看。”

“快走！”韩景榕对着唐知心唇语，二人转身就跑，到御花园入口时，唐知心听到了侍卫追来的脚步声。韩景榕拉着唐知心跑进花园，寻到一处假山石窟前，猛然停步，将唐知心甩进石窟中，唐知心的头一下撞在山石上，发出一声闷响，疼得她眼泪都快飙出来了，下意识就要喊疼，韩景榕挤进石窟的同时一把揽住唐知心的后脑，将她的脸死死按在他自己胸前，唐知心的那个“疼”字活生生给憋了回去。

这石窟实在太小了，韩景榕挤进来之后，二人紧紧贴在一起。唐知心疑惑，石窟虽说隐蔽，但要是被堵在里面可是无路可逃，韩景榕怎么想的？嘈杂的脚步声逐渐靠近，唐知心甚至都能听到他们手上的火把燃烧时发出的噼啪声，她紧张得心怦怦直跳。

此时石窟外传来赵寺淮的声音：“找到了吗？”

唐知心想抬头看向韩景榕，韩景榕揽着她后脑的手微微用力将她的脸按在胸前，明显是不让她抬头。

“回大人，还没有。”

“是往这边跑了吗？”赵寺淮问。

“是，属下亲眼所见。”

赵寺淮的声音就在窟外，唐知心的余光甚至可以透过缝隙看到他来回踱步的锦靴，一个念头在唐知心脑中闪现。她伸出右手摸索着韩景榕的另一只手，在他掌心飞快地写下“法宝”两个字，韩景榕轻轻握了一下她的手，在她掌心写了一个字：笛。

笛子挂在他腰间，唐知心顺着腰封摸到玉笛，小心翼翼地送到他手中，韩景榕用写字的手接过玉笛。唐知心等了片刻，韩景榕没有动静，她猜测他在观察，片刻后，耳边听到微小的锐物划破空气的声音，紧接着就听到石窟外传来珠串散落一地的哗啦声和赵寺淮的惊呼声。

“怎么了，大人？”

“没什么，手串突然断开了。”赵寺淮顿了顿，马上又警惕地问，“会不会有暗器？”

“大人多虑了，如有暗器发出，侍卫们肯定会发觉的，而且已经仔细搜索过了，这里没有人。”

赵寺淮和侍卫的脚步声渐渐远去。

唐知心想看看四周情况，头却还是被韩景榕按着。她感觉不对劲，在他掌心写下：怎么了？韩景榕没有回应。唐知心正准备再写一遍时，韩景榕缓缓弯下身子，后背拱起抵在石壁上，四肢已无力气，下巴滑靠在唐知心的肩头，气若游丝。唐知心瞬间明白了，他毒发了。

怪不得在殿外时他脸色那么苍白，怪不得他会选这么个地方躲藏，怪不得他不让自己看他。唐知心十分懊恼，自己怎么现在才发现。韩景榕在她的掌心缓缓写下两个字：你走。

走什么走！要走一起走！唐知心在心里喊着。唐知心翻手将韩景榕冰冷的手掌攥在手心里，不让他再继续写下去，韩景榕没有动，任由她握着。此时，唐知心感到脸颊边有温热的液体流下，血腥味蔓延开来，韩景榕吐血了。唐知心的眼泪夺眶而出，她想查看他的情况，却再一次被他按住。韩景榕在她耳边艰难地挤出两个字："别看。"

唐知心懂他的意思，别看他的脆弱。韩景榕说完这两个字，按在她脑后的手便已无力地滑落，整个人靠向唐知心。唐知心瞳孔骤缩，可怕的记忆席卷而来。这种感觉熟悉又恐怖，上一个靠在她肩头倒下的人是郡主。他该不会也醒不过来了吧？就在唐知心万念俱灰之际，石窟外传来熟悉的声音："善人！"

看见化成人形出现在洞口的黄鼠狼精，唐知心一时竟回不过神来。

"嘿嘿，善人，我的妖法回来啦！"黄鼠狼精无比开心地说，"你放心，他们听不见我的声音。听到里面的动静知道你们可能有麻烦了，我就找过来了，看看你们需不需要帮忙。"

唐知心绝境逢生，一脸是泪地说："要帮忙要帮忙！你简直是世界上最善解人意的黄鼠狼！"

黄鼠狼精略显不好意思，喜滋滋地道："真的吗？"

"真的真的！"唐知心拼命点头道，"你快用你的障眼法把我们弄出去。"

天茗静悄悄的黑夜中，苏尽欢背着韩景榕在城中小道狂奔。黄鼠狼精的妖法只够撑到将唐知心和韩景榕带出皇宫，如今法力用尽，他又化成原形，缩回了唐知心袖中。唐知心跟在苏尽欢身后，两人都已跑得气喘吁吁，筋疲力尽。终于，韩府门口亮着的灯笼远远地出现在视野里。

苏尽欢在巷口警惕地四下观望，确定没有人之后才带着唐知心一鼓作气冲进了韩府。他们来到韩景榕的卧房，苏尽欢将他安置在床榻上，转身对唐知心交代道："你看着他，我去天机阁接小如丝过来，只有她会配她师父的药。我很快回来，不要让任何人进来。"

唐知心连连点头，道："好，那……我该做些什么？"

苏尽欢边往外走边道："不用做什么，景榕很能忍，一般毒发的时候都能自己挺过去。"

苏尽欢走后，唐知心找了个火折把灯点上，此时她才看清韩景榕的脸庞。

怪不得他不让自己看。唐知心看着躺在床上一动不动的韩景榕，脑中最先想到的居然是“别看”这两个字。他现在的样子着实很狼狈：双颊绯红，汗珠浸湿了鬓角，剑眉紧蹙，嘴唇乌青，嘴角挂着血污，血迹顺着他纤长白皙的脖颈触目惊心地染红了胸前的衣襟。唐知心瞧着他的样子不由得悲从中来，一个欲与天公试比高的人居然要受这种折磨。比起毒发的痛苦，面对痛苦的无能为力肯定会让他觉得更丢人。

唐知心上前替他解下腰间玉笛放到桌上，转身去找水和棉布替韩景榕清理血污。在屋里只找到一小壶沏茶用的水，唐知心无奈，掏出他收留她那日交换的锦帕，蘸了水替他擦拭唇边血污和额头冷汗。这中间，韩景榕醒了，疼痛让他甚至没力气和唐知心说话，眼睛睁开后又紧紧闭上，眉头皱得更紧，咬紧牙关一声不吭。唐知心坐在他床榻边的地上，双手支着床沿，不断地替他擦拭汗珠。

韩景榕的脸近在咫尺，卷翘的睫毛轻轻颤动，他没有再吐血，呼吸时而急促时而轻缓……唐知心安抚似的拍着他的手背，他似乎很受用，在漫长又有节奏的触碰下，他的呼吸逐渐趋于平缓，渐渐地，眉头也舒展开来。

“还好你熬过去了。还好，你会醒过来。”唐知心自言自语道。

唐知心在临近天亮时趴在韩景榕的床边睡着了，梦里她好像抓住了什么，手心里的东西却极力挣扎着想要逃走……掌心一空，她猛然惊醒。

“手被你抓着，麻了。”韩景榕躺在床上面无表情地说。

唐知心惊喜道：“你醒啦？什么时候醒的？怎么不叫我？”

“早就醒了，看你睡得香就没叫你。”

唐知心有点蒙，韩景榕什么时候这么体贴过？唐知心小心地问：“尽欢回来了吗？你吃药了没？”

“吃了，你睡着的时候，尽欢来过了。一只手被你压着，我只能一只手喝药。”韩景榕温和地说。

见唐知心愣怔，韩景榕问道：“发什么呆，没睡醒？”

“不是，呵呵，你说话这么温柔，我有点不习惯。”唐知心笑道。

韩景榕盯着唐知心瞧了片刻，也笑了。他倚在软枕上，沉默了片刻，自嘲道：“青灵，我最狼狈的样子都被你瞧见了。”他顿了顿继续道，“韩亦不过是个普通人，我很累。”此时的韩景榕气质都不太一样了，更像一个清冷俊俏的读书人。

唐知心冲他笑笑，打趣道："大家朋友一场，我又不会笑话你。其实，你有什么烦恼的事可以说出来，不用一个人撑着，大家一起分担，集思广益，说不定就解决了呢。"

韩景榕温和地说："我现在好多了，你也累了，去休息一下吧。"

唐知心看韩景榕的情况确实好转很多，便去了旁边客房休息。等她一觉睡醒时，桌上有韩景榕留的字条，让她睡醒后去正厅找他。唐知心草草洗漱后，推门便去正厅找韩景榕。没承想刚跨进正厅大门，唐知心就和一个不速之客碰了个正着。

赵寺淮见唐知心从韩景榕的内宅走出来，眼里闪过一丝诧异，轻笑道："原来青灵道长也在这儿。"

韩景榕坐在桌边没有说话，赵寺淮坐在他对面，桌上摆着两只冒着热气的茶碗，唐知心猜想赵寺淮应该刚来不久。对于他一早就上门，唐知心并不惊讶。二人昨晚的行动说不上缜密，以赵寺淮的精明，很容易就会推测到韩景榕头上。唐知心装作不知，也笑着问道："赵大人？你怎么来了？"

"听说韩大人病了，赵某今日特意来探望。"

赵寺淮还没有证据，只是上门打探消息来了，唐知心当即判断。赵寺淮瞄了一眼韩景榕，话里有话道："难怪当日在昆仑山脚下青灵道长不愿接受我的帮助，原来是找好了下家，投靠了韩大人。"

唐知心一愣，赵寺淮误以为她当初是有了韩景榕当靠山才不愿接受西方教的邀请。她有些尴尬，欲要开口解释却被韩景榕打断："青灵，过来坐。"

韩景榕看了唐知心一眼，她当即明白了他的意思：他误会就让他误会吧，跟这种人有什么好解释的。唐知心走过去坐下，柳如丝从后堂走出来给她送了杯茶后，又蹦蹦跳跳地跑了。

三人对坐，一时沉默，场面颇尴尬。赵寺淮出声打破尴尬道："韩大人的病要紧吗？"

韩景榕冷笑道："我的病在朝中也不是什么秘密。赵大人不需要明知故问，不如有话直说。"

赵寺淮淡然一笑，他似乎早就在韩景榕嘴下练就了铁一般的心脏，直接忽略了韩景榕话中的讽刺，平静地说："是这样，昨夜宫中进了贼人，韩大人可知？"

“我在病中，如何得知？皇上受惊了吗？人抓到了吗？”

“陛下无恙。但贼人跑了。”

“没抓到人，你还敢来找我？想挨骂？”

“就是因为没抓到人才来找韩大人，我们在御花园的假山中发现了血迹。”

“这跟我有什么关系？”

“贼人没被打伤，不该有血迹滴落。假山上的血迹呈黑红色，明显是中毒之人所留。”

“你什么意思？”

“没什么意思，就是听说韩大人昨晚病重，小徒弟漏夜前来送药。想问问您，昨晚去了哪里。”

“你怀疑我？”

“例行公事罢了。”

韩景榕冷哼一声，拿起茶盅，用盅盖轻轻拨了拨茶叶，缓缓道：“我昨夜一直在府里，不信你问青灵，昨夜我们一直在一起。”

“青灵道长，是真的吗？”赵寺淮看向唐知心。

唐知心尴尬地咳嗽一声，道：“是，我们昨晚确实一直在一起。”

赵寺淮一时语滞，他总不能开口问孤男寡女昨晚在一起干吗了。他心里明白这两人在合伙应付他，可毕竟没有证据戳穿他们。无奈之下，赵寺淮站起身来准备离去。他临走时转过头来对唐知心说道：“青灵道长，想必你还记得，我在昆仑山下与你说过的话。”

“当时说了那么多，你指的哪一句？”

“寺淮敬重你。”

唐知心一愣。赵寺淮继续道：“我说我敬重你，是真的。本土教行事令赵某不齿，但敬重你我是认真的。你我萍水相逢，仅有几次交流，寺淮敬你是个真诚的人。真诚的人在本土教里极其难寻……”

“你想说什么？”唐知心忍不住打断道。

赵寺淮笑道：“以我对你的敬重，青灵道长如果想要寺淮的手串大可直接来要。何必非要毁了好端端一个法宝？”

唐知心一惊，他是在诈她！赵寺淮继续道：“在昆仑山下时，青灵道长身边带了只妖，若不是为了妖法，恕我直言，赵某很难想到还有什么人会对一条手串下手。”

“赵大人，说话要讲证据。”韩景榕立即打断道。

赵寺淮不再争辩，转身离去。唐知心瞧着他的背影有些后怕。见她一脸担忧，韩景榕安慰道：“你不必理他，有证据的话，他也不至于在这儿陪咱们闲扯了。”

“都怪我太心急了，要不是那么着急法宝的事，也不会引起他的怀疑。”唐知心懊恼道。

韩景榕笑了：“要是没毁了他的法宝，咱俩昨晚就交待在那儿了。”

唐知心还是不放心：“你那个笛子发出去的暗器呢？会不会留下马脚？”

“暗器是苏堂主独家秘制的，赵寺淮要是能找出马脚，天机阁主我让给他当。你不要多想了，你要是很闲，就陪我出去一趟。”

“去哪儿？你的身体需要好好休息。”

韩景榕摇摇头，道：“我已经好多了，咱们摇铃串巷，当游方郎中，去不去？”

当唐知心点头答应的那一刻，绝对没有想到韩景榕说的是真的。她只以为他是要出门替人看病，摇铃串巷不过是个比喻，直到柳如丝把自己的小药箱挂到她身上，又摸出个小铃塞到她手中，唐知心才明白他不是在开玩笑。柳如丝得知有人替她干活，开心不已，出门前，韩景榕又给了她一小锭银子，小姑娘拿着钱一溜烟就蹿上街，没了影子。

“走吧，青灵道长，铃铛摇起来。”韩景榕笑道。他带着唐知心穿过天茗繁华的街道，来到一处贫民居住的地方，周围环境破旧凌乱。唐知心一边摇着铃铛一边问道：“你要是想多救治百姓，大可以在城中多开些医馆，少收些银钱，效率不是更高？”

韩景榕认真地避让着地上的污水杂物：“你知道吗，赵寺淮在几条街外修了个小破寺，只要不上朝，他都会亲自去寺门口施粥。开医馆的确更有效率，但却不是最有用的。因为老百姓不会在乎你是否想救济天下，他们更在乎看得见摸得着的东西。比如哪个道士医好了我孩子的病，比如哪个和尚舍了我一碗粥。”

“可你做这些不也是为了让老百姓记你的好，这样说听上去有些功利。”唐知心想了想，道。

“这天下越是普通的人就越功利，如果修炼不能让我飞升成仙，那么我为何要信本土教？拜菩萨若要是不能保我全家平安，我为何要信西方教？没有好处，我为何要信？你以为老百姓会顿悟教义佛法吗？当然不会。他们要的是好处，看得见摸得着的好处。你以为赵寺准施粥是他真的乐善好施吗？青灵，西方教本土教之争不只在庙堂，更在这小街小巷之中。看谁能争得老百姓的心，古人云，‘得民心者得天下’，就是这个道理。”

唐知心摇摇头，道：“不全是，我只是觉得老百姓多多少少还是有不图好处的。本土教也好，西方教也罢，对他们来说可能更像一种信念。就像带兵打仗的将军，他们的信念是什么呢？是保家卫国战死沙场。圣贤门生的读书人，他们信念是什么？是读书治国平天下。皇帝的信念是定国安邦。那普通百姓的信念是什么呢？我猜是一生平平安安，健康顺遂吧。”

韩景榕很认真地听着她说，若有所思。

吱呀一声，面前的院门开了，哗啦，一盆漂着菜叶的洗菜水猝不及防地泼到韩景榕脚边，吓得唐知心惊呼一声。泼水的人听见惊呼声，探出头来看个究竟，是个老头。老头看到韩景榕笑着打招呼：“韩大夫，今天这么早啊！小如丝呢？”

韩景榕回道：“快过年了，放她出去玩几天。”

“就是嘛，一个小娃娃，成天跟着你干活。那这位是？”

“青灵道长，唐知心。今天顶小柳的班。”

老头打量着唐知心，笑眯眯地道：“也是位道长啊，你别说，真漂亮，一看就不是凡人。”

这老头，还挺自来熟呢！唐知心心想，他看起来和韩景榕很熟，想来应该是被他医治过，老头应该不知道韩景榕的真实身份。她正琢磨着，韩景榕接话道：“她当然不是凡人。”韩景榕说完，别有意味地瞄了唐知心一眼，接着道：“青灵道长，人送外号‘唐半仙’。上可卜国运舛昌，下可算家宅凶吉。怎么样，王伯？请她给你算一卦吧，算算你儿子什么时候能讨到媳妇。”

王伯哈哈大笑：“儿孙自有儿孙福，少操他们那份闲心，我还能多活几年！”

三人正说话间，不远处一户人家听到动静打开了门，一个女人站在门口喊道：“大夫，是大夫吗？！快来，我丈夫快不行了！”

听了这话，韩景榕连脚下的污水也顾不上躲了，与唐知心赶紧快步赶到妇人家中。唐知心定睛一瞧，妇人还怀着孕。二人跟着妇人进到房中，屋内摆设寒酸简陋，床上躺着一个人，床边站着两个半大的孩子。妇人进屋后奔到床边，一大二小三个人围在床边哇哇直哭。

唐知心着急道："先别哭啦，快说说怎么回事啊！"

妇人抽泣道："我……我也不知道，早上还好好的。你也是大夫？"

唐知心连连摆手道："我不是，他是。我就是个寻常道士，他能给你丈夫看病！"

妇人眼睛一亮："道士？你会仙法？你快使个法术救救我丈夫。我求求你，你跟神仙说说，别收我丈夫的命。"

"他吃错东西了。"她们说话间，韩景榕已开始诊断，"是食物中毒，很严重。把药箱给我。"韩景榕从唐知心手中接过药箱，打开取出针灸银针，扒开病人的衣衫将银针向胃部扎去。那人的肚子鼓得老高，硬得不行。韩景榕一针入肉，银针立刻漆黑。韩景榕皱起眉道："他快不行了，我去熬药，你看着他。"

"看？怎么看？"唐知心赶紧问。

韩景榕道："跟他说话，别让他闭眼，挑他爱听的说，让他醒着。"说完，韩景榕对妇人道："你带我去厨房熬药。"

屋中只剩唐知心和两个孩子，跟他说话，说什么？唐知心赶紧问旁边的孩子："你爹叫什么？"

"刘大。"大一点的女孩答道。

"刘大，刘大！"唐知心叫着。

刘大没有反应，一动不动。唐知心焦急地问："你爹平时喜欢什么？"

"喝酒。"女孩又道。

"这个不行。"

"那……要钱！"

唐知心无奈，追问道："他有什么心愿吗？你们姐妹唤唤他，他说不定就醒了。"

"爹不喜欢我。爹想要弟弟。"

唐知心简直不想救这人了，让他咽气得了。然而想归想，人还是要救的。她努力呼唤他的名字，时不时拍拍他满脸胡楂的脸。好在韩景榕很快就端着药碗回来了。

刘大面色发青，嘴闭得死死的。韩景榕想把药灌进他嘴里，捏着他腮帮子捏了半天，怎么都捏不开。这时，韩景榕将自己如白玉般的两根手指硬塞进刘大嘴里，撑开他的牙关。刘大嘴中的恶臭气瞬间散发出来，腥臭的口水顺着韩景榕修长的手指流下，滴在他的袖子上。

唐知心突然悲从中来，有点想哭。他那双漂亮的手按过玉笛，捧过笏板，写过文章，指点过江山……唐知心想上前帮忙，韩景榕阻拦道："这么脏，你别过来。"说话间，韩景榕将药顺着齿缝往下灌，刘大却无法吞咽，药顺着他的嘴角流了出来。韩景榕又灌了一点进去，这下刘大直接白眼一翻，猛地一咳，将药全喷在了韩景榕脸上。

唐知心的眼泪瞬间夺眶而出。这一刻的韩景榕就像碧珠蒙尘，皎玉入泥。

韩景榕用袖子擦了一把脸，道："他不肯吃药，神仙也救不了了。"

"不行啊，你再想想办法！你是大夫，不能见死不救！"妇人哭喊道。

韩景榕生气道："他自己不配合，不愿意活，我没有办法！"

"大夫我求求你，你再想想办法……"

孕妇哭号，韩景榕不语。唐知心看得出来，他在无奈自责。唐知心狠狠擦了把眼泪，将哭坐在地上的妇人拉了起来，道："你不是要算命吗？来，把手伸出来！"

唐知心态度强硬，连韩景榕都被吓了一跳，更别说那妇人了。妇人哭着道："不是给我算，是给我丈夫……"

"这不都一样吗？快，把手给我！"

妇人战战兢兢地伸出手，唐知心一把将她的手扯住，快速道："'川'字掌纹，儿女命好啊！你这个手相，一看就是多子多福，你会生儿子的！"

"真的？"妇人惊喜。

唐知心从没有想过，自己有一日竟会说出这样一番话。她哽咽道："真的。刘大你听见了吗？你妻子肚子里的是男孩，你会有儿子的！你儿子命很好的，你不想看他金榜题名吗？不想看他升官发财吗？他会很孝顺你的，会让你锦衣玉食，会让你四世同堂！把药吞下去，活下去，你就能看到了！"

此时，刘大有了些反应，牙关逐渐松开，韩景榕趁机赶紧将剩下的药灌进去，片刻后，刘大努力地咽下去了，刘大得救了。交代完后面的用药，韩景榕在刘大家院中打水洗脸，收拾干净后又从药箱里掏出一件干净的外衣换上。他从容娴熟，一看就是经常遇到这种情况。唐知心鼻头一酸，又想哭了。

二人从刘大家出来后又去了几户人家，倒再也没碰上什么特别的，都是些伤风感冒头疼脑热的寻常病症。韩景榕经常来义诊，大家对他都很亲热，问完诊出门时，每家都会热情地送些东西，一袋香菇、一篮鸡蛋、一只大鹅……韩景榕照例都谢绝了。看到唐知心从刘大家出来后就恹恹的，韩景榕破例收下一个大婶送的手编花篮，递到她手上哄她开心。

义诊结束后，天色已不早了，唐知心抱着个花篮跟着韩景榕去吃饭。晚饭后，韩景榕将唐知心带到护城河边。河边没什么人，月光映在水面上，波光粼粼。韩景榕指了指河水对她道："这条河和落照的护城河一样，通向钱塘江。"

唐知心知道他是有意带自己出来散心，心里渐渐温暖起来，回忆道："有一次我去落照，有天晚上睡不着去了护城河边。"

韩景榕没有说话，静静地听着她说。

唐知心继续道："那天晚上落照的河边也是这样安静，我坐在岸边倾听对岸传来的笛声。"

韩景榕一愣，追问道："吹的什么？"

"《酒狂》。"唐知心笑笑，看向他道，"是你。"

"是我。"韩景榕也笑了。

"那日你在清山月盈崖边吹笛的时候，我就知道是你了。"唐知心道。

"那日你我不欢而散。"韩景榕笑着回忆。

唐知心点点头："是啊，谁又能想到，有朝一日我会跟在你身边看苍生百态呢。"

韩景榕默了半晌，道："今日是我想得不周全，让你难过了。"

"不，是成长。我觉得自己成长了。"唐知心道。

"成长是需要代价的，我不想让你受到伤害。青灵，你今天为什么哭？你心疼我？"

唐知心微怔，随即诚实地说道："嗯，我心疼你。"

韩景榕笑道："你为别人哭鼻子的时候，我总说你。但你为了我哭过两次后，我必须承认，被人在意的感觉很好。"韩景榕说话时没有看她，望着眼前的河水继续道，"青灵，但我还是要嘱咐你，不要感情用事。其实你不必太在意，治病救人是韩亦职责所在。"

"不管是什么人吗？救人难道不该分值得救和不值得救的吗？"

"不该。青灵，能定人生死的是律法。我遇到过形形色色的病人，他们很多都像刘大那样为了欲望而活，他们都是苍生的缩影。如果你愿意成长，我会陪着你，看尽人间百态，等你渐渐强大，就会习惯的。"

一阵暖风刮过，唐知心惬意地微闭双眼，静听水声。

“青灵，你会离开吗？”韩景榕看着唐知心的侧脸，用极低的声音问道。

唐知心转过头问：“嗯？你说什么？我没听清。”

“没什么。对了，段府的贺礼，你想好要送什么了吗？”

唐知心想了想，说：“我也想不出什么，我以前有一支很漂亮的凤簪，打算留给闻秋做嫁妆的。不过东西都在清山，如今……就算了吧。”

韩景榕点点头，道：“既然如此，我来安排吧。”

夜色中，韩景榕吹响玉笛，微风吹拂他的衣衫，他飘然若仙。悠扬的笛声穿过柔软的河水，像一股力量灌入唐知心的心间。

江宁清山段府，还有三日就要出嫁的段闻秋正在闺房中翻阅各家送来的礼单。忽地，门外有人敲门，她起身开门。“哥？这么晚，你怎么来了？”段闻秋将段未语迎进屋坐下，这段时间，她很少见到段未语，武林大会在即，清山上下忙得不可开交。

段未语从怀中摸出个红缎锦盒递给段闻秋，她打开一看，里面是一支精巧的凤簪。“这是知心送你的嫁妆。当年我陪她在清山城买的，她一眼相中，说特别配你。”

段闻秋一愣，提到唐知心，她登时红了眼眶。段未语看看她，温言道：“哭什么？大喜的日子，都要嫁人了还动不动就哭鼻子。”

“哥，我不放心你。你……还好吗？”段闻秋哽咽。

段未语苦笑道：“我？我能有什么不好的。”

段未语从昆仑山回来之后就像变了一个人，沉默严肃。段闻秋也不敢再像以前那样与他讲话，斟酌再三，段闻秋小心翼翼地问：“知心姐最近有消息吗？”

段未语摇摇头，道：“没有。”

段闻秋安慰道：“没消息就是好消息。听说林家的人还有青云师公都还在找她，青云师公不会放手清山的事。”

段未语苦笑道：“没有彻底掌控清山之前，我根本护不住她。也许她跟着韩景榕更安全些。”

“你觉得知心姐在韩景榕那里？”

段未语看着妹妹，犹豫了一下，道：“基本可以肯定。我现在担心的是韩景榕这人冷漠刻薄，知心跟着他会受委屈。”

“这……不至于吧？韩景榕好歹也是个世家子弟，为难个姑娘……”

“知心不是普通的姑娘，她是阐教的人。”

说到这里，段闻秋突然想起一件事，忙道：“我那天听永书说，朝中传出流言蜚语，说是要打仗了。韩景榕为了本土教利益极力反对，阐、截有可能要和解？”

段未语冷笑道：“哪有他想的那么容易。阐教在江宁的势力盘根错节，是他说和解就和解的？连我说想和解都没用，得利益集团点头才行。这里是江宁，不是天茗天子脚下，韩景榕平时面对的都是什么人？连他最看不上的赵寺淮都是状元郎！你再看看林天穹是什么人？说难听点，他就是个流氓地头蛇。韩景榕在金銮殿舌战群儒的那套在江宁根本玩不转。江宁连一个小小知州都姓傅，什么意思还看不出来吗？上自王妃下到知州都穿着一条裤子，牵一发动全身。这群人贪赃枉法，沆瀣一气，唯利是图，他们怎么可能会为了大局舍弃自己的利益？让韩景榕来跟他们说家国大义，你倒是看看，磨破嘴皮有没有人搭理他。”

段闻秋听着，深深皱起了眉，以前的她根本不关心这些朝堂的事，可如今她要嫁的人姓傅，自己日后免不了会被卷入其中。她轻声道：“可你是清山掌门啊，你要是支持阐、截和解，一致对外，他们总该给你些面子。”

段未语苦笑摇头，撑面子不是靠名头响亮，得看实力。阐、截和解，从道理上讲是对的，只不过现在还不行，时机不对，阻碍也太多。

段闻秋又问：“武林大会，韩景榕来不来？”

“想阐、截和解，他就必须来。”

“可武林大会还有半年，如果皇上在这半年之内发兵了怎么办？”

“兵来将挡，还能怎么办？闻秋，要打仗的话，首先遭殃的就是落照。我听说傅王妃给傅永书在落照谋了个官职？”

“是，说是成家立业。婚后就携家眷赴任。”

“你告诉永书，好好当官，打仗的事千万别往前凑热闹。若真要开战，不管阐、截和不和解，我都会想办法把你们接回来。记住了吗？”

段闻秋点点头。段未语看着妹妹凝重的表情，宽慰道：“别多想了，这些事，你心中有数便好，多想也没有用处。反正天塌下来有哥哥替你顶着。”

段闻秋听了这话又想哭，当初知心姐在时也总跟她说这种话，如今时过境迁。段闻秋难过又不敢说，赶紧换了个话题道：“对了，韩景榕送的礼单到了，你要不要瞧瞧？”

“有什么好瞧的？左不过是些金银珠宝。”段未语不屑道。

段闻秋还是把礼单递到了段未语面前，迟疑道：“送了正常贺礼的一倍。哥，你说他会不会是连知心姐那份一起送了？”

段未语闻言一愣，脸上表情阴晴不定。

段闻秋看着段未语的表情，补充道：“奇怪的是，他还送了几箱药材。”

“药材？什么药材？”

“倒都是些寻常药材，续断、白芷、相思子、茴香。连个方子都凑不齐，他这是在做什么？”

段未语看着礼单上的几味药，脸色越来越难看。自语道：“续断、茴香、白芷、相思子，断回乡、止相思。韩景榕这是让我断了念想，他不会放她回来了。”

时间一天天过去，转眼间就要过年了。天茗从不下雪，甚至没有冬天，以至于唐知心差点忘记这件事。快过年了，她不禁又想到清山，心里免不了还是伤感。

的卢前两日回来了，让唐知心惊讶的是，它居然胖了，鬃毛油亮，精神抖擞，她差点没认出来它。

“修炼了呗。”黄鼠狼精酸溜溜地说，“帮人做事也是修行的一种方式，特别是帮有修为的人。它再过一段时间说不定就能开口说话了。”

的卢发出一阵嘶鸣。

“它说林放四蹄有力，膘肥身健，一看就是个好人。”黄鼠狼精翻译道。

唐知心笑道：“你告诉它，‘四蹄有力’不能用来形容人，还有，这些跟是个好人有什么关系？”

的卢继续嘶鸣。

黄鼠狼精翻译道：“因为林放给它喂了最好的草料，还亲手打了最好的马掌。”黄鼠狼精看着唐知心补充道：“要我说，它是沾了你的光，要不是你的马，小林放才不会对它那么好呢。”

“他都能打马掌了？他的伤好了？”唐知心急切地追问。

的卢几步上前，示意唐知心取下它脖颈处的竹筒。唐知心将竹筒解下，从里面取出林放的回信。林放的字迹清秀，信上有几处明显的停顿墨点，唐知心都可以想象他一边写信一边皱眉思考措辞的模样，不禁莞尔。

心卿展信，见字如晤。

沧州一别，转而四月有七日矣。望卿安好，盼卿珍重。

放自昆仑而归，床榻间辗转难寐，时日里啖食无味。放自心而忧，一忧卿之所安，二忧世之艰难，三忧国之危难。

今日落照，年关将至却人人自危。初雪望川，乃茫茫不见暮曙也。城中蜚语流言，城外战风已紧，连角之声将近，百姓之忧实乃战鼓鸣而家园亡矣。卿所言道，放至今日方有所领悟。一花一木为道，一城一池为道，一家一国为道。若卿言万物皆道，守家亦可作守道。家园将倾，凡七尺男儿，安能袖手旁观？定国安邦，亦习武之道也。

如今知卿安好，放无后顾之忧。愿守家卫国，待卿归来。

吾伤已愈，无须挂念。天南地北，尚不知卿身在何处，腊月凛冬，勿忘添衣。万水千山，却同风同月，放之幸哉。

待归日，盼重逢。

雁楼上

唐知心吃惊，林放要去参军？信尾还有一行小字：卿何处寻得此宝马？竟可断文识字，实乃惊世之奇！

唐知心无奈地看了看的卢，道："你暴露了？"

的卢打了个响鼻，絮絮叨叨地和黄鼠狼精说了好久，等听完黄鼠狼精的翻译，唐知心才知道的卢一路上经历了什么。

的卢离开钱塘江后便直奔落照，几日后到了落照城。它没见过林放，就在巡检司门口和林宅外转悠，过了好几天才从林家的一匹小马口中得知林放被林天穹关在马厩里。也正是等林放的这些天，的卢听到了朝廷要征兵打仗的传言，整个落照城如今人心惶惶。后来的卢终于见到了林放，的卢为了确认身份，用蹄子蘸水在地上写了个"放"字，惊得林放目瞪口呆。林放收留的卢休息了多日，喂它好吃好喝的。他被囚禁在马厩，寂寞时会跟的卢说话，的卢临回来时，他摸着的卢的鬃毛，说道："你是她的马，要保护好她。"

的卢临危受命一般，如今正仰着脑袋等唐知心夸奖。唐知心听完鼻头发酸，轻轻地拍了拍的卢的头。此时前院传来阵阵喧闹声，唐知心忍不住出门看个究竟。

韩景榕手里拿着礼单站在台阶上，院子里摆满了大大小小的箱子，下人们还在不断地从门口的马车上往院里运箱子。唐知心绕过箱子堆，走到韩景榕身边问道："这都是些什么？"

"年关将至，陛下赏的腊赐。韩大人乃国之重臣，自当拔得头筹。"唐知心循声望去，说话的是一个美丽的女子。她见唐知心瞧过来，微微施礼，笑道："青灵道长，有礼了。"

唐知心有些惊讶，道："我们认识？"

"我听说过你。"女子笑答。

此时韩景榕插话道："往年拔得头筹不知遭多少人忌恨。如今好了，赵大人的腊赐比我的多，也该他尝尝被人忌恨的滋味了。"

女子哈哈大笑："如此小肚鸡肠的言论，听上去可不像韩大人的风格啊！"

韩景榕冷声道："我可从来不是个大方的人，这一点，青灵应该清楚的。"

唐知心不知如何回答，只得尴尬赔笑，韩景榕看着她，突然笑了，对她道："这位是徐姑姑，是孟皇后的陪嫁，明昭长公主的乳娘。"

唐知心和徐姑姑随意寒暄几句，才知道她的来意。青云带着徒弟明昭长公主和江知白一直在灵山修行，徐姑姑从旁照料，碍于明昭是青云的徒弟，韩景榕只能通过徐姑姑了解外甥女的情况。如今趁过年徐姑姑进京，两人见了面。韩景榕将两个红布钱袋交到徐姑姑手里，轻声道："老规矩，两个孩子一人一个。别说我给的，当心孩子说漏了嘴，被青云知道。"

徐姑姑点头收下，看时候不早了，她起身告辞。韩景榕道："青灵，你我送送徐姑姑。"徐姑姑笑着婉拒，韩景榕却坚持道："无妨，正好我与青灵下山有事。"

三人一路下山，徐姑姑和唐知心聊着家常，徐姑姑问唐知心："你见过陛下吗？都说外甥像舅，陛下和韩大人长得特别像，两人连脾气也像。明昭长公主就不一样了，韵儿她呀，更像先帝，天性豁达，温润善良。"

提到长公主，唐知心微微一愣，道："长公主她还好吗？"

"她很好，知白也很好。他们都是好孩子。青灵道长与长公主有缘，日后若有机会，还请您多多照顾她。"

唐知心点头应承，心中却不禁苦楚，如今自己都要靠韩景榕庇佑，又能照顾长公主什么呢？

一路闲谈，三人很快就到了城门口，此时城门口有一群人正在围观议论着："卖身葬父啊！太可怜了！"听到议论声，三人驻足，唐知心看向人群中央，这一看吓了一大跳，跪在地上卖身葬父的正是刘大的女儿。

围观的路人继续议论道："听说她爹耍钱欠了一屁股债，被追债的活活打死了。她娘挺着大肚子带着俩女儿跳河，就她命大被救了下来。"

怎么会这样呢？唐知心无比震惊，她和韩景榕那么努力救回来的人，如今死于非命，妇人和小女孩也死了，家破人亡。如今跪在地上哀哭的女孩让她心如刀割。韩景榕看了唐知心一眼，平静地说："怎么？你想管？"

唐知心确实想管，但又不知道怎么管。韩景榕轻叹道："青灵，我劝你别管。当然你真要管我也拦不着，不如你我打个赌，我赌你一露面，这小姑娘就会赖上你让你负责。"

"我？我负什么责任？"唐知心莫名其妙。

"你忘了？你说过他们一家会荣华富贵，升官发财的。"

唐知心愣住，解释道："我当时是为了救人瞎说的。"

"为了救人的权宜之计你知我知，但别人知道吗？这孩子只要喊一句你骗了他们全家，她爹信了你的话才会去赌，家破人亡都是因为信了你，你就百口莫辩。"

唐知心的理智告诉她，韩景榕说的是对的。可从情感上她还是不忍，她为自己找着借口，或许这孩子明白她当时的用意，或许……

徐姑姑看着唐知心一脸的为难与不忍，开口道："正巧长公主缺个使唤的丫头，我看她年龄也合适。也是和青灵道长有缘的丫头，我将她带回去也算做了件好事。新名字我都想好了，叫她'侍墨'怎么样？"

韩景榕耸耸肩，道："你们随意，我还有事。青灵，一会儿你到正街酒楼找我。"韩景榕说完扭头走了，徐姑姑冲着他的背影笑道："我看他明明就很满意。又能救人又不让你惹上麻烦。"

"嗯，我也觉得。"唐知心点头附和。

徐姑姑走进人群，唐知心远远瞧着她打点安置好，带着那个如今叫侍墨的女孩走了，临出城门，徐姑姑朝唐知心所在的方向看了一眼，似是示意她放心。希望这孩子以后能顺遂吧，有了新名字也算是个新的开始。唐知心目送她们离去后，转身去找韩景榕。

唐知心来到酒楼时，韩景榕正站在酒楼门口和一名男子交谈。唐知心走到韩景榕身边，韩景榕介绍道："青灵，这位是曲临书，我在江湖的暗桩，这次我打算派他去西域打探那边的情况。"

曲临书看到唐知心，惊讶地道："青灵？你不是沈岁寒身边的姑娘吗？我上回在丰都见过你啊。"

唐知心也想起来，曲临书不就是沈岁寒的师弟嘛。韩景榕听了曲临书的话先是一愣，见唐知心没有出声否认，随即挑起眉毛别有意味地哦了一声。

曲临书继续道："沈岁寒现在满世界找你呢，整个雪域都快被他翻遍了。前几天他才离开天茗，我那天……"

韩景榕一脸不悦，打断道："够了，你去吧。注意拜火教动向，还有，在外面该说什么不该说什么，你心中要有数。"

曲临书一看情况不对，赶紧点头领命离去。他走后，韩景榕扭头就走，连看都没看唐知心一眼。唐知心跟在他身后完全摸不着头脑，他这是怎么了？

"怎么就又生气了？"唐知心问。

韩景榕不答，又恢复了从前那副冷冰冰的模样，任凭唐知心说什么都不搭理。二人就这么一路别扭地回到了天机阁，韩景榕回了自己房间，随手关上房门，将唐知心晾在院子里。随着他关门嘭的一声，唐知心后知后觉地产生了一个想法：他该不会是吃醋了吧？

往后一连几日唐知心都没有见到过韩景榕，也不知他是故意不见她还是真的很忙。唐知心一直在等机会想主动跟他解释，没想到韩景榕没等到，却等来了红鸾。

红鸾伴着一串华光异彩飞落在唐知心的小院里，落地的瞬间，她收起羽翼化成人形，火红的羽毛化成华丽的长裙，她站在唐知心面前笑眯眯地说道："小知心，别来无恙啊！"

黄鼠狼精从房内冲出，口中大叫着："娘娘，你可算来了啊！"

听到黄鼠狼精的号叫，唐知心瞬间呆住，原来她就是红鸾。

红鸾看着惊呆了的唐知心啧啧两声，翻了个白眼，道："看着就和你娘一样痴傻。小知心，你就没有什么想问我的吗？"

是没有想问的吗？是想问的太多不知从何问起！唐知心脑中一片混乱，还没从第一次见到大妖的震惊中清醒过来，半晌才问出一句："你认识我娘？"

"何止认识，是她让我来找你的。"

"啊？我娘还活着？她在哪儿？为何不自己来找我？"唐知心语调里带

出了哭音。

红鸾叹道:“你娘死了，生下你没多久就死了。酒知都死了这么久了，我怎么感觉就好像昨天的事呢。”

“我娘死了?!”这么多年来，唐知心虽然早有心理准备，但听到红鸾的话，眼泪还是流了下来。

红鸾怜惜地看着她:“这样吧，我从头给你讲。”说完这句，她扫了一眼一边的黄鼠狼精，“去给老娘搬把椅子，站着腿酸。”

黄鼠狼精风一般飞奔进屋搬了把椅子出来，红鸾坐下后，回忆道:“我第一次见你娘，是在我的水镜之中。她当时被困在我设下的山间迷雾中，找不到上山的路，但依旧不愿离去。你也知道，妖和人之间没有交集很多年了，我也不想她受伤，就去赶她离开，但她很执着地不愿走，后来我就留下了她。我不喜欢凡人，但你娘却是个例外，她有时看上去痴痴傻傻的，有时又古灵精怪，看到她，总让我想到从前，想到另外一个人，那人也是个道士。”

“也?我娘也是道士?”唐知心震惊地瞪大了眼睛。

红鸾笑了:“你娘不仅是道士，她还是清山的道士。这就是我为什么安排你出现在小段戎路过的地方，让他把你接回清山的原因。”

唐知心一脸迷茫。红鸾继续讲着:“你娘名叫唐酒知。她说‘悠扬归梦惟灯见，濩落生涯独酒知’是她名字的由来。她出身普通，幼年拜入清山，道学不怎么精通却对山海异事情有独钟。长大后和自己的师兄定了亲，也就是你师父姜吕尚，本该过着平安的日子，但她却心有不甘，总想着冒险，总想着去看她不知道的世界……”红鸾陷入了回忆里，眼神有些迷离，絮絮地说着:“你娘不喜欢姜吕尚，她总跟我抱怨她对这门世人眼里的好姻缘的不满，我理解她，那时的她就像一只困兽，被关在笼子里，内心却向往自由。那段岁月之中，我听她说凡尘琐事，她听我说上古传说。我跟她讲天地初始，跟她讲人妖之战，跟她讲火凤之死、青鸾归隐……直到有一天，她不见了。”

唐知心听得入迷，追问道:“她去哪儿了?”

“她遇见了你父亲，再回来时已经怀了你，她来找我的时候十分慌张，她知道自己怀了一个天道不容的孩子，出于母亲的本能，她求我不惜一切救你。世人都知道妖可以预言，她希望我能在预言中找到救你的方法，我试了很多次，最后找出一条最稳妥的方案:编一个假的预言，掩盖真实的预言。”

“假预言？”唐知心瞳孔骤缩，仿佛抓住了真相的一角。

红鸾道：“没错，假预言。在你出生之前，我告诉世人，你的出生将会给阐教带来劫难。所以当时青云带着清山众人到处搜寻你娘的下落，你娘生下你后在落照城中被找到，为了不让姜吕尚为难，她触剑而亡。我将你藏入落照王府中，交给你娘的故人傅王妃抚养。等你大些后，傅王妃按我的安排将你放在护城河边，等着小段戎将你捡回去。你平安长大，天道要除掉你的日子也渐渐近了。我在预言中看到了你站在昆仑女神峰悬崖边的景象，所以安排了傅王妃通知韩景榕拿着信物手帕把你接入截教，这样你便可以躲过一劫。可这之中出了差错，傅王妃没有按我说的去做，韩景榕没能提前救下你。”

“等一下，我有些听不明白了。你大费周章让师门以为我是个祸害，其实是为了救我？”唐知心打断道。

“没错。”

唐知心十分不解：“你既然能够预言，为什么没看到傅王妃会背叛你？为什么你都安排好了一切，在预言中看到我站在崖边的一幕还是发生了？”

“因为妖的预言不是连贯的，妖能看到预言的因果多少，取决于妖法的强弱。比如黄鼠狼妖法很弱，他就只能预言零碎的片段，他也能预言你站在崖边，但他看不到为什么。就算是我，也不可能还原你命运的全部走向，不可能看到每一个细节，就我所知，天地间有这种本事的唯有归隐的青鸾。小知心，你要知道，妖虽然可以看到未来，但不意味着我们可以改变未来。从我出手改变你命运走向的那一刻起，你的命运就变得面目全非了。更何况，想要你死的是天道，天道掌管宿命，它会不停地根据情况修正你的宿命，我所能抗衡之力微乎其微。天道会不断地把你的命运修正到原定的路线，也就是你掉下悬崖，命丧那里。否则我为何要大费周章、埋伏下草蛇灰线二十载呢？与天道斗法哪有这么容易。”

“这不对啊，如果说我被逼跳崖是宿命的安排，是天道要除掉我，而你预言到了悬崖，布置了解救方案，但傅王妃却背叛了你的安排，解救方案没有成功。”

“没错，是这样。”红鸾道。

“那我不是应该已经死了吗？不是应该已经被天道除掉了吗？为什么我还活着，而且还是被韩景榕救了呢？”

红鸾摇头道："我不知道，在我的预言里从没有见过韩景榕上昆仑山。我猜测，还有另外的妖在干预你的命运。"

"另外的妖？谁？"

红鸾不肯说，推诿道："猜测而已。"

"那我现在安全了吗？你说天道会不断修正，我没死，它是不是还会继续除掉我？"

"道理上是这样，但我目前还没有看到。"

唐知心听着红鸾的讲述，仿佛看见了"命运"两字的无情嘲弄，然而这一切究竟是为什么呢？唐知心深吸一口气，问出了她最大的困惑："我为何会被天道不容？"

红鸾冷笑道："因为你是唐酒知贪婪求知探索的代价。酒知她的求索，触及了天道，所以天道要除掉你。具体原因，你可以去问你的父亲。"

唐知心大惊失色："我父亲他还活着？"

"他还活着。"

"我父亲还活着，那我为何跟我娘姓？他为什么从不来找我？"

"这你就要去问他了，你父亲想必一直在等你，小知心，两枚玉佩、两方锦帕，是你父亲留给你的信物。"

唐知心一愣，追问道："锦帕是两方没错，可哪里有两枚玉佩？我从小戴着的只有一枚啊！"

红鸾疑惑道："我不是让耗子精把那枚刻着'伞外天涯'的玉佩交给你了吗？和你原来的那一块拼在一起，就能发现其中玄机。"

唐知心欲哭无泪："玉佩我是收到了，可没人告诉我里面有玄机啊！"

"这么点小事都办不好，看老娘回去不卸了死耗子的腿！"红鸾恶狠狠道。

黄鼠狼精吓得一个哆嗦。

"你把玉佩给我。"红鸾说。唐知心赶忙从怀中取出两枚玉佩递给红鸾。红鸾将两块玉佩底部相抵，轻轻一转，玉佩一侧居然出现一个精巧的机关，正好能将两枚玉佩紧紧地扣在一起。随着咔嗒一声，唐知心原先的玉佩上显现出四个字：系舟无归。红鸾将玉佩翻到背面，只见两枚玉佩背面竟隐隐显现出一幅拼接在一起的地图，地图右上角还刻着两个字：月华。

"山灵雾涧，伞外天涯。天涯咫尺，系舟无归。去吧，小知心，你父亲在月华岛等你。"红鸾说完化作一道耀眼红光转瞬消失。

唐知心呆立在院中，思绪纷乱起伏。红光散尽后，院外花影下，她看见了韩景榕。几日没看见他了，再见到时唐知心才发现，不知何时起自己竟然对他有些依赖，习惯性地想见到他、想听他说话。几日不见，她甚至有些想念他。

韩景榕站在院外，神色复杂地看着唐知心，半晌后才开口道："你要走了，对吗？"

也不知刚才红鸾的话他听去了多少。唐知心有些局促地说："你也听到了，我得去找我爹。"

韩景榕眼神黯淡了一下，半晌才问道："你……还会回来吗？"

"我会给你写信的。能不能回来，什么时候回来，我都会写信给你。"

"用不着！"韩景榕突然又开始发飙了，"我知道你不会回来了。知道了预言的真相，你就更不会回来了。"

唐知心争辩道："你也听到了预言是假的，我帮不了你，不是吗？那我留在这儿还有什么意义？"

"我不需要你有意义！你为什么一定要走？"韩景榕吼道。

唐知心从未见过韩景榕如此失态，一时说不出话来。韩景榕走近唐知心，向来从容的他，看上去竟然有些慌，他继续道："我现在不是你唯一的倚靠了，预言不是真的，你可以回到段未语身边去了，不是吗？对了，还有满世界找你的沈岁寒。"

唐知心被凶得委屈，不知道他为何发脾气，忍不住大声反驳道："我说了我去找父亲，这跟别人有什么关系？为什么要扯上段未语和沈岁寒？"

"因为我不想输！青灵，我现在完全没把握自己能赢过他们，你说我该怎么办？"韩景榕吼道。

唐知心从他的眼神里看出了悲伤，可他为什么会悲伤呢？她心中不忍，温和地说："我只是要去找我父亲，和其他人没有关系。何况你说过，我是自由的。"

"我后悔了！"韩景榕脱口而出。

院外，苏尽欢听见动静探了个脑袋进来想看看出了什么事。韩景榕此时似乎也反应过来自己失态了。他随即转过身背向唐知心，深吸一口气平复了下情绪，再开口时已恢复常态。"你走吧，你说得对，你是自由的。"说完他便转身离去。

唐知心愣愣地在院中站了片刻，她想追过去，但追上又能说什么呢？

自己不还是要离去。唐知心狠了狠心，回到自己房间，开始收拾行李。她的心情很不好，不光是因为韩景榕，还因为刚刚红鸾和她所说的一切。收拾得差不多了，她瞟了一眼躲在角落里战战兢兢的黄鼠狼精，问道："你没有东西要收拾吗？"

黄鼠狼精结巴道："善人，我……我就不跟你一起去了。"

唐知心一愣，这么长时间朝夕相处，她已经习惯和他一起行动了。一起经历过生死后，他更像一个朋友、一个战友。如今，连他都要离开她了。

"那个……善人，天机阁人杰地灵，很适合我和狈修炼，我之前总想着要封正，到处乱跑连修行都耽误了。如今……"

"我明白的，你想留下就留下吧。以后有机会我会来探望你的。"唐知心笑着，心里却很失落。但黄鼠狼精也是自由的，不是吗？

"可是善人，我舍不得你。"黄鼠狼精很难过。

唐知心上前拉住他的手道："你知道庄子吗？"

黄鼠狼精摇头。

"庄子是位圣人。他写过一篇文章叫《逍遥游》，里面说：'至人无己，神人无功，圣人无名。'既然你有志成为天下第一的黄鼠狼，就把'至人'二字当作日后目标吧！我送你'无己'二字，从今往后，你就叫'无己'吧。"

黄鼠狼精瞪着眼，难以置信地看着唐知心，喃喃道："善人，我不明白……"

"我给你封正啦！你有名字啦！"唐知心笑道，"怎么，你不高兴吗？还是说，你还是想叫'大黄'？"

黄鼠狼精摇摇头，道："不不不，我高兴。可我不明白，为什么高兴我却想哭呢？"

唐知心拍拍他的肩膀，笑道："你瞧，我给你封正后你都有丰富的感情了。无己，你要好好认字，以后我给你写信。"

唐知心收拾好东西出门，她在韩景榕门前徘徊了一会儿，他的房门紧闭着。唐知心从袖子里摸出自己的铃铛发饰，轻轻绑在韩景榕房门上。

"青灵，你会离开吗？"河畔的低语似乎还在萦绕。

丁零零……一阵风吹过，铃铛发出清脆的响声。韩景榕静静地听着屋外唐知心离开的脚步声。

她走了。

唐知心牵着的卢离开了天机阁，走到半山腰处，苏尽欢气喘吁吁地追来，他不满地道："小唐，你怎么招呼也不打就走了？"

唐知心故作轻松地道："告别太伤感了，我怕我会舍不得走。"

苏尽欢叹了口气："走吧，我送你下山。"苏尽欢与唐知心并肩走着，沉默了片刻，他还是问道："你和景榕吵架了？"

唐知心沉默不语。

"我都听见了。景榕他啊，不是生你的气，他是舍不得你走，又担心你不回来，怕你不需要他了。你也知道的，他这人嘴硬，什么事都自己忍。"

"我知道。"唐知心点头。

苏尽欢安慰道："景榕不太擅长表达情感，不知道怎么办的时候就会找碴发脾气，你别往心里去。"

"我本来就没生气。"唐知心笑了，"倒是你，是专门跑来给他做说客的吗？"

"是景榕让我来的。"苏尽欢眨眨眼，神秘兮兮地继续道，"而且他要面子，还不让我告诉你。"

唐知心笑出了声。

下山的路眼见到了尽头，苏尽欢停住了脚步，笑着与唐知心告别。唐知心看着他真诚地说："尽欢，谢谢你们，这段时间收留我。"

苏尽欢赶紧道："说这个就见外了，记得给我们来信。哦，对了，他说如果你遇到麻烦，可以拿司南佩去官府求助。"

司南佩？苏尽欢本不该知道司南佩的事，这么说果真是韩景榕让他来的。唐知心又好气又好笑，他还真是死要面子。她笑着问苏尽欢："他还说什么了吗？"

"他说：'但去莫复问，白云无尽时。'"

挥别了苏尽欢，唐知心牵着的卢踏上了寻亲之路。

第六章　城春草木深

唐知心离开了天茗，顺着地图一路向西行进，越往西行，天气越冷。她沿途穿过许多小镇村庄，问过很多渔民马夫，没有一个人知道月华岛在何处，甚至没有人听说过。唐知心不禁有些怀疑，红鸾是不是在骗自己。

唐知心这些日子一直在思索红鸾的话。红鸾说了关于母亲、命运、天道这些事，但关于父亲，以及自己为何不容于天道，她却绝口不提。这趟寻亲之行，唐知心一路都惴惴不安。

“还有另外的妖在干预你的命运。”红鸾说。

“沈岁寒他偏偏与你亲近，你没想过为什么吗？”黄鼠狼精问。

“你有没有见过一只青色的鸟妖？”韩景榕问。

答案仿佛就在眼前，唐知心却怎么也抓不住。

这日，唐知心途经一个不知名的小镇。天色已暗，她便在这镇子里唯一的客栈住下。等她拴好的卢给它喂过粮草，回到屋内推开窗户，窗外爆竹声起，她才意识到，啊，原来今夜是除夕啊！

唐知心转身下楼找小二要了壶烧酒，坐在窗边独饮。一杯热酒入喉，身上似乎也暖了些。曾经，唐知心以为自己每一个除夕都会在清山度过，会有闻秋和段未语陪着，大家在火炉旁围坐一团，吃着橘子，把糖和压岁钱发给每一个小徒弟，说着自己的童年趣事。后来，直到几天前她还以为自己会在天机阁度过除夕，会和苏尽欢他们一起点燃除夕的爆竹，看爆竹碎片像红花般纷飞。苏尽欢说，每当这个时候，韩景榕都会心情很好，笑得很开心。还有林放、沈岁寒、林寄云、阿冲……我的故人们啊，你们都在哪儿呢？都还好吗？你们会想我吗？还有郡主，你在那个世界还好吗？

江宁落照林府的除夕之夜，全无过节的喜庆，阖府阴沉压抑。林家家主林天穹重病，大夫说很有可能熬不过这个冬天，更为凄凉的是，他的两个儿子都不在身边。此时林天穹刚刚吃完药又陷入昏睡，守夜的丫头在门边打起了盹。大过年的，关心他生死的只有府里后花园中的三只妖。

“我早几年就跟娘娘说过，这人活不了多久了。”耗子精说道。

孔雀明王翻了个白眼，道：“得了吧，红鸾会关心一个糟老头子的生死？说出去谁信啊！”

“我信。”花妖面无表情地说道。

三只妖使了个障眼法，齐齐趴在林天穹房间的窗台上向里张望。耗子精继续道：“谁让他姓林呢？娘娘啊……”

孔雀明王打断它：“我看你们娘娘越活越不像个妖了，成天说自己不喜欢凡人，就她最像凡人！”

花妖晃着头道：“像凡人有什么不好？妖化形成人，不就是想体会做人的感觉吗？”

孔雀明王嘲笑道：“你看看床上躺着的这位，你还想体会吗？”

“他不就是快病死了吗？天地都有寿数，更何况他一个凡人。”花妖道。

孔雀明王撇嘴道：“死前没有儿孙尽孝，在凡人眼里是一件很凄惨的事。”

“为什么？有儿孙陪伴，他不是一样会死？”花妖又问。

耗子精插话道：“小林放前几天还关在马厩里，也不知道他爹听了谁的主意，非让小林放娶媳妇冲喜，媳妇没娶到，儿子还跑了。”

“跑去哪儿了？”花妖问。

“参军去啦，去玉门关外和西狄打仗去啦！”耗子精惋惜地说。

孔雀明王幸灾乐祸道：“这下好了，脑袋别在裤腰带上了！你们娘娘要罩着他，可有的忙活喽。”

玉门关外驻扎的军营其实离落照不远，但气候与环境却差了十万八千里。林放从帐篷里钻出来，抱着他的刀坐到火堆旁，纷纷扬扬的大雪落下，远处似乎有鞭炮声传来。林放摇了摇头，肯定是自己听错了，关外风雪中怎么会有人放鞭炮呢？林放抬头看着天上的明月思绪纷飞，关外的月亮，比落照城内的漂亮好多。

“放！林放！过来喝酒。”不远处火堆旁围着他的一群战友，呼唤他的人叫闵成，比林放大几岁，是林放的百夫长，平日里对他很是照顾，“大过节的，你一个人看着月亮想啥呢？快过来。”

有战友哄笑道：“还能想什么？肯定是想姑娘呗，难不成想你啊！”

“滚滚滚，一帮兔崽子，敢拿老子取乐。”闵成笑骂道。

此时另一个兵士笑着问道：“放，你讨媳妇儿了没有？”

林放摇摇头。他来军营也有半月了，但还是不太习惯周围人过甚的热情。

“没成亲你爹妈也愿意让你出来当兵？”

“就是，死了可就绝后了。”

“家里有兄长，侄儿都会叫人了。”林放走到闵成身边，问道，“哪里弄来的葡萄酒？”

“兄弟们刚在十里坡巡逻，看到几个狄人鬼鬼祟祟的就直接干掉了。刚缴来的葡萄酒和肉干，正好今天过年，兄弟们庆祝一下。”

一群男人坐在火堆旁喝酒吃肉，吹牛打闹。几杯葡萄美酒下肚，林放的脸上泛起了红晕。闵成坐在他旁边，笑着递过去一块肉干，问道：“想家了吧？”

林放摇了摇头：“想到一位朋友。”

“姑娘？”闵成猛灌了一大口酒，用袖子一抹嘴，接着道，“你听哥的，喜欢就要告诉人家，被拒绝，大不了咱们死缠烂打，对不对？你嫂子就是这么被我娶到手的，她可是我们村最俊的姑娘，我儿子现在都这么高了。”闵成说着用手比画了一下，他已经有些醉了，絮叨着：“我儿子，和你一样，一看就是能出人头地的人，我出来打仗就是为了挣钱供他读书。”

林放看着他，心里不好过，这些士兵里像他这样想着保家卫国的是少数，他们大多数人入伍是为了养家糊口，他们每一个人背后牵连的都是老小几代人的一个家，就是这样一群人，却让林放心生敬重。林放拍了拍闵成的肩膀，道：“你想写家书吗？我可以代笔。”

“真的？！嘿，我就说嘛，给老子招来个认字的肯定能有大用处。你帮哥写信，哥替你值夜一个月！”闵成高兴得合不拢嘴。此时有士兵叫着：“林放，来，过来摔跤。”

闵成笑骂道：“滚滚滚，人家是读书人，跟你们一群泥腿子摔什么跤！自己玩去！”林放此时却站起身来，将酒袋里的酒一饮而尽，笑道：“正好活动活动。”闵成笑着没有再阻止，林放扯掉上衣，脱去鞋袜，冲入人群。

大雪飞扬，篝火明亮。除夕夜，一群少年赤裸上身，在纷纷扬扬的大雪中摔成一团。汗水滚落，欢声笑语不断，没人在乎明日的悲歌。

大年初一，韩景榕匆匆进宫面圣。很显然，朝中没有人能好好过完这个年。

从古至今，将有将的战场，士有士的朝堂，这两者，哪一个不是硝烟弥漫？一念之差则是千万条人命的代价。韩景榕今日说什么也不肯让步，他在朝堂上舌战主战派，直说得对方哑口无言，少帝才终于松了口，两边各让一步，先谈再战。然而谁去谈呢？跟狄人谈判如同与虎谋皮，容易丢脑袋不说，谈不好还会背上千古骂名。一时众人又开始相互推托，韩景榕挺身而出，接下了这个烫手山芋。下朝后，他一刻也不敢耽误，急急召来苏尽欢，快速整装启程远赴玉门关。

韩景榕身着黄衫，外披火红大氅，在凛冽的寒风中，墨发飞扬，高挑孤傲的背影如傲雪红梅。他在风雪中望着猎猎飞扬的“韩”字大旗微微出神，希望诸事顺利，希望能活着回来，希望还能再见到她。

江宁清山城，除夕之夜，段未语在侯府中陪父母吃年夜饭，妹妹出嫁后，家里愈发显得冷清。年夜饭刚吃一半，便有清山弟子求见，段未语清楚若非十万紧急的事，弟子不会在这时来打扰。弟子进屋后呈给段未语一封信，段未语打开一看，里面是一幅唐卡，看到唐卡上的图案，他顿时脸色大变，匆匆和父母告别便返回清山。

回到知心堂，段未语再一次展开那幅唐卡：“得去一趟吐蕃了。”段未语叹道。

除夕过后，唐知心沿着地图继续赶路。走了近一个月，一人一马终于到了地图所标识的终点：西江。这一路，她没有遇到追杀的人，也没有什么麻烦意外，总的来说还算顺利。地图上画着的月华岛就在这附近的江心，然而唐知心向周边的村民打听，大家都说没听说过什么月华岛。

这可怎么办呢？唐知心看看的卢，的卢摇了摇脑袋，一人一马站在江边大眼瞪小眼。没办法，唐知心只能在附近找了户人家借住，白天带着的卢在江边晃悠，试图在沿岸找到渡口。就这样又过了几日，直到二月初二这一天，唐知心在江边赫然发现了一个渡口。这地方她这几日几乎天天都会路过，今日这个渡口仿佛从天而降。此时唐知心感受到，江面上弥漫着妖气，这妖气仿佛萃取了天地之灵，宽阔得似要包揽万物。

渡口旁漂着一叶扁舟，渔夫头戴大斗笠，穿着蓑衣，盘腿坐在船头，正在钓鱼。唐知心走到扁舟旁，听到渔夫正在喃喃自语："金鳌上钩、金鳌上钩，好似太公一钓，享国千秋。"

唐知心不满道："你才是龟。"

渔夫哈哈大笑："好聪明的女娃儿，你怎么知道我在说你？"

"我在这儿转了十几天了，连个鬼影都没见着。你突然出现，难道不是在等我吗？"

渔夫点点头，随即又开始摇头晃脑道："'闲垂太公钓，兴发子猷船。'女娃儿你猜……"

唐知心打断他道："我猜，我猜你这鱼钩是直的，上面没有鱼饵。然后我就问你，这样钓得着鱼吗？然后你就说，愿者上钩。行行行，我是鳌，我愿者上钩。"

渔夫不满道："我诗还没有念完。"

唐知心翻了个白眼，问道："大叔，你到底去不去月华岛？"

江面上雾气蒙蒙，什么也看不清。渔夫娴熟地撑着船，仿佛根本不需要认路。唐知心坐在船头，的卢安置在船尾，小舟向雾霭深处划去。

妖气越来越重，江心水汽也越来越大，淅淅沥沥地有雨珠从空中落下，渔夫递给唐知心一把油纸伞，她撑着伞，小船晃晃悠悠缓缓前行。迷蒙的雾气仿佛延续到天边，两岸山岩躲藏在雾气之后。这雾气笼罩之下似有一整个天涯，又似只有江心孤零零漂着的这一叶扁舟。当真是：山灵雾涧，伞外天涯。天涯咫尺，系舟无归。

唐知心望向默默撑船的渔夫，自从她上船后，他就没有再说过话，唐知心想了想，开口问道："大叔，你是什么妖？"

渔夫扫了她一眼，答非所问道："很多年前，我也载过一个女娃儿上岛。她问的问题比你多多了，一路上叽叽喳喳的。你们提问的神情却很像。"

"她是不是叫唐酒知？"唐知心问。渔夫没回答，而是哈哈笑了几声，笑完后，他突然快步走向船尾，指着刚刚出现的一个渡口对唐知心说："看，我们到了！"话音刚落，渔夫一个闪身不见了踪影，蓑衣斗笠啪的一声落在船尾，继而，天空中传来一声高亢的鹤鸣，一只白鹤在唐知心头顶盘旋两圈，落在了渡口旁的一块巨石上。唐知心下了船，走到巨石旁，只见巨石上刻着四个大字：天涯无归。

白鹤此时口吐人言，正是刚刚渔夫的声音：“天涯净土不思归。小知心，你父在天涯尽头等着你。”说完，白鹤展翅高飞。

连着渡口的石阶仿佛看不见尽头，的卢跟在唐知心身后，四蹄焦躁地踏来踏去。唐知心深吸一口气，该面对的早晚都得面对。

山间石路上，唐知心牵着的卢前行，山就是普通的山，周围的草木风景也没有什么特殊，这里会是通往天涯的路？唐知心心中疑惑，再前行一段路，眼前的景致突然变得不一样了，草木山林不再，取而代之的是一片荒漠戈壁。的卢前蹄抬起，发出一阵嘶鸣，唐知心也差点惊呼出声，是妖法吗？是妖法改变了周围景象，还是妖法蒙蔽住了她的内心？身后已无来时的路，唐知心只得硬着头皮继续往前走，没走几步，周围景象再次转变。就这样，唐知心穿过了山川河流、穿过了悬崖峭壁、穿过了红霞漫天、穿过了月舞晨星……也不知道走了多久，随着空间的瞬移，时间似乎也消失了。这条路似是没有尽头，周围景象的变化让唐知心眼花缭乱，却不觉得疲倦，她仿佛游离在真实的时空之外……天涯的尽头会在哪儿呢？她心中不停地呼喊。就在此时，眼前的景象变成一片黑压压的云团，雷电轰鸣，暴雨来袭。就在一滴雨珠即将落入唐知心掌心的一瞬间，一切都静止了，整个世界仿佛只剩下她和面前缓缓出现的一只妖。

强大的妖气包覆着唐知心的灵魂，像瀑布灌顶般重刷着她的经脉。面前的妖以人的形态出现，他身着青色衣衫，墨发轻舞，源源不断的灵力自他手中涌出，流入星河。这妖和唐知心以往见过的妖都不同，他更像一个神明。

这里就是天涯的尽头吗？唐知心在心里感叹着。面前的妖洞察了她的念头，他缓缓走到她面前，收起手中五彩斑斓的灵力，他的声音仿佛从天际传来：“没错，这里是天涯的尽头。欢迎来到时空的缝隙，孩子，我们又见面了。”

唐知心呆若木鸡，半晌后才结巴问道：“你……你是……青鸾？”

“我是青鸾。孩子，我也是你名义上的父亲。”

唐知心终于明白自己为什么会被天道所不容了。曾有的猜测在被坐实后仍使她觉得如晴天霹雳。她看着眼前的“父亲”，良久才问道：“你是妖，所以我是人和妖的后代？”

“理论上来说，是的。”青鸾笑着回答。

“那么，我到底是人还是妖？”唐知心蒙了。

青鸾道：“你是人也是妖。无法定义，这就是天道要除掉你的原因。”

“但天道没有成功，我还活着。红鸾说有别的妖干预了我的命运，是你吧？”

“是我。”

“既然你如此担心我的生死，这么多年，你为何从来没出现过？”

青鸾笑而不答。他对唐知心态度很温和，但也很疏离。唐知心望着青鸾，他像一尊神像，他怎么会是自己的父亲呢？青鸾读懂了她的心思，微笑着说：“要说清这个故事需要些时间，我们坐下说吧。”

青鸾轻轻一挥手，两人面前出现一张石桌、两个石椅。他先坐下，又招呼唐知心坐到他对面。他看着唐知心平静地说：“我不出现，是因为我关心你的命运。但孩子你错了，我并不关心你的生死。”

唐知心迷茫地看着他，轻声道：“我听不明白。”

“你在凡人的世界长大，所以这个道理你听上去可能会难以理解，甚至认为有些残忍。妖对‘父亲’的定义和凡人对‘父亲’的定义是不一样的。在妖的世界里，妖从父母那里继承了内丹与肉体后便与父母不再有联系。你从我这里继承了内丹，从酒知那里继承了肉体。酒知是凡人，所以她可以称作你的‘母亲’，而我，准确地说，是你的缔造者。”

缔造者？唐知心恍悟后不禁苦笑：“我懂了，你不爱我。”

青鸾一愣，随即笑道：“你和你母亲一样，很聪明。如果说像凡人父母对一个骨肉那样——是的，我不爱你。”

“那你爱我娘吗？”

“如果说像凡人夫妻间的爱恋那样——不，我不爱她。”

唐知心心中难过，一时语塞。青鸾感受到她的难过，微笑着说：“孩子，我不知道你见过多少妖，但请你相信我，不是所有的妖都像红鸾那样的。天地初始的三只神鸟，有我，有她，有火凤。红鸾她是最不像妖的一个。她爱上过凡人，她向往人间烟火，她甚至能体会凡人的七情六欲。你以为她为什么救你？她爱上林灵素却无果而终，如果她和林灵素生下孩子，那命运便会和你一样。唐酒知做了她不敢做的事，所以她把你当成了自己的孩子在救。天下能有如此丰富感情的妖，只有红鸾一个。可是，孩子……”青鸾说到这儿叹了口气，继续道：“我创造过一个雪域，这片土地上的人把自己称作‘青鸾之后’，我教给他们天地法则，我为他们开化神智……我怎么可能不懂爱呢？我不会像一个父亲那样爱你，也不会像一个丈夫那样爱你的母亲，但我爱着你们，就像爱着天上的一颗星、地上的一粒尘，像爱着白天爱着黑夜，像爱着每一个人每一只妖那样爱着你和你的母亲。”

唐知心点点头：“你不用再说了，我听明白了。你是天地初始的神鸟，爱着宇宙万物，我和我娘都是万物之一罢了。”

青鸾莞尔道：“我与你母亲说这番话时，她都不能参悟。孩子，你真的很聪明。”

“你先别夸我，我还有问题想不明白。既然你不爱我娘……我是说，夫妻间的那种爱，那为什么要和她生下我呢？红鸾说我娘很爱你，说她事先不知道人妖结合会生下天道不容的怪物，说我是她无度探索的代价。但，你不会不知道吧？你明明都知道，为何还要生下我？”

青鸾意味深长地看着唐知心，笑容更甚，缓缓道：“因为你的出生是必然的。未来是不能改变的，我们能改变的只有过去。”

“这……我没听明白。”

“孩子，你有没有想过，为什么妖会预言？为什么越是强大的妖越能看见更多的未来？我甚至将这种本领传给了你，你卜卦的本领和我的内丹息息相关。”

“为什么？”

“因为现在凡人和妖所处的空间，时间是逆流的。也就是说，时间是从未来流向过去。”

“这……这怎么可能呢？”唐知心瞪大眼睛，完全蒙了。

青鸾反问道：“这为什么不可能呢？”这问题超出了唐知心的认知，她无法回答。青鸾继续道：“你小时候，我抱过你，在落照的王府里，你还记得吗？”

唐知心一愣，缓缓摇了摇头。

“不记得的事就真的没有发生过吗？那么过去的同样一件事，我记得，你却不记得，到底是发生过还是没发生过呢？”

唐知心答不上来。青鸾又道：“孩子，过去是不准确的，过去是可以改变的。那么什么是不变的呢？是未来。是大家都不记得的事。为什么妖能预言？我告诉你，因为妖能保留未来的记忆，妖力越强，记得的就越多。时间是从未来流向过去的。孩子，你放眼望望这个世界，如果没有人为干预，高山最终会变成乱石，乱石最终会变成沙尘随风而去。河流会干涸，树木会腐败，这世间万物发展的方向都是从有序到无序再到毁灭最终归无……但凡人文明的发展却正好相反！”

唐知心无比震惊。青鸾继续道：“凡人盖房修路，发明文字撰写书籍，一切都从无序向着有序发展！这难道不是证明了凡人的时间是和宇宙相反的吗？孩子，时间是从未来流向过去的。所以你的出生是无法改变的。天道想让你死，但我可以记得未来的全貌是不是就可以救下你了呢？在我的预言里，看到了你母亲会来找我，看到了我将自己的一部分内丹交给她，看到她和红鸾为你做的一切，也看到了红鸾的计划会失败，所以我去找了韩亦。”

唐知心惊呼道：“你去找了韩景榕?！你知道红鸾的计划不会成功，就安排韩景榕上山救下我，韩景榕去昆仑山本是为了雪莲，难不成……”

“不错，我找人给他下毒，目的就是让他救下你。”

“为什么？这到底是为什么？”唐知心震惊、难过极了，韩景榕毒发时生不如死的样子恍若就在眼前，他受的罪都是因为自己吗？唐知心心底涌出一股悲凉，自己什么都没做，却伤害了别人。

青鸾道：“不仅仅是他，是每一个人。你、唐酒知、我、红鸾、段戎、沈沉、林放……你这二十年间遇到的每一个人、做的每一件事都是被安排好的。你不用替他们伤悲，这个世上谁会无病无灾过完一生呢？假设韩亦没有在和你有关的安排中，他也可能会有别的病痛遭遇，说不定已经死了。这就是命运，捉摸不定。所以我才创造了你，我尝试用已知的未来，塑造一个过去，红鸾没有成功，而我成功了。天道对你不再有威胁。孩子，你已经安全了。”

“安全了”这三个字并没有让唐知心松一口气，她揣摩着青鸾的话，猛然间，她想到了什么，难以置信地看着青鸾道：“你尝试用已知的未来塑造一个过去，并且成功了。所以，我只是你创造的一个实验品，用来对抗天道的一个实验品，对吗？”

“这很不好接受吗？”青鸾笑道，“即便是凡人父母，又有多少人是秉持着对生命的尊重生下孩子的？他们不也是怀揣目的吗？想用孩子延续自己的血脉，想用孩子完成自己的心愿……”唐知心心里不认同青鸾的说法，但又无法反驳。青鸾继续道：“是因为爱吗？孩子，你觉得我对世间万物的爱是不真实的。但凡人的爱又是真实的吗？活了上千年，我觉得我更有资格评论。凡人的爱有一部分是真的，有一部分是假的，他们会把很多自私的行为伪装成爱。我希望你能辨别什么是爱。所谓悟，所谓成仙，不是让你内心冷漠，感悟的过程，其实就是辨别爱的过程。去伪存真后的爱，才是天地间真正的奥义。”

这就是天地的奥义啊！唐知心苦笑着。

“你该走了。”青鸾轻声道。

唐知心看着他，竟然有些不舍。青鸾笑道：“我们还会再见的。”

青鸾伸出一只手，轻轻放在唐知心的脸颊边。他试图做出亲昵的举动，但并不熟练，指尖僵在那里，唐知心却还是觉得有温暖传来。青鸾轻声道：“虽然我是只妖，但我愿意为了我的孩子去学习凡人的情感。只要你能高兴，知心。”

青鸾说着，身体周围渐渐出现光点，簇拥着他像是随时要离去。“孩子，我从不认为你是个怪物。你是天地的馈赠，你的到来可以终结人和妖千年来的冲突。人也好，妖也好，不过就是不同的种族，他们都是我的生灵。”青鸾的手依旧贴在她的脸上，唐知心抬起一只手覆在他的手上，轻轻低喃了一声：“爹！”

青鸾笑着，慢慢化成一道青色的光升入漫漫星河之中。唐知心抬头望天，青鸾的声音从天际传来：“孩子，我还有一份礼物送给你，看完它，便回你该去的地方吧。”

青鸾话音消失的时候，万丈星河瞬间拉开一张恢宏的画卷。画卷中画着天地初始的模样，混沌的世界像一个孕育在母亲腹中的胎儿，直到一个巨人出现，手持巨斧，将天地辟开。巨人倒下，他的身体化成山川，血液化成河流，吐出的最后一口气化成三位天地初始的天尊。三只神鸟展翅滑翔过天际，高唱着天地的初音。接着，画卷上出现了巨人追逐着太阳，再后来，一个人首蛇身的女神用泥点造出了人，人类射下了天空中的九个太阳，人类爆发了部落战争，驾着战车骑着食铁兽的首领被砍掉了头颅，应龙出没，这片土地之上的神物，它的图腾被沿用至今。之后的画卷仿佛让唐知心亲身经历了时间的流淌：大禹铸九鼎，狐妖祸商纣，数不尽的战争，数不尽的国家……直到她经历的当下，直到她未曾记住的未来，大大小小的船舟飞上了天，千千万万的道路纵横交错，战火依旧，硝烟四起，一朵朵蘑菇似的云彩伴着雷鸣一般的声响烧红了天际，巨响后，万物尽毁，天地归无，画卷终止。万丈星河再次铺满天际。

唐知心站在星空下，在这片不思归的天涯净土，在与天地隔绝的时空缝隙，她的父亲送给了她一幅画卷，告诉她宇宙的兴衰，告诉她天地的真谛，告诉她他所经历过的一切。

周围景色再次转变，星河退去时，唐知心看到万丈光芒，光芒刺得她难以睁开双眼，她下意识地闭上眼睛。等她再次睁开双眼时发现自己已经回到了江中小舟上，穿着蓑衣戴着斗笠的渔夫划着船行驶在江面上，刚刚经历的一切仿佛一场梦。恍惚中的唐知心，被一匹马拉回了现实。的卢用舌头舔了舔唐知心的手，开口道："善人，咱们接下来去哪儿啊？咱们是去找段戎还是回去找韩亦？要我说啊，那个叫林放的小家伙还是很不错的，他那个草料，你可以问问他在哪儿买的……"的卢受到了青鸾妖气的灌顶已经可以说话了，唐知心早已见怪不怪："你不如安静一会儿，马上就要靠岸了，你再说话会吓到别人的。"

"岸边又没有人。"的卢嘀咕。

撑船的鹤妖笑了："谁说岸边没人？小知心，咱们到了！"说话间，小船停在了岸边一处渡口。唐知心牵着的卢下船，看了一眼四周，对鹤妖道："这不是我上船的地方啊！"鹤妖撑船离去，头也不回地道："记得你父亲的话吗？去你该去的地方吧！小知心，后会有期啦！"

"我该去的地方？"唐知心疑惑。她骑着的卢走出渡口，走上官道，走着走着，觉得眼前景物开始熟悉起来，此时一座城门出现在眼前，门上赫然刻着两个大字：落照。

落照，一切开始的地方，承载着唐知心别样的记忆。小小的唐知心在落照城初遇段戎，他伸向她的那只手，像混沌世界中的一束光。沈沉、林放、林寄云、韩亦……自己与他们的羁绊也源于这座城。

唐知心呆呆地望着城门，直到的卢发出一声嘶鸣才回过神来。她定了定神缓步进城。一进落照城，唐知心便得知了两件大事。

第一件是落照要打仗了。这座繁华的城与以往大相径庭：街道两旁的商贩少了许多，连行人都是来去匆匆，家家大门紧闭，街头巷尾散落着白纸黑字的布告。她顺手捡起一张看了看，三个要点：交粮、征兵、宵禁。唐知心看着手里的布告，不禁皱起了眉头。

第二件是林天穹死了，林府这几天正在办白事。本来唐知心还在担心落照有林天穹，来了会不会自投罗网，这下不用担心了。林天穹死后，林家不管是林放还是林寄云当家都不可能再为难她了。唐知心去林府打听消息时，知道了林放在关外当兵，这会儿正在往回赶。唐知心想了想，决定先找个地方住下，她顺着护城河走到头，来到落照的驿站。相较于城内的空荡冷清，驿站里却人潮涌动，大大小小的官吏携家带眷将驿站挤得满满当当，根本没有住的地方，唐知心无奈转身离去，身后却有女子唤道："善人，善人！"听到"善人"二字，唐知心好奇地转头，看到一个年轻女子正冲她笑，女子面目精致，艳若桃李，实在是太好看了。

"你叫我？"唐知心左顾右盼。

女子走到她面前道："善人，你是来找我们的吗？"

"我们认识？"唐知心看着女子疑惑道。

"是我啊！你看不出来吗？我是黄……不不，我是无己的媳妇儿啊。就是那只狈！"

唐知心一时惊讶地张着嘴愣在原地不知该说什么，这时二楼蹿下一个黄色身影，激动地向她奔来。"善人，善人！真的是你吗？"黄鼠狼精冲至唐知心面前，道，"你找到你爹了？善人，你现在知道了吧，咱们是亲人！"

唐知心强自镇静下来，将两人拉到驿站角落，简单交代了一下这段时间的经历，唐知心问道："你们怎么到落照来了？"

黄鼠狼精指指周围道："跟着韩景榕的车队来的。凡人皇帝要打仗，韩景榕不肯，皇帝就让他来谈判。说是能谈好就不打，谈不好就打。"

"韩景榕来了？！"唐知心惊讶道。

"是啊。"黄鼠狼精点头道。

"他人呢？"

狈精抢着回答道："出城和狄人谈判去了，带着苏尽欢和两百亲兵。"

黄鼠狼精点头道："两人一早就出城了，善人，你要不要等他回来？"

"和狄人谈判会不会很危险？"唐知心忍不住担心。

黄鼠狼精安慰道："凡人那话怎么说的来着，两兵交战不斩来使，应该是安全的吧。善人，这兵荒马乱的，你也别乱跑了，今晚就住在这儿吧。"

狈精赶紧点头道："对啊，你别走了，你就住我们屋。"

"我住你们屋，你们俩怎么办？"

狈精大方道："我俩搭个窝就能睡。"

入夜后，唐知心躺在床上辗转反侧，一会儿想着青鸾的话，一会儿又担心韩景榕和落照城的安危。实在睡不着，唐知心坐起身来，黄鼠狼和狈不知跑去哪里了。唐知心坐在床上发呆，月光从窗户照进来，洒在地面上，一片霜白。忽然，窗外一个人影闪过，接着，人影停在门口，唐知心警觉，蹑手蹑脚走到门口侧耳倾听，门外的人似也在倾听屋内动静。唐知心猛地拉开房门，门外的人撒腿就跑，唐知心下意识地追了出去。那人慌慌张张地跑进了驿站后花园中，唐知心紧追不舍，离那人越来越近，已经看清是个女子。看着女子的背影，唐知心突然有一种奇怪的熟悉感，她忍不住喊道："站住！"

那女子根本不理她，猛地钻进一片花丛没了影子。此时唐知心感受到一股很弱的妖气，她凝神静息片刻，对着花丛斥道："是什么妖？出来见我！"唐知心说完，静静等在原地。半晌后，花丛中传出窸窸窣窣的声音，一株低垂的栀子花慢慢幻化成人形，当她转过头时，唐知心震惊得倒退了几步。

这不是时贞郡主季犹清吗？！

唐知心还没有从震惊中回过神来，花妖开口问道："唐知心？"

花妖一开口，唐知心立刻感受到了区别，她说话时的语气神态与季犹清完全不一样。唐知心皱眉道："你认识我？"

"嗯，娘娘经常提起你。"花妖道。

唐知心一愣，追问道："娘娘？红鸾吗？她说了我什么？"

花妖认真想了想，道："说你笨，又傻又蠢。长得没你娘好看，武功也马马虎虎，还不会妖法，白瞎了那么好一颗内丹。还有……"

"停停停，可以了。"唐知心赶紧喊停，后悔多嘴一问。

"我还没说完呢！"花妖不乐意了。

"先不说红鸾了，说说你躲在我屋外偷偷摸摸干吗？"

"偷看啊，这还用问。"花妖理直气壮地说。

"偷看？偷看我？我有什么好看的？"

"你是半妖啊！又傻又蠢又丑又不会妖法的半妖啊！我当然好奇。"

就不该多嘴又一问，唐知心努力控制住情绪，尽量心平气和地问道："你既然是来看我的，为什么一见我就跑呢？"

花妖翻了个白眼："废话，你是个道士哎，万一要收了我呢？"

唐知心仔细打量着花妖，因为这张熟悉的脸，她想跟她多说说话："你住在哪里？"

"林府花园。"花妖答道，"听耗子精说你白天来过，我就想来看看！"

"林府？"唐知心一愣，隐约猜到些原委，"红鸾有没有跟你说过，你长得很像海镜的一位郡主？”

“郡主是什么？可以吃吗？”

唐知心深吸一口气，告诫自己不要和一只妖计较，解释道：“郡主是一个人，长得和你很像，是我的朋友。”

“哦，那娘娘倒是没提过。她总是提起的人就那么几个，除了你就是姓林的。”

“姓林的？林灵素？”

“不，林寄云。娘娘总说，林家这么多后辈中，就林寄云最像他。”

听到这里，一个念头突然在唐知心脑海中闪过，因为爱上过相似的男人，红鸾对郡主惺惺相惜。红鸾怜悯，让郡主化成单纯花妖，可以自在轻松再活一世。想到这，唐知心更觉面前的花妖就是郡主，喃喃道：“没想到，犹清，我还能再见到你。”

“你说什么呢？”花妖好奇地问道。

唐知心摇摇头，道：“没什么，我说，你叫什么名字？”

“铁锤。”看到唐知心惊讶的表情，花妖鄙夷道，“郑员外家成了精的铁锤妖没听说过吗？考中秀才了呢！娘娘给我起的，不好听吗？”

“不好听。”唐知心诚恳地说，花妖不满地瞪了她一眼。

她既是郡主的化身，唐知心就不能容忍她叫这么个奇怪的名字。若是日后阿冲知道有一个叫铁锤的花妖和他母亲长得一模一样，孩子会留下心理阴影吧。唐知心吞了口口水，说道：“我给你换个名字吧，既然红鸾给了你重生的机缘你就安心过完此生，既来之则安之，对吧？你又是一株栀子花，‘栀’同‘之’，你就叫‘安之’吧，怎么样？”

“明明铁锤更好听，为什么要给我换名字？”花妖一屁股坐在地上，号啕大哭。唐知心吓了一大跳，赶紧改口道：“算了算了，你当我没说过。你爱叫什么叫什么行不？别哭了，再哭被人收了！”

一听见“被人收了”四个字，花妖立刻止住了哭声。她坐在地上垂头丧气地说：“来不及了，你是妖也是人，你给我起名，我只能听你的了。你说我叫‘安之’我只能叫‘安之’了……”花妖非常沮丧，她耍脾气的样子和阿冲简直一模一样。唐知心不忍，弯下腰轻拍她的肩膀安抚，花妖扭身抖落她的手，直接嘭的一声变回了栀子花原形，连化形的声音都充斥着愤怒。

唐知心讪讪缩回手，心里又好气又好笑。这样也好，她什么都不记得了，自然也就没了烦恼。她再次伸出手，温柔地抚了抚枝叶，栀子花转向她，一个花骨朵瞬间绽放。唐知心笑了，心下释然，转身离开花园回到了自己房间。

这一夜，唐知心睡得很不安稳。黎明时分，窗外传来轰隆一声巨响，她猛然坐起身，惊出一身冷汗，看了一眼屋里，黄鼠狼和狈都不在。她赶紧穿鞋下床，打开房门查看情况，屋外已是一片嘈杂，驿站中的人推搡着四处逃窜，四周一片尖叫呼号声，空气中飘来阵阵焦煳的气味。唐知心眼疾手快抓住一名驿卒，厉声问道："怎么回事？出什么事了？！"

驿卒慌张道："狄……狄人攻城了！"

唐知心快步奔到街上，眼前的景象触目惊心：百姓们四散奔逃，巨石、火箭从城墙外铺天盖地射进城来，房倒屋塌，火光冲天，撕心裂肺的哭喊声响彻城郭。飞射的流箭如暴雨，夹杂在飞舞的雪花中破空落下，逃命的人群纷纷中箭，鲜血染红了街道。

远处有厮杀声传来，唐知心不知所措地站在街头，不断被奔逃的人群推搡，猛然有人惊呼："知心姐？你怎么在这儿？"

唐知心循声望去，惊讶道："闻秋！你怎么会在落照？你不是嫁到岳城傅家去了吗？"

段闻秋慌张道："永书应了个官职，来落照上任三个月了。现在不是说这个的时候，知心姐快逃，狄人打进城啦。"

"怎么可能？守城的兵呢？"唐知心惊疑道。

"狄人偷袭，傅知州和江宁王一家都弃城逃往岳城了！"

"那现在谁在守城？"

段闻秋带着哭音道："自发军。听说是林家的小公子林放回落照奔丧，正好赶上狄人攻城，他正带人抗敌呢。知心姐别说了，快跟我走吧，他们挡不了多久，狄人攻进来会屠城的，快走！"段闻秋一把拉住唐知心的手，她的手一片冰凉，此时唐知心才注意到段闻秋的小腹已微微凸起。

此时，唐知心身后传来轻轻一声呼唤："知心。"

轻轻的两个字如同流星般划过她的脑海。那一刻，眼前人间炼狱不再，惨叫哭号声消失，只有清山的桃花开满了山，月盈崖的瀑布流水声响彻苍穹，知心堂的经卷书香阵阵，高山上的钟声清远悠扬……

唐知心缓缓回头，分不清脸上的是泪还是雪花融化后留下的痕迹，战火纷飞倾城之际，她与段未语隔街相望。他瘦了，比上次在昆仑山相见时更瘦了，眼中光彩不再，取而代之的是浓沉的忧思。唐知心脱口而出：“师……”“兄”字没有出口，一支流箭擦着唐知心的面颊呼啸而过，她的脸上瞬间出现一条血痕。段未语惊道：“你们两个快走。”说话间，他已冲到二人面前。“东城门快破了，往西边走，江宁王和军队都在西边，快走！”

“不行，永书还在城东，我得去找他。”段闻秋哭出了声。

段未语怒道：“不是让你们别乱跑等着我接应吗？他去城东干吗？我是不是说过，打仗的事别掺和？”

“我说了，他不听我的。”段闻秋抽泣着，“他一定要去，我拦不住他。”

“你们先走，我去找他！”段未语抽出腰畔长剑。段闻秋一把拉住他：“哥，你带知心姐走吧，我自己去找他。你还有清山，还有爹娘，你不能有事。”

“胡闹！你一个孕妇，还不会武功，赶紧跟知心走，我很快回来。”段未语看向唐知心，多年的默契，唐知心马上会意，拉着段闻秋道：“闻秋，我们先走。”继而，她看向段未语，说出了自昆仑山分别后的第一句话：“你，自己小心！”

段未语笑了，这笑容是唐知心记忆中最熟悉的笑。

唐知心不由分说，拉起段闻秋，催动轻功拼命往城西奔去。一路上，流箭不断，唐知心小心护着段闻秋，精疲力竭之际终于看到城门出现在眼前，两人精神一振，唐知心已经可以看到城门口的兵士了，她铆足一口气，眼看就要冲到城门口。猛然间，唐知心觉得背后一股凉意直透前胸，低头只看到胸口处透出的一个箭头，鲜血已染红胸襟，唐知心甚至都没有感觉到疼，就没了知觉。

几个时辰前。

韩景榕的车队浩浩荡荡地驶往玉门关外十里坡。

韩景榕与苏尽欢坐在车内，自从出城后，韩景榕就没说过一句话，苏尽欢时不时拿眼偷瞄韩景榕。此时，车窗外传来一阵哨音，远处雪丘后冲出一匹快马向车队急奔。马上人身着黑衣，手中高举刻有“韩”字的令牌，亲兵见状无人阻止，那人便策马来到韩景榕马车外。

韩景榕撩开车帘一角向外问道：“如何？”

来人正是先一步打探情报的曲临书，他紧张道：“来的是冒顿单于的小儿子，呼延本尔萨，身份尊贵，在狄人部极富名望。此人嗜血暴虐，刚愎自用，大人，您得小心。属下总感觉，狄人这次答应谈判，事有蹊跷。”

韩景榕点头道：“狄人凶蛮好战，处处挑衅，如今突然答应和谈，定然心怀鬼胎。”

“大人的意思是？”曲临书疑惑。

韩景榕轻蔑一笑，道：“他们想要敲竹杠。”

“他们想要什么？”

“蛮子还能要什么？金银、马匹、女人，这位呼延小王子，你送他《兰亭集序》他也得看得懂啊。”

苏尽欢在一旁不满道：“都什么时候了，你还有工夫嘲弄别人。当心人家手起刀落一怒之下砍了你。”

韩景榕轻声一笑，道：“砍了我也挺好，为黎民百姓而死，为江山而死，倒成全了我一世英名。”

苏尽欢一时无言以对。

车队快抵达十里坡的时候，韩景榕便吩咐曲临书先行离去。十里坡上的矮亭外站着一员武将，正是前几日刚刚升了官的闵成，他奉命在此迎候钦差韩景榕。闵成身后是他带领的八千铁骑，黑压压排成一片，气势迫人。

韩景榕下车，闵成赶紧上前迎接。韩景榕开门见山道：“守关兵马还剩多少？”

闵成一愣，没想到钦差大人连句官腔都不打就直奔主题，他赶紧抱拳答道：“回大人，五六万还是有的。”

“狄人呢？”韩景榕又问。

“狄人……”见闵成犹豫，韩景榕道：“有话直说。”

闵成道：“大人，您可能没接触过狄人，不知道这帮蛮子咋打仗的，他们经常几十几百人地流窜出没，专挑落单的部队下手，具体人数还真不好算，要我说，怎么着也能有四五万。”

韩景榕点点头，实战方面，闵成肯定比他经验丰富。他想了想，继续问道：“最近交战，你们赢多还是输多？”

闵成笑道：“那要看大人您觉得咋样是赢、咋样是输了，论砍人头，我们赢。论要流氓，他们赢。”

韩景榕愣了一下，轻笑道：“今日呼延本尔萨来谈判，带了多少人？”

闵成伸出手比画着：“五十。”

“五十？！你看错了吧！”苏尽欢震惊道。

闵成笑道：“大人，绝对没看错。”

苏尽欢难以置信：“就五十人，他们是真没把咱们放在眼里啊！”

闵成伸手一指：“大人您看，他们来了。”

韩景榕与苏尽欢顺着闵成所指的方向望去，果然见一队人马从西边过来，领头那人骑着高头大马，身穿白毛裘皮，宽头大耳，满脸胡须。

呼延本尔萨下马来到了亭中，韩景榕与其见过礼后便分宾主落座。韩景榕伸手倒了两杯茶，将其中一杯推给坐在对面的呼延本尔萨，对方一摆手将茶碗拨开，他身后的随从赶紧上前从腰间解下酒壶，倒出两杯晶莹剔透的葡萄酒。呼延本尔萨将酒杯递给韩景榕，韩景榕轻笑着并不接，端起茶碗抿了一口，才慢悠悠地开口道：“好茶，闵将军费心了。如此好茶，呼延王子不尝尝吗？”

呼延本尔萨瞪着韩景榕，随从翻译着韩景榕的话，他听完随即叽里呱啦说了一通，随从对着韩景榕翻译道：“王子说，葡萄酒是大单于的礼物。”

“你告诉他，品茶是汉人的待客之礼。”韩景榕淡淡道。随从又对着呼延本尔萨叽里咕噜说了一通，呼延本尔萨说了两句，随即摆摆手，一口喝干了韩景榕倒给他的茶，随从翻译道：“王子说，茶喝完了，谈正事。”

韩景榕大方地说道：“呼延王子是客，请先说。”

呼延本尔萨叽里呱啦一通说，他身后的一个随从赶紧取出羊皮卷递到他手上，他转手递到韩景榕面前。随从翻译道：“我们王子说，你们汉人占着富庶的地方，不肯与我们分享，我们塞外大单于的子民们无法生存了，不想打仗，可以，把羊皮上写的东西送给我们。”

韩景榕看了一眼面前的羊皮卷，上面写着密密麻麻的汉字。他一边看，一边皱紧了眉头。翻译在一旁看着，问道：“怎么？不同意吗？”

韩景榕嘲讽道：“字太丑，跟鳖爬的一样。你念给我听。恐怕朝中太傅来了都认不出你们写的汉字。”

呼延本尔萨听了翻译的话后倒也不计较，大手一挥示意随从念。随从大声道：“长生天的旨意啊，大单于的子民，茫茫塞外的牛羊啊，日月星辰的神明……”

韩景榕打断道：“直接说重点。”

“黄金五百万两，战马五万匹，再以一个公主和亲以示雪域天子与大单于的友谊长存。”

韩景榕冷笑道:“陛下和你们单于只有君臣之交，你们要的是赏赐。和亲一事办不到，陛下只得一子，没有公主。”

“你们天子有个妹妹。”翻译飞快地说道。

韩景榕不悦道:“明昭长公主尚未及笄，绝无和亲可能。”

呼延本尔萨听了随从的翻译，露出愤怒的表情，一拍桌子，叽里呱啦说了一通。随从翻译道:“王子说，必须娶公主。娶不成就打仗。王子还说，汉人看上去就弱不禁风，你们打不过我们狼王的后代。”

“来，你过来，看老子揍不死你！”闵成撸起袖子。韩景榕用眼神制止住闵成，淡淡道:“你们这么想，我其实可以理解。不过，呼延王子有没有想过为什么？你们为什么一直打不赢你们嘴里弱不禁风的汉人？我们打仗靠脑子。哦，韩某失言了，这东西，你们没有。”闵成和身后将士哈哈大笑。

没等随从翻译，呼延本尔萨开口了，用流利的汉话道:“没想到啊，韩大人，汉人里还有你这样不怕死的硬骨头。”

韩景榕对呼延本尔萨会说汉话有些意外，心中揣测他之前的行为到底有何深意，面上平静道:“读圣人书，忠君忠国，汉人个个都是硬骨头。”

呼延本尔萨威胁道:“韩大人既然坚决不同意和亲，那咱们就只能战场上见了。”

韩景榕挑眉道:“这么说，是没的谈了？”

呼延本尔萨冷哼一声，道:“本来也没想和你谈。韩大人，咱们走着瞧！”说完起身离去，几十人骑着快马一眨眼就消失在风雪之中。韩景榕一脸茫然，愣怔片刻，猛然对闵成道:“糟了！中计了，赶紧回城！”

闵成一时没反应过来，韩景榕怒道:“谈判是假，呼延本尔萨声东击西，落照城危险，我们得赶紧回去。”

苏尽欢醒悟道:“怪不得那蛮子会说汉话又装作不会，明知道长公主年幼，你绝不会同意和亲，故意以此为谈判条件拖延时间。他就带了五十人来，该不会剩下的兵都去落照了吧？！”

韩景榕焦急地问闵成:“落照城守兵有多少？”

“八千，且无得力将领，江宁知州就是个草包。”闵成急道。

“你的兵从这儿赶回去要多久？”

“精兵一日。”

“你带着精兵同我赶赴落照，剩下的人马驻守玉门关。”

闵成领命后便点兵带将和韩景榕一路往落照疾驰，八千铁骑浩浩荡荡，赶到落照城时已近清晨时分。寒冬朝阳下，映入韩景榕眼帘的是断壁残垣，尸横遍野。

落照城破，狄人已占领落照，大肆屠城。

血战三日后，韩景榕和闵成夺回了落照城。城中被洗劫一空，三十万百姓，活下来的只有十二万。狄人撤出落照时掳走了三千女子和数十名落照官员，傅永书便在其中。狄人放言，黄金千两赎一条人命。

夺回城池的这一天，韩景榕正和闵成在城头巡防军事，化作人形的黄鼠狼精在城下大声呼喊韩景榕，韩景榕皱眉，示意卫兵让他上来，黄鼠狼精身后跟着畏畏缩缩的狈精。两人走到韩景榕面前，黄鼠狼精结巴道："那个，那个，善人丢啦！"

狈精插嘴道："善人在城里，狄人屠城，善人生死不明。"

韩景榕一时没有反应过来，片刻后一惊，追问道："你说谁？青灵？"

狈精和黄鼠狼精同时连连点头。

狄人进攻落照时，赶回林府奔丧的林放听到城上战鼓声响，赶紧冲出家门奔向城门参战，此时城楼处守卫仅剩百十号人，正拼死抵住城门阻止狄人进城。林放翻身下马，手举腰牌冲到门口，问道："谁主事？"

"死了！"一个士兵简短地答道。

林放追问："其他人呢？怎么就你们这点人？"

那士兵用力顶着城门，怒道："不知道，死的死逃的逃，能看得见的人都在这里了。"

林放追问道："城里其他官员呢？总不能都死了吧？"

士兵啐了一口，道："那些当官的，仗一打起来全没影了。兄弟，你现在是我们这里军衔最高的了，你来指挥吧！"

林放登上城墙，躲避着飞箭，小心地察看周围环境，然后快速跑回城门处，对众士兵道："烽烟已燃起，青阳观的援军最迟明日一早就能赶到，我们撑过这一晚上，就能等到援军。目前百姓都已逃往城西，我们多绊住狄人一会儿，他们就多些逃生的机会。现在就我们这些人，城门肯定守不住了。大家用砖石堵住门，咱们先撤到巡检司。巡检司是我以前当差的地方，后院连着王府外墙，地形有利于我们巷战。"

听了林放的话，已经陷入绝望的一百多名守军瞬间有了主心骨，燃起了新的希望。众人快速分工协作，堵住城门，有序地撤往巡检司。路上，林放心里不停地推演各种作战计划，一名小兵紧紧跟在他旁边。一支流箭飞来，小兵毫无防备，林放大喊一声："小心！"纵身一跃拔刀挡开了飞箭，小兵吓得脸色惨白，林放安抚地拍了拍他的肩。

一盏茶的工夫，众人赶到了巡检司。林放冲进去一看，巡检司里人去屋空，桌椅板凳东倒西歪，文书散落一地，凌乱不堪。最让人惊心的是，巡检司里血迹斑斑，像是经过了一场激战。

林放暗惊，快速判断道："可能已经有狄人进城了，大家小心！"

"怎么可能？狄人还在攻城啊？"有士兵惊疑地问。

"有可能是先行潜入城中的内应。"

"那我们现在怎么办？"

"埋伏。"林放道，"狄人进城必然要抢王府的财物。我们在墙下埋伏，大家注意，敌众我寡，不能硬拼。我们可以设路障，砍马腿，用火铳惊马，总之，离了马的狄人要好对付很多。"

"明白！"

一百多人齐心协力在林放的指点下布置好路障，埋伏在王府城墙下。兵荒马乱中，墙根下却一片死寂，所有人都不知道还能活多久。他们有人神情麻木，有人视死如归，也有人恐惧不安。林放抱着刀坐在墙根下，心里暗想此处可能就是自己生命的终点，一时心思复杂。忽地听见一旁有人在轻轻抽泣，林放循声看过去，是刚才自己救下的那个小兵正蹲在地上哭泣。林放轻移到小兵身边，安慰道："别怕，援军会到的。你叫什么名字？"

小兵擦了擦眼泪，抽噎道："赵衍。"

"你多大了？"

"十七。"

林放看着他文弱的样子，轻叹道："你怎么会来当兵？"

赵衍边抹泪边道："我本来就不是当兵的，我是个写话本的，读过几年书，没什么出息。我爹是当兵的，以前和狄人作战落下了伤残，狄人攻城，他让我穿着他的盔甲来守城，他说我不来就不是他儿子，他死不瞑目，我就来了。"

林放一愣："那你爹人呢？出城了吗？"

"死了。就用这把刀抹了脖子。"赵衍说着指了指手中的刀，继续道，"我爹说他既不能杀敌，就不用残躯给别人添麻烦了，让我带着他的刀和血杀狄人……可是别说杀人了，我连只鸡都没杀过。”

赵衍说完低头垂泪，周围一片安静。片刻后，一名士兵打破沉默道：“老子也没杀过人，可今天你不杀蛮子，蛮子就要杀你，不仅杀你，还要杀你亲人。”

赵衍抽泣点头道：“我知道，我母亲和妹妹也在往城西逃呢，我再害怕也得留下拖住狄人。”

赵衍的话戳中了所有人的心事，不论是为了国还是为了家，大家都有要拼死守护的东西，这一百多个男儿，没有选择逃跑偷生，他们成为落照城最后的守护者。

赵衍喃喃道：“也不知道芊芊逃出城了没有，早知道有今日，我就该早点替她赎身。”

“芊芊？万花楼的那个阮芊芊？小子，你艳福不浅啊！”有人笑道。

“阮芊芊很有名吗？”林放问。

赵衍点点头，道：“芊芊会弹琴，会唱歌，是那些姑娘里最出色的。她唱的《阳关三叠》，全落照城没人能比得上。”

赵衍这么一说，林放觉得自己好像听过她的歌声。落照夏夜，万花楼的乌篷船会在护城河巡游，他巡夜时曾听到过船上姑娘唱《阳关三叠》：渭城朝雨，一霎浥轻尘。更洒遍客舍青青，弄柔凝，千缕柳色青……黑暗里，人群中不知是谁轻轻哼起了这首歌。就在此时，林放突然低声道：“有马蹄声，敌人来了。”

埋伏的士兵们瞬间安静，马蹄声由远及近。当冲在最前面的一批狄人快马被绳索绊倒时，林放大喝一声率先冲出，挥刀奋勇杀敌。众士兵紧随其后，杀入敌阵，一时间喊杀声起，巡检司里一片刀光剑影。

然而，寡不敌众，一百多人很快被越来越多的狄人包围绞杀，林放看着自己的战友接二连三地倒下，已经杀红了眼，愤怒让他失去了理智。赵衍满脸是血地一直跟在林放身后，吼道：“这样不行啊，大人，咱们……”林放此时腹背受敌，根本没听清赵衍在喊什么。前方一匹快马来袭，马上狄人手持弯刀呼喝着冲来，林放就地一滚从马下穿出，却再也躲不过后方狄人的快刀，眼前寒光闪过，脸上瞬间一热，血腥味扑鼻而来。林放回过神来，赵衍在他面前倒下，热血喷溅了林放一身，原来，赵衍用自己的身体替他挡住了狄人的快刀。林放看着赵衍的尸体一时愣怔，千钧一发之际，旁边的士兵冲过来拽起林放就跑，边跑边吼道：“前面有个缺口，快走！”

林放脑中一片空白，被他拖着一路狂奔，两人七拐八转，暂时甩掉了狄人，躲在墙角处，两人平息着急促的喘息，互报着姓名，“林放”“周通”。

这时，一个女人怯懦的声音传来：“军爷。”

两人循着声音望去，巷子的尽头有个姑娘站在院门口朝二人招手。二人走过去，姑娘领着二人躲进院中，院中还有四五个神色惊慌的年轻女子。林放讶异道：“你们怎么躲在这里？”

招呼林放进院的女子道：“我们跑到半路时，狄人已经进城了，只好暂避在这里，军爷，会有人来救我们吗？”

周通道：“有个屁！就剩我们俩……”

林放连忙打断道：“会有人来救我们的，援军天亮就能到。”林放边说边用眼神示意周通。女子很聪慧，便不再追问，她拿出手帕，递给林放擦拭脸上的血迹，见二人身上带伤，她毫不犹豫地扯下衣摆，让二人包扎伤口。

“多谢姑娘。姑娘贵姓？”林放道。

“我姓阮，阮芊芊。”

林放动作一滞，手中帕子飘落在地。

看林放表情异样，阮芊芊小心地问道：“怎么？军爷认识我？”

“不认识，不认识！”周通赶紧答道。他用手肘戳了林放一下，岔开话题：“现在怎么办？”

林放想了想，道：“我们不能待在这儿，会把狄人引来。”他回头看了眼院中那群吓得发抖的姑娘，接着对周通道：“我们冲出去，把狄人引开。”

周通看了眼阮芊芊，咬牙切齿道：“好，多杀两个狄人替兄弟们报仇。”

林放转身叮嘱阮芊芊几人躲好，在院中细听外面的声音，狄人马蹄声渐近，二人轻手轻脚走出院子，小心关好院门，走出巷口，向大街上狂奔而去，很快，四下搜寻他们的狄人就从身后追来，二人见离巷口已远，相视一笑，拔刀并肩备战。

周通笑道：“林放，咱俩能死在一起是缘分，下辈子投胎做真兄弟！”

林放笑着点头说好。十几名狄人骑兵狞笑着挥刀策马冲来，手中弯刀寒光闪烁。刹那间，血花飞溅，很快，周通倒在血泊中，接着，林放也倒在血泊中。恍惚间，林放好像听见了援军赶来的号角声，他笑着缓缓地闭上了眼睛。

一片漆黑，唐知心努力想睁开眼，眼皮却像有千斤重，怎么也抬不起来。

胸口处传来阵阵剧痛，她感觉自己好像被一根铁钉从胸口穿过，钉在了这片漆黑里。动不了，喊不出，绝望从胸前的洞口灌入，充斥着四肢百骸。要不放弃吧，不再挣扎就不再痛苦了。“知心。”“知心。”“醒醒，知心。”师兄熟悉的声音在呼唤着她，像黑暗中的一束光引领着她。一只手轻抚在她的面颊上，温暖包围着她，疼痛减轻了。

落照城外五十里，逃出城的权贵、百姓暂居在这里。落照城已被夺回，江宁王当然就不用再逃了，他带着亲眷权贵住在此地条件最好的客栈里。段闻秋将受伤的唐知心安置在卧房的床榻上，自己靠在桌边发愣，她脸色憔悴，眼底一片乌青。直到段未语匆匆进屋，她才恍然惊醒。

段未语疲惫憔悴，衣衫上布满血迹污渍。推门进屋后，段未语声音嘶哑地道：“我看了狄人送来的人质名册，傅永书名列其中。狄人开价黄金千两可将人赎回。”段闻秋嘴唇哆嗦着，没说出话来。段未语继续道：“城没守住，人还做了俘虏，这笔钱，朝廷是不会出的。”

段闻秋抽泣着问：“那，那……怎么办？”

段未语道：“你去找傅王妃，永书是她亲弟弟，她不会不管的。”

段闻秋一听，眼里燃起了希望。自己是傅家的媳妇，肚子里有傅家的骨肉，傅家富可敌国，筹集赎金应该不难。

段未语走到师妹的床榻边，将一只手在衣服上蹭干净，轻抚她的脸庞，柔声叫道：“知心？知心？”他用手轻轻将她鬓边几缕碎发拢至耳后：“醒醒，知心。”段未语抬眼望向段闻秋问道：“让你去给知心找的大夫呢？”

这几日，段未语除了打点妹夫的事还要忙着安置活下来的百姓，他真的有些撑不住了。落照城破，百余年的繁华富庶一夜之间在蛮夷的铁蹄下支离破碎，十余万无辜百姓死于战火。他这几日看到了很多：他看到年轻母亲抱着襁褓中的婴孩惨死街边；他看到被狄人战马踩踏而死的稚子；他看到城中书院中的学生不顾性命冲进火海抢救圣人书卷；他看到师者大儒誓与落照共存亡，不肯弃城逃命，葬身火海……段未语的手轻轻抚过唐知心脖颈处的那条伤疤，伤疤压垮了他这几日强撑的精神。像触碰到火炭一样，他猛地缩回手，愣怔片刻，眼泪涌了出来。他的道亡了！说什么守日月星辰？说什么揽苍生之重？他听了三天三夜的哭号惨叫，看了成百上千的残破尸身。他做了什么，他又能做什么？师妹脖颈上的伤疤恍若一把尖刀刺入心脏，就在这一刻，他垮了。段闻秋看见段未语流泪，自己的眼泪更是控制不住，她哽咽道："能找到的大夫都找来看了，他们都说箭头离心脉太近，不敢拔，没有能力医治。"

段未语流着泪听完段闻秋的话，缓缓转过身，握住唐知心的手，触手一片冰冷。段未语柔声道："不怕，知心，有师兄在，师兄能想办法救你。"说完，仿佛下定决心一般，他站起身狠狠擦了一把眼泪，收起所有的情绪，快速平静下来，沉声对段闻秋道："韩景榕还在城内，他一定有办法。"

段闻秋先是一愣，随即赶紧道："我去，我带知心姐去找他。哥，你别去，韩景榕那人……"

段未语自嘲一笑，摇摇头打断道："无妨，我带知心去找他，你去找傅王妃筹集赎金。反正我没脸没皮惯了，不在乎多这一回。"

韩景榕跟少帝派来的钦差还有闵成连熬三宿，才制订好讨伐狄人的计划。调集周边十万大军，出玉门关，直扑狄人老巢，誓取冒顿单于的首级，一雪前耻。军事计划制订好，韩景榕才回到暂住的军帐中。韩景榕回来时，苏尽欢已经等候多时，他告诉韩景榕这几日他派人四处搜寻唐知心的下落，但毫无线索。韩景榕心中惴惴不安，自己脱不开身，只能让苏尽欢再加派人手继续找。这时军士来报，段未语求见。

韩景榕心中一动，让军士请段未语进来。很快，段未语进到帐中，自打上次清山一别后，二人便没见过面。如今再见，两人都是一身征尘，满脸疲惫，哪还有半分仙风道骨的样子。

看到段未语的表情，韩景榕猛然一阵不安，沉不住气，先开口道："段掌门，你妹夫还在狄人手里呢，不想着凑钱，跑到我这里来做什么？"

段未语向帐外挥手，四个清山弟子将一副担架抬入帐中。看清担架上躺的人是谁时，韩景榕脸色瞬间阴沉下来。他恶狠狠地盯着段未语，恨不得用眼神在他身上剜出个洞来。韩景榕快步走到担架边，看了一眼唐知心胸前的箭伤，马上为她诊脉，确认人还有救，他才放下心来。他冷着脸道："第二次了，段掌门，我费尽心思救回来的人怎么一落到你手里，就变成……"

"救她。"段未语嗓音沙哑，说出了进帐后的第一句话。

韩景榕看向段未语，段未语不看他，只痴痴地盯着担架上的唐知心："我求你，救救她。"那么骄傲的段未语，在他最不愿意认输的人面前，说出了平生不曾说过的三个字“我求你”，此时，他看向唐知心的眼神，让韩景榕一瞬间就明白了：他爱她！

这眼神让韩景榕警惕。韩景榕沉思片刻，道：“我可以救她，但我有个条件。”

“什么条件？”

“你——消失。”

段未语定定地看着唐知心，一时间，帐内安静得落针可闻。片刻后，段未语转身离去。韩景榕看着他原本挺拔的身形，一瞬间有些委顿落寞。

段未语浑浑噩噩回到客栈，正见段闻秋伏案哭泣。段未语疲惫道：“又怎么了？傅家的赎金不够吗？”

段闻秋抽噎道：“不，王妃说她管不了，让我自己想办法。”

段未语愣住，怎么会有这样不顾手足之情的人呢？以前的他可能会怒不可遏，但如今，他只平静地说道：“别哭了，哥哥给你想办法。”

“能有什么办法？”

“你别管了，总之先把人赎回来再说。”

段闻秋木讷地点点头，擦了擦眼泪，又问道：“知心姐呢？韩景榕答应救她了？”

“嗯，答应了，知心留在韩景榕那里诊治呢。”

“那我们什么时候去接她？”

段未语沉默了一会儿，道：“韩景榕答应救知心，条件是我离开她。”

“为什么？”段闻秋不解。

“他没自信。”段未语嘴角挂起一丝轻蔑的浅笑，他看不起韩景榕拿师妹的性命要挟自己，“他知道若是让知心自己选，知心未必会选他。”

段闻秋似懂非懂地点了点头。

段未语安抚好段闻秋就离开了客栈，日夜兼程赶回清山，筹措出一千两黄金，又马不停蹄地赶回落照，带着黄金按狄人的要求去赎人。他在城门等了一天一夜，等到的却是冰冷的绝望。狄人收了赎金送还回来的却是裹着草席的尸体，他们所谓的赎人，不过是赎一具全尸而已。

傅永书是被吊死的，死前应是没少受折磨，浑身上下被鞭子抽得没一块好皮肤……段闻秋听到噩耗，悲痛之下晕厥过去，醒来后孩子便没了，从此缠绵病榻，没过几年也香消玉殒。这是后话。

这一年的二月廿八，段未语焚香沐浴，手持三支黄香缓缓登上落照城残破的城墙。段未语一袭黑衣，祭奠他未出世的外甥，祭奠他死去的妹夫，祭奠十几万落照亡灵，祭天地。这一日，韩景榕也手持黄香登上落照城墙，祭奠死于战火的无辜百姓。两人于城墙上相遇，四目相对，二人皆是一愣，旋即二人颇有默契地缓缓举起手中点燃的黄香。这一刻，一阐一截同气连枝，肝胆相照。

两个面目如玉的少年郎立于城墙两侧，身着一黑一黄两件锦袍，虔诚敬拜天地。随着二人不断祷告祈福，奇迹出现了，连日阴沉不见太阳的落照城，阴风渐停，乌云渐散，太阳破云而出再次照耀人间。城中百姓纷纷抬头看天，此时天际传来一声高亢凄凉的鸾鸣，红鸾撑开火红的翅膀，足有百丈长，迎着太阳飞过众人头顶，在落照城上空盘旋。百姓见到灵鸟现世，宛若见到神明，纷纷下跪磕头。红鸾眼中滚落一滴泪水，化作水晶，摔碎在泥土中。城中小妖小兽听见红鸾鸣叫，纷纷从藏身之地探出头来，簇拥到她身边。红鸾用灵力包裹住他们，悲鸣一声腾空而起，庇佑着他们，飞离了落照。

同一时刻，淳鉴立在城外乱葬岗，双手合十，虔诚诵经超度亡灵。

黑暗中的唐知心意识恍惚，一直呼唤着她的声音消失，师兄不要我了吗？她在黑暗中开始恐慌着急，四处摸索着，拼尽全力大声呼喊着师兄。

“师兄！”

“你最好看清人再喊。”耳边传来另一个熟悉的声音。

唐知心使劲眨眨眼，看看四周，心里一片迷茫。怎么会是韩景榕呢？她闭上了眼，试图让一片混沌的大脑清明起来，她努力回忆着，在街头遇到段闻秋、段未语，自己带着段闻秋逃跑，他们怎么样了？唐知心赶紧睁开眼问道：“我师兄呢？闻秋呢？”

“走了。”韩景榕面无表情地道。

“走了？去哪儿了？”

“回清山了。”

“闻秋也去清山了？永书呢？”

韩景榕不语，面色难看。

韩景榕还是那个熟悉的韩景榕，他不回答唐知心的问题，只是坐在一旁面沉如水地死死盯着她。以唐知心以往和他的相处经验，她可以断定，他生气了。可自己哪里又惹到他了？她仔细回想刚才的话，顿时幡然醒悟！他，又吃醋了。唐知心赶紧找补道："那个，我刚醒，脑子里全是昏迷前的事，浑浑噩噩的。你别生气，你都还好吧？"

韩景榕不悦道："你还没关心苏尽欢、黄鼠狼呢，不如你都问完了再来关心我吧。"

"我怎么会在这里？是你救了我？"唐知心赶紧岔开话题。

韩景榕冷哼一声："段未语把你扔到我这儿，他拍拍屁股就走了，我没日没夜照顾你，你居然一睁眼就想着找他？"

唐知心看着他的样子，突然很想笑，她忍着笑解释道："我在驿站碰到了黄鼠狼，他说你出城和狄人谈判了。我就想在驿站住下等你回来，谁知当晚狄人就攻城了。我这一段时间经历太多事了，都不知道从哪儿开始和你说。我找到我爹了，他……"

"你刚醒过来，别说太多，先把药吃了，其他的以后再说吧。"韩景榕道。

自从听到"等你回来"这几个字后，韩景榕的脸色肉眼可见地由阴转晴。韩景榕起身出去，回来后，手里端着一碗药。唐知心配合地张开嘴，等着他将药送入自己嘴中。韩景榕托着药碗，看见唐知心如同一只雀儿等食般张大嘴等着他喂药，终于绷不住，笑了，嘴里责备道："你怎么心这么大？差点没命，不知道吗？"

唐知心皱眉喝下药后，回道："大难不死必有后福嘛！"

她吃完药，韩景榕便不让她再说话，让她安心休息。许是韩景榕在身边，唐知心很快便安然睡去。

往后几日，韩景榕每天都会过来看望唐知心，唐知心看得出来他很忙，都是尽力挤出时间过来见她，把脉，调整药方，简单说几句。他看上去很疲惫，唐知心便很识趣地不提那些会让他心烦的话题。她简洁地和韩景榕说了自己的寻亲之旅，告诉他青鸾是自己的父亲，这次也是青鸾将自己送回了落照。唐知心隐去了韩景榕中毒的缘由，她不知道该如何向他开口。唐知心对自己说，找个合适的时机再说吧。

韩景榕听了唐知心的讲述一脸平静，以他的聪明，自然猜到她有话没说，他也不问。唐知心看着韩景榕好奇地说道："你不吃惊吗？我是个半妖啊！"

"青灵，你是人也好半妖也罢，对我来说没有区别，你一直都是我认识的那个青灵。"韩景榕淡淡地笑道。

日子就这么又过了半个多月，韩景榕出现在唐知心帐篷内的频率越来越高，她猜想应该是战事平稳了。这一日，韩景榕亲自煎了最后一服药送到唐知心面前，庆祝她的痊愈，唐知心将药一饮而尽。放下药碗后，唐知心看着韩景榕，轻声道："景榕，我伤好了，你可以实话告诉我了，闻秋和傅永书，他们是不是出事了？"

韩景榕犹豫了片刻，开口道："青灵，段闻秋还好，傅永书被狄人杀害了。"

唐知心呆了片刻，没有说话。想起几年前她替段闻秋卜的那一卦，潸然泪下。

韩景榕继续道："他死之前很是受了折磨的。落照城破，傅永书等十三名朝廷官员被俘，狄人想劝降他们，这些人至死不屈。"说到这里，韩景榕的眼圈红了，"是我一念之差，上了狄人的当，景榕愧对苍生，愧对英雄亡魂……"他声音哽咽，说不下去了。

唐知心看到他痛苦，心里很不好受，握住他的手道："傅永书他们为信念、为国家而死，自会流芳百世。落照城破，傅知州和江宁王那群人才是罪人，他们临阵脱逃，不能保境安民，上愧对朝廷，下愧对百姓。"

韩景榕看着唐知心，一时感慨万千。

几日后，韩景榕通知唐知心收拾东西，准备出发。唐知心问道："你不打仗了？"

"我又不懂打仗，前一阵临危受命，如今主帅到位，交接完成，我便不适合继续留在这里。"

"那咱们要去哪儿？"

韩景榕似笑非笑地道："清山，武林大会。"

听到"清山"两字，唐知心心中升起复杂的情感，亲切、失落、忐忑。物是人非，如今该怎么面对段未语呢？

韩景榕看到她失神，好气又好笑，继续道："不过在这之前，我们先得顺路去一趟岳城。"

"去岳城干吗？"

韩景榕狡猾一笑："朝廷打仗最需要什么？"

"最需要什么？兵？将？武器？战马？"

"是钱。"韩景榕一声长叹，"军饷、兵器、马匹、粮草这些都需要钱。"

“不是有国库吗？没钱赵寺淮为什么那么起劲要打仗？”

“国库并没有那么多钱，赵寺淮觉得能打，不外乎就是想着多征税，到头来受罪的还是百姓。你说，你能放着不管吗？”

明明就是你要管，唐知心腹诽。再看韩景榕那个笑容，明显就是藏了一肚子坏水。唐知心眯着眼问道：“那韩大人打算怎么管？”

“岳城傅家富可敌国，国家危难之际，他们也该为国做些贡献了。”韩景榕意味深长道。

第二天，一辆马车在二百亲兵护送下浩浩荡荡驶出了落照城。的卢、黄鼠狼精和狈精溜达着跟在队伍后头。唐知心跟着韩景榕与苏尽欢二人一起坐在车内，离开落照城大家都有些唏嘘难过。苏尽欢看着气氛不对，想着缓和一下，便出声道：“我觉得想让傅家老爷子傅宁远掏钱应该很难。他们一家舍命不舍财，连亲儿子的赎金都不愿意掏，怎么可能把钱贡献给国家呢？”

韩景榕道：“愿不愿意都得贡献，你们两个记住了，见了傅宁远一句实话都别说，不能让他知道我们的底细。”

唐知心不解道：“这怎么可能？他和朝廷里那么多人都有往来，傅家办婚宴的时候我还去过呢，怎么可能不被认出来？”

苏尽欢笑了：“小唐你可真逗，婚宴上来好几百人，他能认出你来？”

唐知心想了想，确实上次去傅府根本没见到傅宁远。

很快一行人便到达了岳城。韩景榕的车队浩浩荡荡抵达城门口，守门士兵赶紧跑上前来询问，苏尽欢下车交涉后，车队顺利入城。按韩景榕的安排，二百亲兵卫队直奔傅府，迅速将傅府包围。傅府的下人不知道发生了什么事，赶紧禀报傅宁远。一大早府宅被围，傅宁远也慌了神，急急来到大门口，正好赶上一驾马车缓缓停在门口。傅宁远低声吩咐下人道：“去打听，今天进城的是什么官。”下人领命悄然退下。

这边三人下了马车，苏尽欢走在前面。傅宁远满面笑容迎上前来：“我就说今早喜鹊怎么一直叫，原来是有贵客到！”

唐知心和韩景榕跟在苏尽欢身后，按照刚才商量好的计划，二人一脸清高，并不理会傅宁远。苏尽欢笑道：“傅老爷不请我们进去坐坐吗？”

傅宁远一愣，心想这是什么路数？哪有一见面不说来意不自报家门，张口就要进别人家的？心中虽错愕，他口中却道：“贵客远道而来，傅某自当扫榻相迎，几位里面请。”傅宁远将三人引进正厅，分宾主落座后，三人并不说话，气氛一时十分尴尬。傅宁远眼睛瞟着门口，等待下人打探消息回来，一边开口应付道："这么早，几位还没吃饭吧？不嫌弃的话，不如先在敝府用个早膳吧？"

韩景榕点点头："可以。"

傅宁远将目光转向韩景榕，上下打量两眼，心里更加疑惑。他混迹官商两道多年，看人的本事还是有的。他瞧着韩景榕气度高贵，明显身份尊崇。傅宁远捋了捋自己的山羊胡须，心里盘算着，此人一定是官，还是个高官。朝中哪位高官是自己没见过的呢？

片刻后，一桌早饭上齐。苏尽欢率先入席，韩景榕带着唐知心坐在他右边，三人埋头吃饭，一句话也不说。

打探消息的下人在厅外探头探脑，傅宁远借机去到厅外，韩景榕戳了戳唐知心的肩，她会意后用内力偷听。只听傅宁远问道："怎么样？"

"岳城衙门里的大人没听说今天有朝廷官员要来，城门守将我也去问了，塞了几两银子才打听到，车队是从落照来的，卫兵是闵成将军的兵。"

傅宁远疑惑地自语道："落照来的？落照的官员还有我不认识的？"

傅宁远不敢离席太久，回来之后更加客气，口中直道"怠慢了"。用过早饭，苏尽欢轻轻打了个哈欠，念叨着："吃饱困了。"

傅宁远赶紧道："诸位舟车劳顿，傅某这就给各位安排住处。"

很快，三人被安排进了一个清雅别致的两进小院。打发走下人，三人便聚在韩景榕房中商量后面的计划。唐知心担心傅宁远会派人来偷听，韩景榕却摆摆手，道："他不敢，你瞧他生意做得风生水起，就是因为懂规矩，不该问的不问，不该听的不听。"

"接下来，咱们怎么办？不能耗太久，恐怕他会派人去落照打探消息。"苏尽欢道。

韩景榕胸有成竹地道："他撑不了多久，很快就会沉不住气了。"

苏尽欢道："为什么？"

韩景榕狡黠地道："傅家最大的生意是钱庄，岳城十几家钱庄都是他开的，你想你存钱的钱庄，东家被朝廷的兵围了，你还敢把钱往里存吗？存了的钱还不赶紧取出来吗？开钱庄最怕挤兑，他撑不了多久。很快他就会来求咱们。"

唐知心顿悟道："所以你卖关子啥也不说就是为了吓唬他，等他沉不住气来求你，对吗？"

韩景榕笑道："不错。我们开门见山来找傅宁远要钱，那就是我们有求于人，谁求人，谁落在下风，他随便找个借口就能打发我们。现在不一样了，他得求着咱们，上赶着花钱消灾把咱们请走。"

苏尽欢想了想，道："你为啥要让我装老大？以傅宁远的眼力，肯定看穿了。"

韩景榕无所谓地耸耸肩，道："看穿就看穿吧，我就是单纯地不想和他说话。"

苏尽欢听完直翻白眼。

韩景榕平心静气地在傅府住下，他也不出门，除了休息就是和苏尽欢下棋、看书。在傅府的第三日，狈精化成人形找到唐知心，非拉着她出门逛逛。唐知心直觉这是韩景榕安排的。

唐知心和狈精在街头闲逛，挑选着香囊的唐知心突然觉得有点不对劲，那种感觉又回来了，那双盯着自己的眼睛，是淳鉴吗？他在哪儿？唐知心四处张望，却无迹可寻。

"怎么了，善人？"

"没什么，你继续挑吧。"

狈精挑了一个绣着牡丹花的香囊，唐知心替她买下，当作礼物送她。狈精很高兴，拿着香囊爱不释手。唐知心却隐隐感到不安。

回到傅府，唐知心走到院门口就看到正在徘徊的傅宁远。

城中风声已起，钱庄这两日前来提钱的人明显增加，傅宁远已然沉不住气了。看到唐知心，他谄媚道："姑娘逛街去了？姑娘看上什么尽管说，傅某送给姑娘。"

唐知心笑道："傅老爷这么有钱吗？"

"一般一般。有没有钱要看对什么事了，姑娘喜欢的东西，傅某必须送啊！"

唐知心狡猾地说道："那傅老爷对我有钱，又对什么事没钱呢？"

傅宁远揣摩着她话里的意思，小心翼翼地问："那姑娘您说呢？我该对什么事有钱？"

"这我哪里说得上话，您还是和我们先生商量吧！"

大鱼上钩了！唐知心心里美滋滋地进了院子，傅宁远倒像个客人一样跟在她身后惴惴不安。韩景榕和苏尽欢正在院中下棋，唐知心笑眯眯地对二人道："傅老爷来谈钱啦。"

很快，四人围坐一桌。苏尽欢殷勤地给傅宁远倒了一杯茶，笑着道："傅老爷，你看，落照战事吃紧，国难当头，大家都该出一份力，你说对不对？要是国家都没了，你又上哪儿做生意去呢？"

傅宁远不作声，默默地盘算着：只能破财消灾了，好歹也是为朝廷出力，日后朝廷也要给自己行些方便。只不过，还是肉疼。片刻后，傅宁远道："大人，你们打算要多少？"

苏尽欢伸出一只手比画道："五百万两……"

傅宁远倒吸一口凉气，苏尽欢看了韩景榕一眼，补充道："黄金。"

唐知心瞧着傅宁远眼见就要背过气去，赶紧道："这钱不是让你白给，算是朝廷向你借的，给你写借据，按钱市的利息算，到时候连本带利还给你。"

这话是韩景榕教给她的，唐知心说完赶紧朝韩景榕使眼色。韩景榕开口道："想必你也该明白，为朝廷解难，朝廷日后自当回报。傅老爷你是个生意人，你想想玉门关外的生意，朝廷打败狄人清出道路，通往西域的生意该有多好做？"

傅宁远不置可否。韩景榕接着道："还有最关键的一点，朝廷不会只向傅家借钱，你率先做个表率，陛下自然会记住你的好。若是别家抢在前头，你日后的生意怕是难做了。"

傅宁远权衡半晌，点头称是。韩景榕从怀中掏出一张纸，递到傅宁远面前，道："这是借据，你看看有没有问题。要是没有，咱们可以现在就画押。"傅宁远仔细看了看，当场签字画押。五天后，两百亲兵押着黄金返回落照。韩景榕一行三人离开傅府，赶赴清山。

唐知心坐在马车里，越想越不对劲，她问韩景榕道："你什么时候和陛下商议的借钱一事呢？"

韩景榕平静地说道："谁告诉你我和陛下商量了？这都是我一个人的主意。"

唐知心震惊地瞪大了眼睛："你居然假借朝廷的名义借钱！那你到时候拿什么还他？"

"谁说我要还他？"

唐知心结巴道："可……可你签借据了啊！"

韩景榕无所谓地笑笑，道："印章上刻的又不是我的名字。"说着从车中翻出借据丢给唐知心，唐知心拿起来一瞧，惊得目瞪口呆："你怎么会有赵寺淮的官印？”韩景榕笑了：“好问题，我怎么会有他的官印呢？当然是假的。”

苏尽欢也笑了：“小唐，我可是司巧堂堂主啊，区区官印有何难？”

唐知心无奈地看了看他们两人，颇担心地说：“到时候傅老头拿着借据上京，找到陛下和赵寺淮对质，可怎么办哪？”

韩景榕笑道：“真到那时，不是我们怎么办，是陛下要怎么办。国家缺钱，我为陛下筹集到这么一大笔资金，陛下指不定多高兴呢。傅老头这笔钱等于买了国债，本身就有风险。而且事关朝廷的颜面，最后肯定是大事化小，到时候大不了私下给他道个歉。”

三人一路谈天说地，很快就抵达了清山。进入清山城的那一刻，唐知心再次感觉到那双眼睛在盯着自己，她朝车窗外张望，什么也没看见。清山城中十分热闹，十年一届的武林大会对江湖人士来说是最重要的盛会，一时豪杰云集。

韩景榕以截教掌教的身份来参加武林大会，三人刚到清山便有截教弟子来迎接。住进客栈后，唐知心颇有些伤感，物是人非，再回清山，自己竟成了客。简单洗漱后，三人来到清山最有名的酒楼吃饭。酒楼里生意兴隆，三人落座后，周围不时有好奇的目光扫来。韩景榕亲赴清山，江湖上都在传言，阐、截借此机会要和解了。唐知心正在点菜，突然感到一股奇怪的气息，韩景榕和苏尽欢也同时感受到了，三人诧异地看向彼此。苏尽欢向周围打量着，疑惑道：“是什么人？”

唐知心轻轻地说道：“淳鉴来了。”

“他来干什么？西域打仗还不够他忙的？”苏尽欢问道。

韩景榕笑笑：“看来有人很不希望阐、截和解。”

苏尽欢皱眉道：“他还能做什么？”

韩景榕冷笑道：“最简单的方法是杀了我或者杀了段未语，再嫁祸给对方，阐、截便不可能和解了。”韩景榕说完见唐知心脸色难看，赶紧道：“我只是随便一猜，不一定是真的，再说清山是段未语的地盘，他定当有所防备。”

段未语这段时间为武林大会忙得不可开交，随着进入清山城的江湖人士越来越多，他近日总有种感觉，好像有人在暗中监视着他。此时段未语好不容易有片刻清闲，坐在知心堂内对着窗外的一对鸟儿发呆，孟子笺端着杯茶来到师父身边，好奇地探头看向桌上的来客名单，惊讶道：“师父，小师叔回来了？”

段未语心事重重地嗯了一声。

“师父您不是很惦念小师叔吗？您怎么不去接她？”

段未语看向徒弟，叹了口气，苦笑道：“大人的事，小孩别管。”

七日后，旭日东升，清山的钟声响彻苍穹，武林大会正式开始。段未语一身玄色道袍，肃立于山门前，迎接八方豪杰，一时间人声鼎沸，直到一个黄衣身影翩然出现，气氛才变得安静下来。

韩景榕淡淡笑道：“段掌门，别来无恙？”

段未语看着韩景榕，心中冷笑，平静地说道：“怎么？蘧然道长一个人来的？”

韩景榕笑着反问道：“怎么？我应该带着什么人吗？”

彼时，唐知心正跟苏尽欢坐在街边小摊吃面，苏尽欢一边吃一边夸她介绍的面味道好。唐知心看着苏尽欢狼吞虎咽的样子，笑道：“你慢慢吃，时间还早呢，那些掌门们寒暄应酬完，咱们能进场怎么也得下午了。”

几天前韩景榕就问过二人愿不愿意一起上山，当场就遭到二人的无情拒绝。苏尽欢以前没少替韩景榕出席这些应酬场合，这次韩景榕在，他乐得清闲。唐知心近乡情怯，光是想到要她当着众人的面叫段未语一声“段掌门”，恐怕眼泪就会掉下来。苏尽欢吃完第二碗面条，摸出手帕擦了擦嘴，一脸餍足。唐知心笑着问道：“吃饱了吗？要不要再来一碗？”

苏尽欢摆摆手，摸摸肚皮示意自己吃饱了，随后看看她，问道：“小唐，你不吃点吗？”

“我不饿，吃不下。”唐知心摇头。

苏尽欢别有深意地问道：“怎么？有心事？想你师兄了？”

唐知心撇嘴道：“该不会是景榕让你来开导我的吧？”

苏尽欢讪笑道：“那倒也不是。”

“你这么说，那就肯定是了。”

苏尽欢开怀笑道：“不全是。小唐啊，你真的很聪明。”

唐知心打断道：“我猜你肯定要说‘但是’了。”

苏尽欢点头道：“但是啊，你没把我们当成朋友。小唐，你说实话，你担心你师兄又憋着不说，是不是怕景榕不高兴？”

唐知心一愣，随即道：“也不全是。你们都有大事要操心，我这点心思不值一提。你看景榕，自从落照战乱后，他一直自责，认为都是他的责任，说他对不起落照百姓。”

“他自己跟你说的？”苏尽欢问。

唐知心点头。苏尽欢道：“你看，不光是我，景榕也会跟你说心里话。但你什么事都憋在心里不告诉我们，是不是不太公平？你以前在段未语身边的时候，肯定不会像现在这样，什么话都藏在心里。其实景榕很在乎你，他这人又小心眼，你以前在段未语面前什么样，现在在他面前什么样，他回头一比较，觉得自己又输了，肯定得跟你生气。”

唐知心愣了一下，道：“他是不是已经生气了？”

苏尽欢答非所问，道：“小唐，在我们西域有一种说法，一生其实就是一场梦，等你死了，梦就醒了。”

唐知心若有所思地说道：“你的意思是我们现在的生活是假的，死后的世界才是真的？”

苏尽欢点头道：“如果你将人生匆匆几十载当作一场梦来看，很多不敢面对的事也就没那么可怕了；同样，因诸多顾虑说不出口的话，也就不再那么难以启齿了。世事变化，很多人和事是不能等的，有些人错过了就错过了。天下没有不散的宴席，说不定哪天咱们三个也会分道扬镳。所以珍惜眼下，不管是景榕还是我，都希望在一起的时候，你能对我们敞开心胸。”

苏尽欢的话说得唐知心有点想哭，她低声道：“尽欢，其实我，有点害怕。”

“害怕什么？段未语？”

唐知心点点头。

“你怕他做什么？”

“倒也不是害怕，就是再回到清山，我已不是以前的我，我不知道该怎么面对他。”

“这有什么不敢面对的？不怕，有我呢，我陪着你。”苏尽欢拍拍自己的胸脯，拉着唐知心就往上山的路走，两人边走边说些闲话，很快就到了大殿门前。

殿门口已经聚集着不少人，普通江湖人士没有资格上山，能出现在这里的都是各个门派有头有脸的人物。唐知心和苏尽欢挤在人群里，她一眼就看到眯眼倚在树下的青云老道，苏尽欢安抚地拍拍她的肩膀。就在这时，大殿的门开了，大家鱼贯进场，唐知心和苏尽欢挑了个角落坐下。段未语和韩景榕站在殿中央。

这是一种很奇怪的感觉，唐知心总觉得段未语看见自己进来了，可他看起来又像是没看见，段未语很少会有那般游移的目光。他如今看起来很陌生，连气质都改变了许多。有道是“旧江山浑是新愁”，“终不似少年游”，他会不会也同样没准备好该怎么面对她呢？唐知心思绪翻飞，抬起头却看见韩景榕有意无意飘来的目光，随着韩景榕的目光，她的注意力被几人的争论吸引住。段未语道：“我前段时间得到消息，西方教和玄黑派在吐蕃沆瀣一气，试图阻止阐、截和解，武林大会结束，我将亲赴吐蕃求证！”

韩景榕笑道：“哦？阐、截和解？段掌门想好了，真的愿意与我和解？”

段未语听出韩景榕话中试探之意，心里冷笑。和解可不是两个掌门冰释前嫌这么简单，要和解势必要有牺牲，要怎么牺牲自己的教派呢？谁多让步，谁多出力？百十年来的平衡点一旦打破，二人的每一步都得为自己的教派机关算尽。段未语挑起眉峰，对着韩景榕似笑非笑地道：“蘧然道长不愿意？不愿意的话，你来清山做什么呢？依我看，阐、截没和解就遭人惦记，如今谈和解，你我项上人头都有可能不保。”

“段掌门怕死？怕死你当什么掌门？”韩景榕嘲笑。

“那既然蘧然道长不怕死，不如你去试探试探？你一个人去清山城郊外溜达一圈，看有没有人来杀你，也算是你为阐、截和解出了一份力。”段未语反嘲。

“为阐、截和解出力我没意见，替你段未语当冤大头，我看起来有那么蠢？”

“那蘧然道长有什么好主意？说出来听听。”

“段掌门，这是你的道场，你自己不想办法，让我来想？”

二人你来我往，唇枪舌剑。几位掌门不敢插话，纷纷退到一边。唐知心和苏尽欢在远处听得直皱眉，这两个人怎么一见面就掐呢？斗嘴的话说出来就像两个三岁小孩吵架一样没有技术含量。

这时韩景榕道：“你去吐蕃打探西方教和玄黑派动态，我回朝中处理赵寺淮及西方教朝中势力！”段未语心里觉得可行但又不想让韩景榕如意，正准备挖苦几句，就见殿外一个清山弟子急急忙忙跑进殿，来到段未语面前道：“掌门，山下来了个没有请柬的人，说是有事要上山禀告。”

“是什么人？”段未语问。

“是个和尚。”

和尚？！不只唐知心一惊，连段未语和韩景榕都同时愣住，周围响起窃窃私语声。是淳鉴吗？这么明目张胆？但唐知心转念一想，又立刻明白了淳鉴的用意，就这么大大方方上山，清山碍于面子肯定不能将他拒之门外。

果然，段未语沉思片刻，道：“让他上来吧。”

韩景榕在一旁冷笑，道：“这秃驴，这会儿跑来肯定没安好心。”

“不错。玄黑派在暗，西方教在明。他们一明一暗显然想要挟持你我。”段未语道。韩景榕把手揣进袖子里，笑道：“我倒是有点期待，他来会说些什么呢？”

唐知心和苏尽欢面面相觑，这俩人一致对外的时候倒是脸变得挺快，立刻就成为道友了。

大家都立在原地等候，哪知等了半天，来的根本不是淳鉴，远远进入视野的是一个小和尚。小和尚看起来也就五六岁，他来到殿中双手合十，认真地对着韩景榕与段未语行了个礼，样子又滑稽又可爱。

二人对西方教再厌恶也不可能难为一个小不点，韩景榕的脸色相当难看，仿佛准备了一肚子讽刺挖苦的话说不出口，憋得极其不爽。段未语也好不到哪里去。小和尚见所有人都盯着自己，眨巴着大眼，开口道：“贫僧法号识空，今日上山是受家师淳鉴之命，想邀请一位道长与家师在清山道场登高论法。”

此言一出，全场哗然。

苏尽欢扯了扯唐知心的衣袖，问道：“什么是登高论法？”

唐知心在他耳边小声解释道：“就是字面意思，找个高处，二人对峙论法，百姓在台下围观，结束后由听众选出赢家。以往西方教、本土教相争，论法是一种很常见的方法，一僧一道辩法，老百姓觉得谁说得更有道理就会选择信谁。”

苏尽欢也明白了，淳鉴不是来挑拨阐、截和解的，是要直接向本土教宣战了。他想了想，又问：“那要是不应战呢？”

唐知心道：“那就丢人呗，比输了还丢人。”

苏尽欢点点头。如此看来，淳鉴的意图很明显了，武林大会期间，在清山的主场胜出就等于赢了所有的道士，这一仗很划算。但苏尽欢随即又想到了一个问题，继续问道：“那淳鉴准备邀谁论法？段未语还是韩景榕？”

“我怎么会知道？不过我敢肯定，不管是他们中的谁，他俩肯定都不希望是自己。”

“为什么？”

“登高论法，说到底就是吃力不讨好。你什么时候见过道理是越争越明白的？关键的是还得众人听得明白，太高深的，人家听不懂，说得太浅显，人家又嫌弃你没文化。辩到最后难免就会成为偷换概念，玩文字游戏。赢了输了都没好处，在自己的地盘赢了是应该的，输了那可是丢脸丢到家，我看他俩肯定都希望这事落到对方头上。”说完，唐知心露出了一个幸灾乐祸的表情。苏尽欢看着她这个表情被逗笑了，这俩人平日嚣张跋扈，活该今天可以看热闹。

果然，听到“登高论法”四个字，韩景榕和段未语二人瞬间变脸，段未语马上道：“武林大会，肃净忙得很。蘧然道长，论法的事就拜托你了。”

“不行，淳鉴大师清山邀战，蘧然怎可越俎代庖。”

“这个时候蘧然道长就不要客气了，就你那张嘴，别说淳鉴大师，如来佛下凡都不一定说得过你。”

“这话说得没错。”韩景榕笑道，“不过呢，我病了。”

两人正互相推脱间，听蒙了的识空小和尚插话道：“你们别争啦，我师父邀战的不是你们。”小和尚一边说一边抬手向人群角落里一指，而后双手合十，笑盈盈道：“青灵道长，家师邀您三日后登高一叙。”

小和尚说完也不等唐知心回答就蹦蹦跳跳地下山去了。唐知心愣在原地，刚刚幸灾乐祸的笑容僵在嘴边，顿时如遭五雷轰顶。

韩景榕与段未语都没有说话，唐知心可怜巴巴地望向他们求助，先遇上的是段未语的目光，就在四目交错的那一瞬，段未语的瞳孔骤缩，随即移开视线。再看向韩景榕，他的眼神就好理解多了，韩景榕笑笑，对唐知心唇语道：“让你偷乐。”

此时还是苏尽欢厚道，在一旁拍着她的肩膀安慰道：“小唐啊，那个……输了也不丢人。”

是夜，几人在清山的客房住了下来。韩景榕带着苏尽欢来唐知心屋中商量对策，说是商量对策，韩景榕却没提出什么有用的意见，轻松地说道：“不需要有压力，你该说什么就说什么好了。”

“就是，这是你的地盘，小唐，你还怕他不成？”苏尽欢附和。

唐知心一脸沮丧地盘腿坐在床上，黄鼠狼和狈趴在旁边，唐知心幽怨道："那我要是输了呢？"

"你要对自己有信心，你可是先帝钦点的青灵道长。"韩景榕平静地说。

唐知心一听就奓毛了："你这话说的，那我要是输了岂不是连先帝的脸也一起丢了？！"

苏尽欢在一旁看不下去，开口道："我说韩大人，你不会安慰人就不要开口了。小唐啊，比都没比，咱们也不一定会输，对吧？"

唐知心沮丧道："咱们先不说别的，你就看淳鉴那个年纪，他比我多修行那么多年，我怎么能赢得了他？"

苏尽欢想了想，道："也是，你说淳鉴为什么要挑你呢？以他的辈分应该挑青云老道，再不然也该是掌教。"

"论法是为了赢，当然要挑软柿子捏。"韩景榕道。

唐知心怒道："你看，你还是觉得我是软柿子！"

韩景榕笑了："青灵，你到底是有多生气被挑中这件事？气得连平时那股聪明劲都没了，这么简单的事你都看不明白吗？淳鉴挑中你，是因为你既是阐教的人，也是截教的人。青灵，我今天才真正明白——你是阐、截和解的关键。"

唐知心心念一动，似乎抓住了些什么。韩景榕继续道："阐、截纷争这么多年，无论是我还是段未语，以及我们的师父，没有人可以代表完整的本土教。只有你，青灵，你跟过段未语也跟过我，你入过阐教也入过截教，你在清山是主也是客，你是两教的唯一的重叠。淳鉴赢了你，就算是赢了整个本土教。并且……"韩景榕顿了顿，叹了口气，道，"我觉得也有可能是阐、截纷争给外人留下了不好的印象，淳鉴他看不上我和段未语。可能在整个本土教中，能让他欣赏的人只有你了吧。"

唐知心回忆着前几次见到淳鉴的情景，他好像对自己确实没什么恶意。是欣赏吗？也许吧。不过韩景榕这么一说，唐知心突然来了斗志。如果能打败这样一个对手，自己也算是为阐、截和解出了一份力。见她情绪好转，韩景榕继续道："青灵，你有没有想过，你是人也是妖，是阐也是截，天道不容却偏偏入道修行，其实你才是天地通融的最终体现。"

唐知心想起了青鸾。如果是他塑造了过去，他不可能没看到阐、截两教的最终结局，那么成为阐、截和解的关键很有可能也是写进她命运的"命中注定"。既然是必然的，那就勇敢面对吧。想到这，她彻底释怀了。想到青鸾，唐知心不禁又想起另一件事。她沉吟片刻，开口道："淳鉴身边也跟着一只妖。”

黄鼠狼精突然道：“我知道，孔雀明王嘛，很厉害。”

韩景榕惊讶道：“孔雀明王？吞了佛祖的那个？”

黄鼠狼精疯狂点头。

唐知心担心地道：“淳鉴论法会不会带着孔雀明王一起？”

“这有什么，你不也有妖吗？你可以带黄鼠狼一起！”苏尽欢不以为然。

黄鼠狼精拼命摇头：“不行不行，孔雀明王修为比我高太多，我连看都不敢看他。”

狈精插嘴道：“要不找娘娘来帮忙？”

黄鼠狼精摇头道：“娘娘带着小妖们回灵山避难去了。娘娘生凡人的气了，肯定不会来的！”

最终，三人二妖也没商量出对付孔雀明王的办法。韩景榕和苏尽欢见她不再沮丧便告辞回了自己的住处，黄鼠狼精和狈精也一溜烟蹿出去没了影子。屋内只剩下唐知心自己，一室安静。

清山的萤火苑一向是接待贵客用的。院内夏日火树银花，到了夜间萤火点点，故而得名。唐知心曾经和段未语说过，如果自己不是掌门师叔，她更愿意住在萤火苑中，看着萤火星空连成一片，美不胜收。段未语明显是记住了她的话，这次上山安排她住的正是萤火苑。唐知心推开了对着小院的窗户。还没到夏天，院外并没有萤火。晚风吹过，夹杂着熟悉的味道和月盈崖的流水声，一切都是记忆中的样子，除了那个人。

一弯月牙像一艘小舟一样挂在天际，树梢上，两只鸟儿相依着将头塞在翅膀下安稳入睡。夜深人静，唐知心毫无睡意，倚在窗边盯着夜空发起了呆。突然，一只鸟落在了窗台上，唐知心吓了一跳，定睛一瞧，是段未语那只叫擒风的隼。擒风在窗台上跳来跳去，片刻后又飞到她的肩头，用喙轻轻啄了一下她的耳垂，好像在跟她说话。唐知心笑了，轻声道：“是他让你来陪我的，对吗？”

擒风用脑袋蹭了蹭她的脸颊，好像在回答她的话。唐知心把擒风带到屋里，笑着转身关上了窗户。就在这一瞬间，下意识的直觉让她怔住了，片刻后，她喃喃低语道：“师兄，是你吗？”

段未语来到萤火苑门口时刚巧看见韩景榕和苏尽欢从院中出来，他赶紧隐藏了身形。两人走后，他悄然来到院中躲避在花树阴影中，他没有勇气再见唐知心，只是控制不住自己想要靠近她。远远地看着窗户上印出师妹的轮廓，他侧头示意擒风去陪伴她。看到唐知心将擒风带进屋关上窗户，段未语不自觉地走到窗前，只想能靠近一点儿就好。当听到唐知心那句“是他让你来陪我的，对吗？”，段未语心如刀割，他无声地立在窗外。

“师兄，是你吗？”

段未语的眼泪涌了出来，他不敢再多停留片刻，转身悄然离去。

一日后，清山城中的广场上矗起了两座赶工而成的三丈木质高塔，唐知心在辩法前一天上去试了试，踏着吱嘎作响的木梯，登到塔顶时，她的脑中不知为何冒出“登高跌重”四个字。她赶紧摇摇头，想把这个丧气的想法赶出脑海。曾经，段未语与韩景榕皆登过这样的高塔，一辩称雄，名扬四海，那时的她还只是挤在台下的看客，如今位置互换，也不知他们当时登塔的心情和她现在的心情一样不一样。坊间流传青灵道长大难不死，重生归来悟得大道，集阐、截于一身，敢与西方教一争高下……她不禁苦笑，不论过去的自己还是现在的自己，从未有过如此雄心壮志。

终于到了辩法这天，几名清山弟子早早来请唐知心。唐知心前一晚本也没怎么睡，很快便收拾妥当跟着他们下山。奇怪的是，转过一个山弯，同行的清山弟子不见了，原本站在她肩头的擒风也突然振翅飞走。唐知心疑惑间，远远见一人走来。待来人走到近前她才看清，原来是淳鉴。此时，山间的路上无风无云，安静得只剩二人的呼吸声，唐知心向四下望了望，心中涌起不安。

唐知心没有说话，警惕地看着淳鉴。

淳鉴微笑道：“青灵道长不必紧张，辩法前，老衲有几句话想跟道长私下聊聊。”淳鉴顿了下，继续道：“落照初见，老衲就知青灵道长悟性很高，没入我西方教当真是可惜了。其实西方教无意与你们一争高下，倒是你们不肯放我们一条生路。”

唐知心嘲讽道：“大师无意一争高下？落照十几万亡魂在天上看着呢，谁不给谁生路？我断不会与你为伍，大师不必多言。”

淳鉴之所以挑中唐知心，一方面因为唐知心确实更能代表整个本土教，另一方面，她豁达从容的天性也和西方教契合。淳鉴看到过段未语飞扬跋扈，韩景榕心比天高，都为他所不喜，只有唐知心悟性极佳，灵性极强。淳鉴惜才，认为如能收她为徒，西方教主导雪域指日可待。

淳鉴听她说完叹了口气，道：“既然如此，老衲虽然不情愿，但还是得罪了。”

“你想做什么？！”唐知心后退两步。

“老衲不能让阐、截和解联手对付西方教，你是阐、截和解中最重要的人，没有你，段未语和韩景榕没那么容易达成共识。”

唐知心突然明白了，高台论法不过是幌子。淳鉴早就计划好了，能招安自己最好，不能，便直接动手除了后患。从刚才清山弟子消失、擒风飞走起唐知心便感觉到不对，此刻她已经可以确认，自己中了幻术。

唐知心没想好脱身之计，只好先拖延时间。她冷笑道：“大师高看我了，即使没有我，阐、截一样会和解。”

“那又需要等多久才能出一个像你一样亦阐亦截的人呢？青灵道长，老衲真的很欣赏你，不过这一次，对不住了。”

淳鉴说完这话转头匆匆离去，幻境中，一群黑影猛然现身将唐知心团团围住，此时她才醒悟过来，那双时有时无盯着她的眼睛，那股诡异的气息，是玄黑派！他们一路跟着从岳城到清山，趁着武林大会混入山上蛰伏在周围，等的就是淳鉴劝说失败后对她动手。这是淳鉴的棋局，西方教在明，玄黑派在暗，一明一暗要置她于死地。

唐知心迅速打量周围，七八个玄黑派高手手持蛇形长剑围着她，唐知心脑中飞快思索着逃生策略。清山的地形她了如指掌，虽然是幻境，但地形环境和现实一样。硬拼肯定不行，逃跑可能还有一线生机。但归根结底，还是要找到破除幻境的方法。正思忖间，玄黑派众人已一拥而上出招了，片刻工夫唐知心就已经挂了彩，勉强支应几个回合，一支长剑直刺她的咽喉。唐知心避无可避，绝望地闭上了眼。

几个呼吸后，什么也没有发生。唐知心睁开眼，这一刻，时间仿佛停止了，那把剑停在距离唐知心咽喉一寸的地方，唐知心甚至能感受到剑锋发出的寒气。她将视线从剑尖上移开，向前方望去，青鸾微笑着站在那里，擒风立在他肩上。

青鸾上前扶起唐知心，手中灵力流转，唐知心第一次感觉到了自己的内丹在跟着这股灵力运转，身上的疼痛很快就被驱散。青鸾收回手后笑道：“孩子，我说过我们还会见面的。”

唐知心盯着青鸾无语凝噎，她是想见父亲，但不是如此狼狈的时候。青鸾听着她的心思，莞尔道：“你已经做得很好了！”

“你怎么来了？”唐知心苦笑道。

“你忘了？这是我塑造的未来。”青鸾说完，广袖一挥，周围幻境霎时出现裂痕，如不堪重负的琉璃瓦片咔咔直响，最后哗啦一声碎裂落地，化为灰烬。

幻境外是焦急的韩景榕和段未语，他们身后跟着很多人，幻境崩塌的那一刻，大家看见了一群黑衣人和伤痕累累的唐知心，以及她身边的青鸾。青鸾并没有隐藏妖气，外泄的灵力如汩汩清泉灌溉着清山上一切生灵，围观众人一时都无法动弹。青鸾脸上依旧挂着和煦的笑，他转身面朝西方轻叹道："以多欺少，淳鉴大师，胜之不武啊！"

远处山头独自观战的淳鉴也是一笑，摇了摇头，消失在清山境内。

青鸾一声叹息，环顾四周，目光最后落在了唐知心身上。唐知心知道他又要走了，她呆呆地望着他，脑海中浮现出上一次分别时的情景。她有点好奇，甚至想问一问青鸾这次出现是为了本土教，还是为了救自己性命。然而转念一想，她又觉得自己这个想法幼稚，可能在父亲眼里，从来就没有拿她和其他东西做过比较，孰轻孰重又有什么好在意的呢？

青鸾听着她的心思，没有说话。他看着唐知心的眼睛，眼底流露出欣慰。半晌，他再次将手覆上唐知心肩头，让立在他肩头的擒风跳回她肩上，轻声道："我要走了。你的隼很聪明，它知道哪里可以找到我。孩子，后会有期。"

在唐知心不舍和众人惊诧的目光中，青鸾化作一只青色巨鸟冲向天际，巨鸟身后拖着五彩神光，一声高亢鸾鸣宛若天地初始的旋律。山上山下围观神迹的众人终于可以动弹，人群中传来窃窃私语声，大家纷纷不自觉地跪下磕头。

雪域灵鸟重现人间帮助青灵道长战胜玄黑派，对本土教意义重大，唐知心算是出了名。玄黑派的几人被段未语带走，审出了不少与西方教勾结的内幕。就在唐知心养伤的日子里，段未语离开了清山。

"他去吐蕃了。"几日后当唐知心问起段未语的消息时，韩景榕简单答道。

唐知心失落道："他怎么能不辞而别呢。"

韩景榕眼神飘忽，好一会儿才回答道："段未语将你托付给我。"

"还有呢？"唐知心追问。

"还有……"韩景榕淡淡一笑，道，"他说他输了。"

唐知心无言以对。

韩景榕并没有说谎，临行时，段未语找到韩景榕，开门见山道："我输了，你将她照顾得很好，比我做得要好。成长后的她，是我从没见过的知心。”段未语顿了顿，继续道，“她现在是真正的青灵道长了，她不需要我了。”

“段掌门，不要说得像你主动让步一样。还记得你在落照答应过我的事吗？”

“我记得。请你替我向她道别。”

那一年的清山开满了桃花，月盈崖的瀑布流水声响彻苍穹，知心堂的经卷书香阵阵，高山上的钟声清幽悠远……是人面桃花，是未语知心，是一眼万年。也是造化弄人，有缘无分。

看到唐知心一脸失落的表情，韩景榕挑眉道：“怎么？舍不得他？”

唐知心一愣，心道糟糕。

果然，韩景榕阴阳怪气道：“这可难办了，现在追也追不上了。我们明天一早就走，你要是舍不得就留在这里等他好了。”说完转身离去。

唐知心在身后叫他，他毫不理睬，越走越快。唐知心无奈地摇摇头，呆呆地站了片刻，便向月盈崖边走去。瀑布的水声依旧轰鸣，一草一木都和她离开时没有区别。几经生死，她也想开了许多，此刻心情竟然出奇地平静。她在崖边找了块石头坐下。段未语走了，她也不再是这里的主人。年少时的情话最终被轰鸣的瀑布流水声带走，被时光裹挟，一去不返，最终也没能落进她的耳里。

唐知心在月盈崖畔坐了一夜，快天亮时，她靠在树下睡着了，睡醒时只觉脖子一阵酸痛，抬头看向天空，就要正午了。想起韩景榕说今早就走，她赶忙站起来拔腿就往韩景榕的住处冲。唐知心一边跑一边担心，他不会已经走了吧？

韩景榕静静地站在一棵树下，风吹过，带起他发丝飞扬，腰畔挂着的铃铛在风中叮当作响。他一直在等她，就好像知道她一定会回到他身边。唐知心心中温暖，快步来到他面前。韩景榕看到她，像是松了一口气，片刻后却又嘲讽道：“青灵道长，早啊。”

唐知心堆笑道：“那个，我睡过了，让你久等了。”

“是吗？我以为你舍不得走了呢。”

苏尽欢翻了个白眼，插嘴道：“刚才叫你走，你自己发火说等不到人你坚决不走，现在人来了，你又找什么碴？”

唐知心乐了，追问道：“景榕，你真这么说的？”

韩景榕不自在地假装没听见。

“真的。”苏尽欢继续拆台道，“他说，要走让我自己走。”

下了山，上了马车唐知心才想来问：“咱们这是去哪儿啊？”

韩景榕简短地道：“回家。”

“天茗？”唐知心问。

苏尽欢点头道：“朝中还有很多事没处理呢。一日有赵寺淮撑腰，西方教一日就不会老实。”

提到赵寺淮，唐知心有些担忧地看向韩景榕，恰好韩景榕也正在打量她。唐知心不明所以，韩景榕开口道：“你的头怎么了？”

“脖子落枕了。”

“你昨晚没睡好吗？”

唐知心挠挠头诚实地说道：“昨晚坐在石头上睡着了，就成这样了。”

“青灵……”韩景榕欲言又止。唐知心从他的神情判断他肯定是想教训她来着，不过话到嘴边又被他咽了回去。他看了她一会儿，突然笑了，柔声道：“算了，一会儿到客栈，我给你扎几针就好了。”

咦！韩大人这是转了性了？唐知心心中窃喜，此刻她的心情就如同前路一般光明美好。

第七章　能回天地心

惊蛰过后，雪域境内渐渐回春，天地间一片欣欣向荣，朝气蓬勃。一辆马车行进在山间小路上，拉车的老马身上趴着两只毛茸茸的小动物，老马喋喋不休，黄鼠狼和狈昏昏欲睡。马车已经走了一月有余，今日三人歇脚在离天茗仅有两天路程的小镇上。

镇上仅有的一家客栈外，化作人形的黄鼠狼精正拉着唐知心抱怨："善人，这老马实在太能说了……"

唐知心坏笑着打断道："当初不是你把它买回来的吗？怎么？这么快就友情破裂了？"

"当初……当初我哪知道它话这么多啊！"黄鼠狼精沮丧道。

的卢从一旁踱步过来，打了个响鼻。唐知心给的卢的马槽里加好了草料，拍拍它的头，转身回了客栈。

韩景榕屋内亮着灯，门窗虚掩，她刚走到门口，屋门突然打开，从里面出来一个人，差点同她撞了个满怀。唐知心赶紧后撤一步，这时才看清屋里出来的人是曲临书，曲临书略略点个头算是打过招呼，随即快步离去。在这里遇见他，唐知心心里浮出一丝不安。

唐知心进屋后，苏尽欢笑道："你看，这不是巧了吗。小唐，我刚准备去找你告别。"

唐知心一愣："告别？你要去哪儿？"

苏尽欢看了一眼坐在一边的韩景榕，神秘地说道："秘密。"

唐知心对这俩人喜欢拐着弯说话已经习以为常。她瞧瞧韩景榕一脸漫不经心，又看看苏尽欢表情狡黠，想了想，道："那我换个问法，你为什么要走？”

“朝廷对拜火教开战了，我身份敏感，回去麻烦不小，说不定还会连累你们。我先找个地方躲躲。”

唐知心一惊，连忙问道：“曲临书刚才就是来说这件事的？”

韩景榕点点头。唐知心皱眉道：“尽欢有官职在身，不回去行吗？”

“我会跟陛下说他还在北边继续筹钱筹粮草呢。”韩景榕道。

唐知心想了想觉得不太对劲，疑惑道：“皇上他要对付的不会只是尽欢吧？”

韩景榕不说话。苏尽欢哈哈大笑，道：“你们聊，我先走了。”

苏尽欢挥了挥手与唐知心告别，又与韩景榕交换了一个眼神，转身离开。他走后，屋内一片寂静，韩景榕安静地坐着，唐知心不安地看着他。片刻后，韩景榕轻笑道：“怎么？怕了？”

“我有什么好怕的？”

“跟着我要吃苦了，怕不怕？”

“不怕。不过既然你知道回天茗会有麻烦，为什么还要回去呢？”

“你就当我回去负荆请罪吧。落照城破，十几万百姓遇难，韩亦难辞其咎。不受罚，我连觉都睡不安稳。”

“陛下会怎么罚你？”

“到了天茗你就知道了。”

两日后，二人乘着马车抵达天茗城外，刚靠近城门，就看见城墙上黑压压站着一片举弓待射的士兵，他们手中的箭对准二人的马车。的卢一声嘶鸣，停住了脚步。韩景榕撩开车帘往外瞟了一眼，与唐知心笑道：“青灵你瞧瞧，狄人的箭没指向我，自己人倒把我当成靶子了。”

韩景榕话音刚落，城墙上传来赵寺淮的声音：“韩大人，你终于回来了！”

马车里寂静无声，韩景榕不理不睬。赵寺淮又喊了几声，韩景榕依旧不答。唐知心劝道：“都什么时候了，你还与他置气？他万一真让人放箭了呢？”

韩景榕冷笑道：“赵寺淮恨我恨得牙痒痒，他要是敢放箭，还会说那么多废话吗？他不足为惧。”

“赵寺淮既然不足为惧，两日前你为何还要感叹前路艰险呢？”

“我不担心赵寺淮，但我担心陛下。”

“陛下会杀你吗？”

“不会。”

赵寺淮见韩景榕久久没有回应，已然下了城楼来到马车外。赵寺淮冷笑道：“韩大人，事办砸了还这么大官威，开朝以来，你也是第一人了。”

韩景榕掀开车帘冷笑道：“赵大人如此大阵仗，到底是谁的官威大？”

“这是陛下的意思。”

“哦？”韩景榕挑起眉峰，问道，“陛下让你拿箭指着我的？”

赵寺淮一声冷笑，不置可否，意味深长地道：“韩大人，接旨吧。”

听到这话，韩景榕才从车内下来，他整整了衣冠，表情严肃。唐知心从来没见过韩景榕在朝堂上的样子，此刻只觉得他像变了一个人。韩景榕膝盖一屈，跪在地上，身姿依然挺拔。

赵寺淮展开圣旨读道：“朕闻圣人而畏天命，落照百姓亦朕之子民。韩公景榕负朕之重托，不战而乞和，一战而殆尽。朕为之心寒。今念其昔日功勋，死罪可免，活罪难逃，即日起革除一切官职，圈禁宅府之中，无召不得出。”

“臣韩亦，领旨谢恩。”韩景榕磕头领旨，面无表情地从赵寺淮手中接过了圣旨。

“韩大人，你能活着，全赖陛下念及亲情。自古外戚专权乃朝廷大患。”

“赵大人，奸佞当道才是国之重患。”

赵寺淮淡然一笑，对站在一旁的唐知心道：“青灵道长若不嫌弃，赵某愿意……”

“她跟着我。”韩景榕打断道。

赵寺淮嘲讽道：“跟着你被圈禁？”

唐知心笑道：“那又如何？又不是跟着被杀头。”

韩景榕看向唐知心，轻声道：“那如果跟着我被杀头呢？”

“会有那么一天吗？”唐知心从容道。

韩景榕没有回答，此时二人心意相通，生死都已不放在心上，更何况圈禁呢。二人相视一笑，向城中走去。赵寺淮立在原地，神色复杂。唐知心与韩景榕进城后就在士兵的看押下前往韩府，路过一家学堂时，窗口传来学子们的琅琅读书声，教书先生从窗内看见韩景榕，远远施了个礼。韩景榕驻足回礼后，与唐知心笑道：“青灵，你知道赵寺淮为何如此讨厌我吗？”

唐知心疑惑道：“是因为西方教和本土教不睦吗？”

韩景榕笑着摇摇头，道："他在入西方教之前就已经与我不睦。青灵，其实他讨厌的不是我，他讨厌的是官宦世族。赵寺淮与我的斗争，就是新贵与旧权的斗争。赵寺淮寒窗苦读十余载好不容易金榜题名，以为终于可以入仕途一展抱负，谁知朝堂却被一帮世家子弟把控，他当然不甘心。"

"他不甘心，所以想推翻旧世族？"

"他想，可他做不到。青灵，我和你说过韩家出过三代宰辅六位帝师，还有两位皇后。朝堂之中，三分有二的大臣都是我祖父乃至先祖教出来的学生，学生再教学生，可谓桃李满天下，天茗城中随便一个教书先生都可能是我的同门。一半的皇亲国戚身上流着世族的血。赵寺淮和他身边那些新贵想要与之抗衡，难如登天。"

唐知心若有所思地道："党争哪朝哪代都有，关键还得看皇上。两派相争可以相互制约、相互平衡，皇权独大。"

"一点儿都没错，青灵，你真的很聪明。我是鹬，赵寺淮是蚌，我们相争，得利的是陛下。"

"这就是皇上不杀你又圈禁你的原因？杀你得罪世族元老，圈禁起来算是给新贵们一个交代？"

韩景榕苦笑道："我倒宁愿陛下是念着君臣情分，不枉韩亦为他游氏天下呕心沥血。"

说话间，唐知心和韩景榕已来到韩府门前，二人相视一眼，迈步进了大门，随即，身后的朱红色大门被兵士们缓缓合上。

二人站在韩府空荡荡的前厅里，一院安静。唐知心环顾四周后小心翼翼地问道："上次来的时候我就想问你了，你府上一个下人都没有吗？"

"有一位管家，是跟过我祖父的老人了。除了他，府里没有别人，我平时基本不回来，回来也不喜欢有人在面前晃来晃去。"

说话间，内堂里颤颤巍巍走出来一个老头，佝偻着背，手里拄着拐棍，发丝、胡须花白，看着至少八十岁朝上。韩景榕赶紧上前搀扶，老头拍着韩景榕的手，笑眯眯地说道："亦哥儿，你好久没回来了！"

韩景榕冷不防被叫了乳名，脸色一僵，他慌乱地拿眼偷瞧唐知心，见她没什么反应才松了一口气，向唐知心介绍道："这位是陈伯。"

唐知心行了个礼："陈伯好，我叫唐知心，您叫我小唐就行！"

陈伯眯着眼睛，向着唐知心走近两步，顿时眼睛一亮，笑道："亦哥儿这是第一次带姑娘回家啊！长大啦，孩子们都长大了。"

韩景榕站在陈伯身后冲唐知心摆摆手，又指了指陈伯的耳朵。唐知心点点头，明白老头子年纪大了耳背，脑子也糊涂了。韩景榕扶着陈伯坐下，陈伯自言自语地叨叨了几句，不一会儿就靠在自己的拐棍上打起了盹。

唐知心把韩景榕拉到院内，小声问道："我说韩大人，你在城门外一副大义凛然胸有成竹的样子，我还以为你什么都安排好了呢！我问你，你家里连个伙夫都没有，咱们怎么办？"

韩景榕平日里被人伺候惯了，根本没想到衣食住行也会成为问题。唐知心看着韩景榕迷茫的样子，好气又好笑，冲着他道："要不你给门口官兵塞点银子，让他们放陈伯出门买菜去？"

韩景榕想了想，否决道："不行。陈伯年纪大了，脑袋也糊涂了，看到门口围着的官兵，会吓到他的。"

唐知心无奈道："那怎么办？早知道我就不逞英雄跟你一起进来了，我在外面好歹还能给你送个饭啊！就那种，隔着铁窗，'执手相看泪眼，竟无语凝噎'。"

她的调侃韩景榕居然认真了，他面色一变，挑眉道："怎么？这么快你就后悔了？"

唐知心哭笑不得："我说韩大人，都什么时候了你还小心眼？饭都要吃不上了。"

"不可能，跟着我还能饿着你？"韩景榕嘴硬。

"你这一院子除了药材啥也没有，这些能当饭吃吗？要不你去贿赂门口的兵，让他们同意你在家门口支个摊给人看病得了，好歹还能换只大鹅！"

唐知心说着赌气斗嘴的玩笑话，哪知韩景榕听了她的话想了想，居然答道："行吧，就按你说的办。"

唐知心目瞪口呆，韩大人却说干就干。

第二天，韩大夫的医馆就开张了。他在韩府后院的墙上开了个窗，窗下摆了张桌案，来看病的病人可以从窗户外把胳膊伸进来号脉、取药。还别说，很快就有生意上门，第一位病人是个大婶，把完脉后，韩景榕叮嘱道："肝肺淤积，不宜多食荤腥。给你开两日的药，饭前服用，三天后回来复诊。"唐知心接过韩景榕的方子，转身去院中抓药，昔日她在天机阁的时候跟柳如丝学了不少药理，如今打个下手没有一点问题。她将药包好从窗户递给那位大婶，大婶一边感谢一边拿出钱来交诊费。唐知心扭捏地表示，不收钱，能不能给点实用的。大婶想了想，让唐知心等一会儿。没多久，大婶就拎了一只大鹅回来了，顺着窗口将大鹅塞给唐知心。大鹅受了惊吓，唐知心一松手，它就大叫着满院乱窜，鹅叫声吵醒了坐在院中晒太阳打盹的陈伯，陈伯坐在小竹凳上，眯着没睡醒的眼睛，大鹅跑过他面前时，只见陈伯抄起手中拐棍，对着大鹅脑袋迅雷不及掩耳就是一击，大鹅应声倒地，晕了过去。院里终于安静了下来。这一天，韩大夫医馆生意不错，唐知心又收到了一篮白菜和一根腊肠。

唐知心有些担心地问："咱们这不算抗旨吧？"

"我们又没出府，怎么能算抗旨？皇上也不能让他舅舅饿死吧。"韩景榕不以为然。

"你会做饭吗？"唐知心问。

"不会。"韩景榕答。

"巧了，我也不会。"唐知心摊手。

最后，做饭的任务还是落到了陈伯头上。一把年纪的老人家还要给两个年轻人做饭，唐知心实在于心不安，上赶着帮忙打下手，却被陈伯轰了出来。"亦哥儿从这么大开始就吃我做的饭……"陈伯一边说一边比画着，"以后他有了孩子，我还得给他做。"

看见唐知心被轰出厨房，韩景榕招呼她到他身边一起晒药，安慰道："你别管他，他愿意做就让他做吧。人就是这样，越老越不服老。"

唐知心翻检着药材，笑道："你老了肯定也这样。"见韩景榕一脸阴森，唐知心哈哈大笑。"开个玩笑嘛，苦中作乐，韩大人应当幽默一点儿，是不是？"

韩景榕停下手中的活，看着她笑道："青灵，今天是我这辈子第一次靠手艺讨生活，第一次像寻常百姓那样体会养家糊口过日子，日后的人生，这种机会可能也不会很多……我其实，很高兴。"

夕阳西下，院中洒入金灿灿的阳光，厨房里冒出炊烟，时不时飘出腊肉的香气……一切都弥漫着人间烟火气息。

晚饭做好，陈伯招呼两人进来吃饭，自己拄着拐杖先去休息了。桌上摆着两碗面条和几个小菜，唐知心吃了口面，皱起眉头看向韩景榕，同情道："你从小就吃这个长大的？景榕，你口味挺重啊！"

唐知心绝望地看着面碗，真不是一般的咸。

"陈伯年纪大了，味觉退化，他以前不这样。下回不让他做了。"韩景榕道。

“那谁做呢？”唐知心狡猾地问。韩景榕看着她鬼精的样子嗤笑一声，道：“反正饿不死你。”

话虽这么说，但唐知心也没打算真的张嘴等吃。食材是韩景榕用医术换来的，本来她就没出什么力，更不能光等着这位有洁癖的韩大人下厨做饭了。夜里下起了淅淅沥沥的小雨，一大早，唐知心来到了院子里，看到昨天收来的一篮鸡蛋被碰倒，鸡蛋七零八落地散落在草堆里，混着雨水沾着枯草，肯定是满院溜达的大鹅撞翻的，唐知心恶狠狠地瞪了一眼角落里的鹅，从草里拾起一个鸡蛋。

天茗的雨水里都混杂着温柔的气息，绵绵细雨像水雾一般包裹着皇城的黎明。唐知心转身时，看到了立在她身后的韩景榕，鹅黄色的外衣披在肩上，发髻散开，手中撑伞。他站在雨雾里，雕栏玉砌间，梨花微雨中，他美得像一幅画。见唐知心愣神，韩景榕踱步至她面前：“你在做什么，手上弄得脏兮兮的？”

“捡鸡蛋，要不你来？”唐知心开着玩笑。

韩景榕把伞递给唐知心，从怀中摸出手帕，先拽过唐知心的手擦了擦，随即弯腰去捡地上的鸡蛋。唐知心转身取过一个空篮子，韩景榕每捡起一个鸡蛋就用手帕擦干净放到篮子里，抬头时正对上唐知心笑眯眯的眼睛，他不禁问道：“你盯着我做什么？”

“越看越觉得你好。”

此时，院外雄鸡一声高鸣，似要划破雨日长空。唐知心柔声道：“风雨如晦，鸡鸣不已。既见君子，云胡不喜？”

韩景榕霎时一僵，片刻后轻轻问道：“青灵，你知道你在说什么吗？”

“我说的就是你想的意思。景榕，我想过了，我觉得互通心意的话要等你说出口估计还要等很久。不如我先说了，等你什么时候觉得时机到了再回复，你觉得怎么样？何况……”何况你那么小心眼，先表白省得你以后乱吃醋，后半句是唐知心的腹诽。

韩景榕的嘴角不可抑制地上扬着，玉白的脸上染上一丝红晕。唐知心忍不住逗他道：“问你话呢，韩大人。你觉得怎么样？”

陈伯突然出现在二人身后，拄着拐杖喝道：“亦哥儿，都什么时辰了还不去上学？在这儿偷懒，当心你爹揍你！”

韩景榕猛然一惊，抢过唐知心手里的篮子转身就走，略带慌张地说：“我去做饭。”

唐知心在他身后追问道："你会做吗？"

韩景榕自信地道："煮个蛋而已，还能比煮药难吗？"

事实证明，韩景榕的蛋煮得确实不错，蛋白滑嫩细腻，蛋黄溏心流金。吃过早饭，雨雾散去后，阳光倾泻。陈伯依旧坐在院中晒太阳打盹，韩景榕的医馆开始营业。唐知心整理着架子上的草药，突然听到脚下窸窣作响，低头一看，黄鼠狼精正瞪着圆圆的小眼睛看着她，唐知心吃惊地问道："你跑哪儿去了？"

"给韩大人跑腿去了呗。"黄鼠狼精又蹿到韩景榕面前，得意地道，"苏尽欢的信放在你书桌上啦！"黄鼠狼精觉得自己派上用场，心情很是不错，满院溜达着，猛然间，一只大鹅直着脖子冲向他，黄鼠狼精一声惊呼，到处乱窜。一时间，院子里鹅飞鼠叫，盆倒瓶翻，韩景榕和唐知心呆呆地看着。吵闹声惊醒了晒太阳的陈伯，老头眯起眼，盯着从他面前窜过的黄鼠狼和追在它屁股后面的鹅，随即手起杖落，咣咣两声，黄鼠狼和大鹅应声倒地，晕了过去，院中再次安静下来。

日子就这么时而热闹时而清净地过了一个多月。这一天，韩景榕早早收摊，打算给陈伯灸一灸腿。唐知心低头收拾着窗边的桌案，忽地只听窗外有人问道："韩大夫在吗？"

唐知心抬头，对上窗外那张脸时心中一凛。少帝一身常服，气宇轩昂，眉目间的神情与韩景榕几乎一模一样，他对着唐知心轻笑道："初次见面，青灵道长，有礼了。"

皇帝来了，唐知心一时不知所措。少帝挥手示意侍卫打开后院角门，独自进到院内，唐知心连忙准备行礼，少帝摆手制止道："青灵道长无须多礼。韩大人呢？"

"他在前厅给老管家灸腿呢。"

"陈伯吗？他身体可还好？"

唐知心点头道："陈伯身体还好，陛下要不进屋坐坐，我去叫他们过来？"

少帝把双手揣在袖子里垂于腹前，那样子简直和韩景榕一模一样。他摇摇头，道："先不要叫他们。青灵道长，朕想先跟你聊聊。"

唐知心将少帝引进自己屋中的偏厅，厅里没摆桌椅，只有一张矮榻，少帝很自然地盘腿坐到榻上矮桌前，挥手示意唐知心在对面坐下。唐知心开口道："陛下想聊些什么？"

少帝沉吟片刻，缓缓道："那就请青灵道长测个国运吧。"

唐知心一愣，一脸难以置信的表情，少帝看到她的表情，笑了：“怎么？青灵道长能给先帝测，不能给朕测？”

“不是。”唐知心赶紧解释道，“我只是没想到，陛下会信这个。”

少帝笑着反问道：“你以为朕信西方教？”

唐知心没有回答。“朕的百姓信什么，朕就信什么。”少帝说完对唐知心做了一个“请”的手势，唐知心只得从怀中摸出三枚铜钱，将铜钱抛向空中，再看着它们落回桌面。少帝从怀中摸出一个玉玦拿在手中把玩，玉玦上刻着一只栩栩如生的灵鹿，脚踏祥云，角冲旭日。唐知心不由多看了几眼。

“喜欢？”韩景榕不知何时已经站在门口，看见皇帝坐在那里，他居然一点也不意外的样子，“青灵喜欢，那就请陛下割爱吧。”韩景榕指了指少帝手里的玉玦。

少帝盘玉的手一滞。唐知心目瞪口呆，赶紧道：“不不不，不用。”

“你不喜欢？”韩景榕问。

唐知心哭笑不得地道：“喜欢是喜欢，但是陛下……”

“你喜欢，朕就送给你了。”少帝打断道，把手中玉玦扔到桌面上推至唐知心面前，挑眉看着韩景榕。韩景榕面无表情地拿起桌上玉玦塞入唐知心手中，转身看着少帝道：“草民见过皇上。”

少帝打量着韩景榕，揶揄道：“这个玉玦是先帝的遗物，青灵道长与先帝有缘，送也就送了。况且，这是韩大人第一次开口找朕要东西。”

韩景榕也盘腿坐到榻上，把手缩在袖子里，二人的习惯动作、表情神态简直一模一样。“陛下健忘，上回草民找您要过《中藏经》，只不过您小气没给罢了。”

少帝一脸不悦道：“那是朕小气吗？书又不是朕的，那书是赵寺淮的。朕厚脸皮去找他要来再转手送给你啊？”

“那就要看陛下您有没有诚意了。”韩景榕阴阳怪气地道。唐知心敏锐地感觉到他又要开始刻薄了。她不动声色地轻轻往旁边挪了挪，缩了缩脖子。

少帝不甘示弱道：“你少跟朕来这一套，朕还不了解你？你是真的想要书吗？你就是存心夺人所好，让赵寺淮不舒心！”

韩景榕冷笑道：“他不舒心？陛下如此偏爱他，他还有什么不舒心的？那陛下冤枉草民了，草民哪有胆子让赵大人不舒心。”

“你别一口一个‘草民’的，阴阳怪气故意气朕是不是？”

“陛下革了臣的官，我可不就是草民。”

少帝怒道：“我说韩亦，堂堂七尺男儿，你怎么如此小肚鸡肠？”

韩景榕冷笑道：“陛下，谁不是七尺男儿，谁不是小肚鸡肠？谁因为一句话，诛了孟将军全家？”

完蛋了，这是要掐啊！唐知心心中如万马奔腾，她万万没想到韩景榕在皇帝面前也这么说话。果然，少帝听了韩景榕这句话勃然大怒，拍案而起站在榻上，指着韩景榕吼道：“韩亦你放肆，朕好心来看你，你偏拿扎心的话刺激朕，不识好歹！”

韩景榕冷哼道：“明知草民不识好歹，陛下还跑来一趟做什么？”

“这是朕的皇城，朕想去哪儿就去哪儿！”少帝气得满脸通红，“你既说孟樊，好，朕就跟你说说孟樊。他是朕的老丈人，朕待他不好吗？可是他呢？他手握兵权，拥兵自重，擅自调重兵驻守皇陵，他有把朕放在眼里吗？”

“所以您就诛他九族？孟将军战功累累，并无任何谋反之举，陛下您这是残害忠良。”

提到孟樊，唐知心不由想到孟子笺，孟氏一族遭屠戮的场景依稀浮现。

少帝的声音有些嘶哑：“朕本来没想杀他，朕让他去镇守西北边关，可他呢？他满腹怨气，迟迟不肯交出兵权，他还骂朕昏庸！”

韩景榕闻言拍案而起，怒道：“周昌有没有骂过刘邦？东方朔有没有骂过刘彻？陛下您是天下人的陛下，理应听得天下人谏言，您就这点气量？”

看着这舅甥俩站在榻上，怒目相视如同斗鸡一般，唐知心轻手轻脚地把三枚铜钱拾起揣入怀中，尽力缩小存在感，就怕引火上身。

“朕气量小？一本书没给你你都记仇到现在，朕还能比你气量小？韩大人你骂朕骂少了吗？朕什么时候跟你计较过？”

“草民是骂陛下了，陛下您倒是砍了我啊。赵寺淮天天在您耳边嘀咕的不就是这点儿事吗？”

“你要不是朕的舅舅，朕早就砍了你了！”少帝的声音里夹杂了些许委屈，“说和谈的是你，没谈成，倒教落照十几万百姓丢了性命，朕不忍杀你，但不能不罚你，不然怎么堵得住赵寺淮他们的嘴！韩亦啊韩亦，你真当朕不知道那晚偷听的人是你吗？要不是朕不追究，赵寺淮能善罢甘休吗？你偷偷摸摸把苏尽欢送走，朕责怪过你吗？朕夹在中间被架在火上烤，你替我想过吗？朕唯一的妹妹韵儿还那么小，就被清山掳走当了道士，朕却无力阻止，你是我们的舅舅，你又做了什么？”少帝说着，眼圈有些红了。

韩景榕愣在原地，眼中闪过一丝怜惜，少帝的话触到了他内心最柔软的地方。他没有再针锋相对，唐知心轻轻拉了拉他的衣袖，他重新坐回榻上板着脸不再说话。少帝见韩景榕坐下不再说话，也深深吸了口气坐回了原处，毕竟是少年，片刻后，他愤愤不平地哼了一声。

一室回归平静，两个男人都恨不得用鼻孔对着对方。唐知心清了清嗓子打破尴尬道：“那个……陛下，要不咱们接着测国运吧？”

“测什么测。”韩景榕冷哼一声，打断道，“君明则国昌。陛下来找我到底有什么事？”

少帝见韩景榕率先岔开话题给了台阶，他的语气也缓和了些：“有个案子想让你去查。”

“陛下忘了？草民革职圈禁中呢！再说什么案子需要我去查？大理寺关门了？寺卿人呢，俸禄白拿的？”韩景榕皱眉不满道。

“从今天开始你解除圈禁，任大理寺卿了，负责京师怪案。”

“京师怪案？”

少帝点头，神色有些不安地道：“你们可曾听说过死人可以复活？”

“绝无可能！”韩景榕和唐知心异口同声。

“可朝中确实是出了这样的怪事，有官员死而复生。”

韩景榕冷笑道：“陛下既专门来找我办事，不妨坦率一些，您是怀疑赵寺淮有问题？”

少帝脸上闪过一丝惊讶，没想到韩景榕心思如此敏捷。

陈伯的声音从门口传来：“刚才是谁在吵架啊？大老远都听得到！”

少帝看见陈伯仿佛看到了亲人，他跳下榻蹿到陈伯身边，用手一指韩景榕，告状道：“陈伯，韩亦他又欺负朕！”

陈伯盯着少帝看了半天，猛然一把捧住少帝的脸，激动道：“呀！这不是屏丫头的娃儿吗！都长这么大了啊！快让我瞧瞧！”陈伯一边眯着眼看着少帝，一边老泪纵横，道，“陛下啊，老奴想陛下啊！”

韩景榕冷哼一声，酸溜溜道：“这老头，从小就偏心眼！”

这醋也吃？唐知心在心里翻了个白眼。

这时，陈伯关切地道：“陛下饿不饿，老奴去给您下碗面？”

听到陈伯要下厨，少帝赶忙说不饿，脚下抹油，吱溜一下就溜走了。临走时，他大声叮嘱韩景榕："韩寺卿，朕祝你旗开得胜！"

陈伯看到只剩唐知心和韩景榕两个人，突然中气十足地吼道："亦哥儿，你怎么还不去上学？当心你爹揍你。"

韩景榕第二天一早就去了大理寺拿回来厚厚一摞卷宗。见他在书房看案卷，唐知心便挤到他身边探了脑袋一起看。唐知心一边读着案卷一边不可思议地道："天茗府尹许知远惨死城郊，疑似猛兽所为。猛兽？天茗城郊会有猛兽？"

韩景榕摇摇头不作声，唐知心接着读道："尸体被樵夫发现，仵作到场时确认死亡，尸体次日于棺椁中复活。这……这怎么可能？"

韩景榕翻着卷宗，皱眉道："他还不是唯一一个，后面又发生了好几起类似的案件。"

"我不相信死人复活这种事，事出反常必有妖！"唐知心撇撇嘴道。

"我也不信。"韩景榕随手合上卷宗，沉吟片刻，道，"去看看就知道了。"

"现在吗？那我去准备准备。"唐知心兴致勃勃地道。

韩景榕摇头道："我去，你待在家。"

唐知心一愣："为什么？"

"因为死了人。"韩景榕严肃道。

唐知心争辩道："我又不怕死人。我想和你一起去，我可以帮忙。"

"你在家老老实实待着，就是给我帮了大忙了。这案子蹊跷，没准会有危险。"

唐知心不服气道："夜闯皇宫不危险吗？你那时能带我，现在为什么不能？"

"那时和现在怎么能一样！"

"有什么不一样？"

"现在我……"韩景榕把后面的话咽了回去。

"那时因为传闻的预言，你觉得我能帮你才带着我，现在知道没有预言，你就打算把我关在家里？那你当初还说什么陪我成长这种话！"

"这不一样。"韩景榕语重心长地道，"青灵，有没有那个预言，你我此生命运都已经拴在了一起。我答应陪你成长，前提是你能平安活着。以前是以前，现在这么危险的事，我不能让你因为我涉险。”

“可你是因为我中的毒！”唐知心一时激动把压在心底的话说了出来，长时间以来，这件事如同阴霾一样萦绕在她的心上，索性今日借机会把话说明白，“要不是青鸾为了创造我的过去，就不会给你下毒，你也不会过得如此痛苦。过去的事改变不了，可我们既然一起走到了这里，我总要为你做些什么。”

韩景榕错愕道：“所以你就是因为这件事，因为对我愧疚所以要陪着我一起圈禁、冒险？”

唐知心看着他的表情，迟疑道：“你都知道了？你什么时候知道的？”

韩景榕开始生气了，冷笑道：“我早就知道了，从红鸾来天机阁找你，我听到你们的对话时我就猜到了。”

“你早就知道？为什么不问我？”

“我为什么要问你？”韩景榕越说越气愤，好像是在控诉她一点儿都不明白他的心，“你以为我会因此责怪你，怨恨你？青灵，我韩亦堂堂七尺男儿，能被命运安排遇见你，能遇见倾心之人，受那点苦有什么大不了。”心里话脱口而出，韩景榕自己也愣住了。片刻后，唐知心轻轻地问：“你……你刚才说什么？”

“没什么。”韩景榕嘴硬。

“不不不，你说你倾心谁？”唐知心追问。

“你要是不问，我同意带你去查案！”韩景榕飞快地说道。

“好，成交！”唐知心见好就收。

出门这一路，唐知心心情大好。很快二人就到了天茗府尹许知远府邸。韩景榕递了名帖后，过了好一会儿，进去传话的小厮才回来，对韩景榕客气道：“大人，我们老爷今天身体不适，不见客。”

接下来，二人又去了其他几位发生同样怪事的官员家里，两天下来，无一例外，他们都被拒之门外。

二人无奈地回到大理寺，刚坐下没多久，就有衙役来报：“韩大人，我们又发现了一具尸体！”

韩景榕神色一凛，问道：“在哪儿？”

“城郊，我们检查了死者的文牒，他不是本地人，尸体已经送去义庄了。”

韩景榕看了一眼唐知心，轻声道：“走吧，去看看。”

义庄坐落在城北郊，四周荒无人烟。唐知心和韩景榕在两名衙役的带领下进入义庄，义庄内停满了棺材，气氛阴森恐怖，唐知心忍不住缩了缩肩。

两人来到尸体前，衙役掀起盖在尸体上的草席，唐知心不由得惊呼出声："这……这不是傅宁远吗！"

韩景榕眉头紧紧蹙起，草席下躺着的傅宁远面色惨白，满脸都是惊恐，怒目圆睁，嘴巴张得老大。他胸口至肚皮被深深地划开，伤口处的血液已经凝固干涸成黑色。韩景榕把唐知心挡在身后不让她多看，自己再次上前检查后道："看样子，确实像野兽袭击。"

唐知心偷偷瞥了一眼死不瞑目的傅宁远，又扫了一眼旁边的衙役，韩景榕知道她有话要说，见现场也没有什么需要衙役的地方，挥手让衙役先行返回大理寺。衙役走后，唐知心才开口问道："他怎么到天茗来了？你骗他钱的事穿帮了？"

韩景榕摇摇头，道："那倒没有，不过昨天听说傅家来人求陛下赐婚。"

唐知心疑惑道："那他为何会一个人出现在城郊，还被猛兽袭击？"

"嘘，有人来了！"韩景榕低声道。

门外传来了脚步声，二人下意识地四处寻找躲藏的地方，韩景榕在屋内角落发现了一个放置杂物的柜子，两人勉强挤了进去，同时掩藏了气息，从柜门缝中向外观察。脚步声越来越近，来人已经进屋。还没看清来人的样貌，扑面而来的熟悉气息差点让唐知心惊呼出声。是妖气！来的是个妖！

接下来的一幕让唐知心和韩景榕目瞪口呆，那妖慢慢张开血盆大口，将傅宁远的尸体一口吞下，打了个饱嗝，片刻后竟变成了傅宁远的样子，"傅宁远"在原地转了两圈，转身离去。

躲在柜子里的唐知心转过头正正与韩景榕碰了个脸对脸，彼此间的气息清晰可闻，韩景榕的脸瞬间红了起来，眼神躲闪无措。看到韩景榕如此局促，唐知心笑了，她的鼻息拂过他的面颊，他一动也不敢动。韩景榕此刻脑中一团糨糊，这种感觉让他想起自己第一次登台论道时的紧张不安，第一次出师下山时的雀跃兴奋，第一次毒发时的忐忑隐忍……韩景榕有些不忿，美人在怀，自己却表现得像个毛头小子，本来停留在她腰间的手现在都不知该放在哪里才好。唐知心反倒更想笑了，谁知道随便一句玩笑话竟能逗出他这种反应？看到他的样子，唐知心调皮心起，将脸凑近他，轻声问道："韩大人，你早前说的你倾心谁？"

韩景榕目光迷离，轻声道：“是你。青灵，一直都是你。”

唐知心的唇轻轻印上韩景榕的唇，韩景榕瞳孔骤缩，一时僵住。片刻后，唐知心抬起唇，轻轻推开了柜门。

直到很多年后，有洁癖的韩大人回忆起自己那个遗落在满是尸体的义庄和脏兮兮狭小柜中的初吻还是会觉得浑身难受，从鼻子里气冲冲地发出一个哼音。

站在屋中，两人脸上都带着红晕，一时有些尴尬。韩景榕转头四处查看，平息着怦怦乱跳的心。周围再无异常，二人决定先离开。一路上，二人都没怎么说话，韩景榕一副心不在焉的样子，唐知心终于忍不住用手拽了拽韩景榕的衣袖，问道：“你怎么看？”

韩景榕回过了神，答道：“很明显了，妖怪杀人替之。”

“那你觉得是有选择的还是随机的？这跟赵寺淮又有什么关系？”

“从受害人的身份来看都是达官显贵，不像是随机的。”

唐知心表情沉重，韩景榕看了她一眼，轻声道：“青灵，你见过的妖不伤人，不代表所有的妖都不伤人，对吗？”唐知心无奈地点点头，突然想起前几日黄鼠狼精说过天茗城中的妖少了很多，他还感受到一股奇怪的气息。

韩景榕怕她因为自己半妖的事多心，宽慰道：“现在下结论还太早，我再仔细研究一下卷宗。陛下不会平白无故地怀疑赵寺淮，一定还有其他线索。”

二人回到韩府，唐知心回来后第一件事就是找黄鼠狼精问话，不过黄鼠狼精不知道又溜到哪儿去了。夜已深，唐知心心中乱糟糟地睡不着，披衣来到院中，看到韩景榕房中也亮着灯。

直到天快亮时，唐知心才迷迷糊糊睡着，还没睡多久就被院中的吵闹声惊醒。院子里，陈伯拿着拐杖一路小跑追打着大鹅，大鹅直着脖子扑扇着翅膀追着黄鼠狼精，黄鼠狼精嘴里叼着信，满院子乱窜，时不时被大鹅拧一口发出凄厉的惨叫。原本清静幽雅的韩府犹如菜市场般喧嚣，唐知心自觉对眼前的场面得负一定责任，赶紧上前，犹豫再三，她决定解决中间那环，遂一伸手掐住了大鹅的脖子，抡起胳膊将它扔出了院墙换得一院安静。

陈伯见大局已定，拄着拐杖晃晃悠悠回了厨房。黄鼠狼精惨兮兮地在廊下揉着屁股，唐知心从他嘴里接过信，一瞧，是苏尽欢写来的。

“也不知是不是要紧事。”唐知心嘴里嘀咕着，来到韩景榕卧房门口。这么大动静，他应当醒了吧？唐知心犹豫着在窗外试探地唤道：“景榕？”屋里没有动静。

“韩大人？”屋里传来了轻微的响动。唐知心又唤了两声，须臾，屋内的人才轻轻嗯了一声，浓浓的鼻音带着被吵醒后的不满和委屈。接着，屋内传来窸窸窣窣的穿衣洗漱声，很快，韩景榕打开了房门，唐知心赶紧将手中的信递到他面前。韩景榕看完信，面无表情地让唐知心收拾好跟他一起去大理寺。

二人来到大理寺时，正厅已经站着个人，正笑眯眯地看着他俩，正是多日不见的苏尽欢。韩景榕进到厅中，苏尽欢笑道：“恭贺韩寺卿新官上任，大理寺高台明堂！”

“你少来这套，要不是看你带回来两百万两银子，我就把你这半年的俸禄扣光。说说吧，钱怎么弄来的。”

苏尽欢笑道：“还能怎么弄，坑蒙拐骗呗。永州第一富商蔡森，之前和我有些渊源，想给儿子捐个官，这两百万两，卖官鬻爵的钱。”

韩景榕的脸一下子拉了下来。苏尽欢赶紧解释道：“你先别生气啊，你给我写信说陛下不会为难我，我这不就赶紧带着钱赶回来了。捐官的事咱们再商量，倒是有一件奇怪的事，我得和你说说，蔡森给完钱没多久就死了，让人震惊的是，两天后，你们猜怎么着？”

“该不会复活了吧？”唐知心道。

苏尽欢一拍大腿，惊讶道：“你怎么知道的？”

唐知心和韩景榕对视一眼，韩景榕将书案上一摞卷宗扔给苏尽欢：“你看看吧。”

苏尽欢低头看完案卷，一脸震惊地抬起头，问道：“怎么回事？”

韩景榕平静地说道：“没有死而复生这种事，是妖怪杀人后化形替之。昨日我与青灵亲眼所见。”

唐知心向苏尽欢描述了昨日所见，苏尽欢听得啧啧称奇，若有所思地道：“听说前线打仗，国家财政吃紧，赵寺淮正在鼓动陛下搞新政。”

韩景榕嘲道：“什么新政，说来说去不就是免徭减税均田卖国债那些老生常谈，均谁的田？卖谁的债？他倒是就出一张嘴，天茗一个知州光家宅就五十亩，更别说达官显贵了，能遂了他的意就见鬼了。”

苏尽欢道：“所以他就把反对声最大的几个异党都用自己的妖替换了？”

韩景榕道："这次出事的都是他的对头，引起了陛下怀疑。"

唐知心插话道："傅宁远和蔡森又不是官，为什么也被选中？"

"因为新政需要钱，有钱和有权在赵寺淮眼里同样重要。"韩景榕道。

"赵寺淮是怎么跟妖掺和在一起的？难道是上次淳鉴带来的那只孔雀？"苏尽欢道。

韩景榕看向唐知心，唐知心会意，从袖子里拽出黄鼠狼精，将他放到地上后，问道："说说吧，你都知道什么？"

"我……我也不知道什么，就是最近城里的散妖少了很多。"黄鼠狼精战战兢兢地道。

"散妖是什么？"苏尽欢疑惑。

"就是没有拜山头自己修炼的妖。"黄鼠狼精吞了口吐沫，艰难地说道，"我前几日才听说，天茗城中来了一位大妖，那些散妖都跟着它修行去啦。"

韩景榕一声冷笑，"什么大妖那么大本领带你们吃朝廷命官修行？怎么不连皇帝也一起吃了？"

"那不行，人间天子有紫微星护体，妖伤不了他的。"黄鼠狼精慌忙解释。

唐知心催促道："你赶紧说，是什么妖串通赵寺淮干伤天害理的事，是不是孔雀明王？"

"不，是另一位大妖。我……我不敢说它的名字……"等级压制的天性让黄鼠狼精哆嗦着说不下去，这时，外面传来了脚步声，黄鼠狼精赶紧借机钻回了唐知心的袖口。大理寺的两位少卿陈影和周南来到门口，躬身向韩景榕行礼后，小心地说道："韩大人，属下无能，几起案件均无进展。"

韩景榕沉默片刻，安排道："江宁首富傅宁远现在人在天茗，你们去把人找到，悄悄跟着，他做过什么事，见过什么人，桩桩件件都得记下来。不要打草惊蛇，有可疑的人悄悄绑了回来交给苏大人审，听明白了吗？"两位少卿赶紧点头表示明白。

第二日一早，韩景榕带着唐知心刚到大理寺门口，就见张璃笑嘻嘻地从大门里出来，她朝韩景榕拱手作揖后笑着对唐知心道："小唐姑娘，好久不见啦。"

唐知心还没来得及答话，韩景榕开口问道："你来干什么？"

"苏堂主抓到一个人，让我帮着审一审。"

韩景榕面色一僵："你审？你审还能留下活口？"

张璃笑道："我有分寸，留了一口气在，该招的，他都招了。"

“你审的是谁？”唐知心忍不住问。

“赵寺淮别苑的管家赵小五。”

“胡闹！”韩景榕怒喝道，这一吼把唐知心和张璃吓了一跳。韩景榕恶狠狠地瞪了张璃一眼，快步走进大理寺，张璃冲唐知心摆摆手示意自己不去触霉头，转身走了。唐知心赶紧追着韩景榕一路往大理寺的监牢赶去。见韩景榕和唐知心进来，少卿陈影忙上前禀报道：“韩大人，我们昨日找到了傅宁远，一路跟踪他去了西郊一座地藏古刹，和他见面的就是赵寺淮的管家赵小五。属下在路上把赵小五抓了回来，他已经招认是受赵大人指使去见傅宁远的。”

看着躺在地上满身是血的赵小五，韩景榕面色阴沉，道：“出去。”

陈影一愣，看韩景榕面色不善，不敢多言，赶紧退了出去。

韩景榕看向苏尽欢，怒道：“你就是这么办事的？什么证据都没有，就把人打成这样？”

苏尽欢不满道：“不打他，他能招吗？”

“你这是严刑逼供，他招出来，赵寺淮也可以不认。”韩景榕斥责道。

苏尽欢语滞，气愤之下转身离去，韩景榕叹了口气，道：“青灵，回家取我的药箱来，我替赵小五医伤。”

唐知心回家取了药箱交给韩景榕，韩景榕不愿让唐知心看到太多血腥场面，挥手让唐知心出去。唐知心也不放心苏尽欢，到偏厅找到他闲聊宽慰他。末了，苏尽欢苦笑道：“我没事，我和景榕吵架是常事。他心思比我重，你还是去安慰安慰他吧。”

等唐知心再回到牢房时，韩景榕和赵小五都不见了，狱卒告诉她韩景榕往阙楼去了。唐知心看到韩景榕时，他正站在阙楼上远望，若有所思。

唐知心爬上阙楼，见她来了，韩景榕没有吭声，轻轻侧了侧身。唐知心看着他，一时不知道该说什么，半晌，开口道：“赵小五呢？”

“让人送走养伤了。”韩景榕瞥了她一眼，转而轻笑道，“怎么？青灵道长不是来安慰我的吗？开场白这么生硬。”

被他猜中来意，唐知心尴尬地摸了摸鼻尖，道：“想好是想好了，就怕你不爱听。”

“先说，说完才知道我爱不爱听。”

“我是觉得，朝政之事你不必强求。正所谓‘其政闷闷，其民淳淳；其政察察，其民缺缺’。你看，世事祸兮福所倚，福兮祸所伏，孰又能知其极呢？今日的坏事说不定也能变成好事呢。”

韩景榕叹了一口气，道：“我明白。青灵，今日之事是我莽撞，尽欢做的事，朝廷里很多人都会做，我看不惯，拿他撒气了。”

那一日回去后韩景榕和苏尽欢怎么和好的，唐知心不知道，或许他们本来谁也没放在心上。韩景榕对在大理寺任职的事也渐渐习惯，只不过偶尔还是会抱怨，比如手下的人干活没有效率，朝西的屋子下午阳光晃得他眼睛疼，等等。韩景榕忙于大理寺公事时，唐知心有空就去四街八坊给百姓送些药材，日子就这样看似平静地过了一个多月。这一日，唐知心正在院子里整理药材，刚刚下朝的韩景榕气冲冲地回来了，苏尽欢紧跟在他身后。

两人风风火火地进了韩景榕的书房，看二人面色不善，唐知心赶忙备了茶水端到屋里，进屋时看到韩景榕的笏板扔在桌上，打翻了青瓷笔洗，她走过去将茶放在桌上，扶正了笔洗。二人正在争执，苏尽欢不忿地说道：“那可是枢密院，军机重地，赵寺淮当了枢密使就能调兵遣将了。他身上的事还没查清，兵权再落到他手上，后果不堪设想。”

韩景榕看了唐知心一眼，端起茶盏喝了一口茶，叹道：“你都明白的事，陛下会不清楚？几位宰辅老臣联名上书保举，陛下也没有办法。”

苏尽欢气道：“你在朝上为什么不拦一拦？”

韩景榕眉峰一挑，道：“拦？我一个四品官怎么拦？何况就算我拦，我该说什么？说几个宰辅是妖变的？说大理寺查了几个月查出来赵寺淮与妖勾结？”

“实话不能说，但他结党营私总是事实，要不然几个宰辅怎么联名作保？”苏尽欢不甘道。

“你有证据？”韩景榕问。

苏尽欢一愣：“那倒没有，只不过推测……”

韩景榕打断道：“推测没用，没有证据就得把嘴闭上，省得人家说你嫉贤妒能。即便是陛下，没有证据，也只得将枢密使给了他。”

“陛下真封了赵寺淮做枢密使？”唐知心忍不住吃惊地问。

苏尽欢点头道：“可不。”

唐知心皱眉思索，看着韩景榕问道：“陛下封了他，总归要安抚你的，陛下对你有什么说法？”

韩景榕笑了，对着苏尽欢戏谑道：“你瞧瞧青灵，来天茗才几天，朝堂的事比你还明白。”转而看向唐知心道，“陛下让我们接着查，认真查。”

唐知心看着两人，韩景榕的欲言又止，苏尽欢的小题大做，是不是他们心中还有别的担忧？跟她一样的担忧？

唐知心想了想，还是把心里的话说了出来：“你们说，赵寺淮得了兵权，他会不会谋反？”

此话一出，一室安静。

往后的一段日子里，韩景榕几乎住在了大理寺中，日夜忙碌。新旧两派此消彼长，相互制衡，眼见赵寺淮一头独大，少帝自然不满，利用韩景榕弹压。这一日难得有片刻清闲，韩景榕回到府中，坐在花廊下与唐知心聊着天，唐知心看到他发髻有些松散，便拿来梳子替他绾髻，碧玉簪穿过束髻冠，扯住了一缕头发，他不高兴地嘶了一声，抱怨的话却还是忍了回去。绾好发出门前，他对唐知心道：“君臣如夫妻，计较太多委实没有意义。晚上在家等我，有事找你。”唐知心点头目送他离去。

韩景榕和苏尽欢回来时，夜已深，三人简单吃了点东西已近子夜时分。韩景榕看了看天色，道：“时间差不多了，咱们走吧。”

唐知心惊讶道：“这么晚去哪儿？”

“抓妖怪。”韩景榕笑道，“带上你的黄鼠狼。”他说完就往外走，唐知心赶紧跟上，苏尽欢边走边解释道：“上次抓回来的那个赵小五你还记得吗？”

“记得。”唐知心点头道。

苏尽欢道：“他当时供出了西郊古刹，我们去查过，没有任何异常。为稳妥起见就在古刹周边安排了眼线，这两日夜里，赵府又有人往来古刹，咱们今天就夜访古刹，一探究竟。”

黄鼠狼精听到这话，在唐知心怀里猛地一哆嗦，把头埋进了唐知心的衣领中。

夜晚的西郊阴森恐怖，月光阴冷，古刹就在前方，古刹荒废多年，一片破败萧瑟。三人蹑手蹑脚走进寺内，里面一片漆黑空无一人。这时唐知心怀中的黄鼠狼精突然抖成一团，唐知心脑中飞快闪过一个念头，脱口而出道：“我觉得不对，赵小五上次被抓，赵寺淮肯定知道古刹暴露了，居然还派人来这里，会不会是圈套？”

韩景榕摆摆手，示意不要说话。他紧紧盯着案下伏着的泥塑神兽。唐知心顺着他的目光看去，只听他轻声道：“谛听。”

听到这两个字，黄鼠狼精在唐知心怀里一声呜咽，吓得晕了过去。

就在韩景榕叫出谛听的一刹那，泥塑神兽睁开了双目，瞬间，强大的妖气扑面而来，神兽缓缓起身，像狗一样撑长前爪，伸了个懒腰，随即甩了甩身子，身形暴长，一身泥胎落下，露出雪白的皮毛，谛听口吐人言，道："蘧然道长，久仰大名。"

韩景榕一愣，随即冷笑道："赵大人爱搬弄是非，少说我几句才是我的福气。"

谛听晃了晃脑袋，道："那倒没有，赵大人只是说你沽名钓誉，不太瞧得上他也不太瞧得上西方教。"

"那他说得倒是没错。"韩景榕点点头。

"蘧然道长，并不是妖王站在了你那边，你就可以不把我放在眼里。"谛听轻飘飘地威胁着。

唐知心听到谛听提起青鸾，忍不住道："青鸾可不像你们这般祸害人间，参与凡人争斗。"

谛听转头看向唐知心："小妖王，言重了。我不过受淳鉴大师之托，帮赵大人点小忙而已。就像你的黄鼠狼帮忙送信一样，算不得插手。"

"这怎么能一样？"唐知心怒道，"你们杀了人！"

谛听眯起眼睛，道："几个贪官权臣而已，凡人需要度化。"

韩景榕忍不住嘲讽道："就是度化的手段残忍了点。"

谛听反驳道："蘧然道长，你又为苍生做了什么呢？落照的亡魂你忘了？你们啊，虚伪又懦弱。西方教与本土教终有一场交锋，届时，我们再见。"谛听说完伏回案下，身上光芒消退，变回泥塑。

韩景榕面色凝重，道："我们回去吧。"

出了古寺，三人心思沉重，一时无语。

往后的日子，韩景榕和苏尽欢依然忙碌，黄鼠狼精依旧神出鬼没，天茗也再没有发生过"死而复生"的奇案。

这一日，唐知心起了个大早，心心念念昨日晒的芍药花蕾，生怕它们被晨露打湿，忙着收拾。收拾好时，天空中已露出了鱼肚白，唐知心直起身时发现韩景榕书房的窗户开着，他披衣执笔，正站在窗前看着她。唐知心看到他，脸上不由得绽出了笑容，抱着药材几步走到窗前，笑道："大清早，韩大人写什么呢？"

韩景榕手一抖，一滴徽墨晕散在纸张一角。他趁唐知心不注意，抽出那张纸垫在书下，在另一张纸上一边写一边道："药方。"

唐知心更好奇了，头往窗子里伸着看："什么药方？"

韩景榕赶紧伸出一只手抵住她的脑袋，笑道："昆仑雪莲。青灵，你听好了，接下来有重要的事要你去做。"

"什么事？"

"雪莲我这里有两棵，一直差最后一味药才能配成，这味药比较稀有，我让张堂主去江宁找了，她前几日来信，已经将药送到了城外驿站，明日你出城，替我去取一趟。"

"就这么点小事还值得你这么郑重交代？我明天替你跑一趟就是了。"

韩景榕笑着将药方叠好递给她，嘱咐道："拿到药后要仔细核对，千万不要弄错了，知道吗？"

唐知心撇撇嘴："你这么不放心，不如和我一起去。"

韩景榕略带惆怅地道："明日朝中有事，我不能陪你了。"韩景榕顿了顿，复又叮嘱道："我不在的时候，你一个人要万事小心。"

唐知心疑惑道："我就出趟城，很快就回来了，能有什么事？"

韩景榕笑了笑没说话。

第二天一大早唐知心就被黄鼠狼精吵醒，他吵着要和唐知心一起出城。唐知心拿上韩景榕给的药方，天蒙蒙亮就出发了，她才出城门没多久，身后的城门就嘭的一声紧紧关上，唐知心这才感到事情不寻常，想起韩景榕昨日的话，心中立时警觉起来。

此时，城墙上突然站满了全副武装的军士，黑压压一片，迎风飘动的大旗上"羽林"二字鲜红夺目。唐知心内心陡然一紧，羽林军在赵寺淮的管辖下，他该不会真的要谋反吧？万一赵寺淮要谋反，那韩景榕怎么办？

心念急转直下，唐知心突然明白了，韩景榕定是知道今日天茗要出事，找了个借口让她出城避开，唐知心又气又急，忍不住骂道："韩亦，你这个没义气的人。"

此时黄鼠狼精在一旁弱弱地道："那个……没义气的人让我给你带两句话。"

"他说什么了？！"

黄鼠狼精见她生气，小心地道："他说，此番一役，若是他能活着，一定去找你；若是他死了，让你带着两棵雪莲回清山找段未语，然后把他忘了。"

唐知心听得火冒三丈，追问道："还有别的吗？"

黄鼠狼精犹豫道："他给我雪莲时还给了我一封信，不过他说，信要等你到了清山才能给你。"

"等什么等？赶紧把信给我！"唐知心吼道。

黄鼠狼精从没见过唐知心这样，吓得赶紧把信交给唐知心，唐知心将信展开，信笺上有一处晕染的墨迹，韩景榕娟秀的字跃然纸上：

吾卿展信，见信如晤。

梨花淡白柳深青，柳絮飞时花满城。

昨夜梨花微雨，晨起倚栏见吾卿拾药，鬓戴晨露，一晴方觉夏深。只叹隙中驹，石中火，梦中身。

景榕孤浅半世，只影回望来时路，庆幸有歌有酒有卿随。恰如玉楼金阙，正当时。

而今庙堂之上风雨飘摇，唯吾卿倚门回首处，似有青梅豆蔻香嗅。景榕以身许国，以志许道，虽不及言，却盼吾卿谅解。景榕痴心，不知所言，若有来世，白头如新，倾盖如故。

景榕所念之人，如今隔在远远乡。亦有所感之世，却结在深深肠。蓝田种玉，当听为婚。

红叶题诗终不还，只得我与梅花两白头。

卿卿吾妻，悲伤无益。酴醾落尽，犹有白梨，隔夏令新。

而今，

惆怅东栏一株雪，人生看得几清明。

景榕　上

看完信，唐知心已是泪眼蒙眬。好一个"惆怅东栏一株雪，人生看得几清明"。要不说这人没义气呢，他倒是看得明了，独留下她看人去楼空花满城。

见唐知心流泪，黄鼠狼精在一旁不知所措，小心地问："善人，咱们现在怎么办啊？"

唐知心擦了把眼泪，决然道："还能怎么办，赶紧回去啊！"

"可是韩景榕说了，千万不能让你回去。"黄鼠狼精为难道。

唐知心咬牙切齿道："你到底是哪头的？你是谁的黄鼠狼？你什么时候开始这么听他的话了？！"

黄鼠狼精一愣，转而迷惑道：“对啊，我干吗听他的呀。”

唐知心冲着黄鼠狼精吼道：“你别废话了，快想办法用你的妖法把我送进城去！”

韩景榕独自踏上高高的皇城城楼，在他身后，天机阁的弟子远远驻守。苏尽欢已经立在城楼上等他，日出东方，将他们的影子拉得老长老长。清风微拂，韩景榕腰畔挂着的玉笛上传来一阵悦耳铃声。

苏尽欢轻声问道：“小唐呢？”

“清早将她送出城了。”韩景榕道。

苏尽欢点点头，没有再说话。韩景榕轻抚着城墙上的城砖，望着远方感叹道：“当真是礼崩乐坏啊！”

听着韩景榕的感慨，苏尽欢倒是笑了，反问道：“你到现在才知道吗？”

韩景榕自嘲一笑：“尽欢啊，你可知我字中‘景榕’二字从何而来？”

苏尽欢摇头道：“从未听你提起过。”

韩景榕目视远方，皇城远处，赵寺淮率领的羽林军已逐渐靠近。韩景榕面色平静，从容道：“早年我求学时，师父的讲堂后方挂着一幅画。”

“画的什么？”苏尽欢饶有兴趣地问。

“杏林春景，翠榕护舟。那时候师父常把孙思邈的名句挂在嘴边，所谓杏林妙手：妙手回春，上医医国，大医精诚。韩亦为医为仕，总觉得应尽绵薄之力，守护雪域春秋。”

苏尽欢笑了。眼见羽林军行至皇城下，苏尽欢和韩景榕一样坦然平静，打趣道：“你瞧，那你还应该感谢赵寺淮，成全了你这个护国英雄梦。”

此时，城下的赵寺淮已经开始冲着皇城上的二人喊话。韩景榕轻蔑道：“大点声，听不见。”

苏尽欢在一旁哭笑不得，道：“这个时候你就别讥讽他了，当心他真一箭把你射下去。”

韩景榕翻了个白眼，道：“真没听见，分神了。他说什么？”

“他说，清君侧。”

“他说那么半天呢，就这三个字？”韩景榕挑眉问。

苏尽欢摊手道：“其他的都是废话，总结一下就是这三个字。”

韩景榕对着城下的赵寺淮朗声道：“赵大人，历史上打着清君侧名号谋反的可不止你一人。”

赵寺淮对韩景榕的话充耳不闻，却对韩景榕的态度感到不安。赵寺淮今日起事，并没有必胜的信心。新旧党争至今，一直是此消彼长，没有哪一方占有绝对优势。如今自己兵临城下，韩景榕却依然从容，难不成还有什么后手？

赵寺淮冲着城上道："韩大人，聊宽逆旅，世道难言。若不想步独吟楚大夫后尘，换成是你，你会如何做？"

韩景榕一愣，恍惚间对这位劲敌生出一丝同情。片刻后，韩景榕一声长叹，感慨道："怅钓鱼人去，射虎人遥，屠狗人无。"

赵寺淮仰天长啸，狂笑道："这世间能得几个钓鱼射虎屠狗人？韩大人你放眼望望，这些人都没有了，身后剩下的就只有百姓苍生。"

韩景榕眉峰一挑，道："你身后，我看到的是兵。赵大人，政见是一回事，政变是另一回事。完成你心里的理想要用多少人命去换？今日韩某绝不会让你踏入皇城半步。"话完，韩景榕广袖一挥，数千名身着白袍的天机阁弟子从两旁拥上城楼，架起长弓。

赵寺淮看到突然拥上城楼的白袍战士，一脸惊愕。他以为自己已经控制了京城的军务，这些凭空冒出的兵士，让他心中感叹少帝和韩景榕的心机。

赵寺淮和韩景榕无声地对视着，赵寺淮挥手示意进攻。喊杀声、惨呼声，一时间，皇城下尸骸遍地，血流成河。

等唐知心拖着灵力耗尽的黄鼠狼精钻入城中之时，一场厮杀已经结束了。城中百姓锁门闭户，昔日繁华的街道上阒然无声。唐知心茫然间看到天空中谛听的幻影，它的声音飘入唐知心的耳朵："不破不立。青灵道长，来日方长，后会有期。"幻象随即消失。唐知心愣怔片刻，步履坚定地朝皇城走去。路上碰到盘查的兵士，唐知心才知道赵寺淮谋反事败，已被生擒。凭借着韩景榕的司南佩，唐知心才得以靠近皇城。

城墙之上，鹅黄色的锦衣随风飘荡，一曲荡悠悠的安魂笛音回荡在皇城上空。看到韩景榕还活着，唐知心热泪盈眶，悬着的心放下了，怒火却升了上来。唐知心在城下怒吼道："韩亦，你给我下来！"

听到她的声音，韩景榕和苏尽欢都吃了一惊。周遭官吏兵士更是吃惊，居然有人呵斥韩大人，大家纷纷好奇探头往城下看去。只见城下的姑娘，眉目嫣然，嗔怒娇俏，回头再看韩大人一脸不自在的表情，众人了然，识趣地悄然退下。苏尽欢冲韩景榕挤了挤眼，笑道："自求多福吧。"说完也一溜烟地跑了。

韩景榕缓缓走下城楼，心虚不自在的表情待走到唐知心面前时已经调整成从容沉稳状，他若无其事地对着叉着腰，攥着信气势汹汹兴师问罪的唐知心道：“不是让你去取药吗，跑到这儿来干什么？”

“你还有脸问？！”唐知心难以置信，“你骗我出城，耍得我团团转，还有这封诀别信……”

韩景榕眉峰一挑，打断道：“信？什么信？”

唐知心挥舞着手中的信气愤道：“你装什么傻？”

韩景榕接过她手里的信，随意瞄了两眼，嘀咕道：“哦，这封信啊。”说着双手飞快地把信撕得粉碎，抬手一扬，纸屑飘散得到处都是，他轻松地拍了拍手，得意地道：“这下没了。”

唐知心看得目瞪口呆。

韩景榕接着道：“我让你取的药呢？事没办成你跑回来干什么？”

唐知心一时反应不过来，这大起大落的一天让她大脑中一片混沌。韩景榕为了转移话题还在喋喋不休地说着，看着他的脸，唐知心突然不生气了，他还活着，这是多么美好的事情，自己还有什么好气的呢？

不久，朝廷下达了文书。赵寺淮结党乱政意图谋反，本应问斩，但圣上仁慈，改判流放湖州。唐知心觉得这个决定不像少帝杀伐决断的作风，许是韩景榕没少从中斡旋。赵寺淮事败，潜伏在朝中的妖也消失得无影无踪。韩景榕因平叛有功，官复原职。

平叛后，韩景榕告了假，倒不是他偷懒，是他再次毒发了。唐知心陪在他身边，盯着他把一棵雪莲吞了下去，看着他睡下才回到自己的房间。韩景榕只是假寐，他不愿辛苦唐知心一直在身畔照顾。雪莲的药性极强，韩景榕的五脏六腑时而火热时而冰冷，一夜辗转难寐，直熬到五更天，终于感觉体内平和些。窗外似有滴答声如碎玉落盘，韩景榕起身，披一件薄衫在肩，推开了卧室的窗，夜雨淅沥，一院春意阑珊。韩景榕紧了紧披在身上的衣物，虽然身体转暖，却依旧不敌五更寒。落雨清晨，正是美好的景致，他抬眼望向对面唐知心的房间，雨雾朦胧中，屋内已亮起了一抹烛光。韩景榕嘴角挂上一抹温柔的笑。

韩景榕出门，顺着雨落珠帘的花廊，敲响了唐知心的房门。唐知心不放心韩景榕的病情，早早醒来，敲门声响起，她马上知道是韩景榕，正在梳头的她连手里的檀木梳都来不及放下就赶紧把门打开，看到韩景榕面色平静，一时放下心来，将韩景榕让进屋中坐下。

“好些了吧？”唐知心关切地问。

韩景榕点了点头。唐知心松了一口气，边梳头边调侃道：“我听他们说了，韩大人那日站在皇城上，怅钓鱼人去，射虎人遥，屠狗人无，再想到我看到的信，和那个写下‘红叶题诗，蓝田种玉’的薄情郎君相比，不知哪个才是真正的韩亦。”

韩景榕心中涌起愧疚之情。他有些后悔了，后悔为了面子一时冲动撕了那封信，那毕竟是自己写就的一纸婚约。韩景榕站起身，走到唐知心身后，接过她手中檀木梳，轻轻替她梳理着秀发。唐知心双手托着腮，盯着镜中的自己，喃喃道：“景榕，最近我总是担心，高处不胜寒，古往今来能平平安安功成身退的有几人？新旧党之争，兔死狐悲。”

韩景榕的手顿了一下，他何曾没有想过这些事：“青灵，你我相识多久了？”

唐知心想了想，笑道：“那要看从什么时候开始算起了，是从你救了我开始算，还是从你为了抢小柳骂我那次开始算？”

“胡说，我什么时候骂过你。”韩景榕飞快否定，语气没有丝毫迟疑。唐知心哈哈大笑，他才不会忘呢，韩大人比谁都记仇，他就是嘴硬罢了。戳破他只能自讨苦吃，唐知心索性换了个话题：“你的毒真的解了？”

“嗯。”

韩景榕脑海中想到了那日的昆仑山和那清脆的铃声，他在心里默默地说道：“谢谢你，青灵，是你救了我。”

数月后，御书房内。

“辞官？我说韩亦，你又搞什么名堂？！”少帝怒吼道。

韩景榕平静道：“辞官就是辞官，臣年纪大了，干不动，想告老还乡了。”

少帝气道：“你糊弄谁呢？你才比朕大几岁？你是国之栋梁，怎么能说辞官就辞官？你走了，江山社稷怎么办？天机阁怎么办？”

韩景榕笑了笑，道：“江山代有才人出嘛，陛下，我们这些官僚旧派也该给年轻人腾一腾位子了。”

少帝怒道：“你少敷衍朕。你要辞官，总要给朕一个让人信得过的理由吧？”

“陛下，辞官这件事，非要说原因的话……”韩景榕顿了顿，随即道，“那天臣为内人绾髻，看见了她的一根白发。”

少帝愣住，难以置信地问道："为了女人？韩亦你疯了？"

韩景榕深吸了一口气，解释道："这江山是陛下的江山，陛下能做到为社稷舍妻，臣做不到。臣曾经孑然一身，只影来去，病痛缠身，也不怎么怕死。现在有了青灵，臣实在不忍心看她为我担惊受怕。相识数载，都是她在陪着我，做我想做的事。可终究，她也是天地间的青灵道长，还她一方天地实乃蘧然之责。陛下，您已经长大了，有没有我，您都能很好地治理国家。但青灵于韩亦是唯一，韩亦于她亦如此。"韩景榕说完取下官帽轻轻放在书案上，转身离开了御书房。少帝看着他的背影，张了张嘴，想说什么，却终究没有说出口。

几日后的一个清晨，一驾马车晃晃悠悠从天茗城中驶出。的卢拉着车，黄鼠狼和狈趴在它身上。头天晚上才知道要走的唐知心，坐在马车里哈欠连连地抱怨道："为什么要走得这么急？"

韩景榕翻了个白眼，道："夜长梦多，不赶紧走人，我那个外甥变卦了怎么办？"

唐知心好奇道："好端端的，你为什么突然辞官？"

韩景榕不说话，只斜眼看着她。唐知心更加莫名其妙。过了半晌，韩景榕笑道："不为什么，就是不想做官了。"

唐知心不放心地说道："那尽欢呢？"

"他还要留在天机阁，等他告老还乡就会来缠着我们的。"

唐知心看着韩景榕，似乎明白了什么，笑眯眯地问："那咱们现在去哪儿啊？韩大人是不是准备带我去摇铃串巷，悬壶济世啊？"

韩景榕笑而不语。唐知心很开心，她掀开车帘向外望去，大地回春，杨柳依依。唐知心看着窗外景色对韩景榕道："落照如今百废待兴，咱们去了说不定能有用武之地。"

韩景榕点点头，没有说话，心中暗叹果然是心有灵犀。忽地，窗外飘进一片柳叶，唐知心伸手接住，落照夏夜的柳叶和笛声闪过心头。唐知心喃喃道："说到初识，那一夜落照河岸对面的笛声，才是你我初遇。"

韩景榕笑了，一曲《酒狂》笛声悠悠，伴随着车轮声响回荡在钱塘江畔，回荡在天涯梦中。潮起潮落，云心水心。一度春来，一度花谢。长长短短有谁评论？又怕谁评论？谈笑而去谈笑还。